漫娱图书
SINCE BOOKS

青 春 小 说 文 库 · 古 风 幻 想 系 列

离离子 著

长江出版社

漫娱图书

城南太平桥巷子有家酒楼

名为「如意馆」

菜品新奇，味道鲜美

女主人窈娘携槃木枯枝入凡赎罪

以食物为媒介熨帖人心

了结世间魑魅众生的凤愿

槃木重生之日，窈娘罪清之时

如意馆 [目录]

《三界宅急送》 裟椤双树著

超级畅销书《浮生物语》姐妹篇全集修订 / 新增十五万字超长篇番外故事

《踏雪者》 君天著

禁忌秘法、连环杀人、朝堂阴谋……

明朝秘事重新解读

他是锦衣卫——杜郁非。真相，在其手中重见天日。

《百妖谱》 裟椤双树著

讲百种妖怪、述世间沧桑

继《浮生物语》后，裟椤双树再创古风幻想力作。

《新猎物者》 白饭如霜著

白饭如霜经典名作全新重置

最潮流的非人世界与不一样的妖怪人生

冬・之・卷

卷一

…

第壹章

酥 鬼 印

西方有树名婆娑，我却无缘结那长生果。

⟨1⟩

中元过后，连着三月城里滴雨未下，井水干涸，河床露出了浅沙，不知埋了多少年的白骨一一浮了出来。

接着谣言四起，有说新帝杀戮太多，怨灵作怪，才使得大旱三月。眼看着谣言甚嚣尘上，愈演愈烈，太守无奈之下，听信了术士的挑唆，决定打旱骨桩以驱旱魃（旱魃：【hàn bá】，中国古代神话传说中引起旱灾的怪物，四大僵尸王之一，十分凶悍，会造成干旱）。

所谓"打旱骨桩"，即干旱时发掘新葬墓冢，将尸体拖出，鞭打尸骨残其肢体，以求天不忍，降甘霖。

祭场设在了城外的灵山脚下。相传此山通灵，为山之天梯，有大巫十人常来往于山间，达民情宣神旨，以启天意。

那日是个无云的晴天，太守一大早就起来焚香沐浴，穿戴整齐后，派人将收罗的尸骨一一铺在地上。

筑方坛，设香案茗果，案桌朝着西边，正中央摆了一块玉琥。猛虎隐喻秋天，白色对应西方。

太守跪倒在地，口中念念有词。

"十日不雨，田且无禾。

一月不雨，川且无波。

小民无罪，天无咎民。

民则何罪，玉石俱焚？"

话音刚落，十个横眉凶相的狱卒登场，绕着祭场开始鞭打尸骨。数米长的竹鞭甩在地上，尘土飞扬，啪啪作响。

伴随着骨头噼里啪啦的碎裂声，无数呜咽声从四周跪着的人群中传来。有风平地顿生，打着旋儿吹了开来。

那是他们的亲人啊，年轻妇人夭折的幼儿、刚从边疆敛回来的兄长、病逝在床上的白发老父、行商跌落悬崖的丈夫……

心里有怨，却无人敢怨。

❤2❤

这雨终究是没能落下来。

太平桥下的城南巷子里，窈娘正指挥着石清将如意馆的牌匾擦干净些。多日无雨，牌匾门框上都落了一层厚厚的灰，稍稍起一小阵风，进门的客人一个不注意就被尘土扑了鼻子，阿嚏连连。

窈娘正吆喝着，就见太守府的采买婆子钱婆子耷着一脸褶子走了过来。一问才得知，前几日打旱骨桩没见效，太守急火攻心之下病倒在床，茶饭不思，整个人都瘦脱了相。

眼见着自家相公日渐消瘦，太守夫人急得不行，掷重金许下诺言，谁要能让太守安心吃上几口饭菜，必将重赏。钱婆子瞅准了时机，便想着来如意馆寻几样开胃小菜，若是献上去得了眼缘，说不定还能搏个好出路。

窈娘一听，二话不说就答应了，招呼陶墨墨取了碟香瓜子让钱婆子先嗑着，洗干净手就进了后厨。

园子里种了些萝卜，窈娘瞧着新鲜，准备做道瓤柿肉小圆。先挑了几个表皮光润、大小合适的萝卜，洗净将皮去了后斩成小段，用小刀将里头挖空，只剩了一层薄薄的萝卜肉，像匀净的灯笼纸。

上好的火腿挑了肥瘦相间的一小块，细细剁碎，和了切好的冬笋和蛼螯【chē áo】，取了小银勺一股脑儿填进萝卜中，用白色的丝线扎成柿子模样。

钱婆子倚着厨房门口，望着烟熏火燎中游刃有余的窈娘，一边嗑着瓜子一边试探道："啧啧，窈娘你这手艺真是越发好了，瞧这动作，那叫一个快。改明儿谁娶了你啊，那可真是好福气！"

"钱妈妈见笑了，我也就会些家常手艺，您不嫌弃就行。"窈娘笑着搭话，手里的动作却是不停。

锅里倒了猪油，油热之后将扎好的圆子一个个丢了下去，待萝卜炸得微微透着金黄色时，舀一勺井水倒进去，锅里"嗞"的一下，香味顺着热气"咕噜噜"沸腾了起来。

这厢正焖着丸子，那厢窈娘又抽空将入冬刚上市的黄芽菜择了，抓了一把葱姜蒜在案板上剁得碎碎的。眼见着圆子都熟了，窈娘挑了颜色模样亮净的，数了九个装在白瓷盘里，最后在面上撒上一层葱花，趁着热气放进暖盘里用盖子盖住。

钱婆子瞧着窈娘一个人在厨房里忙得团团转，也顾不上跟自己搭话，思量了一下，

把那句"家中还有尚未成亲的侄儿"给咽了回去，踮着小脚去隔壁安抚被掘了丈夫新坟的老姐妹了。

如意馆隔壁是家裁缝店，男主人上个月刚去世，只剩了老妻带个独女，平日里靠着街坊邻居搭把手，裁裁剪剪过活。

不到半个时辰，石清就将掖着眼角的钱婆子叫了回来。

窈娘净了手，一边将饭菜放进食盒里，一边解释道："米饭是搁的南烛的青粳饭，益气养神，不软不硬的，最适合病人吃了。瓦罐里是熬了一早上的老母鸡汤，油给撇干净了，不腻乎。还配了盘瓤柿肉圆子，炒了个黄芽菜，最上边搁了一小碟酱黄瓜，也是自家腌的，干净。"

钱婆子咽了下口水，耷拉着的眉仍微微蹙着。

窈娘顿了顿又说道："钱妈妈您放心，这都是些开胃爽口的清淡小菜，能不能帮上忙就看您造化了。"

钱婆子的耳朵里只听见了"开胃爽口"几个字，拎着食盒喜不自胜，适才的难过早忘到九霄云外去了。瞧着食盒里红的黄的，很是素净可人，一看就让人口水直咽。

付了银子之后，本来还想多称赞几句，就听得街边鞭炮声四起，锣鼓喧天，好不热闹。

钱婆子伸着脖子、踮着脚尖使劲儿朝着前头多看了几眼，眯着小眼睛来了劲儿，凑近了窈娘耳朵神秘道："你猜，今儿是谁家办喜事？"

窈娘笑着摇头，只说不知。

钱婆子换了神色，面带怜悯道："通泗街上吴家药行的吴少爷生了重病呢，吴家为了冲喜，匆匆纳采问名行了六礼，让李家姑娘提前嫁了过来。这不，趁着今天是个黄道吉日，捧了只大公鸡就代替吴家少爷行了礼。要我说，这吴家少爷也不知还能活几天，就是可惜这李家姑娘，好好一个姑娘就这样给毁了……"

窈娘看了看前方披着红绸的高头大马，马上一男子有些局促地坐在上头，穿着红袍，手里还捧了只神采飞扬的大公鸡。

"这世间，果真还有这重情重义的女子。"

❀3❀

次日，窈娘招呼完如意馆的客人，瞅着孙大夫带着小孙女从门前经过，抓了一把红果就追了上去。

孙大夫背着药奁，乐呵呵地跟窈娘打招呼，小孙女青黛低着头，不声不响地跟在一旁，手里严严实实揣着一个陶瓷罐子，里头也不知装了些什么。

窈娘将红果递了过去，摸了摸青黛的头。青黛没有接红果，头一偏闪了过去，直接躲到孙大夫身后，整个人藏了起来。

孙大夫冲着青黛有些责怪道："你这孩子，窈娘姐姐平日里待你多好啊，病好了怎么还生分了！"青黛闻言，更往孙大夫身后藏了藏，将脸埋进了孙大夫宽松的棉袍里。

窈娘连连安抚道："没事，青黛这是没精神吧，过几日就好了。她这病好透了吗？我这几日忙，也顾不上去家里看看，前几日让陶墨墨带了些点心过去，都收着了吗？这小子嘴馋，别在路上就被他偷吃光了。"

孙大夫笑得一脸慈祥："收着了收着了，墨墨也是个好孩子，还给青黛带了包糖炒栗子呢！这小妮子贪嘴，我出门看病这一会儿的工夫就把点心全给吃了，也亏得你还记着青黛，什么好东西都给她留着，老朽儿都记在心里呢。改明儿你还缺什么药材，跟我说，我上城外给你找去！"

窈娘摆手道："不急不急，您将青黛照顾好了先，别让她吹着风受凉了，小孩子家家的，最容易遭病遭灾。"

正寒暄着，一青衣书生模样的男子急匆匆地跑了过来，一把扯住孙大夫就往前走，嘴里嘟囔着："孙大夫您怎么还在这儿啊，吴少爷今儿吐血了，吴老爷都快急疯了！"

孙大夫一听，也吓了一跳，连忙带着青黛告辞了。

陶墨墨不知从哪儿闪了出来，拎着茶壶凑上前，一脸疑惑道："那日我送了好几斤糖糕过去，那玩意儿甜得腻人，真一会儿就吃完了？"

窈娘望了望阴沉沉的天，从门缝里捉了只正在逃跑的小虫子，朝着陶墨墨随手一丢，拍了拍手笑眯眯道："天气凉了，虫子倒挺多的。"

陶墨墨吓得往后一跳，默默打了个寒战。

❀4❀

吴家少夫人三日回门宴，请了自家的姨娘婶子帮忙，窈娘也被请了去后厨忙活。女人一多，是非也多，叽叽喳喳就开始聊了起来。

"哎，你听说了吗？这新姑爷好像病得越来越重了，前几日还能下床，还能自个儿吃饭，就这几日的工夫，躺床上动都不能动了。"李家一个远方婶子神神秘秘跟众人说道。

"真的假的，我说呢，我刚刚进来的时候碰见婵娟了，总觉着她神色不对，跟我打招呼的时候，眼睛还是红红的呢！"

"当然是真的，我家男人有个表亲在吴家当差，消息保准可靠！要我说，这婵娟也真够死心眼的，这男人都这样了，还嫁过去干吗，这后半辈子不是守活寡了吗！"妇人说完眨了眨眼睛，暧昧地笑了。

屋子里一下子热闹起来，众人议论纷纷的，窈娘听着，也大概将事情的来龙去脉理了个清楚。

原来这吴家少爷吴文清和李家小姐李婵娟自小就定了娃娃亲，两家原本就是通家之

好，一家开药行，一家开绸缎庄，可谓门当户对。

吴老爷年轻时候谨遵父亲的遗愿，放弃了二十多年的仕子生涯，转而从商，到老了，一直后悔至今，便把自己的意愿寄托在儿子身上，希望儿子能够从文考状元，金榜题名，光宗耀祖。

谁知这吴文清却继承了祖父的遗风，非但自小对四书五经没半点兴趣，请了个年纪相仿的西席坐堂也只是摆设作用，还一头扎进药铺中，不是在药行看病抓药，就是出城上山采药。

好不容易到了弱冠之年，该成亲了，却嚷嚷着要出趟远门采药。吴老爷按捺不住他的心思，只得与他约法三章，允他跟着自家二弟出行，回来便与李家小姐成亲。

谁知好好的一个人出去了半年，回来不到一个月就生了怪病，一日日食欲不振，到后来不光吃不下饭，连坐都坐不住，整个人就这样凭空消瘦了下来，肢体渐渐僵硬，只得终日卧床。

城里有名的大夫请了个遍，没有人知道是怎么回事，只说脉象一切正常。

无奈之下，吴家想了个辙儿，请了媒人来说媒，暗地里指着老一辈说的冲喜能扭转乾坤。李家夫妇耐不住自家女儿要死要活的哭闹，也只得含着眼泪允了这门亲事。

谁知李家姑娘嫁过去之后，吴文清病情并没有好转，而且更严重了，成亲次日便吐了血，连这回门宴都是新娘子一个人回来的。

女人们正七嘴八舌地讨论着，不知谁眼尖发现了窈娘手里的东西，哎哟一声叫唤起来："呀，这是什么？"

众人围了过来，只见窈娘右手持着柳叶尖刀，飞速地在左手掌心一白玉般的物事上切着。仔细一看，掌心里一块豆腐正颤悠悠地立在绿莹莹的荷叶中间，巴掌大小，方方正正、白白嫩嫩的，凑近了闻，还散发着一股子香甜的味道。

"窈娘，你这豆腐怎么做的呀，怎么如此细滑白嫩，跟我们做的不一样啊？"一年轻妇人一边说着一边从旁边架子上端出一盆豆腐来。

两相对比，一眼就能发现区别。

盆里的豆腐颜色稍显暗沉，看上去光滑，细看却能发现中间藏着许多小孔，参差不齐的，吃起来口感也有些涩。反观窈娘手里的豆腐，细细嫩嫩的，不说还以为是去了壳的鸡蛋，光看模样，就引得人垂涎。

"我这豆腐啊，其实也是一样的工序做出来的，只不过用料方面有些讲究。黄豆得取现年的好豆，水得是山中甜泉，点卤的时候别放石灰，用盐水点。这盐也不能是海盐，得取井里出的细盐……"窈娘眨巴眨巴眼睛，一边雕着花，一边笑吟吟地跟众人说道。

当夜宴席上，觥筹交错，宾客尽欢，满桌佳肴上一道芙蓉汤极为出彩。盖子掀开的时候，雕成芙蓉状的豆腐沉在青花瓷碗底，栩栩如生，汤面上还飘着一个个束着的红色花苞，丝丝荷叶点在面上。随着热气漫开，朵朵红色芙蓉缓缓绽开，汤水明湛，红白映衬，更妙的是，暗香浮动，入口鲜润，令人赞不绝口。

吴家少夫人念着自家卧床的丈夫，派婆子用暖盒盛了一小碗芙蓉汤，连夜带了回去。

吴文清瞧着这汤莹然可爱，强撑着身子吃了几口，才刚躺下就觉着恶心，立刻翻身吐了一地的红白之物。眼尖的下人发现，地上这摊呕吐物中还有几只怪模怪样的小虫子在扭动。

说来也怪，这一吐完，吴文清倒觉着一阵轻松，连日来身上的沉重感也减轻了许多。

孙大夫连夜被请来出诊，细细辨认一番之后骇然，直言这是中了蛊毒，不过具体的解法还得看下蛊之人，他也无能为力。

城中虽然繁华多事，却少行蛊事，这着实让人摸不着头脑，无从下手。

吴老爷突然灵光一闪，想起前些日子吴文清去的正是岭南一带，紧张地追问他们是不是招惹了什么不该惹的人，少夫人也在一旁急得直掉眼泪。可不管怎么问，吴文清只面色惨淡，怔怔望着窗外一言不发。

&5&

深夜，更夫的梆子敲了三遍，"当——当！当！"

窈娘泡了壶茶，在院子中央摆了两张藤椅，说是要等人。眼见着月上中天，陶墨墨等了半天困得不行，便不凑这个热闹，回房睡觉去了。

石清捡了些枯枝架了堆火，默不作声地坐在槐树底下剥着栗子。

也不知什么时候了，如意馆多了一个娇小的影子，阴恻恻出现在火堆旁。石清见了也不奇怪，乐呵呵伸出结满老茧的手掌，掌心托着几颗雪白的栗子送了上去。

"你来了。"窈娘探身递上一杯茶，自顾自饮了一口，惬意地眯上了眼睛又躺了回去。

"你怎么知道是我？"影子慢慢抬起头，面色冷峻，俨然就是孙大夫家的小孙女青黛。

"山里不好吗，非得千里迢迢跑出来，费那么多心思害人，却又留人一条性命？"窈娘没有回答她的问题，而是满心不解道。

青黛冷笑一声，袖手往脸上一抹，一张陌生的面孔露了出来，眉若远黛，唇不点自红。端的是个美人，却是个身量娇小、不足三尺的美人。

窈娘津津有味地盯着女子的面孔看得入迷，口中啧啧称赞道："早就听闻南越女子个个貌美如花，果真名不虚传。"

女子自顾自坐下，取了一杯茶捧在手心，搓了搓杯子暖了暖手，仰头一口饮尽，冷笑道："貌美又有何用，不过就一张皮囊而已，你若想要，我给了你便是。"

石清有些愤怒，气势汹汹地站了起来，紧紧攥着拳头挡在窈娘跟前，侧身回头看了窈娘一眼。

窈娘伸手拍了拍他的肩膀，示意他回去，转头看向女子："他是想问，你把青黛怎么了？"

女子一怔，放软了身子，不再是之前盛气凌人的样子："青黛没事，我把她藏起来了，等我了结这一切之后，自会全须全尾地带她回来。"

"既然你与青黛无冤无仇，想必也不是冲着她来的吧！"

女子悠悠叹了口气，将整个人缩成一团，埋进了藤椅中。

"我只是希望你知晓个中缘由之后，不要多管闲事。"

那夜，就着寒炉清茶，窈娘窥见了一段往事。

岭南之地温热多山，山河饮瘴，蛇虫横行。多年前的一场大战之后，百越族便被分离成各个部落，各自聚集在一方山林里。

南越族人迁进了清水江畔，世代繁衍，极少与外人来往，只是偶尔与一些进山的药商打些交道。

阿依朵是独南村村长的女儿，长至十五六岁的时候，已经是远近闻名的美人。河边洗衣服，有年轻力壮的小伙子隔岸唱情歌；山间采药，有俊俏的好儿郎争着送上缤纷的野花。阿爹问了许多遍，阿依朵只羞红了脸颊，躲进绣楼说谁也不嫁。

只有阿依朵唯一的妹妹桑林知道，阿依朵喜欢上了一个汉人，一个采药的商人。

早些天阿爹风湿犯了，阿依朵背着箩筐上山采药时，无意中救了一个被毒虫咬了的男子。男子醒来之后，自称吴文清，药商之子，听闻岭南盛产各种奇花异草，便陪着家中二叔前来采购。

谁知山中烟霭撩人，景色极佳，吴文清流连片刻便与二叔走散了，偏巧身上没带着解毒丸，一个不留神便被毒虫咬了。

阿依朵不敢将吴文清带回家，就寻了个山洞让他休息，给他敷了草药之后，日日带了米粮去看他。不知世事的少女遇上了见多识广的异乡男子，两人一见倾心，渐生情愫。

在阿依朵眼里，吴文清俊俏白皙的脸庞不似平日里见的男子黝黑粗壮，却多了一分雅致。那醇厚的嗓音、精致的面孔、博学的见识，像山间落着的小雨，悠悠飘了过来，让人沦陷其中无法自拔。

夜里回到绣楼，阿依朵便偷偷跟桑林讲述白日里听到的一切。江南的雕梁画栋、园子里的错彩镂金、碧海长空下的接天莲叶，甚至是府门前的石狮子，无一不让阿依朵沉迷其中，恨不得即刻长一双翅膀从山中飞出去。

可在桑林看来，她美丽而单纯的姐姐是被人迷惑了。

独南村家家供奉着蛊物，对他们来说，这是他们供奉的神明，是烙印在骨子里的血脉。

桑林自小沉迷炼蛊，喜欢与各种蛇虫打交道，谁料十二岁那年被没炼好的蝎子咬了一口，此后身子便停止了生长，始终是孩童的模样。桑林厌倦了旁人诧异的眼光，终日躲在屋子里。

一直以来，只有姐姐陪着她，给她采来山中新鲜的桃花，给她换来山外女子流行的胭脂，陪着她笑，陪着她闹。

可现在，她唯一的姐姐也要被人抢走了。

当阿依朵兴奋地告诉她，她与吴文清约好了要一起私奔，一同去往山外的世界时，桑林只觉得天塌了下来。

她心中有一个念头在叫嚣着——保护好姐姐！

私奔当夜，满心欢喜的吴文清等到了阿依朵，也等到了独南村的人。

被抓回寨子里之后，阿依朵跪在地上苦苦哀求着……阿爹老泪纵横，一拳捶在深山老树上，鲜血淋漓。

按照祖训，南越族人不可与外人通婚，违者当受到惩处。依例，若是男子先行引诱，则需割掉舌头逐出山去，女子在家中禁闭三年。

桑林急急求了阿爹，说一切都是吴文清的错，姐姐只是年少无知被蒙蔽而已。阿依朵什么也没有说，只是深深地看了她一眼。

这一眼，让桑林慌了神。

次日行刑的时候，吴文清已经不见了，阿依朵盘了头发神情恍惚地走出来，又唱又跳，时笑时闹，还一边自言自语。众人呆若木鸡的时候，阿依朵忽然取了帕子打湿了，开始擦起桌子来，一边擦着，嘴里还一边说着话。

正当大家手足无措之时，村里年长的阿婆忽然跪了下来，双手掌心朝上，举在头顶，连连叩拜。起身之后，阿婆有些欣慰又有些难过地说，阿依朵这是被神选中了，将成为落花洞女，终身侍奉神明。

阿爹闻言，踉跄着连连后退，一下子像是苍老了十岁。

村里一直流传着这样的传说，尊贵的树神会在村子里挑选一个美丽而善良的姑娘去侍奉他，而被选中的女子，称为落花洞女。

女子终身不嫁，将独自走向深山，与神明终老。对于有信仰的独南村来说，这是一种至高无上的荣耀。

阿依朵披着鲜红的嫁衣走向深山，站在石洞边上时，她回头望着桑林说了一句话，然后微笑着纵身一跃，跳入石洞。那一抹红色身影消失在石洞入口时，桑林绝望了，她突然想起了几年前阿依朵被众多小伙子求亲的时候，跟她说的话。

她说，这辈子若是不能挑个自己喜欢的人在一起，还不如装了落花洞女去侍奉树神罢了。她做到了，她是故意的。

纵然此生不能在一起，那便来生再爱。

桑林冲天的怨念翻滚了起来，她恨，恨那个引诱姐姐的男人。她翻出了姐姐香囊里的一缕结发，带着她的金蛇蛊来给吴文清下蛊。她将自己乔装打扮成了青黛的模样，日日站在最近的距离望着他痛苦。

她的姐姐已经死了，那个男人凭什么活得那么自在。

他痛，她更痛，因为只有这样，她才能赎罪。

❦6❦

窈娘取了些精细面粉，和了豆粉切成筷子一般大小的长条，切成两分长，用干净的槐木梳子轻轻在上边按了几下，然后把带着梳齿花印的小面团丢到麻油里炸得酥透了，捞起来趁热均匀地撒上一层红糖。

陶墨墨想吃又不敢吃，在一旁跃跃欲试，最终还是撇着嘴道："这又是给谁吃的，这么干燥的天儿，吃上两块不流鼻血才怪！"

窈娘有条不紊地撒着红糖，悠悠道："这又不是给人吃的。"

陶墨墨一听吓得连连退了几步，庆幸还好管住了手。

十月十五下元日，宜河边祭祀。

宝带河边无风，窈娘拎着食盒赶到的时候，桑林正气冲冲地指着吴文清不知在说着什么，一青衣男子搀着吴文清怒目而视，而吴文清一脸苍白，身子摇摇欲坠。

窈娘看男子有些眼熟，一问才得知是吴文清的好友君泽，就是吴家请的西席先生，也是那日街市上拽着孙大夫匆匆离去的人。吴文清身子还没有大好，也不敢将真相告知家中，只得央了君泽帮忙带他出来。

窈娘拎着食盒到了江边，敛起裙裾蹲了下来，从盒子里先掏出一盏荷花灯来，点上蜡烛放入河中，然后问桑林要了阿依朵生前留下的头发，打了个结丢了进去。

水面无风，荷灯兀自岿然不动。窈娘接着将炸好的酥鬼印端了出来，远远往河里抛了过去。不一会儿，河面涌出一群黑色的小鱼，只额心一抹微红，在河面上争相追逐咬食着酥鬼印。那群黑色小鱼额间的红越来越深，渐渐凝成了血红。

待碗里的酥鬼印投得差不多了，窈娘朝着小鱼笑了笑："吃了我的东西，该给我办事儿了吧。"

小鱼像是听懂了窈娘的话，点了点头，然后簇拥着荷花灯朝河心游过去。渐渐地，河面起了一阵雾，一片白茫茫中，突然刮起了一阵风，小鱼又拥着河灯缓缓游了过来。风将蜡烛的火苗吹得东倒西歪，到了跟前，火苗已经微弱得像是随时要熄灭。

就在这当口，一个影子从白雾中升起，渐渐凝聚成形，出现在众人眼前。

"姐姐！"

"阿依朵！"

桑林抢先一步奔了过去，却摸了个空。君泽虽然早就有准备，但也被吓得够呛，不顾吴文清奋力向前，拽着他连连后退。

阿依朵隐在白雾中，依旧还是旧日的模样。她先看了看泪眼婆娑的桑林，伸出手虚空摸她的头，有些担忧地问："桑林，你不该到这儿来的，家中一切可好？阿爹身子可好？"

桑林将脸埋进那只无形的手中，泪如雨下："姐姐，我知道我错了，我再也不任性了，姐姐，求求你，你回来好不好……"

"姐姐从来没有怪过你啊，我的傻妹妹。我知道，你是为了我好，终究是你年纪小，不懂情爱罢了。你忘了那天石洞边上我跟你说的话了吗？我说，我不怨你，你该放下的。"

"姐姐……"压抑许久的悔恨终于在这一刻爆发了，桑林在白雾茫茫中哭得上气不接下气。

说完，阿依朵转头看向吴文清，视线转过去的那一霎，眉眼颤了颤："文清，你怎么瘦成这样了？"

"阿依朵，我的阿依朵，是我对不起你……我不该丢下你一个人跑了的，是我错了……"吴文清挣脱了君泽，颤着身子往前走了几步，想去抚摸阿依朵的脸，却被阿依朵避了开来。

"你是不肯原谅我了吗？早知道你会如此决绝赴死，我当夜就不该听你的，就是拼了性命也该带你走啊！我原以为先逃出山去求二叔帮忙，说不定还能有转机，可二叔听闻此事后，一掌把我拍晕了连夜赶路离开，半道上等我逃回去偷偷寻人打听消息时，才知道你早已经……"

"我没有恨你，是我背弃了祖训，这是我该有的惩罚。我早就知道，爱一个人就该成全他，我不能让你残缺着回到属于你的世界，没有了舌头，你该怎么活……如果一定要受到惩罚，那就让我一个人承受就够了。"阿依朵越说声音越小，身影越模糊。

河里的鱼也开始焦躁起来，甩着尾巴跳来跳去，拍起阵阵水花，额心的血红点点忽明忽暗闪烁着。

桑林和吴文清同时感应到了什么，挣扎着扑了上去，却被窈娘拦了下来。窈娘望了望快要熄灭的蜡烛，叹了口气："时间快到了，阿依朵已经死了，这些黄泉鱼也只能趁着中元阎罗王睁一只眼闭一只眼之际，将她残留的魂魄带过来一会儿，你们让她说完这几句话安生去吧。"

阿依朵爱怜地看了桑林一眼，闭上眼睛伸开双手向吴文清走去，越来越模糊的身影快要跟他触碰到的时候，终于消失了，只留下一句满含着眷恋不舍的叹息："好好活着。"

吴文清往前扑了个空，险些掉进河里，被君泽眼疾手快一把拽了回来。

他跪在地上，捧着自己的脸，无声无息地耸动着肩膀，指尖濡湿了一片。

桑林望着河里的小黑鱼摇头摆尾地簇拥着一团白色的雾慢慢离去，桑林突然明白过

来，她的姐姐，是真的再也回不来了。

她突然想起来，很久以前在阿依朵的床底下发现过一本词话本子，当时她只觉着纸上画着的女子衣服颇为好看，并未多留意其中的词。

而到如今，她只记得无意中瞥见的一句。

"西方有树名婆娑，我却无缘结那长生果。"

⑤7⑨

桑林解开了心结，将吴文清身上的蛊毒彻底解开了之后，孤身一人回了南越。青黛也回到了孙大夫身旁，她总觉着自己迷迷糊糊忘记了些什么，只记得一个好看的小姐姐和陶罐里一条两个身子的金蛇。

孙大夫年老昏花，只当她是病糊涂了，做了些乱七八糟的梦，也没有在意，丝毫没有发现自己的孙女掉了个个儿。

吴文清的身子虽然好了，却落下了病根，以后都不能生育了，守着一心一意对他的妻子，什么都没有说，却是一下子苍老了好几岁，还常常一个人躲起来喝酒。

旱了三个多月，城里终于下了一场大雨，满城皆喜。

太守也忽然明白过来了，将术士打了一顿板子之后赶了出去，拿着一封满是朱砂大字的敕令头疼不已。

如意馆中，石清捧着一只竹蜻蜓欢喜得很。孙大夫带着青黛来了一趟如意馆，给窈娘送了好些药材，临走时青黛把手里的竹蜻蜓送给了他。

只是，石清仍时不时抬头望上一眼淅淅沥沥下着的雨，神色有些疑惑，陶墨墨拎着棒槌给了他一下。

"哎，我说你还真是个棒槌，你忘了这桑林是干什么的，人家是养蛊的！这养蛊的，有什么做不到的！"正说得起劲，余光瞟到窈娘正斜着眼睛似笑非笑地看着他，便住了嘴，嘿嘿直笑。

"桑林用自身冲天的怨念施了这蛊，阴差阳错倒将这金蛇蛊养成了双身，引得天地阴阳错乱，大旱三月。她陶罐里那金蛇不是喜欢吃甜的吗，临走前我往里边丢了些东西，估计以后都作不了怪了。"

一层霜雨一层凉，眼见着要入冬了。

窈娘转头望了一眼墙边柜子上，细腰的白玉美人觚里插了几支枯枝，没有一片叶子，上边星星点点缀满了花苞，有几朵花零散开得正好，而一个小小的粉色花苞正就着窗外细雨徐徐绽开。

五 蛇 羹

不堪相思累，一念一断肠。

钱婆子送上去的饭菜合了太守眼缘，被太守吃得一干二净，连汤都没剩下一口。

太守夫人大喜，赏了钱婆子好些钱财，把采买总管的位置也给了她，还许了她家大女儿进府帮衬。

念着窈娘的恩，钱婆子带了好些五色绸缎到如意馆致谢，大赞窈娘厨艺了得，话里话外试探着要将自家小女儿带过来学厨，磨磨蹭蹭地在如意馆就是不肯走。

窈娘左推右挡的，将话绕了又绕，就是不接话。陶墨墨跷着二郎腿坐在门口嗑瓜子，一边望着一老一少在那儿打着太极，一边默默翻着白眼。

太守分明是被那术士施了障眼法蒙蔽了心智，那青粳饭也就是稍稍加了些南烛叶汁破昏志罢了，太守这才重新得了清明。

啧，凡人果真是没用，就这么一点儿雕虫小技也值得觊觎。

想来，那术士大概是哪个山头修行的道人，想借了新骨的怨气练什么邪术，要换了早些年他闯荡江湖的时候，说不定还会路见不平拔刀相助一下。

眼下这天寒地冻的，身上银子没几两，还得在这如意馆为奴为仆，想想都觉着够心累的，也就无心搭理了。

在钱婆子的大力赞扬下，太守夫人起了好奇心，亲自带着好姐妹到如意馆中吃了几回饭，对窈娘的手艺赞不绝口，又央着窈娘给府里送了几回点心。这一来二去的，如意馆的生意一日比一日好了许多。

这日夜间，客人都走得差不多了，陶墨墨愁眉苦脸地捏着笔哀怨道："哎，我说老板娘，李叔都走了好一段时间了，不如咱再请一个账房先生怎么样？我这白天跑堂累死累活的，晚上还得记账，驴子也没这么使的啊！"

说完凑近了过来，指着自己的眼睛可怜兮兮道："你看看，你看看，我这眼睛青得都跟三天没睡过觉似的，再这样下去，我签的契约还没到期呢，就已经累死咯！"然后

把笔一丢，四仰八叉倒在椅子上干号。

窈娘捏着眉心看着一大堆的账本，有些发愁。

馆中一共仨伙计，一个呆傻，一个精明过了头，唯一的账房先生李叔前些日子有事儿回了昆仑，人手确实有些不够。窈娘想了想，还是让陶墨墨写个招人的告示贴出去得了。

陶墨墨得令立马活了过来，扯过一张四四方方的宣纸正准备下手，顿了顿又咬着笔头问道："老板娘，这招账房先生有什么要求吗？"

正好最后一个客人要走了，窈娘赶紧起身招呼，随口吩咐道："会认字算数就成，其他的你看着办。"

陶墨墨瞅了一眼正在天井里洗菜的石清，又看了看热情送客的窈娘，转了转眼珠子，提笔唰唰唰就写了张告示贴出去了。

这告示是贴出去了，也不知是年关将近无人愿意出来做工还是怎的，连着几日，如意馆依旧人来人往的，却连一个应征的人都没有。

店里来的客人倒是一个个挺热情的，结账时总要关心一下，问上一句这账房先生招得怎么样了，有没有合适的人选，问完跟同伴相互对视一眼，使上个眼色，乐呵呵直笑。

通里街上的曹大官人还一本正经地问过："哟，窈娘你们如意馆招账房先生啊，我家表叔的侄子年纪到了，可惜长得有些磕碜，不然还能来你们这儿试试。"

窈娘听出来话里揶揄的意思，忙着下厨备酒菜，也没太在意。

这日黄昏时分，城里迎来了入冬后的第一场雪，虹藏不见，闭塞成冬。

如意馆里没有客人，窈娘偷了闲，托着腮望着飞雪的屋檐发呆。这银装素裹的天地，满眼被素色给填了，不见半点尘埃，何其像九天宫阙的瑶台，模模糊糊的，就连街上积了雪的长凳，也有几分天河边上支机石的味道。

正恍惚着，就见渺无人烟的长街上，一抹青色从风雪中缓缓而来，衬着远山，倒像入了一幅画。

日暮苍山清远，风雪有人夜归。

那身影走近了些却丢了丑，不知是踩到了雪地里埋着的菜叶还是瓜皮，脚下一滑摔了个四脚朝天，直直将自己从画境中摔了出来。

那人站起来之后，朝周边望了望，眼见着四顾无人，这才赶紧正了正衣裳，龇牙咧嘴地偷偷拍了拍屁股。到了门口之后顿了顿，往墙上扯了张纸便进了门来："老板娘，你们这儿缺人是吗？"

听声音像是受了风寒，瓮声瓮气的。

窈娘定睛一看，这青衣人不是别人，正是君泽。一问才得知，一场大病之后，吴老爷不再勉强吴文清考科举，任由他随着自己的心意去打理药铺，自然也就把家中的西席先生给遣了。

而君泽原本就是投奔吴家的表亲，这会儿也不好意思赖在人家家里不走，只得出来另寻差事。

"第一，识文断字，会讲故事。我自小寒窗苦读数十年，四书五经也读了不少，孔孟故事常诵于心。第二，相貌堂堂，貌比潘郎。呃，貌比潘郎不敢说，相貌堂堂勉强算……"君泽扯了扯被风吹乱的衣裳，耳边隐隐约约泛起一阵红。

顿了顿，又鼓起勇气说道："第三，家世清白，性情温和……"

还没等君泽说完，窈娘皱着眉一把将他手中的告示扯了过来，这一看，气不打一处来。

纸上林林总总列了十条，从长相到性情、年纪，再到家世，均有所涉及。

这哪儿是招账房，分明招的是佳婿。回想起最近几天馆里客人的取笑，窈娘这才恍然大悟。

难怪最近几天有些相熟的客人总是一脸暧昧地笑着看她，敢情还以为她年纪大了想找相公了！不用问，一看就是陶墨墨这倒霉孩子捣的乱！

窈娘操起扫帚就追进了院子里，很快如意馆中就响起了一阵此起彼伏的哀号声。

"不是你让我看着办的吗？哎哟，别打了，哎哟我的亲娘欸，我错了……"

君泽目瞪口呆地看着这主仆二人，惊得半天合不上下巴，隐隐生了退意。石清对这场景显然已经司空见惯，一双厚厚的蒲掌拍了拍椅子上的灰，乐呵呵地让君泽坐。

窈娘最终还是让君泽留了下来，天可怜见的，能拿着告示老老实实来这儿应征，脑子多半也是读书读傻了。何况也是见过几次的熟人了，天寒地冻没地儿去，心眼也不坏，就留下吧。

◎2◎

陶墨墨鼻青脸肿地出门买了几天菜，兴致勃勃地带回一个消息。

方家城外庄园里出了异象，园中种的芜菁和白菘一夜之间都开了花。要说冬天开菜花不算稀奇，稀奇的是，所有的菜花都长成了荷花的形状，一片一片聚成层层荷瓣，荷花中心各有一尊佛盘腿坐着。

方圆十里的各家庄园听到消息后，纷纷往自家园子里盘查，将地里翻了个底朝天儿，也没发现什么奇特之处，菜还是菜，花还是花，正常得不能更正常。只有户姓洪的人家从地里挖出了一箱金子，喜不自胜，引得前宅院主人打官司争抢，也是唏嘘了好一阵。

众人艳羡不已之余，纷纷揣测方家这是烧了什么高香，才有了这样的吉兆。

有好事者说，这是因为方家老夫人多年积德行善，所以天降异象，以昭其德。这传言一传十十传百的，很快便在城里传了开来。

方家是城里最大的茶商，方老太爷多年前便中风瘫痪在床，家中只有一子一女，还闲养着几个无所出的姨娘。

大女儿嫁给太守为正妻，做了正儿八经的太守夫人，小儿子方老爷执掌门庭多年，膝下无子，只有一个女儿。多年来，家中就靠方老爷支撑着，生意倒也越做越大。

方家老夫人很久之前就撇了自家的杂事不管，无事便在小佛堂里抄经念佛，并且，老夫人多年茹素，不沾荤腥，逢年过节便在城外的路边设棚子，施粥散米。碰上荒年，家里的粮米衣物更是一车一车地往外运。

每月的初一、十五，老夫人还带着家中妇孺去寺庙中叩拜，捐钱给好些庙里的佛像塑了金身。要说起来，这些年方家结下的善缘，还真是多得数不清了。

天降异象，正巧赶上方老夫人六十大寿，方老爷大喜之下，决定在家中大摆三天流水席。

宴席当天，方府早早挂上了大红灯笼，烧好了炭盆，恭贺的人络绎不绝，方老爷领着妻女在门口笑脸相迎，大小礼物收了整整几间库房。

太守夫人想着给娘家搭把手，便把窈娘荐了过去，在内室单独整了一桌素宴为母亲祝寿。

天青色的冰裂杯中盛了酸甜可口的青梅酒，杯中裂纹如层层花瓣绽开，在清澈的酒水中摇曳生光，抿一口，沁人心脾。

桌上五簋四盘四色，鸳鸯小菜四碟，果点四盘。

边上摆着一圈素菜，青菜烧米果、天花煨粉浆、松仁豆腐、如意卷……

桌子中央一圈却是燕窝球、糟鲜鱼、牛乳煨鸡、八宝肉圆……

方老夫人落座之后，看了一眼桌子，脸色顿时有些不好，把筷子往桌上一放，抬眼望了一圈之后，眼皮子耷拉下来，手里转着佛珠不言语。

方夫人瞥了太守夫人一眼，抬高了嗓子："哟，这厨子不是姐姐请来的吗？姐姐大概是贵人多忘事，太忙了吧，忙得都忘了母亲不吃荤菜了。哎，我早就说了嘛，自家厨子用得好好的，非得去外头招些不三不四的人来。"说完用手绢掩住口鼻，往前挥了挥，有些嫌恶地撇开了头。

方老爷暗地里扯了扯方夫人的衣袖，示意她住嘴，转头看了一眼妹夫沉下来的脸，清了清嗓子打圆场道："今天这厨子真不长记性，大概是忘了姐姐的吩咐了吧，母亲您别往心里去。这几样素菜我瞧着甚好，就将这些荤菜撤了去，再让家里的厨子做些菜送上来吧。"一边说，一边忍不住盯着面前的一道蛇羹咽了咽口水。

说来也怪，方老夫人一心向佛，所以常年茹素，方老爷却是个彻彻底底的肉食者，无肉不欢，而方老夫人有一点是整个方家都闭口不提的，那就是她与方老爷一样，二人都喜食蛇羹。

仆妇战战兢兢地站在一旁不敢动，场面一下子冷了下来。太守夫人忍了怒气，有些坐不住，悄悄让身边的婆子把窈娘请了过来。

窈娘一过来就知道是怎么回事了，先给老夫人行了个礼，笑道："今日老夫人设帨佳辰，窈娘在此恭祝老夫人富足安康，松鹤延年。"

　　说完望着一桌子菜，慢慢解释道："窈娘早就听闻老夫人慈悲为怀，素日不食荤腥，所以不敢造次，特地精心准备了这一桌子素菜。您看，这桌上的鸡鸭鱼肉并非真正的鸡鸭鱼肉，都是用面粉、豆腐、玉兰、笋片做的，只不过拟了个形罢了。"

　　窈娘一边说着，一边卷起衣袖，取了汤匙轻轻将鸡肉拨开，中间的骨头处赫然藏着一根竹笋，点一点，还微微颤动着。

　　"早就听闻有寺院里的素菜做得极佳，就是用面粉此类寻常物事拟鱼肉的形，没想到今日见着了，我先尝尝看。"方老爷早就按捺不住了，用勺子舀了一勺蛇羹到碗里，吹凉之后放入嘴中，眯着眼睛。

　　"嗯，口感细腻，余味绵长。咦，不对，这就是蛇肉的味道啊！"方老爷举着汤匙凑到眼前细看，瞪大了眼睛疑惑道，"这要说没有真的蛇肉在里边，我是不信的。"

　　窈娘早有准备，让厨房里打下手的方家厨娘端了一个篓子出来，从篓子里摘了一株草举到灯下让众人细看。

　　只见这草通体细长，叶子边缘稍稍有些卷曲，呈深绿色，看起来也就是寻常模样，没发现有什么不一样的地方。

　　那厨娘看了窈娘一眼，眼里满是钦佩："窈娘子没有撒谎，我们都可以作证，这蛇羹里头根本就没有蛇肉，关键是这蛇舌草。也不知窈娘子打哪儿寻来的，说是群蛇常聚之地就有，蛇行过后会留下涎液在上头，将这蛇舌草煮水过后，以水做羹汤，自然就有了蛇肉的鲜美。"

　　众人闻言，这才一一动筷，吃了几口之后纷纷赞叹。一桌素宴倒吃出了不一样的味道，鲜美异常，没有食肉过多的稠腻感。

　　老夫人尤为开心，饭后还召了窈娘过去，慈眉善目地拉着窈娘的手叙了半天话，临走之前，又赏赐了窈娘好些东西。

❆3❆

　　君泽看着一桌子的东西直犯愣，啧啧称赞："这方老夫人果真如同传闻中一样乐善好施，就做了一顿素席，居然赏了你那么多东西！"

　　窈娘闻着自己身上沉郁的檀香味，嗤了一声，拣了一串珊瑚十八子手串于手中，细细看了看："你以为这桌菜是那么容易做的？你可知方府仅老夫人房里每月消耗的鸡鸭鱼肉就有数百斤，况且你看她面色红润，精神矍铄，若是常年茹素，会如此健朗？"

　　君泽眨了眨眼睛，不太明白窈娘的话。

　　窈娘叹了口气，继续说道："她是吃素，只不过这一道素菜，足足抵得上寻常百姓

一月的用度，平日里的素菜翻炒，都是用鸡鸭鱼肉熬成的浓汤调味，取其汤中精华，将肉舍弃。这些因做一道素菜而舍弃的鸡鸭鱼肉就不知有多少，无辜被宰，岂不是冤灵？

"就拿一道简单的太史五蛇羹来说，平日里做这菜，就先需要集齐眼镜蛇、金环蛇、银环蛇、水律蛇、大黄蛇五种蛇，还必须是深山水泽里出生一百天的幼蛇，用磨碎的鱼翅并新笋、香芹、蘑菇、五香腐干切成丁，加入鲍鱼、木耳、老母鸡等炖成汤。

"然后将所有材料捞起用手撕成丝状，再用文火炖上一夜，取了纱布将汤滤清后，残渣丢掉，剩下的汤汁勾茨粉推成羹。你说有蛇，什么也看不到，要说没有蛇，又全化在汤里了，那这蛇羹里有蛇没蛇，沾没沾荤腥，又有什么区别呢？"

君泽掰着手指算了半天，暗自咋舌，这取些汤汁都费了这么多些材料，那平日里还不知要浪费多少东西。

"这世间大慈大悲的人我见得多了，多的是佛口蛇心的人啊……"

方家这场宴席极为盛大，街头巷尾津津乐道，交口称赞了好几天。可没过几天，方家又出了件大事。

方老爷膝下无子多年，方夫人早先生下女儿之后产后大出血，伤了身子，这么些年一直在调养，也没调养过来。传言方老爷心疼妻子，这么些年家中也没纳个姨娘进门，眼看着人到三十，方小姐也已经长大成人，都快嫁人了，方老爷突然闹着要纳妾。

若是这妾是身世清白的寻常女子倒也罢了，抬进门生个一儿半女，也算是给方家稀薄的子嗣添后了。

可方老爷看上的，偏偏是路上遇着的一位姓白的山野女子，无亲无故，来历不明。

事情起因是方老爷入山视察茶园时，不小心被蛇咬了一口，是这女子救了他。方老爷见她无依无靠，柔弱婉约得像风中的一朵小白莲，不管不顾就把人领进门来，闹着要给个名分，说是要报答人家的救命之恩。方夫人天天哭哭闹闹的，整个方家乱作一团。

陶墨墨平日里最爱管闲事，一时好奇，便趁夜溜进去看了场热闹。

深夜，方府祠堂。

方老夫人盯着跪倒在跟前的方老爷，痛心疾首道："俊儿，你看着祖宗的牌位说说，这事你做得对不对？"

方老爷抬头看了一眼，梗着脖子道："我没有错，我想娶个自己喜欢的女子何错之有？"案台上摆放着整整齐齐的灵位，昏黄的烛光一闪一闪的，先人的名字被浓墨勾勒过，静静地镌刻在上头，像是默默注视着这一切。

"喜欢？当初你闹着要娶淑宁进门，也是说你喜欢她，这辈子非她不娶的啊……"

方老夫人低头看了一眼跪在地上的儿子，想伸出手去摸他的头，手伸至一半，忽而又顿住了，开始碎碎念起来。

小时候，方老爷就仗着是家中独子，到处闯祸，闹得家中鸡飞狗跳的，那时候的方老太爷忙着在外头做生意，也无暇顾及家中，只得她狠了狠心施家法处置俊儿。

那时候的方老爷跟现在一样固执，总是昂着脑袋，噙着泪花死活不肯认错。小小的人儿，跟个面人儿似的，看得她心都化了，打完之后总是忍不住将他揽入怀中，轻轻抚摸他的头，低声安抚着。

一道一道的，青黑的头发在指尖缠绕，轻易就能勾起她心中的柔软。

这一眨眼的工夫，俊儿已经当爹了，而她也不再是当年那个年轻的妇人了。

早些年，方陈两家一直是生意上的对头，在茶事上生了不少过节，偏生他看上了陈家的小姐，两人情投意合，瞒着双方父母偷偷便定了终生，甚至以绝食抗议。

那时，他也是将自己关在祠堂跪了整整三天，滴水未进，也如同今日这般苦苦哀求自己。方老太爷恨铁不成钢，一怒之下挥袖而去，她望着昏迷在床的儿子慌了神，第二日便亲自带了媒人上门求亲，低声下气地赔了好些好话，这才八抬大轿风风光光地抬着新媳妇进了门。

谁知新媳妇进门，性子骄纵，任意妄为。为了让他们夫妻和睦，家中太平，她将家中掌事的钥匙和账本全交了出去，搬到东南角的宅子里，寻了一方安静。

这么些年的退让，换来的却是儿子又一次的执拗。最近她一直在想，当年是不是从一开始，就错了？

方老爷垂着脸，嗫嚅道："娘，您不知道，她是越来越过分了。早些年不让我纳妾就算了，房里的丫头也是净拣些丑的放着，生怕我哪天瞧上了。您看我这都三十好几了，才生了一个女儿，一个儿子也没有，以后方家的香火可怎么办。您又不是不知道，平日里我早就被人笑得抬不起头了。"

方老夫人怔怔道："你当初娶她的时候，不就是看她性子活泼可爱，天真率性吗？过了这些年，怎么倒反过来成不是了？这男人，果真都是吃着碗里的，看着锅里的吗……"说着说着，不知想起了什么，眼泪悄无声息地涌了出来，怎么也止不住。

方老爷慌了，连忙解释道："娘，您不为我考虑，总得为咱们方家考虑啊。难道您想让琴儿招赘，以后万贯家财都落入他人手中吗？"

看着母亲独坐一边暗自垂泪，方老爷低着头深吸了一口气，终于还是将心中盘旋已久的话说了出来："娘，难道您也希望咱们方家绝后吗？"

暗夜里忽而有雷，倏地一下，闪电劈了过来。方老夫人闭上了眼睛，深深叹了一口气，什么都没有说，转身离去了。

次日，老夫人把方夫人喊过去，在佛堂里待了一天。方夫人出来时，双眼红肿，出门几步之后忽然掩面大哭，一路哭着跑了回去。

白姨娘进门那日，老夫人隔着垂花门，站在紫藤边上远远看了一眼。白姨娘一身白衣，

风姿绰约，走起路来婀娜多姿，像极了多年前的一位故人。

白姨娘入了方府之后，倒不像传言中的狐媚惑人，每日必亲自去给老夫人和夫人请安。虽说夫人时不时找碴儿立规矩，她也并没有借着老爷的宠爱恃宠而骄，乖乖巧巧的，丝毫没有怨言。

府里的下人也是极其喜欢白姨娘的。相比于女主子动不动就非打即骂，这位新来的姨娘不仅脾气好，更难得的是手头宽松，经常在院子里走动，和他们聊家常儿，一时兴起便赏些东西。

方夫人一听，更是暗中拧了帕子，咬碎了一口银牙。

白姨娘过门没几日，赶巧那夜雪下大了些，将方家祠堂屋顶上的瓦给打落了几片，为免祖先怪罪，管家回禀夫人后，次日一大早便请了泥瓦匠到家中修缮。

好巧不巧，这泥瓦匠刚爬上房顶，就被突然蹿出来的一条小白蛇给吓了一跳，一脚打滑跌落到祠堂后方的一口枯井里。井里填着厚厚的稻草，顶上还积着雪，泥瓦匠倒也没摔出什么事来，就是把随身带着的铲子给摔掉了。

泥瓦匠在井里拍拍打打寻铲子时，无意中却发现了一些散落的白骨。

衙门派人将尸骸敛了回来，经仵作查验尸身后发现，这尸骨是一名女子，大约死于三十年前。而尸骨身边还有一白玉镂雕双鱼式香囊，经人细细辨认之后发现，这是当年方老太爷身边的婉姨娘随身佩戴之物。

婉姨娘当年是方老太爷身边最受宠的姨娘，入府不久便有了身孕，后来不知怎的，快要生产的时候跌了一跤，很快便产出一个全身青紫的男胎。胎儿出生后身体孱弱，没熬过当夜便死去了。

婉姨娘身子养好之后，没多久也失踪了。当时府里还传闻，婉姨娘遇着旧时的情人，自觉无颜在方府待下去，卷了财物跟个唱戏的跑了。谁曾想，却是悄无声息地死在方府祠堂的枯井里。

方府接二连三的变故发生，方老夫人惊惧之下，很快就病倒了。

❀4❀

夜里又下了一场雪，细碎的雪花落在芭蕉叶上，簌簌作响。

"她回来了，她回来找我了……"方老夫人遣散了众人，坐在方老太爷床头，双眼无神地看着窗外，手里无意识地捻着佛珠，喃喃自语。

方老太爷好似知道她说的是谁，躺在床上努力瞪大了眼睛，嘴里发出空洞的"咻咻"声，嘴唇一张一阖，想要说些什么，却始终无法发出有意义的音节。布满青筋的双手握成拳，缓慢而无力地砸在床板上，却像砸进了柔软的棉花中，没有半点声响。

"果然，这么些年过去了，一听到她的消息你还是如此激动。明安，你可是忘了，我才是你明媒正娶的妻子啊！"老夫人捧着铜镜，幽幽地看着里头满脸细纹的妇人，眼里的哀恸一点点如深海里的星光般漫了出来。

铜镜上的凤凰矮冠垂缨振翅欲飞，似要冲破这黄铜的禁锢，数十年的光阴纷纷从眼前剥落开来。

那年二十四桥明月下，亭亭玉立的采莲女涉江而过，笑脸吟吟采了芙蓉千朵，最美的一朵不知赠了哪个少年郎。

那年，她还是个涉世未深的小姑娘，跟着奶娘在拥挤的人群中看花灯。画舫里的姑娘坐在船头轻敲檀板，纤纤玉指从胸前拂过，柔媚的嗓音勾得岸上数不尽的人互相推搡着往河边走，险些将她推落河中。

就在她一只脚踏入河中，身子悬空之时，一双温暖有力的手将她拽了回来，并用身子护住她，将她带出了人海。

漫天烛光下，只剩了那人一双熠熠生辉的眼睛。后来她才知道，他是方家茶庄的学徒。

他比她大五岁，每次见了她总是恭恭敬敬地唤她一声"小姐"，她每次只红着脸低头走过，用余光看他温润如玉的面庞，闻着他身上淡淡的茶香，看他嘴角挂的笑。

女儿家的心思像河心荡着的小舟，轻轻摇着桨橹，一道道縠纹是一道道心意。

她的少年郎啊，在桥上站着什么也不知道。

父亲很快便发现了她的心思，认真地问她是否真的看上了他，看着她羞红的脸颊，父亲做了一个决定。没有人知道父亲与他说了些什么，只知道没过多久，他便向她提亲了，主动提出入赘方家。

她觉着一切都像做梦一样，方家还是原来的方家，她却已经是心上人的新嫁娘。

婚后，他对她一直不冷不热的，奶娘安抚她说，男儿志在四方，该把心思放在生意上，女儿家就该替他照料好家中诸事，默默支持他。

很多年以后她才知道，其实奶娘什么都知道，只是像小时候一样，拿谎话诓了她，不愿她伤心罢了。

她原以为，上天会一直眷顾她，让她每日守着她的相公，生一堆胖娃娃，此生共白首。直至一日，他带着一个大肚子的女子进了门，她的梦才碎了。

他挽着那女子的手，亲口向她承认了一切。

他在乡下一直有个青梅竹马的恋人，原本打算在扬州城里立了足之后，便把她接进城来，谁知父亲的一番打算却乱了他的心。父亲约他深夜密谈了一次，许了他整个方家作嫁妆，他这才知道，父亲膝下无子，早已动了将他招赘的念头。

他也才知道，那个永远不敢用正眼看她的小姑娘，早已对他芳心暗许。面对整个方家的诱惑，他动了心，逼着自己上门提亲娶了她，可他心里却一直记挂着那个自小一起长大的姑娘，那个终日甜甜唤他明安哥哥的婉仪。

他终究没能忍住心中的欲念，将婉仪接了过来，求了她的原谅，并答应娶她进门做平妻。

"明安，我知道，你是恨我的，恨我挡了你的路，恨我喜欢上了你。可你怎么就不想想，这一切若是你当初不答应的话，我们又何苦走到今天？"老夫人伸出嶙峋的手摸了摸老太爷的脸，一如当年深夜抚摸他熟睡的脸。

"你恨我不肯让婉仪做平妻，让她屈居我之下，做了你的姨娘。那你有没有想过我的委屈，我又有什么错……我原以为，只要我好好待她，你能念着我的这份真心，眼里有半分我也就够了。

"可后来我才发现我错了，自始至终，你的眼里从来就没有过我，你眼里只有偌大的方家，只有你捧在心尖上的婉仪。你可知道，在你面前温顺可人的婉仪，仗着你的喜欢，做了多少为难我的事！

"我养了八年的鹦哥儿被她摔死了，说是跟她肚子里的胎儿犯冲。我最喜欢的牡丹被她掘了丢在院子里，因为她不喜欢这个味道。服侍了我数十年的奶娘被她杖责，起因就是没有向她行礼。

"奶娘年纪大了，不堪伤势拖累，一病不起，终究还是去了，以后再也没有人在身前护住我，为我遮风挡雨了……"

方老太爷像是第一次听到这些事情，眼里满是震惊，紧紧盯着老夫人，有些不敢置信。

"到现在，你还觉着我是在骗你吗？"

老夫人松了手，苦笑道："明安啊明安，你这辈子犯的最大的错误，就是自以为是。你总以为婉仪的孩子出事是个意外，总觉着你眼里连只蚂蚁都不舍得踩死的夫人胆小如鼠，你可知道，我的双手也沾满了鲜血。"说完低头看了看自己的双手，喃喃自语。

"婉仪摔跤，是我派人在台阶上涂了桐油。孩子本来可以安然出生的，是我让稳婆动了手脚，将脐带多绕了几圈，多使了几分力。之后也是我让人约了她到祠堂，就在那口枯井旁边，我就这么轻轻推了她一把……"方老夫人一边说，一边伸出双手，仿佛身处黑暗中，就这么轻轻往前一推。

望着老太爷几欲癫狂、在床上苦苦挣扎却又无能为力的模样，老夫人终于笑了，轻轻将他抖落的被子盖好，一步一步循着月光走向门外。

她这辈子啊，就干了这么一件坏事，却用了一辈子来赎罪，真是太不值当了。

说清楚了也好，下辈子能清清白白投胎。

做人啊，真难。

循着蛛丝马迹，官府很快就查出了真相，太守为了避嫌，交由底下人宣老夫人过堂。

官府来人之前，老夫人早已遣了众人，穿上了数十年前的大红嫁衣，平静地躺在床上。临走之前，侍女贴心地在香炉里点上了安魂香助她入眠。

临睡之前，她早已服下了断肠草。这一觉啊，不知何时才能醒，只愿醒来的时候，再也遇不上他。

不堪相思累，一念一断肠。

如意馆中，君泽正瞪大了眼睛望着柜台上的花发呆。

都说枯木逢春，真没见过大冬天还盛开的花，还是长在枝叶全无的枯枝上。可就在刚刚，一个浅红色的花苞缓缓绽放，开得如火如荼、肆无忌惮。

窈娘在门口跟一个头上簪着白花的白衣女子说话，看模样像是前些日子方家刚进门的姨娘。

"你这又是何苦呢，耗了那么些灵力幻了满园子的菜佛出来，不知多少年才能修回来了。"

女子嗓音柔媚，话语中却是满满的恨意："多谢娘子关心，不将她捧得高高的，怎知这摔得会更疼。方家这一家子都不是好人，这些年因为他们喜食蛇羹，沾了一手的血腥，不知伤了我多少同类。要不是我因蜕皮躲在山洞里逃过一劫，又岂能站在这儿看他方家家破人亡？不报此仇，我心中着实难平！"

窈娘半晌无语，叹了一口气，嘱托道："好生去吧，别伤及无辜。"

女子低头行了个礼，袅娜着腰肢走了，头上簪着的小白花在风中轻轻摇曳。

如意馆 第叁章

拨 霞 供

我记得她所有的一切，可以为她付出一切。可是，我不能爱她。

⟨1⟩

"小雪腌菜，大雪腌肉。"

大雪过后，窈娘开始张罗着腌些猪肉来年待客。

趁着天晴，窈娘一大早便请相熟的屠夫送了二百斤上好的猪肉过来，均匀地切成约莫十斤一条，洗净血水后，将炒盐一一擦透肉皮。

如意馆众人都在忙着打下手，到了晌午时分，总算将肉都挂好了。

年关将近，几个贩布的行商不准备回家过年了，便相约着一起到如意馆中喝喝小酒。

窈娘整完一桌酒菜，正准备歇口气，就见君泽耷拉着头一步一步挪了过来，身后陶墨墨抄着手一脸的幸灾乐祸。

君泽满脸通红嗫嚅道："窈娘，真是对不住了，我看书看得太入迷了，一下没注意，这肉就已经被猫吃了一块……"

陶墨墨从身后闪出来，手里揪着一只大黑猫。黑猫被提着脖子，毫无惧意地打量了窈娘一眼，低头意犹未尽地舔着爪子。

窈娘慢悠悠将目光从君泽身上挪了开来，轻轻落在猫身上，微微眯了眯眼。

夜里，隔壁裁缝铺子家的巧儿慌慌张张寻了过来，说是家中养的猫不见了，还没等她细细描述猫的模样，窈娘就朝着院子努了努嘴："赶巧了，我今儿捉了只来偷肉的黑猫，你看看是不是你们家的。"

话音刚落，就听见里头传来一声"嗷呜"，顿了顿，又开始大声地"喵"了起来，叫声无比凄惨。

巧儿追进去一看，愣了一愣，继而捧着肚子笑得直打趔趄。

就见一只肥壮的大黑猫脖子上套了个铁圈，铁圈一端系着绳子捆在树上，而黑猫正努力踮脚推着磨盘。

磨盘不大，在黑猫的奋力推动下一圈一圈转着，浓白色的浆水缓缓淌了下来，空气里氤氲着米的甜香。

　　君泽蹲在一旁，举着水瓢将槽里的米浆一点点舀进木桶里，一人一猫配合得无比默契。

　　石清将绳子解了下来，黑猫一挣脱束缚，便一跃而上扑入巧儿怀中，埋着头不动弹。

　　巧儿轻轻拍了拍它，一脸歉意地望着窈娘，连连道歉。

　　"真是对不住了，这猫我是最近才养的，平日里也不太动弹，不知今日怎的偷偷跑了出来，还偷了你们屋里的肉。"

　　窈娘云淡风轻地挥了挥手，就着烛光正好见着巧儿身后的头发还滴着水，身上衣裳也隐隐透着湿气，连忙塞了个手炉到她手里，皱了眉问道："这大冬天的你怎么一身水？被谁泼水了？"

　　巧儿笑得不太自在，摸了摸头上的梅花素簪，脸上隐隐爬上了一层红晕。

　　原来城外有座栖灵寺，寺西园子里有一眼清泉，水味醇厚，最宜烹茶。

　　方丈慈悲为怀，单独将这眼泉辟了出来，建了个茶室，让世人能随意取水，煮酒烹茶。

　　而这栖灵寺泉倒像印证了这寺名，最近几月渐渐有了灵气，时常能见到栖灵寺附近有虹出没，一端坠入观音山中的深涧，一端却落在栖灵寺泉中。

　　栖灵寺四周的天气也有些变化无常，常常是一片晴空，蓦地便有风雨大作。

　　待人散尽之后，风停雨歇骤然放晴。时间一长，便有好事者躲在一旁细细观察，惊讶地得出一个结论——

　　此泉妒女，见着有貌美的女子从旁经过，便引来风雨笼罩四野，久而久之便被称为"妒女泉"。

　　常有城里女子为了验证自己的美貌，相携着选了四下无人的时候到寺中取水。

　　巧儿早就听闻了这传说，以为是以讹传讹也没太注意，眼看着要过年了，便携了香烛去寺里给去世的父亲添些香火钱。

　　谁知走到茶室附近，本想讨碗水喝，就见泉中一阵沸腾，片刻便天降瓢泼大雨，生生淋成了个落汤鸡。

　　好在寺里还有几个上香的女眷，好心借了些衣服给她，厢房里烤了半天火，天黑了才回来。

　　陶墨墨围着巧儿绕了几圈，口中啧啧称奇："看来这妒女泉真真是小性子，巧儿你长得这般花容月貌的，这泉可不就对付你了吗？"

　　巧儿抿了抿嘴，黑猫从巧儿怀中探了个头出来，冲陶墨墨龇牙咧嘴作了一番凶相。

　　"妒女泉？怕是故人吧……"窈娘摇了摇头，独自喃喃自语道。

冬之卷·拨霞供

君泽最近得了块上好的玉佩，日日坐在堂前把玩，常常独自一个人看着玉佩发呆。

这日逢着衙门里的高捕头约了文宝斋的上官老先生过来喝酒谈事，结账时上官先生站在一旁，正好看见了君泽手中的玉佩，浑浊的眼睛突然精光一闪："君先生，您这玉佩哪儿来的？"

君泽轻轻抚着玉佩，有些伤感地说道："是我一已故好友的遗物。"

高捕头也凑过来细问道："君先生，您这玉佩可有确切的来历？最近衙门里抓了一批盗墓贼，趁着前些日子打旱骨桩，把前朝好些贵人的墓都给掘了，尸骨丢弃在一旁，陪葬的玉石珍宝全给盗走了。上头大发雷霆，责令我们要严惩呢，您这别是来历不明的赃物吧？"

君泽将玉佩一收，瞪大眼睛说道："不可能！我这友人是海陵人士，在甘泉书院待了三年，是本本分分的读书人。他是得了重病去世的，临死前写了封书信托人将这块玉佩带给我，说是他的传家之宝，待找到他的遗孀后，我自会将这玉佩完璧归赵。你说说，这怎么可能跟赃物扯上关系？"

上官老先生一把将正欲张口的高捕头按住，抚了抚胡须笑道："君先生莫急，高捕头许是办案心切，一时冲撞了。老朽只是见这玉佩不似凡品，不知可否让老朽一观？"

君泽恭敬地将玉佩递了过去。

"这玉佩通体白润，镂空行龙穿行于花草之间。菱格形眼，单叉形角，身体盘旋起伏，身上布满了鳞纹，背上还有脊齿。啧啧，造型古朴，刀工遒劲，浑然天成，毫无匠气！可惜了，也不知出自哪位大师之手……"

上官老先生赞叹不已，一脸惋惜地将玉佩双手交予君泽之手，抚了抚长须，失落地离去了。高捕头摸了摸后脑勺，连忙追了上去。

君泽将玉佩放入锦囊中，贴身放于胸口，默然不语。

夜里，不知哪家的老鼠偷灯油推倒了灯烛，太平桥起了一场大火。

偏生一条巷子里连着几家裁缝店，屯着的布料助长了火势，不一会儿就快烧到如意馆了。

眼看着火舌像肆虐的妖怪张牙舞爪舔了过来，浓烟滚滚尘嚣之上。

石清将院子里的荷花缸子举了起来，一把将里边的老蚌掏出来丢到一旁，呼啦啦跑出去将水往墙上一泼。

陶墨墨惨叫着收拾行囊准备逃跑，君泽着急得衣衫不整就出来了，牵着窈娘的衣袖直往外拽。

急急忙忙之下，踢倒了凳子，额头还撞在桌角磕了一个大包。

窈娘将他搀扶了起来，慢条斯理地将袖子卷了起来，不急不忙问道："谁有红色的衣服？"

石清一听愣了一下，将荷花缸放下，三两步跑进院子里，不一会儿就拽了一件绯色衣服出来，憨笑着递到窈娘手里。

窈娘皱了皱眉，一脸嫌弃道："新的？"

石清点了点头："箱子底下翻出来的。"

巷子里奔起的呼号声不绝于耳，黑烟缭绕。

窈娘朝门外望了一眼，叹了口气，然后从桌上取了剪子，将那衣服剪成三寸幡形，挂在晾衣竹竿上，让石清高举竹竿迎着风，朝着火龙蔓延过来的方向走去。

君泽瞪大了眼睛看着，总觉着自己花了眼。石清平日里伟岸的身躯似乎又高大了几分，举着的竹竿红幡飞扬，高高地从屋檐上冒了个头，在火光与夜色的辉映下，像将士般徐徐前进。

说来也怪，红幡所到之处，风回火熄，不多时，一场大火就这样消弭无痕。

次日清晨，如意馆中就听得陶墨墨大喊："我的红裤子呢！谁动了我的红裤子！"

话音刚落，西厢房中又听得君泽"啊"的一声惊呼。

❀3❀

窈娘早起买菜回来时，如意馆中气氛有些诡异。

陶墨墨捧着一堆红布条，蹲在墙角怨念地看着石清，一双桃花眼泫然欲泣。

石清拿着扫帚站在门口，一脸茫然。君泽躲在石清身后瑟瑟发抖，旁边站着个六七岁的小姑娘，一身白衣，笑得眉眼弯弯，拽着君泽的衣袖甜甜喊道："夫君！"

见着窈娘回来，陶墨墨和君泽眼睛一亮，同时扑了上来，不想被窈娘一躲，灵巧地甩了开来。

小姑娘亦步亦趋地跟在君泽身边，一步也不落下，一双眼睛圆溜溜地盯着君泽。

看了看满目哀怨的陶墨墨，又看了看一脸悲愤快要晕厥过去的君泽。窈娘坐下来悠悠地喝了口茶，这才抬眼，瞟了一眼陶墨墨："昨晚灭火需要红色绢帛，奈何没有，只得取了你的红裤子，改日让隔壁王婆子再给你缝一条就是了。"

"可是，这是我……"

窈娘挥了挥手，陶墨墨只得把话咽了回去，低下头没有说话，捧着破破烂烂的红布条回了房，临走前还狠狠瞪了石清一眼。

窈娘不以为意，视线在君泽和小姑娘身上来回打了个转儿，半开玩笑道："君泽，你这小媳妇儿是从哪儿拐来的？"

"我，我也不知道她从哪儿冒出来的啊！今天早上一睁眼，就发现她蹲在我床头，冲我直喊夫君……这可怎么了得？才这么一点的孩子，我压根就不认识她啊！"

窈娘也知道君泽一向不说谎,认真端详了小姑娘一番,问道:"他真是你夫君?"

小姑娘贴了上来,紧紧抱住君泽的手臂,掷地有声:"他就是我夫君!"

只见她一身白衣,脖子上挂着一个圆润的琉璃珠子,眉眼中星光熠熠,好似人间烟火绽放,又像荼蘼了一夏的酢浆草,散发着勃然生意。

正在挣扎着的君泽也呆住了,望着小姑娘专注的神情有些出神,半晌才回过头来。

深吸一口气,君泽无比严肃地问窈娘:"她,是不是脑子坏掉了?"

问她姓甚名谁家住何方年方几何,通通不知道;问她从哪儿来打哪儿去,她也不知道。只是形影不离地跟着君泽,终日"夫君""夫君"地唤着。

请了孙大夫来看诊,孙大夫眯着眼搭脉了一盏茶的工夫,看着窈娘说了一句"六脉通和",说完弯腰行了个礼,背着药篓转身就走了。

窈娘了然,孙大夫其实只说了半句话,还有半句她知道。当年孙大夫给她看诊的时候也跟她说过同样的话。

六脉通和,非神即怪。

◎4◎

小姑娘就这样在如意馆住了下来,在君泽冷着脸苦口婆心地劝说下,她终于不再整日黏着他,却始终围着他转悠,"夫君""夫君"地喊着。

渐渐地,众人都发现,她口中的夫君似乎是真的有那么一个人。她忘了前尘往事,却记得她口中夫君的一切琐事。

旁人的喜怒都与她无关,她的眼中只有她的夫君。

她知道他最喜吃糕点,便央了窈娘教她制水晶糕、绿豆饼。小小的人儿连案板都够不着,便搬了凳子踩在上头和面,挥了挥手,井水化作一条长虹缓缓注进盆中。

沾了一身的面粉,她也要喜滋滋地翻出水晶盘将糕点摆得整整齐齐的,送到君泽跟前。

热气暄腾中,只见她欢喜的眼。

她记得他最喜素雅洁净,便日日穿白色衣服。衣袖在墙上蹭了点儿泥巴,挥挥手招来一串水珠从衣上划过,瞬间光洁如新。

她的夫君闲时喜欢舞文弄墨,她便搬个椅子到柜台后边坐着。君泽算账记账的时候,她挽了袖子在一旁不声不响地研墨。

众人看着,都打趣君泽不知从哪儿拐了个小娘子过来,还是俏生生的童养媳呢。

每当有人将她与君泽捆作一对说的时候,小姑娘咧开嘴笑得尤其开心,细细的小白牙像极了深海里湛白的贝壳。

隔壁巧儿家的黑猫也时常溜到如意馆,有时候活蹦乱跳的,在小姑娘身旁绕来绕去。

她去哪儿，它也去哪儿，却从来不让她触碰到它，离她三尺一直观望着。

有时候，却像换了一只猫一样，深沉地蹲在一旁，静静地看着她。

若是她接近它，它也不躲，跳到她的膝上趴着不动。

巧儿还生了疑，一度怀疑这黑猫是不是吃错了药，就跟身子里头住着两个截然相反的灵魂一般。

这日，君泽终于坐不住了，偷偷拉了窈娘到后院里，捧着额头上的大包哀求道："窈娘我求你了，赶紧把她送走吧，她再不走我就要疯了！"

"年轻人要知足啊，你看你多幸福，还有人天天关心你呢。"窈娘瞥了一眼门边露出来的一截白色裙裾，语重心长地说道。

"哎哟我的姑奶奶，她对我再好，也只是个孩子啊，我再怎么的，也不至于做出如此禽兽之事来啊！"

阳光一寸一寸从墙上挪开，裙裾一点一点消失在阴影里。

次日再出现在众人面前时，小姑娘已经变了一副模样，身量高了些，模样也长开了些。

十五六的少女轻移莲步走至君泽跟前，欲语含羞道："夫君，我已经长大了，现在你还会嫌弃我吗？"

看了看跟前眼中含情的少女，又望了望一脸高深莫测的窈娘，君泽几欲崩溃，丢下账本掩面而去。

陶墨墨最近心情一直不大好，从旁经过时阴阳怪气地来了一句："长得再好看有什么用？连自己姓甚名谁都不知道。"

少女愣在原地，皱着眉有些不知所措。

⑤

上官老先生又来了如意馆好几趟，明里暗里试探了好几回，问君泽是否能割爱将玉佩转让给他。

君泽一拍脑袋，这才想起来他的玉佩不见了。

翻箱倒柜找了好几回，都不见踪影，仔细想来，那夜起火之后，就再也没有见过这玉佩了。

玉佩丢了，如意馆中却凭空出现一女子。想起她炉火纯青的控水能力，再想想丢失的龙形玉佩，窈娘总觉着冥冥中有什么必然的联系。

是日，窈娘不知从哪儿翻了一小节黑色木头出来，吹燃了一端，让君泽执着。

"真的要从这井中跳下去？窈娘，我是让你帮我解决问题，可我还不想死啊……"

"少废话，谁说让你去死了？"

"可这举着根冒烟的木头往水里跳，你确定不是某种献祭的仪式？别，别推我啊，啊，

啊……"

从井口跌落的那一霎，君泽本以为会被水淹没口鼻，紧张得四肢僵硬，不似自己操控，可过了许久才发现不对劲，脚下踩着柔软的一团，呼吸的空气中带着清甜。

睁眼一看，吓了一跳。

举着的木头燃起了青烟将自己和窈娘笼在一个透明的空间中，周遭被水环绕着，脚底下水藻摇曳，青苔伏行，游鱼在身边吐着泡泡，仿佛置身于水晶龙宫。

"呆子，我说现在到了阴曹地府你信吗？阎罗王就在前头等着你呢！"

君泽面色惨白地回过头来，一副吓得不轻的模样。

窈娘翻了个白眼，叹了口气："读书人真是不禁吓，唉！你可知，这世间有灵通的犀角有多种，比如'通天''分水''骇鸡'，你手中拿着的是分水犀，能避水。这还是我当年从皇宫里顺走的呢，便宜你了。"

君泽抹了抹鬓边的汗，轻轻舒了口气，也顾不得去想窈娘何时去过皇宫了。

青烟缭绕，在前方开道，七拐八绕走了一炷香的工夫，君泽发现前边有一扇门。

在窈娘的示意下，他叩了叩门上的铜环，有一苍老的声音传来："门前何人？"

"扬州人士，君泽。"

"与君幽明道隔，何事相窘？"

"晚辈有事相求，望能解疑。"

顿了顿，里头传来一个声音："你回去吧。"

君泽无奈地看向窈娘，窈娘面色平静地朝前走了几步，说道："请回禀府君，窈娘求见。"

过了半晌，才有声音传了出来："我家主人说，故人相邀，岂能不见？明夜如意馆中备好酒菜，定当前来。"

❀6❀

次日下了一场大雪，到了夜间，霰雪像小小的鹅毛，一片一片飘了下来。

屋子里摆了两个风炉，填了红炭，上头放着一个铜锅，锅里半铫水烧开了，正咕咚咕咚冒着热气。

边上摆了几张小圆桌，桌上小碗碟排成一排，酒酱椒料一应俱全，葱姜蒜末也切得细细碎碎搁在一旁。

两个大圆盘里盛着片好了的野兔肉，肉被切成薄片均匀地叠在荷叶上。

君泽觉着新鲜，问窈娘这是什么吃法。

"拨霞供。"话音刚落，就听得门口传来一个声音。

循着声音望去，一披着白色斗篷的白衣男子推门而入，发上沾着细小的雪花，轻裘缓带，姿色无双，令人眼前一亮。

"窈娘别来无恙，多年不见，还是如此貌美如花啊。"

"府君安好，论容颜，这上天入地，谁能比得过您啊？"窈娘笑着打了个招呼，朝着惊呆了的众人努了努嘴，"喏，这就是妒女泉的主人。"

"噢，妒女泉？我竟不知，平日里打发时间的玩闹，倒是让大家见笑了。"

"噢，不知府君泼的是人，还是什么？"

府君没有作答，自顾自坐下，抿了口酒，眼睛一亮，赞了一声好酒。

施施然拣了双筷子，捡了一筷子兔肉放入沸腾的锅中，薄薄的肉片在沸水的冲刷下眨眼便褪去了淡淡的红色，微微泛着白，晶莹剔透。

窈娘端上调好的油碟，府君顺势将煮熟的肉往油碟中一蘸，一抖，绿的葱白的蒜红的花椒滚了一身，又纷纷掉落，新鲜的兔肉混合着饱满的鲜香麻辣，口齿生香。

府君大赞，视线在屋里转了一圈，顿了顿，手轻轻拍着桌子喟叹道："此地应有谪仙，拥素云黄鹤，与君游戏。"

少女不知何时进了屋子，听见这话，突然想起了什么，牵着君泽的衣袖，欣喜道："我想起来了，我叫素云。夫君，我有名字的，我叫素云。"

听见少女的声音，府君慢慢转过身来，静静地看着少女。绵延的目光里岁月悠长，瞬间翻涌过无数情感。

少女一脸娇憨地牵着君泽的衣袖，晃晃悠悠，一荡一荡的。随后熟练地拿起筷子，将兔肉涮了一道之后，蘸了油碟喂到君泽嘴里。

"贸然相请府君，只是想问这女子的来历，想来府君执掌一方数百年，该是知晓的。"窈娘适时插话道。

巧儿家的黑猫不知何时踱了过来，乖巧地缩成一团，趴在府君脚下。府君轻轻抚了抚它的头，沉声道："我确是知晓她的来历。她，是故人之妻。"

❤7❤

泰山府君司阴阳，断善恶，掌鬼事，五百年一换。

早些年的泰山府君长相极其俊美，性子却有些暴虐，生平最恨有人拿他的长相说事。

碰上不着调的小仙调笑了几句，能把人家从地府追上南天门，非打得人家满地找牙跪地求饶不可。

这年，府君不知惹了什么大祸，被褫夺了地府的职位，贬入凡间。

恰逢司命不知所踪，代管司命职责的小仙早先与府君有过争执，怀恨之下，在命格簿子上草草添了数笔。

府君下凡之后，投胎到东海边上的一个渔村。自出生开始，脸上便落了个红色的胎记，

从右额落到脸颊上，像一团火焰。

海边渔村横亘着大山，与世隔绝，渔民靠海吃饭，最忌鬼神之事。

因此，脸上带着诡异胎记的孩子刚出生，便被村民所忌惮，甚至有传言说这孩子是地府冤魂转世，是来人间索命的。

父亲不堪其扰，带着一家老小搬到了山上，偶尔偷偷下海捕些鱼虾聊以果腹，更多的时候，是在山间捕猎为食。

额上带了印记的孩子自小便在白眼与谩骂中长大，村里的孩子都被大人教着离他远远的，即使迎面相遇了也只当作不见，背过身来吐口唾沫骂上一句已是家常便饭。

若是逢着海浪侵袭，有渔船失事，则三天两头有人叉着腰到门前怒骂。

母亲生性纯朴，只是将他一把拉入怀中，抱着他暗暗落泪。

父亲气得双眼通红，看了看一家老小，也只得忍了又忍，背了弓箭入山寻找猎物以发泄怒气。

刚懂事的时候，见着家人无缘无故被人辱骂，他忍不住便要出去与人争执，背着父母更是不知打了多少回架，常常伤痕累累地回来。

十岁那年，父亲将被石头砸破的房梁修补好之后，一声不响地将他用麻绳捆起来，不顾母亲在屋外的哀号，狠狠地将他抽了一顿。

这一顿打，让他躺了半个月才起身，伤好了之后，便断了辩解的念头。

世间如此，人情如此，纵然再多的争执也是无用，此后，他越来越喜沉默。

没有人知道的是，少年也是有朋友的。他唯一的玩伴，是海边碰到的一个小姑娘。

第一次遇到她时，少年随父亲上山打猎归来，趁着夜色到海边拾捡些贝壳给母亲串个项链玩儿。

静谧无人的夜里，却发现礁石背后躲着一个粉雕玉琢的小姑娘，骨碌碌地转着大眼睛。

望着那雪团似的小人儿，少年心生怯意，摸了摸脸上的红印，转头就要离去。

谁知就在他转身的瞬间，那小姑娘三两步跳了过来，一手拽住他的衣袖。

"哎，小哥哥，你也是住在这海边的人吗？"

少年将头别开，一言不发。

"小哥哥，你可以带我去玩儿吗？噢，我可以给你报酬，姐姐说了，求人帮忙不能空手而来的。你看，我带了好多东西，你要哪个？"

小姑娘从身上翻出一个布袋子，解开绳子自顾自地挑了起来，边挑着嘴里边念着："你看，有海里的红珊瑚、粉色的珍珠、长得像乌龟的石头……"

"够了！"静默的少年大喊一声，努力克制住逃跑的念头，慢慢转过头来。

颤抖着身子，鼓起勇气抬起头，却直直撞入一双纯净的眼眸中。

蓝色的眼眸像大海，映着他单薄而有些瘦弱的身影。可令他意外的是，他并没有看到意料中的厌恶与嫌弃，反而看到了一丝亲切。

小姑娘眼睛一亮，像找到亲人般依偎了上来，软软糯糯带着香气的身体贴了过来。

少年有些不知所措，呆立片刻后一把将小姑娘推开，指着自己的额头问道："你，你不怕？"

小姑娘皱着眉头，有些奇怪地反问道："我为什么要怕小哥哥？"

少年一腔愤怒瞬间消弭，只剩了错愕。

❀8❀

很久以后他才知道，在素云的眼里，他和她平日里的玩伴没有什么不一样。

她来自大海，几乎所有人身上都或多或少地带着海的印记。有人脸上长着青色的花纹，有人手上布着水纹，就连她身上，也在颈后发丝覆盖的地方，藏着一块小小的金色鳞片。

窈娘大概猜到了素云的身份，眼神一下子幽深起来。

府君一口饮尽了杯中的酒，眼睛愈发深邃，黑茫茫一片，看不到一丝光亮。

静默的少年就这样拥有了人生中唯一一个朋友，生平第一次知道，人世间除了冷漠，也是有温情存在的。

这个叫作素云的小姑娘，给他惨淡的人生点亮了一抹光。

素云说她来自远方，跟着父母亲来看望远嫁的姐姐。开始时，素云只能偷偷跑出来玩儿，小小的少年谨小慎微地将整颗真心都掏了出来。

带着她翻越了整座大山，到市集里看皮影戏、吃糖葫芦，他还许诺带她于秋冬领略山海间的漫天雪色。可素云却在一个夜里消失了。

少年等了许久，久到他甚至觉得，这一切是不是自己的一场梦。

所有人都不喜欢他，这只是他衍生于内心的一场美梦，梦醒了发现，自己依然还是一个人。

巨大的惶恐与无措，让他在遇到一个仙风道骨的道士时，毅然决然地跟他走了。

道士除了他之外，还收了一个叫作清风的徒弟。后来，发生了一场变故，心比天高的师父失魂落魄地回来了，小师弟也是一脸萎靡不振。

没有人告诉他发生了什么，只是在他离开时，师父忽而振奋起来，将一本秘籍交给了他，嘱托他勤加修炼。

还喃喃自语道，一切都是假的，唯有这本秘籍是他耗尽心血以亲眼所见的经历写下来的，总有一天它会被证实的。

少年带着师父的期望和满身风霜回到了海边的渔村，收敛起锋芒，躲进了深山专心

修炼，平日里也不与人来往。

日复一日地在海边等着，从日落等至天明。终有一天，少年在海边等到了长大成人的素云。

一如多年前的那个深夜，她突然地出现，从礁石后款款走来，轻轻地唤他小哥哥。

少年并没有追问她的来历，他隐隐能感觉到，素云的身世是横亘在他俩之间的一道沟壑。

就这样，少年将素云带回了山中，二人过上了神仙眷侣般的生活。日子虽然清贫，却因为有了情爱的滋润而异常温馨。

山中冬季时常落雪，素云不喜烧火做饭，便取巧选了个折中的法子，在屋中架一火炉，支上铁锅，将山间捕到的猎物一一切成薄片，放入锅中涮后蘸调料吃，倒也别有一番风味。

素云尤其喜欢雪，冰凉的雪花落在指尖，落在发梢，枝头红梅凌霜而开，折一支插入发间，有一种令人目眩神迷的美。

那时的她，像极了市集里娇俏的酒家娘子，轻轻趴在他的肩头得意地问他："夫君，我美吗？"

❀9❀

府君突然沉默了下来，猛地灌了一大口酒，将故事截止在雪地里的那一场欢愉。

"后来呢？"君泽忍不住发问道。

"后来，少年死了，素云也死了。"府君哀伤地看了一眼不知世事的素云。

"并不是所有的故事都能终得圆满，能够全部忘记，便如同死而复生，也是一场幸事。最难过的是，活着的人生不如死。"

府君叹了一声，起身往外走去，门打开，风灌了进来，衣袖翻飞。黑猫紧跟着府君，到门口的时候"喵"了一声，府君低头看了看腿边的黑猫，声音一下苍老了许多："老伙计，多谢你帮我照顾她。"

唯有窈娘看见，府君头上的青丝在一点点变白，高大的身影也一下子佝偻起来，步履蹒跚，一步一步隐入风雪中。

当年的意气风发天高地傲，只剩了如今，斯人独憔悴。

没过几天，君泽头上的包渐渐消了，额头上光洁一片。素云却变得焦躁起来，眼里满是疑惑，想要接近君泽，又不敢靠近，更多的时候是抱着身子缩在墙角。

看着她如同受到了惊吓的小鹿一般终日惶惶不安，君泽也不再时刻想要避开她，反而涌起一阵怜惜。

"老板娘，你说，她是不是终于发现我不是她的夫君了？"

"估计是吧。怎么，不舍得啊？"

"当然不是，就是觉着她挺可怜的。你说那什么府君也是，好好的一个故事说了一半就不说了。

"那个少年到底怎么死的？后来又怎么样了？素云怎么死了又活了过来？还有，那块玉佩又是怎么一回事？我怎么反而越来越糊涂了？"

"别想了，该送她回去了，我们现在唯一能做的，也只有这个了。"君泽第一次从窈娘脸上看到失落，还夹杂着一丝悔恨，只听得她口中喃喃自语。

"若是，若是我在，定然不会让他如此……"

一直以来，窈娘都是风轻云淡的模样，这突如其来的情绪变动，让君泽有些不安。

府君临走之前，在桌上留了一张小纸条，说是真到了万不得已的时候，就按照上边写的方法，送素云回去。

素云不知怎的，一直在死命抵抗。十五夜里，皓月当空，窈娘将好不容易从素云后颈中央挨着金色印迹处剪下的一缕发丝，点燃了丢进油灯里。

发丝被燃烧得噼啪作响，青烟缭绕，不一会儿就有敲门声传来。

一对中年模样的夫妻和一青年男子面带急色地站在门口，进门来便急切地四处张望，一眼就看到了抱着身子坐在墙角的素云。

"女儿啊，可总算找到你了！"

上天入地数百年，云梦泽龙族的小公主终于找着了。

❦ 10 ❧

云梦泽隶属中原水域龙族旁支，机缘巧合将大女儿嫁去了东海三皇子，一家人便年年往东海走动。

小公主敖冰时常偷偷出海，遇着脸上长着奇特胎记的少年，误以为是海里的同类，便化名与他结交。

后来知道少年的身份之后，却早已情根深种，成年后更是偷偷出海，自作主张与少年结了夫妻，恩爱两不疑。

谁知这少年身份却不一般，也正是因为这身世，引来了一场滔天祸事。

当年那一任泰山府君与东海三皇子有了龃龉，追着三皇子在凡间打了一架，三皇子被打得半死不活的时候被老龙王带人救了回去，这才捡回来一条命。

后来府君被罚下凡历劫，还在养伤的三皇子得知了府君的去向之后，寻机挑事。

偏生府君投胎的凡间少年早些年拜入天师门下，天师年幼的时候躲在草丛里见过府君与三皇子的那一场大战，对化作原身的金龙始终不能忘怀，便终身研习屠龙之术。

天师从卦象中看出少年与龙有机缘，便将屠龙之术传授给了他。

少年与三皇子在海边展开了一场大战，一举将三皇子拿下，不声不响地剥皮抽筋，

041

血水染红了整片海域。

得知惨讯的东海龙王赶到海边的时候，雷霆之怒引来天雷将少年挫骨扬灰。待素云寻到海边的时候，亲眼见着这一幕，惊得晕厥了过去。

素云醒来后，得知了前因后果。

心上人不是凡人，而是仇人，两人之间横亘着永远无法逾越的鸿沟。

一饮一啄，竟是如此巧合，天意弄人。

素云万念俱灰，在海边拢了几抔土，立了个衣冠冢，跪倒在墓旁不吃不喝，身子日益消瘦。

也不知等了多久，她终于等到了历劫归来的府君。依旧是相伴了数千个日夜的那张脸，可人却不是那个人。

温情不在，斯人只余漠然。

素云央求他，她说她愿意放弃一切，即使被整个水族唾弃，即使她的家族会因她而蒙羞，她都在所不惜，只要他愿意，她能跟他走，天涯海角，誓死相随。

府君只淡淡地说了一句话后便转身离开了："别等了，他已经死了。"

这句话让她多日的坚守轰然倒塌，素云当夜便在山间茅庐纵了一把火，与山俱焚。没有人知道她是死是活，只是从此从天地间消失了。

龙王夫妇老泪纵横，好好一个活泼可爱的女儿，失踪了数百年，好不容易找着了才发现失了神志，也不知是喜是忧。

龙王夫妇千恩万谢将素云带了回去，留了一大箱子珍珠珊瑚当作谢礼。临走前，窈娘神情凝重地问了一个问题："那少年，到底是谁？"

龙王摸了摸胡子，想了好半天才回答："那少年乃一介凡夫俗子，名字不知晓，不过少年的前身乃是泰山府君，柳步亭。"

❀ 11 ❀

栖灵寺，后厢房的茶室中，风炉里炭火烧得正好，满室茶香氤氲。

"我竟不知，我不在的这些年里，你惹了这么些祸事。"

"是祸事，也是幸事。"

"也怪我，怪我闯下那滔天大祸，连累了你……"

"别这样说，我知道，你也是有苦衷的。"

"你变成这副模样，也是因为她吧。"

窈娘抬眼，看向对面白发苍苍、垂垂老矣的人。

"你可还记得早些年你问过我，情是什么？我当时还笑你，仙人与天同寿，万古长存，情爱不过是过眼云烟，不足为道也。没曾想，我也有这一天。"府君苦笑道。

"谁知她性子刚烈至此，知道我们不可能在一起之后，竟然生了玉石俱焚之心。还好我去见她时就知，依她的性子，肯定会想不开，便施法将镇魂珠幻了个形，换了她身上的龙形玉佩，阴差阳错保住了她的性命。"

窈娘想起初见素云时她脖子上挂着的珠子，心下了然，这下子回去对君泽有交代了。这书呆子天天念叨着他的玉佩，念叨得自己耳朵都快起茧了。

府君一扫前些日子的洒脱与不羁，整个人身上都弥漫着颓丧。

"素云的名字是我起的，她刚出现的时候，像天上的云彩一般纯净。素云喜欢梅花，所有的首饰衣物都是以梅花为纹。

"她讨厌市集里的女子佩戴梅花纹饰，她说梅以冰雪为骨香为魂，凡人不得随意玷污。

"她心情好的时候，山中常常引虹入涧。那时，每当看到山间有长虹悬挂，我就知道，我的素云又遇着什么开心的事了。

"我记得她所有的一切，可以为她付出一切。可是，我不能爱她。"

府君苍老的脸庞上，露出了一丝眷恋。

过往岁月尽如云烟，烟波浩渺中，唯有情爱，是最毒的药，最噬心的蛊。

第肆章

千里醋

许是上一世她过得太苦了罢，这一世，她活成了他的模样。

❀ 1 ❀

连着下了多日的雪，好不容易晴了几日，后山的梅花瞅准时机挺了挺腰肢，悄无声息地长了几个花苞出来。

趁着天气晴好，窈娘便将店关了半日，带了陶墨墨和石清上街闲逛，准备备些年货，给君泽放了半日假，让他寻故友喝酒去了。

十二月眼瞧着过了半旬，街市上置办年货的人渐渐多了起来，满街都是撒佛花、韭黄、兰芽、泽州饧。市井里小货郎乐呵呵挑了担子走街串巷，兜卖些对联、桃符，兼着财门钝驴、回头鹿马诸如此类的行帖子。

纸画的钟馗眼如铜铃，方脸的门神倒眉竖立。

这一带有名的瞎眼老卦师收了摊子，好些日子不见人影，只剩了个摸骨看相极为灵验的瞎眼徒弟，摸索着将摊子摆了出来，挂着高高的长幡，将手里两块龟板翻来覆去地摸着。

开明桥上的花市里，各色的鲜花竞相绽放，有人圈了一小块空地出来，牵了只黄皮猴子在演杂耍，高空走钢丝，隔岸钻火圈，围观的群众看得津津有味，大声喝好。

表演完之后，耍猴人用拇指粗的铁链子系着黄皮猴子的脖子，时不时甩它一鞭子，让它朝着众人磕头作揖，引来一片大笑，即刻便有人撒下铜钱三两枚。

耍猴人笑得眉开眼笑的，好不得意。

一片叫好声中，一个清脆的声音传来："耍猴的，你这只猴子卖不卖？"

只见一黄衣姑娘一身劲装，粉目含春，正皱着眉头看着场中不断作揖的猴子。

耍猴人苦兮兮地讨饶了一番之后，婉拒了黄衣姑娘，牵着猴子继续往前走，扒拉着铜锣里的铜板，向着看众点头哈腰讨赏。

黄衣姑娘还是不死心，从人群中急急走了出来，一手拽住耍猴人手中的锁链："你说，你要多少钱才卖？"

耍猴人有些不耐烦了："不卖，不卖，给多少钱也不卖！"

两相争执中，突然人群中一阵喧闹，红衣皂吏执着短棒呼呼喝喝，人群被驱赶至两侧，中间留出好大一块空地来。四下寂静中，闻得马蹄声阵阵，六匹骏马拉着一辆精美绝伦的马车经过，车后跟着长长的队伍。

悄声耳语声中，只听得一清脆娇媚的声音传来。

"皇姐，你看，那儿有只猴子！"

"幼梧，猴子有什么好看的，那玩意儿脏兮兮的，宫里都没人养，再说了，眼前不就有一只吗！"

"哪儿，哪儿有啊？哎呀，皇姐你讨厌，又取笑我！"少女的娇嗔声传来，夹杂着一阵窸窸窣窣的衣料摩擦声，马车也随之有些摇晃。

众人正在揣测车中贵人身份时，变故突生，场中一直安安静静的猴子趁人不备发了狂，一下子从耍猴人和黄衣少女的手中挣脱了开来，朝着马车拔足奔去，踩着高低的肩膀跳跃。

眼看着三两步就要跳到马车上时，黄衣少女从乌压压的头顶上凌空一跃，扑了过来，在马车旁边的空地上打了个滚，顺势将铁链子拽住。猴子生生止在了马车的栏杆上，随即就被少女抱了下来。

右边两匹马儿受了惊，相继抬起四肢嘶鸣着。石清不知何时冲了上来，挡在黄衣少女跟前，双手朝马头一按，然后回头一脸担心地看着黄衣少女，眼里忽地有光一闪而过。

黄衣少女有些奇怪地看着他，蓦地捂着胸口怔了怔。这明明是个陌生人，是个模样朴实憨厚她从来没有见过的人，却让她有种莫名的亲切感。

马儿一下子就老实了，恢复了平静。

人群中有人喝了声彩，随即就被一尖锐的嗓音给打断了。

"大胆刁民，这是谁家的猴子，冲撞了公主仪仗，可知罪！"领头一个公鸭嗓从惊吓中回过神来，捏着兰花指，冲着人群气急败坏地喊道，手指头都快戳到黄衣少女的额头上了。

一听是公主仪仗，耍猴人心下当知不妙，躲在人群背后哆哆嗦嗦的不敢露面。

黄衣少女回头看了一眼，一跺脚，话已经说出了口："这是我的猴子，不知怎的冲撞了贵人，还请贵人恕罪！"

纤纤玉指将车窗帘子掀开，一位宫装丽人露了半边姣好的面庞说道："无事，下次小心便是了，快将猴子带下去吧，别让它再伤了人。"

猴子一见那宫装丽人露了面，挣脱着下了地，蹲在地上，一手指了指自己，一手指了指一旁的屋檐，呜呜咽咽，眼神里满是急切，好似在向旧相识证明自己是谁。

谁知那宫装丽人只凝神看了它几眼，略有些奇怪，又把帘子收回去了。

冬之卷·千里醋

黄皮猴子被黄衣少女抱了回去，眼睁睁见着那人消失在帘子后头，挣脱得更加用力了，大声叫唤着，音色悲切。

马车中丽人温声吩咐道："无事，继续走吧。"

公鸭嗓斜着眼睛睨了一眼黄衣少女后，这才指挥着队伍趾高气扬地走了。马车在众人的注目中绝尘而去，只听得车辘辘轧着青石板，嘎嘎作响。

此时车里的人还不知道，这只猴子将在未来的岁月里，给她们带来多少意想不到的事。

小卦师睁着一双空洞无神的眼虚空望着远处，抚着手里的龟板喃喃自语："怪了，这扬州城里怎会有如此天神贵胄之气。"

卖剪纸的老伯从旁经过听到了，打趣道："得了，小瞎子，公主都走远了，别装了。"

"不对，我说的不是人，这猴子明明就是从皇宫里出来的，这公主怎么就不认识呢？"

ᗧ2ᗤ

人群散尽之后，耍猴人觍着脸上前讨要猴子。黄衣少女凑近嘀咕了一阵，指了指远去的车队，接着从口袋里掏出个钱袋丢了过去，耍猴人一把接住之后，垂头丧气地走了。

窈娘看了看安安静静躲在黄衣少女怀中的猴子，总觉着有些眼熟，想了好半天也没想起来在哪儿见过。

陶墨墨眼见着没了看头，催着窈娘赶紧走，谁知窈娘却蹙着眉看着黄衣少女，眼里有惊喜有欣慰有惊讶一一闪过。而石清在一旁，盯着少女一动不动的，也不知在想些什么。

还没等陶墨墨问出口，就见窈娘走向黄衣少女，似是不经意地挥手撞了一下她的袖子，转眼便笑脸吟吟地迎了上去，手里捏着一块青色的玉坠。

"姑娘，这是不是你的东西？刚刚掉地上了。"

黄衣少女大惊，手径直往袖口摸去，摸了个空，一脸惭意地连连告谢。

"今儿本来是出来给外祖父买生辰礼物的，多亏了姐姐，不然今天要空手而回了。不知姐姐家住何方？改日定登门致谢。"

窈娘含笑将玉坠递了过来，抬眼打量了一番黄衣少女，态度出奇的和善："举手之劳罢了，姑娘不必客气。看姑娘装束，不像是扬州人。我这人，平日里最喜交朋友了，城南太平桥下有家如意馆，姑娘若是得空，可来馆中寻我喝喝茶解解闷。"

黄衣少女拱了拱手，带着猴子离去了，举手投足之间自见一派洒脱。

陶墨墨眯着眼睛一脸疑惑："窈娘你何时爱交友了？你认识那姑娘？好端端地去招惹人家干吗？"

窈娘望着黄衣少女远去的背影，又看了看在一旁摩挲着一个牙白色有些发旧的香囊的石清，百感交集。

"这不算我的故人，不过到底了，也该了结这桩夙愿了……"

没过几日，黄衣少女抱着黄皮猴子果真寻了过来。猴子躲在少女怀里，眼睛骨碌碌直转，一脸的神采奕奕。

窈娘拣了几样时兴的糕点果子送了上来，一番攀谈之后才知，少女名唤慕如英，父亲是熙州守将，自小在西北长大，这次随母亲回扬州省亲。

窈娘笑道："熙州是个好地方，早些年我还去过，没记错的话，北边是不是有座马衔山？"

如英大喜，当下把窈娘当作知己，拉着她的手兴高采烈地说了起来。

"从小就听闻母亲说这扬州有多么美，水榭歌台，繁花似锦，所以一直就想来看看。这次母亲回乡探望祖父，我就跟着一道来了，一见之下，果真名不虚传，好吃的多，景致也美，姐姐妹妹们一个个也都水灵灵的。"

如英说完闭上眼睛，深深吸了一口气，像是有些陶醉，末了睁开眼又说道："不过我还是喜欢我们熙州。熙州的天是蓝的，极少有阴雨绵绵的苦闷，就连下起雪来，也不像扬州一般扭怩，动辄就是鹅毛大雪。熙州的风也不似扬州这般，刮起来轻轻巧巧的，大风带着稻草和飞蓬从城墙上穿过，铺天盖地都是泥土里牛羊的味道……"

陶墨墨在一旁嗑着瓜子儿，啧啧道："我虽然没去过熙州，但有一点我是知道的，牛羊的味道，怕是粪便的味道吧！"说完看了一眼如英，一副嫌恶的模样，好似当真闻到什么味道，还将手凑到鼻子跟前扇了扇风。

如英一瞪眼，有些气急败坏地说道："你又没有去过熙州，你知道什么！"

陶墨墨翻了个白眼："我是没去过，不过看你这刁蛮的样儿，也知道你们熙州是什么样。"说话时还特地在"你们熙州"几个字上加了重音，一字一句咬着说。

如英好像反应过来了，连忙看了一眼窈娘。

"窈娘姐姐别生气，我不是故意的，我也不是说扬州不好，我只是，只是……"

窈娘拍了拍她的手，安抚道："没事，我这伙计平日里就是欠揍，打上一顿就好了。"

陶墨墨正待反驳，石清却不声不响地站了起来，一把将陶墨墨打横抱了起来，不顾他的挣扎，三两步迈出门去。只听得"哎哟"一声，像是什么落了地。

"石清你个杀千刀的！是不是前些日子起火时把脑子烧糊涂了，好端端地扔我干吗！哎哟，我的屁股……"

石清虽然试图放慢动作将门轻轻掩上，门还是重重地关上了，"砰"的一声响。店里坐着的客人似乎已经习以为常，回头看上一眼，又若无其事地转回去，该喝酒喝酒，该吃饭吃饭。

如英惊讶地看着这一切，有些疑惑，又有些兴奋。

窈娘像是看出了她的想法，淡淡解释道："别介意，我这伙计平日里就爱耍嘴皮子，两人打闹惯了。来来，你喜欢吃什么，我去给你做。"

如英嗜酸，窈娘便给她上了好些蜜饯梅子，欢喜得她眼睛都眯成了一条缝。

临走时，如英才扭捏地问道，能否将小黄放在如意馆中寄存几日。外祖父一家规矩甚严，平日里她舞刀弄枪的就已经被各种说教了，更别说要将这来历不明的猴子带进府中，她只能决定，暂时将其放在他处，等回熙州的时候再来带它走。

小女儿家心思细腻，为了方便称呼，她还给黄皮猴子取了个名字，小黄。

话音刚落，就见石清起身将小黄抱了过来。

❀3❀

小黄好像有些惧怕窈娘，一到窈娘跟前，就乖乖地坐着，还特意向着客人作揖讨赏。

一离开窈娘的视线，小黄瞬间就生龙活虎起来，满院子跳跃，到处翻来翻去的，攀着院子里的树枝荡来荡去，对一切都充满了好奇。

君泽跟在后头收拾烂摊子，一边将晒衣服的架子扶起来，一边感慨，他总算知道这猴子怎么会被耍猴人抓起来了。

不过奇怪的是，小黄也有真正安静的时候，就是日出时分和日落时分。屋顶上阳光初现与落日之时，小黄总会跳到屋檐上，坐在瓦上屈身抱着腿，一动不动的，任谁叫也不搭理。

如英隔个两三天就会来一趟如意馆，给小黄顺一顺毛，吃些小点心，跟陶墨墨、君泽聊聊天，远离家乡的枯燥也变得有趣起来。

她最喜欢吃窈娘做的各种小点心，江南的碧水亭榭让她提不起兴致，唯有精美的吃食，与熙州的大饼和粗面相比，更让人多了一份舌尖上寻胜探幽的逸致。

院子东边摆着几个坛子，都用盖子盖住了，走近了却闻得一阵酸味。

早些日子窈娘说是趁着天寒，酿些醋放着，以备来年用，便让石清搬了几个新坛子放到院子里的槐树下。

第一个坛子上边压着的石头已经被搬下来了，窈娘正皱着眉头细看。

坛子里酿的是米醋，远远的就能闻到甜香，还夹杂着一丝发霉的味道。君泽凑近一看，果真，坛子里已经能看到白色酒渣上飘着一朵朵青灰色的霉花。

窈娘让陶墨墨去隔壁巧儿家借了几枚针过来，洗洗干净后，架到灶上烧得通红，然后丢入坛子里已经渐成模样的米醋中。火针入水，淬得嗤啦嗤啦的，倒让人下意识觉着这坛醋是保住了。

第二坛是小麦醋，取了天明时井中的第一桶水，也就是所谓的井华水，泡了小麦三天三夜后蒸熟了放到坛子里，得放个七七四十九日。窈娘掀开盖子看了看，小麦已经开始融化了。

第三坛是五辣醋，窈娘取了柳条一边缓缓搅拌，一边撒了几粒红红的花椒……

第四坛……

林林总总七八样坛子都检查了一遍，最后靠墙角处，摆着的却是一个瓮。搬开厚厚的稻草和棉被，再掀开压着的桑皮纸，一股子陈年老醋的味道扑面而来，四下只听得一阵纷纷咽口水的声响。

窈娘望着使劲儿吞口水的如英，说道："这是千里醋，也就是备着能行上千里的醋。"

如英瞪大了眼睛，走近了细看，只发现黑漆漆的水里泡着一些东西，闻着极酸，还透着一股子果香。

"这千里醋，又称乌梅醋，是用乌梅制成的，说起来还有个故事呢。"

窈娘看着如英一脸兴奋的模样，微微眯了眼。

"相传吴兴早先有一男子家中开了个醋坊，后来战事频起，男子被征兵调往西北。起先，家中妻子时时能收到军中来信，男子在信中抱怨北地荒凉，饮食单调，且多为面食，常常思念家中的醋。妻子因思念自家丈夫，就想办法制了些千里醋，带上行囊千里迢迢去往北地。谁知到了北地之后，却发现丈夫已经死了，罪名是通敌叛国。"

前边有客人招呼，石清转身欲走，却踢破了院子里储水的荷花缸子，哐当一声响，水哗啦啦全流了出来。窈娘抢先走了两步，将水缸里的老蚌给接住了。

"后来呢？"如英三两步跳开，顾不得打湿的鞋子，连忙追问。

"后来啊，女子也一根白绫将自己吊死在城门口了。"

如英突然觉着脸上一片凉意，伸手摸了摸，发现自己不知何时已经淌了好些眼泪出来，伸手擦着眼泪，神思却飘到了千里之外。

千里醋，行千里，千里相思无处寄。

若是自己，不知会不会有这女子的这番决绝。

❀4❀

如英要随母亲回熙州过年了，临行前问窈娘要了些千里醋。

去核捶碎的乌梅在陈醋中泡了许久，反复浸晒之后，陈醋已经完全被乌梅给吸收了。窈娘将乌梅碎肉研磨成了细末，入了些许屋檐上的朝露，和成拇指大小的黑丸，用柔软的湖绸裁剪成方寸大小，一一包裹起来，再放入木匣中。

交代她若是要用时，化一丸于清水中，便成了一坛好醋。

窈娘置办了一桌酒席给如英饯别，连日来的相处，如英爽朗的性子让众人都有些不舍。

君泽料想她不喜看书，便特地去书斋里给她挑了一本画本，关于侠女舞刀弄枪闯荡

江湖的故事，果真得了如英好大一个笑脸。

陶墨墨鼓捣了几天，将埋在床底下的宝贝翻来覆去的，挑了一根锦鸡尾羽出来，足有五六尺长，通体黑褐色，布满了桂黄色的斑点，如春水漂洗过一般，湛亮光泽，威风凛凛的。

"这可是山中霸王七彩锦鸡的尾羽，以后你上山若是碰到猛兽了，就把这尾羽拿出来，必然是可以威慑一下的。"如英欣喜地接了过来，说是要回去挂到床头上。

窈娘扑哧一声笑了出来："你怎么不拔两根自己身上的毛，这么长一根尾羽让人家如何随身携带？"陶墨墨装作没听见，插科打诨便糊弄过去了。

倒是君泽耳朵尖，听见了几个关键字，一脸狐疑地看着陶墨墨，脑子里芸芸众生翩翩起舞，小心翼翼地揣测了一番。

令如英感到意外的是，石清还送了她一个香囊。牙白的底色上绣着绀青的花纹，藤藤蔓蔓间隐约见得到一个"张"字，边角的针线有些磨损，料子不是很好，棉布已经有些发白。拆开香囊一看，里边放着一块木雕。

半个巴掌大小的桃木上，雕刻着喜鹊登梅的图样，许是经常被人拿在手里，微微浸了些汗渍，四周的棱角也被磨了去，圆润得很，握在手里，刚好嵌在掌心。

如英湿漉漉的大眼睛看着石清，觉着他同往日不一样，可具体有什么不一样，却又说不出来。再看时便觉着是自己多心了，石清依旧乐呵呵地笑着，一如既往的憨傻。

"这块护身符是早先石清的故人赠送的，现在他送给你，大概也是希望你能平安喜乐吧。"

如英一听是如此有纪念意义的东西，正打算还回去，窈娘却压着她的手缓缓推至她的胸前，让她莫名地觉着心安，下意识就将香囊放进了胸口。

酒酣耳热之际，小黄趁无人注意，偷偷将如英身后的行囊打了开来，东翻西翻的，将木匣子打落在地，醋丸子一个个滚了出来。

小黄见这丸子被上好的绸绢包裹起来，以为是什么稀罕玩意儿，捡起一颗就丢进了嘴里嚼了起来。正酸得龇牙咧嘴之际，从眼缝里瞧见窈娘笑脸吟吟地看着它，一时慌了神，连吞口水，结果却呛着了，咳得唾沫横飞。

石清和如英正好围着桌子坐在一起，回头看时躲避不及，被小黄的口水喷了个正着。

恍惚中，众生颠倒，整个世界一片模糊……

✿5✿

挽着的发髻上垂了一缕发丝下来，正滴着汗，隐约闻得一股子酸，夹杂着米的甘甜，酒酿的微香。

吴兴郡乌程的一家醋坊里，张家小娘子正在瓮里捶着乌梅。清晨刚刚从树上摘下来的乌梅水灵灵的，皮薄肉厚，轻轻咬上一口，汁水在舌尖上颤颤悠悠地淌着，醉人的清甜。

前日里正到醋坊来了一趟，送了一封军中的家书过来。张家小娘子既忐忑又迟疑地拆了信之后，一颗高悬着的心才落了回去。

幸好幸好，不是报丧的信。

丈夫张延世在信中照旧叙说了一番近况，说他屡立战功，已经被提拔为百骑长了，深受神将军重视。

最近战事吃紧，敌军将领耐心告罄，频频发起进攻，守城的士卒常常几天几夜不能合眼。又碰上北方大雪，粮食供给不力，每日仅能分得几个又干又涩的菜饼子，运气好时，也能分到一碗素面。

只是每到此时，张延世就愈发想念家中的醋，往汤面中一搅，撒上些许肉丝黄瓜丝，再搁上几片青菜，光想想就令人垂涎三尺，也愈发地思念她。

张家小娘子有些心疼，张家虽然不是大富大贵之家，夫妻俩靠着醋坊倒也能安然度日，别说一碗肉汤面，平日里醋鱼也烧得，红烧肉也是隔几日便能端上桌的。

丈夫平日里无肉不欢，要不是战事突起，何苦到北地遭这份罪。

里正走后不久，镇子里的泼皮赵五又寻了上来。自征兵后，镇子里四肢健全的青壮年基本上都从军了，只剩了些老弱病残守着家。

这赵五自小便有腿疾，走路一瘸一拐的，自然不用上战场，就留了下来，每日无所事事、不务正业的，四处骚扰年轻的妇人。

借着打醋的名义，赵五到醋坊中来了好些回，惧着张延世从前的威慑，也只是言语上调戏几句。

眼见着一年多了，张延世还没有回来的迹象，赵五来醋坊愈加勤快，时时目露邪光，叫人心惊肉跳的，张家小娘子每日睡前总得在枕头底下压着一把菜刀才能睡得安稳。

应付完赵五之后，张家小娘子做了个决定，既然生逢乱世，哪儿都不安稳，还不如卷了行囊去北地看望丈夫。

她将晒好的肉干缝进了夹衣的里层，将制好的千里醋丸子放进了装药的瓷瓶里，沿着大道一路往北，一路向西，孤身踏上了寻夫的征程。

她的丈夫，在北地狄道郡。

〖6〗

狄道郡中，两军已经连着多日未曾开战，城中的百姓抓紧时间在修补城墙。

张家小娘子一路风尘到了此地，还没来得及好好休息，便到处打探消息。得知进城门时看到的那具吊着的尸首，正是张延世，两眼一黑，直直晕了过去。

他们说，她的丈夫是叛贼。

他偷了郡守的城防图出城投靠敌军，敌军派他先行潜回城内当内应，谁料在城门口便被守门的城将发现了，愤怒的儿郎们举起手中的弓箭，众箭齐发直直朝着他的胸膛而去，将他射死在城门口。

夜幕掩护下的敌国大军紧跟其后，随即一举而上进行突袭。那一仗是敌军规模最大的一场进攻，死伤无数。

一场血与泪的交战之后，威南大将军将张延世的尸体吊在入城的管道旁，以儆效尤。

张家小娘子不信，可又无能为力。

在她的苦苦哀求下，威南大将军允许她将尸体带走，但是不能同其他将士的尸体一起运回故土。叛国殃民的乱臣贼子，不配与众英灵同眠。

在那个大雪纷飞的夜里，她拖着板车载着她的相公走过长长的石板路。失了儿子的寡母兜头泼来脏水，年轻的小妇人带着咿呀学语的幼儿也来唾上一声，她始终抬着头，抿着唇一言不发。

张家小娘子在城郊的马衔山上找了块空地，将张延世给安葬了，守在坟地旁搭了个草庐，住了下来。

千言万语只汇于一句话，她不信！

丈夫志，当景盛，耻疏闲。

战事突起时他日夜辗转反侧的忧思仍历历在目，那一封封千里家书中好男儿的豪情壮志是不会骗人的，被提拔后字里行间的欣喜也是字字句句熨帖在心头的。

甚至在临行前，张延世还特地带着她去了一趟广德王祠，叩拜之后，从祠前取了枝桃木回来，雕了块木雕，刻上了喜鹊登梅的图案，想着能像广德王一样英勇善战，能早日建功立业。

同床共枕多年的夫君，她又怎么会不知道他的为人？

战事停了好些天，敌军再一次卷土重来，满城皆硝烟，她踽踽独行穿梭在狄道郡里，像一个格格不入的陌生人。

也不知是一年，还是两年，抑或是更久，她也不知道她在等些什么，或许是盼着战事胜利，又或许是在希望着什么。

年轻的小妇人头簪白花，形容枯槁地守着坟庐，等到了威南大将军带着数百将士低着头前来告罪。

他们说，她的丈夫是被冤枉的。

张延世同裨将军定下计谋，伪造了一份城防图，假借献图的名义，行刺杀之实。为了不让营中的细作发现，此事除了他们二人之外，只有裨将军身边的心腹知道。

二人从城门上夜缒而出，缚着裨将军献给敌军，以此为投名状，借着进献城防图的机会到了敌军大将跟前，拼死刺伤对方之后，张延世趁乱逃至城门前，谁知却被守门的城将不管不顾以利箭射穿。

裨将军未能逃出，死在敌方军营里。那一场暴怒之后的大规模突袭中，唯一知道真相的裨将军心腹也战死了。敌方将领受重创后不治身亡，军心溃散，这才匆匆结束了战局。

直至缴获敌军俘虏时，才有人为了活命道出这一内幕。

原以为是最大的罪人，受风吹日晒，死后仍不得安宁，结果，却是最大的功臣。

万千活下来的将士，心中能不有愧？

凛冽的寒风中，没有人说话，只听得女子悲戚的呜咽声，渐渐变成痛快淋漓的大哭，绕着孤飞的大雁盘旋直上，仿佛心中压着的大石滚滚而落，砸进深渊里寂静无声。

次日清晨，整个狄道郡都弥漫着一股酸醋的味道，由南至北的墙缝里、窗台上，墙角绽了新枝的苍耳沙蒿间。

城里相继有人循着味道出门，到街市上互相询问，是否家中待客，端上了江南的乌梅？

而张家小娘子，悄无声息地用一根白绫将自己吊死在北边的城门上。

乌梅与醋的味道在城中弥漫了整整半月才散，直至许久之后，从狄道郡的井中打出的水依然是酸的。

◎7◎

如英从睡梦中醒来，发现自己不知何时睡了过去，酒桌上剩了残羹冷炙，屋子里架了炉火，窈娘和君泽正围着陶墨墨坐着，听他眉飞色舞地说着什么。小黄低眉顺眼地蹲在一旁，怯怯地看了她一眼。

如英抬头一看，正好看到石清趴在桌上，抬眼望过来，眼里粼粼的，有光。

想到刚才那个梦，如英有些心慌，连忙垂下了眼帘。

仿佛就在刚刚那一两刻的工夫，自己经历了一个女子的半生，身上蓦地有些冷。再细想时，却发现自己不管怎么想，也想不起梦中人的模样，只有铭心刻骨的绝望与窒息，让人喘不过气来。

临行那日是个雨天，如英与母亲坐在马车上，掀开帘子望着窗外，淅淅沥沥的雨中，年轻的小妇人提着食盒撑伞而过，前方的书肆里，束发男子正盘腿坐在书桌前奋笔疾书。

耳边母亲絮絮叨叨的埋怨也变得模糊起来："平日里舞刀弄枪打打杀杀就算了，一点都不像个女孩子，要是让你带个猴子回去了，那还了得，还不知要闹成什么样呢。按我说，就不该让你爹惯着你，女孩子就该大门不出二门不迈的，绣绣花学学琴，不然以后怎么嫁得出去……"

如英突然心念一动，将手中摩挲已久的木雕揣进胸口，不顾母亲的呼喊，匆匆跑进了书肆，不一会儿满身淋漓地带着一本厚厚的地方志上了马车。

翻了几页之后，如英突然顿住了，脸色惨白地捂着胸口。

只见翻开的图页中，赫然写着几个大字。

熙州，前狄道郡。

⑧

如意馆中，因着几场雨，石清将坛坛罐罐搬进了后厨。窈娘取了新泥小瓦罐，扎上一层凉纱，一勺一勺将坛子里的醋分门别类装进去。

"为什么不去送她？"

"她已不再是她，我也不再是我，又何必多添是非。"

若是君泽或者陶墨墨在，肯定是要惊讶的，平日里不善言辞的石清何时能说出这样的话来。

窈娘一副意料之中的模样，望了望屋子里美人觚上插着的枯枝，说道："也许是前世的羁绊太重了，兜兜转转竟然让你们重逢了。"

石清沉默不语，将手里搅动五辣醋的柳枝搁在坛子边上。

柔弱的江南水乡女子，投生在死去的北方，成了张扬明媚的女子，在黄沙漫天的北地励志要成为大将军。

许是上一世她过得太苦了吧，这一世，她活成了他的模样。

"还是得谢你，若不是你，我也得不了这副身躯，也活不到现在。"半晌之后，石清才说道。

窈娘有些感慨，当年她闯下那弥天大祸，为寻补救方法，上天入地走了许多年，去往北地时，被一股冲天的执念所吸引，寻到了马衔山，从尸骸累累的空地上找到了源头。

人死之后，若是一般的执念也就罢了，要么徘徊个数日也就消散了，要么化为厉鬼作祟。也是这张延世运气好，身上带着的那块木雕来自广德王祠，得了广德王的些许庇佑，竟让他死去之后在这世间飘荡了数年，仍怀着赤子之心守着这马衔山，守着这交界处的最后一道屏障。

窈娘得知前因后果之后，感其忠诚，不忍他就这样最终消散于世间，到广德王张勃那讨了个人情。许他役使阴兵一夜，在夜里无人时攻入敌方边境阵营，好生驱逐了一番。敌军溃败千里，此后再无抗衡之力。

随后，窈娘将他的残魂收入灵石中，幻了人形，改名为石清，从此跟着她四处行走。只可惜，许是因为在世间飘荡过久，张延世的魂魄沾染了世间的污浊之气，重塑人身后神志浑噩，有些呆傻，也就成了早先的模样。

"说起来，你还得谢谢小黄，这皇家贵胄之气还真是厉害。也是因缘际会巧得很，如英救了小黄，小黄还了你们一场如斯梦境，解了你的迷障，这冥冥之中，自有定数啊……"

石清苦笑，顿了顿，低下头默然说道："你就当我还同原来一般吧，我倒宁愿没有醒来。"

今日的雨下得有些大，小黄有些闷闷不乐的，时不时抬头望上一眼，无精打采地躲在屋檐下拔着天井里的草。

陶墨墨盘腿坐在门口，将手里的馒头一小撮一小撮撕下来，揉成团用力砸了过去。

"这死猴子怎么赖这里不走了，前日里才把我晾的衣服全给打落到泥水里，还整天追着那几只鸡跑，你看看，吓得我的宝贝母鸡连蛋都孵不出来了。你说，你说这可恶不可恶啊！"

君泽正拿着棋谱一一对应解着棋，闻言有些不忍，拣了新鲜的果子递了几个过去。

"你瞧，世事如棋，这世间不是人人都能有这般好运的。"窈娘抬头望了一眼石清，意有所指地说道。

门外，邻家的幼儿扶着木马在玩闹，绕着小街边跑边唱着吴中民谣："卖汝痴，卖汝呆，谁来买……"

昨日种种，譬如昨日死；今日种种，譬如今日生。

而窗外，官府的车马正有条不紊地往高旻寺行宫运着东西。今年圣上大寿，海外诸国纷纷派遣使节来访，齐安公主和宿国公主奉旨到扬州接待。

接下来的一段时间里，皇家的两位公主，将成为整个扬州城最热闹的中心，而小黄，也终究逃脱不了宿命的纠缠。

如意馆

第伍章

河祗粥

这世间之事，果真是天道轮回。

◎ 1 ◎

除夕之夜，爆竹声此起彼伏。窈娘置办了一大桌子菜，还将新酿的屠苏酒搬了出来，四个人围在桌旁，辞旧迎新。

今年过得与往年不太一样，往年李叔还在如意馆做账房先生，因循守旧，剩下几个懒懒散散的，虽然总嫌他啰唆，却也会由着他去。毕竟，李叔脾气不太好，一言不合是会吹胡子瞪眼、操起拐杖吓唬人的。

李叔早先在这人世间住了好些年，也不知是哪朝哪代的事儿，再出山时，世上已千年，人间尽往事。

他念旧得很，如意馆中便也依着他的规矩来。往年过年的时候，早早便备了胶牙饧屠苏酒，给灶王糊了嘴，门边贴了神荼郁垒。

吃饱喝足之后，再指挥陶墨墨搬个火盆放到街心，折了松枝丢进去，说是可以卜筮来年吉凶。

彼时，陶墨墨总是不情不愿地在一旁嗤之以鼻。都不知道是活了多少年的老妖怪了，还信这人间旧俗。

可如今李叔不在，天刚黑下来，陶墨墨就不声不响搬了个火盆放到街心，蹲在一旁烧起松枝来。石清则一声不吭，拿了石臼在替窈娘舂着青蒜。

窈娘在准备五辛盘，择了细葱、青蒜、韭菜、芸苔、胡荽，一小撮一小撮切碎之后，取了凤纹漆盘，均匀地一小格一小格放到盘子里。

切着切着，发丝垂了下来，用手擦了一下，不多时，眼睛便红了一圈。这寒霜渡过的葱，有些辣。

"老板娘，李叔什么时候回来啊？有些想他了。"陶墨墨和石清在玩骰子，石清越喝越清明，陶墨墨却输得一塌糊涂，饮了好些酒，口齿不清地含糊道。

"快了，快了，等他忙完就回来了。"窈娘默默盛了一杯酒，一口饮尽。酒气一线入喉，瞬间脸上便爬起层层红晕。推开窗，霰雪一小粒一小粒地飘了进来，沾湿了眉目。

是啊，她现在身边有陶墨墨、石清、李叔，还多了个君泽，自己不再是一个人游走于凡尘，看人世间浮云苍狗。那样的日子过了太久，久到自己都忘了，这是过了多少年了。

那一场祸事之后，她被贬至凡尘。初到人间时，她独自站在街角，行人熙熙攘攘，让她有些不知所措。

早些年穷极无聊，为了给仙人们的生活制造点波澜，她央着下凡的寿春仙人带了好些话本子，富贵人家的雕梁画栋、市井货郎的叫卖、街头花枝招展的女子浓妆艳抹、雄赳赳的儿郎背着长刀大步迈过……

这一切鲜活而有韵味，向来只存在于她笔下构建的故事中。

而当她自己真切地站在其中时，才发现自己其实对这一切一无所知。尘土滚滚而来沾了身，酒肆飘香四溢扑了鼻，板车推过钩破了衣角，她皱了皱眉，像往常一样挥了挥衣袖，掐了个诀儿，再细看时，才发现什么都没有改变。

拔腿走了几步，步伐不再轻盈，有什么沉重的东西禁锢了她的足，抬头望向高高的天际，她这才慢慢意识到，自己已经身处凡间。

忘了在什么时候，她碰到了李叔。胡子拉碴的老头儿提着烟袋打酒坊走过，老眼微眯，在街角发现了她，此后低眉垂目便跟了她。

她带着檠木枯枝，去过塞北，去过江南，寻觅了许久也没能寻到丢失的东西，再后来便在扬州落了脚。

如意馆中有了石清，有了陶墨墨，还有了君泽。

世事一场大梦，人间几度秋凉。

☙2❧

因着使节来访刚好赶上了年末，还有些海中小国受风浪影响，迟迟没有抵岸，圣上索性命一行人在扬州过完了年再回京。

城中沿河有五道门，候馆便设在了钞关门不远处，题曰：春满江楼。

原本扬州便有古制传下来的皇华亭，年年翻修，设在城中处。

早些年圣上南巡，沿着河道行到钞关时，正好碰到当地官员百姓夹道相迎，错彩镂金的大船靠在岸边，桅杆上的大鹏振翅欲飞。正逢春日花红胜火，两岸桃花灼灼、苇荡莲飘，圣上心花怒放之下，大笔一挥，便给旁边的小楼亲自题了"春满江楼"的匾额，作了接待外国使节的驿馆。

齐安公主在行宫设宴席款待，宿国公主作陪，连着多夜灯火彻明，歌舞笙箫，好不热闹。扬州城里的大小官员也都去了，喝得醉醺醺回来，不免说了些醉话，守夜的下人听了一耳朵，便传了出去。

次日，满街都在议论这皇家的两个公主。

齐安公主美艳绝伦，举手投足之间明艳照人，继承了生母魏贵妃的好相貌，虽是年华正好的美妇人，年过三十仍不减风情，丝毫没有传言中新寡丧夫的惨淡与衰败。

倒是宿国公主青葱明媚，玲珑可爱，一派娇憨模样，可爱得很。

行宫建在高旻寺旁，歇山楼前边留了好大一块空地，把特地从宫中运来的好些新制的烟火摆放在这儿，从三十夜里直至年初二连着放了三夜。

满天的流金底下，齐安公主身旁跟着的一玄衣男子引起了大家的注意。

当朝喜巧奢，时人衣服也大都轻薄清爽，喜白喜亮，极少有人穿玄衣。这男子不仅一身玄衣皂履，难得的是眉目间凛然风骨，自成气派，端的是好风采。

男子一直不怎么言语，紧紧跟在齐安公主身旁，时不时低语几句，齐安公主掩着嘴，美目顾盼间，完全是一副小女人的模样。

观看完烟火之后，大家便陆续入了座，行宫里早已准备好了酒宴歌舞。

筵席将散之际，坐于齐安公主下首的玄衣男子忽然起身，在齐安公主耳边说了几句话后径直离去。

只见齐安公主眼睛一亮，接着若无其事地继续与众人攀谈，嘴角的笑意却浓了几分。不多时，黄衣宫娥上前耳语几句，齐安公主拍了拍掌，四下安静以后，关着的门开了。

一列头戴高帽的黑衣人赤着脚走了进来，紧随其后跟着三个披头散发的红衣女子。

黑衣人脸上涂着丹砂，双手捧着三尺长的竹竿，在大堂中央围成一个半圈。红衣女子披散着头发站在半圈里，上身仅着寸缕，下身围着半截兽皮，低着头，双手微微扬起背在身后。

黑衣人将手里的竹竿捧置嘴边，蓦地一声长啸，厅里突然响起了狼嗥虎啸，女子猛地将头往后一甩，开始在空地上翩翩起舞。

黑衣人手中的竹竿不似一般竹制的乐器，音色阴沉而有些呜咽，女子柔软的腰肢扭动着，裸露着的肩膀莹白而光润，纤细的手臂一抬一甩，动作大开大合，充满了野性原始的美。

像是在呼唤，又像在祈祷。

暗夜里无光，有流水淙淙，有谁步履匆匆，向着远方奔跑。远处似乎有光遁地而出，星星点点，有人在欢歌笑语，在等待。

忽然，竹声渐转凄厉，愈来愈急促，女子踏下的足点越来越重，一声一声，似春雷，似重鼓，层层踏进了心里。渐渐地，那脚步越来越沉重……

蓦地，竹声戛然而止，红衣女子定格在最后一个动作，久久不动。

左边的女子双手承天，脚尖轻点，仰身向后，高昂着头望着远方。

中间的女子单膝跪地，双手交叉合在胸前，平视着前方。

右侧女子委顿在地，抱着膝盖，将头垂了下去，如哀兽之死。

大厅里一片寂静，众人面面相觑，不多时便传来一阵窃窃私语声，使节更是一脸迷茫，皱着眉头不知所措。

这舞美则美矣，却有着说不出来的怪异，究其原因，在于音乐。竹竿吹出的声音没有丝毫婉约与绵长，只有高低起伏的狼嚎虎啸，以及各种猛兽的吼叫声，在这欢声笑语的宴会中显得尤为突兀。

满堂悄声细语中，只听得一声清脆的掌声传来。海陵知县汪怀舒赫然起身，起得太急把桌上盛着果品的碗盏带翻了，打落在地，污了地毯和衣袍。

"好！实在是好！还请公主恕罪，适才这出歌舞实在是妙！"

汪怀舒一脸欣喜，将跪地擦拭衣角的小宫娥挽起，紧走几步立在大厅中央，满脸都是抑制不住的激动。

"哦？这满堂无人喝彩，唯有你说好，倒也有趣。你说说，这舞好在何处？"齐安公主若无其事地瞥了一眼身后，重重帘幕下，静立着一个人影。

"不知公主有没有听说过，吴越之地八月二十五为祭祀防风神，有防风舞这一习俗。挑了年轻的男女饰以红黑二色，于防风庙前载歌载舞，以祈祷来年风调雨顺。"

"防风舞我是知道的，只是平日里见的跟这个完全不一样啊。"季太守疑惑道。

"的确不一样，现在国泰民安，百姓安居乐业，防风舞也只是为了祭祀防风神而作的祈祷之舞，自然是欢庆愉悦，竹笙奏出来的声音也是欢快明亮的。"

汪怀舒顿了顿，小心翼翼地思忖了片刻才说道："而先人所祭防风舞，正如今日所见，披发跣足而舞，我也是曾经在古书上见到过。"

玄衣男子从帘幕后走出，凝声问道："哦，那你可知，这防风舞早先存在的意义？"声音里带着一丝不易察觉的惊喜。

汪怀舒有些惊讶地循声望去，直直望入了一双黝黑深如古井的眼，此刻却微微起了些波澜。

"略有所知。防风氏因不知名原因，错过了百部治水邀约，全族被诛杀，后人为缅怀先人，编了防风舞，将那一段历史以舞乐的方式演绎出来，也就是先前诸位所见。可以说，早先的防风舞，寄托了防风氏后人对祖先的祭奠与怀念，不过往事不可追，现在已经没人知道真相了。"

座中众臣这才恍然大悟，唏嘘声四起。

忽而又听得有人小声问道："今日又不是八月十五，为何献上这防风舞？"

"只是今日碰巧想起这古老的传说，开个眼界，博诸位一笑罢了。"玄衣男子对上了齐安公主同样疑惑的眼神，虽是解释，却是不容置疑的口吻。

汪怀舒抬头望了一眼窗棂上的月色，眉间几不可察地涌上了一丝愁思，喃喃自语道：

"月是故乡明，这团圆之夜，那些流亡失散的防风氏后人，不知道正躲在哪个黑暗的角落暗自垂泣吧……"

玄衣男子像是听到了他说的话，深深地看了他一眼，回了座位，仰头便是一杯酒，沉吟片刻后只听得他幽幽问道："你可是姓汪？"

话里一寸寸透着不知名的哀意，酒入愁肠，肝胆皆碎。

⑥3⑨

屋子里熏了暖炉，偏室远远靠窗处摆了几个地炉，银丝炭零碎地发出"哔啵"的响声，紫檀木架上胭脂色的鹅颈瓶中插了三两枝白梅，开得如火如荼，一室温暖如春。

听到有翻身的动静，侍女鱼贯而入，杏黄衫的侍女将鹅帐掀开，服侍齐安公主起身之后，贴身侍女蘼芜端上了杏仁浆。

极少有人知道，齐安公主多年来一直有个习惯，每日晨起之后，必须饮上一碗杏仁浆。

糯米捣碎，京都的甜杏仁取半，一同放入铁盆中用热水泡上，薰陆香燃尽之后的炉灰捏一小撮入水，待水凉透了之后，去皮瓢净。

若是夏天，可取牡丹、玫瑰、荷叶中的花露，若是冬天，万物凋残，便取枝上雪瓦上霜，和入杏仁糯米中带水磨碎，用绢袋榨汁去渣，煮熟后舀入两调羹牛乳、些许白糖，趁热服下。

望着镜中的美人，齐安公主有些恍惚，纤纤玉指慢慢抚了上去。吹弹可破的肌肤，虽不如处子那般光滑紧致，却更像熟透的樱桃，漫着成熟的风情，更加诱人。尤其那双眼，像极了母亲，一颦一笑，丰饶得令人垂涎。

想起昨夜宴席上众人惊艳的目光，齐安公主心中不禁有些得意，面上却不动声色。不知那人看向自己时，是否……

梳发的侍女一双巧手穿梭着，今日挽的是飞天髻，云鬓高垂，额间贴着花黄，一如既往的端庄而不失温婉。

侍女用篦子沾了桂花头油在鬓角抹了抹，打笑道："公主您可不知道，昨日宴席上您可是光彩照人哪，他们都说，您跟宿国公主差不了几岁，就像孪生姐妹呢！"

蘼芜轻轻拉了下她的衣角，随即眼观鼻鼻观心，将一个方寸大小的白玉盒子递了过来。

齐安公主微微敛了敛眉，从白玉盒子里抹了一圈，漫不经心地弹了弹指甲，脸上着了层粉晕，笑意却是淡了。

侍女不知自己说错了什么，正在惶恐中，就听得门口传来一阵轻快的铃铛声。

"皇姐，你起来了没有？"

宿国公主在白色外衣外罩了件绛色的素纱，头上还插了支杏红的蝶状绒花，蝴蝶振翅欲飞，鸦雏堆双鬟，莹然可爱。

宿国公主一进屋，就三蹦两跳跳到齐安公主跟前，笑闹着揶揄了一句："你打扮得这般好看，可是为了讨封先生的欢心？"

齐安公主抿嘴笑了笑，没有说话，继续往脸上擦着白玉盒子里的东西，不过耳边倒是隐约红了红。

宿国公主望着她这副小女人的羞态，突然小心翼翼地说道："不过皇姐，封先生虽然是个妙人，可毕竟是来历不明的人，父皇他……"

齐安公主面色瞬间沉了下去，自我嘲讽般说道："父皇还在乎我怎么想吗？这些年你又不是不知道，在他眼里，我也就是应着母妃留下的荫庇罢了。"

宿国公主自觉说错了话，转了转眼睛连忙转移话题。

"皇姐你在擦什么，让我看看。"话音刚落，一把将她手中握着的盒子抢了过来，仔细端详一番之后，娇笑道，"皇姐，这是什么好东西啊，匀亮透净，香而不腻，我也要！"

齐安公主却变了脸色，看了蘼芜一眼，蘼芜点了点头，紧走几步将白玉盒子从宿国公主手里夺了过来，转身丢进妆奁里，用钥匙锁好。

"皇姐你这是……"

宿国公主不明就里，印象中，皇姐向来是有求必应的。

"我近日许是睡得比较晚，脸上长了好些红点，用这胭脂盖盖，幼梧你还年轻，皮肤嫩着呢，不需要。"说完挽着她的手，换了一张笑脸，"走，藩国赠了好些小玩意儿，精巧得很，我带你看看去！来，你先出去等我，我换身衣服……"连推带搡地将她推了出门去。

宿国公主出门之际，听得里头断断续续传来几个字，红玉膏、滑石粉、封愚……

莫名地，宿国公主想起了这些日子一直跟在皇姐身边的玄衣男子，浓雾中似有什么呼之欲出，隐约看不真切。

❀4❀

欢欢喜喜过了个年，初一醒来，陶墨墨便从枕头底下发现了一枚红绳串起来的铜板，撇了撇嘴，本以为李叔不在，窈娘会多给些压岁钱，谁知这窈娘还真是跟李叔一个德行。

暗自嘀咕着，将箱子底的红木匣子翻了出来，把铜板小心翼翼地放了进去，里边零零散散堆着好些铜板，都是用青绳穿着。

连着晴了几日，小黄又悄无声息地趴到屋顶去了。君泽忙忙慌慌的，不知在忙些什么，陶墨墨走近一看，发现他将平日里所写的诗文摆了出来，厚厚的一摞纸放在供桌上，跟前摆了酒脯，正在祭拜，嘴里还念念叨叨的。

"苍天在上，黄土在下，劳吾精神，以此补之……"

"你这是，中邪了？"

君泽疑惑地看着一脸茫然的陶墨墨，说道："不是你昨儿晚上拉着我的手神神秘秘告诉我，说正月里以酒脯祭拜诗文，可文思泪泪，还说这是你祖上传下来的秘术……"

陶墨墨摸了摸后脑勺，笑得一脸心虚，边走边退道："哎呀，我突然想起来，小黄不知道干什么去了，我去看看。"

"好你个陶墨墨，你个大骗子！亏我还以为你良心发现不再捉弄我了，结果你……"君泽恍然大悟受了骗，气急败坏追出门去，左脚刚迈出去，就撞上了陶墨墨。

一连串的哎哟声四起，陶墨墨险些撞上了门口的人，君泽却实打实地一头撞上了陶墨墨。

"抱歉，抱歉，请问如意馆今日可做生意？"一年轻男子连连退了几步，摸了摸鼻子，小心翼翼地问道。

"你这人挺逗的，这大新年的，谁家开门做生意？"

"抱歉抱歉，是季太守推荐我过来的，说让我直接来如意馆中寻窈娘，不知……"

"进来吧，陶墨墨别废话了，赶紧沏茶去。"窈娘一把将门打开，冲陶墨墨飞了个眼刀子。

原来这男子正是海陵知县汪怀舒，那日行宫酒宴之后，帘幕之后的玄衣男子邀他小酌了片刻，两人相谈甚欢。男子自称是齐安公主的谋士，名唤封愚。

封愚虽然看着年纪与他差不多，可见识谈吐却远远不是同龄人可相比的，并且言谈中总有一股子提携后生的意味，与他说起话来格外亲切，倒像族中的长辈。

汪怀舒与他一见如故，奈何使节长途跋涉后不胜酒力，不多时便要回行宫，未尽之言藏于胸腹，着实令人愤懑，汪怀舒便与封愚约好过几日再聚。

汪怀舒在这扬州城里待了几日，日日与语言不通的使节打交道，枯燥无味得很，便想着早些日子约了封愚喝上二两小酒。

日日听他念叨，季太守给他出了个主意，这新年还开门的饭馆里，味道又要上佳的，只能来如意馆了。

窈娘笑着应了下来，约好了初五晚上给他们留个门。

5

初五夜间，满天星光下，封愚应邀而来，一进屋就将众人打量了一番。先是垂着手开门的石清，再是老老实实记账的君泽，最后一眼，落在了陶墨墨身上，笑得若有所思："有意思，这如意馆里，当真都是妙人。"说完负手自顾自上了二楼。

陶墨墨被那一眼看得炸了毛，小心脏怦怦怦直跳，直觉来人身上带着某种不可言说的危险，哆哆嗦嗦地说自己肚子疼，让石清招呼客人，自己则弯着腰退出门外后，一转身，却是奔着后厨去了。

石清伺候着把菜上齐了，悄无声息地退下之后，窈娘端着最后一道菜推门而入，里头没有半点声响。桌上碗盏凌乱，封愚好整以暇地坐着，汪怀舒却像是早已不胜酒力，趴在桌上不省人事。

屋子里不知何时多了一个人，齐安公主，正笑脸吟吟地坐着。

见窈娘有些惊讶，齐安公主抚了抚鬓边的碎发，笑道："今日本来是想出来散散心的，没出行宫几步，就见着一只黄皮猴子跑了过来，抢了我的手帕就往前跑，我见它没有恶意，就一路顺着跟了过来。"

窈娘了然，那只黄皮猴子必然就是小黄了，而小黄今日有如此这番举动，大概也是要了结齐安公主的这段孽缘了。

窈娘抬眼望向封愚，第一眼就直直对上了封愚的眼睛，耳边响起了陶墨墨的话。一个时辰前，后厨里陶墨墨抓耳挠腮想了半天，才红着脸憋出了一句话。

"身上像藏着一道深渊，充满了山雨欲来的压迫感。"

"这是什么，老远就闻到了香味。"

封愚将视线从窈娘身上转到了端着的盘子上，漫不经心地问道。

粉青釉敛口碗中盛着白白的一团，像山尖上云雾在流淌，顶上薄薄地撒着嫩黄的姜丝和几片绿叶。

"河祇粥。"

窈娘淡定自若地寻了个凳子坐下，拾了三个碗，各盛了大半碗粥递了过去。封愚接了过来，齐安公主兀自岿然不动。还有一碗，窈娘却是将它轻轻地放在了趴着的汪怀舒面前。

"这粥里，有武夷山的味道。"封愚舀了半勺入口，抿了抿嘴，眼睛里骤然有细细小小的光在闪烁。

"扬州早市里各式粥品齐全，夏天有豆粥、荼蘼粥、馓子粥，冬天有五味肉粥、七宝素粥……这河祇粥，却是独我一家才有，公主您不妨尝尝。"窈娘没有回答，而是先看向了齐安公主。

齐安公主的目光在窈娘身上打了个转儿，晃晃悠悠，又落到了封愚手里起起落落的汤匙上，这才漫不经心地端起了碗。

"初秋松溪捕的小鱼，抹了盐挂在梁上风干成鱼鲊，封存在泥罐里用稻草和石灰掩住。上好的粳米洗净，用河心水浸泡一宿之后放入瓦罐中小火慢熬，灶里架着松枝，罐里放入鱼鲊，拌入腊水制成的香酱，熬上一夜之后撒上姜丝、薄荷，这一碗河祇粥就成了。"

"松溪，在武夷山下。"封愚了然，眼底一片怅惘，汤匙在碗里转了几圈，慢条斯理地轻轻吹了吹，不多时便露了碗底。

"不过是白米粥里加了些小鱼干，便让你弄出这好些名堂。"齐安公主凤眼微眯，待嘴里的米粥咽下之后，涂了蔻丹的纤纤玉指从袖中取了帕巾拭了拭嘴唇，顿了顿，不经意地望了一眼封愚，又说道，"不过，这味道倒是挺不错的。"

封愚回望了她一眼，轻轻一笑。在旁人看来，这是默契，是不可言说的微妙情愫，唯有窈娘从那看似暧昧的眼神中，看出了些许惋惜。

"早些年我去过武夷山，在武夷山待过一段时间。隐约记着春日破冰时节，山下松溪水涨，河水奔流，鲜美的鱼一尾一尾跳出水面，便被渔人捕了去，汤里咕噜咕噜响着，两岸的香味时常飘着飘着就飘到了山上。碰上外边日头好，麻绳牵了线，家家户户门前都挂着成串的鱼干，金黄的、青黑的……"

封愚微微侧着头，忆起往昔岁月，一派悠然神往的神色。

"史书上说，天子常以春解祠，用干鱼祭祀武夷君，也不知是真是假。"窈娘给自己倒了一杯茶，垂着眼笑道，像是在问自己，又像是自言自语。

"相传武夷山缥缈云际，某年有神仙降此山，身披玄衣，自称武夷君，统路群仙。天子率百官叩拜，奉上祭祀三牲，仙人只闻其声不见其人，与天子交谈数刻后离去。供桌上贡品无一缺失，只遗失了天子随身携带荷包中放着的一尾干鱼，此后，便有以干鱼祭祀武夷君的说法。"

说起前朝历史，齐安公主侃侃而谈，说完之后凤眼微挑，凝视着封愚，像之前许多个夜晚一样，温柔地期待着他的回应。

封愚没有出声，窈娘眼波流转，看向了封愚，施施然发问了："所以，我该称呼你为封愚，武夷君，抑或是，防风氏？"话音刚落，就见酒梦正酣的汪怀舒抖了抖翻个身，一抬手，打落了齐安公主手中的帕巾，无声无息。

封愚微微一笑，却是默认了。

"那时节啊，我只是馋那溪中的鱼罢了。"

这话一出，如悄无声息的惊雷，惊碎了座中人的一瓯梦。齐安公主脸上挂了一晚上的笑容层层掉了下来，"吧嗒"一声，顷刻掉在地上摔得粉碎。

齐安公主不敢置信地一眼望过去，看到了封愚的眼神，之前的温情不见踪影，转瞬即成冰冷，陌生得令人觉着可怕，仿佛又回到了多年前的初见。

⑥

封愚喟然，他已经许久没有想过这个问题，也已经很久没有人能把这几个词放到一起来谈论。他也不知，自己是谋士封愚，是武夷君，还是流亡的防风氏。

他只知道，他生来，就是为了赎罪。

先古时期，洪水滔天，先民饱受煎熬，活得了无希望。禹皇得涂山氏相助，暂时止了南段的淫淫洪水，行至会稽山时，邀各大氏族前来商讨治理洪水的方法。

百部皆派人应邀前来，唯有防风氏久待不至，禹皇大怒，认为防风氏心不诚，于是诛杀防风氏，遣其族人。

自那以后，防风族人流离失所，终身被烙上了耻辱的印记。

封愚本来不姓封，姓汪。

防风部落繁衍兴盛时，曾有人千里寻来，讨教种植生产之技，当时路旁的智者指路便说，一路往东，封山禹山之间，浩荡无涯之际，汪洋肆意光芒大盛，有部落为防风氏。所以此后防风氏又称为汪芒氏。

而这一段历史，极少有人知道，只有族长这一脉的防风后人为了缅怀祖先，时刻铭记着。

当汪怀舒迟疑着说出这一段缘由时，他便知道了，汪怀舒自然便是老族长这一脉流传至今的后人，也便多了几分照料之心。

老族长被诛杀时，他还小，日日披发跣足，只知玩闹。防风族人一一流散时，为免遭受各部的谩骂，纷纷改风易俗，将披散的头发扎了起来，也学着穿上了鞋子，改姓汪，隐没到其他氏族中繁衍生息。

老族长被诛前，没有人知道去会稽山的路上发生了什么，又是什么阻挠了他前进的脚步。

各自离去之前，部落的大祭司挑了三个心志坚定的童子，行秘术施以长生术，命令他们终其一生，必将寻找黑雾中遗失的真相，洗刷防风氏的耻辱。

封愚便是三个童子其中的一个，离开部落之后，封愚改了名字，以部落所在之地为名——防风氏于封山、禹山，此后踏上了山水迢迢的征途。

白云苍狗，岁月流走，往事依稀不可追，散落在风中的佚事，就如同断根的浮萍，又岂是仅凭着一腔热血与勇猛就能追寻得到根源的。

也不知是过了百年，还是千年，他渐渐开始厌倦起来。

一个人孤寂地走过千江水，望过千江月，于山岗上俯望人间，万盏灯火里藏着数不尽的悲欢离合，阑珊处，只余他孤身而立。

热闹纷纷扰扰，他什么也没有。

没有朋友，没有爱人。

人生如梦亦如幻，似石中火，梦中身。

他跋涉于亘古长河中，寻觅着杳无音讯的真相。

"有一年，我路过武夷山时，见一稚子蓬头垢面逃窜于山间，一时兴起，就帮了他一把，烤了几尾鱼递予他，为他指了出山的路。谁知过了几年再次路过武夷山时，遇上天子率领百官入山朝拜，眉目间依稀可见当年模样，又见他心诚，便与他多说了几句话，不想

亏欠他，便将他囊中的烤鱼取走了。”

回想起多年前的旧事，封愚有些感慨，也不知从何时开始，他对凡世烟火多了一分眷恋。也因为如此，才动了一丝恻隐，现身救了那稚子，数年之后，又与那人重逢。

他一直认为，他赠予他的东西，又取了回来，便是两清了。

不与尘世半分流连，不与尘世半分亏欠。

而他也确定自己做到了。当他被风雨困在海中孤岛，是齐安公主救了他，他便跟她回来，做了她的幕僚。

窈娘苦笑，他是一时兴起，却成全了另一个人的因缘际会。

这世间之事，果真是天道轮回。

“你可知你这一时兴起，害了多少人？”

7

这事，还得倒回几百年前说起。

大汉天子崇尚武夷君，凡祭祀，必将武夷君置于首位，这引起了诸位向来饱食烟火的仙人不满，便一状告至天庭。

窈娘翻阅了诸多典籍，都找不出武夷君的来历，下凡查探，却又杳无踪迹，为此，还受了天帝好些责骂。这人就像诞生于三界之外的一个虚无缥缈的影子，随风飘过，有人信誓旦旦视他为终身信仰，却不知他是人，是妖，是神，还是仙。

天子追求长生，引了乌泱道士修炼长生之术，为求长生祭过童男童女，杀过忠臣义士，罪孽缠身。

后天子年老，缠绵榻上浑浑噩噩之时，窈娘窥得时机入梦，这才解了多年之惑。

多情的文人墨客常说，一见美人误终身，而令天子误了终身的，却是年少时武夷山上遇见的仙人。

那时的天子只是个小皇子，皇太后把持朝政，异母长兄对皇位虎视眈眈，他逃亡于山林，期望能如同公子重耳一般，流亡在外数年后仍旧能重归皇室。就在武夷山上，他遇见了封愚，惊为天人。

在他最狼狈的时候，封愚如同落入凡间的谪仙，施施然从雾气横生的山林中走出，丝毫没有沾染半分俗世的烟火气，墨衣玄裳，眉长入鬓。他赠了他一串烤得焦黑的鱼，他却如食美珍。

此后多年，珍馐玉馔食之无味，最令天子难忘的，还是当年武夷山上那一串焦黑的烤鱼。年年去往武夷山朝拜，无数次祈祷上天，让他再遇见他。继位的第五年，上苍终于听见了他的祈祷，如他所愿。

年少初遇的那人，声音还是一如既往的清冷，遗憾的是，他并没有露面。令人惴惴不安许久却又心灰意冷的是，他真的是仙人，是山中武夷君。

可令他唯一欣喜的是，仙人取走了他一直随身带着的烤鱼。

他一直觉着，仙人这是在暗示他什么，他坚信，念念不忘，终有所得。此后半生，在追求长生的路上越走越远。

仙人，与天同寿。而长生，能成仙。

他招徕四海宾客，遣道士去往海外仙洲，遍寻甘液玉英，炼丹制药。后听信术士谏言，于建章宫前修柏梁台，台上立八尺铜柱，上有仙人承露盘擎玉杯，承云天之露，和与玉屑同服，望能长生不老。

柏梁台在一场雷火中坍塌，他惶恐，以为上天窥得他隐藏于心底的心思而迁怒。惶恐过后，心中漫起的却是无尽的不甘。

他这一生尽享天下，一切唾手可得，唯有一样，求而不得。

求而不得，又凭什么不得？

他是天之骄子，是天定之人，争权夺势，于血海尸山中踏上了天子之位，坐拥美人三千国疆万里，又有什么是他不能得到的？

可至死，他也没有再次见到年少时山间初遇的仙人，辞世时，口中仍反复缠绕着几个字——武夷君。

⑧

封愚愕然，他浑然不知，多年前的一时兴起，竟造就了另一人无可度量的一生。

"古有无路之人，饮天酒，行路间，不死不老，不弃不灭，而我，大概便是这无路之人吧。细细想来，那时许是寂寞久了，遇见那孩子一双湿漉漉惊惶的眼，便救了，尔后重逢时，自称武夷君，也是，也是……"

封愚思绪有些断层，连自己也不知该怎么说。世间事大抵如此，当背后隐藏的冰山雪域浮出水面时，当你知道了很多你不知道的事情时，总归是有些不可言说的失意。

"你只是不想欠他的罢了，施舍给他的东西，再要回来便是。"一直安安静静的齐安公主颤抖着身子，不知想到了什么，脸色苍白地攥紧了指甲，钻心的疼。

何曾不是一样的宿命，何曾相像。

求而不得，囚，而不得。

封愚瞥了她一眼，像是默认了她的话，饶有兴趣地重新审视了她一番，倒像是第一次认识她。

窈娘看着席间暗潮汹涌，又是苦笑，世间多的是痴男怨女，可恨的是，那不谙情事的人，情根未种。

这一夜，窈娘与封愚说了好些话，汪怀舒则一直一动不动地趴着，连姿势都并未变换。

齐安公主也一直怔怔的，神情恍惚，捏着手帕不知道在想些什么，仿佛一块僵硬的石头。

天明踏出如意馆之际，封愚有些意犹未尽，已经有好些年没有人能识破他的身份，能与他交谈甚深了。游历人间千年，他已经学会大隐隐于世，早已不是多年前不谙世事的避世少年。

之前与汪怀舒交谈纯属偶有兴致，念在他是老族长一脉的后人，还识得防风舞，便以长辈的身份提点一番。

而窈娘，着实令他觉着有趣得很。她什么都知道，却又不会带着怜悯的眼神看他，一双洞彻世事平静以待的眼，足以让他忘记抛却使命的罪恶感。

她的话像是有魔力，能让他心平气和地正视自己多年来不愿面对的现实，让他从沉沦的尘世中挣扎着苏醒过来，再一次明确自己肩负的使命和摇摆不定的心意。

若说为了解开内心的桎梏，其实很早以前封愚便试过。他也曾遇见过让他心仪的女子，试着告诉她一切，却换来对方不可置信的眼神，尔后是怜悯，最终只能失落地离去。

他像一艘摇摇欲坠的船，在海中劈风斩浪，装载着整整一船的心事欲诉与来人。可海中风浪三千，却始终无人出现。

齐安公主低着头出门时，直直地盯着封愚，问了一句："你没有什么要跟我说的吗？"

封愚只是深深地看了她一眼，呼出一口气，有些释然地笑了一下，然后转身走了。

齐安公主看得分明，自从她将封愚从海上救起之后，他从未笑得如此轻松过。

她有预感，从此刻开始，她是真的失去他了。虽然，她从未拥有过。

窈娘张了张嘴，想说些什么，齐安公主却猛地抬头，失魂落魄道："我知道，你想说我很傻是吗。我不知道你是什么人，我甚至不知道我自己是什么人，抛却女子的矜持，系予一颗芳心，却忘了最致命的问题。我忘了，一直忘了问一问他，摸一摸他，是否有心……"说完惨淡一笑，踉跄着从相反的方向离去。

最后一个出来的是汪怀舒，捂嘴打着呵欠，嘴角还沾着些许米粒，眯着眼睛醉眼蒙眬道："哎哟，喝多了头有些晕，得回去早些睡觉。"说完正好对上窈娘一双似笑非笑的眼，打了个寒战，有些尴尬地笑了笑，匆匆离去，只是远远望着，袖子有些微微颤抖。

窈娘抬头望了一眼天，不知明月照高岗，离人心恨谁。

夜里，无风。

嚷嚷着肚子疼的陶墨墨不知从哪儿跑了出来，倚在门口拍了拍胸口，一脸劫后余生的模样笑道："老板娘，可得给我加工钱了，这晚上什么客人都有，越来越难伺候了。"

"今晚一直是石清伺候的，你不是一直在房里躺着吗？"

"瞧您说的，我好歹给您报了个信儿不是吗？"陶墨墨谄媚道。

"对了，你最近遇到客人时，可有今晚这种感觉？"

"什么感觉？"

"算了，我是说，你怎么知道今晚来的客人棘手？"

"我早跟您说了，我们涂山这一族，向来是天赋异禀，是有大才之人，堪得重用，跑堂什么的实在是屈才了，今晚还亏得我……哎哎哎，老板娘你别走啊，听我说完啊……"

◎9◎

高旻寺行宫中，齐安公主呆呆地坐在镜子前，望着铜镜里憔悴的容颜有些怔忪。

"公主，您已经不吃不喝好几天了，再这样下去，身子可要受不了了！"蘼芜望着盘子里渐渐凉透的饭菜，有些着急。

齐安公主一副不为所动的模样，蘼芜急了，一发狠直接从提筒里取出一碗热气腾腾的杏仁浆，一下跪到跟前道："公主，求您了，您就吃一口吧，您看您都憔悴成这样了，再这样下去，封先生可要心疼了……"

齐安公主一挥手，将杏仁浆直接打翻在地，眼泪扑簌扑簌流了下来，双眼通红，几欲癫狂。

"我倒想问上一句，他封愚可曾有心？"

"公主，我知道您受苦了，您别这样……"

"我该怎样，我还有什么没有做到的？扪心自问，自夫君死后，我强忍着悲痛，日日上朝替圣上分忧，就连除夕都是在这扬州过的。我原以为，我苦了这么些年，上苍怜我，把封愚带到我身边，可结果呢？在他眼里，这仅仅是一场交易，因为我救了他，他不想欠我，所以他没有走，所以留在我身边为我谋划，一样的，都是一样的……"

"不，不是这样的，公主您多心了，封先生他肯定也是心仪公主的……"

"不，你什么都不知道，你什么都不知道……"齐安公主说完，突然起身，跪在妆台跟前，将桌上的瓶瓶罐罐全部扫落在地，然后一把将妆奁最底层拉开，将里边的白玉盒子全部掷了出来，通通砸在地上。

红色的粉末四散，循着风升腾在空中，一层一层叠着，像一个美妙而蚀骨的梦，缥缥缈缈笼罩了下来。

蘼芜慌乱地伸手去挥动，想把那些红色的粉末一一拍打开来，却是无能为力，只能眼睁睁见着那些红色的粉末纷纷扬扬落在了桌子上、衣裳上、齐安公主如玉的面庞上。

"不用了，以后这红玉膏再也不用了，无法讨他的欢心，用再多的滑石粉又有什么用，害了自己，还得不了他的心。不，他根本就没有心……"齐安公主伸手抓了一把空中飘着的粉末，仰着头喃喃自语道。

这红玉膏是她费尽千辛万苦才求来的秘方，用深海陵鱼炼制而成，加入了滑石粉、虞美人，能在短期内永葆青春，让人容颜焕发。可长时间使用之后，却能让人上瘾，其

暗含的毒素深入肌理，将药石罔救，令人早夭。

唯一能解这滑石粉毒性的方法，就是每日食用一碗杏仁浆。

呵，药石罔救，令人早夭，那又有何惧，她早已将生死置之度外。

眼泪一滴一滴落了下来，打湿了地毯，氤氲成空。

果真还是应了那句话，红粉骷髅，美人为馅。

⊛10⊛

齐安公主带着使节回京的那日，城里人满为患，百姓们纷纷涌上街头，挨个儿挤着看这空前盛景。

汪怀舒蔫头蔫脑的，远远地躲在送行官员队伍的最后头，也不知在想些什么，犹豫再三后还是鼓起勇气朝前走去，一步一步，走向最前端公主坐着的马车。

齐安公主没有露面，抱着小黄坐在车里，听着窗外人声鼎沸，面上丝毫不起波澜。听闻汪怀舒求见，齐安公主闭了闭眼，复而睁眼掀开车帘，想要听听他说些什么。

宿国公主常年养在深宫，倒是第一次见这场景，兴奋得撩起另一边的珠帘，探出头去挥手示意，大声回应着窗外的呼喊声，只隐约听见齐安公主和汪怀舒在说些什么。

"帮助他完成肩负的使命……"

"我想去京城……那儿有更广阔的天地……"

还依稀夹杂着几个零散的词语，"如意馆""装睡""防风氏"……

她正觉着奇怪，就回头看了一眼，透过车帘看到这个年轻的小知县脸上毅然而然的神色，眼神里满是坚决。

也不知齐安公主与他说了些什么，就见汪怀舒一脸欣喜地低头行了个礼，然后迈开步子离去。

蘼芜从柜子里翻出托盘杯盏，将暖壶里泡着的茉莉花茶缓缓倒入茶盅里，递了一杯上去。早春慵懒，茉莉花茶正好抵御冬日绵延的困顿。

"皇姐，那小知县找你干吗？"

"无事，我见他颇为伶俐，准备带他回京谋个好差事。"

"哎，皇姐，这不是之前我们在集市上看到的那只猴子吗，怎么到你这儿来了？"宿国公主这才注意到车厢中的猴子，端起茶盅疑惑问道。

"这猴子与我有缘。"齐安公主神情有些憔悴，眼下乌青一团，声音也有些疲惫。她并没有多做解释，脑海里却浮现出那日窈娘说的话。

那日夜间，她慌乱之下将随身带着的丝巾落在了如意馆，那是母妃在世时最喜欢的一条丝巾，她随身携带好些年了。不知怎的，期于内心某种隐秘的心思，过了几日后她便借着由头独自一人去了一趟如意馆。

窈娘好似早就知道她会来，太阳刚落，早早就备了茶水点心等她来。

影青素瓷托盏中盛着杏仁浆，边上摆了几盘小点心，都是她平日里爱吃的。

"这是……"齐安公主心中微微有些熨帖，伸手想去端杏仁浆，伸至一半还是停住了，抬眼看了一眼窈娘，秀气的眉头蹙了起来。

对视了一眼之后，齐安公主慌忙把视线垂了下来，形销骨立的双手在桌下抖了抖。

窈娘有一双洞彻世事的眼，透着清明，她不敢看，怕看过去之后，会让她藏了许久的东西被一一翻拣出来，让她无地自容。

"我知道，你想问这托盏明明是茶具，为何却用来盛杏仁浆。"窈娘笑了笑，没有看她，自顾自用汤匙搅了搅盏中的杏仁浆，"人哪，总归是有各种各样的欲望，我也不例外。心里的沟壑多了，便如同这杨萍入水，春水一泡，便漫无止境缠绕了上来，让人窒息，欲望无处倾泻，就得找个容器来盛着。"

窈娘说完就转头看了一眼如意馆，目光从雕着花纹的梁上一一划过，落至瓶中插着的半只枯木，盛开的花已经蔓延了上来，只有顶上还有好些花苞。

"我建了这如意馆，来承载我的欲望，撑了这么些年，它没有倒，反而越来越强盛。而你，选择了封愚，将自己所有的不甘与信赖寄托在了他身上，却让自己过得愈加卑微。"

齐安公主抹了胭脂的脸突然刷地变白了，口中讷讷道："我，我只是……"

"我知道，你只是不甘心罢了。"

窈娘的话像是有魔力，嗖地一下打开了她心中的那道锁，有什么肆虐着倾巢而出。

是啊，怎么会甘心呢，明明母妃才是父皇最受宠爱的女人，她才是父皇最喜欢的公主，可错也错在她是公主，是女儿身。若她是男儿，又岂会轮到那个女人和她生的儿子凌驾于她的头上？

那个病恹恹的女人端坐在后位上那么多年，明明快死了，却始终坚持着将她唯一的儿子抚养成人，助他登上皇位，为此那个女人费尽心思扫除一切障碍，母妃自生下她后便被动了手脚，以后都无法受孕。

每次父皇到母妃宫中最后被匆匆叫走时，宫廷饮宴上当众夸太子聪明伶俐时，她都记得母亲的手是冰凉冰凉的，以及那双冰凉的手掐在她胳膊上的疼痛，也一并烙在了心底。

就像母妃无数次泪眼婆娑望着她时问的那句话："为什么你不是男儿身？"她也无数次问过自己，为什么自己不是男儿身。为了获得父皇的重视，她拼了命地往朝堂上挤，甚至主动要求下嫁给宰相家的大公子，那个自生下来便被预言活不过二十的痨病鬼。可最后，她得到了什么？

封愚困在那被水淹没的海岛上时，是她一眼看中了他，将他带了回来。他的出现，完美地填补了她心中一直存在的那个空缺。

有人话温凉，有人道悲乐，她不再是形单影只一个人。

她以为她不说他也明白她的心意，她欣喜自己兜兜转转，终于找到了这世间能与她无比契合的另一半灵魂。谁知良人在侧，却是镜中花，天边月。

也是当真可笑，这蛰伏于人间想要隐匿身份的千年长生之人，见惯了人间的悲凉喜乐，若真的想要接近一个人让她入彀，只需要一场似是而非的倾情演绎。

说白了，这只是一场交换，她赠予他新生，他还她以幻梦。

"你的不甘心就如同你最爱的杏仁浆，本该盛在碗里，却被放入装茶的托盏里，表面上看来赏心悦目相得益彰，可实际上却仍是突兀得很。你看，连你自己都下不去手端起这碗杏仁浆，对不对？"

窈娘说完之后，又将旁边一个影青荷花碗的盖子掀开，里头赫然盛着当夜所见的河祇粥，意有所指说道："这，才是它该待的地方。"

细碎的米被熬得软软糯糯，衬着细小的鱼鲊、翠葱和嫩黄的姜末，与影青荷花碗相得益彰，和谐不已。

齐安公主见着那碗河祇粥，心中难言的愤怒渐渐趋于平静，怔怔看向窈娘。

窈娘的意思，她明白了。

呵，她是如此的冰雪聪明，以至于有些话，堪堪只说透了一分，她便能触摸到字字句句底下入骨藏着的肌理。

是的，他不属于她，她只能放他走。可她毕竟还是爱上了，为了他，她答应了汪怀舒的请求带他回京，希望能帮助封愚早日找寻失传已久的真相。

大概，这是她现在唯一能做的。

不与他拖累，尽予他真心。

她依旧像怀春少女般期待着，有一天，她的爱人能再回来。

或许他再也不会回来，又或许，他明天就回来了。

最后她离开时，窈娘将小黄给了她，说小黄本是宫中之物，她带回去之后它自会找到它的归属，而她以后必有福报。

福报什么的，齐安公主自是不信了，却愿意承窈娘这个情。

却不想窈娘一语成谶，齐安公主此后的人生，因着小黄发生了天翻地覆的变化，不过，此乃后话了。

⊛ 11 ⊛

陶墨墨躲在人群里观望了半天，一溜烟儿小跑回来兴奋地问窈娘："封愚哪儿去了？"

"他啊，自然是寻找他的归宿去了。逃了那么些年，背负在身上的使命，又岂是龟居在这人世烟火里就能躲避得掉的。"

君泽也探头探脑的，皱着眉问道："小黄哪里去了，几天没有看见它了，我还买了几只香蕉准备喂它来着。"

窈娘没有说话，抬头看了看屋顶。

小黄啊，或者应该称呼它为行什，大概会随着车队回到皇城，回到它熟悉的碧瓦琉璃上蹲着吧。

它生来就是为了守护皇城，自皇城建造那日起便蹲在皇城庑殿顶的垂脊上，迎着日出日落护卫着这一片祥瑞之地。若不是贪玩跑了出来，又岂会沦落到耍猴人手里，日日遭受毒打和谩骂。

它的其他小伙伴们估计都快急疯了，这次回去了，领头的骑凤仙人估计得好好训它一顿了吧。

春·之·卷

卷二

第壹章

荆 芥 糖

如意，如意，如我心，遂他意。

◎1◎

初七过后，开明桥下的瞎眼小卦师就将摊子支到了如意馆门口，虽然没什么生意，却也自在得很，日日将手里的龟板丢下合上，自顾自地掐算着。

只是眉心仍微蹙着，也不知终日在愁些什么。

说来也怪，城里的算命先生说多不多，说少也不少，隔着几条街就能在寺庙道观旁边瞅见一两个。要么是深沉稳重的道士，要么是白发苍苍蓄着长须的长者，像小卦师这般年纪轻轻却又双眼皆盲的，确实是少而又少。

而他偏生又是个耿直的性子，不知变通，偶尔给过路的穷书生算个卦，一板一眼地说人家中举无望。再碰个大腹便便的富家翁带了妻女来求子嗣，便说人家身体不好，命中无子，银子险些没到手，摊子也差点被人家给砸了。

所以这一日日下来，生意没多少不说，还惹了不少纠纷。

陶墨墨日日闲来无事，就抓了一把瓜子站在门口看热闹，笑得前俯后仰的，小卦师当作没听见，只管背过身去。

陶墨墨眼尖地发现，小卦师总会趁人不注意时偷偷往如意馆看，虽然他什么也看不见，可视线总是会有意无意地落在屋子里。

他觉着不对劲，殷勤地跑去跟窈娘说了这事，窈娘却是一副丝毫不在意的模样，这让他颇为受挫，总想着找个时机试试小卦师。

许是连日潮湿，如意馆门上的锁生了好些锈。陶墨墨这日傍晚难得勤快一把，嚷嚷着要去修锁，用瓷碗取了一小碗香油来，柳枝蘸了油往锁孔里一插，末了眼睛骨碌碌一转，趁人不注意，悄无声息地将剩下的油泼在了门前一侧。

眼见着日落西沉，小卦师将长幡收起来，正准备回家，往后一踩，不偏不倚地落在了油上，一个趔趄直接打了个滑跌倒在地。好在倒地时用手肘撑住了，虽是擦破了点儿皮青了好大一块，却也并无大碍。倒是衣袍垂下来，沾了好些香油在衣角，连着把凳子摊子全给掀了，摔得人仰马翻，好一阵喧腾。

待窈娘听到动静出来查看时，君泽已经急吼吼地将孙大夫喊了过来。孙大夫有些埋怨地瞪了陶墨墨一眼，给小卦师手上涂了些药油，用干净的纱布缠了几圈，交代了些注意事项后就走了。

窈娘出门看了一眼，回来时别有用意地瞥了一眼陶墨墨，直看得他别开脸不敢直视窈娘，躲在墙角挠了几下墙。

太平桥那场大火过后，孙大夫不知打哪儿淘了本风水书送了过来，说是如意馆最近诸多事端，得改改风水。

其他人都不屑一顾，连书皮都没摸一下，唯有君泽不声不响接了过来，瞅着空闲就翻上几页，不多日竟将书给看完了。

这日君泽闲着无事，就依着书上的说法，捡了几块石头，端了几盘花花草草，按着八卦方位像模像样地摆了个法阵，说是可以保平安驱妖邪，差点没把陶墨墨给笑死。

君泽也不甘示弱，一板一眼与陶墨墨争了好半天，无非就是搬出了圣人那套"你非池鱼，怎知池鱼之乐"的说法，翻来覆去说了好几遍。

窈娘听他俩争执听得头大，就取了如意馆几个人的头发丝和李叔留下来的青绳，一道搓在一起往门上一拴打了个活结，算是给这个不知真假的法阵注了道法力，并告知他们，这绳子上的结只有如意馆的几个人才能打开。

两人这才悻悻闭了嘴，不过自那以后，如意馆这锁就再也没用过了，挂在门上当个摆饰，日日进出将绳子一系就行了。

所以，陶墨墨今日好端端地给这经久不用的锁打油，着实打得蹊跷。而这油，也泼得甚是地方。

陶墨墨笑得一脸心虚，孙大夫一走，趁窈娘还没发话，就火急火燎地搀扶着小卦师，主动说是要送他回家。

"慢着，你把人家的衣服给弄脏了，总得赔人家一件吧？"窈娘望着小卦师一双了无生气的眼，暗暗道了声可惜。

陶墨墨既然已经生了事端，也就只能顺其自然，看看这小卦师身上有些什么名堂。

小卦师从进门后，一句话也没说过，紧紧抿着唇，一双眼生得甚好，却只是空洞无神地看着前方。不说话的时候，根本不知道他在想些什么，只是袖子里微微抖动的双手，抖搂了些许心思。

"不用了，这衣服没破也没旧的，我还穿得，就不劳费心了。"小卦师端着身子，语气有些清冷。

窈娘从他的语气中听出了些许异样，略一思忖道："既然如此，那我帮你把这衣服上的香油去掉可好？"

窈娘说完就招呼石清将后院荷花缸子里养着的蚌拿了过来，轻轻抚了抚蚌壳，取了把银质小刀刮了些壳上的粉，撒在小卦师沾了油的衣袍上。

约莫一盏茶的工夫，再用柳枝制的小刷子轻轻扫了扫，霎时，衣袍焕然一新，丝毫不见油的痕迹。这一招直把君泽看呆了眼，半天也合不拢嘴。

小卦师低声道了谢后，起身抿着嘴唇往外走，没走几步忽而又顿住了，手里拽着干净的衣袍，慢慢揉搓着，半晌回过头来郑重地问了一句话："你们，能不能帮我找一个人？"

◎2◎

"我知道，你们都不是凡人，除了他。"小卦师捧着茶杯，从袖子里伸出一只手指向君泽，另一只手摩挲着温润的瓷釉，犹豫半晌后还是说了出来。

这话一出，陶墨墨与窈娘相互对视一眼，眼里有些警惕，石清却有些忧虑地看向了君泽，接着三人都将视线投向了君泽。君泽坐在柜子前，垂着头把玩着手里的毛笔，像是什么都没有听到，忽而抬头咧嘴一笑，面上有些哭笑不得的样子："你们以为，我竟是傻的吗？这么久竟然会发现不了吗？"

陶墨墨"嘘"了一声，倒是一下子坦然了，随即将视线转移到小卦师身上，开始东问西问了起来。

君泽气结，目瞪口呆地看着跟前几位，脸上神色轮番变化，好半天了还是将话咽了回去。心里默默嘀咕："居然没一个人问上一句，这无所谓的态度也不晓得是什么意思。"

"得了，就你这胆小如鼠的样子，老板娘还担心你哪天经受不住刺激投了河呢！敢情你之前一直都是揣着明白当糊涂啊，这倒好，我们还省事了！"陶墨墨不耐烦地挥了挥手，一把搭住君泽的肩膀，亲热地把他拖了过来。

"我们的事回头再聊，来来来，你也别闲着啊，人家不是要帮忙找人嘛，你也搭把手，拿张纸写写，记记重点。"

君泽虽然面上仍是不情不愿的，可动作却没有丝毫耽搁，取了纸笔认真地坐到桌前开始研墨，眼见着是习以为常了的。

小卦师绷了许久的脸忽地垮了下来，有些愕然，袖子里一直有些微微颤抖的手也平静了。

这一屋子奇奇怪怪的妖，加上一个凡人，竟然相处得如此和谐，这是他未曾料想过的。他在如意馆门前徘徊了许久，若不是今日机缘巧合跌了一跤进了门来，他也下不了这个决心开这个口。

又或许，妖并没有他想象中的那么不堪。

"说吧，你要我们帮你找什么人？"

小卦师被窈娘风轻云淡的回答惊到了，结结巴巴道："你们……你们不问问我为什么知道你们不是凡人吗？"

"若我没记错的话，那日在开明桥上的花市里，齐安公主经过时，你也在吧？并且，你是跟着那猴子过来的吧？"

"你……你怎么知道？"

"我不仅知道这个，我还知道，你的眼睛，说是盲，却也是不盲。"

小卦师惊得一下子跳起来了，像受惊的兔子似的，紧紧盯着窈娘，稚嫩的脸庞上终于有了些符合年纪的表情，一脸的生涩，不似之前硬是装出来的老气横秋。

"老板娘，你怎么看出来的？我就一直觉着这小卦师有名堂，看着一点都不像瞎子，我就说嘛……"陶墨墨一边说着，一边将手往小卦师跟前挥了挥，比画了几下，"得了，别装了，装得还挺好的！"

"他没有装。"

"我没有装！"

窈娘和小卦师同时开口，一个语气平静，一个却有些急切。

或许是急切地想证明自己，又或许，是急切地想吐露心中深藏已久的心事。

❀3❀

小卦师天生眼睛就看不见，自打生下来，就没见过这个世界。

他是被老卦师收养的孤儿，从小跟着老卦师住在城外的观音山，靠老卦师卜卦得些银两维持生计。

老卦师姓李，年轻的时候是个道士，精通堪舆术，不知怎么没有在道观待了，下山自立门户，替人看看风水。

后来许是因为看穴损阴的事儿干多了，窥破天机，伤了命数，双眼渐盲，只余些许光亮，年纪大些时就在山下把小卦师捡了回去。

渐渐地，老卦师发现小卦师眼睛也有问题，不能视物。一老一小就这样相互扶持着，寒来暑往，过了十六载。

有一年，观音山中闹了蛇灾，百蛇出动，经行之地寸草不生。那日小卦师下山给老卦师送饭，走到一半忽然惊雷阵阵，电闪雷鸣，小卦师便摸索着到附近一山洞里避雨。

山洞前有一株长了好些年的老树，枝繁叶茂的，蔚然参天。阵阵雷声里，小卦师就听到头顶上一阵呼啸声，有什么东西呼啦啦飞了过来，重重地跌至树梢，拍打得树枝啪啪作响，声音有些凄厉。

小卦师自小便是听着老卦师讲故事长大的，风水堪舆术里，奇门八卦、龙脉风隐的事儿多了去了，下意识便以为是山中精怪得了道，在遭天劫。

他听着这痛苦的声音有些害怕，慌忙从兜里翻出老卦师送的解注瓶来，握在手里壮

胆。这解注瓶是老卦师早些年从一王侯墓葬地所得，这些年一直带在身上保平安。

惨叫声还在持续，雨却一直没有下下来，雷似乎直直劈到了头顶上，小卦师有些于心不忍，突然记起师父教的一段咒语，便高声念了出来。

"虚空窅宓，浩然无物……份与物忘，同乎浑涅……"

这咒语本是小时候他心浮气躁不肯背书，老卦师便教了他静心凝神用的，此刻拿出来也是病急乱投医，希望这精怪别费了万千修行，能坚持下去，安然渡过这劫难。

精怪渡劫，一念九重天，一念却是道行不保灰飞烟灭。

不知是这咒语起了作用，还是那精怪找到了应对这雷劫的方法，动静越来越小，惨叫声也渐渐趋于悄然。

只听得霎时一声惊天动地的雷声，如银瓶乍破水浆激进，似是有什么长啸入空，声里透着肆意而舒坦。

小卦师出山的时候，雷声已经停了，雨一直没有落下来。快走到山脚下的时候，他突然发现下雨了，几滴冰凉的雨水滴在头上，滴在眼睛上，轻轻柔柔的，舒服极了。

可当他伸出衣袖想抹去脸上的雨水时，却摸了个空，脸上干干净净清清爽爽的，仿佛刚才的雨只是一场幻觉。

下山到了集市里，小卦师才发现，他的眼睛有什么不一样了。

他发现他的眼睛虽然依旧不能视物，却能看到其他东西。老卦师说，他这是开了天眼，能看到气运。

那是一种玄妙的东西，每个人生来身上都笼罩着一层光晕，老幼不同，人妖不同，身体健康的与病痛缠身者不同……

老卦师事后还特地跑到山洞前观望掐算了一番，捡了几块硬如铁皮的腥臭蜕皮回来，末了不禁感慨，这真是命。

早些年他在山脚下捡到小卦师时，城外刚好下了三天三夜的雨。那雨不是一般的雨，是所谓的病龙雨，也就是头顶生了疮或者鳞片发了脓的龙行云布的雨，庄稼枯死，百草萎生。

小卦师在这雨中泡了许久，自是带了一身的毒素，险些没救回来。老卦师费了好些心思才把他从鬼门关拉了回来，但却落下了毛病，不光身体赢弱不似常人，连眼睛也给泡坏了。

谁知十六年后，因着小卦师的善心，那日山中碰到蛟化龙时，以一段《清心诀》助它抵挡了雷劫，蛟化龙之后为报恩，以珍贵的眉间精血相赠，涤荡了他眼上蒙着的翳，才使得小卦师得了这天大的机缘。

"来来来，帮我看看，我的气运怎么样？"陶墨墨一听小卦师有这等神技，两眼放光道。

小卦师抿了抿唇，将虚空的目光落在了窈娘的身上，道："我知道你很厉害，你是我唯一一个看不到气运的人，但你身上有种特别的感觉，很强大，让人很安心。我来找你只是希望你能帮我找一个人，作为交换，我可以告诉你身边所有人的气运，包括健康，包括生死……"

窈娘皱了皱眉没有接话，像是在思考。小卦师以为窈娘不相信，为了证明自己，急忙起身，扶着桌子看向众人，视线落在了陶墨墨身上，伸出一只手指了过去。

"比如他，是妖，因为妖的颜色是红色的……但是，他的光有些暗淡……"

话音未落，窈娘就把话截了过去："好，我帮你这个忙。"说完不由分说就让石清把小卦师引到后院的空厢房里，自己则去厨房给他下了碗面。

小卦师舒了一口气，年轻的脸庞上有了些神采，对身后陶墨墨的叫喊声充耳不闻。

"哎，我怎么暗淡了？你倒是说说啊，话别说一半啊！"

君泽难得聪明了一回，从窈娘和小卦师之间不平常的气息中发现了些许端倪，好心一把将他拉住道："别问了，他是不会说的，没看出来吗？他跟窈娘都达成协议了。再说了，你又不是不知道窈娘，她做的决定，没有人能够改变。"说完像是想起什么不堪回首的过往，不禁默默打了个寒战。

次日如意馆关门歇业，几个人围在桌前，专心致志地为寻人做准备。

小卦师要找的人，是他的师父，也就是收养他的老卦师。

"瞎眼老卦师我知道，闲着无聊的时候，我还去找他卜过几卦，水平不怎么样，见人光说好话。去过几次熟了之后，还偷偷告诉我说，我以后会找个凶悍的媳妇儿，把我收拾得服服帖帖的，嘁，那怎么可能啊！不过后来，好像是没怎么见过他了。"陶墨墨蹲在地上用砺石磨指甲，撇了撇嘴道。

这指甲不知怎么回事，最近长得有点快，刚剪完又长出来了。

"我也见过几次，以前还在吴家做先生的时候，听闻他挺有名的，也去算过卦问前程。他说我前途光明，这辈子喜乐无忧。"君泽也点头，一脸的不以为然。

小卦师苦笑："师父常说，世人皆盲，只爱听好话，所以他便专讲好话，免得落人口舌招致灾难。"

"你师父倒是个聪明人，难得。"

"一个月前，我受凉得了风寒，就在家中养病，没有跟他下山。他像往常一样出了门，到了市集上将摊子支好之后，托人给我带了个口信，说要去看望一个故人，后来就再也没有回来过了。"小卦师从背着的布囊里翻出一块叠得方正的布绢，捧在手心里小心翼翼地摊开，中间放着一小块黑漆漆的东西，闻着有一股子香甜味。

"这是荆芥糖，小时候我身体不好，总是要喝药，师父就折了荆芥枝蘸糖卤做了这荆芥糖，让我含着清口解腻，这习惯就一直保留了下来。后来他眼睛越来越不好，就不自己动手了，而是下山去买，隔段时间，就给我带上几块。"小卦师有些伤感。

"那日我从日落等到天明也没见他回来，就下山去寻他。开明桥上卖水明角儿的阿婆把这糖给了我，告诉我说他探望故人去了，此后师父就消失了。这偌大的扬州城，我又看不见，茫茫人海无处可寻，那日见着那猴子身上的贵气，知道不同寻常，这才跟了过来。"

窈娘将那一小块黑漆漆的糖拿到手心里，认真端详了半天，又凑近闻了闻，赞叹道："这糖做得真好，将这荆芥细茎扎得跟如意结一般，精巧细致，寓意也好，不知在哪儿买的？"

小卦师脸色一变，踉跄着扑过来将荆芥糖拽在手里，翻来覆去摸了个遍，糖卤被手心的热气一熏，湿答答黏了一手。

"这不是师父平常给我带的荆芥糖，那家的糖都是圈成一束狗尾巴草的模样，十几年从来没变过……更何况，这上边的芝麻密密麻麻的，比往常的都多。"

他又用力拍了拍自己的头，懊恼地说道："我真笨，当时就应该吃上一口，自然会发现不对劲的地方，这都过了一个月了，也不知师父是不是遇害了……"不知想到了什么，小卦师突然脸色煞白，手上青筋毕露，自顾自开始埋怨起来。

＄5＄

"你说他临走之前说要去寻找故人，你可知他在这扬州城里有什么故人？"

"师父不大喜欢与人来往，一直以来都是我们俩相依为命，也没听说过他有什么认识的人啊！"

小卦师挠了挠后脑勺，陷入了沉思，下意识将手中化得差不多的荆芥糖送入嘴中，舔了舔。这一舔，倒先蹙了眉，吐了吐舌头，差点没吐出来。这次的荆芥糖就像在蜜罐里泡了许久一般，甜得腻人，甜得发慌。

初春还有些寒凉，屋子里架了炉火烧得正旺，荆芥糖上的糖卤和芝麻化掉了，吧嗒吧嗒淌了下来，只剩了被掌心细汗浸湿了的荆芥细茎。忽然灵光一闪，小卦师瞪大了双眼，冲着窈娘的方向大喊："若说故人我不知道，但仇人倒是有一个，师父也是知道的！"

小卦师还小的时候，就一直有一个令他咬牙切齿的仇人。其实说仇人也算不上，顶多算一个爱折腾人的小妖怪。

起先小卦师不知那是妖，只知道是个半大的小姑娘，他跟着师父在市集里摆摊算卦的时候，那姑娘就时常来闹场子。开始是捉弄师父，蓦地在路上伸只腿使绊儿，要么给些银两让小乞儿前去闹事，师父也是不以为意。

渐渐地，小姑娘就开始折腾他，时不时丢些蛇虫鼠蚁的来吓唬他，或者躲在街角"小瞎子""小瞎子"地喊他，再不济，就偷偷往他的饭菜里撒盐撒黄连撒蜜糖。待小卦师年纪大些不畏惧这些小把戏之后，小姑娘也就不怎么闹腾了。

小卦师问过师父，那姑娘是什么来头，师父说："不知道，许是哪家算卦的眼红生意，便使了自家小女儿来砸场子吧。"念她是个孩子，师父也不与她计较。

小卦师清清楚楚地记得，那时师父的语气里藏着怅惘，和数不尽的失落。

师父说这话，小卦师是信的。

那年皇陵好端端塌了，圣上重金悬赏民间堪舆大师重塑龙脉，莲性寺附近的和尚道士都乐呵呵地去了，相熟的张天师还特地来邀请他一同前去。

师父随手在路边捡了几枚石子卜了一卦之后，摇了摇头。果真，重塑龙脉的事也不知出了什么岔子，后来就不了了之了，一干人等全部被圣上以莫须有的名头处决了，张天师再也没有回来过。

师父一生无儿女傍身，老来只有小卦师一个小徒弟，也是关爱有加，对他像亲生儿子一般。小卦师一直很好奇，像师父这等有能耐的人，为何要龟缩于这扬州城不问世事。

小卦师只知道，师父向来对市集里的孩子很友善，隔三岔五就会给路边的小乞儿些银钱，遇上北地受灾的灾民拖儿带女逃了过来，师父也是竭尽全力地给予帮助。

后来，小卦师机缘巧合之下开了天眼，再来看小姑娘时便知道了，她是妖。他也告知了师父那姑娘是妖，可师父依旧不以为意，像是早就知道了。

他一直不明白，自己怎么会跟一只妖扯上关系，只不过从那以后，就开始对妖类深恶痛绝，厌弃不已。若不是迫不得已，他也不会在如意馆外徘徊了数日之后，终究还是借着机会张了口。

"要说，也只有她能干出这样的事来！"

"我看不见得，那位姑娘虽然老是捉弄你们，可都是些无伤大雅的玩笑，若真是想害人，又岂会等到现在？"君泽用笔头杵着下巴，认认真真说道。

小卦师语塞，想了想也是这个理，作为一只妖，若真想害人，那是轻易得很。

"为今之计，只能从两条线索下手，荆芥糖和观音山。"窈娘略作安排后便带着小卦师和君泽上了山，陶墨墨和石清走街串巷去寻那卖荆芥糖的商户。

小卦师住在观音山南侧的一个山坳里，说是山坳，其实也是个山谷，处在半山腰的一块平地上，地势比周边要低些。

刚入山，窈娘就觉着不太对劲，且说春日晴好，出门游山玩水踏青的人日渐多了起来，高门大户妻妾成群呼儿唤女的，总归是热闹的。可越向山谷走去，人烟越少，只依稀听得到鸟儿清脆婉转的叫声，以及躲在茂盛草丛底下的潺潺流水声。

"师父喜静，私下里不爱与人来往，我们住的屋子所在的那处是他眼睛尚好时选的

一处处所，特地栽了些迷花障柳避人耳目，所以平日里一般人也就不大能寻到这处来。"

"我看你这师父还真是个妙人，这处灵气旺盛，草木苗壮，我虽然对风水没什么研究，可也能看出来，这处是经过精心改造的，是极好的聚阳之地。"窈娘边走边赞叹。

"我说我怎么越走越迷糊，若不是跟着你们走，只怕早就顺着那边的小路拐出去了。啧啧，这世上奇人还真不少，你这师父别是哪个世外高人吧？"

君泽揉了揉自己的眼睛，觉着头有些晕，看树不是树，看花不是花，眼前只余一团错综缠绕的颜色，叠影重重，只想赶紧逃离这个地方。

窈娘回头瞥了他一眼，转身向着四周的草丛里望去，摸索了半天后，弯腰摘了一株草递了过来。尖尖的叶子，细细的茎，青翠欲滴，隐约透着香气。

"喏，将这草揉碎，用指腹沾了草汁抹在眼皮上。"

君泽照做之后，忽觉眼睛上清凉一片，就像从乍暖还寒的四月天坠入了冰窖，整个人忽然就振奋起来了。

小卦师听到动静，忽然回头问了一句："我能冒昧地问一下吗，窈娘你是什么人？"

君泽往前紧跟了几步，也把耳朵竖了起来，眼睛炯炯发光。

窈娘哂笑："你觉着我是什么人？"

"我不知道，我看不到你身上的任何东西，可你身上的气息让人觉着很安心，有能掌控一切的感觉，可具体的我又说不上来。"

"我啊，只是个犯了错在受罚的罪人罢了，不提也罢。"窈娘绵长的气息里有些失落。

君泽还想发问，被小卦师一声"到了"给打断了，只得将满心疑问咽了回去。

空地上有几间屋子，绕着竹林三丛，松菊两簇，篱笆边上种了几畦菜，边上还汪着一小潭水，水边矗着一块大石头，石上刻着几个字：枕石漱流，还有几尾蝌蚪和游鱼自由自在地徜徉着。

西边有一处陡坡，砌了平平整整的石阶拾级而上，上边有一处看台，可以听见风从山谷里穿过的回音，夜里还可观星。古朴自然，而不失大气，窈娘不由得对主人产生了兴趣。

屋前屋后走了一遍，窈娘越走越觉着老卦师当真是个不可多得的人才，日日躲在这扬州城里说瞎话蒙人确实是屈才了。这屋里屋外，无一处不透露出主人的闲情逸致。

山水寄情，堪称雅士。

几个人最终也没能发现什么，只有君泽从老卦师的枕头底下找到的一个红绳编的如意结，引起了众人的注意。

看得出是压箱子的旧物，丝线失去了蓬勃与韧性，被压得垂平松散。不难想象，老卦师一定经常将这如意结翻出来，在手中摩挲多了，浸透了掌心的油污与汗水，尾端垂着的丝绦已经褪去了红色，陈旧得发黑，又有些发亮。

如意结，又是如意结，临走之前那荆芥糖的模样也是如意结，这二者间必然有什么联系。正四顾茫然，相对无语时，窈娘收到了陶墨墨传来的信。

白纸折的小鸟飞得东倒西歪的，颤颤悠悠停在窈娘的指尖上，气喘吁吁的，嗓门有些尖锐地嚷着："找到了找到了。"话音刚落便一头栽倒在地，化为灰烬。君泽顺着窈娘黝黑的鞋尖，一路往上，看到她渐渐阴沉的面容，默默打了个寒战。

❀6❀

回到如意馆之后，陶墨墨兴奋地迎了上来，正待张口，就被窈娘伸了一指过来，示意他住嘴。

"好好的一只传信鸟被你折得歪七扭八的，连话都说不全。喏，柜台上有一摞白纸，再去练练。"说完之后，不由分说地把他推走了，只有石清从窈娘看似急躁的语气里听出了什么名堂，深深看了她一眼，又看了一眼陶墨墨，眼里闪过一丝不安。

窈娘从来没有认真督促过他们练习法术能耐，向来都是听之由之，而最近陶墨墨不知怎的像是开窍了，观察力越来越敏锐，直觉也越来越准确。窈娘也有些不对劲，不加以赞扬，反而总是忧心忡忡的样子。

石清下意识觉着，如意馆有什么事要发生了，大概，这也是窈娘如此心急地帮助小卦师的原因。

"你说，你们今天找到什么线索了？"窈娘恢复了往日的从容，示意石清开口。

"南柳巷，酒坊，荆芥糖。"石清吐字极为干脆，硬邦邦的，像一块大石头悠悠然砸了过来。

"你是说，南柳巷有家酒坊，是卖这狗尾巴草模样的荆芥糖的？"

石清指了指小卦师的背囊，点了点头。

"这荆芥糖，不就是荆芥蘸上糖卤，晾干之后就能卖的小玩意儿吗？我看挑着货郎担子的小哥时常兜售这个。"

"不一样，卖荆芥糖有好些地儿，可这糖一般是为了哄小孩子，所以在花样上各有千秋。初春采了荆芥的细茎洗净之后晾干，再编成各式的形状，有些手巧的货郎甚至还会编织成小兔子小狗。蘸上糖卤之后，还得加一道工序，有人会蘸上芝麻碎，有人喜欢用花生碎，甚至还有些酒楼里会放上西域传来的胡桃酥。"

南柳巷，顾名思义就是巷子里种满了柳树，相传是一位秀才先生为她娘子栽的。几个人循着青石板路寻了过去，巷子里只有一家酒坊，酒旗招展，隔着老远就闻到了浓浓的酒香，里头还杂着些许香醇的味道，甜丝丝的，引得过路的顽童咽了好些口水。

酒坊大门紧闭，隔着厚厚的围墙听不到里头的动静，窈娘便向门口卖玉兰花的小姑娘打听。据说酒坊开了好些年了，主人是一个年长的妇人，唤作程三娘，家中只有一个小女儿相依为命。不过酒坊有段日子没有开了，两人都不知所终。

小姑娘说，这条巷子里好些男人都在码头上做工，晚上回来后都喜欢使唤自家孩子去打二两小酒，程三娘心善，便做了好些荆芥糖，蘸了碎碎的芝麻，见着孩子便递上一串。

窈娘从路边顺手拉了一个小孩问及荆芥糖的花样，小卦师便认了出来，老卦师平日里给他带的糖，就是这家的。

此后数日，石清都默不作声地到南柳巷酒坊门口守着。功夫不负有心人，几日之后，他拽着一名红衣女子进了如意馆的门。

"放开我，你这头蛮牛，你弄疼我了……"女子一进门便挣脱了石清的手，抚了抚手腕上红彤彤的一片，横眉竖目的，一脸怒气。

陶墨墨闻讯走了过来，上下打量一番后，一副孺子可教的眼神看着石清，欣慰道："行啊，臭石头，开窍了，知道把姑娘往家里拉了。"

女子闻言大怒，一个眼刀子丢过去，转身欲走，却被石清高大的身躯拦了下来。

"你们这些怪人，光天化日之下强抢女子，小心我告你们！"

小卦师听声后气冲冲地跑了出来，一路撞翻了好几张凳子，也顾不得疼痛，嚷嚷道："是你！你说，是不是你把我师父给弄走了！"

女子撇了撇嘴道："是我带走的又怎样？那是他应得的！"话音刚落，小卦师就冲了上去，一把拽住女子的衣裳，胡乱拉扯着，嚷嚷着要她把师父还回来。

陶墨墨看似铆足了劲儿站在一边劝解着，身子却纹丝不动，还是石清两步迈了上去，堵在了中间，将两人分了开来。

大厅里闹哄哄的，临窗的客人见不妙，纷纷四散，剩了君泽一个劲儿地赔不是。

"都给我住嘴！"

窈娘脸上现了怒容，一边擦着手一边从院子里出来，目光扫视了一周之后，落到了女子身上。

"是你带走老卦师的？"

"是又怎样，关你们何事？"

"你把他怎么样了，他现在是死是活？"

"我凭什么告诉你！"女子仍嘴硬，一副无辜的表情，手里却暗暗攒着劲儿。

忽然，女子发力了，随手一挥，许多树叶便从手里向着四周射了出去，只听得噼里啪啦响声四起。楼梯裂了，桌子开了，案台上的花瓶碎了，门上也破了几个洞。

"哼哼，让你们知道本姑娘的厉害！"女子拍了拍手，斜着眼睛瞟了一眼窈娘，一脸得意。

陶墨墨和石清率先往后退了几步，君泽拉着小卦师也往后退了几步，几人齐刷刷地看向窈娘，一副讳莫如深的表情。

"你们，你们这是……"红衣女子本以为他们是被她吓着了，可看表情不太像，倒像是在恐惧对面站着的这个女子。正疑惑着，大门突然无风自关，她突然发现自己像是被点了穴，不能动弹了，双手双足突然被根无形的线捆了起来，无法挣扎。

"小小桃妖也敢来我这如意馆作怪，真是有趣。"窈娘折了朵枯枝上盛开的花，往指尖碾碎了，笑得好不惬意。

众人听着这笑声，齐齐又往后退了几步。

❀7❀

窈娘也不着急，把红衣女子丢到柴房里关了起来。柴房里布了法阵，没有光亮没有声响，寂静黑暗得如同远古混沌荒地。她不能动弹，听不到外界的声音，就连君泽偷偷丢进来的馒头也只能在黑暗中注视着，感受着虫蚁从身上爬来爬去。

女子受不了了，一天之后就哭着喊着求饶，待被石清提溜着放出来时，已经是涕泪横流、瑟瑟发抖，完全没有之前心高气傲的样子。

"现在你可以说了，老卦师被你关哪儿去了？"

她一边啃着冷馒头，一边可怜兮兮地一五一十说了出来。

女子名唤之夭，是一株百年碧桃成了精，被南柳巷的程三娘所救，便认她作了干娘，母女相依为命。

很早之前，之夭便知道，三娘之前有过一个孩子，只不过没有养大。

三娘对自己的过去避而不谈，唯有一次酒醉后断断续续吐露了一些，醒来后面对之夭坚持不懈的追根问底，三娘只得和盘托出。

原来三娘早些年嫁过人，夫君是仪征的大户人家之子。只不过，她的夫君家中太平日子过久了，生了厌烦之心，渐渐开始沉迷于采药炼丹，研究堪舆风水。后来，甚至连家也不回了，躲到山上道观里换了道袍拜了师，口称六根清净要断了俗念。

那时三娘已经接管了家中生意，还怀着孕，一个人苦苦支撑着家业。

夫君开始还时常下山看看她，后来就不见人影了，整个人仿佛一夜之间入了迷障，抛家弃子不管不顾。可怜三娘苦苦等待，做了许久的春闺梦里人。

后来，因为她店铺家中两头跑，新生的幼儿照管不当，得了天花死去了，三娘状若疯癫，被乡里里正领着上山闹了一场。等后来她渐渐神志清醒后，夫君已经被道观赶了出来，不知所踪。

待双亲去世之后，三娘变卖了家中财物，一路追寻，寻到了扬州，这才发现她的夫君已经瞎了，身边还多了个孩子。三娘不忍，便隐姓埋名在这城里落了脚，时常托人照拂着夫君，给他送些酒水。听闻那小儿身子不好，时常吃药，还特意制了甜甜的荆芥糖，隔三差岔五送上几块。

之夭听闻真相之后愤愤不平，想去找那男人报仇，却被三娘苦苦哀求拦了下来。

三娘说，她自小便是荒年流浪至仪征的乞儿，多亏那家人善良收留了她，不管怎样，人家对她有救命之恩，她当报恩至死。更何况，那人是她的夫君，不论生死她都是他的人。

她还说，她的夫君也是个可怜人。

在她眼里，他精通风水，研习符箓，是天上文曲星下凡。她还常常感慨他只是投错了胎，他该投生在风水世家，忠于心意，而不是困在这小门小户，囿于寻常人娶妻生子光耀门楣的世俗之间。

她这一生只爱了这个人，不管他如何对她，她都无所他求，只愿他平安喜乐，一生无忧。

此后，之夭便隔三岔五上门去折腾找碴，憋着一口气使劲儿闹腾，可念着三娘的恩，她也不敢太过分，只是小打小闹，当是给三娘出气了。

后来，三娘操劳过度，身子日渐不好，之夭便断了念头，一心一意照料三娘。

三娘得了一场重病，临死之前，还撑着身子做了一块如意结的糖让之夭送去，厚厚的糖卤，厚厚的芝麻。她临死了还对那个男人念念不忘，还想着再见他一面。

狗尾巴草，是三娘最喜欢的草，这世道命如草芥，唯有狗尾巴草其貌不扬，却始终用蓬勃的韧性舒展着生命的长度。而这如意结模样的荆芥糖，是那男人在家时最喜欢吃的零嘴。

那时候的男人，总觉着心里苦，日日与双亲周旋，抑郁不得志。

而那时的三娘，坚信恩爱两不疑，给自己男人做的糖，满满都是甜甜的心意。

如意，如意，如我心，遂他意。

⟨8⟩

男人，自然就是开明桥上的老卦师。

老卦师踉跄着赶来时，三娘已经去了，嘴角带着一丝笑意，掌心仍死死扣着一枚如意结放在胸口。

之夭声泪泣下地告知了他这些年三娘的守护，他如遭雷击，老泪纵横。

老卦师颤抖着双手，将如意结从三娘手里小心翼翼地取了出来，和他日日压在枕头底下的那枚如意结一样，一样的红线，一样地褪去了鲜艳的红色，一样地发旧。

他趴在她的胸前哭得不能自已，直到尸身渐渐冰冷，余温不再。

他悔，他恨，他怨自己没有担当，因一时置气离了家，待想回头时，却发现自己根本无法面对家破人亡、丧亲丧子之痛。

他像一个懦夫一样逃离了家乡，日日躲在这扬州城里赎罪，为了弥补心中的亏欠，还收养了一个孩子。

失了抱负，也失了自己。

老卦师带着三娘的尸身回了仪征，托之夭给小徒弟带个口信，说是要为三娘寻一处极佳的墓地，守墓三载。

口信之夭自然是故意忘记的，她跟着老卦师去了仪征，眼见着三娘葬下之后才回来的。谁料也正是因为之夭的不甘心，才引出了这一连串令人啼笑皆非的事。

小卦师终于放下心来，对师父的过去痴惘了许久，决定收拾行囊去找他，为那从未谋面的师娘尽尽孝。

临走前，小卦师履行了自己的诺言，将自己和窈娘关在屋子里约莫几盏茶的工夫，出来后径直离去。陶墨墨贼眉鼠眼地趴在墙角半天，什么都还没有听见，很快就被石清拎着丢到大厅里去了。

窈娘出来后一如既往的平静，她知道了些什么，却什么也不知道。她想说些什么，却也什么都不能说。

如意馆里除了她之外，还有三个人，一个账房先生，一个伙计，一个跑堂的。他们是她的随从，同时也是她的亲人。

归根结底只有一句话：进了这如意馆，自然就是她的人了。

佛家常与人言，三十年众生牛马，三十年诸佛龙象。

不管好的坏的，该来的，总会来。

春
之卷·荆芥糖

情之一字，最为动人，也最为折煞人。

❀ 1 ❀

巧儿前些日子嫁人了，夫君是城外栖灵寺旁的渔夫，姓孔名武。孔武人如其名，体格威武，魁梧有力，就是不太爱言语。

巧儿一次去城外取水时崴了脚，孔武正好碰见，就送了她回家，没曾想隔了几日就央了媒婆上门提亲。

王婆子思量了好些天，见他家中无父无母的，又有一身好手艺，巧儿嫁过去就能当家做主，日子也不会难过，便也同意了。

说来也怪，自巧儿成亲后，家中那只黑猫就不见了，巧儿还暗自垂泪了数回。

这日二月二，巧儿挽了发髻回门，俨然一副小妇人的模样，提了好些晒好的腊肉和腊鱼到如意馆坐了会儿，说是她家相公让她送过来的。

窈娘全部接了下来，暗笑不语。这黑猫年前偷了如意馆好些腊肉，要不是看府君的面子，她早把他给收拾了，好在他也是个懂事儿的，还想着把偷吃的肉还了回来。

巧儿坐了会儿就准备走了，说是待会儿还得去城西舅舅家送社饭。正好今日窈娘得空，把熏干了的香藤杵碎了，和了糯米粉调蒸了些粑粑，临走时便送了她一些，让她欢天喜地提着出了门。

之夭垂头丧气地抱着包袱进如意馆时，巧儿正好提着食盒出门，见一灵动美貌的少女进门来，不由得多打量了几眼，被之夭一瞪，抿着嘴笑了笑便径直离去了。

君泽正在门口侍弄着他的那几盆花草，不敢随意搬弄晒太阳，只得给它们浇浇水、拔拔杂草、捉捉菊虎。见她过来，乐呵呵地打招呼："之夭姑娘，今天你怎么过来了？"

之夭将硕大的包袱往桌上一甩，望着如意馆新换的桌椅，暗恨自己当日为何要那么冲动，甩了那么些叶子出去把如意馆给砸了。这会儿见君泽一问，便没好气道："我是来还债的！"

"还债？你可是欠了谁的钱，说说，看我能不能帮你？"君泽好声好气道。

"除了窈娘,还能有谁!"想了想那日临走时窈娘说的话,之夭就一脸懊恼。她送小卦师去仪征时,窈娘笑得好不温柔,给她比了个口型——别忘了回来还债,说完还指了指四周千疮百孔的墙壁桌椅。

这让她瞬间想起了那日关在小黑屋里的经历,不寒而栗。

"咦,难不成你也招惹窈娘了?"君泽仍然没有反应过来,还是一脸疑惑地问道。

"得了吧,别操心人家的闲事了,别忘了,你还欠着窈娘不知多少银子呢,这辈子能不能还清都难说了。"

陶墨墨出门看了看,像是在等人,恶声恶气甩了一句话之后又回房趴着了。

望着之夭一脸好奇的模样,君泽苦笑。先别说之夭的事儿了,自己身上背着的债啊,真是不知何时才能还清了。

❧2☙

这事得回溯到好几天前,说起来,也跟之夭脱不了干系。

那日之夭带着小卦师去仪征之后,几个人好生歇了口气,这才发现如意馆中一片混乱,全是被之夭一时气愤破坏的痕迹,还卡着好些蔫掉了的叶子,干巴巴地立在上头。

窈娘心累不已,无奈之下,如意馆歇业了好几天,换了批新的桌子椅子。石清闷声不响将楼梯也好好修了一通,这才不咯吱咯吱响了,不然踩着老瘆得慌,跟闹鬼似的。

君泽也想帮忙,就主动提出干些洒扫的活儿,拎了鸡毛掸子拍拍打打的,将桌上的灰尘扫了去。扫到柜台上插了枯枝的白玉美人觚时,君泽本意是想将它搬开,擦擦干净再搬回来,谁知这瓶子看着轻轻小小的,却重如千钧,怎么移都移不动。

这美人觚平日里很少移动,偶尔要搬动也是由石清动手。君泽不想去打扰石清修楼梯,就自己上手,将鸡毛掸子别在腰间,抱住瓶子使了吃奶的力气往边上挪。

这一挪不打紧,气喘吁吁的,刚好被石清听到了动静,回头看了一眼,脸色都变了,出声提醒道:"小心!"

君泽被石清嗡嗡的嗓门一吓,瞬间就失了神,手一滑瓶子便脱了手,身子向一边倒去,胸前挂着的一颗玉坠子晃了出来,撞在瓶子上,腰间别着的鸡毛掸子正好从瓶子里的花枝上擦过。

君泽倒至一半时扶住了旁边的柜子角,还没等他松口气,眼前发生的事就让他呆住了。

美人觚纹丝不动,可里头插的花枝被鸡毛掸子一刮,生生刮落了几朵盛开的花。娇艳的花朵从枝上落了下来,花瓣一边纷飞,一边枯萎,待悠悠落地时,已经香消玉殒,沦为地上一团黑灰色,被风一吹,消失得无踪影,好似从来没有出现过。

石清三两步跨了过来,还是晚了,没能接住落下来的花。剩下的花枝上依旧开得如

火如荼，花朵离开的位置上转眼又生出了两个小小的花苞，米粒般一小点，刺得人眼睛生疼。

君泽望着石清一脸自责惋惜的模样，自觉闯了大祸，惴惴不安地等着窈娘处置。

可令他意料之外的是，窈娘出来后并没有大发雷霆，她只是轻飘飘地看了一眼，就一眼，随即将目光转了开去，落在自己的指尖上，轻轻叹息道："掉了就掉了，大不了重新再来过，反正，也不多这一两次。"尤其是后半句话，声音渐渐小去，被湮没在风里，无声无息的。

莫名地，这轻轻柔柔的声音，听着让人觉着有些心疼。

窈娘回房之前，视线在君泽胸前的玉坠子上停留了几秒，思索了片刻，总觉着这玉坠有些眼熟。

想了半天，才恍然大悟，君泽这坠子模样挺别致的，五彩斑斓的小圆珠子，倒像是天河里的小玉石，许是哪位下凡的仙人带出来落到凡间的吧，难怪能破了她下在美人觚上的禁制。

☙3❧

接下来的日子里，君泽看不出来窈娘有不对劲地方，依旧每日乐呵呵的，像是丝毫不在意。

但是他能看出来，石清是真的生了气，连着几日不与他说话，眼神里满是冷漠，连路上碰到了都把脸转开。

虽说石清平日里也是石头般冷冰冰的，倒也能看出人情味来，可这不理不顾完全漠视的态度，着实让君泽伤了心。

陶墨墨幸灾乐祸地旁敲侧击，说这花瓶里的枯枝是神木，关乎着窈娘的命运，尤其是枯枝上已经盛开的花瓣，格外珍贵，每一朵都来之不易。平日里要是谁不小心磕碰到了，石清都得跟他拼命。

想当年，有个初来扬州的客商看上了窈娘，吃完饭后想顺手折一枝花送给窈娘，人还没碰到瓶子，就被石清举着丢出去了。

也是他运气不好，这美人觚下了禁制，一般人近不了一尺，也不知君泽怎的，居然误打误撞把花给毁了。陶墨墨一边啧啧称奇，一边围着君泽转了几圈，从头到脚打量了几番，就差去上官老先生那儿要打磨好的水晶凑到脸上来细细观察了。

君泽听完陶墨墨的话之后，愧意更深，熬了几夜之后，顶着乌黑的眼圈给窈娘交了一份契约书。

说是契约书，也差不多是卖身契了，上边写明了他决定卖身如意馆二十年，接下来在如意馆的日子里，只包吃住即可，工钱全部上交算是还债。

窈娘接过去看了一眼之后，轻飘飘地揣兜里了，没说好，也没说不好，不过嘴角的笑意却是深了几分。

石清的态度倒是恢复了以往的模样，这让君泽肉痛之余，稍稍有些心安。

同样高兴的还有陶墨墨，一顿忽悠果真见效了。窈娘为了赎罪，都在人间待了不知多少年了，这么些年来，他眼见着这枯枝上的花苞一朵朵绽放，每一朵花的绽放都代表有一桩心事被了结。

可这么多年过去了，那株来历不明的枯枝上依然还有数不清的花苞，也不知哪年哪月窈娘才能得偿所愿。

石清是窈娘所救，自愿跟在她身边为仆，而他是被迫卖身给了如意馆，既然如此，再加个难兄难弟也好。

不得不说，窈娘这收仆的功力，还真是不减当年。正乐呵着，陶墨墨不禁想起了自己当年的往事，不由得垮了脸。

之夭听完前因后果后，耷拉着一副苦瓜脸悔不当初，当下决定，以后在这如意馆中，一定要铭记两件事，第一，不能轻易招惹窈娘；第二，离柜台上那美人舣能有多远有多远。

窈娘将之夭喊进她房里，与她密谈了片刻之后，之夭皱着包子脸出门来，又苦兮兮地拎着包袱进了后院，只听得"哎哟"一声，什么东西被丢了出来。

"啊啊啊，你个采花贼，大白天的跑我房间里来干吗，出去出去！"屋子里传来陶墨墨大惊小怪的叫喊声，"哐当"一声，门开了，又关了。

"呸！你以为我想进来啊，你个……你个……"之夭被推了出来，打了个趔趄，晃了晃才站稳，憋了半晌也没憋出个词儿来。

见着包袱被丢在地上的水坑里，之夭气不打一处来，双手叉腰就骂道："你个破跑堂的，大白天不干活，抱着一堆红褂子红裤子，你不嫌丢人，我还怕长针眼呢！啊呸！"

❀4❀

甘泉书院今日放假，晋山长要陪夫人回娘家，就给书院的夫子和学子们都放了半日假。平日拘在书院里的几个学子得了闲，便邀了相好的同门坐一桌，要了些瓜果点心，小酌起来。这会儿听见后院正热闹着，互相挤眉弄眼的，聊得不亦乐乎。

窈娘今日心情甚好，将一张纸揣进了胸前，笑眯眯招呼道："馆里新来了个跑堂的，正磨合着呢。来来来，吃好喝好啊，今日老板娘心情好，酒水免费。"

众学子欢呼起来，连忙唤了君泽过来，又将平日里不太舍得的玉堂春、三花酒点了几样。这厢点菜，那厢客人刚走又要结账，君泽忙得直打趔，不禁有些埋怨。

石清今日早早就出门去了，陶墨墨不知发哪门子疯，从一大早就躺在屋里没起来，隔半个时辰就出来一趟，径直到大门外望上一望，然后又飘回去躺着了。

整个人跟个幽魂似的，就差走路用飘的了。

你若喊上几句，他倒先阴恻恻望上你一眼，让你心惊胆战之后，再慢悠悠回了房。

偏生窈娘今日不知怎的，也不说他，只苦了君泽，明明说好是做个体面的账房先生，结果却干起了跑堂的活。

君泽累得满头大汗的，闻着自己满身的汗臭味，一边感慨这有辱斯文，一边又暗自腹诽。

这卖身契果真不能乱签，这地位一下子就不一样了。正胡思乱想着，君泽突然发现馆中有些安静，刚才还人声鼎沸的馆中突然静了下来，甚至连呼吸声都窒了。顺着众人视线望去，这才发现门口不知何时站了一位貌美女子。

女子身着一袭火红衣裳，长裙广袖倚在门口，裙裾飞扬，落地生光。

远山黛，惊鸿髻，眉眼盈盈如秋水，粼粼间晚烟澹澹。

日出东方，如意馆在南边，女子微微逆着光，细碎的发丝从步摇间斜逸出来，更照得容貌惊人，如同驾着悬车的羲和，又似碧水河畔的洛神。

女子将视线看向君泽，眼波流转，似是不经意间抛了个媚眼。君泽捂着胸口，只觉着脑子一炸，晕乎乎的，胸口突然就热了起来。

有人先反应了过来，座中有细碎的声音传来："这不是天香楼的苏卿怜吗？"

这话一出，如投石入池，整个大堂都沸腾起来了。

"苏卿怜，天，我居然见到了天香楼的花魁，这可是百两银子一曲，千两银子一见的苏卿怜啊！"

"她就是苏卿怜？我看也就这样，不就是个花魁嘛……"昨日刚来扬州治眼疾的京城客商眯着眼觑了半天，只模糊看见个影子，为显得自己与众不同，清了清嗓子慢条斯理道。

话音刚落，就被旁人飞了好些筷子过来，还收了一箩筐乡巴佬的称号，弄了个满脸通红。

苏卿怜仿佛听见了什么，抚了抚额上的碎发，朝那几个义正词严维护她且模样俊秀的男子妩媚一笑，座中更是闻得一阵咽口水的声音。

窈娘听得动静从后厨出来，松了口气，一副熟稔的语气迎了上来。

"你可总算来了。"边说边引着苏卿怜往院子里走，算是隔绝了大厅里那些黏人的眼光。

· · ·

⟡5⟡

若是君泽在场，是要把下巴都给吓掉的。

刚才还千娇百媚温婉可人的苏卿怜，一到后院没人处立马就脱了相。

端着的肩垮了下来，脸上挂着的微笑也没了，眼睛骨碌碌乱转，鼻子眉眼也生动起来，不似之前温婉美人的模样。

她撩了撩袖子，一张口却是老气横秋地问道："那小兔崽子呢？老娘今日过来给他送礼物，居然敢不出来迎接！"

窈娘努了努嘴，小声说道："早上起来就躺着了，一直躺到了现在，还是跟往年一样，隔半个时辰就出去看上一眼，没精打采的。"

苏卿怜嘴角一勾，翻了个白眼，径直向着陶墨墨屋子走去。到了门口却停了下来，侧着耳朵听了听动静，然后敲了几下门，语气极其轻柔："墨墨，开门啦。"

里头毫无动静，只听得布料摩擦发出的细碎响声，门却是没开。苏卿怜竖了眉，掀了半边裙角，却是一脚踹了过去，三两步迈至床前骂道："你这小兔崽子，好言好语让你开门，你偏不开，是不是故意消遣老娘来着？"

陶墨墨被揪住了耳朵，哎哟哎哟直叫唤："哎哟，青姨，我错了，我错了还不行吗！您松松手，疼着呢！"

"你这小子，不疼就不长记性！"苏卿怜松了手，往他床上翻去，"今日生辰，不好好庆祝一下，让我看看，你躲这屋子里干吗呢？"

陶墨墨一听这话，悄悄往床头挪了挪，一屁股坐在枕头上。

没翻两下，苏卿怜就看见塞了决明子的枕头底下露出一角红色，心里正暗自得意，伸手准备去扯出来，就被窈娘拉住了。

窈娘冲她摇了摇头，又指了指她的袖子，垂手退了开去，出去之前，还把门给掩了。

苏卿怜望了望自己的袖子，又望了望坐在床头揉着耳朵泪汪汪的陶墨墨，一拍脑袋，嗷嗷大叫："瞧我这猪脑子，有人托我给你带了礼物，差点忘记给了。"说完从袖子里掏啊掏，一边掏一边自言自语，"咦，怎么没有，我是不是没带啊，还是刚才门口摆姿势摆太久，落那儿了……"

陶墨墨紧张地注视着她，像是要把袖口盯出个洞来，听她这话，一跳就起来了，准备往门外冲。

忽然，苏卿怜像是故意的，恍然大悟道："噢，忘了，我放这边的袖袋里了。"说完从左边袖子里掏出一个红褂子来，褂子的右下角上边用白色的绣线绣了陶墨墨的名字。

"您哪儿来的猪脑子啊，您这不是狐脑子吗！"陶墨墨眼睛一亮，跳回了床上，捧着褂子哼哼唧唧道。

苏卿怜撩起袖子，给了他一巴掌，将他脑袋拍至一边。

"怎么跟长辈说话的，还要不要礼物了？"待陶墨墨告饶了半天，才慢悠悠将腰间的绣囊解了下来，扔了过去，"早些年碰见一个道士，托他写了一道神符，你平日里随身带着，别解下来。眼看着你都三百岁了，还一点儿法力都没有，留着这个防身。"

陶墨墨闻言接了过来，往床头缩了缩肩膀，嘴里却不认输："这不赖我，要怪只能怪你那不负责任的姐姐，把我生下来又不管我。还得赖你们那破家族，长老们平日里一个个的不知道有多厉害，关键时刻一个能帮上忙的都没有！"

说完，两人瞬间无言，陶墨墨自觉失言，将头转至一旁看那边雪白的墙，抬头看那墙上略略斑驳的痕迹。苏卿怜怔了怔，张了张嘴，没有说话。

半晌之后，像是为了摆脱尴尬的局面，陶墨墨手里掂着香囊，假装好奇地问："话说这世间居然还有好心肠的道士会给你画符，啧啧，改天介绍我认识认识呗。"

苏卿怜翻了个白眼："一个破道士有什么好认识的。"

"那还真可惜，别是个道行不高的小道士没能识破你的真身，又被你耍得团团转，才骗来这神符的吧！也不晓得有没有用……"

"嫌没用就还给我，一个破道士还值得你这般惦念！"

"哎青姨，我没说不要啊，你这么激动干吗，怎么，莫非你跟这道士有什么渊源？还是有什么'我与道士不得不说的二三事'的猫腻？"陶墨墨从苏卿怜的语气中听出来些许不对劲，涎着脸问道。

"滚开，一边儿玩去，让你好好念书不好好念，杂七杂八的话本子倒看得挺熟的。别问了，他死了！"苏卿怜变了脸色，夺门而出。

陶墨墨却暗自嘀咕起来，他这二姨别看平日里人前一套人后一套的，向来是个记仇的主儿。

那话怎么说的来着，对，她一般都不记仇，有仇当场就报了。能让她如此大动肝火却又眉梢带情的人，还是个道士，这事儿就有趣了。

ℰ6ℬ

待苏卿怜满面微笑摇曳生姿地走后，如意馆里的客人一阵风似的追着窈娘打听她的来意。

窈娘只笑着推说苏卿怜极爱吃她做的菜，特地过来尝尝。这美人效应瞬间带了一拨客人纷纷点菜，连地窖里存了许久的薯蓣白菘都倾销一空，直把君泽累得头眼昏花，两股颤颤。

疲惫之余，不由得暗叹窈娘真是块做生意的料，不知不觉就将苏卿怜给摆了一道。

纵然今日生意好到不行，但窈娘午后还是让君泽写了告示出去，说是如意馆下午便歇业了，将一众闻着美人余味赶来的男子纷纷关至门外。

夜间的菜较往日丰盛，除了平常的菜色外，窈娘还做了陶墨墨最喜欢吃的辣鸡脔。

鸡是买了山野人家自家放养的小嫩鸡，圈在后院养了半月，石清日日用熟面拌了芝麻喂食，个个喂得肚圆肥嫩，走起来如同城外庄子里挺着肚子的缙绅老爷，个顶个的精神抖擞。

一大早窈娘就将鸡给宰了，放血之后立马破腹去肠杂，丢入滚锅中焊【xún】毛去腥气，随即放入冰水中冰镇，加入橘络一两，姜丝二两，红谷末一合，莳萝茴香各三钱，腌制半个时辰。

起锅烧热油生爆透，加上五辣醋和黄酒滚了二三十次，然后把骨头给拆了，将鸡肉切成两根手指宽大小的鸡块，再配上山间春笋、野地青蒜、冬菇、火腿、茱萸同炒。

除了辣鸡窝之外，窈娘为了陶墨墨的生辰，还特意做了好些荤菜，蒸了米粢，做了鱼圆子，用巧儿送来的腊肉蒸了满满一钵。

饶是这般，陶墨墨出来时依然是病恹恹的，打不起精神。

君泽又饿又累，顾不得平日里的斯文，望着一桌子菜两眼放光，抓住筷子就往桌子中央戳去，被窈娘拦住了。君泽强撑着的一口气松懈了下来，趴在桌上直呻吟。

窈娘假装没有听见，清了清嗓子道："今日如意馆歇业得早，是有两件事要宣布。"说完卖了个关子，将酒斟了一圈之后，举杯施施然道，"一是为了迎接之夭的到来，从今以后，之夭就是如意馆的伙计了。"

之夭不情愿地起身，向着四座抱了抱拳，怏怏道："承蒙照顾。"坐下的时候正好对上陶墨墨的白眼，瞬间气不打一处来，恶狠狠地瞪了他一眼。

谁知窈娘接着说的话却生生将她的眼神钉在了半空中，尴尬地落不下去，收回不来。

窈娘微笑着举杯，却是望向陶墨墨："第二件事嘛，却是你们都不知道的，今日是陶墨墨的生辰。"

陶墨墨破天荒没有起身向众人致意，反而一副不关己事的样子说道："生辰年年过，也没什么意思。"

窈娘像是知道他在想什么，也没多说，伸手从腰间取出了一个瓶子递了过去。

"往年生辰我也没送什么，今年我也没什么好送的，正好前几日从小卦师那儿得了个解注瓶，瞧着模样新鲜，就借花献佛，送给你了。"

小卦师走之前，与窈娘关在房间里密谈了好几个时辰，临走收拾背囊时，窈娘无意瞥见小卦师腰间用丝绦系了个模样怪异的小瓶子，便取过来看了看。

小卦师以为窈娘喜欢这瓶子，便主动提出将这瓶子送给窈娘。

陶墨墨接过来也没有细看，道谢之后就揣进胸前了。窈娘垂了垂眉，淡淡说道："听说这瓶子有驱邪避祟的作用，小卦师遇蛟化龙那次，好像就是握着这瓶子来着，也不知有没有起什么作用。"

话音刚落，陶墨墨两眼放光，"嗖"地将瓶子从鼓鼓囊囊的胸前取了出来，拿在手里翻来覆去地细看。

瓶子细细小小的，刚好握在指尖，能用拇指和食指卡住。触手温润，透着白玉的光泽，

上边刻了几个歪歪扭扭的字，打头几个陶墨墨看着倒像是能认出来，可又说不上来是什么字，后边几行更是不行了，画得跟鬼画符一样，歪歪扭扭的。

"打头几个字是上古符师常用的符篆，'百解去，如律令'，后边几句是符文，自然也就是瓶子的咒语，你自然看不懂。待哪日得了空闲，我再教你。"

陶墨墨凭直觉觉得这瓶子是个好东西，拿着瓶子喜滋滋地正准备放进兜里，突然觉着手中有什么不对劲，瓶子好像刚刚自己轻轻动了一下。他以为是自己看错了，便将瓶子握紧了，凑近了看，看来看去也没看出什么名堂来，眼前突然被一双手给拦住了。

"别折腾了，自然有你发挥作用的一天。"窈娘拍了拍瓶子，像是在对着瓶子说话，转而让陶墨墨把瓶子先收起来。

回头望着之夭殷切的眼神，窈娘失笑："放心，等你们生辰时，都有礼物。"

一直歪坐着的陶墨墨这下子精神了，眼里闪着精光，举着竹箸蠢蠢欲动。

"来来来，礼物呢，本大爷今日心情好，没来得及准备的可以先欠着，既往不咎啊！"

君泽和之夭面面相觑，只有石清瓮声瓮气地应了话："后院，我替你养了十只鸡。"

⑦

陶墨墨今日酒喝得特别多，也不知是高兴，还是伤情。到最后，跳上桌子嚷嚷着让石清又搬出了十几坛酒，一个人捧着，一边喝，一边哭。

若是号啕大哭也就罢了，偏生是隐忍着小声地啜泣，越发听得人心生不忍，胸口跟撒了黄连似的，苦得张不开嘴。

"她凭什么不要我，她为什么不要我？又不是我的错，是她非要跟那个男人私奔，是她非要生下我的，既然把我生了下来，就好好把我养大，别抛弃我啊！

"她以为她年年托青姨给我带上一件红褂子红裤子，就可以弥补这些年欠我的吗？那算什么礼物，我呸，我一点也不稀罕，一点也不喜欢！"说着跟跟跄跄跑回屋，从枕头底下抱了一堆红色的衣服出来，丢在地上一边踩一边哭，一边哭一边骂道，"你倒是出来啊，你看着啊，我一点也不喜欢你送的礼物！你出来啊……"

君泽眼眶红了，默不作声地将被甩至脚下的衣服捡了起来。大红色的褂子，大红色的裤子，触手光滑温润，一看就是上好的布料，边角处还细心地将针脚藏了起来。褂子中央用颜色更深的红线绣了一只憨态可掬的小狐狸，褂子的下方绣着一个白色的墨字。

白色的丝线有些特别，摸着倒像是动物身上的毛。

突然想起来，那次太平桥下大火，窈娘要红色的布帛，用的就是这样的红裤子。他记得，因为石清拿了箱子里的红裤子，陶墨墨好些天没给他好脸色。

时至今日，他总算明白了……原来如此。

放眼望去，地上散落的衣服几乎都是这个模样，都绣着一只火红的狐狸，一个针脚细腻的"墨"字。狐狸有大有小,"墨"字却是一如既往的端正。

还没等君泽起身将他那些散落满地、乱七八糟的衣服拾起来,陶墨墨忽而又不哭了,三两下将衣服全扒拉过来,小心翼翼地抱在怀中,将脸深深地埋了进去,口齿不清道:"娘,我不哭了,我答应了干爹,我会乖的。干爹说了,只要我乖,你就会在我生辰这天回来的。娘,你看,我今天很乖,你回来看我一眼好不好……"

石清起身,慢慢蹲到了地上,将陶墨墨抱住,没有说话。

石清跟随窈娘许久,陶墨墨如何到了这如意馆,他是知道的,而每年的二月初二,是都得如此这般闹上一番的。

那红色褂子上绣的,正是陶墨墨的原形,一只红狐狸,一只年且三百岁的小狐狸。

❀8❀

就在千年前,涂山女子唱过那首《候人兮猗》之后,涂山的狐族就像落入了诅咒的轮回,一代一代的涂山女子为了寻找一颗真心入世,终其一生陷入红尘芜杂,不得脱身。

涂山世代居住着九尾狐一族,男儿薄幸,女子多情。

自入世以来,有禹皇治水之功,灭商封神之祸,烽火诸侯之乱,骊姬祸国之难……不谙世事的狐族女子为了爱寻觅人间,却让自己一颗柔韧的心被锤炼得千疮百孔。

陶墨墨的母亲姓姬,名南枝,和化名苏卿怜的姬青鸾是双生子,是狐妖褒姒的女儿。

褒姒以弃婴的身份入世,长大后被褒国国君进献给了幽王。偏生她性子偏冷,行为乖张,幽王姬宫湦为了她荒废国政,民不聊生。幽王死之前,天地频频异动,泾、渭、洛三条河川先是年年水灾,继而就在同年,泾、渭、洛三条河川相继枯竭,岐山也发生崩塌,死伤无数。

褒姒生下女儿后,从大祭司那儿得知了姬宫湦的命运,便提前将双生女儿送回了涂山,在他死后,好衣好裳入了王陵,随夫而葬。

如同说书先生说的故事里那样,不甘寂寞的涂山狐女姬南枝偷偷入了凡尘,想像母亲一样寻找真爱,在洛水河边遇上了洛水才子陶俊齐后,一见便误了终身。

才子佳人情投意合,便是金风玉露一相逢,胜却人间无数。

而故事往往称之为故事,便是因为没有那么多圆满的结局。

中间的是非曲直,往往藏在时光缝隙里,等着人循声走近,然后一一拾捡起来。

成亲后的柴米油盐酱醋茶,很快就让姬南枝失了兴致。

一箪食一浆衣是情致,为了心爱的人,那是把日子过成了诗。

而日复一日地买菜洗衣做饭,却是将自己骨子里的随性彻底揉碎了,打乱锻造成了一个凡世间的普通妇人。

她失了自我,迷失在以爱为名的囚笼里。

她渴望做闯荡江湖的奇女子，而不是陋室蜗居的美妇人。

没有畅游山川的快意，没有踏马江湖的自在。

姬南枝不堪将自己围于方寸之地，日日应对琐碎的家长里短、鸡毛蒜皮，在无数次与丈夫争吵过后，她带着腹中的孩子离家出走，后不知所踪。

待很多年后，她独自游走于山川大地，见多了夫妻之间平常的恩爱生活，便明白了丈夫当年的隐忍与担当。

明白了真正的爱，不是不管不顾，不是诗词歌赋里明晃晃的表象，而是生活赋予它的真实意义。

有悲欢离合，有喜怒哀乐。有大道至简，有细火流萤。

真正的爱，是舍予，舍得给予。

太急，太轻，太重，都是一种负担。

等她想清楚了一切再回来时，发现丈夫已经死了，死于一场重病，辅因是肝脏郁结，潦倒失意。

妻离子散造成的打击是无法愈合的伤口，始终溃烂着，给了他致命一刀。

姬南枝悔不当初，将儿子丢回涂山，自觉无颜面对自己的儿子，游走他乡，再也没有回过涂山。

没有人知道她是怎么想的，是因为悔恨、不甘，还是在逃避。

所以，陶墨墨没有见过他的父亲，自有印象开始，也从未见过自己的母亲。

虽然同是人与妖的结合，姬南枝与苏卿怜因着褒姒将自己毕生的修行给了她们，所以修行毫无障碍，不到百岁便化了人，修炼起来也比别的狐快。

而陶墨墨因着自小便无父无母，被扔在涂山，失了母亲的照管，没有了血脉传承；加之他自小便调皮捣蛋，还是只小狐狸时便到处乱窜，不好好修行，后来又被道士抓住在丹炉里关了几天，受了丹毒，失了化形的契机，修行的速度就更加慢了下来。

以至于遇见窈娘时，陶墨墨还是一只不能化形的火狐狸。

若不是窈娘动了恻隐之心救了他，现在他不光是失了法力不能化形的红狐狸，恐怕早就丢了性命。

当然，作为回报，陶墨墨被迫签下了一百年的卖身契。

❀9❀

苏卿怜又抽空来了几趟如意馆，她爱招摇，每次都是请了四人大轿抬过来的，一袭红裙千姿百媚地袅娜进来。

偏生她又爱调侃老实人，每次一见馆中又无人搭理她，便撺掇着君泽陪她聊天，三两下就将君泽的祖孙八代全给刨了出来。闪个腰撞入怀中，丢个手绢摸个小手的，活脱脱一副调戏良家男子的样子，不闹得君泽脸红得如同抹透了胭脂绝不罢休。

几次下来，君泽就有些神魂不知了，跟在窈娘身后，几次欲张口，却不知怎么说。

之夭望着他这副模样，嗤道："他这是月德生辉，红鸾星动吧。男人果然都是一个样子，骨子里就是好色胚子。"

窈娘失了耐性，终于有一天将他招至跟前，神秘问道："你是不是想打听苏卿怜的来历？"

君泽讶然，满脸通红地点了点头，窈娘叹了一口气，突然伸出一指，空中画了个圈后直直指向他的眉间，重重按了一下，"真是个呆子！我只问你，你知道陶墨墨的来历吗？"

君泽点了点头，又摇了摇头，莫名地觉着窈娘的声音酥人得很，眉间指腹接触的地方也一片滑腻，有什么轻轻地在心头挠啊挠的，总想顺着抓住它。

"那我只告诉你，苏卿怜，是陶墨墨的亲二姨。"

君泽仍懵懵懂懂的，嘴里反复咀嚼着末了的几个字，"陶墨墨""亲二姨"，反复几次之后，眉间窈娘先前触过的地方突然传来一股凉意，冰凉刺骨，直直冻入骨髓。

紧接着，那股凉意循着经脉将全身走了一遍，像是在追逐着什么，如蛇形蜿蜒，将一些盘锢在身体里却不属于自己的东西一点一点驱逐了出去。

君泽猛地一个激灵，如梦初醒，回想刚才自己一副花痴样，又想想这段时间自己神魂颠倒的模样，和外边那些登徒子有什么两样。羞愧不已之下，自觉无颜面对窈娘，在屋子里躲了好几天才敢出来。

下次苏卿怜再来时，窈娘便没了好脸色，警告她："你要来便来，若要再肆意招惹我馆里的人，我可就不饶你了。"

苏卿怜不以为意，倚在二楼的栏杆边上，瞥了眼正襟危坐不敢抬头看她的君泽，捂嘴吃吃地笑，转而将目光看向座中客人。

不需张口说一字，已尽是风流。

之夭端着菜从旁经过，看了看底下坐着的客人，个个双眼放光、色中饿鬼的模样，言语间带了刺就有些不客气了："还真以为自己是什么美人呢，靠着一副皮相招摇，靠媚术蛊惑男人，有什么好得意的！"

没曾想，苏卿怜抚了抚乌黑的发丝，斜斜挑了凤眼道："小妹妹，我这有什么不好的吗？各取所需罢了。"

"是吗，有句话怎么说的来着，当了什么还立什么。天香楼是什么好地方，正经女子根本就不会去！也只有你这样的，放着好好的正道不走，偏生要去出卖色相，真是败坏了妖的德行！"

"哟，这话可说得真难听，难不成在你眼里，天下女子就只有一条路可以走了？谁

说的女子一定要规规矩矩固守成规，这规矩，又是谁定的？"

"反正，做女人不该做成你这样的！"

苏卿怜眼睛微微一颤，像是听到了什么天大的笑话，捂着嘴笑了好一会儿才道："不做我这样的，那该怎样？天下女子千千万，有如你这般的，自然便有我这般的。你可知昔日佛祖座下一菩萨为传播佛法，曾化身三十三种法相，其中便有妓女相，以色设缘，以娼化淫，后来方成大道。我这可是跟菩萨学的，难道也有错？"

之夭一时语塞，不知道该怎么反驳。苏卿怜见之夭若有所思的模样，住了口没有再说话。

突然远远的，依稀听得街边有歌女弹着琵琶，口中吟哦着小调。

小调是古乐府的《华山畿》，讲的是华山男女因相爱死而复生的故事。

"君既为侬死，独活为谁施？欢若见怜时，棺木为侬开……"

女子柔媚的嗓音婉转细腻，将深情演绎得分外动人。

苏卿怜靠在栏杆上，像是听入了迷，眼里雾色苍苍，看不清里头藏着些什么。

亭亭阑干十二曲，美人垂手明如玉。

栏杆下，孔武将巧儿手里拎着的东西全部接了过来，两人依偎在一起，有说有笑地从如意馆门前路过。孔武像是感应到了什么，抬头看了一眼，面色忽而冷峻了下来，一把将巧儿揽住，低头加快步子走进了裁缝店。

苏卿怜笑了，将目光从巧儿嘴角的笑靥转了开去。忽而，她又唤了石清过来，将头上的九鸾琥珀钗丢了过去，示意他送去给门口卖唱的姑娘。

回头冲着之夭怔了怔，脸上的薄晕褪了开来，嘴角扯出一丝笑，有些惨淡地说道："小妹妹，你还小，有些事啊，你以后就懂了……"

她没有说的是，情之一字，最为动人，也最为折煞人。

苏卿怜扭着腰肢走了，也没有再招惹其他人，径直离去。

陶墨墨不知何时走了出来，站在门口有些贪婪地紧紧盯着她。

他平日里极爱站在背后看苏卿怜的背影，这让他觉着如同看到了他那素未谋面的娘亲一般。

他们都说，他娘与苏卿怜极像。

可今日，他又有种奇怪的感觉，他这二姨，与他传言中的娘亲又是不一样的。他们都说，他的娘亲，性格爽朗豪迈，是随性之人，而他这二姨，看着放荡不羁无法无天，内里却藏着深深的细腻与哀愁。

他就这样静静地看着，看着这个谜一样的女子独自走过人潮汹涌的街道，一身风华瞬间敛了起来。

远远望着，就像一个人蹚过枯寂，蹚过不属于她的河流。

风韵入体，媚骨天成，依旧是千娇百媚的美人相。

窈娘望着苏卿怜的背影，摩挲着酒埕上的泥封，不禁暗道了一声可惜。

人说狐媚子，果真就是一个媚字。媚人，取媚于别人，也魅惑自己。

明明是痴情女，所托非人，上了人世间情爱的当。

却也当真是奇女子，转身便入了青楼，换了名字将过去抛诸脑后，誓将世间男子玩弄于掌心，还非得大费周章地讲这些大道理，也不知是为了说服别人，还是说服自己。

只是可惜了这涂山氏后人上好的资质，一千多年的道行，还不知要折损多少在这红尘中。

若是放在以前，窈娘自是要插上一手的，包括陶墨墨的母亲，只要她想，也是能帮陶墨墨找出来的。可千般人有千般相，自己尚苟且于这尺椽片瓦下赎罪，又何苦去愁如何渡人，罢了，罢了。

春来果真令人心如飞絮，愁丝万缕。新愁年年有，不如樽前痛饮。

狂歌似旧，情难依旧。

椿萱煎

若说世间最坚韧的是什么，莫过于女子的力量，莫过于母亲的力量。

❄1❄

陶墨墨自生辰过后，日日碰着之夭，就得问上一句什么时候给他送礼物。

之夭烦不胜烦，恨不得日日绕着他走。

这日客人极少，之夭闲着无事，便躲到后厨与窈娘说话。一边闲聊，一边手里还不停着，东摸摸西翻翻，不小心把橱柜里头放着的黑陶瓶子给翻落了下来，还好窈娘眼疾手快一把接住了。

之夭自觉闯了祸，吐了吐舌头不敢说话，一溜烟儿就跑了。

为了落个清静，窈娘制了些麻油酥哄着她玩儿。待之夭再进厨房时，就被这香味吸引住了，也忘了要问些什么，兴高采烈地捧了两块就跑了出去。

谁知没一会儿之夭又跑了进来，捡了几块大的放在手绢里转身就走，如此这番，来去匆匆的，来回跑了好几趟，一小碟麻油酥不一会儿就只剩了三两块。

这刚出锅的麻油酥热气腾腾，中间还汪着一团芝麻馅，用手拿着都嫌烫，更别说吃了，就这一会儿的工夫，之夭不可能全部吃完，更何况，她吃东西向来图个新鲜，从来不贪多。

窈娘一时好奇就跟在后头，准备出去看个究竟。

只见之夭捧着麻油酥径直出了大门，去了巷子深处一棵槐树底下。有个五六岁的小男孩正坐在树底下，两手捧着麻油酥小心翼翼地啃着，脸上沾满了芝麻和面屑，见之夭来了，抬头冲她甜甜笑了一个。

之夭将手绢包着的麻油酥给了小男孩，蹲了下来，细声细语地跟他说了几句话，摸了摸他的头。小男孩点了点头，白嫩的小手将手绢接了过去，然后跑进槐树旁边的院子里去了。

次日，一个年轻的女子端了个盘子进了如意馆，环顾一圈之后，见着陶墨墨迎了过来，连忙退了几步，没有说话。

陶墨墨生了疑，就把窈娘喊了出来，那女子见着窈娘过来松了一口气，说是要找如意馆里一个唤作之夭的姑娘。

之夭正在后院里洗菜，两手湿淋淋地走了出来，看着女子一脸茫然。

"我是阿宝的姐姐，我们家阿宝给你们添麻烦了。昨日我出门去了，路上有些耽搁，回来得迟了些，阿宝一个人饿着肚子在家等我。还好姑娘心善，给阿宝送了好些麻油酥，阿宝没吃完还给我留了几块，我尝了尝，这手艺真是好！"

女子冲着之夭连连道谢，将垂落的发丝掖进了耳朵后边，有些不好意思道："我刚搬来这边不久，家里也没有什么拿得出手的，就上城外摘了些野椿的嫩芽，拌了拌给你们送过来尝个鲜。"

说完将盘子上覆着的花布掀了开去，垫在盘子底下一起递了过来。之夭看了窈娘一眼，待窈娘轻轻点头后这才将盘子接了过来，递给了窈娘。

窈娘将盘子接了过来，隔着花布仍能感受到盘子的余温有些烫手，暗叹一声女子的细心，不由得抬头看了一眼女子。

女子未施粉黛，容貌清秀，穿着一身青色棉布制的袄子，半新不旧的，头发简简单单扎了一下，插了个木头簪子，看上去不过二十来岁的模样，从发式上看，仍是个未出阁的姑娘。

绿油油的香椿嫩芽被开水烫过之后，撒了细盐和香油，一股子香味扑面而来，勾得人直咽口水。

窈娘将盘子递给石清，让他找个干净的碗腾出来，将女子引了进去，在窗边找了个位置坐了下来。

❀2❀

女子名唤初兰，说是碰上灾年，家中父母双亡，无奈之下只得带着弟弟到扬州投奔远房亲戚。谁知由于年代久远，音书不通，那亲戚早已搬至别处去了。

巷子深处一个摆摊卖茶的阿婆在街上遇到姐弟，见他们可怜，就好心收留了他们，姐弟俩这才有个落脚的地方。

"阿婆前些日子过世了，无儿无女的，也无人送终。我跟阿宝流落街头，多亏了阿婆才能活下来，我便认了阿婆做干娘，好生安葬了她之后，也就在这房子里住下来了。"

窈娘想了想，好像前些日子是听君泽说过，附近卖茶的成婆婆去世了。

"那你现在在巷口摆摊卖茶吗？"之夭好奇地问道。

"没有，阿宝跟着我，日日在摊子上接触些三教九流的人，容易被带歪，我忙起来也照管不了。"初兰将头发往耳后掖了掖。

"我看你手艺不错，你是绣娘吧？"窈娘往杯中续了茶水，询问道。

初兰有些惊讶，顺着窈娘的目光落在了手中的花布上，脸上慢慢染上了一层红晕。

初兰平日里给大户人家接活，绣些女子出阁的嫁衣。虽说女子出嫁，嫁衣都是自己一针一线绣出来的，但不免有些人家的女儿绣工不过关，怕出嫁时闹笑话，便在外边偷偷请了绣娘帮忙赶制。

绣活无法算得精细，剩了些边角料，初兰便捡了些颜色相近的布料拼拼凑凑到一起，大大小小的缝了好几块，平日里遮遮东西防防尘。

今日一路端着盘子过来，担心有飞虫落在上头，便挑了块稍微素净些的布盖在上头。

"我见你这小花布挺好看的，针脚细腻，小布料被别出心裁地剪成了斜斜的四边形状缝到一起，跟早些年京城盛行的水田衣有得一比，倒是别致得很。"窈娘猜到了她的心思，解围道。

"小的时候日子穷，家中没什么钱，衣服鞋子都得自己做，慢慢地，也就练出来了，阿宝的衣服也全是我做的。"一提起阿宝，初兰的脸上隐隐闪着光，神采飞扬的。

临走时，窈娘把盘子端了出来，上边整整齐齐码了两层五色饺，说是让初兰带回去给阿宝吃，初兰推辞不了便含笑接过，千恩万谢后走了。

出门时，初兰不小心与一个结账的客人撞上了，那客人看了初兰一眼，正准备张口道歉，就见初兰脸色一变，急忙闪到一边，拍了拍撞到的地方，掩面匆匆离去。

陶墨墨拎着大包小包三跳两跳蹦跶了进来，觉着有什么不对劲。君泽后知后觉地跟了上来，见陶墨墨站在门口蹙着眉头嗅着什么，鼻子耸动着。

"哟，一个上午没见，狐狸变狗啦？"之夭瞅着机会就咻咻咻地羞辱陶墨墨几句。

"不对，这空气中怎么有股子血腥的味道？"陶墨墨抬着头使劲儿吸着气，一脸的疑惑。

青黛提着药篓子进门来给窈娘送草药，闻言低了低头，不自在地扯了扯身上的裤子，将篓子递给窈娘后，瞪了一眼陶墨墨，红着脸一阵风似的从旁边跑过。

"哎，青黛来了怎么招呼也不打了，这小姑娘真的是，连哥哥也不叫了，过了年长了一岁还学会害羞了……"陶墨墨撇着嘴愤愤不平道。

"哎，我说你这鼻子挺灵的，还别说，是不是你被抱错了，其实你不是狐狸，是……条狗！"

"之夭……"陶墨墨撩了撩袖子，咬牙切齿地扑了过来。

窈娘翻捡着药篓子里的草药，只觉着好笑。青黛这小姑娘也是脸皮薄，来葵水了便心虚得很，被陶墨墨一说，能不咋呼吗？

时间过得真快，不知不觉小姑娘都长成了大姑娘，也快出嫁了。再看看身边鸡飞狗跳的两人，瞅着这俩倒霉孩子天天吵吵闹闹的，日子倒也过得滋润热闹。

窈娘摇了摇头，脑海里突然闪现出几个字来：现世安好。

初兰千叮万嘱阿宝要一个人待在家里，不能随便出去。

可之夭看着阿宝可怜兮兮的，瞅着初兰不在，就偷偷领着阿宝到馆中玩了几次，窈娘一见阿宝便心生欢喜。

这孩子长得白净，就是瘦了些，模样俊俏得很，眉眼跟初兰有些相像。许是被初兰关在家中久了，性子有些怯，不大爱与人说话。

"一双丹凤眼看得人水汪汪的，亏得是长在了男儿身，若是个女孩子，那不知得迷倒多少人。"

王婆子自打巧儿出嫁后，就一个人守着裁缝铺子，闲着无事也时常到如意馆坐坐。

往常，还有个钱婆子陪她唠嗑，可钱婆子自打升了采买的官儿后，忙起来了，也不大出来找她叙旧。

王婆子一见到阿宝，就欢喜得不行，踮着小脚跑到家中兜了些瓜子花生给他，将阿宝搂在怀中又亲又抱的，"乖乖""囡囡"叫个不停。

"你说巧儿都嫁过去那么久了，怎么肚子还没个动静？亏得嫁的丈夫无父无母，家里也没人催，不然你让巧儿可怎么活哟！"王婆子望着阿宝心生爱怜，瞬间就想起了自家的烦心事，忍不住抱怨道，"别是巧儿身子有什么毛病吧，不行，我得抽空让孙大夫看看，给她抓几服药喝了试试看。"

窈娘一听吓了一跳，想了想梁上挂着的腊鱼腊肉，暗中失笑，盘算着怎么跟她说："您别操心了，儿孙自有儿孙福，有些人啊子嗣福浅，来得迟一些，孩子总归是会有的。更何况巧儿现在还年轻呢，嫁过去才几个月啊，有什么好着急的，以后日子还长着呢，到时候生一堆大胖小子，让您抱都抱不过来！"

王婆子仿佛真的看到了窈娘说的场景，伸开手比画着，好像真真就是一堆孩子承欢膝下，笑得脸上的褶子都舒展开来。

"窈娘啊，不是我说你，我看你来这如意馆也好些年了，你年纪应该也不小了，怎么就不找个人呢？我看你馆里的账房先生就挺不错的……"

窈娘还没来得及张口，就听得初兰急切的声音传来："阿宝，阿宝……"

阿宝捧着一堆没吃完的瓜子、花生，噔噔噔跑了过去，献宝似的将衣襟兜着的东西敞开给她看。

初兰一把将阿宝抱住，里里外外从头到脚摸了一遍，没见着哪儿有伤口，这才松了一口气，一把将阿宝抱住，微微有些哽咽着说道："吓死我了，你跑哪儿去了，让你别乱跑，怎么不听话啊？"

"姐姐，吃的。"阿宝伸手指了指之夭，呆呆地看着初兰，有些害怕。

之夭有些尴尬，但脸上仍是一副不服气的模样："初兰姐，我说你这样天天把阿宝

关在家里怎么行，你看看他，这么大了话都说不清楚，这样下去是要憋坏的！"

王婆子也在一旁帮腔："我说初兰啊，我一个老婆子天天在家里也闲着无事，你要是放心，就把阿宝交给我，白天我帮你看着他。"

没曾料想，初兰一副神情戒备的模样："不劳你们费心了，阿宝是我弟弟，我自会带好他的。"说完歉意地朝着窈娘笑了笑，转身抱着阿宝就走了。只是怎么看，都有股子步履匆匆的意味。

之夭气得直跳脚，憋得小脸通红，气冲冲地回房去了，王婆子自觉没趣，有的没的唠叨了几句也走了。

只剩下窈娘望着初兰家门口那几棵槐树，隐隐觉着有什么不对劲。

ᘓ4ᘒ

没过几天，孔武前来报喜，说巧儿怀上了。王婆子喜不自胜，染了红鸡蛋送给街坊邻居，还特地跑到如意馆来，央着窈娘教她怎么做鲫鱼汤。

为了方便照顾腹中胎儿，孔武将巧儿送回了裁缝店，一起住了过来。只是日日进进出出的，孔武依旧躲着窈娘，面上神色也不太好，背人处总是藏着些许阴郁。

这日清晨，陶墨墨打着哈欠刚把门打开，就见初兰失魂落魄地寻上门来，满面泪痕，进门就跪倒在地，倒把馆中众人吓了好大一跳。

"求求你，窈娘，求你救救阿宝，阿宝不见了，肯定是他们找过来了，怎么办，我求求你，求求你救救我，救救阿宝……"

从初兰颠三倒四的叙说中，窈娘这才发现自己一直觉着不对劲的地方在哪儿。

初兰并没有完全说谎，她确实父母双亡，家中也确实遇到灾年，也确实是逃难过来的。只不过有一点她骗了所有人，阿宝并不是初兰的弟弟，而是她的女儿。

说起来，初兰也是个可怜人，自小爹娘都死了，头上几个哥哥姐姐也都没能活下来，后来被族中一个婶婶养在名下。

婶婶也是见初兰模样好，便动了心思，将初兰要了过来。肥水不流外人田，想着日后可以嫁给自家幺儿，给口吃的、给件衣服就算是自家人了。

婶婶生了两个儿子，大儿子小时候发烧烧坏了脑子，有点儿缺根筋，小儿子患了腿疾，行走不便。初兰在婶婶家起早贪黑地干活，稍不得劲儿就挨一顿打，日子过得昏天暗地，了无生趣。

原本婶婶是打算将初兰许配给自家小儿子的，可待初兰年纪大了，模样长开了些，引得兄弟俩都垂涎，终日在家唇枪舌剑、针锋相对的，婶婶便又动了心思。

在贫寒的山区地带，自古以来换亲便是约定俗成的惯例。初兰模样好，性子又温顺，手又巧，吃苦耐劳，放到四里八乡都是一等一的受欢迎。

婶婶便私下里给初兰定了亲，跟山那边一户姓何的人家换亲。初兰嫁过去，那户人家将自家脸上长了麻子的姑娘嫁过来，还带了十两银子的彩礼。这下，媳妇儿也有了，换来的彩礼还能给另一个儿子娶房媳妇，一举两得。

　　初兰念着婶婶家的恩德，心甘情愿披着红嫁衣嫁了过去。成亲当夜掀开盖头才知道，自己嫁的不是一个活人，铺着大红喜被的婚床上，端端正正摆着一个牌位。

　　初兰这才恍然大悟，婶婶给自己定的，是一门冥婚。

　　冥婚，顾名思义就是给冥间人办的喜事。有些人家念着早夭的儿女在地底下孤苦无依，便想了办法让媒婆寻一门八字相配的婚事。有以死者互相许配的，也有以活人配死人的，也算了结了儿女的一桩憾事。

　　初兰性子和顺，就想着素素静静地当个寡妇，安生过完下半辈子，也算知足了。

　　本以为是新生活的开始，谁曾想，却是噩梦的发端。

　　初兰的公公趁着夜色爬上了初兰的床，强行占有了她。白日里将初兰关在屋子里，派人看着她，不让她寻死觅活的，夜里便隔三岔五进了初兰的房，如此这番，直至初兰怀孕。

　　村子里的人都议论纷纷的，说初兰怀的是冥胎，是死去的何家大儿子显灵了。

　　何家费尽心思都没能说服村子里的人，自家做了丢脸的事又不能堂而皇之地说出来，便寻了几个亲戚带着初兰出去躲躲，避避风头。半道上初兰趁人不备逃了出来，后来被一户农妇所救，将孩子生了下来。

　　这些年，初兰带着孩子东躲西藏，将阿宝扮作男孩子，谎称是她的弟弟，为的就是跑得远远的，不让人发现她的行踪，不再回那个阴暗恶心的家。

　　那日，她在如意馆门外撞到的那个人，她认得，是何家的一个亲戚，之前还见过几次。她生怕他将她认出来，便躲了起来，日日将阿宝拘在家中深居简出的。

　　谁知她千防万防，还是没能防住，今日一起来，就发现阿宝不见了。

❀5❀

　　初兰泣不成声，跪在地上不肯起身。

　　"窈娘，我知道你是好心人，我能看出来，你们是真心喜欢阿宝的。我求求你，求求你们，帮帮我，帮我把阿宝找回来……"

　　之夭插嘴道："你怎么知道一定是被那人拐走了，说不定阿宝是自己出去玩儿了呢？"

　　"不会的，阿宝一直很听我的话，我跟她说了别出去，她是不会走远的！她一定是被何家的人带走了，我不能让他们带走她，他们会毁了她的……"

　　窈娘示意石清把初兰扶起来，谁知石清的手刚碰到初兰，初兰就脸色一变，露出一副嫌恶的表情。

悔恨的泪水与厌恶的表情糅合到一起，在这张年轻清秀的脸上看起来尤其突兀。

石清愣了愣，默不作声地收了手，站至一旁。

窈娘叹了一口气，伸手将她搀扶了起来，扶至椅子旁坐下。

"我答应你，我一定帮你把阿宝找回来。"

只见窈娘走至案台前，伸手向美人觚中的花探去，石清急促地喊了一声："窈娘！"像是在警告，又有些不忍。

窈娘回头笑了笑，食指竖到嘴边，比了个噤声的动作，一脸的风轻云淡。攒了这么些年，又不在乎这一天两天的，收集再多的花朵，纵然能早日回归天庭又有什么用。

有些东西，远比回归重要得多。

石清明白那些花朵对窈娘的意义，见她下了决定，便也不再言语，只是看向初兰的眼神有些不善。

窈娘伸手从众多已经绽开的花朵间，择了一朵白色的花掐了下来。花枝好似也能感知到痛苦，微微颤动了一下。

窈娘将白色的花放在左手掌心，一片一片将花瓣剥离开来，动作缓慢得像是对待一件珍奇的宝物。接着，窈娘将桌上已经凉透了的茶水倒了一小杯在茶盅里，端着杯子走到门口处，握着的左手一扬，随即右手捧着的茶盅一泼。

就见花瓣像有灵性般被牵引着一片一片飞向空中，茶水一滴一滴落在了花瓣上，凝成了露水，在阳光下闪着光。花瓣突然开始变化起来，化了开来，散落成一片水雾，簇拥着向天空飘去，若不仔细看，还以为是谁家的袅袅炊烟。

水雾像女子披着的素纱，又像横亘在星河中的一条银色的玉带，缓缓飘至高处，与天上蜷曲舒展开的云融合到了一起。

云雾被召唤了过来，顺着墙根贴着窗轻轻飘了进来，悄悄地凝成轻柔的一团飘在如意馆中，落在了窈娘跟前。

窈娘神情威严地站在桌子旁，手指有节奏地敲着桌子，问道："凶否，吉否？"

云雾开始动了起来，很快就从莹白色开始变幻起来，像落入了染缸一般，纷纷汇聚了各种颜色，五彩斑斓，色彩缤纷，热热闹闹挤作一团。

窈娘松了一口气，挥了挥袖子，冲着云雾喝了一声："去！"

很快云雾便消散了，瞬间消弭得了无痕迹。窈娘冲初兰点了点头，让她安心，神情有些倦怠地坐了下来。初兰顾不得惊讶，一屁股坐倒在地上，抚着胸口嘤嘤哭泣了起来。

君泽来了如意馆好几个月，这还是头次见窈娘如此大费周章地施展神通，见她如仙人般站在云雾中间，衣袂飘飘，神色清冷，隐约中总觉着这幅画面异常熟悉，像是在哪儿见过。

那个在心中盘旋了许久的问题，也再一次缠绕上了心头。

窈娘，到底是什么来历？

"现在能确定阿宝是安全的，也就是没有落入歹人手里遭到什么非人的待遇，接下来就靠你们了。"

君泽妙手丹青，匆匆画了几张阿宝的画像，其他人各拿了一张分头行动。石清和君泽从北边走，陶墨墨一个人从南边寻起，之天去找她的那些好姐妹们帮忙了。

春近百花绽放，整个扬州城都笼罩在花红柳绿中，唯有如意馆，一片愁云惨淡。

窈娘安抚好初兰之后，给她端上了一盘椿萱煎。

前几日青黛来送草药的时候，将采的嫩嫩的柚椿芽也送了一些过来。

窈娘摘了些带着露水的黄花菜，特地留了一桶井华水，将柚椿芽和黄花菜放在里头泡了一宿。

绿色蜷缩着的小嫩芽，镶了一圈暗红色的细边，被开水一烫，小嫩芽红色尽褪，染成了碧色。

后院养的小母鸡已经开始下蛋了，窈娘取了两个鸡蛋，打散之后与柚椿芽和黄花菜和到一起，用铜勺舀到热油里煎成金黄色，撒上井甃【zhòu】上刮下来的细盐，再滴上几滴麻油，酥人的香味勾得人食指大动。

初兰摇了摇头，将盘子推开了去，神不守舍地望着门外。

"你知道这里边除了香椿外，还有什么吗？"窈娘问道。

初兰低头扫了一眼，丝毫没有在意，浑浑噩噩地摇了摇头。

"还有黄花菜，也就是萱草。上古有大椿，以八千岁为春，八千岁为秋，传说椿吃了能长寿。焉得谖草，言树之背，萱草，能使人忘忧。"

窈娘莞尔："这人啊，就爱骗自己，总喜欢寄希望于一些不知真假的事物上，要说真有这灵丹妙药，世间那张张愁眉苦脸也就不需要心烦了。

"人活在这世上，总归是风里火里走一遭，以后的日子还长着呢，若是阿宝此刻在这里，也不会希望你这样糟践自己。"

初兰听懂了窈娘的意思，眼泪簌簌而下，落在碗里，和着椿萱一起吞入腹中。

"这些年我带着阿宝到处躲，经常是饿着肚子，便常常从野地里寻找吃的。河里的荇菜、路边的苦菜、山里的蕈子……我都采过。

"阿宝眼馋隔壁的孩子，想吃肉，可我没有办法，接些稀拉的绣活只够给她买几个鸡蛋，便只能去采些香椿芽煎蛋给阿宝吃。阿宝可喜欢吃了，可我好久才能给她做上一回。"

初兰用竹箸夹了一小块放到嘴里，嚼了两下，眼泪扑簌扑簌就流了下来。

"因为我们穷，已经没有多余的钱来买油买鸡蛋，光把阿宝抚养长大，就已经用尽了我全身的气力。"

春
之卷·椿萱煎

一一七

窈娘闻言，不禁深深叹息。

像初兰这等孤苦无依的女子，世间不知有多少。这世道命如草芥，人如蚍蜉，不公的命运让女子尤为不堪，男子尚且苟且存活，更何况无依无靠的女子。

有多少女子自生下来便如浮萍，无根可依，随波逐流。有人听天由命混沌而生，有人不甘命运奋力挣扎。

窈娘自从开了这如意馆，一直做的就是以食物熨帖受伤的心灵，给孤独无依的灵魂填补些许空缺，她不能做些什么，能给予的，只有这一份心意。

而她也是头一次发现，不知何时开始，自己居然开始沉浸在这个热闹的过程，试图用食物去触摸躲在内心深处那战栗的灵魂，而不是简单地冷眼旁观。

她忽而惊觉，自己身上的烟火气越来越重了。

窈娘抚着心口，陷入了沉思。

☙ 6 ❧

最后，之夭循着风中的气息在大东门大街的集市上找到了阿宝。

虚惊一场，阿宝并没有被拐带走，而是跟孔武在一起，被孔武抱在怀里，正在集市上边逛边往回走。

阿宝说她夜里渴了，便翻身爬起来找水喝，偏生水缸里没有水了，隔着窗看到外边有人在变戏法，便迷迷糊糊跑了出去。

后来那人不见了，她看见一只大黑猫在往前跑，便不由自主地跟着它跑，不知不觉就到了城外。然后就睡了过去，等她醒来时，发现一个小哥哥正抱着她坐在河边钓鱼。

关于她是如何到了城外的，她自己也不记得了。

阿宝举着手中一堆吃的，甜甜地向初兰献宝，说小哥哥带她去吃了玫瑰糕、豆沙馒头、水明角儿，还给她买了好多好吃的。

阿宝口中的小哥哥，自然便是孔武。

孔武解释道，昨夜近天明时分，巧儿睡得不安稳，他便起身想给她熬个汤，透过月光看见阿宝迷迷糊糊地往外走，便跟了上去。

他见她神志不清，担心是被梦魇住了，便一路追随在阿宝身后，直至天明阿宝醒了过来才把她带了回来。

"姐姐，我没有撒谎，我真的见到有人在变戏法，把月亮都吸了过来……"阿宝一听急了，急切地解释道。

"好了好了，我都知道了，乖，下次别乱跑了！"

初兰抱着失而复得的阿宝又哭又笑，亲了亲阿宝的脸蛋，一颗心总算落回了肚子里，也来不及细究阿宝怎么能穿过大街小巷到了城外，最后也归咎于小孩子说胡话罢了。

对着如意馆众人千恩万谢后，初兰冲孔武点了点头示意感谢，抱着阿宝走了。

孔武神情有些虚弱，疲惫不堪，之夭问及昨夜细节时他却语焉不详，只推说累了要回去睡觉。

窈娘却不认为阿宝在说胡话，从她支离破碎的叙说中，大概推知了真相。

昨夜十五月圆，许多修炼的精怪都会化为原形出来吸食月元精气，阿宝所说的看到有人变戏法，大概就是孔武化成原形前吸食月精的模样，月光化作一条白练缓缓渡入腹中，赶巧让阿宝见到了。

后来孔武化作了黑猫出了城，阿宝本身还小，夜里神识不稳，极易松动，不知不觉便魂魄离体，自己悄然不知地跟着黑猫到了城外。

若是放在平常，离魂不能在天亮前回来的话，小孩子便极易犯病，浑浑噩噩一副痴呆相，是要病上好几日的。寻常百姓家经常有小儿夜啼，多半是受到了惊吓，出现了离魂的症状，需得想法子叫魂。

好在阿宝碰到了孔武，孔武很快便发现了阿宝的魂魄跟着他，定是耗费了些许灵力把阿宝的肉身也召唤了过去，让阿宝的魂魄归了位，守至天明太阳出来，神魂合一了，这才抱着阿宝回来。

所以孔武才在十五过后没有精神抖擞，反而是一副精疲力竭的模样。

窈娘暗自叹道，善心得善果，巧儿嫁给他，也不枉为一桩美事。

❀7❀

这日夜间，月色溶溶，夜色朦胧。

打更的刘老头从太平桥下过，忽然听得深巷中一阵狗吠声，隐约有几个人影从篱笆墙外闪过。

刘老头年纪大了，眼睛有些看不大清楚，便沿着巷子走近了看，走到槐树底下那户人家时，听着屋里传来一阵窸窸窣窣的声音，还夹杂着女人的哭喊声。

刘老头隔着篱笆喊了一声："谁，谁在那儿？"

"少管闲事，赶紧走！"里头传来一个男人粗声粗气的叱喝声。

刘老头日日从这条街上过，哪家哪户的情况不说了如指掌，可也差不多知道个大概情况。他知道这槐树底下的院子里住的是卖茶的成婆子，后来成婆子去世了，就住了一对姐弟，家中一直没个男主人。

刘老头听声便觉着不对劲，往后退了几步，壮了壮胆又隔着院子喊了几句："你们是谁！这大晚上的在这儿干吗！"

很快里头传来柜子被推倒的声音，一个粗鄙壮汉三两步迈了出来，冲着刘老头吼道："让你少管闲事你不听，是不是想挨揍啊！"说罢便把袖子撩了起来，比画了几个揍人

的动作。

听着里头翻箱倒柜的声音以及女子被捂住嘴的呜咽声，刘老头心惊胆战地退了几步，转身就跑，将梆子敲得震天响，边跑边大喊："来人啊，快来人啊，有歹人行凶啊！"

很快，左邻右舍都被惊动了，四下听得开门声和脚步声，有人点了烛火出来看。

待窈娘一行人进来时，槐树底下的那几个歹人已经趁乱走了，屋子里被翻得乱七八糟的，初兰鼻青脸肿地跪倒在地上，衣服也被撕扯得破破烂烂的，脸上手上到处都是伤。

"他们还是来了，他们是来抢阿宝的，我就知道我逃不过，何家的人不会放过我们的……"

初兰的脸上还沾着未干的泪痕，眼神有些涣散，忽而挣扎着起身。

"不行，我要带阿宝走。我们要赶紧躲起来，去一个没人的地方，我不能让阿宝回去，不能让她跟我一样回到那个吃人的地方。"

初兰跟跟跄跄地向着厨房跑去，跑到大水缸旁边，拼命将压在水缸上的大石头搬了下来，身子却有些脱力。

石清一言不发上前，轻轻一抬，将石头抬了下来。初兰急忙将盖子掀开，将水缸里一团湿淋淋的棉被抱了出来。

初春还有些凉，家里盖的棉被还是用厚实棉花压制的大棉被，随便一床就有十来斤。

棉被被掀开，露出阿宝苍白的脸庞，湿淋淋地闭着眼睛，将头无力地耷拉在一边。

"不怕不怕，阿宝，姆妈带你回家，回我们自己的家。"初兰抱着阿宝，身子一震，有些慌乱地将湿淋淋的棉被拢了拢，将她抱紧了些。

之夭惊讶地"噫"了一声，有些不敢置信，颤悠悠地伸手准备去触摸阿宝的脸庞，窈娘摇了摇头，将她的手拦了下来。

滴答滴答，听得水声滴落在地上，不知是棉被上的水，还是谁的泪水。

也不知站了多久，初兰渐渐退去了慌乱，一脸平静。

无边夜色轻柔地拂过，城里千家万户寂灭的灯火中，只听得城南的槐树底下，女子轻柔地唱着不知名的小调。

"水边长大的女儿，躲在池塘里，坐在小船上，她的阿姆啊，找不到她……"

⑤8⑤

阿宝死了，死在初春的寒夜里，死在重石压着的水缸里。

初兰慌不择路想将她藏好，却忘了水缸里还有大半缸水。上次阿宝半夜跑出去之后，初兰特地在水缸里备了满满一缸水。

初兰抱着阿宝小小的尸身不肯松手，她没有哭，而是一直坐在地上，轻柔地唱着小调，反反复复，唱到声音嘶哑，唱到喉咙无力再也发不出任何声音，唱到嘴角有鲜血丝丝溢了出来。

之夭捂着嘴哭了一场，想去把阿宝抱出来，初兰却像疯了一样，任何人靠近都会像猛兽一般发出低吼，紧紧抱着阿宝不让其他人靠近。

之夭央着窈娘取了安魂香，偷偷点了一支让初兰昏睡了过去，这才把阿宝抱了过来，买了棺材小心翼翼地安葬了她。

等初兰清醒过来时，已经是三天之后了，窈娘带她到阿宝的坟前拜了一场。初兰始终沉默着，一句话也没有说，死死咬着嘴角，哭得无声无息。

后来之夭拎了食盒去看初兰时，却发现她不见了，屋子里有关阿宝的东西也全部都不见了，小花被子、糖人，以及纳了千层底的虎头鞋。

他们都说初兰走了，带走了阿宝的所有回忆。之夭担心她一个人回去向何家寻仇，可打探了半天，却发现那天晚上的歹人并非是何家亲戚带人来捉她们回去，而是城里臭名昭著的人贩子。

何家那亲戚根本就没有认出初兰来，早在好几天前就离去了。

关于那些人贩子是如何盯上了阿宝，不得而知，只知道发现他们时，个个横七竖八躺在了城外的乱葬岗上，死不瞑目。太守查了好几天都没查出来什么名堂，这事成了一桩无头公案。

窈娘还在记挂着初兰，她坚信，初兰不可能就这样悄无声息地走掉。

她深知，一个母亲是不可能就这样任凭自己的孩子死去而不管不顾。

若说世间最坚韧的是什么，莫过于女子的力量，莫过于母亲的力量。

似水，至柔至刚，可填江海，可翻舟破浪。可屈，可绕，至死方休。

一个女人有了孩子，就像是在黄莽原野寻到了指路的星，巍峨山野间抓住了障目的藤。她有了方向，有了毕生追求的夙愿，此后不畏荆棘坎路，不畏浮云遮眼。

更何况，初兰后来一反常态的沉默，像是下定了某种决心，藏着破釜沉舟的决绝。

这让窈娘忧心的同时，又深深觉着无力。

而她现在唯一能做的，就是慢慢等着。

她坚信，总有一天，初兰会再次出现。

到底什么为善，什么为恶？

❀ 1 ❀

城中最近不太平，屡屡有幼童丢失，并且频频有怀孕女子落胎。常有人夜间好端端走在路上，忽然一阵阴风吹过，像是被谁从身后推了一把跌倒在地，肚子磕在青石板上。可奇怪的是，身后却是空无一人。

为此，甚至还出了好几例一尸两命的案子。

这事被传得沸沸扬扬的，有人说是厉鬼索命，有人说是冤魂报仇，众说纷纭，人心惶惶。

后来案子渐渐有了转机，经仵作验尸一一比对之后，太守发现这些案子有几个共同点。

丢失的幼童年纪都比较大了，从七八岁到十来岁不等，无一不是长相清秀，眉目可爱。而落胎的女子也都不例外，要么是珠胎暗结的未婚少女，要么是肚子里已经有了孩子却还未进门的外室，都是还未大肆公开便被害了。

至于前者，暂时还没找出什么线索。只是不查不知道，一查吓一跳，城中近些年陆陆续续有孩子丢失，因为人贩子拐卖现象一直都有，所以也没人在意。这会儿追根溯源查起来，才发现东边柜子西边橱子里三三两两的，集结了不少丢失孩子的卷宗，累积起来颇令人咋舌。

可从后者来看，倒像是匡扶某种自以为是的正义。

自从打骨旱桩求雨被斥责了之后，太守对鬼神之事心生疑窦，总觉着是有人在后边推波助澜，急得整日吃不下饭，满城到处张贴告示，重金悬赏线索。

城中告示一贴出来，陶墨墨就趁着夜色偷偷撕了一张带回了如意馆中，众人围着这告示面面相觑，总觉着这事与初兰脱不开干系。

"窈娘，你说那些孩子是不是初兰偷走的？"之夭惴惴不安地问道。

"我觉着不至于，在初兰的心里，阿宝是天上地下无可代替的宝贝，阿宝死了，她偷那些孩子又有什么用。"

"那你说那些女子被害是不是跟她有关？"

"这个也难说，毕竟这世上魑魅魍魉多了去了，上至昆仑九天，下至地府幽冥，中间还隔着捉摸不透的人心，不排除有人作怪。"

陶墨墨撇了撇嘴道："你们信不信，我总觉着这事跟初兰脱不了关系。"

窈娘揉了揉眉心，陷入了沉思。

几人正热闹说着话，王婆子气喘吁吁地迈着小脚跑了进来，一脸的惊魂未定，央着窈娘给巧儿做点吃的。

一问之下才得知，巧儿舅舅家有个堂姐，昨个夜里也差点被害了，巧儿也差点遭了殃。

眼看着清明在即，巧儿的舅舅家准备祭祖，好些在外的子弟都回来了，巧儿有个在蜀冈染坊的堂姐也回来了。巧儿自幼与堂姐交好，便央着孔武将她送到舅舅家住了一宿，孔武先自行回来了。

夜里巧儿与堂姐在院子里散步时，忽然觉着阴风阵阵，风沙迷眼，堂姐正兴高采烈地说着染坊里的趣事，就觉着被谁推了一把，一时不备，腿一软就要摔倒在地。恰巧舅舅白日里在外边磨了杀猪刀，砺石还丢在外边没拿进去。

眼看着堂姐肚子就要磕在砺石锋利的边角上了，巧儿情急之下往前一探，将自己垫在了前边，背落了地，刚好磕在砺石上，双手护住肚子将堂姐往边上一推。

巧儿的背上磕出了好大一块淤青，痛得直吸气，还好肚子没事。反倒是堂姐，被巧儿一推，在地上打了几个滚，像是岔了气，捂着肚子痛得直叫唤，不一会儿身下便洇出了一摊鲜血。

待大夫过来一番诊断之后，众人都吓了一跳。这才得知堂姐有了两个月的身孕，刚刚一番动作下已经落了胎，相比之下，反而是巧儿怀着大肚子一点事儿没有，只是背上有些瘀伤。

自家好好的黄花大闺女怀着孩子回来，舅舅大怒，逼问了半天才逼出了真相。

堂姐与染坊主家的小少爷私相授受、暗通款曲，有了私情。

巧儿回来又惊又惧，生了一场大病，茶饭不思。

说到这里，王婆子就开始埋怨起孔武来，说孔武一点都不担心巧儿的身孕，还跟个没事人一样，她看不下去了，这才央着窈娘做些好吃的，希望能让巧儿多吃几口，就算不为她自己，也得为肚子里的孩子着想。

末了王婆子又抹了抹眼泪，感慨这男人果真都是喜新厌旧的，巧儿这才怀孕多久，孔武就失了耐性，连装模作样撑场面都不屑于干了。

窈娘隐隐想到了什么，却还是什么都没说，叹了一口气，好生安抚了一番。

还没等窈娘寻机问个明白，孔武倒是自己先找上门来了。

"是初兰干的，我从巧儿身上闻到了她的味道，绝对错不了。"孔武说完定睛看着窈娘，眼神里藏着些许不安，试图从窈娘眼里看到一丝信任。

窈娘细想了一下，并没有表示怀疑。

这么一说，她倒是想起来了，初兰身上一直都有股味道。

她平日里素爱洁净，给阿宝做的衣服都是点了艾草熏过的，颜色也清透，让人看了很舒服。窈娘之前还顺口问过，初兰说她都是买了最便宜的白布自己浆洗七道之后染的色。

取槐树花苞未开的花蕊，用水煮沸了之后漉干，捏成饼，然后用石灰少许拌在一起，晒干之后放入黄泥罐里封存起来，用的时候掰一点揉碎了放入水中，染出来的布便有了素青色，还带着一点点清新的淡黄色。

所以初兰身上也带着一股子槐花的香味和艾草的味道，这两种味道糅合在一起，让人闻起来特别舒心。

"巧儿看到初兰了吗？"

"没有，院子里只有她和堂姐。她有了身孕，舅舅家担心她有个什么意外，特地在院子里挂了几盏灯笼，再加上那晚月色极好，亮晃晃的，如果身后有人，光从地上的影子就能看出来。"

"这就奇怪了，初兰何时有这样的本事了，再说了，就算是初兰干的，她又怎么知道巧儿堂姐怀着身孕？"

"我是担心，初兰已经不是原来的初兰了。"

"你是说……"窈娘神情一变，盯着孔武问道。

孔武点了点头，转身捶了一拳墙壁，梁上落的灰都给震了下来。

"她在其他地方作乱我不管，她敢伤害巧儿，我便要叫她知道我的厉害！"

"你小心些，你的这身神力，我这如意馆的破墙烂瓦可受不住。"窈娘皱了皱眉，将桌上茶盅里的茶水泼了，又倒了一杯茶递了过去。

孔武这才想起来是在如意馆，脸上显了些羞惭，将拳头收了回来，双手接过茶水，恭敬地捧在手中。

"你也别怕我了，是不是府君跟你说了我什么坏话？放心，早些日子你偷肉的事我已既往不咎了，反正你也帮我磨了米浆，扯平了。"

孔武有些不好意思，小心翼翼地抬头看了一眼窈娘，看她神情真挚不似作伪，这才舒了一口气，心里却想起了早些日子他跟着府君出山时，府君对她的评价——胆大包天爱记仇。

怪自己不听劝才吃了个大亏，真是悔不当初。

"我问你，巧儿的肚子是不是假的？"窈娘顿了顿，认真问道。

若是其他人在这儿，听到这话，恐怕还觉着窈娘是在说笑话。巧儿的肚子一天天大起来了，也开始孕吐，神思疲倦，终日嗜睡，还嗜酸嗜辣，怎么看都是个正常的孕妇。

孔武却是听懂了她的意思，眼睛一黯，点了点头。

窈娘目露哀悯，轻轻拍了拍他的肩膀。

"巧儿自从嫁过来以后，就一直不安，特别急切地想怀上孩子。我知道，她爹当年一直耿耿于怀的就是膝下只有她一个女儿，没有个传宗接代的儿子。可我不着急，您知道的，我们这一族向来子嗣艰难，尤其是与凡人结合，更是血脉继承无望，所以……"

"所以你为了让她安心，特地灌注灵力到她肚子里，让她以为自己真的怀孕了，所以她在舅舅家受到了惊吓，你一点也不关心肚子里的孩子，因为你知道，这个孩子根本就无法出生。"

孔武点了点头，他爱的是巧儿这个人，与其他无关，为了让她安心，一切都值得。

"我听孙大夫说过，凡间女子怀孕，前三个月胎气不稳，极易落胎，你可准备好了。"窈娘看似不经意地提醒孔武，只是心中恻然，此准备非彼准备，巧儿总归是要难过一场的。

孔武点了点头，隐入夜色中。

☙ 3 ❧

第二天，窈娘让石清到初兰家中走了一趟，屋子里干干净净的，没有找到什么遗留的线索，只是在床底下发现了一个破旧的香囊。

香囊中放着一小撮黄泥土，这一撮土并不寻常，里边掺着香灰，还有一些银色的砂砾。窈娘多方打探，最后发现这土来自官河旁的邗沟大王庙。

早些年，吴王欲北上伐齐，下令开凿邗沟以通江淮，后来内河水浅，煮盐事业遭遇不顺，漕运受阻，朝廷便下令从城南闾门西边的七里港下手，连接禅智桥和旧官河，又开凿了十九里，让邗沟从扬州城绵延至东海，成为官河海运的一大重要集散地。

为了纪念这条兴旺发达的漕渠，世人便在河前建造了一座庙宇，里边供奉着两任吴王的泥像，称之为大王庙。

大王庙早些年声誉平平，偶有路过的行者进去歇歇脚，顺便参拜参拜。

前几年有一心善的举人老爷举家搬迁奔赴京城，从邗沟路过时适逢大雨，便舍了船到大王庙里躲雨。午间全家连同妻子奴仆十余人都做了同一个梦，梦到有恶蛟扑了过来，一白衣秀士手持宝剑凭空出现，奋力斩杀恶蛟，微笑致意后隐入大王庙中。

举人老爷醒来后大惊，认为这是暗示着有什么不祥的征兆，出门一看，搭乘的大船船底不知何时破了一个大洞，船底正汩汩进着水，已经淹没至一半，快沉下去了。

再联想到梦中所见，举人老爷坚定认为这是大王庙在护佑他，临走前斥重金请了匠人给泥像塑了金身，将庙宇装潢一新，之后再摆上瓜果点心，请了供奉专门侍奉大王庙。果真，后来举人老爷的官越做越大，官运亨通，一路青云直上。

供奉将此事添油加醋说了一番之后，大王庙香火越来越旺盛，越来越多的百姓到大王庙参拜。

说来也怪，随着大王庙香火时有灵验，庙前放着的一石炉也现了灵异，只要有香烛投进去，不待燃烧，顷刻间便变成灰烬。相传在庙间叩拜之后，将燃着的香烛投进石炉，若是石炉底下出现了银沙，便说明请愿人所求之事可成。

为了不打草惊蛇，思来想去，窈娘决定让君泽独自去一趟大王庙。

君泽记着窈娘的嘱托，去了大王庙之后，一副虔诚参拜忧心忡忡的模样，有人问起来，就说邻家有个妹妹不见了，帮着来求神明问问她的行踪。

年老的供奉老眼昏花，爱理不理的，眯着双眼说什么也想不起来，倒是跟着的小供奉乐呵呵的一副热心肠，经一番描述后，证明早些日子初兰确实来过大王庙。

小供奉说，初兰不似其他来叩拜的妇人。因为大王庙的传说过于缥缈，来请愿的妇人们大多是为了求子或求姻缘，都是将信将疑的态度，弯腰参拜后便起身，并不是十分热忱。

只有初兰不一样，穿着一身发旧的衣服，无比虔诚地在庙里叩了数十个响头，声声砸地，实打实地磕在了地上，将蒲团前的泥砖都给磕出了一小块土。

小供奉看不下去了才把她扶起身来，初兰却挣脱开来，带着一额头淋漓鲜血惨兮兮地跪倒在石炉前，无比慎重地将手中的香烛投进了石炉中。

果不其然，不一会儿，石炉底下的石窍中汩汩淌出了些银色的砂砾，初兰欣喜若狂，又咚咚咚往地上磕了几下，然后小心翼翼地捡了些泥土和着香灰银沙放进香囊里，起身踉踉跄跄离去。

最后，小供奉神秘地说道："这大王庙啊，信奉的是心诚则灵。纵然你有天大的心愿，只要心意足够，神明自然会让你如愿的。"说完看着君泽挤眉弄眼的，将君泽吓得落荒而逃。

❀4❀

城中依然频频有女子落胎，孩童丢失现象倒是少了许多。

城外乱葬岗上又多了些身份不明的尸体，个个都是中毒窒息而死，身上服饰都被扒了去，脸也被划花了。

太守一筹莫展，不知如何是好，只得开了宵禁，天黑以后禁止出门，由官兵带头，将城里的壮丁组织起来夜夜巡防。

窈娘听完君泽的汇报之后，觉着问题多半出在大王庙。从时间上推测，初兰是从大王庙回来后就失踪了，活不见人死不见尸的，着实令人费解。

陶墨墨想要施展一下能耐，便主动提出愿意跑一趟大王庙，之夭闹着也跟去了。陶墨墨尽心尽责地将大王庙里外都走了一遍，连供着祭品的桌子底下都翻开来看了看。

大王庙并不大，大门朝北，有说这是让逝去的两位吴王能看见建在蜀冈上的故城，这样便能护佑这一方水土。除了庙宇中间主副位供着的金身吴王像，还有外边院子里的一个石炉，坐落在几棵老槐树底下，积满了香灰。

之夭无所事事，见一旁菜地里长着的荠菜长势喜人，手一痒便采了些，被老供奉看见了，怒气冲冲地提起扫帚将他们赶了出来。

倒是小供奉一直没有怎么说话，远远站着，冷眼旁观。蓦地一个激灵，陶墨墨隐约从他身上闻到了些许熟悉的味道。

回来后，陶墨墨不忘先告了之夭一状，顶着额头上的大包神神秘秘地把窈娘拉到一旁，也不知说了些什么。

隔了几日，高捕头拉着几个手下来喝闷酒，眉头皱得能上锁了，神情疲惫，长吁短叹的。身边几个手下都在骂骂咧咧的，无一不顶着两个黑眼圈，萎靡不振。

连着多日熬夜巡防，连个鬼影子都没见着，一层一层骂下来，受气的总归是底下跑腿的。

陶墨墨给他们上了一壶茶，凑过来热情地打招呼："哟，高捕头，好久没来我们如意馆了，来来来，老板娘说你们辛苦了，这碟花生米和这壶茶免费赠送！"

"还是窈娘厚道啊，我们兄弟几个领情了，替我转告一句，就说多谢窈娘啊！"高捕头一抬手，豪气冲天道。

"哎，高捕头，那案子查得怎么样了啊？最近这宵禁一开，我晚上都不敢出门了，生怕碰到什么不干净的东西。"陶墨墨像是不经意地问起来，一脸心虚地望了望四周，好似真有什么在身边一样。

"说起来就犯愁啊，这案子毫无进展，你说我们兄弟几个都连着好些日子没能睡个安生觉了，再不把案子破了，家里婆娘都快跟人家跑了……"

"哎，高捕头，您听说过官河前的邗沟大王庙吗？听说那儿挺灵验的，有求必应，您为何不去那儿试试？说不定啊，这拜一拜，就有转机了呢！"君泽凑过来，红着脸支支吾吾道，说完就跟兔子似的一窜就跑了。

高捕头看了一眼君泽仓皇的背影，跟手下几个面面相觑，沉思了好一会儿，一拍桌子，把碗里的酒一口饮尽之后，抹了抹嘴结账就走。

望着他们离去的身影，君泽一下子就垮了下来，捧着胸口直呼气，一边说着什么子不语怪力乱神，这骗人的勾当真是少做为妙，一边又暗恨窈娘出的破主意，说什么他一贯为人正经，说出来的话有可信度。

向来不撒谎的读书人撒起谎来，果真是连明察秋毫的高捕头都上钩了。

当天晚上，高捕头又兴高采烈地来了如意馆，提着家里酿的桂花米酒，说是要约君泽喝上几杯。正巧在门口碰到君泽，便抑制不住满心的欢喜，伸出厚厚的手掌朝他肩上拍了几掌，把君泽拍得左肩矮了一截，哎哟哎哟直叫唤。

君泽没想到高捕头这么快就又回来了，以为是白日里胡编乱造露馅了，吓得噤了声，想要悄咪咪地躲回房间里去，却被高捕头紧紧拽着脱不了身。

窈娘心里有数，仍装着什么都不知道的样子迎了出来，一问之下才得知大王庙出了件大事。

◎ 5 ◎

白日里被君泽一说，高捕头想着无计可施下也只能破釜沉舟了，带人乔装打扮了一下，半信半疑就去了大王庙。

绕着四周走了一圈，装模作样地叩拜了几下，站在石炉前投了几炷香，也没见着有什么动静。高捕头便心生退意，暗恨自己昏了头，也不知怎么就听了君泽的胡话，明明知道太守最讨厌这些神鬼之事还敢顶风作案。

他一拍脑子，转身叮嘱兄弟几个回去别说漏了嘴，正说着呢，就发现少了个人。

高捕头手下有兄弟俩向来要好，名字也应了"焦不离孟，孟不离焦"的老话，这焦朗正听着老大训话呢，就发现孟玄不见了，寻了一圈，发现孟玄正站在供桌前，两眼呆滞，张着嘴扯着一副苦瓜脸，要哭不哭要吐不吐的样子。

焦朗知道高捕头平日里最看不得这副畏畏缩缩的窝囊样子，便觑了个空子，偷偷溜了过去，使了三分力一掌就拍了上去，大喝一声："你小子干啥呢，还不走！"

这下可好，孟玄直接开始扶着桌子狂吐，吐得心肝脾肺肾都快出来了，最后胆汁都给吐了出来，一把鼻涕一把泪地鬼哭狼嚎道："哥，这不是猪肉，是人肉！"

原来这孟玄家里祖辈都是屠户，自小见惯了父亲杀猪杀羊，平日里在一旁趸摸偷吃惯了，见着供桌上摆着的肉便没能忍住，悄悄伸手从黄布底下伸了过去，掰了一小块肉嚼了几下。

入口时还觉着味道挺好的，香嫩爽口，口感滑腻，可多嚼了几下，就觉着不对劲了。

这口感不是猪牛羊三牲的口感，味道也不对，有些干柴发涩，孟玄便趁人不注意，偷偷把黄布掀开一看，一个双目紧闭的人头赫然出现在眼前。

孟玄被吓呆了，手一松黄布盖了回去，嘴里的东西便成了毒药，咽不下也吐不出。

听孟玄说完之后，高捕头使了个眼色，暗示底下几人将桌子围住，挡住其他人的视线，然后屏气凝神，猛地将桌上三块黄布一抽。

果不其然，白色的贡盘上端端正正地摆着三个人头，无一不是小孩子的模样，鲜血淋漓，死不瞑目。再联想起最近丢失的孩子，高捕头一声令下，立马将大王庙给封了，将老供奉和小供奉捆住带了回来。

两人嘴硬不承认，只说冤枉，老供奉急得不行，吓得面无人色，一听说杀了人，哆哆嗦嗦尿了裤子，小供奉倒是个骨头硬的，只说不知道，不可能，挺着胸连眼泪也没掉一滴。

高捕头自然不信，将他俩丢进了大狱，准备先关上几日磨磨性子，过几日再审。一想到连日来的焦头烂额终于有了线索，高捕头喜不自胜，觉着不能忘了君泽的功劳，便提着米酒来致谢了。

❀6❀

君泽被高捕头拉着喝了一顿酒，第二天差点没能起来，宿醉了一宿，头昏脑涨的。

好不容易顶着满脑袋星星晃悠了出来，眼屎都还没擦干净呢，就被一人迎面给了一拳，哐当一声，直接晕了过去。

晕过去之前，犹记得耳边传来一声谩骂："害人精！"

后知后觉的君泽一边陷入无尽黑暗，一边回想自己这二十年来何时做过害人的事。

窈娘念他昨日立了功，便让陶墨墨把他抬了下去好生休养，当是允了他一天假了。

来人刚想坐下，却发现身下的椅子落了空，再看时，视线所及之处所有的椅子都没了，只剩了空空的桌子，只能目瞪口呆地看着石清肩上、手上、身上挂了一堆的椅子，慢慢向后院走去。

窈娘将视线收了回来，慢条斯理地理了理袖口沾着的面粉，望向来人道："哟，终于舍得出来了？我还以为你会老老实实在大狱里待上几天呢。"

想了想昨天晚上的遭遇，小供奉不禁打了个哆嗦，怒从中来。

"都是你们搞的鬼！你们真是害得我好苦啊！"

"说吧。"窈娘施施然坐下唯一一张椅子，之禾躲在后边探头探脑，"你整那么多幺蛾子出来，到底是为了什么？"

小供奉突然精神起来了，一屁股坐上了桌子，双脚岔开，垮着肩膀皮赖道："说说，我都干了些什么？"

"城里女子落胎的事是你干的吧？"窈娘皱了皱眉，忍住了将他一巴掌拍下来的冲动。

"我只是如了那女子的愿罢了，你不知道请神容易送神难吗？她既然诚心诚意上门请愿，那我自然得如她所愿不是。"

窈娘叹了口气，看小供奉这目光灼灼的样子，不用说，这女子自然就是初兰了。

"那孩童丢失的事，也是你干的？"之禾迅速问道。

"这可别赖我，老子敢作敢当，那是裕王府的人自己办事不力罢了。"

小供奉说完自觉失言，赶紧捂住了嘴，转头果真看见了之夭脸上得意的神色，一拍手懊恼道："你们这些人真不是好人，满肚子花花肠子，专门设计我，套我话来了。"

"你要没做亏心事，又怎么怕我们套你的话？"

小供奉愣了愣，不知如何接话，索性双手叉腰，用眼神瞪着窈娘，恶狠狠道："昨天的事是你们干的吧！什么童男童女的人头，老子又不是吃人的妖怪，要那恶心的东西做什么！别以为我不知道，我都听见那捕头说话了，都是你们如意馆的账房先生搞的鬼！

"我出来这么多年了，就没吃过这么大的亏！给他一拳算轻的，要放在早几年，我非打得他满地找牙不可！"

这牢狱简直不是人待的地方，虽说他也是死人堆里出来的，腥风血雨什么的早已见惯，可高捕头存了整他们的心，交代了底下人好生招待。

散发着馊味的稻草，满是虫蚁的床板，左边两个疯疯癫癫满身恶臭的犯人伸着双手鬼哭狼嚎着，右边关了一个判了秋后处决的杀人犯，将手比画着磨刀砍人的动作，时不时阴恻恻抬头看上一眼，直教人发慌。

这些都不算什么，对于他来说，只要封闭五感六识就行了，世间于他为无物，眼不见，心不乱。

关键是老供奉，一把年纪了受不住刺激，且看平时一副道貌岸然仙风道骨的模样，一进去就露了馅。刚进去还一直喊冤，后来见没人搭理才想起了小供奉，一把将他抱住挡在身前，差点没把他腰给勒断了。

众目睽睽下，他不好脱身逃开，几个衙差正虎视眈眈地在门外看着，只得咬紧牙关撑着。好不容易天亮了，该睡的都睡了，他这才使了金蝉脱壳逃了出来。

窈娘凝神将他上下打量一番之后，叹了口气："你这痞里痞气的无赖模样哪儿学来的，亏得你还是个剑灵，哪儿有丝毫灵气的样子。"

小供奉吓了一跳，直接从桌子上跳了起来，认真审视了一番窈娘，又看了看一脸惊讶的之夭和笑得不怀好意的陶墨墨，还有岿然不动的石清，转身就跑。

"一，二，三……"

之夭话音刚落，小供奉就被石清提溜着回来了，一屁股丢在地上，痛得哎哟哎哟直叫唤。

之夭绕着他走了几圈，边走边用手指去戳他的脸，像发现了什么新世界："原来是剑灵啊，我见过成了精的狐狸，见过成了精的石头，就是不知道剑也能成精啊！"一边说着，一边掰着手指头，歪着脑袋啧啧称奇道。

"我不是剑灵，我是剑神！剑神！你们这些愚蠢的人类，还不快把我放开，小心我出手惩治你们，到时候你们就吃不了兜着走！"

陶墨墨抓着一盘瓜子盘腿坐在地上正嗑着，一下子没忍住扑哧一声笑了出来，丢了把瓜子壳到小供奉头上。

"你看看，就你这一脸的猥琐相，还剑神呢，看清楚没，真正的神仙长这样，好好学学啊，下次出来骗人的时候记得先把这贼眉鼠眼的样子给舍了。"

窈娘瞪了一眼陶墨墨，陶墨墨吐了吐舌头，噤了声。

平心而论，小供奉长得并不差，也算个眉眼清秀的小少年，许是随了剑主人生前的性子，沾染了些脾性，说起话来横眉竖眼的，喜欢故作一副凶相，看着就像个矫揉造作的小大人，莫名觉着有些可爱。

"你说的，是这样吗？"

小供奉将窈娘上下打量了一番，忽然转身，再转过来时半眯着眼，嘴角微微翘起，高高挑起的眉毛如平缓的远山，望向远方，眼神半是迷离半是深邃，左手食指和无名指交替在桌上叩了起来，两下，一下，两下，一下………

就这一会儿的工夫，小供奉就从一个疲赖的痞子摇身一变，成了高高在上不食人间烟火的仙人，莫名有了几分窈娘身上清冷的气息。

窈娘一惊，一把抓住他的手腕问道："你的主人是谁？"

"我凭什么告诉你。"

窈娘有些动怒，不知使了什么劲，小供奉疼得龇牙咧嘴的，想逃开，却发现平日里那些招数都不管用了。

之夭看得一阵肉疼，小心翼翼地提醒道："你别费劲了，如意馆中布下了禁制，你再折腾也没用。"

小供奉痛得连连告饶，眉眼都皱到一块儿去了。窈娘这才怔怔放了手，依稀只听得她说了几个字："你不是他……"

❀7❀

小供奉说的故事很长，远到要从千年前说起。

很久以前，也不知是哪朝哪代，边境小镇上出了个神童，叫唐一修。唐一修自小就天资聪颖，三岁能赋诗，七岁能断案，声名远扬传到了京中。后来进京考试，果然连中三甲，春风得意，颇得圣上欢心。

谁知这唐一修攒了满腹的锦绣文章，不上朝做大官，却自请去翰林院修书，圣上惜才，允了他翰林学士的职位。

编了几年的书后，他突然喜欢上了修仙问道，经常跟宫里的丹士一起探讨交流，平日里常常踏访城外的各大道观寺庙，四处与人辩经。

一日唐一修在家中左手黑子、右手白子正下棋，下到一半忽然从抽屉里叠着的桑皮

纸中随意抽了一张，提起笔，运气如势，在纸中央写了一句话。

末了把笔一丢，给圣上递了一张辞呈，随即将纸一卷，塞入衣袖后离去。

他游历了山南海北，一路西行，最后来到了昆仑脚下的樊桐山。

没有人知道发生了什么，只知道三个月后，他又在帝都出现了，身无他物，只带着一把破破烂烂的剑。

唐一修在自家宅子里闭门待了七天，后不知所踪，只留下那把剑和藏在其中的桑皮纸。

家中老仆从案头上发现了那把剑，便交给了宫中派来的侍卫。

有传言，他最后得道升仙了，而这张留下来的纸也被奉为珍宝，被送入圣上的宫殿日夜参详。

可惜，由始至终都没人能看懂纸上的字。

有人说这是指引升仙的天书，也有人说，这是唐一修参禅的体悟。

久而久之，朝代更替兴亡，桑皮纸也放回了剑中的暗格。因这把剑过于破烂普通，毫不起眼，别说削铁如泥，连柳枝都砍不断，很快就被人遗忘了，束之高阁。

直至百年以后，皇宫藏宝阁起了一场大火，其他珍玩古物都被转移到别处去了，看守藏宝阁的侍卫从焦黑的断壁残垣中发现了这把破剑，想着藏宝阁中出来的东西必属精品，便偷偷带了回去。

没有人知道的是，破剑中的桑皮纸经大火的高温炙烤，渐渐与剑融为一体，像是无形中解开了封印，破剑不再破旧，而是褪去了斑驳锈迹，露出了里边藏着的剑锋。

如凤凰涅槃获得了新生，锋芒毕露，削铁如泥。

后来侍卫作为陪嫁公主的随从，去了分封的吴地，随行途中，侍卫与公主生了情，不忍公主嫁给年过半百的吴王，便约好了在新婚之夜私奔。

私奔当夜，公主打昏侍女时不小心撞倒了红烛，寝殿中起了一场火，引来了大批的侍卫，公主暴露了行踪。

侍卫带着公主一路厮杀，浴血冲到了阊门外。

阊门外有个湖，早些年吴王的小女儿与一谋士相爱，后被强行拆散，吴王处死了谋士，小女儿也自刎于阊门外，魂魄不散化为了白鹤，在集市上翩翩起舞，引起城中数千百姓出门观看。

白鹤将百姓引至一处空旷地带后，突然振翅长鸣一头撞死在地上，接着方圆数百里内，地陷数尺，湖水涌了上来，百姓陷入泥潭中，湖水淹没至口鼻，数千百姓窒息而死。

从此阊门外就多了个平湖，相传湖中有怨女幽魂半夜会爬起来作怪，所以湖边鲜有人烟。

当夜，公主胸口中了一箭，死在了湖边。侍卫浑身鲜血，抽出锋刃全开的破剑，如地狱恶鬼，红着眼将围上来的吴地侍卫一一斩杀，断裂的尸身掉落湖中，血流漂杵，破剑也沾上了无数鲜血，越发锋利。

侍卫死后，当地百姓有为他们爱情感动者，偷摸挖了个洞，将侍卫与公主葬了下去，连同剑一起埋在了闾门。

平湖本身怨气极重，受了无数鲜血的供养，加之无数冤魂的日夜滋扰，剑渐渐生出了神识，无奈被困于剑身，空有神识却无法修得人身。

直到官河开通，将湖水引入邗沟，在边上建了大王庙，埋在地下的剑受了人间烟火的供奉，这才幻化了人身，开始了人间的修行之路。

☙8❧

小供奉的故事讲完了，窈娘嘴里却在念叨着："唐一修，修唐，果真是他……"

"窈娘，你认识这个唐一修？"之夭好奇地问道。

"应该就是他吧，也只有他才能想出这么多名堂来，还去了昆仑樊桐，这一切，应该都是他早就算好了的……"窈娘没有直接回答之夭，而是一个人在一旁自言自语。

只有石清知道，窈娘早些年有个师傅，名字唤作修唐，窈娘入凡赎罪这事，好像跟他也脱不了干系。平日里窈娘虽然念叨得少，可石清知道，窈娘念着他的恩情，也对他有怨，有恨。

其他人看着窈娘一副怅然若失的模样，都不知道发生了什么，一致转过头来看着小供奉。小供奉在众人的眼神中失了蓬勃英气，往后退了几步，心虚道："该说的我都说完了，别问我，我也不知道她怎么了。"

陶墨墨一个眼神隔空抛了过来，这会儿之夭瞬间就领悟了他的意思，两人一齐拥了上去，用最原始的方式好好招待了一回小供奉。小供奉被打得抱头鼠窜，求爷爷告奶奶直喊饶命。

待窈娘平静下来时，小供奉鼻青脸肿地含着泪蹲在地上，一副可怜兮兮的样子。

"现在可以说了吧，一件件来，你先说，城里丢失孩子的事是怎么回事？"

"那确实不关我的事，我只是帮了一点小忙。"小供奉伸出小拇指，小心翼翼地比画了下，末了眼睛一亮，贼兮兮道，"你们知道吗，裕王府的裕王是个没用的男人，怎么说呢，也不是没用，就是口味有些独特，喜欢娈童。娈童你知道吧，就是……"小供奉笑得一脸猥琐，挤眉弄眼道。

城西边有座裕王府，是先帝的某个儿子在夺嫡失败后被太后圣威遣到此处来的，挂了个二品监察的名头好吃好喝养着，美其名曰监察扬州各大官员，实际上也就是个空壳子，跟圈养差不多少。

裕王妃的爹是朝中三品大官，当年攀上了裕王的高枝儿，以为此后无忧，谁知站错了队。裕王妃也是个心气高的，本就是冲着后位去的，谁知嫁了个年过半百的老头子，不仅没有享福，还落魄到扬州城，永世不得回京。

仗着自己还有个爹在京中做官，裕王妃平日里在家对裕王不是打就是骂，日日呼呼喝喝的，裕王爷一把年纪了在娇妻面前还难振夫纲。

时间一长，在底下人的怂恿下，裕王就染上了些怪癖，对着青楼里年轻貌美的姑娘没半点反应，反倒是对这些个懵懂无知的嫩娃娃下了手。

这么些年来，裕王府一直偷偷摸摸地养着些小倌儿，折腾死了就悄悄处理掉，手下也专门有人从各地拐卖些皮相不错的孩子训练好了再送过来，无一不是温顺听话的类型。

阿宝便是被王府的狗腿子看上了，见初兰一个弱女子带着他，无父无母的，便想趁夜将阿宝掳走，好好调教一番过个几年就能送到裕王床上去。

谁知初兰性情刚烈，将阿宝藏在水缸里给活活淹死了，那几个干事的偷鸡不成蚀把米，反而暴露了行踪，被裕王灭了口，丢在了乱葬岗里。

加上女子落胎事件闹得人心惶惶，这拔出萝卜带出泥，一连串地将这事也就翻到了明面上，裕王府这才消停了下来，吓得好些日子不敢动。

"真是畜生，猪狗不如的东西！"之夭气得全身发抖。

窈娘叹息，这世间本来就不是干净的，你看到的只是你能看到的，还有更多的渣滓藏在黑暗里，在肮脏的泥土里发酵。尘上有天，风起雨土为霾，总有挡住视线的时候，你又能如何？

"你刚才说你帮了小忙，你做了什么？"窈娘忽然问道。

"这个嘛，我允诺了那个叫作初兰的女人，说帮她复仇，自然不会袖手旁观了。最近丢失的孩子都没被掳走，被我给救回来了，就藏在观音山上一个道观里。"

"你跟初兰达成什么交易了？她现在，是不是已经……"

"那当然，那个女人答应了用生命为我献祭，我要不吸食她的鲜血，现在哪儿能好端端站在这里？我答应了她，帮她的孩子复仇，也允诺了她，将那些不该出现在这个世上的孩子抹杀掉。不过现在，她估计也快魂飞魄散了，也是她运气好，院子里养了好些槐树，槐树聚阴，助长了她的戾气，不然她也难成气候。"

窈娘望着小供奉得意扬扬的脸，不禁生了一股冷意。小供奉修的是杀戮之道，杀生以送死，以生灵祭祀剑魂，带了邪性。

到底什么为善，什么为恶？

一念之间可以救下无辜稚子，一念之间又可以任凭恶鬼索命，残害无数未成形的胎儿。

她更是想不通，修唐当初为何要让这样一把剑存活于世间，并且送到她面前？他从来不做没准备的事儿，这一番布置，定然不是没有寓意的。

只是自从那一场祸事之后，修唐也不见了，算起来也有好些年没有见面了，她现在暂时还想不到他这么做，到底意欲何为。

९9ॐ

初兰也被人发现了，就在阿宝淹死的那个水缸里。不知她使了什么法子将自己淹死在里头，更奇怪的是，她全身鲜血都已经流尽，且不知所踪，整个人干瘪得像一具棺材里埋了多年的女尸那般。

水缸上头还顶着厚厚的棉被和石头，也正是因为这个原因，才没有人会想到去翻查水缸。

初兰母女俩着实可怜，可一想到那些枉死的胎儿和那些无辜受牵连的女子，窈娘又不禁暗恨一声，果真是可怜之人必有可恨之处。

城里丢失的孩子找回了好几个，说是有一侠士路过观音山一废旧的道观时，听到里边有孩子的哭声，便救了回来。

衙门门口聚集了好些人，有人欢喜有人悲。领着孩子的抱在怀中不撒手，满是失而复得的欣喜；望眼欲穿最后空手而回的妇人，抱着手绢哭湿了一条街。

裕王府的管事那日喝多了酒，与人在太湖楼争执了起来，一不小心说了些不该说的，隐约听着与最近的案子有关。楼里的伙计偷偷来衙门报信，高捕头带了一伙人怒气冲冲地冲了出去，没过多久又垂头丧气地回来了，用绳子将裕王府看后门的老头给捆了回来。

裕王在城里最好的酒楼宴请太守，据说太守赴宴回来后摔碎了房里最喜爱的砚台，连平日里最宠爱的小妾也被他呵斥了好几顿。

人贩子的案子就这样不了了之了，只听得传言说太守又犯了癔症，整天睡在床上茶饭不思，嘴里念念叨叨着：天上面，还是天啊。

这日听着王婆子在隔壁呼天抢地的，之夭出去听了一耳朵，回来无不惋惜地说，巧儿的孩子没保住，终究还是落了胎。

王婆子正坐在门口拍着大腿说自己福薄，又怪自己死去的老头子不护佑后人，哭哭啼啼、骂骂咧咧的，惹得好些妇人围过来跟着落泪。

窈娘早就知道会有这一天，只是没曾想孔武会选在这节骨眼上动手，叹了口气后，让之夭端了一瓦罐鸡汤过去了。

९10ॐ

"起风了。"

窈娘抬头望了望天，看着层叠的云被吹得四散，石板两边一片桃红柳绿，突然想起来，之夭前几日从大王庙采的荠菜还没吃呢。

这几日事多，窈娘自顾无暇，君泽便绞了几片芭蕉叶子，将荠菜包了好几层，用麻绳系着放入了井里，现在窈娘问起便说小时候家里都是这么储存保鲜食物的。

这会儿把荠菜从井里取出来时，窈娘发现这法子果真有用，也就根部老了一点点，顶上依旧鲜嫩多汁。

把老掉的部分给摘了之后，放入淘米水中浸泡了三个时辰，然后从地窖里挑了两个个头很大的生姜，洗去泥水，用勺子刮去皮，切块之后放在石臼里捣碎，放入淘米水中，和着齐整的荠菜一同泡着，放到太阳底下。

白日里正刮着东风，温暖如酥。

窈娘想着，等泡荠菜的水干得差不多了，就能入水煮了，煮好之后再拌上热麻油，荠菜的清香便能渗出来了。

书上说，仅此一味，堪比海陆八珍。

呵，莫待晴日好，只等看东风。

一道简简单单的菜尚且如此，更何况，这般若凡尘十丈软红呢。

雪花蛋

众生有相，人皆有命。

❃ 1 ❃

如意馆的大厅里挂着一把剑，进门的人有些见识的，无一不走到跟前好好端详一番，然后暗道一声可惜。

剑的确是把好剑，也能看出来有些年头，凑近了看，似乎还能听到呼啸的风声和藏在剑中的暗鸣，有些铁马冰河、折戟沉沙的味道。

只是可惜了，是把残剑。

生了锈还断了一截，暗红色的剑身向世人告示了它所经历的铮铮岁月，沉埋地底下多年，再锋利的剑也能被流水和泥土腐蚀得斑驳渐离，为世人所不知。

残剑，自然就是小供奉的宿主。

而这把残剑的来历，窈娘是知道的。

窈娘早先在修唐的案台上看到过一本手札，手札上隐约记载着这把剑的来历。

若她没记错的话，这把剑本就是北边极寒之地一块天陨之石所制的，经幽冥水淬炼而成，曾经为上古一天神所有，在地府斩杀恶鬼数千，后天神陨落，便遗失在樊桐山。

也不知怎的被修唐寻了出来，贴了封印，剑渐渐幻化出了神识。

经阊门外一场血战，残剑在湖边饮足了血，受了无数冤魂供养，逐渐苏醒过来，化了人身。

那日，窈娘与小供奉做了个交易。

小供奉作为残剑的剑灵，这么多年来靠着人间执念的献祭与鲜血的供奉，亦正亦邪，全凭心意行事，日子一长，必遭天谴。

好生权衡了一番之后，小供奉答应为窈娘所驱使，前提是窈娘帮他去掉身上带着的邪性，保他真身不灭。

窈娘虽然不知道修唐费尽千辛万苦将这把剑送到她跟前是为什么，但她冥冥中总觉着，他自有深意。

这日，一唇红齿白的少年哭哭啼啼跑进了如意馆，拉着窈娘的袖子不肯放手，哽咽着要窈娘帮他报仇。

少年的声音里带着氤氲的水汽，凄神寒骨，直直窜入人心底，教人直打寒战。

窈娘被吵得不堪其扰，好不容易才把他甩掉，隔了张桌子，镇定地问他发生了什么事。

那少年嘀咕几句之后，窈娘就黑着脸挥了挥手，示意他离去。

少年低着头，含着眼泪一步三回头地朝着后院走去，石清早已在后院等着他了。少年眼睛一亮，呜呜咽咽跑了过去，被石清伸出一只手挡住了。

之夭挤出来看热闹，有些兴奋地问道："窈娘，那眉清目秀的小哥哥是谁啊？"

"对啊对啊，你什么时候认识这么一个妖里妖气的小男人，长得跟女人似的，身上还带着一股子腥味，臭死人了。"陶墨墨耸了耸鼻子，将衣服往身上裹了裹，一脸嫌弃道。

窈娘扶额不语，这如意馆就没个消停。

妖妖怪怪挤了一堂，果真是没几天太平日子。

那美貌少年隔个几天就出来作妖一回，使出各种腻歪功夫，一哭二闹三撒娇的，闹腾着要窈娘帮他找回丢失的东西，吵得窈娘是一个头两个大。

加之其貌美，又引得无数客人闻风而来，让如意馆的生意继苏卿怜之后，又迎来了一波高峰。

偏生窈娘又像有什么难言之隐，终日眉头紧锁，什么都没有往外说。

这日少年回后院的时候，不知是有心还是无意，不偏不倚往陶墨墨身上撞了过去，撞完也不道歉，抬着头得意扬扬地擦身而过。

陶墨墨恨得牙痒痒的，见窈娘视若无睹，也无可奈何，整日只想着如何将这仇给报回来。

经过他几日观察，发现少年有个奇怪的地方，就是每每都不知从哪儿闪出来，一闪回了后院又不见了。

后院荷花水缸的后边有几株芭蕉，垒了几块石头造了个小假山，刚好有一个能躲藏的地儿；陶墨墨几日蛰伏在后边不声不响的，每次只觉着眼前一花，白衣少年就出现在院子里了。

这日窈娘出门去了，之夭做的饭，盐搁多了些，陶墨墨在之夭双手叉腰虎视眈眈下，不得已把饭菜全吃光了，一下午都在喝水，净顾着上茅房了。

晌午过后没多久，等他一身舒爽地从茅房出来时，忽然发现荷花缸子在摇晃，便躲在一旁看了起来。

果不其然，随着荷花缸子摇动，里边的水也开始前后左右荡漾起来，一个头从缸里悄无声息冒了出来，左右探了探之后，发现四顾没人，便一个跃身从缸里跳了出来落在地上。

发丝鬓角漆黑如墨，身上的衣服齐整簇新，不沾一丝水汽。接着，还没等他大摇大摆地走出院子，就被陶墨墨拎着麻袋扑上来给逮住了。

待窈娘回来时，少年已经被五花大绑丢在地上，衣衫凌乱，楚楚可怜，像极了烟柳巷的小倌。

陶墨墨一副凶狠狱差模样，持着柳枝一脚踏在竹凳上，拿着碗灌了一大口水进去，然后尽数喷在少年脸上，正呼呼喝喝："我再问你一遍，说，你是哪儿来的妖孽，天天缠着窈娘是要做什么？"

少年咬着唇，把头偏至一边，面上满是屈辱。

窈娘吓了一跳，赶紧把少年解开，慌不迭地道歉，可还没来得及解释，就见少年咬着唇，斜着眼狠狠瞪了一眼陶墨墨说道："你会后悔的！"然后转身就走，噔噔噔跑进了后院。

只听得水花四溅，落在芭蕉新叶上，叮咚直响。

"我有什么好后悔的，他还能吃了我不成？"陶墨墨一脸不以为意。

窈娘扶额，有气无力道："我跟你说，你别不信，你还真是会后悔，我都不敢招惹他，你居然还敢把他绑起来……"

接着，窈娘叹了口气，让石清把君泽、之禾都喊了过来，端坐在桌子四周，环顾一圈之后，认真说道："你们不是一直都想知道我的来历吗？想知道我为何在这如意馆吗？也该告诉你们了……"

❀3❀

众生有相，人皆有命。

窈娘，本是九重天司命，掌命格簿子，以簿子上的天机定三界机缘命数。

早些年她性子极野，爱憎分明，经常到处惹事。天帝念她是混沌脱胎的血脉，存了一分照料的心思，就寻了性子极好的修唐给她做师父，平日里勤加教导。

窈娘一次心情不好，便提了几坛上好的佳酿与修唐饮酒，醉后酣然大睡，醒来却发现自己不知怎的把命格簿子给遗失了。

自觉闯了大祸，为弥补自己犯下的过错，经修唐提醒后，窈娘匆匆前往东海钓龟。

传说东海有灵龟，以灵龟龟板卜筮，极其灵验。

谁知窈娘这一步履匆匆，不仅没有将命格簿子寻回来，反而将支撑海外五山的巨鳌给钓了上来。

相传渤海之东有深渊名归墟，归墟有五山，是仙人聚集之地。

凡人精怪修仙，除了一部分会接受九重天的委任，另外一部分不愿受约束的，便自

行前往渤海之东的归墟，成为自由自在的散仙。

五仙山与天界的联系，多年以来一直靠着槃木所建的天梯互通往来。

五山在海面屹立，有巨鳌以背为支撑，肩负五山不至于随波逐流。

若放在平时，巨鳌也是不会轻易动弹的，偏生窈娘遇上了淮蒙，一只千年蚌精，这才阴差阳错惹出这天大的祸事。

淮蒙早些年在东海修炼，修行了数千年，机缘巧合吞了封渊血莲扛了几次玄雷，孕育出了两颗极其漂亮的血珍珠，光洁透亮，通体圆润。

这珠子据说佩在身上能辟邪，能抵挡天雷，还能净化一方水域。

好些人慕名想要一颗，淮蒙都不肯割爱，甚至连东海水君亲自上门讨要想求取一颗作为女儿的生辰礼物，淮蒙也没搭理。

水君被驳了面子，自觉丢脸，便联合四海水君，将他驱逐出了四海水域。

他不忿之下，便与虾兵蟹将打了一架，向西王母借了昆仑的"神仙煮"，于海边架火起灶，将东海搅得天翻地覆。

也是赶巧，窈娘那时为求龟板，在东海钓龟，东海翻腾之际，根基不稳，一不小心让她将背着仙山的巨鳌给钓了上来，这才引出后边若干祸事。

槃木枯死，天梯已断，海外五仙山中的员峤、岱舆流于北极，众仙使流离失所，而天机泄露，人间气数已变。

天帝大怒，罚窈娘携了枯死的槃木下凡，以食物慰藉人心，了结人间夙愿，何时将槃木上九百九十九朵花苞催生绽放之后，才得圆满，重回九重天。

而槃木重生之后，可重建天梯，自然也就能重建五仙山与天界的联系。

后来，淮蒙被抽了元神，丢到海边一个深山水潭里，失了千年功力，样貌倒退至千年前，性子也变得极其别扭。

窈娘将他寻回来时，也吓了一跳。当年呼风唤雨傲骨铮铮的倔老头，活脱脱成了个只知道撒娇卖蠢的小白脸。

淮蒙自己也无法接受这个落差，便日益别扭，将自己拗得更加阴柔怪气。

这淮蒙，不是别人，正是那唇红齿白的少年，也就是一直以来躲在后院荷花缸子里的老蚌。

上次小卦师衣服上的油污，就是用他壳上的蚌粉除掉的。

说起来，这淮蒙与窈娘也是颇有渊源，可以说，窈娘与淮蒙算是难兄难妹了，一起被抓，一起被发落。

若是论辈分，窈娘还得向淮蒙低头喊上一声前辈。这些年来，两人相互扶持，也算是有着说不清理不乱的联系了。

4

除了石清之外，一馆人都惊得目瞪口呆。

窈娘这厢风轻云淡地讲故事，透露出来的消息一个比一个震惊，着实打得人措手不及。

后院里那不知放了多久的老蚌居然是个唇红齿白的少年？

窈娘居然是九重天的司命，敢在东海钓龟，还将背着仙山的巨鳌给钓走了？

我的乖乖，这闯祸的本事简直通天了。

君泽一口气没缓过来，白眼一翻晕了过去，晕过去之前，脑子里还迷迷糊糊转悠着一句话，"窈娘，真乃神人也"。

之夭两眼放光，眼里满是钦佩，拉着窈娘东问西问的，就差把她请上供桌，再上三炷香了。

陶墨墨咋舌，这才恍然大悟，怪不得窈娘做菜从来不取鳖【biē】鼋【yuán】龟鳖之类的。

上次他从闹市里买了只小乌龟带回来玩儿，不到一个时辰就不见了，窈娘还煞有介事说是它自己爬走了。

敢情窈娘这是和背着龟壳的有仇啊，并且还是深仇大恨！

陶墨墨突然拊掌大笑，大叹自己后台了得，以后可以在这城里横着走了。

窈娘静静地看着他们，从他们眼里看到了震惊、愕然、好奇，甚至还有雀跃，唯独一样，是她自己都没有发现的，也是她一直埋藏心底、隐隐忧虑不想看到的，那就是恐惧。

原来不知不觉中，她早已羁绊重重，深陷如意馆的烟火人间不能自拔。

她不想从他们眼中看到恐惧，不想让他们对她失去信心，不想亲手打碎这个自己一砖一瓦建起来的如意馆，不想再一次从对方的眼神里看到逃避。

末了，窈娘无意识长舒了一口气，头一次有些惊叹自己的本事。

招罗了一馆的人，居然都是些胆大包天不怕事的，听说这等秘闻居然个个欣喜欲狂，一副与有荣焉的模样。

反倒是当年那些所谓的得道仙友，平日里一个个交好，听闻她闯下如此大祸之后，个个消失得无影无踪，恨不得在脸上贴上"不认识"她几个大字，生怕受牵连。

这样一想，窈娘莫名心中涌起了一丝感动，这种感觉有些怪异，却难得的让人好心情。

心情一好，窈娘就想说些什么他们都不知道的，转头看向陶墨墨说道："淮蒙的珍珠丢失了一颗，还有一颗送给了我，你可知现在在哪儿？"

陶墨墨被窈娘看得全身发毛，直咋呼："我……我怎么知道，反正不在我这儿！"

"你说错了，就在你身上。"

陶墨墨惊了一下，皱着眉将自己全身上下摸了个遍，之夭还煞有介事地帮忙，暗戳

戳地捏了捏他头上的小髻髻，然后把他发髻给解了，将头发上串着的小珠子一颗颗扒拉开来看。

窈娘看不下去了，指了指他的腰间。

陶墨墨低头一看，腰上除了一些花里胡哨的垂饰物之外，还系着小卦师的解注瓶。

在窈娘的注视下，陶墨墨不敢置信地将解注瓶解了下来，握在手里，凑到跟前翻来覆去地看，依旧是一副茫然的模样。

窈娘皱了皱眉，将解注瓶拿了过来，放在耳边晃了晃，没有任何声响，又将瓶子倒过来放在掌心磕了几下，依然没有任何反应。

❀5❀

"是不是你把那颗血珍珠拿走了？"

淮蒙跷着二郎腿，眼睛都快看到天花板上去了，优哉游哉拈着酒渍梅子，一颗颗往嘴里丢着，时不时吐出透红的核儿来，只管不说话。

窈娘悠悠地将那盘梅子端至另一边威胁道："行啊，你要不说实话，这梅子也别想吃了。对了，过几日就是上官老先生的五十大寿，我还没想好送什么东西给他呢，他最喜欢有些年头的东西了，我说，不然把你送过去可好？这上了年纪的大蚌，估计他会喜欢的。"

淮蒙想了想那张布满褶子的脸，抖了抖身上的鸡皮疙瘩，盯着窈娘满是幽怨："窈娘你变了。"

"打住，我已经不吃这一套了，你自己选吧，说还是不说。"

"那珍珠本来就是我的，我丢了一颗，自然是要再拿回来一颗的。"

"我看你活了这么些年真是越活越回去了，连最基本的道义都没有了，送出去的东西哪儿有出尔反尔的道理。"

"我本来就是越活越回去啊。"淮蒙人畜无害的笑里带着一丝怨气，冷冷说道。

"我也不跟你多说了，这颗珍珠对陶墨墨有用处，我答应你，我帮你把那颗珍珠寻回来，你把这颗还给他。"

"我不管，你帮我寻回来再说吧。"

淮蒙话音刚落，窈娘就一把拉住他的手，食指相抵，虚空转了几圈，结了几个法印，说道："好了，现在你我缔结了誓约，你反悔也没用了。"

顿了顿，又加重了语气，一字一句道："我知道，你根本不怕天打雷劈，放心，这回立的誓约你保准喜欢，绝对有新意。若是反悔的话，下辈子投胎入畜生道，做牛做马被人骑，或者是做猪拱白菜，做屎壳郎滚粪球。"说完一摊手，等着淮蒙的回答。

淮蒙气得跳了起来，一甩袖子回去了。临走前，还没忘把那盘梅子端走，还撂下几个字："算你狠！"

淮蒙一走，窈娘无力地叹了一口气，瘫在椅子上。对付这种连脸都不要的人，只能比他更不要脸。

为今之计，只能想办法帮他把那颗血珍珠找回来了。

根据淮蒙说的，这珍珠丢失在十天前。

每逢初一十五潮涨潮落之时，淮蒙就得回到海中，吸食吐纳月光精气，以维持自身的修为。

自打被驱逐出了东海，淮蒙就不能像以前一样在海中择一无人的小岛，自顾自将壳摊开，舒舒服服地修炼了。

落魄的凤凰不如鸡，这落难的蚌精也不如那些修为浅的虾兵蟹将。

不过仗着自己现在唇红齿白是个小白脸，淮蒙索性破罐破摔，想着后生无畏，照旧大摇大摆地将东海作为自己的据点。

只不过，他也不敢出现在执着三叉戟巡视海面的海将跟前，只能偷偷摸摸地躲到岸边的暗礁后，小心地将壳敞开，兀自沉下呼吸，对着月光冥想。

他这样修炼好些年了，从来没出过什么意外。

偏生这月初一，不知倒了什么血霉了。先是看见海边明火执仗的，似乎有大人物出行，一列随从跟着，举着火把抬了凤轿，好大一副阵势。

他无奈之下，只得避开那群人，躲到另一处暗礁后，正准备屏息，却闻得一阵烧酒的味道，浓烈得似半夜燃烧着绽放的夜昙。

淮蒙这辈子没有其他的爱好，唯有一样是不论多少年都割舍不掉的，那就是嗜酒。

当年，若不是气愤之下饮了两坛霜花白，也不会借了酒劲将东海闹腾得如此狼狈。

闻着空气中传来浓浓的酒香，淮蒙恰好是神识薄弱之时，迷迷糊糊就化了原形，将蚌壳敞开，就着月光将酒香一点一滴吸食了过来。

待他醒来时，才发现自己壳内包裹着的血珍珠不见了。

若是平日里，淮蒙只要稍微将蚌壳敞开一条缝，窝在背阴的浅水湾里，也无人发觉，安全得很。

那日许是酒香醉人，他不知不觉便将蚌壳敞了个亮堂，血珍珠就好端端地躺在白嫩的蚌肉中央，若是有人经过，恰好见着了，顺手取了也是不无可能的。

最让人头疼的是，他完全没有任何线索。

❖6❖

淮蒙修炼的地方，地势有些特殊，恰好在阳庭东南二十里，周遭暗礁遍布，背靠临山，海边的浅滩上急湍溯回，所以附近没有村落，也几乎没有渔人从此处出海。

不过有趣的是，相传此处有一海眼。

距离海面百余里处有五块巨石高高地叠在了一起，每块巨石都是一丈有余，怪石嶙峋，像拗着姿势的怪物，横七竖八地相叠在一起。

水流形成了一个小小的漩涡，自西向南朝里打着转儿，周边的水域内鱼虾灭绝，没有敢随意靠近的，生怕被卷了进去。

很久以前，某一任帝王出巡到此处，觉着风景极好，便想将附近海域填石铺平，倚着那巨石建一个巨大的观景台。

可还没等动工，管理此事的监工便做了个梦，梦到有神人脚踏五色祥云挥袂凌波而来，神情严厉地将他好生怒斥了一番，说他惊扰了夜大王的修炼，最后勒令他们停止这项工程。

监工醒后，惊骇不已，连忙启奏圣上，可圣上不信，觉着是监工偷懒，畏惧施工，便将监工杖责三十之后换了个人。

可新上任的监工也连着几夜做了同一个怪梦，硬着头皮禀报圣上后，圣上仍是不管不顾决定一意孤行。

结果连着几日相安无事，等城里的苦力将建造的石头一块块搬到海边时，连夜里海水便往上涨了十余里，直到将所有石梁全部淹没为止。

那一场大水，让城里所有的河道全部积满了水，河堤泛滥了好几处，低洼处的人家被淹没了好些房屋，小街小巷也被淹了数百条，底下一片怨声载道。

百姓纷纷都说，这是神灵发怒了，便相拥着到驿馆外跪倒了一片，哭诉着让圣上放弃在海边建观景台的念头。

最后还是圣上身边一个服侍了许久的小黄门揣摩透了圣上的心意，进了谏言说圣上真龙转世国运护体，神灵自然不敢怠慢。可圣上毕竟长久居住在京都，不在此处，神灵迁怒的是满城百姓，希望圣上看在百姓的分上，就稍稍退一步，权当是为了扬州城的黎民黔首，不与那所谓的夜大王计较。

圣上本来就存了退让之心，只不过被逼得没有台阶下，正好小黄门给了他一个绝好的理由，便亲自下笔，像模像样地写了篇檄文，派人到海边念与那夜大王听，算是答应了他。

果真，洪水次日就退了。这夜大王也是个神人，退了潮不说，还一言不发将那些上好的石梁给昧了下来，横七竖八成了浅滩上的暗礁，有人靠近便风雨大作，如此这番几百年内无人敢靠近。

窈娘去了一趟海边，一见那五块巨石相叠、底下打着漩涡的海眼，和那乱石耸立的礁石，便有些犯愁。

别人不知道这所谓海眼的来历，她却是知道的。

凡间恩怨情仇贪痴嗔怨者多，枉死者也多，好些魂魄离体后不愿入地府，便化了孤魂野鬼在世间飘荡。

某年某月，有夜大王横空出世，在城外的海域建了不夜城，将这些孤魂野鬼收之麾下，为奴为仆。那些鬼魂进去之后失去了生前的记忆，一心一意服侍着夜大王。

念着他也不与人间作恶，反倒是让这些流离失所的鬼魂有了栖身之所，这么些年倒也无人与他追究。

这不夜城，也不是真的不夜城，只是昼夜与人间相反。

金乌日落之时，便是它日出之始。

而这夜大王是个难缠的主儿，也不知是男是女，法力通天，凭一己之力建了这不夜城，座下鬼魂成千上万，个个都是衷心的奴仆。

没有人见过他的真面目，有说他面目可憎如夜叉，也有说他妖媚可人似静女。

不过有一点是广为人知的，传言这夜大王脾气暴躁，稍稍不如意便惩治手下，一个不顺心，一抬手便让服侍的侍女灰飞烟灭。

当年整个扬州城差点被海水淹没，便是最好的佐证。

窈娘一直知道有这么位不能惹的主儿在城外，也一直避免跟他打交道。

谁曾想淮蒙这好死不死的主儿，在他的地盘上丢失了至宝不说，偏偏这至宝还大有用处，若是真被他捡回去了，那厚着脸皮也得上门讨要了。

只不过这讨要的方式，还得从长计议。

ᚷ7ᚸ

这日傍晚日头刚跌至云后，如意馆门前的柳树上便乌啼鹊噪的，闹得人不清净。

眼看着清明将近，窈娘干脆差使了陶墨墨折几支柳枝下来挂到门上，顺便将那聒噪的乌鹊赶一赶。

时人清明家家户户门上都挂了柳枝，说这"鬼怖木"能驱赶邪祟，护佑门庭，还惹得之夭好一阵不快。

都说桃木辟邪，所以道观里的祖师爷雕像都是桃木做的，小道士们平日里驱邪画符时也使的是桃木剑，真要挂，那也应该挂桃木才对。

只是之夭的这番理论没能说服其他人，倒说服了君泽，这书呆子还真的认认真真回去翻书去了，看看能不能帮之夭正名。

太阳落下去了，屋子里点了灯，照得一室盎然，晦明晦暗。陶墨墨正乐滋滋地将筷子伸向盘子里的鸡，关着的门却响了。

有人轻轻叩了几下，轻柔的声音不仔细听都听不到，偏生坐着的个个都不是寻常人，敲第一声时便都侧了耳朵，只留了君泽乐呵呵地吃得开心，还一边纳闷今日没有人跟他

抢那绿油油的小青菜。

窈娘示意石清上前开门，门打开了一条缝。

依着半边月色，只见门外杵着一个消瘦的身影，戴着帷帽，身上穿着一件簇新的袍子，暗红色的团云纹散落开来，像血花溅开的模样，风一吹烛火晃了几下，更让人觉着阴恻恻的。

"请问，贵馆中是不是有人遗失了一颗珍珠？"

来人声音有点飘，虚虚的落不到实处，说出的话却让人吓了一跳。

窈娘连忙让石清开了大门，让人进来。来人却没有迈步，而是低头看了看脚下。

清明将临，鬼事将近，在傍晚以前，家家户户都要在大门前用香灰撒一条灰线，据说可以阻止鬼魂进宅。

王婆子自从巧儿落胎后，终日神神道道的，那日给自家裁缝店撒完之后，见如意馆什么准备也没有，便顺着裁缝铺将香灰一路撒了过来，嘴里还念叨着神佛保佑。

窈娘不忍拂了她的好意，便也没去管。

见来人驻足门前不敢进来，窈娘瞬间明白了来人的身份，示意石清将门口的灰踢出了一个缺口。男子低头欠了欠身，一掀衣袍迈步踏了进来。

窈娘料得不错，来人名唤丰己楷，是不夜城夜大王座下第一得力干将，此次出行，是夜大王派他来的。

"那日初一夜间，正好赶上我们大王出行去酆都赴赏石大会。往常不夜城的出口是没有人的，那日我们大王见着那边有异动，便派了前边执杖的鬼吏过去查看一下。"

丰己楷许是对着屋子里明亮的烛火有些不适应，将帷帽又往下遮了遮。

窈娘正准备伸手去拨灯芯的钗子便顿在半空中收了回来，转身吩咐石清去取了香云纱灯罩笼了上来，屋子里一下子就暗了下去。

"抱歉，不夜城的灯都是冥灯，平日里都没有这么亮堂的。"

"没事，你继续说。"

"嗯，好的。那派去的鬼吏刚到不夜城不久，也是看他忠厚老实，便挑了他为大王座前的执杖。

"谁知这鬼吏新亡不久，入了不夜城仍对尘世眷恋不已，走到那蚌精修炼处，也是冥冥之中天注定，便将那蚌精的珍珠给取了。

"按理来说，入了不夜城便是不夜城的人，生生世世都得在不夜城中为奴为仆。那鬼吏也是运气好，借着那珍珠遮掩住了死气，又回了阳间。"

"你才是蚌精，你们全家都是蚌精！"淮蒙不知从哪儿冒出来，也不知在后头躲着听了多久，这会儿忍不住了，跳出来辩驳道。

窈娘警告地瞪了他一眼，转而望向丰己楷："你又如何得知我们丢失的是一颗珍珠？"

"我们大王别的本事不好说，唯有一项本领通天，便是溯回。所谓溯回，并不是真正的能让时间倒流，而是能看到过去发生的事情。"没有人注意到丰己楷的视线一直透过帷帽落在了窈娘身上。

窈娘见他迟疑了一下，暗自哂笑。这本事她闻所未闻，只当他是为了遮掩夜大王的来历而胡诌的，便也不拆穿。

"嘁，我以为多厉害呢，还不就是个酒鬼！要不是他出门还带那么多酒，我又怎么会迷失在酒香里！"淮蒙仍是一肚子气。

丰己楷也不生气，依旧笑着说："这位……呃，这位先生，我想您是误会了，我们大王平日里并不嗜酒。那日您闻到的酒香，是我们不夜城特有的开路酒的味道。不知您是否还记得，伴随着酒香的，还有跳动的火光？"

众人嗖的一下一齐看向淮蒙，淮蒙老脸一红，点了点头。

"这开路酒也就是用六合葵酿的酒，混着油胴鱼炼制的脂油，点燃之后会散发出一股特有的酒香，这香味寻常人是闻不到的。而开路酒点燃之后还会发出红紫的光，目的是让路上的孤魂野鬼速速回避，切勿冲撞了我们大王的座驾。"

淮蒙自知理亏，又悄无声息回了后院，临走之前为了解恨，还攥着劲儿悄悄地把桌子角给掰断了一截。

⑧

根据丰己楷的述说，那逃走的鬼吏名唤周南，是一个烧瓷器的手艺人，生前是在窑上做工的，后来窑塌了，这才送了命。

而根据生平簿子上记载的线索来看，这周南在老家泰州还有个妻子，所以他极有可能回了老家。

之夭使了法术一夜便赶到了泰州去打探消息，谁知问遍了所有人，都说没有见过周南。

周南的死讯还没有传回村，周南的妻子不知周南早已经死去了，见之夭来打探，直问她周南是不是出什么事了。

之夭见她一脸焦急的模样，没敢告诉她真相，只说周南在扬州安顿好了，让她来接她过去。周家娘子深信不疑，随意捡了几件衣服便跟着之夭走了。

这厢窈娘不查不知道，一查吓一跳。周南死的时候并不是一个人，而是整整三百人！当然事情没有公开，被压了下去。

若是平日里，出了这么大的命案必然是遮掩不住的。

说起来这命案，源头还得追究到那倒霉王爷身上去。

裕王手下有个门客姓冉，家中是做瓷器生意的，便想办法搭上了裕王这条线，企图

从官窑里分一杯羹，替皇家烧瓷器。

裕王收了人家的好处，便睁一只眼闭一只眼把今年进贡瓷器的名额给了冉家。

这冉家本来就是半路杀出的程咬金，要在短时间内赶制大批瓷器，还得经过筛选保证合格，时间有点赶，便从城里城外招了好些手艺人，在城外选了个山谷起灶烧窑。

周边则搭了好些帐篷让人夜宿其中，日夜不停地赶工。

这一急之下就出了乱子，碰上下雨山崩，砖窑也塌了，三百窑工一夜之间无一生还。

冉家求到了裕王这儿，裕王想着自己也有一部分责任，好生敲诈了冉家一笔之后，施施然写了个告罪折子上呈帝听。先发制人一顿痛哭流涕的哭诉，说自己识人不清，原本是想为皇家分忧，恨不得以死谢罪云云，加上朝中老岳父的运作，这事就这样不了了之了。

圣上又不能落个残害先帝手足的名声，只得出手将事压了下来，只罚了裕王两年的俸禄，命他好生在家反省。

高捕头跟孟玄哥几个喝闷酒时，一说起这事来气得将筷子都给拗断了，恨不得将这帮狗官杀之而后快。

❀9❀

周家娘子到了如意馆之后，一直没有起疑心，还将自己陪嫁的一支素簪子给当了，给自己倒腾了一身衣裳，给周南也买了件外头穿的罩衫。

她本来看上了双鞋，摸了摸又放了回去，转身就从背囊里翻出来几双白底蓝花的布鞋，取出针线，将厚厚的千层底又纳了一层。

自年后周南回了窑上，两人已经几个月没见着了，她不识字，两人这好几百天里，竟是连半封书信也无。

望着她那紧张又略带羞怯的神色，窈娘心生同情，不忍去看。

丰己楷说自己旧伤刚好，白日里晒不得太阳，所以就躲在如意馆中，一来二去的，倒与百无聊赖的淮蒙混熟了，日日温上二两酒，两人躲在屋子里下棋。

丰己楷的棋下得极好，说是不夜城中有个下棋的高手，跟着他学过几招。

若是窈娘在，必定能看出些许名堂来，这棋路走势，跟她自己如出一源。

几个人仍是满城找着周南，相熟的工友都问过了，常去的酒馆也打听过了，没有人见过他。

好端端的一个人，就这样从天地间消失了。思来想去，窈娘想到了冉家。

冉家最近动静倒是挺大的，不知用什么法子，烧了好大一批质量上乘的瓷器，件件上品，听说还获得了圣上的赞词，也因祸得福将功抵罪了。

那三百匠人死去之后，冉家借着第一批贡瓷的余势，一边鼓噪生威，一边又打着为皇家烧瓷的名头，大张旗鼓地从各地偏僻穷困的山区招了好些人来，通通赶到山谷里，还派人专门看守，不许任何人随意出入。

死过一回的人，身上带着淮蒙的血珍珠，也只是能遮掩身上的死气，让人以为他还活着，不能再死一回。

所以窃娘猜想，周南十有八九是被冉家的人给关起来了。

而事实上，窃娘也猜对了。

等之夭和石清偷偷摸摸将周南从冉家城外庄子里的地牢中救回来时，冉家的人早已经被周南折磨得焦头烂额了。

这事有些啼笑皆非，一切还得从初一那天晚上说起。

周南那日晚上循着微弱的月光去暗礁后探寻情况时，见一只大蚌敞着壳躺在水里，随着静心呼吸，裹在蚌壳里的肉有规律地掀动着，露出一只圆润的红色珍珠。

也不知怎的，周南一见那珍珠就鬼迷心窍地伸出手去取了过来，珍珠触着他的手，竟然入了体。

周南只觉着空荡荡的胸口突然就满了，好像有什么东西填补了这个空缺的位置。

再一恍神，他突然就醒了过来，觉着奇怪，自己怎么会一个人站在海边，而记忆里上一刻他仍在替冉家烧窑。

只记得那日一大早，所有人都还在睡梦中就被监工叫起来，到上窑的地方集合。

天还没亮，东方启明高悬，冷风嗖嗖的。

空地前边还搭了个台子，四周都点了灯，除了他们常见到的冉家一个管家外，还有几个披着斗篷、身份不明的人。不过看衣服的料子和管家前倨后恭的模样，明显是身居高位的人。

台子正中间，一个披着道袍的蒙面人盘腿坐着，谁也不搭理。

再后来，他就记不清了，只记得天崩地裂飞沙走石的，还以为是地龙出动了。

所以当他突然发现自己站在海边时，好一阵迷茫。

不过周南素来性子憨厚，也没多想，以为自己夜间离魂症犯了，就连夜摸黑走了回去。

谁知他一回去，通报姓名来历之后，守山谷的壮汉一下子就吓得腿软了，跌跌撞撞跑回去报信。再后来，他就被冉家的人抓了起来。

管家将他关在地牢里逼问了好几天也没问出个所以然来，临走前朝着手下人暗暗使了个眼色。

手下人接收到讯号之后，就磨刀霍霍准备动手了。

谁知这周南怎么弄也弄不死，刀砍下去，没有血；把头割了，头歪着只剩一丝皮肉连着脖子也还能说话。

用水淹，用火烧，用刀子剐，用热油泼，试了几次没有效果之后就没人敢试了。

春之卷·雪花蛋

143

那手下人以为是神灵复仇来了，屁滚尿流地跪在地上连连磕头告罪，一股脑儿将冉家的勾当抖了个底朝天。

原来，这冉家为赚钱也是利欲熏心，请了术士动用秘法烧骨瓷，引子是以活人献祭，死的人越多，烧出的瓷器就越精美。掺杂了人血和怨念，再经高温一烧，与陶泥完美地融合到一起，瓷器色彩异常斑斓炫目，勾魂夺目。

冉家得瓷器，术士不知收集了些什么，双方各有所得。冉家再稍稍伪造了一下现场之后，就对外宣称是意外。

其他窑工的魂魄都不见了，只有周南，那日得了伤风身子不大好，风沙乍一迷眼，便晕了过去。再醒来时，已成了孤魂野鬼，误打误撞被夜大王收至麾下。

◈ 10 ◈

过了几日，冉家便得了消息，说送到皇宫里的瓷器一夜之间全碎了。

术士闻得风头不妙，早已望风而逃。而窑场中正在赶制的第二批瓷器，怎么烧都没有原来的那批好，甚至连普通的水平都达不到，无一不是歪瓜裂枣的残次品。

裕王某日从心爱的小倌床上醒来之后，觉着身子不对劲，匆匆派人出门，连着将城里有名的大夫找了个遍。

后来每个大夫都给了重金封口，威逼利诱之下，还是没有传出什么来。不过此后裕王府便贴了告示，说重金悬赏名医。

从裕王府半夜偷偷往外倒的药渣，以及裕王妃日趋频繁地抹着香粉去戏楼里给当红的小生捧场，再加上大夫们脸上讳莫如深的笑，大家也就都意味深长地"哦"上一声。

淮蒙将血珍珠拿了回去，说是好不容易失而复得的宝贝，让他在怀里捂几天再交给窈娘。窈娘甚至都来不及让他缓缓，至少等到周南与妻子再见一面。

周家娘子左等右等等不到丈夫，已经渐渐起了疑心，窈娘便让君泽送她去栖灵寺住了几日，说是帮周南祈福。

而周南怎么也不肯相信自己是死过一回的人了，失去珍珠之后，又成了无根所依的游魂，甚至连不夜城的遭遇都一并忘掉了。

丰己楷解释说，夜大王给所有不夜城的鬼魂都设了禁制，这是为了防止不夜城的秘密被泄露出去。

君泽早已收到了窈娘的口信，将周家娘子送回来后，找了个理由说跟故友喝酒去了。石清在后院磨豆腐，淮蒙不知跑哪儿去了，陶墨墨和之夭约好了去裕王府看看热闹。

只剩下丰己楷，摸了摸鼻子，厚着脸皮去后厨看窈娘做菜。

所有人都避了开去，只留了周南和周家娘子在如意馆中。

周南已是一缕幽魂，毕竟人鬼殊途，阴阳相隔，有损阳人生气。窈娘思虑再三，为他们准备了一道雪花蛋。

没有筋滓的生姜洗净去皮之后，捣碎用纱布滤干净，将汁液放在陶盆里澄清，两个时辰后，撇掉上边一层黄清的汁液，取底下色泽浓烈的白色姜汁，顺着一个方向搅拌成姜乳。

再取司夜鸡鸡蛋两个，取鸡蛋清留用。所谓司夜鸡，是指从夜至晓，会随着更声而啼叫，一更一声，断时辰，定鬼魂。

炉子上置了煎锅，底下烧槐树枝，两勺蛋清，一勺姜乳，半勺温熟猪油，小火慢慢搅拌，拌上三圈，滴入一滴上池水。

上池水，也就是没有落地的水，窈娘取的是清晨竹木上的露水，和入之后可以看见鬼物。

猪油慢慢融化，先渗透进浓白的姜乳，像慢慢煎至金黄的风鲤白。

蛋清缓缓沉底，一寸一寸蜿蜒，漫无目的地淌了开去，然后开始凝固，与猪油和姜乳相遇结合在一起，薄薄的，嫩嫩的，透光湛亮，像天边一瞬光。

端上去的时候，窈娘还细心地撒了些芫荽碎末。她依稀记得周家娘子说过，周南最喜芫荽。

没有人知道周南与他娘子说了些什么，只知道周南离开的时候，周家娘子趴在桌上哭得不能自已。

丰己楷带着周南走之前，交给窈娘一封信，说是夜大王亲笔写给窈娘的。

窈娘看了看，信上没有说什么，只是对最近发生的事发表了一番感慨，东拉西扯地说了一堆废话，信的末尾，还意有所指地说，总有一天，他们会再见的。

既然从未见过，如何再见？

窈娘来不及深思这个问题，因为很快发生的一件事，让整个如意馆都陷入了前所未有的恐慌。

原因无他，而是陶墨墨，一觉醒来之后，变成了一只口不能言的小狐狸。

又·一·岁

卷二

⋮

如意馆

第壹章

两生酒

都说人定胜天，可有些事，是天注定。

◎1◎

一只通体火红的狐狸蹲在如意馆的桌子上，头上肿着两个大包，毛色一水儿亮。小狐狸眨巴眨巴眼睛，挤出几滴眼泪，抽抽噎噎的。

之夭见着这毛茸茸的狐狸，顿时心生怜爱，忍不住上手摸了又摸，瞬间就被这柔软的手感给征服了，往狐狸背上又薅了几下。

直到狐狸跳过身来，狠狠地瞪了她几眼，之夭这才反应过来，咽了咽口水，将手背到身后迅速退了几步，一边往身上蹭着，一边假装很认真地在端详墙壁上挂着的残剑。隐约见着残剑微微颤动了几下，像是在发笑，很快又恢复了平静。

小供奉回到了剑身开始闭关修炼，窈娘说没个百八十日是出不来了，至于出来以后能变成什么样，得看他的造化。

火狐狸发现装柔弱这招对大家都没用之后，心疼地看了看身上被摸乱了的毛，用爪子顺了顺，转过身来，紧紧地盯着窈娘看。

窈娘一摊手，无奈说道："看我也没用，当初小卦师走之前就说过了，你三百岁生辰过后有一大劫，我这才讨了他的解注瓶，还问淮蒙要了他的血珍珠，就是备着给你的。谁知道，人算不如天算……"

红狐狸，也就是陶墨墨，一听窈娘这话，瞬间呆滞了，两眼一翻，仰身跌倒在桌子上，小爪子拨拉着脖子上系着的小瓶儿，想狠狠拽下来，又不敢。他苦兮兮地躺在桌子上，思来想去，就是不知道自己是如何到了这步田地。

事情还得从今天早上说起，淮蒙的事儿解决了之后，窈娘就让石清贴了告示出去，说如意馆歇业一天。

被淮蒙这事一闹，大家都元气大伤，准备好好歇上一天。偏生附近不知哪家在办丧事，一大早天还没亮就敲锣打鼓的，唢呐吹得呜呜咽咽的，直教人心烦意乱。

陶墨墨好不容易能睡个懒觉，还没来得及回味梦里快要到嘴的那只鸡腿，就被吵醒了，正烦着，准备起身出去骂上几句。

这一起身就发现不对劲了，一下子就从床上跌了下来。迷迷糊糊睁眼扫了一圈，一下子就惊醒了过来，不敢置信地低头看了看自己，随即发出一声惨叫。

惨叫声引来了同样被唢呐声吵得昏头涨脑的众人，围过来一看，发现了坐在镜子前面目瞪口呆的红狐狸，半晌才反应过来，这是陶墨墨。

窃娘略一思忖之后，得出了结论，陶墨墨这是应了小卦师所说的劫难，过了这个坎，必有大造化，便随手将滑落在衣服里的解注瓶掏了出来，给他系到了脖子上。

谁知这解注瓶一系到陶墨墨脖子上，就将陶墨墨从桌子上拽了下来，在地上翻了个跟头。

陶墨墨还没从化为原形的震惊中清醒过来，便被一股无形的力量拽到了地上，头上很快就肿了两个大包，痛得直掉眼泪，只觉着脖子上重如千斤，就快压断了。

正痛苦地趴在地上动弹不得呢，就见窃娘几个满眼疑惑地看着他。陶墨墨也顾不得失态，从肚子底下把手拽了出来，昂着头咿咿呀呀地比画着。

石清先看明白了他的意思，帮他将解注瓶扶了起来，在陶墨墨的示意下，轻轻地掂量了几下，一脸的茫然。

陶墨墨疼得龇牙咧嘴的，两个爪子用尽力气也无法将解注瓶给托起来，嘴里一边叫唤着，谁也不知道他在说什么。

窃娘皱了皱眉头，想起来什么，转身出去了，不一会儿又进来了，后头跟着看热闹的淮蒙。

在窃娘要杀人的目光注视下，淮蒙不情不愿地掏出了一颗血珍珠，接着，窃娘将珍珠小心翼翼地放进了解注瓶里。

随即，解注瓶像有了生命一般，以肉眼可见的速度噌噌噌变成拇指大小挂在红绳上，倒像不起眼的一个小玩意儿。

☙2❧

淮蒙自知闯了大祸，也觉着食言让自己丢了面子，将血珍珠丢给窃娘之后，便躲回缸里不出来了。不管陶墨墨怎么趴在水缸边上骚扰，一直装死到底，死活就是不露面。

窃娘怕陶墨墨出去惹祸，白日里便拘着他不让出去。

今年因着宫里皇太后去世了，举国哀悼，年年举办的上巳节修禊和水边宴饮也都一推再推，到最后竟没了消息。

眼见着就到了三月暮春，涵虚阁北边的半山榆树碧色苍苍，映着北郊的漫天桃花，成了扬州城闻名的景致。

太守夫人兴致一来，决定在涵虚阁对岸的桃花池馆举办一场宴会，把城里的夫人小姐们都邀请了过来，一同领略这无边春色。

窈娘带着之夭也去赴了宴，还带了些精致的点心，本来是预备着采些桃花回来调制成涂面的脂粉的，没曾想，倒看了好大一场热闹。

上个月的花朝节上，敬亭书院山长陈若海家的大女儿陈筠枝一枝独秀，以一手精妙的点茶手艺夺了魁，引得众人惊叹不已。这次桃花宴上，太守夫人有意让她再露一手，想着趁此机会为她招个佳婿。

陈筠枝匠心独运地舍弃了时人盛行的鼎镬，取了肚圆颈细的汤瓶用来煮水。汤瓶只能听声不能看到水沸腾的程度，正是这点茶的精妙之处。

风炉点了炭，架上汤瓶，便可以细细碾茶饼了。

水初沸时如蝉鸣，二沸时如车轴辘咿呀碾过。待听得松风并涧水，茶粉已碾得匀净，而此时的水正好，滚尽了井水中的生腥气息。

绿色的茶粉经滚水一冲，经茶筅一搅，渐渐起了白色的浮沫。三月牡丹始繁，棟花应候，陈筠枝幻化的正是此刻桃花池馆的景象。

人面桃花交相辉映，流水碧潆，小小的青瓷茶盏中，一盏茶就是一幅画。

一套动作下来，如行云流水，看得人心旷神怡。

可等到几位夫人端起茶盏撇去浮沫送入口中时，却都不约而同皱了眉，纷纷用手绢掩嘴吐了出来，看向陈筠枝的眼神里也多了几分失望。

陈筠枝大惊，端起茶盏喝了一口，却呆住了。明明是上好的雨前茶，此刻却泛着酸涩，倒像隔夜饭菜的馊味。

陈筠枝不信邪，又试了一遍，依旧是一股子酸涩味。

水是现取的，茶饼和茶具是太守夫人带过来的。正两相尴尬间，一红衣女子从人群后头走了进来，一言不发，依样画葫芦照着陈筠枝的手法又做了一遍。可她点出来的，却是一只憨态可掬的小狐狸。

更妙的是，茶中升腾起来的雾气，在半空中轮番变化成十二月花令，从一月梅花开始，幻化到了十二月水仙，袅袅而散。

太守夫人着急洗脱自己的罪名，证明自己准备的东西没有任何问题，率先端了一杯茶水喝了一口。这一喝，却是展了眉，不禁大声道了句好。

剩下几位夫人也都抱着怀疑的态度试了试，喝完之后，看向红衣女子的眼神中不禁多了几分赞赏。望着太守夫人不善的脸色，在场的夫人小姐也都纷纷寻了理由离去。

好好一场桃花宴，匆匆收了场，太守夫人自觉丢了面子，陈筠枝更是掩着面泫然欲泣，面上满是难看。

红衣女子冲陈筠枝挑了挑眉，露了个挑衅的神色，眉心一处白色的印迹若隐若现，看不真切。

只是望着她离去的背影，太守夫人有些恍惚，她记得，她的宾客名单上并没有这号人物。

❀3❀

最近之夭迷上了庆丰楼一个说书先生，连着好几日，央着君泽跟她出门做伴。君泽无奈之下，难得动了脑筋，煞有介事地在陶墨墨胸前挂了个布袋子，让他蹲在柜台上收钱，答应回来给他带胡家的炒栗子。

庆丰楼里，丰神俊朗的说书先生醒木一拍，喝上一口酽茶润了润喉，便开始说道："道德三皇五帝，功名夏后商周。英雄五伯闹春秋，秦汉兴亡过手。青史几行名姓，北邙无数荒丘……"

定场诗说罢，便娓娓道来。

贫寒的士子被人陷害，走投无路，只得从军报国；富家小姐雪中送炭，惨遭歹徒凌辱。这厢爱罢，那厢留恨，伤情入骨，难以言说。

说书先生口才了得，也有着一把好嗓子，将江山美人间的爱恨传奇说得跌宕起伏，当真是口若悬河、引人入胜。

庆丰楼里好些夫人特地带了自己的小婢女来，往隔间里一坐就是一下午，嗑着瓜子、喝着香茗，听得津津有味。隔着厚厚的珠帘，都拦不住一旁婢女们荡漾的春心。

说书先生姓曾，单名一个溪字，原先是个落魄不得志的书生，生了一场大病后倒像开了窍，攒了满脑子稀奇古怪的故事，改入了说书一行，在一个小酒楼里摆了场子。

赶好庆丰楼换了个新的东家，神出鬼没的，没人见过真容。

庆丰楼停业两个月后，重新翻新了一回，一改往日奢华的作风，走的是亲民大方路线。也不知怎的就看中了曾溪，特地寻上门去，将他带了回来签了契约，隔个两日就到庆丰楼坐上一下午，讲讲传奇故事。

城里的说书先生不少，各有各的特色，有以见闻见长者，有以口才取胜者，却极少有曾溪这般年纪轻轻就表现脱俗的。

他虽阅历尚浅，但有一点足以让他在扬州城里立足。

只因曾溪说的故事没有词话本子，也从来不多做准备，常常案桌上备了签盒，每日给赏金最多的客人可以从签盒中抽一支签，竹签上写着各式各样的签文。

客人抽签之后，今日的故事便以签上的诗为引子。曾溪略一思忖之后，传闻逸事信手拈来，上至天家秘闻，下至市井奇事，无一不是寻常百姓闻所未闻之事，听得人如痴如醉。

因着曾溪的缘故，庆丰楼的生意也好上了不少，而曾溪也因此惹了好些桃花债，一个下午下来，能收到好些荷包绣囊手帕，还有无数女子暗送的秋波。

君泽跟着之夭听了一场，对曾溪的口才惊叹不已，有意上前攀谈几句，无奈见一群女子围着他叽叽喳喳不知在说些什么，一副欢呼雀跃的模样，只得退了回来。

谁知一转头，就看见之夭在原地踌躇再三，想上前又退了回来，一副小女儿的情态，眼神里的爱慕满满的都要溢出来了。

君泽有些茫然地说道："我看这曾溪长得也不是貌胜天神，怎么就那么多人喜欢？"说完还自顾自掰扯着手指头，一一列举，"你看，不说远的，陶墨墨比他英俊多了吧，不夜城那丰己楷也是模样周正，再说淮蒙，长得多好看啊……"

话还没说完，之夭就一副看登徒子的眼神上下打量了他一番，回了个白眼："肤浅！"说完看了看曾溪身旁围着的众多女子，挨个儿瞪上一眼之后，气哼哼地转身就走。

君泽语塞，又不敢去触她的霉头，只得老老实实跟在后头回了如意馆。

❀4❀

君泽近日这账有些糊涂，不管怎么算都对不上数，急得火烧火燎的，没几天嘴角就冒了个泡。窈娘看在眼里，却也不说，只是时不时从柜台前边走一圈，若有所思地盯着他看上几眼，看得君泽心虚不已。

陶墨墨俨然成了如意馆的镇店之宝，火红的小狐狸乖乖地往桌子上一坐，慢吞吞地吃着东西也好，歪着头打瞌睡也好，爱心泛滥的小姑娘和夫人们直看得心花怒放，结账的时候自会多给几个赏钱，还嘱托之夭多照顾他些。

自从陶墨墨变成小狐狸之后，跑堂的差事就全落在之夭头上了。因着店里多了只看店的狐狸，闻风而来的客人也愈渐多了起来，之夭已经连着好几天没有去庆丰楼了，看陶墨墨的眼神也越来越不善，嗖嗖嗖冷刀子直往外飞。

这日，之夭一大早就小心翼翼地伺候着窈娘，端茶送水，捏捏肩捶捶腿的，窈娘坦然地坐着，舒舒服服眯着眼，时不时叮嘱一声："这边轻点儿，那边重点儿。"

觑着差不多了，之夭扑闪着一双桃花眼，甜甜地开口了："窈娘，下午我想出去会儿。"

"我想，你不用出去了。"窈娘没有问为什么，眼波流转瞥了门口一眼，轻轻抿了一口茶。

之夭不解其意，顺着窈娘的视线望向门口，顿时喜不自胜，笑得跟朵桃花似的迎了上去。

"曾先生，今儿您怎么过来啦？"

曾溪有些受宠若惊，退了几步，有些腼腆道："姑娘你是……"

之夭还没来得及开口，陶墨墨不知从哪儿跳了出来，一跃跳进之夭怀中，之夭躲闪不及，下意识就抱住了，一见是陶墨墨，便铆足了劲儿往外丢。谁知陶墨墨早有防备，用爪子拽紧了之夭的衣服。

两人正在僵持着，就见曾溪情绪有些激动，两眼放光，盯着陶墨墨看："这小狐狸果真如同传闻中的一样可爱！"

两人俱是一怔，陶墨墨回头看了一眼，被一个男人用这样直白的眼神看得毛骨悚然，更加用力抓紧了之夭，打死不松手。

之夭只觉着胸前依偎进了一团软软的东西，粉脸一红，一边暗暗较着劲，一边强装镇定说道："我之前在庆丰楼见过先生，听过先生讲《山海演义》。"

话音刚落，之夭突然觉着身上一松，就见陶墨墨呆若木鸡地看了看自己的爪子，松了手，直愣愣地掉了下去，四肢僵硬地摔在地上半响没有动静。

之夭只觉着胸口捂着的那团软软的东西不见了，暗自松了一口气，也懒得去过问，顺势踢了几脚，想将这讨人厌的狐狸给踢进柜台底下去了。

谁料曾溪急了，埋怨地看了一眼之夭，连忙蹲到地上把陶墨墨给抱了起来，有些心疼地摸了摸他的脑袋问道："怎么样，没摔疼吧？"

陶墨墨呆滞了几秒之后，盯着之夭的胸前看了几眼，又看了看自己的小爪子，突然一把挣脱了曾溪，逃命似的跑回了后院。石清看着不解其意的之夭，隐隐想到了什么，嘴角几不可见地往外勾了勾。

❀5❀

相互见了礼之后，君泽特地坐到了曾溪那一桌，拉拉杂杂好一通说，发表了长篇大论一顿感慨，满满的都是对他的仰慕之情。曾溪学识丰富，口才了得，君泽恨不得引以为知己。

之夭在一旁插不上话，暗地里踢了君泽几脚，使了好些眼色。谁知君泽一遇到知音这话就停不下来了，脑子也有些愚钝，愣是看着之夭问道："之夭，你怎么了，眼睛不舒服就回去休息，反正这会儿也没几个客人。"

之夭瞪了他一眼，又转头看向曾溪，只见曾溪像是什么都没注意到，优哉游哉地盯着手里的杯子看，她只得快快地找窈娘去了。

窈娘端着菜出来时，就见桌上摆了一叠高高的纸。谈至兴处，君泽把自己平日里不轻易拿出来的文章诗词都搬了出来，邀曾溪一同鉴赏。

见窈娘过来，曾溪一脸的如获大赦。窈娘不禁暗笑，平日里这如意馆中就君泽一个读书人，虽说不是什么名士雅流之辈，好歹也是个读书人，其他几个偏偏都是精怪修行成人，沉迷于花红柳绿的人世，哪儿有兴致费功夫读书。

所以君泽一度引以为憾，觉得自己没有知音，这不，好不容易逮到一个送上门来的读书人，君泽怎么可能会那么轻易就放过他。

曾溪见礼之后清了清嗓子，像是为了甩脱君泽，急急忙忙开了口："窈娘，曾某今日过来其实是有事相求。"

"曾先生别客气，有什么事尽管开口就是。"窈娘抚了抚自己被撞得生疼的腰，默默翻了个白眼。就她喝口水的工夫，身后之夭已经激动得用手戳了她好几下了。

"请问，贵馆那只红色狐狸卖不卖？"

这话一出，余下几人面面相觑，之夭也不敢胡乱搭话，只是看着窈娘。

窈娘摇了摇头，但笑不语。

曾溪有些自嘲道："罢了，罢了，也是我痴心妄想了。这只红狐狸这么可爱，想必你们都不舍得。"

"敢问先生，为何对我们如意馆里的狐狸这么有兴趣？"

这话一出，曾溪倒先红了脸。

"这是为我未过门的妻子买的。"

之夭一听曾溪有了未婚妻，脸一下就耷拉了下来，可还是不死心追问道："不知道哪家的小姐这么有福气？"

"说来惭愧，父亲给我订下的亲事是敬亭书院山长陈若海家的小姐，陈筠枝。"

之夭闻言，大吃一惊，与窈娘面面相觑。

上次桃花宴之后，陈筠枝算是在半个扬州城里出了名。本来是顶着给太守夫人争光的名头去的，结果却以那样狼狈不堪的局面收了场，这对于未出阁等着相看婆家的女儿家来说，无疑是灾难。

听说陈筠枝在家中好些日子闭门不出，连着陈若海在书院里也灰头丧气的，日日黑着个脸。原来上门提亲的媒人踏破了门槛，现在却是门前稀落，连只苍蝇都见不到。

许是几人疑惑的眼神过于直白，曾溪有些不好意思说道："我知道，你们是想说上次桃花宴的事儿，我不觉得有什么，不就是一次点茶没点好，又不是什么大事。说起来，要不是这件事，我跟陈家小姐怕也是无缘了……"

其他人不知道，君泽是知道的，陈筠枝当真算得上是十里八乡远近闻名的美人儿，德才兼备，知书达理，是多少士子梦寐以求的佳人。

更重要的是，她的父亲还是敬亭书院的山长，在整个扬州城里，也是赫赫有名的大儒，京师同道不知有多少。

而曾家与之相比，着实门不当户不对。

曾家祖上是清河郡崔氏豢养的清客，后来崔氏被夺权，遣散了众多门客，为了避祸，曾家祖父带着家眷举家搬迁到了扬州城。虽说家中没落了，曾父却把曾家祖上那套架子学得十成九。

食不言，寝不语，饭前必饮汤，饭后必漱口，纵布衣素履，仍不减一身清贵。

若不是几个月前曾父生了一场大病，将曾家的家底掏得差不多了，房子也抵了一半与邻家，不然曾溪读书读得好好的，也不至于从学院里退了学，到庆丰楼去说书，赚些银两补贴家用。

"曾家祖上与陈家有旧，这么些年来虽然走动得少，也算是知根知底的故人。陈家小姐因着桃花宴的事儿跌了脸面，求亲的人也寥寥无几，父亲颇为不忿，还在家中念叨了许久，说世道不堪，人心不古。

"没曾想，前几日父亲上街买酒，碰到一酒娘子倒解了他的疑。回来之后，绸缪再三，还是拿了我的生辰帖子亲自上陈府为我求亲，说我们曾家虽然没落了，但是必然不会亏待了陈家小姐。"

曾溪红了脸："我做梦都没想到的是，陈山长居然答应了，只说陈家小姐最近心情不好，婚期暂缓。我便想着，买只狐狸给她解解闷儿。"

到底了，曾溪也没能如愿，只能遗憾地回去了。

窈娘带着之夭几人唏嘘了一场，尤其是之夭，因着曾溪有了定了亲的妻子，耷拉着脸沮丧了好一会儿。

❀6❀

曾溪又来了如意馆几次，只寻个窗边的位置坐下，点上一壶茶，笑眯眯地盯着陶墨墨看，每次过来还不忘给他带上一包糖炒栗子，一颗一颗剥给他吃，也不嫌麻烦。

偏生陶墨墨性子别扭极了，也不知哪根筋不对，吃着人家的东西，还不给人家好脸色，还有意无意把渣滓吐曾溪一身。

曾溪倒也不生气，依旧乐呵呵的，见着陶墨墨眉眼间都是笑。

陶墨墨被他直勾勾的眼神盯得怕了，这日死缠烂打磨了君泽许久，撺掇着让他去探探曾溪的情况。

"曾先生，有个问题我一直很好奇，这集市上卖小兔子小乌龟的一抓一大把，为何偏偏瞧上我家狐狸了？"

曾溪摸了摸鼻子，有些不好意思地说着："说出来不知道你们信不信，我时常在梦里梦见一只小狐狸，也是浑身火红火红的，跟如意馆这只狐狸长得有点像。梦里跟着它，我去过许多地方，上至昆仑九天，下至水晶龙宫，还有幸去皇宫里的藏书阁看过……"

话音刚落，就见之夭在一旁激动地问："曾先生，所以你知道那么多有趣的故事，都是梦里所见吗？"

曾溪认真地点了点头："所以我一见如意馆的小狐狸就心生欢喜，总觉着跟梦里带我去肆意翱翔五岳河山的那只有些相似。"

说完，用充满怜爱的眼神看着陶墨墨，陶墨墨被看得毛骨悚然，一溜烟儿跑了。

待曾溪走后，陶墨墨这才敢跑出来玩儿，绕着之夭走了个大圈，躲在桌子底下，正准备偷摸爬上桌子，就听见君泽若有所思地跟石清说了一句话，之后便慌不择路地逃了，啪叽一声撞在墙上，摔了个四仰八叉。

"你说，这曾溪不会是陶墨墨前世的情缘吧？"

此后连着数日，陶墨墨都被之夭盯得毛骨悚然的，日日避她三尺。

窈娘见之夭一切正常，像是放下了对曾溪的迷恋，倒也不顾忌，照旧任她去庆丰楼听书。

之夭又去了几趟庆丰楼，都没见到曾溪，说是曾溪已经不在庆丰楼摆场子了。有趣的是，曾溪不见了，庆丰楼倒是多了一只红狐狸，虽跟陶墨墨长得很像，但还是有区别的。

个头比陶墨墨小，毛色也浅些，眉心还有一点白，就是有些蔫蔫的，整日无精打采，打不起精神。不像陶墨墨整日活蹦乱跳的，惹得后院的母鸡就差带着小鸡挖个洞躲起来了。

之夭想起了曾溪所说的梦境，直觉觉着这狐狸跟曾溪有关，却又想不出个所以然来。

这日窈娘追着之夭让她给后院的荷花池子换水，一缸臭水把整个院子都给整得臭烘烘的，前院的客人都在抱怨。

陶墨墨对淮蒙的打击报复一直在持续中，趁着半夜没人，阴恻恻地忍着恶心装了好些臭水沟里的水倒进了荷花缸子里。淮蒙被逼得连壳带人躲到海边去了，好几日没有回来。

之夭正捏着鼻子不情不愿地往后院挪，就见曾溪灰头土脸地进了门来，脸色衰败，跟丢了魂儿似的。

后头跟着的还有一红衣女子，之夭总觉着面熟，灵光一现，突然想起来这女子就是上次桃花宴上出尽风头的女子。

红衣女子先是拦住之夭，拉拉杂杂问了半天话，说她是汀泗街上的酒娘子，想问问如意馆需不需要供应酒水。

只是之夭眼尖地发现，女子虽然在跟她说话，眼睛却是一瞟一瞟地落在了曾溪身上。之夭回应说，如意馆的酒水都是自家酿的，从来不买外头的。

女子倒也不以为意，像是不经意地看见了曾溪，走上前落了座，惊讶道："曾先生这是怎么了，看着心情不遂的样子，可是有什么烦心事？"

曾溪抬头看了她一眼，有些疑惑道："姑娘是……"

女子解释道："曾老爷经常到我的酒坊买酒，也算老熟人了，经常听他说起你来。我去庆丰楼送酒水时也听过先生说书，对先生的口才十分欣赏，先生不认识我也是应该的，今日恰巧见先生在此一副愁闷的模样，特地过来问问。"

只是目光中有些躲闪，连她自己都没发觉的是，虽是刻意保持了距离，可她的话里仍藏着三分熟稔与亲昵。

曾溪闻言低了头，面上满是落寞："也不怕瞒你，怕是很快大家都要知道了，陈家传出了风声，说是不欲与我们曾家结亲了……大概，还是嫌我家境不好吧，毕竟我只是个酒楼里的说书先生，着实配不上她……"

"不，你听我说，你配得上所有人，是她配不上你！"红衣女子听完颇为不忿，说完后自觉失言。

两人相对无语，尔后女子便匆匆离去了。

曾溪一脸愕然地看着之夭，摸不清是什么情况。

只有之夭斜着眼在曾溪和红衣女子仓皇的背影间来回打量，怎么看，都觉得这红衣女子不像一般人。

陈筠枝，曾溪，红衣女子，冥冥中总觉着有什么必然的联系。

❀7❀

陈家退亲的原因无他，说是自家女儿资质不堪，配不上曾家，可明眼人都能看出来，这就是个托词。

桃花宴之后，陈夫人又带着陈筠枝赴了几次宴，次次都以精湛的点茶手艺惊艳四座，陈筠枝瞬间又声名鹊起，享誉整座扬州城。

陈夫人解释说，桃花宴上是陈筠枝身边的一个丫头搞的鬼，因她偷了家中财物出去变卖，说了她几句便心生不轨，暗地里捣乱。很快，这事儿也就翻篇了。

女儿的名声好了，自然要择佳士为婿，亏得陈若海还是个大儒，想来就这样将女儿嫁给家境没落的曾家，到底是不服气的。

可陈若海没能得意几天，陈家又再一次陷入了僵局。

到处都在传，陈家闹鬼。

先是陈筠枝患了怪疾，最近不知怎么了，像是中了邪一般，经她手的水无一不是苦涩发酸的，莫说煮茶了，就是做出来的饭也是一股子馊味。

这水由其他人打上来，尝了尝没有任何味道，可一经她的手，不管用什么工具，用勺子、用水瓢，再尝的时候，这水就是酸涩的了。

而陈家半夜鬼影憧憧，总有下人能看到白色的影子到处飘，要么就是三更半夜四处叮叮当当响，屋子里的桌子椅子无人时自动飘浮。

陈若海虽读孔孟之书，不信鬼神之事，可亲眼所见这灵异之事，也是心虚的，请了一堆的和尚道士上门查看，都没发现什么名堂。

只是家中依旧夜夜闹腾，折腾得人憔悴不堪，仆妇纷纷离去，媒人也退避三尺，一时陈家成了过街老鼠，无人问津。

之夭总觉着陈家这些名堂跟那红衣女子脱不了干系，暗戳戳地想帮曾溪探明陈家的猫腻，背着窈娘偷偷又去了陈家几次，每次都是鼻青脸肿地回来。

一问才得知，她最近在陈家也总是犯迷糊，每次不是绊到石子摔了跤，就是被树上的鸟蛋给砸了，最惨的是有天半夜躲在草丛里化了碧桃，不知怎么还被蜜蜂蜇了好一个大包。

后来她实在不敢一个人去了，就央着石清陪她一起去，想着他皮糙肉厚的，还能当当肉盾。

还没等之夭和石清商量好对策，陶墨墨又出事了。

陶墨墨仗着自己现在化了原形，理直气壮地要回归本性，隔三差岔五就趁着天黑溜出去，东家酒楼偷只香喷喷的鸡腿，西家厨房扒半边肥得流油的鸭子。还美其名曰，兔子不吃窝边草，狐狸不害自家楼。

念在他可怜兮兮的，不能说话也没有法力，只有个解注瓶护身要不了命，窈娘便也睁一只眼闭一只眼，由着他去。

连着几天没出什么事，陶墨墨胆子就大了起来，听之夭说得邪乎，就自己趁夜去了一趟陈家看热闹。结果热闹没看成，刚爬上屋顶就被人用麻布袋子套住给揍了一顿，揍完就把他丢到陈家围墙外边了。

陶墨墨鼻青脸肿、一瘸一拐地走了回来，哭唧唧的，又委屈又生气，看这伤势就能看出来下手的人手挺黑的，也不知有什么深仇大恨。

窈娘问他有没有什么线索，他比画半天也没比画出个名堂来，还是君泽聪明，连忙奉上纸和笔，陶墨墨这才歪歪扭扭地写下几句话，说是隐约听到有个男人在一旁揶揄道："够了，随便出口气就行了，好歹他也是那人养的狐狸，你可小心点儿，别一头栽进去了。"

那人养的狐狸？这话一出，所有人都看向窈娘。只怕，是旧相识。

"知道是我的人还敢下手，这就有意思了。"窈娘的声音里带了丝阴沉。

她向来护短，明明知道是她的人还敢动，这就有趣了。

❸8❸

曾溪过了几天再来如意馆时，得知了一个令他兴奋不已的消息。窈娘同意将如意馆的小狐狸送给他了，前提就是，这只小狐狸不能转送给其他人，只能送到陈家去。

曾溪以为窈娘是被他的真情感动了，忙不迭地答应了下来。

那只红狐狸也一反常态地温顺，乖乖巧巧地趴在他怀里没有说话，也没有咋咋呼呼地挠他。他也没多想，高高兴兴地将小狐狸抱回去了。

陈家并没有明说要退亲，曾父也只管当作没听见传言，隔了几日，就带着曾溪一同上陈家探病。

陈筠枝躲在屏风后头见客，声音娇娇弱弱的，一副有气无力的模样。临走之前，曾溪将怀里抱着的小狐狸送给了陈筠枝，却见屏风后的人影一怔，半天没有回应，连屏风外服侍的侍女脸色也有些尴尬。

陈若海抚着长须面色一变，忽而又反应过来，急忙打圆场，招呼着将小狐狸收下了。

之夭躲在窗外看了个明白，曾溪一走，陈家的人就乱了套。找笼子的找笼子，找铁链的找铁链，伙夫还偷偷送了张黄符过来，说是城里有名的驱邪大师写的。

很快，红狐狸就被丢在院子里，四四方方的铁笼子，边边有拇指粗细，四肢用铁链锁住，额头上还贴了一张黄符，趴在地上直呜咽。

陈家的人在外边举着火把围了一圈，有些紧张地盯着笼子看，陈筠枝躲在陈若海身后，满脸的哀怨，又有些害怕。边上还有下人捧了一大盆狗血，严阵以待。

"快看看，之前经常来府里捣乱的是不是这只狐狸？"陈若海有些急切地问自己的女儿。

"看模样有些像，却又不太像，平日里见的那只还要小一些，眉心也有些不同，毛色好像也要浅些……"

"狐狸这东西，变化无常，谁知道是不是换了个模样来骗人。不管了，反正看这狐媚样子，也不像什么好东西，一并处理就是了。"

下人得令，手中的黑狗血正准备泼出去，忽然平地起了一阵大风，草木簌簌而响，风沙迷了眼。待大风退去再睁眼时，却发现笼子不知何时打开了，小狐狸戴着铁链子不见了。

那边正火急火燎地满屋子寻找着小狐狸，这厢戴着铁链子的小狐狸，也就是陶墨墨正嘿咻嘿咻地满院子跑，铁链子甩在后头，哗啦啦直响。

就在陶墨墨快到陈筠枝寝屋门口时，忽然凭空罩下一张渔网来，将陶墨墨网在里头，隐约还听得到清脆的笑声。

陶墨墨被网住之后一反常态，反而镇定下来，舒舒服服地躺在门口就不动了，还捏了捏自己甩得酸疼的小爪子，哼哼唧唧的。很快，那笑声便消失不见了，随之而来的是闷哼一声。

石清拎着一个布兜走了出来，里边什么东西在使劲儿扑腾。石清连忙掰断陶墨墨身上的铁链，一把将他抱了起来，迅速离去。

陈家的人已经循着痕迹追了过来，却什么都没有发现。陈若海发现精心种植的兰花被荼毒得一塌糊涂，悲痛万分，手一抖，把胡子都扯断了好几根，一口气没上来差点背了过去。

☙9❧

如意馆中，俨然是三堂会审的样子。

一岁·两生酒

159

窈娘坐在中央，之夭站在窈娘身后给她捶肩，君泽和石清一人分站一边，边上陶墨墨趴在桌子上惬意地吃着果子。

布袋子被打开了，里边窜出一只红色的小狐狸，眉心赫然一点白，之夭一眼就认出来了，这是她之前在庆丰楼看见的那只狐狸。

小狐狸被绳子捆得死死的，病恹恹地一边挣扎着，一边放狠话。

"放我出去，不然有你们好受的！"小狐狸口吐人言，倒是惊住了一旁的陶墨墨，果子也不吃了，只顾盯着它看。

窈娘皱着眉头上下打量了一番之后，随意从花瓶中折了一片花瓣轻轻吹了一口气，向着小狐狸丢去。

就在眨眼间，小狐狸变成了一个妙龄红衣少女，十六七岁的模样，长得甚是好看，一双丹凤眼微微向上挑，似水勾魂，眉心一点圆圆的白色，像揩拭不去的印记。

少女睁着水汪汪的勾魂眼，傲慢地盯着窈娘看，一身清冷，毫不怯弱。

"心煞狐？可真难得，好些年没见过了，现如今居然还有心煞狐。"窈娘有些惊讶，啧啧称奇道。她认出来了，这少女就是桃花宴上的那名女子，只不过当时，她的额心隐去了那抹白色印记。

陶墨墨丢掉啃了一半的果子，拍了拍爪子，噌噌噌跑到窈娘腿边，指了指少女，作势虚空拿了个东西做了个吹的动作，又指了指自己，眼巴巴地看着窈娘。

窈娘失笑："你不行，我没有办法，她是因为太虚弱了才化为原形，我帮了一把，让她可以撑会儿人形，这样看着顺眼些。"

陶墨墨两眼一翻跌倒在地，两只爪子捂着双眼假模假样地嘤嘤直哭。说不气馁是不可能的，同是狐狸，人家能化人能说话，只有他什么都做不了，这才刚打了个照面儿呢，就连人带阵全输光了。

红衣少女一脸嫌弃地看着陶墨墨，毫不掩饰地鄙夷道："真是丢人，我都替你害臊！"

之夭最看不得这毛茸茸的小狐狸哭，一下子心就软了，也顾不得其他，将陶墨墨一把抱了起来，轻轻拍了拍，冲少女喝道："我们如意馆的人怎么样，要你操什么心。你还是先管好你自己吧，到处惹是生非，之前害我的仇我可都记着呢！"

"谁让你去陈家多管闲事的！"

"不好好当你的狐狸精，为祸人间是要遭报应的！"

"报应吗，我早就遭过了……"少女忽而惨淡一笑，嘴里喃喃自语道。

画风突变，看着一个盛气凌人的少女忽而变成满脸哀怨的凄切女子，众人都有些摸不着头脑。

"你这事，跟曾溪有关？"窈娘脑子转得快，问得笃定。

少女一听曾溪的名字，忍不住眼泪就吧嗒吧嗒流了下来，转瞬擦了眼泪，面上仍是倔强，一言不发，只是周遭突然就多了些气息，让人觉得无比忧伤。

"大概，连我也帮不了你。"窈娘目露哀悯，都说人定胜天，可有些事，是天注定。

❦10❧

心煞狐，是狐族众多血脉中比较特殊的一脉。

世间狐族大多以涂山青丘为聚居地，唯有心煞狐额间一抹白色，相传是煞气由内而外汇于眉间，因命里带煞，为人所不喜，被迁至阴冷山林，踽踽度日。

五胡乱华之时，世间妖灵争先恐后参与到这场乱世争斗中，搅了这浑水。群魔乱舞，正者亦正，邪者亦邪。

心煞狐一族出了个不甘平庸的女子，企图效仿商周封神，舍了一身煞气搏命于乱世，幻了妖姬魅惑了胡人部落一位将军，扶持着他一步步挥兵南下。

中原沦丧，无数汉人垂死挣扎，死在胡人的马蹄下。

兵临城下时百姓易子而食，城破时被大肆屠杀，宫人宗室惨遭凌辱，无数记载了岁月的书籍建筑被烧毁。

血流漂杵，生灵涂炭。

可惜的是，从一开始，她就站错了阵营，这一场乱世之争注定了以匡扶正统为名，注定了北地胡人的失败。

而所谓的正统，是中原王室。

这一桩桩罪过，不仅没有让她所希冀的好运绵延至子孙，反而带来了更大的灾难。此后，心煞狐一族就被天神种下了诅咒。

生生世世，求不得，爱不得。

修炼方式也与寻常狐狸不同，走的是勘破情关生死之道，需心爱之人的心头血供养方能得道。

一死，一生，方得大道。

得道之日，是眉间白色染成红色之日，也是心爱之人身死之时。

红衣少女便是世间少有的心煞狐，红蓁。她依着族中的循例入人间修炼，以媚术惑人，勾得有情郎心甘情愿地送上心头血供自己修炼。

红蓁之前也不是没有下手过，美色误人，不知有多少儿郎拜倒在狐媚女子幻化出的这副皮囊之下，无辜送去性命。

可红蓁却一直没觉着自己的修为有多大的增长，回了一趟族中翻阅典籍之后才发现，得大道所需的是心爱之人的鲜血，且必须是相爱之人的心头血。

曾溪生那场大病之前，其实是与红蓁有过一段情的。

红蓁在汀泗街上开了家酒馆，平日里闲着无事最爱打抱不平，是市集上出了名的泼

（右侧竖排）一岁·两生酒

（页码）161

辣娘子。

一次十五月圆，红蓁便回归本性，回了山间修炼，次日蹦跳着出来时，不慎踩到捕兽夹子，还没来得及处理，就被上山的曾溪给救了，带回家好生将养了一番之后，又将她送回了山里。

仗义平生的狐娘子，此后便对这面容朴实的书生动了心，不日便化了人形来了场偶遇。人海茫茫的集市上一擦身，桃花灼灼的山坡上一舒袖，回首展眸间，俘获了曾溪的一颗真心。

红蓁后来才得知，曾溪其实早已对她倾心。最初令他萌动春心的，不是她施展浑身解数蛊惑的那张面容，而是更早之前的相遇。

那时红蓁并不认识他，他只是红蓁酒馆里一个默不起眼的过客，他亲眼见过红蓁教训嘴无忌惮的登徒子，帮卖菜的老伯赶走地痞无赖，举手投足之间风情万种而侠义自见。

兜兜转转，有缘人终得相遇。

曾溪只知道红蓁是外来客，独自一人无父无母在城里落了脚。他背着父母与红蓁来往，待许下白头誓约准备禀报父母时，曾溪生了一场大病，身子日益垮了下去。

只有红蓁知道，这是她的报应。

寻得有情郎，却不取心头血，有损红蓁修行，而与红蓁相处久了，对曾溪来说也是一种煎熬，煞气寸寸入骨，如附骨之疽蜿蜒缠绕。

二人之间，必得有一人牺牲。

要么，红蓁取了曾溪的心头血，修成正果；要么，曾溪得红蓁眉间的精血服食，方能解脱。

望着红蓁苍白的脸色，答案已经不言而喻。

"狐族自古以来便多情，看来你还是选择了牺牲自己，成全他。"

"爱一个人，不就是牺牲自己，成全他吗？"

"曾溪梦中的小狐狸是你吧，从桃花宴开始，陈筠枝身患怪疾，陈家闹鬼，都是你在后边捣乱吧？"

"我只是不甘心罢了，不甘心我心心念念的爱人，就这样被人作践，我希望他能有个好的归宿。"

窈娘看着倔强的少女，莫名觉着无比悲情。

这人世间的情爱啊，当真令人如飞蛾扑火，纵然早就知道归宿，仍不改其衷。

爱得愈深，痛得愈惨烈。

本来命运就已经不公了，她还要亲手放弃自己的恋人，还得亲手把他推向别人的怀抱。

"既然我不能陪伴他长久，那我唯一能做的，就是助他实现他的夙愿。陈若海毕竟是大儒，虽然隐居在扬州城，可在京师各地同侪济济，有了他的帮助，曾溪自然能平步青云，以后前途不可限量。对他来说，这应该是最好的结局了。"

"那你有没有想过，这是不是他真正想要的？"

红蓁惨淡一笑："他已经记不得我了，仅那一面我就知道，我们之间再无可能。而陈筠枝，大概是他最理想的妻子吧，能陪他冬日赏雪，夏日听荷，诗词歌赋，琴瑟和谐。我做不到的，只能交予她了……"

红蓁身子摇摇欲坠，终是灵力不支，栽倒在地，化为一只奄奄一息的小狐狸。末了，她突然含着热泪大喊道："可我还是恨！恨苍天不公，恨老天瞎了眼！都说上善若水，它做了哪门子的善？"

她终究是恨的，恨得无以复加。恨天命，更恨自己。

恨自己不甘心，恨自己不能摆脱这宿命无休无止的纠缠。

可是她终究是无可奈何的啊，她亲手将她的爱人推给了别的女人。

她心尖尖上爱了许久的爱人，就这样要娶别人了。

"我只问你们一个问题，换了你们是我，你们能做得更好吗？"

面对红蓁的质问，如意馆中鸦雀无声，几人都在默默忖度着。

的确，人人都是站着说话不腰疼，换了他人，又有几人能真正甘心呢？

毕竟，你心爱的人，要娶别人了。

光想想，就令人痛彻心扉。伤情之余，也不禁钦佩红蓁这无私的爱情。

❀ 11 ❀

过了半月有余，君泽邀曾溪到如意馆品茶论诗，曾溪兴高采烈地来了，眼里眉梢都是笑，却又带着一丝愁闷。

君泽本意是告罪，说上次送到陈家的小狐狸念旧，自己又偷偷跑回来了。曾溪不以为意，聊到最近自己快结亲了，诚挚地邀请君泽去喝喜酒。

陈筠枝的病已经好了，陈家也恢复了平静，两家的亲事也提上了日程，都说人逢喜事精神爽，曾溪浑身上下都洋溢着一股喜事将近的雀跃之情。

可他终究是有些难过的，他再也不做梦了，夜夜酣睡直至天明。

梦里陪伴了他数夜的那只小狐狸，再也没有见过了，甚至都没有跟他告别，说一声再见。

他也不知道为什么，心口跟缺了一块儿似的。

亲事一波三折，终究是定下来了。那日他想找人说说话，不知怎的特地绕路去了一趟汀泗街，想找那日的红衣酒娘子致谢。可酒坊已经关了，他没有看见她，临走时只觉着心里空空的。

成亲当日，如意馆送了一份礼物给曾溪，是一坛两生酒。

名字怪好听的，曾溪只当是窈娘酿的什么果子酒，并没有在意。

没有人告诉他这坛酒的来历，也没有人去戳破什么，或许某年某日，他心血来潮拍开泥封饮上一口，再次坠入梦乡梦到被尘封的往事时，会有所心动。抑或，只当酒后一场醉梦。

曾溪骑着高头大马从庆丰楼门口经过时，红蓁躲在一白衣男子的怀里，倚着窗默默地注视着。

纵有再多的不甘心，终究敌不过命运乾坤的终不可逆。

心间被撕开了一个口子，疼痛一层一层叠加上来，如凉意拂过肌理。

你在满心欢喜等着春暖花开的救赎，上天却忽而将你打落寒渊，钝刀子似的一刀刀磨得你万劫不复。

"两生酒，一两真心，二两情。以太华峰顶千叶莲花之心锻造七日，注入真气修为，放到炉里燃尽七枝节沉香，由凝结的滴露汇集而成，饮酒之人能入梦历经前尘往事。窈娘真是大手笔，只是不知，这又耗费了她多少精力。"

男子忽而低头，摸了摸红蓁毛色斑驳的身子，有些不忍道："不过你这又是何苦呢，耗尽一身修为，说不定他永远都不喝那坛酒，永远都记不起你来；再或者，他只当你是一场梦，这又值得吗？"

红蓁没有说话，只是将头靠过去蹭了蹭男子的胸口，暖暖的。闭上眼，掉落了一滴泪。

再见了，我的爱人。

这是我最后的执着，仅以此酒献给过往，愿郎君长乐无忧，岁岁朝朝永安康。

栾樨饼

他期待着，期待着再一次相逢。

❨1❩

陶墨墨整日躲在房间里偷吃东西，吃饱喝足之后鸡爪子碎骨头扔一地，拍拍肚子就跳床上睡觉去了。

窈娘忍无可忍，勒令他每日必须濯洗干净之后才可以上床，还给他准备了一个簸箕，专门用来盛放骨头。可没几日，他就又我行我素了，屋子里依旧是乱七八糟一团。

这日石清拎了笤帚替陶墨墨打扫房间时，从他专用的碧麦枕头里边翻出了一个钱袋。

钱袋里零零散散放了好些银钱，大多是些碎银子，粗略点了一点，刚好能对上君泽亏空的账目。

君泽理直气壮把钱袋给收走了，临走前狠狠瞪了他好几眼，手指头都戳到陶墨墨鼻子上了。

自从上次跟窈娘签下契约之后，他所有的工钱都搭在还债里头了，虽然事后才知道自己吃了多大的亏，可碍于君子作风，又不好反悔，只得咬牙和着眼泪往里吞。

前些日子账目对不上数，他恨不得抽空去天桥上摆个摊子帮人家写写书信赚钱来还账，还好被之夭及时劝了下来，还大方地借了他好些银子才把账给平了。不然光窈娘每日来回地盯着看，真是半夜都要被吓醒。

之夭没有错过陶墨墨貌似谦逊低头认错时，露出了一抹狡黠的笑，清了清嗓子，忽而掏出一个稀疏平常的钱袋来，在陶墨墨跟前晃了晃，在他纵身一扑抢夺时，嗖的一下收回来迅速跑到窈娘跟前献宝。

"窈娘，你看，这是陶墨墨衣柜里找到的，还特地放在一堆袜子里头，哼哼，以为这样就没人找得到了，可惜了，难逃我的法眼。"

窈娘一听是袜子里找到的，瞬间往后退了几步，远远说道："他哪儿来的钱？"

陶墨墨一边扒拉着之夭的裙角努力够着，一边指着自己的肚子，可怜兮兮的。

"估计是客人留下来的赏钱吧，那些夫人小姐们可喜欢他了，每次都被他无辜的外表所迷惑，老给他赏钱，都被他偷偷藏起来了，还故作聪明地分开放。哈哈，失策了吧。"

陶墨墨不干了，一屁股坐在地上哭唧唧的，假模假样地掉眼泪。窈娘扶额，又开始用这招了。

陶墨墨好像发现了之夭的软肋，刀子嘴豆腐心，每次只要他像模像样地露出一副伤心的模样，再假惺惺地掉几滴眼泪，之夭保准上钩，天大的事都盖下去了。

哎，女儿心啊，果真是这世间最柔软的事物。

窈娘感慨着忽然反应过来，低头扫了自己一眼。

自己不也是女儿家吗，说来也怪，在天上的时候清心寡欲，可在这如意馆待久了，倒觉着自己越来越像个寻常的女人了。

红尘入了心，一刻也难消。

❀2❀

南风吹拂面，有收也不贱；北风吹拂面，无收也不贵。

眼看着四月初八将近，各大寺院开始举办浴佛会，讲经的讲经，辩论的辩论，夏初的暖风刚刮过，城里又开始热闹起来了。

这日一大早，莲性寺的小僧就端了铜盆，临街商铺挨个上门讨要布施。之夭没见过这场面，兴致勃勃地站在门口观看。

三三两两的小僧均是十七八岁的模样，头上剃了个精光，穿着布衣，脚下打了绑腿，个个低眉垂目的，说起话来慢条斯理，靠近了闻得到一股子香火气，说不出的安心。

小僧手里端着打磨过的铜盆，盆里覆着浅浅一层糖水，明湛湛的，糖水里泡着一小樽佛像金身，手掌大小，端端正正坐在莲花台上，双手合十。

佛像上头还搭了一个小小的花棚，花在藤蔓上头开得浓烈，还带着露水，一路蜿蜒下来，垂在佛像一侧，清冷的佛顿时多了些生机。

一小僧端盆，一小僧卷起衣袖，手里捧着小勺在一旁候着。

待前边两个年纪稍大的小僧各自拿着铙钹哐哐奏响，主人家推门而出，先将银两放至小僧身前的布袋里时，两小僧便上前，用小勺舀了一勺盆中的水沾湿主人家的掌心，再轻轻触额，意味将福气带给他们，以传达佛的布施。

一行人到了如意馆时，窈娘自是不信这一套，随意看了两眼便回屋里去了。之夭兴冲冲地拿了银子站在门口等着布施。君泽生怕她不懂，在一旁解说。

拿着木勺的小僧伸手去舀盆中的水，木勺刚触碰到水面，他看了一眼粼粼的水面佛像的倒影，手又伸了回来，嘴角带笑望着之夭道："姑娘还是回去吧，若是心怀虔诚，可于三日后到莲性寺的放生法会旁观摩。"

随即一行人道了声阿弥陀佛，相继离去。

之夭眨着桃花眼正激动着呢，见布水小僧没有搭理她，转身就走，不解其意，正待追上去问个明白，被君泽拉住了。

君泽有些紧张地望了望四周，把之夭拖回了如意馆，门一关小声道："人家说不定看出你的真身了，怕你受伤害呢，那可是浴佛水。"

"啊，这寺庙里的和尚也如此多情，定是觉着我貌美如花，不忍心让我受苦。"

君泽扯了扯嘴角，默默腹诽，这城里妖魔鬼怪一箩筐，就一小小的桃花妖，人家费那么多事针对你作甚，还真是自作多情。

◈3◈

三日后的莲性寺人山人海，据说寺中方丈是请来的云游多年的得道高人，端的是法力无边、慈悲为怀，年年在莲性寺举办法会，吸引了好些百姓过来参佛朝拜。

莲性寺的方丈不似其他和尚论资排辈，依旧用的是未剃度前的名字，连瀛。

隔着攒动的人头，窈娘往高台上盘腿坐着的人看了一眼，倒有些吃惊。寺庙她去过不少，寺里的方丈也大多是眉发皆白的老头儿，而连瀛却是一个年轻得有些过分的俊美少年。

他往台上一坐，手中持着佛珠，语调轻缓，声音清冷，冷然若金石相撞，口吐莲花，字字珠玑。

鲜红的袈裟披在身上，映衬得他唇红齿白，气质愈发高洁，恍若仙人，倒印证了莲性寺的"莲性"二字。

之夭跟一旁的人打听了一下，才得知这连瀛果真是个神人。

西方有皇子，于菩提树下参悟得道，坐地成佛。在这东方国度里，连瀛得道的经历也颇为不简单。

有人说他其实是前朝的皇子，将军起兵造反，贵妃带着皇子出逃，将他交予山间一隐士收养。养至后来便入了佛道，遁入空门开始修行。

起初，他是寺庙里的小沙弥，清扫阶梯上的落叶，替香客供供香，点点长明灯。

一日点香，见香燃尽之后仍烟气缭绕。

扫地时，扫尽之后，落叶复而旋落。

添香油时，灯中无油自燃。

连瀛心有所动，遂将手中的佛珠丢下，径直离开山门，不知所踪。

后有人说世间出了一个怪和尚，日日与人辩经，每到一处就摩挲着光滑的头顶，寻找当地的寺庙，一一寻上门去。

最开始，问的问题也很简单。

"人为何要修佛？"

"佛是否真的存在？在哪儿？"

"什么是娑婆世界和极乐世界的界限？"

答者众多，往往却得不到他想要的答案。有人以佛经作答，有人以禅书作答，他都不以为意，摇了摇头后径直离去。大家都说他已经走火入魔了，惋惜不已。

直至有一天，连瀛在一个山脚下借宿一家破庙，闲逛到门口看到一个泥瓦匠操刀蹲在地上涂涂抹抹。连瀛看着入了迷，不知不觉就开了口。

"人为何要修佛？"

"因为佛在这儿。"

连瀛所有所思，接着问了第二个问题："佛是否真的存在？在哪儿？"

"这不是吗？"泥瓦匠朝着面前的泥佛努了努嘴。

"什么是娑婆世界和极乐世界的界限？"

"你死了就知道了。"

如此这番顺着心意的三问三答，一者有心，一者无心，以无心解有心之惑，答毕之后泥瓦匠就不见了。

后来，有传言说这是佛祖被他的诚心感动了，特地派了使者下凡来指点迷津，为的是让他早日得道。

连瀛顿悟，当日便启程赶到扬州投奔莲性寺，在莲性寺西边的一座舍利塔前盘腿坐了七天七夜。没有人知道这七天他经历了什么，只知道他出来以后，径直就做了寺中的方丈。

❀4❀

年年的放生法会都有乡绅豪绅带了全家前来参与，这几日的鱼虾蟹尤其贵，价格翻了好几番。

还有好些平头百姓，拖儿带女的，拎着竹篓，将自己捕的小鱼小虾一点点倒入放生池中，小儿女欢声笑语，乐作一团。

之后，大家就都簇拥到大和尚身边听他讲经。讲的不是奥妙难懂的经书，而是一些流传已久的佛经故事，什么目连救母、佛祖舍身饲鹰，听得扶着拐杖的老夫人一脸唏嘘。

窈娘看了会儿热闹便准备回去，隐约从人群中发现一个有些熟悉的身影，追过去再看却发现不见了。人一多，窈娘很快就一个人走散了，顺着寺庙一边走，一边急切地到处寻找。

陶墨墨也跟了过来，趴在池子边上用小爪子拨拉着水，时不时有刚入水的小鱼小虾撞过来，伸手一捞，就困了个满怀。

石清一边看着他，一边抬头寻找窈娘，往外走了几步，只听得扑通一声，回头看时，才发现陶墨墨已经入了水。

身边传来一人不怀好意的调笑声："哟，这放生会还有狐狸呢，来来来，一道下水凉快凉快。"

石清三两步挤开人群，冲到前边，却见陶墨墨已经被人救了上来，浑身湿答答的，狼狈不堪。

石清慌忙伸手接了过来，还没开口道谢，就看见一团红红的身影闪过，刚才使坏的那人已经入了水，引来一片哄笑声。

"丰己楷？"石清有些惊愕地看着这个原本不该出现在这个地方的人，依旧是一身黑衣，面上罩着面纱。

"石兄，好巧啊，在这儿碰到你了。"丰己楷抱着另一只红狐狸，一边往后退，一边讪讪道。

还没等他闪出人群，之夭不知从哪儿跳了出来，一把抓住他的手，开心极了。

"丰己楷，你怎么在这儿？你不是说办完事就回不夜城了吗？哎，你怎么也有只狐狸啊，这狐狸还挺眼熟的，我看看。"

之夭一边说着一边用手去拨小狐狸的头，小狐狸转过头来张嘴作势欲咬，睁着一双懵懂的眼，湿漉漉的眼睛里头映着之夭惊讶的面孔。

"这是红蓁？她怎么成这样了，好像不认识我了。红蓁，红蓁……"

"别喊了，上次那坛两生酒已经耗尽了她的修为，她现在就是只普普通通的小狐狸，还认得你就怪了。"

随着看热闹的人散去，窈娘也寻了过来，这下该到的人都到齐了，丰己楷有些无奈。

"这么说，红蓁是你养的？也就是说，你是庆丰楼的主人？"

丰己楷摸了摸鼻子，嘿嘿直笑："也不算我的，是我们大王的产业，我只是代替我们大王前来巡视一番罢了。"

陶墨墨呛了几口水，刚晃过神来，嗷呜一声扑过去挠了丰己楷一爪子。

丰己楷一惊，连忙把手抽了回去，眼尖的窈娘还是发现了，丰己楷的手臂上遍布着斑驳的疤痕，一道一道，看着颇为吓人。

丰己楷把袖子藏了藏之后，冲窈娘一笑："最近这段时间我都在扬州了，以后请多多关照。"

说完之后，丰己楷脸上的笑突然凝住了，头微微一偏，朝一旁望去，窈娘顺着他的视线看过去，看到了一个人。

连瀛披着袈裟站在舍利塔的第七层，俯瞰众生，正好看向他们，点头微微示意。

丰己楷脸色一变，似不经意地往前走了几步，刚好将窈娘挡在身后。

"看来，是故人？"

"没什么，一个不想招惹的祸害罢了，相安无事就好。"丰己楷淡淡说道。

窈娘从他的肩膀望去，连瀛已经看向别处了。

他坐了下来，风将他的袈裟吹向一侧，衣袂翻飞，有一种说不出来的落寞。

❀5❀

窈娘回去之后一直心神不宁，破天荒还打碎了一个茶杯。之夭和君泽面面相觑，君泽一溜烟儿回了自己的房间，之夭借口要消食，就出去溜达去了。

心烦意乱之下，窈娘径直去了厨房，手里轻轻和着面，有些走神。

石清收拾好破碎的瓷片之后，也跟到了厨房，站在门口看着窈娘不出声。

"我是看到他了吗？还是说我眼花了？"窈娘的声音有些颤抖。

"修唐已经死了，窈娘。"石清有些不忍，可还是说出了口。

因着遗失了命格簿子，窈娘带着槃木枯枝入了凡间。几百年之后，她无意中碰见了寿春仙人，才得知了好些她不知道的事。

自她走后不久，修唐终日闭门不出，某日突然犯了魔怔，径直寻上天帝的寝宫去，后来怒气冲冲地回来了。

只听得那日刑台上三千雷霆之怒，电闪雷鸣惊动了整个九重天。修唐惨淡着晕死过去，再后来就消失不见了。

天帝阴沉着脸，只说修唐犯了天条，已受雷刑，发配至渊北极寒之地囚禁。再过了没多久，有消息传来，说修唐病体不堪渊北阴寒，已经仙逝了。

"你是思虑过重，别想了。"石清上前轻轻拍了拍窈娘的肩膀。

修唐毕竟是她的师父，曾经是她最亲近的人啊。她因他失了命格簿子，又因他指点去寻灵龟，惹下滔天大祸。

说到底，她对他是有怨的，可更多的是思念。知道他的死讯的时候，窈娘伤心了许久，没曾想，今日在人群中又看到了那熟悉的身影。

这不禁让她惴惴不安不敢想下去，修唐，是否还活着？

春末夏初，栾榉叶子抽了新芽，一点点绿意点缀在枝头，说不出的可爱。窈娘倚在树下，摘着叶子，一片一片平铺放在白色棉布铺好的簸箕上。

最嫩的叶子最先摘，放在最前头，一排一排下来，颜色越来越深，像极了生命由始至终的过程。

锅中沸水滚了一遭又一遭，簸箕搁置在锅上，被热气蒸腾得一片濡湿，簸箕上的白色棉布一寸一寸地沾染上了碧绿色的印迹。

待布上的栾榉叶子被蒸得差不多了，将纱布折下来，一步一步拧紧，把熟透了的栾榉叶子拧出汁液来。

绿色的汁液倒入盆中，和原来的面团和在一起，再反复揉搓摔打，滴上一两香油，捏成圆圆的剂子放在一旁。

往年的佛诞，窈娘都会将栾榍饼做成圆圆的模样，然后倒入模子里刻上纹路。今年不知怎的，有些反常。

窈娘让石清把模子给搬回去了，坐在树下望着新月，一点一点捏着面团。月如钩，手中的面团也是弯弯的一道弧。

饱满的叶肉被磋磨到只余些许渣子，窈娘将剩下的叶脉拿了过来，轻轻地盖在面团上边，一个面团搁上一片，像极了一尾新月，又像一脉残叶。

石清知道，窈娘这是睹物思人了。

她做的不是栾榍饼，是一份心意。

她并不是为做栾榍饼而做，只是心乱了不知如何处理。他极少看到这样茫然失措的她，可他也无可奈何，有些事，当局者永远没旁观者清醒。

蒸好的栾榍饼正好当了晚饭，除了石清之外，剩下几个人面面相觑，陶墨墨跳起来拿了一个咬了一口，顿时呸呸呸全吐了出来，龇牙咧嘴地跳下去找水喝了。

君泽有些不敢置信，接着拿了一个，轻轻咬了一小口，也吐了出来。

"今天这饼，怎么是苦的？"

莲性寺西边的舍利塔中，有人似乎感应到了这边弥漫开来的悲伤，朝着如意馆的方向看了一眼，道了声阿弥陀佛，然后默默走进了塔里，盘腿坐下，一如过往的无数岁月。

佛祖悲天悯人，不知能不能看到这多灾多难的人世间。

众生有愿，如何渡？

❀6❀

大雨连着下了几日，吹散了初夏的些许热意。

大雨滂沱，街上行人三三两两，之夭去了几趟庆丰楼，也没找到丰己楷。丰己楷自那日出现露了一面之后，就不见了。

午后窈娘躺在摇椅上，听着君泽给陶墨墨讲述上古天神补天的故事，陶墨墨听得昏昏欲睡，眼皮子都快耷拉起来了。

忽然一道光闪过，天地间猛地震动了一下，随之而来的是震耳欲聋的雷声。雷声连着来了三阵，一声比一声大，只听得四下锅碗瓢盆的碎裂声，也不知有多少人家的小儿女要被吓得睡不着。

接着便听闻西山中有一伙盗墓贼被雷震死了，死后全身焦黑，唯腋下有一白色的图案，隐约像是一团火的模样。

官府派仵作验尸，得出的结论是这伙盗墓贼是被雷活活劈死的。他们刚从其他地方迁徙到扬州城里，早在东边就犯下好几起案件，这也算死有余辜，罪有应得。

莲性寺舍利塔上贴着的黄符历经百年，风吹雨打也没褪色没有毁坏，却在这雷声过后突然起了火，顷刻间化为灰烬。

雷声转瞬即止，接着是滂沱大雨铺天盖地砸了过来。

莲性寺的僧人个个面无人色，吓得不知如何是好，在寺里老和尚的带领下，围着舍利塔齐齐坐了一圈，里外三层，齐声诵经。

年长的老和尚声音浑厚有力，年轻的小和尚声音稚嫩清脆，经声重叠在一起，带着一种柔和与安定的力量，一层一层往外漾了开去。树林里鸟雀无声，蛇虫鼠蚁都蛰伏了回去。

连瀛远远望了一眼后默默离开，脚下的落叶碎了一地。

消息还没传到如意馆呢，丰己楷先出现了，行色匆匆地跑了过来，一进门看到窈娘安好才松了一口气，瞬间面色如常。

"火令章出现了。"

窈娘皱了眉头。

"火令章？所以，那日的雷声不是什么精怪历劫，果真是有名堂的。"

"你不知道？"

"下那么大的雨能去哪儿，客人也没几个。陶墨墨那天回来就发烧了，整个人烧得稀里糊涂的，跳上跳下地把床板都给弄塌了，地板也给他鼓捣穿了，这几日忙着修房子呢。"

"看来你们还不知道，这几日城里都传开了。一伙子盗墓贼在西山被雷给劈死了，腋下出现了一团白色的印记，他们一说我就明白了，那就是示警的火令章。"

"看来不是找我的，我这儿没什么征兆。"

丰己楷指着莲性寺的方向努了努嘴："是莲性寺那儿出事了，舍利塔镇着的黄符被劈了。"

"看来莲性寺那位年轻有为的方丈不简单，我竟看不出他的来历。"窈娘认真思索片刻之后，皱着眉头道。

反而是石清，有些奇怪地看了一眼丰己楷，也不知在想些什么。

丰己楷往后一跳，急着说道："别这样看着我，我们大王什么都知道，我们大王说了，他和窈娘还有一桩公案要了结呢，在那之前，他们是同盟。"

窈娘盯着丰己楷看了几眼，透过斗笠似乎要看清那张面容上的表情，丰己楷也静静地回望着，像是在接受她的审视。

"其实我很好奇，你们夜大王到底是谁？不过你不愿意说就罢了，我也不强人所难。总归是跟九重天有过节就对了。"

丰己楷面上有些讪讪，说了几句话后便离去了，不过窈娘怎么看，都觉得这背影有股子落荒而逃的意味。

还没等窈娘细究这惊雷诞下的火令章，连瀛倒是自己找上门来了。

为免引起骚动，连瀛换了身衣服，披着斗篷入了如意馆的大门。

连瀛上门以后，开门见山道："我需要你的帮助，所以我来了。"

其他人都觉着莫名其妙，哪儿有求人帮忙还这么理直气壮的，之夭正待撩袖子上去教训他一下，被窈娘拦下来了。

非俗世之人，自然不拘俗世之格。

"于我有什么好处？"

连瀛深深地看了一眼窈娘，说道："到时候你就知道了，你跟我来。"

滂沱大雨已经成了小雨，舍利塔旁一批又一批的僧人夜以继日地盘腿坐在地上口诵经书，一副如临大敌的模样。

衣服都湿透了，沾满了泥点，面容枯槁，嘴唇干裂，眉目间满是悲天悯人，也不知在雨下坐了多久。

"你看到了吗？他们内心都藏着无尽的恐惧，可谁都不敢表现出来，不得不坐着，你说人类有多虚伪。"

"他们这是……这舍利塔里头封印着什么东西？"

连瀛冲窈娘一笑："我。"

窈娘吃了一惊，惊讶地看着连瀛。

"你可知道鹿蜀？"

"上古神兽鹿蜀？止戈带来和平的鹿蜀？"窈娘说完之后，忽然明白过来什么，上下打量了连瀛一番之后，瞪大了眼睛。

连瀛对于有人还记得他，显然有些满意，点了点头："你果然不错，冰雪聪明，一点就透。"

"等等，我还是有些糊涂。鹿蜀据说消失已久，属于血脉稀少一族，听闻好几百年前就已经灭绝了。并且，鹿蜀属瑞兽，化干戈为玉帛，得鹿蜀者得太平，你又为何会被封印在这舍利塔中？"

连瀛轻舒了口气，步履翩翩，带着窈娘回了他住的竹楼，开始汲水烹茶。

❀7❀

昔日仓颉造字，化民从懵懂结绳到执笔书写，天雨粟，鬼夜哭，妖魔四下出动，鹿蜀应运而生。

传言鹿蜀马质虎文，骥首吟鸣，这种像马一样的神兽身上有一种与生俱来的力量。

它每到一处，夜里山高海深无人处便会响起一阵轻柔的歌声。

幼时似婴儿啼哭，年长了便可化为男女，或柔媚软依，或清亮低沉。

得鹿蜀者，将它的皮毛生剥下来，披在身上做成衣裳，所到之处，战无不克，攻无不胜，妖魔也不敢肆意出动。

所以，鹿蜀一族子嗣凋零。

生，即意味着死。

现在的连瀛并不是真正的连瀛，而是一只千年前的鹿蜀，他有他的名字，苂楚。

苂楚还是个婴孩时，如懵懂小兽，不懂为什么到哪儿都有人追着喊着要抓他，只能一人四处躲藏。

一次在山间饿极了，苂楚饮了一口樵夫放在山间忘记带走的果酒，结果醉倒在路边，待醒来时，一个衣着精致的男童正瞪大了眼睛好奇地看着他。

苂楚惊恐地站直了身子，转身欲逃，谁知四肢乏力，晕乎乎的不能动弹。第一次与人类如此接近，往日被追杀的回忆涌了上来，苂楚吓得眼泪直流，吧嗒吧嗒落在男童手里。

只听得男童惊讶地"噫"了一声，转身跟一旁披着甲袍的侍卫说道："你看，这匹小马居然还会掉眼泪呢！"

随即男童唤人拿来水囊，喂到他的嘴边，看男童扑闪着眼睛没有恶意，苂楚不得已张开嘴，却发现嘴里是甘甜的清水。

后来，男童兴致勃勃地将苂楚带回了家。苂楚这才知道，这男童不是别人，而是夏帝最小的儿子，陵游。

陵游以为苂楚只是一匹身上长着虎纹的马，喜欢得不得了，将他偷偷带回去之后，养在自己寝殿的后头，日日下学之后就带了鲜嫩的草去喂他，逗他玩儿，跟他说话。

在苂楚看来，陵游是这世间最为善良的孩子，他喜欢他扑闪的大眼睛，喜欢他跟他说话时温柔的样子，喜欢他跟他分享宫里各种见闻，这是他从未体验过的美好。

苂楚一直觉着，大概陵游是这世间唯一把他当作朋友而不想杀他的人。

这样无忧无虑的日子，一直到了陵游十二岁。

夏帝一直听闻自己最宠爱的小儿子有一匹爱驹，一直也没有多去过问。陵游十二岁成人礼之后，夏帝心血来潮，浩浩荡荡带着群臣去看陵游的小马驹。

苂楚正优哉游哉地在院子里散步，忽然听见人声鼎沸，还没来得及躲起来，就见陵游带着夏帝意气风发地走了进来。

夏帝一见苂楚，脸色就变了，群臣也开始骚动起来，史官痛哭流涕跪倒在地，大呼苍天有眼，圣上大德。

陵游正一脸茫然时，隐约听到有人说出了"鹿蜀"几个字，瞬间脸色苍白。他回头看到苂楚一脸惶恐不住往后退着，手中夏帝新赏的玉剑也没拿稳，哐当一声砸在地上，摔得粉碎。

那一声玉碎，也让苌楚觉着自己心间什么东西碎了。他知道，以后太平的日子，没了。

苌楚被关到了夏帝寝殿的地宫里，由夏帝亲自看守。地宫里机关密布，铜墙铁壁，里外三层，数百位士兵把守着。

苌楚清晰地记着，陵游只来看过他三回。

第一回，是苌楚关到地宫的第五天，陵游脸色苍白地进来了，眼里满是自责与懊悔，他没有多说什么，只是看了一眼旁边的侍卫，嘴微微动了几下。苌楚知道，他说的是，等我。

临走时，苌楚眼尖地发现陵游脚步有些虚浮，说起话来有气无力，金色的袍子上，膝盖处隐隐渗出了血迹。

第二回，是苌楚关在地宫的第三年，陵游已经长成了一个年轻的俊小伙，又瘦了些，脸色依然不好，身上的气息也更加清冷，看着跟夏帝有些像。他喝令侍卫走至百米处守着，只余他和苌楚在一起。

这次，他依然没有多说什么，只说快了，让他再等等，他一定会救他出去的。

这一次，他并没有等多久，只有短暂的一年。

苌楚再见到陵游时，他已经快死了。

地宫里的侍卫早已不见了，陵游满脸鲜血持着刀剑跟跄着走了过来，一刀刀砍断了铁锁，然后晕倒在地上。

苌楚背着陵游从地道出宫时，回头望了一眼，夏宫已经被攻陷了，火光四起，宫人四散，到处都是打打杀杀的声音，惨叫声不绝于耳。

通过陵游断断续续的讲述，苌楚这才知道，这些年发生了些什么。

之前因为苌楚还年幼，就算剥了一身皮毛也无多大的作用。只有成年的鹿蜀，瑞兽的作用才能发挥极致。

夏帝便偷偷将苌楚养在地宫里，等他长大。

夏帝一心想着等苌楚长大，再把他的皮毛剥下来，到时候就可以所向披靡称王四方，再加上陵游一直在一旁游说，所以夏帝自然也就暂时放过了苌楚。

苌楚像待宰的羔羊被圈养着时，陵游也在努力着。

陵游本就是夏帝最宠爱的儿子，自小见惯了宫闱之间的黑暗，逼着自己卷入权谋的旋涡中，陷害，被陷害，无数次死里逃生，终于将自己推上了太子的位置。

风声还是走漏了出去，邻国争相发起进攻，企图将夏宫里这头神兽抢走，夺为己有。

后来，夏帝忙于四处征伐，自然也无暇顾及宫内事务。陵游一步步夺权，以监国太子的身份一边将人从地宫撤走，一边暗地里修了一条地道，从城外通向地宫。

没曾想，这么快，这条地道就派上了用场。

陵游终究还是死了，死在苌楚的背上。临死前，半闭着双眼，最后一次抚摸了苌楚的头，面上满是释然。

"我终于……把你救出来了。"

❀8❀

陵游死后，苌楚受到了上天的预警。作为一头应运而生的瑞兽，不但没有止戈，反而挑拨得天下大乱，便将他封印在莲性寺西边的七级浮屠塔中。

再后来一高僧圆寂，尸身化为舍利子，后人将舍利子供入浮屠塔中，此后这座供奉舍利子的塔也就成了舍利塔。

塔有七层，寓意着七级浮屠。每一层只有一道门，门上镌刻了奇怪的符文，塔身最底层的地砖上刻了好些青面獠牙、一脸凶相的罗刹夜叉。

"所以，你在这塔里头关了好些年？"

"大概几百年吧，直到连瀛把我救了出来。"苌楚看向舍利塔的方向，悠悠啜了一口茶，叹息道。

"说起来，我与连瀛的缘分，也是上天注定的。他小的时候被抱出宫逃难，曾经在舍利塔里看见过我。

"我见一粉雕玉琢的团子蹬着小短腿要去爬塔，就想起了当年的陵游，现身与他玩闹了一番。没想到兜兜转转过了几十年，他居然回来了。

"关了这么些年，我大概也是寂寞了，悠悠岁月于他们来说是几十载，对我们而言，却是弹指一须臾，有个聊天的人也是极好的。

"再后来，也不知他怎么想的，放着好好的皇子不做，回到莲性寺守着这座舍利塔，说是要救我出来。他当时执着的眼神和说话的口吻，与当年的陵游如出一辙。

"所以这些年，我一直觉着自己入了魔怔，我总觉着，连瀛和当年的陵游，是不是有什么牵扯。"

"所以你找我来，是为了帮你这个忙？"

"是的，我想知道答案。"苌楚左手放在胸口，认真地朝着窈娘鞠了一个躬。

窈娘思索片刻之后，问道："还有一个问题我没有弄明白，既然你被关在塔里边，现在你对外称呼为连瀛，那真正的连瀛去哪儿了？"

风动竹帘，细雨潺潺，苌楚遥遥一指。

窈娘讶然，顺着那个方向，依稀能看到矗立着的舍利塔塔尖。

"他用自己把我换了出来，困在里头的，是他。不过现在，大概只剩一副枯骨了吧。"苌楚说完之后神色有些萧索，满是寂寥。

"他心志坚定，修的是金刚佛心，以怀悲渡人为己念，而他这辈子唯一渡的人，就是我。"

真正的连瀛当年回到莲性寺后，绕着舍利塔走了好几圈，又翻阅了寺中流传多年的典籍，从年老的住持那儿得到消息，说舍利塔中镇压着为害一方的妖孽，需以高僧舍利子封印，加持黄符。

连瀛不信，又借着机会日日去舍利塔问茋楚，在舍利塔前不吃不喝坐了七天七夜。茋楚烦不胜烦，也被他磨得没了耐性，只得一一将陈年往事告知与他。

连瀛得知真相后，觉着茋楚既然从未犯过错误，无故遭受责罚，被关在这舍利塔中受苦百年已属重罪，便日思夜想如何将他救出来。

茋楚早已放弃了出塔的奢望，也就没把连瀛的话当回事。

蚍蜉之力，岂可撼动参天大树。

可出乎意料的是，连瀛终究是做到了。

茋楚只说连瀛找到了方法，舍利子封印的只是一个灵魂，只要有人愿意代替，自然便能出塔。

关于他是如何出塔的，连瀛又是如何进塔的，茋楚只是寥寥几语带过去了。

这种感觉窈娘知道，看着亲近的人在眼前死去，是世间一种无法言说的莫大痛苦。痛苦的不仅仅是他的逝去，更重要的是怨恨自己的无能为力。

大概，他也不愿意去面对吧。

再一次的救赎，再一次的死亡。

❀9❀

火令章，是为茋楚而来。上苍终究发现了茋楚李代桃僵，既然已经想办法出了塔，万万没有再回去的道理。

念着他这么些年一直在塔中安心反省，出塔后也没有四处造孽，而是在寺院中精心修行，上苍便允了他去西方娑婆世界修行。

三道惊雷，一声示警，一声送行，还有一声，是催促。

茋楚不想再次与命运对抗，也不想辜负连瀛的一片心意，临走之前，终于把心中悬而未决已久的问题交托窈娘。

不得到一个答案，他是无法安心离去的。

窈娘现在半点法力也无，平日里都是靠着檠木枯枝的力量支撑着，可连瀛却笃定了窈娘能解决这个问题。

窈娘想了想之后，去了庆丰楼。

丰己楷对于窈娘的到来有些惊讶，却又觉着在意料之中。

要说死去的人，要么烟消云散在世间，要么去了地府入轮回道，还有一类特殊的，就是去了不夜城。而不夜城，又与地府有着千丝万缕的牵扯。

所以，这事还得找丰己楷，找那个神鬼莫测的夜大王。

虽然窈娘不知道为什么芟楚不亲自去找丰己楷，并且笃定她出马必定有成效，但是她相信他这样做，必然有这样做的必要。

好在，最后都圆满了，不是吗？

丰己楷虽然不想和芟楚有什么牵连，他直觉觉着这头所谓的瑞兽身上藏着巨大的凶险，但他什么都不能说。

碍于窈娘的面子，他还是应承了下来，匆匆回了一趟不夜城，回来之后将一张纸交给窈娘。

窈娘看完之后，叹了一口气，转身就把纸给烧了。走进院子里，栾樨叶正在日头底下散发着蓬勃生机。

雨已经停了，舍利塔下的僧人相互扶持着纷纷离去，长长的柏树边上倦鸟归巢。

芟楚站在塔下，手里捧着一盘栾樨饼，一个个的，都是圆月的模样。

天上有圆月，人间无团圆。

芟楚拿起栾樨饼咬了一口，心中满是熨帖。

年轻的少年郎，终是没有食言啊。

不管是他，还是他。

守在莲性寺这些年，芟楚一直没有弄清楚自己活着的意义，他觉着自己在赎罪，只是代替另一个人活着而已。

直至今日他才明白，他从来都不是为自己而活。

从出生开始，他就一直在逃亡。陵游将他从暗无天日的地宫救了出来，他被关在夜叉罗刹镇压的舍利塔数百年，连瀛又将他救了出来，他便代替连瀛成了莲性寺最年轻的方丈。

他这数千年的生命，几乎从来就没有为自己而活过。

他欠了陵游一条命，在舍利塔中赎罪数百年，愧疚至今。他在塔中以爪为笔，以血为誓，望了无数个夜，许了无数个愿，愿陵游投胎之后能生生富贵平安。

他欠了连瀛一条命，代替他在莲性寺做了多年的方丈，把他的佛法发扬光大，把他的普度为怀发挥到了极致。

兜兜转转，他终于发现，陵游即连瀛，数百年的轮回让两个人的命运再次归结到一起。他做回了皇子，却也再一次救了他。

这也就意味着，欠下的债，再也无法还清了。

既然还不清，那就只能交给岁月来抉择。

得知真相的那一刻，芟楚只觉着卸下了心中压着的巨石，此后无尽的岁月里，他终于可以无拘无束地为自己活一次。

他忽然想起了很多年前的山间，若是没有喝下那果酒，是不是就不会醉倒在路边，是不是就再也不会遇见陵游，是不是也就碰不到连瀛。

是不是到如今，也就没有了这些宿命纠缠。

往者不可谏，来者犹可追。

而现在，他唯一能做的，就是等待。

他期待着，期待着再一次相逢。

如意馆

第叁章

黄　粱　膏

这世上最不缺的，便是痴情女子薄情郎。

❧ 1 ❧

大雨散尽之后，屋子里涨了好些霉气，墙角细细密密爬上了一层青苔，小壁虎也开始窸窸窣窣地出没了。

君泽翻翻拣拣，将他屋子里的那些宝贝字画抱出来晒太阳，在院子里铺了一排，整整齐齐地用小石子压上。

陶墨墨伤风好了之后，又被窈娘押着关了几天，见他活蹦乱跳没事了才把他放出来。这刚放出来，趁人不注意，又开始捣乱了。

脏脏的小爪子往白净的纸上一按，就是一朵墨梅，连着糟蹋了好几张字画之后，君泽一个转身吓了一跳，连忙把他提溜起来，求爷爷告奶奶让他别捣乱。

陶墨墨小短腿一蹬，把放在一边的一个卷筒给蹬开了，卷筒在地上滚了几圈，盖子掉了，滑出一张卷成卷的白纸。

君泽有些惊讶，将陶墨墨放至一旁，将白纸捡了起来，小心翼翼地拍了拍，吹干净尘土，解开绳子展开一看，愣住了。

白纸边缘微微泛着黄，中央画着一个女子，长眉入鬓，衣袂飘飘，双手交叉放在脑后，枕在一块溪石上，边上还横七竖八搁着几个酒坛。三两笔墨就勾勒出了女子酒后肆意的醉态，隐约见着眉心微蹙。

君泽拽着这幅画有些恍惚，算起来，自己已经很久没有见过这幅画了。这画还是先祖流传下来的，一直嘱托后人好生呵护，到他手里的时候，就已经是这副年久褪色的模样了。

时隔多年，再次打开这幅画时，尘封的记忆也被翻了开来。他突然想起来，自己为什么从一开始踏入如意馆，就一直觉着窈娘有一种莫名的熟悉感和亲近感。

就在一次醉酒后，窈娘明明白白展示出来的神态，跟画中的女子一模一样。再仔细看时会发现，两人眉目也有些相似。

陶墨墨见君泽呆若木鸡地站在原地一动不动，也凑过来看。看着看着，突然小爪子指着画中女子的腰间，嗷嗷大叫了一声。

君泽顺着陶墨墨的爪子看过去，画中女子的腰间佩戴着一组玉管，打着繁复的盘长结。向来女子腰间的饰物是垂在右边的，画中女子的却是在左边，恰恰跟窈娘平日里的习惯一模一样。

初来如意馆时，君泽还颇为奇怪，这世间竟然有如此公然与尘世俗套相违背的女子。

而更巧的是，君泽也在窈娘身上看到过一枚玉坠，模样虽然跟画中女子那组玉管不一样，可玉坠上也有个一模一样的盘长结。

窈娘看到这幅画时，也有些惊讶，她实在想不起来什么时候有人替她作过画。不过，唯一能确认的是，画中的女子确实是她。因为她身子底下枕着的那块石头不是一般的石头，是九重天上的支机石。

她清清楚楚地记着，这么多年以来喝酒的次数不少，可睡在天河边上的，只有那一次。

❀2❀

那时节，她因喝酒误事丢了命格簿子，隐逸于五仙山修炼的散仙流离失所，人间气运大乱，不知搅和了多少事出来。天帝责罚她，革了职务等待惩罚。

她不知道为什么会变成这样，又觉着因自己失职愧对三界，日日郁结于心，想找人倾诉。可昔日好友却个个避如蛇蝎，远远看见她就绕道走。

唯一还留在她身边的，也只有修唐。可修唐不知入了什么魔障，日日虽能见上几面，可说不上几句话就匆匆回了房，也不知在钻研些什么。

只是看她的眼神愈发深邃，隐隐有逃避的意味。

那日，窈娘被天帝好生训斥了一番之后，独自去了天河边上的支机石旁。浣纱的织女见她来了，纷纷退去，独留她一人在此处。

支机石是一块巨大的椭圆形长条石，碧青透着莹白，温润如玉。旁边还有一眼温泉，仙气腾腾掩人耳目，夜里时常有仙人相约来这儿煮煮茶聊聊天，望望人间。

原因无他，因为支机石是整个九重天上唯一可以眺望到人间的地方。放眼望去，整个九州尽在眼底，若是得了闲，约上三两好友，下下棋，品品果子，看看人间热闹也是极好的。

窈娘记得那日她心情极其不好，众仙冷脸相对，她也不耐与他人强颜欢笑，提着两坛百忧解就去了支机石，坐在上头透过云层往下望。

人间正统气数已乱，正好是女皇当道。恰逢寒冬凛冽，百花凋谢，女皇初登基不久，百废俱兴，心血来潮之下，命执掌文书的官吏拟了一道旨意直达天庭，以天子之令号百花在严寒中盛开。

也是机缘巧合，执掌人间草木气运的四使那日因着天帝心情不好，通通被训斥了一通。三使不忿之下撂了挑子结伴去了西方娑婆世界听菩萨讲经，只剩了个性子古板唯诺的春使看家。

天子令一出，春使急得不知如何是好，又不敢再去触天帝的霉头，经过天河时，正好遇见窈娘，冷脸一凝，就要匆匆避去。刚好碰上窈娘气不顺，一坛百忧解砸了过去，落在了春使脚下。

春使平日里最喜洁净，慌乱避开时，不慎将随身携带的春令落入了人间。

人间百花接收到讯号，听令而开，瞬间百花一一绽放。

女皇大喜，大赦天下，与群臣备宴欢乐，击节而歌。

唯有那执笔小吏趁着众臣不注意，偷偷出了门，寻了个无人的偏僻地儿，偷偷摸摸从怀中摸出一张纸来。三跪九拜行祭天之礼后，低声将纸上的东西宣读了一番，取了个火折子匆匆烧掉了。

窈娘依稀记得，当时春使急急忙忙离去之时，她闲着无事还多看了几眼，自然也就看到了人间的这一出闹剧。看着女皇那一脸的志得意满，不知怎的窈娘心头微微有些不快，便随手从天河里摸了块玉石丢了下去。

谁知这玉石不偏不倚，刚好砸在了执笔小吏头上，落入了旁边一丛牡丹中，牡丹缓缓绽放的花苞瞬间枯败。

牡丹没有遵召而开，被盛怒的女皇贬至洛阳此乃后事了。

窈娘自顾自解气之后，自然也就消停了，将酒坛砸碎了丢在一旁，闻着汩汩流淌的香味陷入了梦乡。

很久以后，窈娘被贬至凡间受枯木逢春之罚时，也曾听到些闲言碎语，说是人间天子替窈娘求情，希望天帝看在她的面子上，多少也手下留个情。

当时窈娘只当是无稽之言，现在看到了这幅根本不可能出现的画，突然才想起来，这当真是冥冥之中自有定数。那求情的必然不是天子，而是他人。

"我记得你曾经说过，你的祖上在朝中为官，还是个丹青圣手？"窈娘捧着画认真地端详着君泽，总觉着眉目中依稀有当年那执笔小吏的影子。一样的清癯消瘦，一样骨子里透着傲意。

君泽摸了摸头，有些讪讪道："没错，女皇当道时，先祖曾在朝为官，执掌文书。说来也惭愧，先祖被贬，也是因为一件大事。"

窈娘暗忖，对了，目前一切都对得上号。

"是不是那年冬日百花齐放的盛景？"

"你怎么知道？"君泽有些紧张，"这件事关乎先祖的一个秘密，也关乎君家的颜面，所以我从来没有往外说过。"

话音刚落，就望进了窈娘一双湛然如水的眼，君泽不知不觉就开了口。

　　"那年寒冬，女皇新登基为帝，天下讨伐她的声音此起彼伏，愈演愈烈。女皇为平息天下不平，暗地里反复请术士推演之后，假借醉酒之名，命我祖父写了一篇檄文向上天告祭，以天子令的名义号召百花听召而开。

　　"先祖一介文士只得听令行事，可是既担心女皇狂傲触怒上天，又担心因女皇一意孤行，使得上界仙使乱了四季秩序而受惩罚。

　　"于是在群臣欢宴之时，先祖偷偷以女皇名义写了一份诏书，好生一番道歉，祈求上天不要怪罪行令的仙使。

　　"园中百花一一盛开时，先祖经过待放的牡丹丛，谁知从天而降一块温润的玉石打落在头上，随即跌落在牡丹丛中，待放的牡丹瞬间枯败凋零。先祖福至心灵，将这块从天而降的玉石捡了起来。

　　"夜里，先祖枕着这块玉石入了梦，却梦到入经一处瑶台灵境，四周仙雾笼罩，有一美貌女子躺在一长石上，眉间似有淡淡忧愁，旁边还碎了几个酒坛。

　　"梦醒来后，先祖觉着是仙人托梦，便将玉石制成坠饰一直代代相传，笔墨一挥作了幅画。"

　　窈娘看了看画，又看了看有些神情恍惚的君泽，想到君泽胸前一直挂着的那块支机石畔的玉石，心里竟深深涌出一股荒谬感。

　　一饮一啄，竟真的是早有注定。

　　"说起来，我还欠你先祖一个情。当初我到凡间之前，去过木枥山让云阳老头给我算了一卦，他说我此次来是还债的，并且，此债非彼债，我现在算是明白了。"

　　"所以，画中女子当真是你？"君泽捧着画有些微微颤抖，不敢置信。

　　"当真是我。"

　　哐当一声，君泽晕了过去。

❀3❀

　　醒来后，君泽就一直不太对劲，总是直勾勾地盯着窈娘看。看着看着，若是发现有人看他，脸一红，立马又假装若无其事地转过头去，悄无声息红透了耳根。

　　之夭偷偷摸来找窈娘说道："君泽不会是看上你了吧？"

　　见她探头探脑猥琐的样子，窈娘深深呼了一口气，一指戳了上去。

　　"你能不能正经点儿，整天脑子里就是这些男欢女爱的事儿，我这把老骨头都千秋岁月了，给他熊心豹子胆他也不敢。你要闲着无事，就去逗陶墨墨。"

　　见窈娘有些动怒了，之夭也不敢胡乱说话，一提起陶墨墨，之夭也纳闷了："这小子最近不知哪根筋不对，也不和我对着干了，日日还避开我，莫非是知道姑奶奶我的厉害了？"

"是是是，姑奶奶你最厉害了，真闲着没事就去看看城里哪家手艺好，我想做个拂尘。"

苌楚离开之前，派寺里的小和尚送了一小截尾巴过来。那小和尚悟性极好，许是看出了些许端倪，到如意馆的时候恭恭敬敬、语带畏意，倒不似之前浴佛节那日几个小僧那般镇定自若，送完就走了，连口水也没敢喝。

害得窈娘绕着铜镜反复查看了一下，没发现自己身上有哪处露了馅。最后只得归结为，皇家寺院里供奉着的僧人必然都是有灵性的。

苌楚送过来的那截尾巴是他自己的尾巴。鹿蜀的尾巴就同淮蒙的珍珠一样，天长地久沾了世间的灵性，是极为宝贵的珍物，平日摆着可以辟邪，可以破阵，可以压祟。

按着窈娘的性子，这等宝物绝对不能浪费，就打算寻个地儿将它制成拂尘，万一哪天仇人真寻上门来了，拿根乱糟糟的尾巴甩来甩去算怎么回事儿。毕竟，她早些年结的仇都多得数不清了。

之夭不知晓其中的名堂，只当这是一根普通的尾巴，虽说有些嫌弃，但她向来对窈娘的话言听计从，也就没有多在意，立马上街找人去了。

之夭回来的时候，神秘兮兮地跟窈娘说了个消息。西山出现了一个头上长角的怪物，城里失踪了好些女子，而怪物出现的地方也都是血迹斑斑的。

高捕头带着几个弟兄让城里的铁匠特地做了好些铁丝网，还是照着渔网的模样做的，上头都带着倒钩和铁链，准备与怪物殊死搏斗。

窈娘想了半天，这城里最近也没有什么征兆，上次那三道火令章一出，蛰伏着的小妖小怪也不敢兴风作浪，山里勾人的狐狸精都纷纷遁回原地偃旗息鼓去了，还真不知有什么胆大包天的妖怪敢在这个节骨眼上冒头犯事。

等到次日，逢着高捕头家的娘子来买菜路过如意馆，之夭兴冲冲地拉着她进来好生打探了一番情况。

高家娘子人娇娇小小的，说起话来却是呼呼喝喝的，一说起前几日晚上发生的事，粗着嗓门好不兴奋道："别提了，我们家那口子昨晚白跑了一趟！本来都在山上埋伏好了的，让那焦玄装成女子的模样在前边引诱怪物，谁知那怪物倒像是知道他们要去似的，一晚上都没露面，连个鬼影子都没见着。"

"那怪物长什么样子啊，有人见过吗？"

"我听我家那口子说过，说是山里有人见，长得怪模怪样的，丑得很，浑身黑不溜秋，四条腿，头上还长着角，被人发现了还咧嘴吓唬人。哎哟喂，那可怪吓人的。"

之夭暗暗想了想那个模样，抽了抽嘴角，凑近窈娘低声问道："窈娘你见多识广，可知道世间有什么怪物长这个丑样子？"

窈娘摇了摇头："世间之大，无奇不有，若真有什么奇怪的动物跑出来了，也不是我都能知道的。我纳闷的是，明明有着火令章的震慑，按常理来说能太平好一阵子的，怎么这会儿冒出怪物杀人的事儿来了？"

窃娘转头笑着问高家娘子："哎，嫂子，跟你打听个事儿，你可知道消失的都是些什么人？"

"噢，这个我倒是听说了，都是些年轻貌美的小姑娘。按我说，这野怪没准是个色胚，净糟蹋小姑娘了。"

旁边看热闹的一妇人揶揄道："我说妹子，那你可小心点儿了，最近也别去西山那道观求签了，小心啊，也被怪物给抓走了。"

高家娘子啐了她一口，顺势往她胳膊上一掐，突然凝了神说道："不过有些奇怪，我听我家那口子说，现场除了女子挣扎时遗落的荷包香囊外，附近还有特别浓厚的脂粉气。周围的草木都沾染了一身抖落不掉的香味，浓郁得比青楼里的女子还重上三分。你们说，这怪物不会是个女子变的吧？"

这话一出，惊得几个女人连连往后退了几步。

❀4❀

天气开始热了起来，街上的大黄狗被去年的热气吓得心有余悸，也不到处撒欢了，日日趴在树底下吐着舌头，见着幼儿用石头逗它，也不稀罕起身追赶。

窃娘见大家都恹恹的模样，就淘些小米熬了些粥，再添了两碟素净的酱瓜酿茄子。

虽然出了西山小姑娘失踪事件，但也丝毫没有影响城里姑娘打扮的心思。风头正高的翠华庄最近也被查出事来了，说是里头卖的胭脂水粉掺了东西，伙计一溜烟儿全散了，掌柜的也被抓进了大牢里关着。

掌柜的成天在大牢里喊冤，说他只负责收账，胭脂水粉都是由店铺里的妆娘经手的。可掌柜所说的那妆娘，早在翠华庄出事之前就不见了。

苏卿怜一向最喜欢他家碧镂牙筒里盛着的九回香膏，这回也中了招。

这日，苏卿怜到如意馆来探望她那可怜的小侄子，窃娘见着她，颇为惊讶。

这段日子苏卿怜跟着御史大夫家的公子泛舟时，不知迷上了哪家的俊公子，为了夺人耳目，她别出心裁换了男装，每次露面都是把头发束起来，戴了帽子，细细的眉毛也用螺子黛描成了粗眉，往那儿一站，既有女儿家的妩媚娇俏，又有男儿的明秀菁葱。

好些富贵人家的女子出门时，都喜欢学这个打扮，带着丫鬟一起扮作男子，自以为是地小心雀跃，因此还促成了好几桩美事。

今日不知怎的，苏卿怜没有再扮男子了，而是换回了女装，模样跟之前也有所不同。

梳了愁来髻，额上垂了几缕发丝下来，脸上略施朱色铺了慵来妆，右边脸颊上还用粉色花钿贴了一朵桃花。眼波流转，似愁非愁，当真是我见犹怜。

窈娘将她引至后院，正纳闷她今日走的是何路数，就见她一把将坐在床上数铜板的陶墨墨掀开，一屁股坐到他最喜欢的小枕头上，捧着右脸龇牙咧嘴的。

"闭嘴，你再嗷嗷叫我把你枕头扔了你信不信？"苏卿怜先是好生威胁了正在拼命拽枕头的陶墨墨一番，然后冲着窈娘吐苦水。

"你说这还让我怎么活，快破相了都。你看看我这脸上，你看看，都怪那该死的翠华庄，亏老娘这么信任他们店，结果卖的什么东西，用得我的脸都烂了。"

窈娘凑近了，把她脸上贴着的那几块花钿轻轻摘了下来，看了看伤口，有些揶揄道："看来这次受伤不浅，连你这千年狐狸精的皮囊都给整破相了。"

"也不知道里头加了什么东西，以前用的时候还好好的，就最近，才抹了几回就长了个红疙瘩，快要流脓了都，也不知道什么时候才能好。"

"我教你一招，保管有用，不然你试试？"

苏卿怜半信半疑凑过耳朵来听，窈娘在她耳边说了几句话，她瞬间就炸了。

"不可能，让我不涂脂粉那是不可能的！没听说吗，女为悦己者容，我要天天丧着个脸出去，谁还搭理我啊！别说入幕之宾了，就连街边卖菜的大叔估计都不会看我一眼，你这方法不行，我做不到。"

"话已至此，那我也爱莫能助了。"窈娘一摊手，"还有一个办法，就是饮食清淡些，尽量吃素，别沾荤腥。"

"那你还是杀了我吧，让狐狸吃素，亏你想得出来！"苏卿怜眼见着窈娘这儿没招，从床上跳了下来，掏出一把铜镜来，对着镜子把花钿贴了回去，左看右看发现没有任何破绽之后，才垂头丧气地走了。

临走前还撂了狠话："我听说这些胭脂水粉都是翠华庄的妆娘一手经办的，等我找到了她，看我不扒了她的皮！"

☙ 5 ❧

西山的怪物还是没有任何消息，捕头衙差们最近愁得个个头都大了，每天到处拿人问罪却一无所获。

天牢里关押了一批犯人，个个喊冤抗议，衙门外也围了一圈的人要讨回公道，多是些家里有女子失踪的，还有用了翠华庄的脂粉把脸给用坏了的。

也有年纪大了的大娘，趁着人多去闹事，随便用布把脸一裹，就说自己脸也坏了，哭着闹着要官府做主，要翠华庄的东家赔偿。

结果有好事者偷偷从地上捡了把沙子丢过去，趁人家眯眼的时候把遮脸布给扯了下来，结果发现是芍药巷双清班长了满脸麻子的仆妇。仆妇掩面而去后，众人哄然大笑，引来好一阵笑谈。

丰己楷闲时常到如意馆来喝酒，见君泽模样有些恍惚，便有意拉着他搭话。两人悄悄关起门来谈了几回后，君泽也释然了，看向窈娘的眼神里也归复清明。

窈娘觉着奇怪，将丰己楷拉至一旁，问及他们俩说了什么，丰己楷只是神秘地眨了眨眼，比了个口型，然后得意扬扬地走了。

窈娘看出来了，他说的是男人之间的秘密。

窈娘也懒得跟他计较，还男人之间的秘密，他丰己楷是从不夜城出来的，连同他那神鬼莫测的夜大王，是人是鬼都还不一定呢。暗自嘀咕了一阵，窈娘特地吩咐下去，下次丰己楷再来如意馆时，怕他老人家看不清路，给他多点上几盏灯。

王婆子家有个千远万远的亲戚家的女儿也在西山失踪了，急得不知如何是好。听王婆子说如意馆颇有些玄妙的意味，再问时，王婆子只含糊着不肯多说，那亲戚便拉着王婆子上门来碰碰运气。

窈娘只是平静地看了王婆子一眼，看得她支支吾吾，连连讨饶，只说自己年纪大了，于心不忍。

窈娘看着苦苦哀求的妇人，无奈之下妥协了。

问及她家女儿失踪的时间和缘由，那妇人垂泪道："西山最近桃花牡丹开了好些，漫山遍野都是姝色，还有人在山顶专门建了凉亭和长廊供人观景。书院里最近也举办了好些诗会，好些个贵公子都上山吟赏烟霞去了……"

顿了顿，那妇人偷偷觑了窈娘一眼，又低下头擦了擦眼泪继续说道："去的人多了，半山腰上的道观最近香火就又旺了起来。我家妙妙年纪有些大了，还没有意中郎，我跟她爹也有些着急，就让她跟着几个好姐妹一起去了西山……"

窈娘恍然大悟，书院里那些老头儿个个迂腐得不行，性子古板又执拗，偏偏又喜欢以隐士自居，最喜欢这些赏花赏雪的风雅之事，见天气晴好，怎么可能放过这大好机会，肯定带着学生都上山吟诗赋论去了。

从书院里出来的学子，肚子里喝了些墨水，大多气度不凡，极少有气质猥琐之人，当然是良人的最佳选择，能撞上一个说不定就成就了一桩美事。

再说了，哪个少女不怀春，平日里本来就很少有见人的机会，这一来一往的，半山腰的道观香火能不旺吗。恐怕随便哪棵树长得稍微高点儿，都得被当作姻缘树挂上一身红绸子吧。

想必那怪物也是看准了这个机会，才偷偷掳了人。不过窈娘觉着奇怪的是，按理说，这山上人一直挺多的，这女儿家家的又很少一个人落单，不知又是如何被怪物掳走的？

当娘的越说越伤心，想到自家女儿生死未知的命运，不禁悲从中来越哭越大声。窈娘也不忍再追问，只应承帮她做道菜祈祈福，其他的她也无能为力。

前日里的小米熬了粥还剩了一些，窈娘用筛子过了一遍，将碎石头和粗大的小米粒

一岁·黄粱膏

给过掉了，然后用水泡发放入磨中碾成米浆。

嫩黄的米浆汩汩从石磨中淌出，流到黄湛湛的铜盆里，醇香扑鼻。

石清出门去了，窈娘让君泽帮忙推磨，君泽累得气喘吁吁的，还不忘发问："窈娘，这磨顺着推一圈，再反着推两圈，又顺着推三圈是什么意思？"

陶墨墨在一旁哼哧哼哧吃着栗子，咯咯直笑，被窈娘眼风一扫，乖乖地把地上的板栗壳捡起来，双手兜着，一蹦一跳地去前厅了。

只听得妇人有些惊喜地叫了几声"乖乖"，然后是陶墨墨刻意装出来的讨巧的嗷嗷叫声，君泽掉了一地的鸡皮疙瘩。

这狐狸又要日行一恶，开始骗吃骗喝骗钱了。

窈娘看了一眼前厅没人再注意这边，压了压声音，凑近说了两个字："秘密。"说完高深莫测地回了后厨。

君泽一头雾水，也不敢多问，只得依着顺序一圈圈推着磨。两股颤颤时，突然想起刚来如意馆不久时，府君身边那只被逮到的偷吃腊肉的黑猫。

那只被逼着拉磨的黑猫，成了巧儿的夫婿，还有府君与龙女的唏嘘，想着想着，又让人无端地开始心情低落起来。

石清从莲性寺附近住着的蟾蜍精那儿要了些二月的白苹水回来，蟾蜍精在那附近一边修道一边卖酒，地窖里藏着各式的水。

一勺小米浆，一勺白苹水，相继错开倒入锅中煮开，嫩黄的米浆翻滚着成了浓稠的明黄色，有着绸缎一般的光泽和流质。

像落日的霞光，又像奈何桥上咕噜咕噜着的忘忧汤，沸腾着给人希望。

之夭看着直流口水，忍不住伸手入锅，想沾一点尝尝，被窈娘一掌打开，嗔怒道："这不是给你吃的，也不怕被烫到。去，去屋檐上找找，有没有开着粉色小花的垣衣。"

之夭愣愣的，没听懂，窈娘一边搅拌一边补充道："就是地衣，屋檐下背阴的地方长着的绿色的一层，上边开了粉色的小花，五瓣花的。你偷偷上去，别被人发现了。"

待之夭采来垣衣后，窈娘将垣衣洗净。绿色的地衣部分捣碎成汁倒入一边，将粉色的小花几不可见的花蕊剥下来，丢入锅中另一边，两手分别用一竹箸和一金箸分别搅动着。

锅中瞬间变了样，一左一右两个旋涡逆着方向各自渗着，一边微微透着粉色愈见清澈，一边微微透着黑色愈见浑浊。界限分明从中间蜿蜒而过，隐约见着分了阴阳。

最后，将锅中的东西用白瓷小盅盛出来之后，碗里光滑如镜，依旧是一半清澈一半浑浊。窈娘将剩下的地衣捏成一簇放在一侧，粉色花轻轻扣在另一侧，一阴一阳，深浅分明，看得久了，只觉着让人直直陷入这无尽的阴阳二色中。

那妇人接过食盒，往里头看了一眼，愣住了。

"这是黄粱膏，不是给人吃的，你把它放到你女儿失踪的地方，说不定能替你的女儿祈福。"窃娘盯着她的眼睛，认真地说了几句话后，就送她们离开了。

妇人跟跄着出了如意馆，时不时回头望上一眼，眼里的哀求和无助令人不忍侧视。走了一小截路之后，窃娘见着王婆子凑近了妇人，不知说了什么，妇人本来还虚浮着的脚步一下子有力了，加快了步伐。

⑥

次日夜间，窃娘听得之夭在碎碎念："我的东西怎么不见了？"到处翻翻拣拣的，问她找什么她又不说。

忽然君泽又咋呼了："我给陶墨墨买的糖炒栗子怎么不见了，准备明天再给他吃的，怎么不见了？"

之夭被君泽一提醒，怒气冲冲地跑到陶墨墨房间里将他提溜了出来。

"你说，是不是你偷了我的东西？"

说完往他背上拍了几掌，陶墨墨正坐在床上数铜板，一脸无辜地看着她。

这时候，丰己楷的声音从门外传了过来："别找了，你们丢的东西，估计被它给吃了。"

丰己楷难得换了身白衣服，身后石清默不作声地拎着个石兽走了进来。

君泽有些奇怪地说道："你们晚上是要练功？把路上的石敢当拎回来干吗？"

丰己楷好声好气道："你走近些，再看看。"

城里好些比较讲究的大户人家正门对着的巷陌街道上，常常竖着一个石将军半身相，刻上"石敢当"三个字，说是可以祛灾辟邪。有时候是一块石碑，有时候是一只略微雕了些模样的石兽。

石清拎回来的石兽大小跟路上的石敢当差不多，细看模样却有些不同。

四条腿，身子肥厚像麒麟，瞪着铜铃般的大眼睛，身上长着鳞片，头上还顶着两个尖尖的鹿角。就着光看，才发现不是石头，是青铜做的，还泛着暗绿色的光泽。

"这铜兽怎么怪模怪样的，真丑。"君泽有些好奇地用手去戳铜兽的角，突然觉着石兽往前边移了移，刚好躲过了他那一戳。

君泽揉了揉眼睛，又往前走了几步，再看时，石兽又在一指之外。

"别装了，我都看见你在动了！"

突然屋子里传来一个瓮声瓮气的声音，有些惊讶道："你怎么发现的？"

君泽绷着脸往后一跳，将窃娘掩在身后，说道："果然，一诈就被我诈出来了，这是什么怪物？"

窃娘看着君泽急急将身子挡在她身前，心里有种奇怪的感觉。

他身量比她高些，虽然有些消瘦，但男子的臂膀多是宽厚的，正好将她严严实实地

一岁·黄粱膏

189

罩在阴影里。她突然有些好笑，大概活了这些年，从没想过会有人挡在她身前。

"我要没猜错的话，这就是最近西山上流窜的那只怪物吧？"

丰己楷竖了竖大拇指，一手往后捌了过去，将铜兽那句"我不是怪物"含糊地捌在了嘴里，说道："你自己问它吧。"

铜兽紧张地往后退了几步，依旧好声好气地说道："我不是怪物，我是镇墓兽，我没有偷你们的东西。"

还没等其他人说话，就见铜兽耸了耸鼻子，继续说着："就是这里的味道，我没记错。请问，你们看见罔象了吗？"

忽略它话里的那什么象，窈娘最先发现问题，伸手在铜兽的铜铃大眼前晃了晃，心里暗道果然。

"你能听能说话，能闻到味道，但你什么都看不见，对不对？"窈娘试探地问道。

铜兽重重地点了点头，"我在地底下待太久了，什么也看不见，只能听见声音，闻到气味。"

"镇墓兽？那是什么玩意儿？"君泽从愕然中回过神来。

"我不是什么玩意儿，我是周侯大人家的镇墓兽。"铜兽态度极好，再一次解释道。

"等等，周侯大人又是什么？你刚才说的那什么象又是什么？"

铜兽几不可闻地叹了一口气，有些低落地说着："周侯大人快要死了，托宫里的百里先生把我造了出来，说是他死后跟他一起随葬，可以保护他不被罔象吃掉脑子和心肝。哎，周侯大人胆子一直很小，他生前最怕走夜路了，在地底下躺了这么多年都没有说话，也不知道是不是太害怕了。"

铜兽自顾自下了结论之后，所有人都觉着胸口被人用锤子重重锤了一拳，一时有些发蒙。这铜兽脑子里，都在想些什么？

铜兽好像很久没有跟人说过话了，很快情绪又高涨起来，自言自语说道："罔象你们不知道吗？哎，我昨天晚上还看到它了，跟我想的一模一样，又丑又凶的，还会吃人，可怕极了。"说完还一副心有余悸的模样，打了个哆嗦。

❀7❀

几个人围着铜兽问了半天，总算把事情的来龙去脉给理清楚了。

这镇墓兽就是个瞎子，还是个脑子不大清醒的话痨。

周侯大概是数百年前某个王朝的侯爷，年纪大了总是贪生怕死的，就找了宫廷匠人百里大师造了个镇墓兽。

百里大师挑选青铜时，用的材料是皇家祭祀时不慎被天火烧过的作废大鼎。因为周侯怕传说中的怪兽罔象将他的心肝和脑子给吃了，所以百里大师熔制铜兽时又依着周侯的想象，以麒麟为身，给镇墓兽加上了鹿角。

传说中，罔象神出鬼没，专门食用死人的脑髓和心肝，而罔象最怕的，就是松柏，鹿角拟形，一样有震慑作用。

周侯死后，镇墓兽由混沌中苏醒了过来，逐渐有了自己的意识，一直老老实实地趴在周侯的棺椁边上。长年累月的，镇墓兽渐渐对那个从来没有出现，却在周侯生前被提过无数次的罔象产生了浓厚的兴趣。

那日西山那伙盗墓贼无意中发现了周侯的墓，打了个盗洞，还没来得及下去踅摸些宝贝，就被三道火令章给劈死了。这墓重见天日，镇墓兽也顺着盗洞爬了出来。

作为一头千年不见天日的镇墓兽，在地底下守了那么多年，它看不见东西，只能靠听和闻。

那天窈娘的黄粱膏就是为它准备的。一般的正常人看上去，它只是一碗飘着些花草的水，而在这些非人的灵异精怪眼里，它就有了致命的诱惑。

黄粱膏，顾名思义，就是黄粱美梦一场，醒来仍念念不忘，会追逐着气味千里寻到如意馆来，自然而然，窈娘也就能破了这西山怪物之案。

只是窈娘千算万算没算到，这回引回来的，是头缺心眼的镇墓兽，做了一场美梦，却不知道自己是梦中身。

"你是怎么到这儿来的，西山离这儿这么远，看你看不见也跑不动的样子……"

镇墓兽有些不好意思道："我就这样过来的啊，我虽然看不见，可我能感受到啊。我看到路边有好多同类啊，蹲在人家门口，或者蹲在桥上，就趁人不注意时快速跑过去跟它们站一起，也没人会发现我，最多摸我几下。不过这些同类也挺奇怪的，没人跟我说话，都不爱搭理我。"

窈娘忍住扶额的冲动，假装没有听见它后半句话，继续问道："那西山失踪的那些女子呢，是不是你干的？"

"当然不是我。"镇墓兽一副受伤的模样，大眼睛瞪着窈娘，努力摆出委屈的表情，可怎么看都是一副凶神恶煞的模样。

"有个女人说她的丈夫被青楼里的狐狸精给抢了，就躲在西山的道观里引诱那些女孩子，企图毁她们的脸。不过没事，那些女孩子都被我救下来了，现在就藏在周侯大人的墓地里。不过那个坏女子真是太香了，香得我受不了。"

君泽颤着声音问道："你说什么？你把她们都藏在周侯的墓地里了？"

"对啊，那里是我的家啊，当然藏在那里最安全啦！我每天还会回去看她们，不过她们每次一见我就想睡觉，然后就躺着不理我了。"

"我看，她们都是被你给吓晕了吧……"君泽想了想那个场面，一群妙龄女子先是碰到了疯女人想毁容，然后被一头铜兽给救了，最后还被扔到墓地里对着死人的骸骨，怎么想怎么觉着可怕。

"还有，我没有吃你们的东西，我来只是想问问你们，罔象在哪儿？我昨天还跟它打了一架，它也没有我想象中那么可怕，不过后来它就不见了。"镇墓兽睁着眼睛看着虚空一处，认真问道。

一行人面面相觑，忽然都开始犯困起来，打着呵欠都说困了，要去睡觉了。

见着陶墨墨踮着脚悄悄摸摸准备往回走，之夭一把把他捞起来，抱在怀里使劲揉他的脑袋，娇嗔道："哎哟，我们的事还没完呢！来来来，跟姐姐走……"

陶墨墨发出了惨叫声，枕着一团软绵绵又不敢使劲挣扎，神情呆滞地看着窈娘。

窈娘与丰己楷挥了挥手，转身回了房。

一枕黄粱梦未醒，归来何曾是梦中。

既然它不知道那是梦，又何必让它失望呢。

⑧

很快，西山女子失踪的案子也破了。

那日高捕头路过如意馆时，君泽给他支了个招，高捕头一拍大腿，恍然大悟。

次日，高捕头就让一身量娇小的捕头伪装成女子去西山道观里求签，连着去了几日，遇到一女子上前搭话，说知道道观后边有一道姑解签特别灵验，可以引荐一下。

那女子身上脂粉味很重，惹得人直打喷嚏。男扮女装的捕头屏住呼吸跟着那女子走到后院一无人处时，女子突然横了一只手出来，试图用抹了迷药的手绢去捂他的口鼻。

那捕头早有准备，反手一按，将女子压在地上，随即后边跟着的一众衙差齐齐拥了上来，将女子捆住手脚带回去了。

一番调查之后，真相终于水落石出。

女子是翠华庄的妆娘芸娘，平日里调制些水粉胭脂养家，她的丈夫早些年做工伤了筋骨，手脚不太方便，平日里就闲在家中。谁知这一闲，倒闲出事儿来了。

芸娘因为手巧，制出的胭脂大受欢迎，得了好些银钱，她的丈夫在背地里却拿着这些钱勾搭上了青楼里的姑娘。

青楼里的姑娘多是以色侍人，有钱便是主，软了身子依上来，只管心肝宝贝地叫，任你掏光了钱财往里送。

很快，芸娘的丈夫就有些食髓知味，分不清真情假意了，渐渐连家也不常回，将芸娘攒下来的银钱翻出来，一股脑儿全送到了那女子的床前，只为得她一个笑脸。

芸娘发现以后，气从中来，恨不得将这对奸夫淫妇给剐了。可她那丈夫老早就带着钱住到了青楼里，日日躲着不现身，芸娘又奈何不得楼里那些五大三粗的打手们，连门都进不去。

一气之下，芸娘就起了在翠华庄的胭脂里动手脚的心思，加了些性子相悖的草药进去。翠华庄的生意好，脂粉的质量也高，好些青楼里的姑娘都喜欢去那儿采购，这一下就全中招了。

芸娘原以为若是能将那女子的脸给毁了，念着多年的感情，丈夫总会回心转意。谁知她左等右等，等来的却是一纸休书。

她日日椎心泣血地恨，恨得无以复加，恨到灰了心，躲到西山道馆里想出家为尼。赶巧这段日子西山频频举办诗会，好些年轻貌美的姑娘都借着机缘到道馆里求签。见着那一张张含羞带怯的脸，那一对对偶遇时互相搭讪的璧人，她心中的火一下子就起来了。心中只想着，世间的男子都是薄情郎，这般主动的女子都是不知廉耻。

一念成魔，之后芸娘就躲在道馆里假借带女子解签的名义，专挑落单的女子下手。用迷药迷晕了她们之后，再用刀划烂她们的脸，然后丢到一猎户冬日打猎时住的屋子，那里比较偏僻，不常见人来。

谁知就在她得手了两三次之后，事情就渐渐不对劲了。她也就转个身的工夫，一阵风呼啸而过，被迷住的女子就不见了，屡屡如此。

她不甘心，听闻西山有怪物作祟后，躲了几天，狠了狠心又出来作案，谁知这回直接就栽到捕快手里了。

❀9❀

那些失踪的女子被人从一个盗洞里救了回来，只有两个是脸被划花了的，其他的都只是受到了惊吓。官府一番勘探之后，并没有发现底下有些什么。

镇墓兽颇为得意，它出来之前，早就打开了地底下的机关，周侯大人将会一直平静地睡在地底下，永远不受任何人打扰。

苏卿怜知晓芸娘的经历之后，撩起袖子啐了一口："那青楼女子绝对不是我们天香楼里的姑娘，我们楼里的姑娘卖艺不卖身，从来不干这等败坏家常、祸人妻子的事儿！"

完了她又有些难过，央着窈娘给芸娘家里年迈的父母送些银钱。

天下的女子总归是可怜的，若是遇人不淑的话，这一辈子，也就搭在里头了。

窈娘也有些感慨，这世上最不缺的，便是痴情女子薄情郎。

她突然有些羡慕那头蠢萌的镇墓兽，为了自己的执念懵懂来到人的世界，它还不知道它以后会遭遇些什么，但至少，它是纯善的，是怀着美好的期待来的。

但愿它永远都不会知道，在这魑魅魍魉的世界里，更多的执念，是会让人疯魔的。

**她心里死掉的那株青梅，大概这辈子也不会长大了，
永远活在了十几岁的模样。**

❀ 1 ❀

苏卿怜晃荡着到如意馆时，脸上的红肿已经好得差不多了，为了遮丑，还是掩了层薄薄的面纱。

进门时鞋上沾了些泥，她瞅着旁边一块石兽就扶住了，正待用手帕擦拭鞋面时，就听得耳边一声音委屈巴巴道："你弄疼我了。"

苏卿怜吓一跳，转身看了一眼，有些惊讶："镇墓兽？我的天，我是不是看错了，这如意馆门前何时多了只镇墓兽了？"

镇墓兽瞪着铜铃大的眼睛无比乖巧道："我是来找罔象的啊，窈娘说了，只要我乖乖地给她看门，她就帮我一起找罔象。"

苏卿怜抽了抽嘴角，直接就进去找窈娘了。

"你们如意馆门口什么时候多了一只镇墓兽了？那玩意儿不是给死人用的吗，也不嫌晦气。"

"你怎么知道它是镇墓兽？"之夭一边兴致勃勃地端详苏卿怜今日的妆容，一边疑惑地问道。

窈娘倒是丝毫不觉得奇怪，虽然向来只有王侯贵族家里才有这些礼数，但是苏卿怜是谁，在人间修行了数千年的狐狸精，有什么不知道的。

苏卿怜将青葱玉指从淘米水中取了出来，取了手巾轻轻拭干之后，眼眉低垂，遮住了一丝怅惘，说道："很多年前，有个臭道士跟我说过，所以依稀记得一些。"

窈娘了然，再递了瓶玫瑰花露过去。

"那头蠢铜兽就是个缺心眼的，顺着黄粱膏追到我这儿，每天不厌其烦地要找那个莫须有的罔象。谁知道那玩意儿真的假的，毕竟只是在传闻中听说过，方相氏的手札里也没留下个什么有用的信息。"

"咦，你这样一说，我突然想起来，我前几天晚上好像做了个梦，梦里就有那头丑丑的镇墓兽，还有个头上长着角的怪物……"

窈娘皱了眉头："你最近是不是吃了什么不该吃的东西？"

苏卿怜撇了撇嘴，思索了好半天才说道："也没有什么啊，就是那天去之夭房里找她聊天，看见她鬼鬼祟祟往柜子里藏了什么东西，趁她不注意我偷偷溜进去看了一眼，小碗里盛着小半碗米糊糊，闻着还挺香的，我就喝掉了。然后晚上回去头有点儿晕，就一直做梦，梦到了那镇墓兽，还梦到了那个臭道士……"

窈娘了然，之夭必然是趁她不注意，偷偷藏了些黄粱膏，也不知想做些什么，偏生藏又没藏好，还被苏卿怜给发现了。

这黄粱膏本身就是个引子，苏卿怜恍惚间入了镇墓兽的梦，而后自己也入了梦，那梦中的道士，自然就是她一直心心念念想要见的人吧。

之夭见自己的小秘密被拆穿了，生怕窈娘责怪，连忙把话题岔开了。

"哎呀呀，说起道士来，我还真有个新鲜事儿要跟你们讲。"说完也不卖关子了，生怕窈娘打断她的话追问偷藏黄粱膏的事，噼里啪啦一股脑儿全抖了出来。

"市集里来了个道士，一不做法事，二不去道观，天天背着把桃木剑到处晃荡。"

"道士有什么好奇怪的，你就是看人家长得好看吧！噢，难道你忘了曾溪，前段时间你还疯狂迷恋庆丰楼的说书先生呢。"窈娘揶揄道。

"不不不，我怎么可能那么肤浅，你看丰己楷多好看，我对他可没有半点兴趣。我要说的这个道士啊，有趣极了，一张脸明明俊美得很，一头青丝却白了大半……"

苏卿怜本来还眼睛一亮，也不知在雀跃什么，一听说是个白头道士，便失了兴趣，眼底露了些伤感。

天下道士何其多，谁还能指望偏偏再遇到他。

之夭说的话，大概勾起了她心底的愁思，不待与窈娘打招呼，苏卿怜就戴上面纱悄然走了。

屋里只剩了之夭叽叽喳喳的说话声，很是热闹。

❀2❀

最近窈娘闲来无事，便教之夭做小点心。为了不打击她的积极性，窈娘决定先从最简单的水团入手。

窈娘做的水团不似街边小摊上卖的，随随便便以秫粉和成圆团就对付了事了。她做的东西，向来重心意，别出心裁，连这简单的水团也不例外。

首先在江米上就有选择，不能选南方的长江米，必须是北方来的江米，一年只能种出一季来。这种江米又称江糯，圆圆短短，半是白半是透明，口感极好。

将江米在磨石上碾成秫粉后，点上蔗糖，舀上两勺肥猪油，裹上芝麻馅儿、花生馅儿和成圆眼干荔大小的面团，再以沉水香入水煮开。

肥猪油经滚水一煮，与芝麻花生碎融在一起，咬上一口，馅儿便肆意流淌了出来，香味扑鼻，软软糯糯却不腻人，直教人甜黏到心底。

窈娘原以为以之夭这活泼的性子，做起点心来应该也是马虎了事，没曾想，之夭却是大大出乎她的意料。

之夭一进后厨，挽起袖子开始调和水面时，专心致志，跟平日里完全不一样。窈娘只动了动嘴，她做出来的水团却是极好的，团团似圆月，饱满得让人恨不得立刻咬上一口。

之夭有些惴惴不安，煮出来以后让窈娘先尝了一口，小心翼翼地盯着窈娘的嘴。直到窈娘展颜一笑，比了比大拇指，她这才欢呼雀跃地用汤匙拨拉了一颗水团，顾不得烫嘴便送入嘴中，呼哧呼哧咬了几下，眼神里满是不可置信。

窈娘随即大手一挥，决定如意馆自今日起，每日对外供应二十份水团，由之夭来做。之夭喜不自胜，日日也顾不得欺负陶墨墨了，专心研究各个风味的水团。

这日一大早，新盛街范家棺材铺子的贾妈妈就来到了如意馆，特地强调要桂花馅儿的水团，说是她家小姐最近食欲不振，清减了小蛮腰，听说如意馆上了新品，便让她过来试试。

贾妈妈与王婆子有旧，临走时撞见王婆子出门买菜，就拉住她到一旁说话。两人碎碎念了好一会儿，贾妈妈这才匆匆离去，眉心凝着的愁绪仍往外溢了溢。

午间，窈娘出来喝口水的工夫，就见着王婆子在如意馆门口逡巡着，迟疑着不敢入内。窈娘心知，王婆子这是怕上次黄粱膏的事儿，因着她给那丢了女儿的妇人牵线，生怕她责怪她罢了。

看着她在门外探头探脑小心翼翼的模样，窈娘叹了口气，给陶墨墨使了个眼色。陶墨墨正坐在桌子腿那儿啃鸡腿，得了窈娘的信儿，大眼睛骨碌碌一转，把鸡腿一丢就往外跑。

跑到门外边，他先卖了个乖，捏着小爪子像模像样作了个揖，然后扯着王婆子的衣服就往如意馆里拉，趁人不注意，将手里的油全给揩在王婆子裤腿上了。

王婆子觑了一眼窈娘，见她面上仍带着笑，这才松了口气，将陶墨墨一把抱起来，进了如意馆的大门。

❀3❀

一刻钟的性子耐不住两刻钟磨，坐下没多久，王婆子就耐不住了，瞅着窈娘的脸色试探道："窈娘你知道新胜街上的范家吧，就是那个家里养了个好女儿等着招赘的那个范家？"

窈娘想了想，点了点头。在这城里待久了，不说事事都知道，但毕竟如意馆开着大门做生意，旁门左道、三教九流的事，平日里也能听到不少。

这范家从祖上开始，就是靠开棺材铺子发的家。某年城里发大水引来瘟疫死了好些人，范家一鼓作气将库存的棺材都给卖了出去，一步步打开门户，吞并了好几家做死人生意的店铺，一下子就发了家。

到了范家这一代，家中只得了个女儿，生得是貌美如花，尤其顶上三千乌发，乌黑油亮的，令人艳羡不已。只是这范家小姐虽然貌美，奈何年纪到了却无人登门提亲。

原因无他，但凡家里有些家底的，都不愿触这个霉头，毕竟范家做的是死人生意，总归不太好。而家境潦倒些想厚着脸皮傍上门去的，范家小姐也看不上，就这样高不成低不就的，范家小姐辜负了光阴，挑挑拣拣蹉跎到了十八岁，至今仍待字闺中。

"哎，这范家小姐也是可怜，好端端地投胎到了范家，却无端遭受这样的罪过。"王婆子一脸惋惜道。

"也怪世俗偏见害人，做死人生意怎么了，谁人家里没个生老病死的？敢情他们家里死了人，都不买棺材，中元清明都不买纸钱冥币祭奠的吗？"之夭在一旁听了好一会儿，横眉冷对的，好生不忿。

因着范家连着好些天都来买她的水团，之夭对范家小姐印象极好，看这架势，好似真真看到了范家小姐在阁楼里暗自垂泪的凄惨模样，之夭真想撩起袖子将那些在背后说三道四的人给揍一顿。

窈娘知道王婆子意不在此，没有接话，笑了笑，敛眉给杯子里了续了一道水。

果然，王婆子见窈娘不说话，仍觍着脸自顾自说道："这女儿家真是不容易，模样生得好，被人嫌弃家世，模样生得不好，被人说长相。男子诸多挑剔，将女子当货物般挑来挑去，总归是当母亲的心疼，窈娘你说是不是？"

窈娘默然不语，她自脱胎以来，就位列仙班，在九重天撒泼打滚了数千年，仙人的情愫都是淡的，与凡人的五谷轮回不同。这么浓烈的情感虽说她见得多了，可当这么一把年纪历经风霜的老者向她徐徐道来时，满面的风霜仍让她不免心中泛起了涟漪。

王婆子嗫嚅了半天，还是鼓足勇气说出了口。

"哎，窈娘，我是来跟你道歉的，上次的事怪我，我不该随意给那妇人出主意，给你添麻烦了。我也是心急，将心比心，巧儿要是丢了，我走投无路也只能病急乱投医。你知道的，当母亲的，总归是不容易的……"

窈娘的视线从墙上挂着的残剑划过，蓦地想起初兰和阿宝来了，心头一软，听着她絮絮叨叨说起为人母亲的不容易来，也缓了脸色。

⊱4⊰

贾妈妈连着好几日都到如意馆来，日日要上一份水团带走。今日桂花馅儿，明日芝麻馅儿，范家小姐早就把所有口味的水团都买了个遍，还特地让贾妈妈多给了好些赏钱。

突然有一天就断了，范家的人再也没来过了。

之夭头一回试手，难得有人这么捧场，早就把范家小姐引以为知己，连着好几天不见范家的人过来，心里正纳闷着，就趁着夜里抽空偷偷去了一趟范家打探情况。

回来后，之夭有些雀跃地跟窈娘说，范家小姐最近喜事临门，快要结亲了。

之夭夜里化成一株碧桃，躲在范家的花园里偷偷听了一耳朵。

原来早些年范家棺材铺子隔壁是一家香火铺子，主人姓崔，因着两家生意性质差不多，时常在一起走动。

巧的是，范家小姐和崔家小子年纪差不多，从光屁股的奶娃娃时就一起长大，这一来二去的，两人青梅竹马，长辈明里暗里也都默许了这件事，双方交换了信物，就等自家孩子成年之后喜结良缘。

五年前，崔掌柜在临安乡下的父母去世了，崔掌柜急急关了门面，带着一家老小回老家奔丧，谁知这一走就再也没有回来过，音讯全无。

崔家的香火铺子落了灰，后来就被官府强行收了回去，盘给了其他人。

这些年范家的人对崔家早就不抱希望了，活不见人死不见尸。谁能想到就在前几天，有一年轻的公子带着信物上门，模样间依稀可见当年崔家小子的眉眼。

崔公子说，他此次前来，就是为了求亲。

当年崔家老小在半路上遇上劫道的，盘缠尽数被抢了去，一行人潦倒回到临安乡下，好生安葬了亡者之后，依着老宅，崔家又用了好些年才把生意做起来。

这不，眼见着家中根基已稳，自己年纪也到了，打探到范家小姐仍未出嫁，崔家公子便急急带了信物上路，希望能履行当年的婚约，说是崔父派他前来提亲，二老盘点一下聘礼，随后就到。

这崔家公子一表人才，风度翩翩的，身上没有半点生意人的俗气，反而能见着几分读书人的风骨。有趣的是，他肩上还蹲着一只翠羽鹦哥儿，模样颇为伶俐，饶舌讨巧。

崔家公子说这鹦鹉是他从北边客商那儿买的，想着闺中小姐终日闭门不出，便特地带过来送给范家小姐解闷。

范家喜不自胜，想着两家也是老交情了，便开始着手准备婚事。

虽然范家小姐不来如意馆光顾之夭的生意了，可在之夭看来，能如此欣赏她手艺的，且风吹雨打坚持不懈的，自然就是她的知己了。

萍水相逢就是缘分，所以不顾陶墨墨捂着肚子嘲笑她一厢情愿，之夭决定给范家小姐准备一坛青梅酿算作新婚贺礼，以表心意。

5

扬州本地没有青梅，都是从南方贫瘠的山区运过来的，三月初开始，集市上就陆陆续续开始兜卖。

窈娘带着之夭上街挑了一箩筐大青梅，个个脆皮薄润，看得人直咽口水。卖青梅的是个憨厚的老头儿，很是自豪地说，他家的青梅都是小满前用竹竿罩了网一个一个兜下来的，保管新鲜可口。

青梅洗干净后，先用矾水浸上一宿，用簸箕盛出来放到背阴的地方晾干。晾干后的青梅失了些水分，淡绿的表皮微微起了些褶皱，像幼齿娃娃哭唧唧的脸，仍带着蓬勃朝气与生机。

之夭将青梅一一捶碎后，取了竹箸一一将核儿拔了出来，再将剩下的青梅肉一层一层放入干净的瓮中，一层青梅均匀撒上一层薄荷，再压上一层蔗糖。

如此这番直至青梅用尽，然后用黄泥将瓦瓮封起来，放到地窖里。

这大晴天里吹的是南风，还好堪堪避过了春日东风，酒水不至于泛溢变酸。

为了方便存储，窈娘还教了之夭一个法子，将紫藤角仁于热锅中炒熟，混入几滴黄酒，熬得喷香时放入瓮中，这样酿出来的酒不会变坏。

放进瓮里之前，之夭没忍住尝了一口，酸得眉眼都皱到了一起，可转眼，她又笑了。

等范家小姐成亲的时候，肯定得一个月之后了，那时候的青梅酿早已发酵好了，酸梅也变成了甜酿。

甜甜的酒酿，青梅竹马的爱情，幸福美满的生活，光想想，就令人憧憬不已。

之夭将她的青梅酿放到地窖里之后，掰着手指头数着日子，一日望上三回。窈娘既觉着好笑，又微微有些感动，感动于这小女儿纯善的情态。

可还没等之夭的新婚贺礼准备好，范家小姐就出事儿了。

这事，还得从禾嘉巷的宝仁堂说起。

禾嘉巷的宝仁堂在城里略有名气，小门小户的，里边只有一个坐堂大夫，姓何。这何大夫着实是个奇人，尤其擅长各种疑难杂症，普通病症不治，非得是寻常大夫治不了的病他才出手，且名声极好。

只有窈娘知道，这何大夫也不是一般人，而是城外山寨子里的黑熊精。不耐家中瞎眼老娘和泼辣媳妇儿天天掐架，弄得整个寨子乌烟瘴气的，便撇了一群喽啰，一个人到城里开了药铺散散心，赚些银两买酒喝。

黑熊精在这世间也活了些岁月，有些道行，平日碰到些邪祟作怪的小毛病倒也能替人家解决。

这日他家的宝仁堂里来了个戴着帷帽的女子，由两个蒙了面纱的婆子引着。她家的马车直直蹬过参差的石板路进了巷子，堵在了宝仁堂门口。女子下了马车后，低着头匆匆进了宝仁堂，什么话也不说，只说得了怪病，求何大夫救治。

黑熊精像模像样地搭了脉，没看出什么名堂来，便问女子病症，女子捂着手绢嘤嘤哭了会儿，便默许了婆子将她的帷帽给摘了去。

帷帽摘了不打紧，黑熊精还是没看出什么名堂来。紧接着，婆子将女子头上的发髻也摘了下来，这一看，他才大吃一惊。

女子甚是貌美，可是头上却是半点青丝也无，比道馆里的尼姑还干净。

快嘴的婆子解释说，她家小姐最近患了怪病，一觉醒来就开始掉头发，大把大把地掉，连着掉了好几天了，到如今头上一根头发也不剩，掉得个干干净净。无奈之下，只得仿了戏台子上的旦角儿，梳水头，戴了个假髻。

可恨当朝的女子，除了出家削发为尼，哪儿有寻常人家的好儿女头上没有发髻的？她家小姐连着几日不敢出门，偷偷请了好些大夫上门医治都束手无策，只好来宝仁堂碰碰运气。

黑熊精忍了半天笑，围着那女子的秃头看了半天，着实没看出来什么名堂，还没忍住上手摸了一下，饶有兴趣地问是不是她半夜离魂自己给绞了。

那女子是个脸皮薄的，被个陌生男子抚了头皮，瞬间就跳了起来，脸颊通红，羞愤不已，戴着帷帽嚷嚷着要走。旁边的婆子嘴碎，骂骂咧咧说了几句，搀着她家小姐就走了。

黑熊精是个暴脾气，好心好意问病被怼了，脾气一上来，就使了阴招吹了一口气，女子堪堪走到门口，突来一阵风就把帷帽给吹得离地三尺，撵都撵不上。

出门时还给绊了一跤，头上的假髻也掉了下来，光秃秃的头皮就这样敞亮在大庭广众下。被堵了巷口出不去的马车牛车正好挤作一堆，让等候的人看了场热闹。

偏生那日围观的人里头，有人认出来了，这小姐就是新盛街棺材铺子里声名远扬的范家小姐。

这下一传十，十传百，很快就传到了如意馆。

⑤6⑤

范家小姐得了怪病，头发掉得一干二净了。

范家小姐的亲事要黄了，亲自写了决绝书与崔家公子退婚。

崔家公子已经在打点行李，准备回临安了。

范家小姐悲愤欲死，昨夜悬梁自尽了……

源源不断的消息从范家传来，之夭日日急得不知如何是好，深深为自己这素未谋面的知己担心着，隔个几日就溜到范家打探情况。

偏生之夭道行浅，不敢明目张胆地进去，只得趁夜潜进去化了原形躲在假山后头。那日夜间在花园里探头探脑听小丫鬟说话时，还被一只翠羽鹦哥儿拉了好几泡屎在身上，回来洗了好几遍澡仍嫌晦气。

而庆幸的是，范家小姐没有死成，被一个道士给救了。

这道士不是别人，正是之夭之前所说的那个，那个日日背着桃木剑到处晃荡，终日无所事事的白发道士。

那日是个阴天，崔家公子早早地就收拾好行李，从范家后花园的侧门离开了。

崔家公子离去不久，白发道士就背着桃木剑上了门，指着范家侧门上挂着的门匾哈哈大笑，随即从地上捡了一团碎泥扔了过去，正好砸在门匾上。匾上原来金光闪闪的"豫园"二字，唯有"豫"字被黄土糊得灰蒙。

待管家怒气冲冲地出来寻人质问时，直直对上了一双湛亮的眼。

《周易》有一卦为豫，显意是安乐。贵府今日匾上的'豫'字绸缪潦倒，死气沉沉，怕是府上有人存了死志。"

整个范府今日本就愁云惨淡，管家一听之下也慌了神，顾不得多想，一路嚷嚷着跑了回去。

范老爷听了管家的禀报后，立即想起了自家已经退婚的女儿，急急撞进女儿闺房时，正好撞见她一头扎进衣带结成的环里，堪堪将凳子给踢倒，连忙将她给救了下来。

白发道士施施然绕到范府正门，不到一盏茶的工夫，范家双亲就急忙忙迎了出来，慌不迭地一把拜倒跟前，老泪纵横地多谢道士的救命之恩。

崔家公子还在城门口流连时，很快就被范府的管家带着人给抓了回来。光天化日下被仆役压着，崔公子垂头丧气的，只是仍见着一副释然的模样，连着肩上蹲着的那只翠羽鹦哥儿也耷拉着脑袋，轻舒了一口气。

白发道士说，这桩公案有隐情，不得公之于众，所以没有押送衙门，而是借了范家大厅审了起来。

只因犯案的不是凡人，是一株柳树精，还有一只成了精的鹦哥儿。

❦ 7 ❦

范家大堂里，白发道士正襟危坐，轻轻敲着桃木剑，范家三口屏息在一旁坐着，眉宇间忐忑不安。

"我早就见这范府有妖气，观察了好几日，见没出什么事也就没管你们，谁曾想，差点闹出这人命来了。"

崔公子一听慌了神，扑通跪了下来，连忙求饶道："道爷明鉴，我们本意不在此，苍天作证，并没有害人的意思。"

肩上的鹦哥儿也口吐人言："就是就是，我们也是后悔了，不然早就逃走了，何苦在城门前逗留半天等着人来抓。"

除了白发道士外，几人听着鹦鹉口吐人言，还是有些害怕的，连连往后退了几步，看道士一副镇定自若的模样，这才稍微壮了壮胆。

　　崔公子看着白发道士，言辞恳切道："真的，我们这是头一次做这骗人的勾当，也是心虚得很。"

　　说完自顾自起身，向着范家小姐行个礼，脸上满是歉意，然后轻轻摸了摸肩膀上的鹦哥儿，决然安抚道："阿翠，不要怕，就算要死，我们也要做一对苦命鸳鸯！"

　　"阿柳，我不怕死，只要能跟你在一起！"

　　"阿翠！"

　　"阿柳！"

　　一人一鹦鹉深情凝望着，一副慷慨赴死的模样，只是旁人看来，怎么都有些怪异，还隐隐有些发笑。范夫人没忍住，扑哧一声笑了出来，被范老爷瞪了一眼之后，又赶紧用帕子捂了嘴。

　　白头道士看了一眼掀了帷帽一脸怔忪的范家小姐，叹了口气，打断了他俩互诉衷肠，说道："没人说要你们死，事到如今，你们还要借着人家这模样闹多久？"

　　崔公子闻言，面上现了些羞惭，摇身一变，变成一个面容朴实的少年，而肩上的鹦哥儿犹豫了下，也从他肩上飞了下来，一边飞着，头上的羽毛纷纷落了下来，鹦哥儿一落地，就变成了一个翠衣女子。

　　众人大吃一惊，看了一眼翠衣女子，又看了一眼范家小姐。

　　原因无他，只因这翠衣女子面容娇嫩，唯有头上空空如也，是个秃头。

　　白发道士愕然，随即捧腹大笑，指着两人，半天说不出话来，好半天才忍住笑，面色有些尴尬，咳了几声清了清嗓子后，让他俩赶紧交代清楚。

　　"我是南柳巷的一株柳树，活了几百年了，阿翠是后来才到南柳巷的，因着下雨在我的枝叶间躲了回雨，我们俩相谈甚欢，一见倾心。后来阿翠便在我身上筑了窝，我们俩就一同修炼，结伴修行，如此这般好些年了。"

　　换了模样的崔公子，也就是柳树精，气愤道："本来日子过得也挺快乐的，说起来还要怪城外黑风寨里的黑熊崽子！阿翠去城外游玩，谁知被黑风寨的一窝熊崽子给逮住了，好说歹说才把她放了回来，却把她头上的毛全给拔了，还吐了好些口水在上头。

　　"黑熊崽子那日不知道吃了什么，吐出来的口水怕是有毒，阿翠头上的毛几个月都没长起来，你说阿翠一个女孩子，没有头发怎么见人……"

　　阿翠躲在柳树精身后，有些害羞的模样，闻言又想起了那日的羞辱，嘤嘤哭泣了起来，柳树精连忙抱住她，好生安抚。

　　"所以……你们就设计把人家范家小姐的头发给整没了？"白发道士有些无力道。

　　"对不住了，范小姐，我们也不是故意的，只是阿翠这个样子实在没办法出去见人。

我们特地请教了城里有名的狐狸精，她说要恢复头发也不是没有办法，得找阴气重的女子，连根带梢取了她的头发交由她作法，她自然能帮阿翠长回头发。我们也没有办法，只能孤注一掷了。"

白发道士一听"狐狸精"几个字，眼睛里有什么一闪而过，很快又暗淡了下去。

范家小姐回过神来，却没有责怪他们，而是咬了咬唇，颤着声音问了一个问题："我不怪你们，我只想知道，真正的崔公子，去哪儿了？"

柳树精闻言抿了抿唇，眼里带了丝同情。

"真正的崔公子，已经回临安了……"

崔公子前些日子确实回来了，不过不是衣锦还乡回来提亲，而是潦倒失意地回来准备变卖原来的家产。

柳树精前半截故事没有骗人，只是将悲剧说成了圆满。

崔公子一家也确实遇到了山贼劫道，只是没有依靠祖宅发家，崔父被砍了一刀，很快不治身亡。

崔公子带着崔母回了临安，倚着薄产艰难度日。生意没做起来，便想着扬州城里还有一处店铺，没承想，回来却发现店铺被官府收了回去，家产充了公。

崔公子没有脸面见人，又不想上范家打秋风，就躲到南柳巷租了间屋子，待了一段时间钱财用尽后，又灰溜溜回了临安。

他住的房子刚好就在柳树精后头，崔公子借酒消愁的日子里絮絮叨叨又哭又闹，说了好些话。

柳树精也是后来起了意，想了借他的模样进范家的门，只因范家做的是死人生意，范家小姐身上阴气重得很，正好符合那狐狸精的条件。

知晓真相后，范家小姐并没有惩治柳树精和鹦鹉精，精怪尚且有情，更何况他们迷途知返，善莫大焉，只是让他们把夜里偷偷绞掉的头发还了回来，便放他们走了。

范家二老千叮万嘱，女儿家的青丝不能随随便便给人家，防止有人拿这个做文章，干些害人的勾当。

只是，他们都不知道的是，柳树精和鹦鹉精前脚刚出范府侧门，范家小姐的贴身丫鬟就气冲冲地追了上去，横眉冷对地递给他们一个包裹。

柔软的帕子里，*丝丝分明*。

头发还会长出来的，只是哀莫大于心死，她心里死掉的那株青梅，大概这辈子也不会长大了，永远活在了十几岁的模样。

曾经有再多的理由相信海誓山盟，到如今，只剩了她独自坚守。

接下来的日子里，她该好好议亲了。

这事不知道怎么传了出去，都说范家小姐没有生怪病，而是被精怪绞了头发。范家的人松了口，不看家世只看人品，求亲的人又开始络绎不绝上门了。

宝仁堂的黑熊精得了些消息，这日去天香楼喝酒时又在苏卿怜跟前吹嘘自家熊崽子的厉害，阴差阳错闹了这么出事儿来，还差点轰动了整个扬州城，不愧有他的风范。

苏卿怜听完前因后果之后，捂着肚子笑了好一会儿，这才擦着眼泪道："我说呢，敢情都是那痴情柳树精闹出来的事儿啊！他们找我支的招，我看那鹦鹉精秃着个头怪好玩儿的，柳树精又急得不行，就随便想了个说辞诓他罢了。其实那鹦鹉精也就是头上被抹了吉利草的汁液罢了，过个三五个月头发就会长出来的。"

黑熊精愕然，心里暗道佩服，这千年狐狸精果真道行深得很，不就是看不得人家青梅竹马两相恩爱吗？随便一句话便搅动了一池春水，好端端坑了人家一把，果真是厉害。

末了，黑熊精又像是不经意般说道："那白发道士也挺厉害的，居然让他把这案子给破了，还救下了一条人命。你说也奇怪啊，好端端的一个道士，一个男人，叫什么不好，居然取了个女人的名字，叫阮梦秋……"

话音刚落，就见苏卿怜"噌"的一下站了起来，问道："你说他叫什么？"

"阮梦秋啊……"

嗖的一下，苏卿怜就不见了。望着她拎着裙子跑得飞快的背影，黑熊精默默给自己比了个大拇指，仰头将杯中酒一饮而尽。

偶尔做做善事倒也不错，难得令人好心情。

范府留了姓阮的白发道士做客，盛情款待了好几天。阮道士出范府的那天，特地绕到侧门看了一眼，门匾上的碎泥被擦了个干净，匾上二字依然光耀夺目，涂着的金粉在阳光下熠熠生辉，好一派风清日朗。

他路过许多地方，每个地方待的时间都不久，不知怎的，却在这扬州城里漫无目的地走了这好些天，算算日子，也该走了。

可没走几步，他看见了一个人。

一个他此刻最不想看见的人，一个他最怕看见的人。倚在墙上垂下来的花藤间，紫薇谢了，朱槿开了些嫩红花苞，映衬得美人比花娇。

"你总是这样，有你在的地方总有事端。"

"你也总是这样，还是这样爱管闲事。"

末了，两人苦笑，同时在心中默默说了一句话：好久不见。

而看见她之后，阮道士又做了个决定——他突然觉着这扬州城也挺好看的，还有些风景他未曾踏足过，他决定再留一段时间。

阮道士没有走成，漫不经心地跟着苏卿怜去了如意馆。

苏卿怜看着窈娘，局促得像个十五六的小姑娘。偌大的扬州城，她竟然不知将他带去哪儿。

"邺中鹿尾，堪为酒肴之最，窈娘可愿意为我整治一桌？"

"不知客官从何处来，这等菜肴可不是一般人吃得起的。"

"我嘛，江湖浪荡子一个，说我故家遗老也罢。有钱时，红虬脯食得，龙凤蟹吃过；无钱时，炊栗煨芋也能将就。"

苏卿怜不耐他俩打着机锋，看着自己指甲上的蔻丹默然不语，只是眼波流转间，总是不经意地从那华发丛生的人脸上飘过。这是她朝思暮想的人，近在眼前，却不敢置信，生怕又是南柯一梦。

印象中，他是端庄的，卫道士般的，疾恶如仇的，不似这般皮赖，看着漫不经意，睥睨着世间，眼里却满是讥诮，教人分不清真情假意。

这些年的错过，不知生活教会了他什么。

年少初遇的他，梦里数度回眸的他，现在重逢的他，都汇聚成眼前的他。

只要是他，什么都好。

金乌西沉，夜漫了上来，清冷的月色晃晃荡荡照在了四野。

每个人的心底都怀揣着秘密，不堪于白日里晾晒，只能趁着夜色慢慢发酵。

之夭将那青梅酿埋到了地底下，送不出的礼物只好让它尘封起来。

她一边铲着泥土，一边惆怅着，可惜了那碗被苏卿怜偷喝的黄粱膏，不然还能梦一场，也不知道她年少初遇的小哥哥现在在哪里。

阮道士走过长长的石板路，拐过曲折的巷弄，在石桥旁驻足了好一会儿，看了一会儿天上的飞鸟与流云，慢悠悠晃到了南柳巷。

他一边收拾柳树后头那间满是蛛网的屋子，一边想起了很多刻意不去记起的往事。一起长大却早夭的恋人，李代桃僵的狐妖，兜兜转转，他终是没能忘记。

范家小姐郑重其事地将一支竹蜻蜓放进了匣中，锁起来之后塞到了床底下。她的青梅竹马，已经死在了年少的梦里。

黑熊精一个人喝着闷酒，闻着墙头飘过来的鱼汤香味有些出神。出来有些日子了，也该回去看看家里的熊崽子了，家里的母夜叉不知道有没有给他炖最喜欢喝的鱼汤。

人生何处不相逢，最庆幸的莫过于，你爱的人，终究也在爱着你。

爱他明月好，憔悴也相关。

今夜，无人成眠。

一岁·青梅酿

如意馆

第伍章

风 鲤 白

我只是在想，有情人能终成眷属，不管是人也好，妖也罢。

§ 1 §

祝家娘子投了河，尸体从河里捞出来时，整个人都被泡得发白，肿胀得完全认不出原来的模样。

捞她出来的是赶着牛车上集市卖柴的老汉，清晨经过玉带河时，见水面飘着一个人，便匆匆跳入水中将人给救了起来。

老汉将人救上来后才发现是个女子，气息全无，也不知在河里泡了多久，见她可怜，就将身上罩衫解了下来给她披了上去。

祝三抱着孩子匆匆赶过来时，站在河边迟疑着不敢靠近，见人就拉住衣角，惶恐问道："我家娘子没有死对不对，对不对？"看了旁人怜悯的眼神，祝三将孩子放置一边，颤抖着手去掀那铺着的罩衫。

罩衫还没掀开，就见着脚底下那双绣了海棠的鞋，祝三当即崩溃了，俯身抱着尸体开始号啕大哭了起来。

旁人见了，都说这男子痴情，但知晓内情的都啐上一口："这会儿知道哭了，早干吗去了！就知道天天喝酒，喝醉了就打女人，我呸！"

"要我说，这祝家娘子也算脱离苦海了，就是苦了孩子，一岁不到就没了娘，以后还不知道得遭多少罪呢……"

官府寻上门来，挨家挨户打听消息时，窈娘也是好生吃了一惊。

祝家娘子她是认识的，就在南门大街北边的熏风巷中做些时令生意。清明果子三月艾，刚入夏就绞了各式花，扎成漂亮的花环给富贵人家的小姐们戴，予人方便，自己也赚些小钱，日子倒也过得下去。

祝三在码头上工，平日里看着憨厚老实，对妻儿也还好，唯有一样不省心。前些日子跟着码头上那群人染上了喝酒的毛病，得了银子就买酒喝，喝得醉醺醺的就打她。

酒醒之后又哭爹喊娘跪着道歉，祝家娘子心软，然后下次又是如此这番，屡教不改。

两人成婚不久，才两年多，平日里祝家娘子也是个爱笑的女子，见人便露出三分笑，也不知怎的就过不下去了，悄无声息地投了河。

念着他家里还有懵懂无知的幼儿，头七这天，窈娘让君泽提了些点心过去。君泽回来后有些生气，说这祝三真不是个东西，祝家娘子才走了没几日，他就勾搭上新人了。

他拎着东西还没走到门口，远远就看到祝三跟一个女子在说话，两人站得极近，那女子手里还拎着一盏食盒。两人倚在门口也不知说了多久，见他过来了，那女子便提着白灯笼匆匆离去了，祝三脸上也满是凄惶之色。

窈娘闻言不禁默默感慨，新人不见旧人哭，只是可怜了家中幼儿。

❀2❀

阮道士在南柳巷住了下来，无事便到如意馆转转，苏卿怜也隔个几日就晃荡了过来。两人占据了一东一西两个墙角，一人一张桌子，平日里也不大说话。

君泽瞅着，两人之间总有些说不清道不明的意味。一个在看墙角的剑，眼风从西边飘过；一个在看窗外的行人，慢悠悠从东边转了回来。

忽如一阵春风一阵细雨，茫茫然在荒原相遇，视线交汇匆匆而过。

他直觉觉着他们两有故事，就去问窈娘他俩的渊源。窈娘瞥了一眼墙角的两人，没有多说。

一个道士，一个狐妖，一个觉得自己背叛了年少时的欢喜，一个为了爱情不惜成为他人的替身。两个明明相爱的人之间能隔着多远呢，就看谁愿意先低头服软罢了。

窈娘也不耐去掺和这场情事。呵，人都喜欢自以为是，落在了旁人眼里，就是一场浓妆艳抹的自欺欺人，她也不耐去周旋，还是交由时间去证明吧。

眼见着中元将至，窈娘最近匆匆忙忙的，日日进进出出，央孔武送了好些肥鲤鱼过来。

想着百鬼夜行的传说，君泽有些惴惴不安，思虑再三还是去问了窈娘。

"窈娘，如意馆中元节是要招待什么人吗？"

"没啊，你为什么这样问？"

"我看你这几日进进出出的，阵势那么大，想问问是不是要做什么大菜招待谁。思来想去，也就过年那几日你这么忙过了，而眼下瞅着，下一个节日就是中元……"

窈娘捂着嘴扑哧一笑，话锋一转："客人是有的，也的确跟中元有关。"

话音刚落，就见了君泽煞白着一张脸。

"中……中元……"

窈娘没有再搭理他，而是把之夭唤了过来，进院子里处理鱼去了。

孔武送来的鱼都是清晨从河里刚捕出来的大鲤鱼，个头一般大小，养在水缸里，嘴一张一合地吐着泡泡，噼啪搅起一阵水花。

一岁·风鲤白

窈娘先将鲤鱼身上的三十六鳞刮去，最腥的腮、鳍根、尾棱一一舍去，背脊上两边的筋和黑血都洗干净之后，将剖好的鱼泡在木盆里，滴上两滴香油去腥味，然后放入晒干磨碎的香橼皮、薄荷、紫苏和菊花叶。

之夭在一旁打下手，一边皱着眉头剖鱼，一边时不时看上一眼窈娘手里的动作。

窈娘独独将鲤鱼白白的肚皮上最鲜嫩的一块割了下来，放在一边，擦上些许川椒、茴香、炒盐，用盛酒的竹筒装了吊在屋檐下，覆上一层麻皮纸，晾了足足七天。

七天后，将竹筒一个个取下来时，鲤白上沾染了黄酒的气息，闻上一口，只让人觉着春风拂面初酒甜心。

热锅浇冷油，待油开始在锅中沸腾时，用筷子将风得半干的鲤鱼白肚一一放入锅中，小火慢慢煎。

锅中嗞啦嗞啦地响着，一寸一寸侵入鱼肉的肌理，表层很快就漫上了一层金灿灿的黄色。细细密密的油珠噼啪弹跳着，像破碎的琵琶弹奏得乱不成章曲不成调。

鱼的香味混合着各色香料的味道，再加上浸泡已久的酒香，被火温柔地一番炙烤，一股脑儿迎面窜了过来，直打得人措手不及，恨不得丢盔卸甲，彻底臣服。

之夭咽了好几次口水，眼巴巴地看着窈娘，就等着她起锅说可以吃了。

窈娘仍是不急不慢的，方寸大小的脂油丁丢入两块，青椒和细葱切得如泥淖般缓缓放入。竹筒里盛了一分烧酒、三分黄酒，挥手一倒，锅中遂成江海，鱼混在酒酿中，汪洋肆意地沉浮着。

酒入愁肠，人醉得不分世事醒复睡。

这酒入鱼白，却是酿了一锅令人垂涎的风鲤白，足以让人忘了今生今世，只想沉沦在这迷醉的味觉盛宴中。

脑海里芸芸众生翩翩起舞，教人忘了周遭。

❀3❀

青白的瓷盘里，翠的是葱，红的是椒，黄的是鱼。

半边配上紫扁豆，半边盛了烧好的风鲤白。酒香微醺，月上高楼，不自觉让人忘了街上飘飞的纸钱、黄符，还有仍在火光灰烬中燃烧着的纸扎童子。

是了，今夜十五，月到中元。

窈娘这道风鲤白，年年中元要做上一次，客人，也永远是那一位。

曳十三娘娉婷着提着白灯笼过来时，君泽大惊，这清冷女子，分明就是那日祝家门前跟祝三说话的那位。他突然有些惭愧，为自己那日无端就轻易下了断定而感到汗颜。

曳十三娘长得有些奇怪，穿得也有些奇怪。

脸上不施脂粉，眉心一侧半片黑黑的印记，拇指盖大小，恍若一块鱼鳞严丝合缝地贴在了脸上，侧着身子看人时，让人莫名觉着心慌。

白衣白裙，底下却踏了双黑色的绣鞋，鞋上绣了荷花式样，从衣裾中一探一探的，丝毫没有芙蓉出水的飘逸妖媚，端的是清冷孤寂。

手中戴着一串手串，也不知什么珠子，黑漆漆的一片，密密麻麻地匝到一起，像一块黑色的烙印，愈发衬托得整个人苍白失色。

窈娘关了如意馆的大门，只在靠墙一侧给她留了盏灯，桌上仅余一副碗筷，一盘风鲤白。

只见她提着灯笼进了如意馆的大门，也不说话，冲窈娘点了点头，径直走向风灯处落了座。灯笼放置脚边，一筷子一筷子吃了起来，面上波澜不惊。

不多时，盘中只剩了紫的豆，翠的葱，红的椒。

明明是道光闻着香味就让人食指大动的菜，她吃起来竟然面无表情，刚开始还能隐约见着眉心微蹙，后来面上便是波澜不惊。君泽躲在一旁看了半天，只觉得不可思议。

她吃完后，从腰间取了巾帕擦了擦嘴，冲窈娘点了点头："有劳了。"说完提着灯笼缓缓迈入无边夜色中，从风中纷飞的冥纸和黄符中穿行而过。

❀4❀

曳十三娘离去之后，君泽探头探脑钻了出来，认真地问窈娘她的来历。

窈娘觉着奇怪，君泽向来就是柜台上一坐，认认真真算账的，极少有这种对别人的事上心的时候。

君泽急急解释道："窈娘你别误会，我对她没有半点心思，就是觉着这女子有些诡异罢了。"

窈娘觉着他这前半句话有些奇怪，却也没多想，望着桌上摆放得整齐的碗筷叹了一口气，跟他讲了曳十三娘的故事。

曳十三娘原本不叫曳十三娘，她是有名字的，叫曳尾。

大概是她帮河里的水鬼们完成了第十三个心愿的时候，就将自己的名字改成了曳十三娘。

城里好些家中有人因水死去的，都知道曳十三娘是这一片有名的水娘子，会在头七这天上门，告知他们死者的夙愿。

他们只当她习了巫术或是清修的得道高人，愿意无偿帮助他们，是个彻底的好人。

却很少有人知晓，曳十三娘根本就不是人，而是河里一条白写锦鲤。通体白色，身上数处黑斑如墨迹倾泻，所谓白写锦鲤是也。

城里的河道曲曲折折通至东海，属东海水域。东海水君不耐操心陆地上这些蜿蜒河道死了多少人，多少鱼虾河蟹打了架，谁又抢了谁的地盘，便贴了告示出去，给城里修

一岁·风鲤白

行的水族指了一条道，说是要选举有功德者为河道灵君，掌管城中大小的河和井，得一方供奉。

曳十三娘便是众多精怪中的一员，铆足了劲儿想要争夺灵君的位置。

玉带河由北至南从城中蜿蜒而过，曳十三娘就住在玉带河边。有人不慎落水，有人跳河，她通通不管，只当没看见，待人淹死在河里，魂魄离体之后，她就施施然迎了上去。

死去的人常常对人间心怀眷恋，死后仍盘旋不入地府，而曳十三娘跟水鬼做的就是这么一桩交易。她帮水鬼完成一个未了的心愿，完成之后，水鬼必须跟着她乖乖离去，入地府重新轮回投胎，不得滋扰人间。

她手腕上戴着的那串细小的黑珠子，便是与地府交接的信物。黑珠子不是平常物，是离楝树的种子，比红豆还小上七分，一颗种子代表一个鬼魂被引走，也意味着她攒下了一份功德。

而这些种子，到时候是要交给水君评判的。

曳十三娘日日在城里穿行着，日复一日地寻觅着水中新死的魂魄，日复一日地周旋在往生者与人世间，提着她的白灯笼踽踽独行。

君泽听完之后总觉着有些不对劲，突然像是想起了什么，指着桌上那残羹冷炙，结结巴巴道："她……她是锦鲤，那她吃的是……"

窈娘点了点头，吹了吹指尖沾着的一丝青葱，冲君泽莞尔一笑。一阵风透过窗棂钻了进屋子，莫名地让君泽打了个寒战，脑子里一头看不见的巨兽，张着血盆大口兜头扑了过来。

◎5◎

祝家娘子的心愿大概是比较棘手的，头七过了，曳十三娘还是提着灯笼上门找了祝三好几回。

开始时，祝三还迎了出来，苦兮兮地掉几次眼泪，再后来曳十三娘登门时，祝三就有些横眉冷对了，不是恶语相向，就是砰地将门一摔，避而不见。

只听得屋里头孩子哭得撕心裂肺的，教人好生不忍。

曳十三娘日日在祝三门前转悠，惹来了好些人的议论。有好心的婆婆也忍不住劝祝三，祝家娘子人都已经不在了，有什么未了的心愿就尽量帮她实现吧，不然她化作厉鬼是要折下辈子阳寿的，好歹夫妻一场，何苦这么残忍。

祝三面上有些怨恨，依然不管不顾，日日闭门不出。

也是有缘，曳十三娘这日日登门，自然也招来了有心人的注意。

这日，一书生模样的男子抱着把焦尾琴兴冲冲地进了如意馆，许是过于欢快，还在门槛上绊了一跤。他将君泽拉至一边嘀咕了许久，眉飞色舞的。

两人最后也不知说了些什么，只见男子走的时候失魂落魄的，失了来时的意气风发。

没几天，那男子又来了一趟如意馆，这一次没有抱琴，稳重了许多。君泽对于他的到来有些惊讶，却也从他的眼神中看出了些许不同以往的坚定。男子临走时，还重重地拍了君泽的肩膀好几下，拍得他一愣一愣的。

男子走后，君泽在后厨门口转悠了半天，期期艾艾的，好半天才张了口。

"窈娘，向你打听个事儿？"

"你说。"

"就是，就是……"

望着窈娘一脸诧异，君泽跺了跺脚，闭着眼不管不顾问了出来。

"你说，我要是帮曳十三娘保个媒会怎样？"话音刚落，自己脸上先红得跟猪肝样了。

窈娘这回是彻底惊了，侧了侧耳朵，晃了几下头，直怀疑自己是耳朵出了问题。君泽这书呆子要给河里的鲤鱼精保媒？怎么听怎么都像是个笑话。

"你别不信我啊，你听我说，你可还记得岑蔚然？"

窈娘略一思忖，想起来这岑蔚然是何许人也了，不禁心中一凛。

君泽平日里喜交朋友，只要能入他眼的，三教九流都有。众多朋友里，这岑蔚然算是一个奇人了，富贵人家的公子哥儿，不好好上书院学习考取仕途，却沉迷于琴艺。

若是天赋异于常人也罢了，偏生又是个资质不堪的呆子，不管多好的琴到了他的手里，弹出来的声音总是惨不忍听。

如风箱呼呼抽动，如老牛拉破车吭哧喘息，如深巷里缺齿老人弹棉花时高低起伏的咿呀声，是不好听的，是破碎的，是陈旧残缺的。

总而言之，他的琴声若是有毒，能一次性毒翻方圆十里的人。

去年有一回岑蔚然兴致勃勃地抱了琴到如意馆来，说是最近学了一首新的曲子，为了恭贺君泽换了东家特地前来演奏。

那场景简直是噩梦，把如意馆里坐着的客人全给吓跑了，君泽听得两眼发直，窈娘脑仁疼了好几天。现在想想，仍是心有余悸。

窈娘有些惶恐，深呼吸了一口气："这么个妖孽，你要把他介绍给曳十三娘？你跟她有什么仇什么怨？"

出乎意料的，君泽情绪有些低落，抬头看了窈娘一眼，说出来的话却是字字铿锵，毫不退缩："我只是在想，有情人能终成眷属，不管是人也好，妖也罢。"

那一瞬间，窈娘突然发现，这日日埋在纸堆里的书呆子，原来早在不知不觉中跟如意馆融为一体了。

早先只觉着他是一介凡夫俗子，因循守旧，不谈怪力乱神，固执得让人头疼，比书院里的老夫子更迂腐；渐渐才发现，他也是善良的，是纯真的，始终怀着一颗赤子之心。

而现在，他先不说礼法秩序，想的是有情人终成眷属，是可以突破身份界限的。

窈娘突然对君泽有些刮目相看了，也隐隐有些自豪。

如意馆一馆的妖妖怪怪，君泽作为唯一的凡人，与他们一起生活了快一年，没曾想竟然有了如此转变。这是她一手带出来的人，他的进步也就是她的成就。

❀6❀

在君泽的坚持下，窈娘也开始思索这件事的可能性了。

曳十三娘性子清冷，恍如一块焐不热的冰，而岑蔚然刚好相反，整个人是热闹的。一冷一热，正好互补。

更重要的是，窈娘知道，曳十三娘心里一直有一个迈不开的坎，如果没有人帮她砍断磨平的话，只怕是做了灵君，一样也是要入魔障的。

说起来，也是这岑蔚然先看上曳十三娘的。

他不知听了哪家琴师的胡诌，说要练琴，必先练心境，挑来挑去，他将练琴的地方选在了玉带河的一座石桥上。

那座石桥附近没住着几户人家，边上只有几棵弯曲的柳树垂在水面，几块破石，满塘淤泥，有些萧素。而这石桥不偏不倚，正好对着河岸边上曳十三娘的屋子。

眼见着日头往西落了，酷暑的炎热淡了淡，岑蔚然就施施然抱了琴到石桥上坐着。琴声稀零杂乱，破不成章，弹奏至兴起，时不时还咏叹上几句。

而暮色四合时，曳十三娘就提着白灯笼出来了，一身白衣娉娉袅袅，从他身旁过时连眉头也不皱上一下。甚至有些时候，河畔的小屋子前，还能看到曳十三娘抱着膝蹲坐在一旁的身影。琴声伴着孤影，更显落寞。

日子一长，岑蔚然就对这孤寂的女子上了心。

她独自一人居住在这荒芜的河畔，明明是盛夏，周遭的清冷却让人沁了三分凉意，也莫名地让人觉着心疼。

她也从来没笑过，甚至连半分眼神也没有给过他，对他的琴声也没有避之不及，更没有驱赶他离开这片属于她的地盘，这说明她眼里什么都没有，眼中只有自己，光身上的冷意就能拒人三分。

尽管如此，岑蔚然还是在不知不觉中动了心。他欣赏着她的清冷，又忍不住想要靠近她。

喜欢一个人需要理由吗？不需要，你只需要心里明白就好。一丝悸动会自然而然如涟漪般泛开，翻起滔天大浪。

人道海水深，不抵相思半。

相思入了骨，撞得人辗转反侧，寤寐思服。

岑蔚然是个急性子，循着消息打听到，这曳十三娘平日里不多与人交流，唯有年年此时到如意馆坐上一坐。

于是，他就将主意打到君泽头上来了，央着君泽打听她的来历，希望能借如意馆的人牵个线。

那天他抱着琴兴冲冲来如意馆时，君泽踌躇一下之后，还是把曳十三娘的身份告诉了他。他一时接受无能，不敢相信自己看上的居然是个鲤鱼精，失魂落魄地走了。

可没几天他又回来了，告诉君泽，他喜欢的只是她这个人，跟她的身份无关。

既然如此，窈娘也起了兴致。最近如意馆碰到的都是些伤心事，若是能促上一桩姻缘，也不枉为一桩美事。

⑦

窈娘只教了岑蔚然一句话——世上没有谁是真的铁石心肠冷若冰霜，尤其是女子，她若是块冰，你用真心焐化了便是。

凡世有句话说得好——烈女怕缠郎。

岑蔚然也当真认真思索了窈娘的这番话，很快就付诸行动了。

他先是请人将桥下的淤泥清了一半，栽了半亩荷花，放了好些游鱼进去，将一方寂寥活生生给搅得热闹丰饶。

边上垂着的柳树也被砍得清清爽爽的，不似之前苟延残喘的歪脖子相。

石桥上和河的对岸一路挂上了灯笼，一到夜里，岑蔚然就挨个儿一盏一盏点亮。漆黑的夜，一团团火光温柔地照向河畔的小屋。

每日曳十三娘提着灯笼从石桥上走过时，岑蔚然总会从稀落的琴声中适时抬起头，咧嘴笑得开心。

"姑娘你好，小生岑蔚然，扬州人士，心仪姑娘许久了……"

"姑娘你好，今夜月色撩人，不知姑娘有没有兴趣与我一同泛舟……"

到了后来，便是自顾自一副熟稔语气。

"十三娘，今日下了雨，泥泞不堪，走路小心些……"

"十三娘，我又新学了一首曲子，给你抚琴一曲如何……"

每每这时，曳十三娘总是目不斜视地从他身旁走过，恍若什么都没有听到。

杏花疏影里，有人在河边抚了一夜琴，支离破碎的《关雎》，稀稀落落的《凤求凰》。

终于，在某一个夜里，曳十三娘踏进了如意馆，忍着怒气兴师问罪来了。

"是不是你告诉那人我的身世的？"

"我只是见不得可怜人，他既有心，我便做好事成全他罢了。"

"我的事不用你管。"

窈娘突然就怔了怔神色，看着她的眼睛认真说道："十三娘，这些年，你已经够累了。"

曳十三娘咬了咬唇，面上有些凄色。

"能活着，苦些累些又算得了什么呢……"

窈娘不忍："你这是何苦，分明是动了心，何苦逼着自己违背心意行事？不用瞒我，若不是动了心，你今夜就不会到如意馆来了，我认识你这么些年，你何曾有过这样的情绪起伏？"

被窈娘看穿之后，曳十三娘垂下眼眸，叹了口气。

她是一直知道那个弹不好琴的书生的，他做的一切她也都看在眼里。

最开始，她是无视他的，那难听的琴声跟她心中的梦魇相比，根本就算不得难听。她听过更难听的声音，那是呐喊声，哭叫声，是骨头碎裂冤魂切齿的声音，夜夜入梦困着她，让她在绝望中挣扎着醒来。

与之相比，那琴声根本就不算什么。

醒来之后，她坐在门口望着河水中映着的月，望着桥上的人，也觉着突然寂寥的生活有了陪伴。

她一直是隐忍克制的，却不知冰封的心早已动摇。

她假装看不见他，不知道他做的所有事，可是每日夜里逡巡时，身后总有一个影子默默跟随着，碰到有醉鬼挑事，那人先冲了出来，常常被打得鼻青脸肿的。

次日晚上，身后依然有那影子，不远不近地跟随着。

他并没有当她是妖，而是把她当作寻常女人来呵护。

她以为她并没有贪恋这份温暖，可却忘了，到底了，自己也是个女人。

女人的心肠，大多是柔软的。

再冰冷的外表都是一层坚硬的壳，被人用真心焐得久了，壳便渐渐生了罅隙，裂了开来。春风将种子播了进去，渐渐发芽。

再细索的火苗，也能忽地烈火燎原。

"可是，窈娘你知道的，我不能。"

她背负着滔天的血债，她的心里荒原莽莽。

他若知道了，必然会嫌弃她的。

与其到那时被背弃，不如不要开始。

❀8❀

君泽看在眼里，也暗地里偷偷问过岑蔚然："你不觉得她是个残忍的人吗？"

岑蔚然抱着他的琴翻了个白眼，一副看傻子的眼神看着君泽。

"为了攒功德，她见死不救，任人死在河里化成水鬼，这不残忍吗？"

"这不是因为她急功近利，而是她看得通透。若心存死志投河的，你救了他一次，救不了他两次。人各有命，阎王若叫你三更死，你留不到五更。"

君泽恍了神，想了想，也是这个道理。

"那她自己是鲤鱼精，却蚕食同类，这还不够残忍？"

岑蔚然语塞，沉默了半晌之后，抱着琴重重地朝君泽头上砸了一下。

"她总归是有理由的，只不过是我现在还不知晓罢了。你且等着，我肯定能证明她是个心地善良的好人。"

君泽抱着头看着岑蔚然雄赳赳离去的身影，很是无奈。

这人一旦入了情爱的彀，就成了不辨是非的傻子。

岑蔚然虽然话说得颇有气势，其实心里也是没有底的，背人处还是有些伤感的。他也不知道他有没有感化到她，只是觉着她周遭笼罩着哀愁，而且他总觉着，她肯定是有苦衷的。

天助有情人，没多久，这谜底就解开了。

这夜曳十三娘没有出门，木屋里点了灯，石桥上灯笼也照亮了桥下的河水，笼了一轮月，三两星辰。

岑蔚然将琴放在腿上，寻思着今晚要不要演奏一曲新学的《良宵引》，刚弹了两个音，"啪"的一声断了一根弦。

这对于他来说已经司空见惯，明日再去琴行修好就行，于是继续就着剩下的几根弦弹了起来。

就在河畔的水鸟都不堪这琴声纷纷离去之时，岑蔚然听得一苍老的声音传来。

"少年郎啊，你这琴声听得人很绝望啊，可惜我看不见，不然我也是要流上几滴眼泪的。"

岑蔚然有些兴奋，头一次有人赞美他的琴声，于是没有答话，弹得更加起劲。

"啪"的一声，琴弦又断了一根，琴声愈发咿呀嘈切，如同心上有锯齿一深一浅割着。

"少年郎啊，你这琴声真的听得人很绝望啊，再听下去，老龙我真的要流泪了。"声音里隐隐透露出了些许哀求。

岑蔚然有些尴尬，总算是停下来了，到处寻找声音的来处。

"不用找了，你看不见我的，老龙我在这桥面上。"

岑蔚然突然就坐直了身子，想到了什么可能性，有些惶恐。

"少年郎啊，你有什么好怕的，我瞧你也不是胆小之人啊，不然也不会日日追在这鲤鱼精后头跑，怎还怕起来了呢？"

岑蔚然想了想，也觉着对，他都喜欢上引魂的鲤鱼精了，还有什么好怕的，只得壮着胆子看向四周。

"这位大叔，能否现个身说话？您这样神龙见首不见尾的，小生着实不太放心。"

那声音忽地就笑了："你这话我爱听，可惜了，老龙我这辈子都只能镶嵌在这桥上，下不来咯。"

岑蔚然循着声音望去，半个身子趴在栏杆上，才寻到声音的来处。弯弯的石桥侧面上，雕刻着一条龙，活灵活现地盘旋在石梁上，而这刻着的龙，眼睛处空无一物。

"龙大叔，您这是怎么了？"

龙睁着一双盲眼叹道："冤孽啊，一不小心犯了错，就被人捉到这桥上关着了。"

许是今夜月色好，许是难得碰到一个不怕他的人，龙兴致一来，话也多了起来。

❀9❀

老龙原本就是四海逍遥度日的一条懒龙，都怪那年的春日，赏花人误尽了好时辰。

老龙从岭南经过，瞅着一片五色梅开得正好，就没忍住下了云头扑倒在花丛中打滚。可他没开心多久，就发现自己有些不对劲了，半个身子开始溃烂，坚硬的鳞片也开始柔软，威风凛凛的龙成了一条病恹恹的龙。

赶巧遇上水君游荡人间，命他先在东边行云布雨，老龙只得拖着病恹恹的身子一路往东边飞。

那一场病龙雨，毁了好些庄稼，坏了好些井水，差点引发人间瘟疫。

老龙自知闯了大祸，躲到一家破庙的石头供桌上不敢露面。偏生破庙被拆，庙里的石梁被人搬着去铺了桥。

他一觉醒来，才发现自己已经被镌刻在这桥上，再也下不来了。不仅如此，也不知哪个瞎了眼的多管闲事的风水先生从旁经过，一番指点后，让人剜了他的一双龙目。

此后数十年的光阴，他都被困在这桥上，守着一江水哀叹自己的悲惨命运。

岑蔚然听完后只觉得乐不可支，没忍住哈哈大笑起来。

老龙有些恼怒道："少年郎啊，你这样是不厚道的，老龙我都已经这么惨了，你还笑得出来？"

"对不住，对不住，只是觉着有些好笑。那龙大叔，怎样才能救您出来呢？"

"看在你这么诚心的分上，我们做个交易如何？你若是能帮我把眼睛寻回来，我就把那鲤鱼精的秘密告诉你。"

岑蔚然嗤道："老龙你莫诓我，这样的话，你对无数个人说过了吧？"

老龙不以为意："嘿嘿，少年郎啊，你这琴抚得不怎么样，人倒是挺聪明的。不过说实话，这么多年来，能如同你这般静下来听我好好说话的人真没几个，你要真能帮我寻回我的眼睛，必有重谢。"

岑蔚然想了想，为了能知道心爱之人的秘密，还是允诺了他。次日，就匆匆去了如意馆。

他将这事跟君泽一说，君泽思索了片刻，突然就呆若木鸡了。

病龙雨，小卦师……

这龙分明就是当年闯了祸让小卦师眼盲的罪魁祸首，真是天道好轮回，遭了报应。

感慨之余，他也有些头疼。原本只是不忍好友伤情，想保一桩媒，结果媒没成，兜兜转转还要去救一条困在桥上的龙。这人生的际遇，当真是大起大落。

他又不想去问窈娘，毕竟当初是他自己拍着胸口把话说满了，他想靠自己的能力让这件事终得圆满。

送走岑蔚然后，君泽唉声叹气的，左思右想要怎样去找一双龙目。既然被人剜了去，自然就不会让人随便找到。

想来想去没想到什么办法，君泽只得出了门，到处晃悠，想找找灵感。

入了秋，天还有些热意。

君泽晃荡晃荡晃到了毓贤街，街上住了好些富贵人家，雕梁画栋，檐上雕刻着各式神兽。

他一边走，一边观赏这些各式各样的图案。有盘旋着的五爪大金龙，有憨态可掬的七龙戏珠、龙凤呈祥，还有坐得端端正正的麒麟。

回来时日头已经落了下去，路过门前那头蹲着的镇墓兽时，君泽叹了口气，伸手去摸了摸它那铜铃般大的眼睛。深邃的线条刻进了石头里，炯炯有神。

"你，你弄疼我了……"镇墓兽瞅着四下无人，委屈巴巴道。

君泽一惊，从恍惚中醒来，连连道歉："对不住，对不住。"

"你今天怎么魂不守舍的，有什么我能帮你的吗？"

"有一条老龙丢失了他的眼睛，我答应了他帮他找回来。"

"他长什么样子？"

"跟你差不多，只不过他是刻在石桥上的，他没了眼睛，就飞不走了。"

镇墓兽有些奇怪问道："他既然跟我一样，若是没有眼睛，给他刻上去不就行了吗？"

君泽恍然大悟，一拍脑子，突然觉着自己生生把事情想复杂了。活了那么多年吃了那么些年五谷杂粮，脑子居然还不如一块青铜。

❦10❧

夜黑风高，岑蔚然抱着琴在石桥上弹奏的时候，君泽半个身子趴在桥边上，拿了把斧头慢慢凿着。

随着琴声高低起伏，斧头一轻一重，老龙的心也颤颤悠悠的。

"少年郎啊，你可手下留情，老龙我不想毁了这英俊的面孔，否则以后可怎么去街

上偶遇姑娘？"

"我，我尽力……"

曳十三娘提着灯笼从一旁经过时，破天荒地侧头看了他们一眼，随即又若无其事地继续往前走。

君泽有些羞愧，总觉着曳十三娘那眼神像是在嘲笑他，可他又隐隐觉着，今夜的曳十三娘与往日的她不太一样，眼里满是哀怜，又有些释然。

"十三娘，今日我就不送你回家了，你注意安全啊。"岑蔚然笑得极开心，在一旁殷勤嘱托道。

君泽正恼怒着，听着岑蔚然这话差点手一松栽入河去，好不容易站稳之后，恨不得给他头上来一斧头。

他好好的账房先生不做，半夜趴在这石桥上做石匠，也不知是为了谁。那人只说他恐高，不敢往桥下看，现在想想多半也是假的。

忽略那刺耳的琴声不说，看了看岑蔚然白衣飘飘镇定自若的潇洒模样，再看了看自己半个身子悬在栏杆外，战战兢兢、卷着衣袖满头大汗的模样，君泽心里深深地涌出一股无力感，生平第一次觉着交友不慎。

半个晚上的叮叮当当之后，石桥上，线条流畅的龙睁着一双凌厉的眼，仿若一潭死水入了一尾游鱼，突然就活了过来。

"龙大爷，我没见过活的龙的真身，只是依着早先一块玉佩上的模样雕刻的，您别嫌弃……"

"画龙点睛，点睛化龙，原来如此，哈哈，老龙我总算自由了！"老龙忽然长啸一声，直直从桥上飞了出来，在半空中尽情地打了几个滚，尽舒胸中郁气。

望着呆若木鸡的两人，老龙舒展着数十米的身子有些得意，落在地面上化为一名老者。接着，他履行诺言，告知了他们关于曳十三娘的秘密。

曳十三娘早先只是河里一条锦鲤，和众多鲤鱼一样，做着修行成仙跃龙门的梦。

她的家族和普通的锦鲤不同，白色的身子上遍布着黑色的斑块，游弋时如同沉郁墨汁入水，好像有一支看不见的笔于水中走笔行墨，跌宕上下间，画意天成。

有段时间，城里突然就兴起用这白写锦鲤作画，引得好些故作风雅之人趋之若鹜。卖鱼的小摊小贩忙疯了，河里的捉完了就上江里用背篓捞，用渔网抓……很快城里的白写锦鲤就被抓尽了，活下来的寥寥无几。

白写锦鲤被送到城里各处，有的刚上岸就被摔死在泥里，有的半道上就死了，有的被困在水缸里，有的新鲜劲儿过去之后就被丢入后厨炖了汤。

曳十三娘眼睁睁看着自己的同类被一一抓走，父母不见了，兄弟姐妹也不见了，她憋着一口气躲在石头缝里才逃过一劫。

那一场铺天盖地的捕捉成了她夜夜不能入睡的梦魇，无数张一张一合的嘴，都在诅咒着、喊叫着。为什么只有她没死，为什么她没有帮他们报仇，为什么！

所以她才铆足了劲儿攒功德，铆足了劲儿要争灵君的位置。她深知，只有活着才是最重要的，只有享一方供奉，她才能不做砧板上的鱼，才可以保护她的亲人。

为了让自己时刻铭记于心，她年年中元去一趟如意馆，央着窈娘给她做一碗风鲤白。酒不醉人人自醉，她将同类的血肉一丝一丝吞入腹中，任冤魂啮咬，就是为了时刻提醒自己身上背着的债。

◎ 11 ◎

此后，君泽再在深夜看见曳十三娘提着灯笼从门前过时，只觉着心中隐隐有些疼，叹一声世道荒谬。

岑蔚然再到如意馆时，眼里有些心灰意冷。他爱上了一只不普通的妖，这妖的沉重，不是他这欢脱性子能承受的。

就在前几日，曳十三娘像是知道了他探听到了她的秘密，终于跟他说话了。

"你放手吧，我不会放弃修行这条路的，不当人上人，就得任人宰割。"声音飘着飘着就飘到了河里，再也捡不起来。

她在石桥上驻足，伸手递给他一捧水，水中藏着一颗水灵灵的珠子，恍若一滴长长的眼泪。

岑蔚然听懂了她的意思，她没有时间沉湎人世间的情爱，那是她修行的障。

他也看懂了那捧水的意思，她是在告诉他，还君一钵无情泪。他珍重地将那不知来历的珠子放到胸口藏了起来，只当它是一颗离别的礼物。

君泽也不知他会消沉多久，是伤感完了之后奋起直追，还是真的决定放下。

人妖殊途，差的不是心意，有些东西真的就是宛如天堑，你永远也迈不过去。

放在人世间，道理也是一样的，更何况人与妖。

很久之后，君泽问过窈娘，为什么要这么残忍，她明明已经够苦了，为什么还要答应为她烹调一锅风鲤白，让她更苦。

窈娘捂着嘴笑得好不惊讶："谁说那锅风鲤白是给她吃的，我都给毓贤街的举人老爷送去了，还得了好些赏钱呢！她吃的那个，只是普通的豆腐罢了。"

幸好，幸好，曳十三娘已经够苦了，庆幸的是，窈娘没有让她背负上蚕食同类的杀孽，不然她这一辈子，真的是苦到尽头了。

老龙临走前赠了他一块鳞片，君泽将它小心翼翼地贴在胸口，有些伤感。

人妖殊途，那人与仙呢?

灌 香 藕

第陆章

士为知己者死，与子同袍，岂日无衣。

❦ 1 ❦

莲性寺旁卖酒的蟾蜍精最近不知怎的，意志有些消沉，隔三岔五来一趟如意馆，望望日头，看看小狐狸撒娇，一坐就是一下午，一副忧心忡忡的模样。

窈娘说，他是修行碰到了坎儿，如果过不去，这辈子也就过不去了。

蟾蜍精在人间修行时是有名字的，叫胡不归，住在莲性寺旁，一边卖酒一边修道。

自打上次窈娘借了他家的白苹水做黄粱膏后，就欠了他的恩情。他也不着急要人还，来如意馆时，窈娘也是尽着心意招待。

胡不归兴起时，就拉着君泽指点门外的行人。

那个掩面匆匆而过的，是刚成人形的玉兔精，总以为嘴上有豁口，觉着没脸见人。

那个蹲在墙角眼睛骨碌碌转的乞丐，是城隍庙里守门的铜铃大将，最耐不住寂寞，趁人不注意就逃了出来看热闹。

如此种种，街上行人攘攘，各有各的故事。

这日，广储门街口的程铁匠带着自家小孙子到如意馆来买缠莲子，迎头碰上了胡不归，两人俱是一愣。

胡不归眼见着手抖了一下，将夹着的一块鸭肉给抖搂在桌上，随即有些慌慌忙忙地起身抹了抹嘴，恭敬地站在铁匠跟前，欠了欠身。

铁匠看着满头乌发的胡不归有些惊讶，很快就平静下来了，一把将小孙子抱起来，坐到了他那一桌。胡不归赶紧唤了窈娘过来，最烈的三花白、大块的猪肘子、酱牛肉、油焖鸡、临水鸭……

胡不归有些语无伦次，将脑海里能想起来的菜拉拉杂杂报了十几样，很快就被铁匠拦了下来。

"年纪大了，吃不得这么荤腥，拣些素净的菜上就好。对了，若是有上好的女儿红，来上一坛。"

身旁，三岁的小孙子流着湿答答的口水，含糊不清地说了些什么。铁匠凑近一听，然后大笑。

"好好好，乖孙孙，爷爷没忘。老板娘，店里新出的缠莲子还有吗？有的话来一荷兜。"

胡不归望着这眼神呆滞的孩子有些惊愕，别人不知道，他是知道的。铁匠以前受过伤，这辈子都不可能有子嗣。

"这孩子是……"

"镇远大将军家留下来的独苗。"

铁匠没有多做解释，厚厚的蒲掌一掌把坛子上的泥封拍碎，掀了麻皮纸，单手举至嘴边，咕咚咕咚三两下就喝完了，重重地拍在桌子上，豪气顿生。

"痛快！够痛快！胡不归，咱俩可是好些年不见了，故人相逢，理应痛饮三杯，来，干了！"

铁匠头上满是白发，乱糟糟地束在脑后，略有些老相的脸上只有一双眼熠熠生辉。胡不归望着他满是褶皱的脸，心里咕噜噜冒着泡，也不知是喜悦还是失落。

故人相逢，平添满面风霜。

这一顿饭没有吃多久，小孙子含糊着说了几个字后，铁匠哄着他说："好好好，回家回家，乖孙孙要回家喽，爷爷回去给你抓蝴蝶。"

临走前，铁匠拍了拍胡不归的肩膀，眼里满是欣慰。

"早知你不是寻常人，我果然没猜错。你过得好，我就放心了。"

胡不归望着他的背影，声音有些喑哑："将军……"

君泽坐在门口结账，听了他的话大吃一惊，连忙往外探了身子多看了几眼。

这佝偻着身子终日脏兮兮的铁匠，他只当是隐入人群里就消失不见的人，居然是个将军？

❀2❀

之夭最近在窈娘的指导下，终于发现了自己在食物上的天赋。继上次的水团之后，时不时也捣鼓些应季的小玩意儿，最近莲子新鲜上市，她就迷上了做缠莲子。

将鲜嫩的莲子从莲蓬里剥出来放入滚水里泡着，待水凉到温水之后，丢入几块烧得正好的红炭火一淬，盖上盖子闷上一刻钟，莲子皮自然而然就脱落了。

去掉苦芯的莲子拌上薄荷霜、糖，滚一身米粉，放到火上烤一烤，蒸熟后用荷叶卷着，一兜一兜地卖。

之夭做出来的缠莲子入口清甜，颗颗圆润，养心安神之余，一粒一粒捡着吃，比新鲜的莲子更多了几分火炙出来的香味，很是受欢迎。

胡不归来如意馆来得愈发勤快，每次都会点上一荷兜缠莲子，只是时常原封不动地放在桌上，直至凉透。

程铁匠又带着小孙子来了如意馆几次，每次都会碰到胡不归，两人每次只挑了窗边的桌子，一边饮酒，一边畅谈。

胡不归开始时还有些拘谨，不知如何解释自己多年未见，为何容貌没有丝毫改变。铁匠倒是毫不在意，看着胡不归的眼神里透着熟稔亲昵。

像是横亘在两人之间的悠悠岁月，似乎从未流淌过。

可惜谁都骗不了谁，他早已华发丛生垂垂老矣，他却仍然是原来的青葱好相貌。

君泽自打听到胡不归那句"将军"之后，对程铁匠就上了心，总是躲在一旁偷偷看。

铁匠身量魁梧，右肩有些耷拉，总是直不起来，手上长满了茧子，许是烟熏火燎靠太近了，眉毛胡子也被烤得有些卷曲，脸上沟壑纵横，说起话来嗓门大得很，看着是个痛快人。

从他行走的姿态里，君泽能看出来，铁匠受过良好的训练。

说他从过军他信，说他是个将军，君泽是不信的。

暗地里，君泽偷偷问过胡不归，这程铁匠当真是个将军？胡不归只是叹了口气，看着君泽的眼神里云海翻滚，像是透过他看到了逝去的岁月。

"他曾经是个将军，也是我最敬重的人。"

"将军不应该是高头大马，在战场厮杀的吗？就算年老了，也该是在京城里拥着富贵宅子，怎么会沦落到在扬州城里做个铁匠？"

"年轻人啊，很多事，不是按照你以为的轨道发生的。"

❀3❀

胡不归年轻的时候，是个谋士，他辅佐的将军是当朝赫赫有名的威武大将军程欢喜，也就是如今的程铁匠。

那时的胡不归在人间游历了许多年，厌倦了市井里的烟火气。人间俗世里滚了一遭，能做的事他都做过了，以至于兴致索然，觉着妖生没有意义了。

而妖漫长的岁月里，最怕的就是寂寞。

恍如明珠蒙尘，青铜生锈，心思一黯淡，就容易入了魔障。

所以胡不归调转马头到北地从了军。他有满腔热血，试图在战场上寻找能让他提起兴致的东西。他喜欢运筹帷幄间俯瞰众生，这让生而为妖的他有一份满足感。

程欢喜是北地赫赫有名的大将军，多年以来，一直在北地对抗外侵的游牧民族，与战士同袍，与将士共生死。

胡不归打从心底里是认可程欢喜的，他是他见过的人里头，唯一一个正直到有些过分的人。心系苍生，聪明睿智。

两人志趣相投，夜夜同帐歇息，对着沙盘共同演练研究策略。

大漠孤烟与茫茫草原里的生死拼杀，胡不归与程欢喜在刀剑里闯出了过命交情。

直至那一件事的发生，彻底改变了两个人的命运。

那是一场史无前例的难堪场面，敌军派探子趁夜烧了军中粮草，又逢着冬日下雪，山路艰难，补给的路都给堵了。

偏偏监军的公公收了贿赂，与朝中镇远大将军相勾结，鼓动着圣上起了猜忌。一道一道圣旨相继传来，命程欢喜回朝觐见。

他们都心知肚明，程欢喜一走，军心大乱，敌军必然趁乱偷袭。而更重要的是，接管的镇远大将军与程欢喜理念不合，若真让他接手了军营，怕是要用将士的尸体堆砌出一条无归血路。

原因无他，程欢喜主和，镇远大将军主战。

这些年，程欢喜一直驻扎在北地，带着将士操练屯粮，繁衍生息，边境是一片和平安宁景象。

虽然时有敌军侵犯，程欢喜也从不恋战，将人逼退至边境三十里之后就调转马头回营，所以军营里死伤的人少，大多是一片祥和景象。

而镇远大将军是个骁勇善战的，在他眼里，犯我疆土者，杀无赦。他带兵的那些年，军中死伤无数，不知有多少年轻的生命落了个马革裹尸、忠魂英逝的下场。

程欢喜若是走了，他这些年累积下来的富饶兵力将毁于一旦，可他若不走，圣上追究下来，也落不到好下场。

"叛"字当头，一旦扣上了这顶大帽子，无辜受牵连的人不知有多少。

就在这进退两难间，胡不归帮他做了决定。

胡不归在程欢喜的水里放了东西，让他昏昏沉沉睡上了三日，待他醒来的时候，人已经在回朝的路上。而这短短三日，局势大变。

敌军偷袭，镇远大将军领兵追出了数十里，遇上一场大雾。

活着的将士们回来后说，他们在大雾中与许多已经死去的兄弟把酒言欢，见到了自己许久未见的家人，见到了自己封妻荫子功成身退的美好未来。

战场瞬息万变，就在将士们沉浸在美好的憧憬中松懈了意志时，敌军踏着烈烈马蹄冲了出来，挥着戈矛刀剑砍了过来。

撤军的号角吹响时，尸体横七竖八躺了一地，那片草场多年以后仍能见着累累白骨，仍能闻到挥散不去的血腥味。

敌军大获全胜，镇远大将军大败，圣上无奈之下只得下令半路上让程欢喜调转马头回边境。

而就在贺兰山脉间，胡不归与程欢喜爆发了一场史无前例的争吵，两人以后就分道扬镳，再也没有碰过面了。

时至今日，仍然有许多人想不通，为何滴水成冰的冬日，会突然出现一场遮天蔽日的大雾。

他们只能归结为，程欢喜乃天命所归，是上天钦定的大将军。

❸4❸

程铁匠再来如意馆时，君泽望向他的眼神中多了几分肃然，也多了几分敬意。

心怀天下守护疆土的将军，在任何时候都值得人尊敬。

而胡不归最近忙忙叨叨的，时不时拉着窈娘在一旁絮叨，来去匆匆。只是君泽见着，胡不归的神色越来越不好，而窈娘看胡不归的眼神中，也多了几分不知从何而来的怜悯。

这日，如意馆的客人都在闲聊，说莲性寺旁最近在卖一种酒，那酒的味道真是美，喝完能让人做美梦，醒后仍回味不已。

君泽跃跃欲试，这天突然想起来胡不归就住在莲性寺旁，便托他带上两坛，准备夜里自己试试。

谁知胡不归听他说完之后，一脸看傻子的表情看着他，转头就冲着窈娘说道："你店里的这个账房先生怕是个傻子吧？"

君泽气结，这人前几天还拉着他讲故事，怎么今个儿就说他傻了？正准备好好辩解一番，就见窈娘冲他摆了摆手。

"莫怪，他到我们店里的时间短，平日里也不大出去，还有好些事情不知道。"

君泽看着他俩说话，一头雾水，总觉着他们在说些什么他该知道的事情。

胡不归今日脾气有些暴躁，眼见着有些心神不宁，将碗筷摔摔打打了一番，临走前突然回头冲君泽一笑，有些不怀好意。

"哎，书呆子，我说那酒你真的想喝？"

君泽看了窈娘一眼，见她冷着脸，话到了嘴边又拐了个弯，小心翼翼道："还好，还好，也不是那么想……"

胡不归将落在君泽身上的视线收了回来，在君泽和窈娘之间来回打量了一番，口中啧啧称赞道："窈娘这账房先生收的好，可真听话。"

末了，他突然眼睛一亮，围着君泽走了一圈，将他里外看了一遍，直看得他全身发毛，这才一拍掌说道："窈娘，跟你打个商量如何？借你家账房先生用几天，保证全须全尾地给你送回来。"

窈娘看着君泽一脸生无可恋的绝望表情，心中有些发笑，还是点了点头允诺了他。

她欠了胡不归的人情，总归是要还的，更何况，现在不还的话，怕是再也还不清了。

她知道胡不归想要做什么，她不能阻止，非但不能阻止，她还会尽全力去成全他。

　　胡不归的酒坊就挨着莲性寺，小小的一间屋子，沿着墙铺了几个木架，整整齐齐摆放着数十坛酒。

　　屋子靠着红墙的一侧种着好些翠竹，排排挤挤成了一片林子。

　　晨钟暮鼓，檀香袅袅，挑水的小僧拾级而上，脸上无悲无喜，恍然间让人心生悲欢无常之感。

　　君泽到了酒坊之后，才知道胡不归借他过来是做什么的。他平日里不爱与人来往，酒坊里除了他之外，别无他人，而他最近做的生意，正好缺了个听话的引路人。

　　君泽，正是他看中的引路人，能帮他保守秘密的引路人。

　　最近城里大卖的东铺酒，也正是出自胡不归之手。他家铺子旁边竖了面酒旗，上头迎风招展飘着两个字——东铺。

　　待的日子久了，君泽这才知道，为何那日他让胡不归给他带几坛酒，胡不归露出那般神色。

　　原因无他，这东铺酒自然就是普通的酒水，只不过里边掺了些东西，胡不归的精气，还有传说中的蜃气。

　　这酒喝了，能让人伤神。

　　胡不归不是一般的蟾蜍精，交友广泛。早些年他在海边结识过一个蚌精，两人也是称兄道弟混得极熟，后来才得知那蚌不是普通的蚌，是一只蜃，呵气成蜃楼，能造幻境。

　　那蜃念着两人的友好情谊，分别之前渡了一口蜃气给胡不归。

　　胡不归将那口蜃气渡入酒水中，以精气为网，织了一场蜃楼幻境。蜃楼里，你分不清真假，能勾出心中最深的执念，能见到自己想见的人，完成未完成的心愿。

　　唯一的代价就是，入蜃楼之人，会损伤些许精气，不过对身体无碍，只是精神倦怠，睡上两天就好。

　　他这东铺酒也有个规矩，不是说卖就卖的。

　　酒坊门口摆了张桌子，君泽就坐在桌子前头，将前来买酒的客人信息一一登记下来，所诉心愿也写下来，然后交给屏风后头的胡不归。

　　经由胡不归挑选之后，君泽再将特制的竹签发放给客人，让他们入夜了再来，每日仅限五名。

　　胡不归编织幻境的时候，君泽就负责在门口守着，不让任何人打扰。

　　第一个客人，是一名富商，他求饮东铺酒是想再见年少时的恋人。

　　那时的富商还是山里樵夫之子，与对岸渔家女儿恋上了，约好了等他攒够了彩礼钱就来娶她。

　　后来富商到城里打拼，一步步发了家，也如约娶了渔家女儿为妻，同时也纳了很多房妾。

渔家女儿早逝，人到中年后，富商才后悔莫及。他想再回到那年的山林里，他给他的心上人砍竹枝编竹筏，他的心上人涉江采芙蓉，低眉浅笑间赠了他最美的一朵。

富商出来之后精神有些倦怠，眼睛有些湿润，努力吸了吸大腹便便的肚子，好似真的回到了年轻的时候。

君泽到屏风后看了一眼，一张椅子一张床，床上没有人，椅子上瘫着一只青皮蟾蜍，双眼有些无神。

它示意君泽将下一个客人引进来，略微屏气凝神后，再看时，椅子上依旧是青衣乌发风度翩翩的胡不归。

第二个客人，是楼里的花魁娘子。

花魁娘子是蒙着面过来的，她求饮东铺酒是想再见自己去世的父亲。

花魁娘子年少的时候不甘做平庸的农家女，因贪恋花团锦簇的世界，被路过的浪荡子弟勾了心，不顾父亲的反对趁夜私奔。

破瓜之后，富家子弟很快就失了耐性，悄无声息地撇下她回了京。花魁娘子守着一处租借的破宅子，被拐子倒了几道手，卖到了扬州城里的青楼。

她想回到她十三岁的时候，想抱住她那不善言语只知道黑着脸骂人的父亲，告诉他她不恨他生的贫穷，不恨他不让她跟那男子走，不恨他阻了她的富贵路。如果有来生，她只想守着父亲做一个平凡的农家女。

第三个客人，是彩妆巷沿街乞讨的小乞丐。

第四个客人，是道观里落发修了二十五年道的女尼。

……

镜花水月，众生百态。

君泽看着胡不归的脸色一日日惨淡，脸颊也消瘦了，整个人单薄得令人心惊。他隐约能感觉到，胡不归以精气为代价，在收集些什么东西。

看着他日益急切的神色，君泽有些担心。

他想帮助他，可又怕他现在做的这些事，最后会让胡不归失去一些很重要的东西，包括生命。

6

胡不归很久没有去如意馆了，君泽在如意馆和东铺之间两头跑。

闲暇时，他偷偷问过窈娘，胡不归做这些到底是为了什么。他隐约知道答案，可不敢确认。

窈娘默然，将视线投向窗边坐着的人。

三岁的顽童依旧懵懂不知世事，将荷叶里的缠莲子撒了一地，口水打湿了衣襟，嗤嗤地笑着。

程铁匠佝偻着身子，一边捂着嘴咳嗽，一边蹲在地上一颗一颗捡着，头上花白的头发有些刺眼。

君泽突然想起了东铺昏暗的房间里，屏风上绣着仕女，影影绰绰投下一片阴影。青皮蟾蜍躺在椅子上，手中摩挲着一片巴掌大的护心镜，一遍又一遍。

口中还念叨着，将军，我愿意为了你赴汤蹈火，在所不辞。

胡不归的最后一个客人，是程欢喜。他特地让君泽跑了一趟，将那面护心镜也一并带过去。

程欢喜踏着月色而来，站在门口抬眼看了一眼招展的酒旗，用手摸了摸"东铺"二字，满是感慨。

"当年在军中时，我曾笑谈，以后若是得了闲，必当开一家酒坊，众将士来喝酒通通免费招待。没曾想，我最后做了铁匠，你开了酒坊。"

胡不归坐在屏风后头没有说话，只是静静地数着他的脚步声，一步一步，到屏风前停住了。

"这些年，我一直没有问过你的身份。其实我很早以前就怀疑了，只是假装不知道。现在，你是要告诉我了吗，我的谋士？"

胡不归捂住嘴咳了几下，笑得云淡风轻，最后竟然把眼泪都笑出来了。他轻轻拭了拭眼角的泪光，依旧没有说话。今天他已经接待了四个客人，已经没有多余的力气让他接话。

他示意君泽将铜爵递给程欢喜，程欢喜捧着铜爵笑了笑，一口饮尽之后，大步迈进了屏风后头。

⑦

这场蜃楼大概是胡不归织得最完美的一场幻境了，君泽站在冰天雪地里，凛然寒风吹得头有些疼。

年轻的程欢喜将马鞭甩得噼啪作响，看着自己乌黑的头发有些出神。对面是含着笑的胡不归，身后是前来迎接他回边境的将士。

程欢喜捧着圣旨，手有些发抖，传旨公公虽然有些不耐烦，但还是赔着笑站在一旁等着。

程欢喜望了望身后的山，郁然高耸，山上建着两处高台，郁孤和望阙巍峨耸峙若守将。

"当年我们就是在此处分别的，我怪你私自将我带走，怪你任凭镇远大将军带着兄弟们枉送性命，怪你明明身负异能，却眼睁睁看着众多兄弟去送死。"

"我说过，我会帮你完成你的梦想，我做到了，不是吗？"胡不归笑得很开心，脸上一派纯真。

"其实我一直想知道，当年那场大雾是不是出自你的手。你平日里就精通方术擅长观望天象，测算天时地利，操纵一场迷失人心的大雾应该算不得什么。"

"我交过很多朋友，你是我所有朋友里最傻的一个，却也是待我真心的一个。我不想骗你，那一场大雾，确实是因我而起。"胡不归笑得坦然。

那一口蜃气，他之前只用过一次，就是在战场上。眼见着平日里同生共死的兄弟一个个状若疯魔，一个个死在敌军的马蹄下。

他造下数千杀孽，以至于此后多年一直耿耿于怀，无法迈过这个坎。莲性寺的钟声一日日撞击着他的心，寺中的檀香一日日缠绕着荡涤着，也无法洗刷他造下的孽。

"为什么？"程欢喜红着眼，手有些抖。

死去的人里头，有平日里给他打洗脚水的蒋三，有等着停战回家娶媳妇儿的阿宴，有一身横肉却胆小如鼠的老奎，还有……他们是同生共死的兄弟，歃血为盟，还对着军营里那棵歪脖子树拜过把子磕过头，说好了要一同进退的。

可最后，他走了，他们都死了。

死后无所知，生人余同悲。

"你说过，你不想背着锄头碌碌无为一生，你希望驱除鞑虏，希望护我河山，希望建功立业。我是在帮你，只有镇远大将军大败，圣上才可能将你重新调回边境，你就不需要在京城的安乐乡里消磨岁月。你是长鹰，该搏击千里的，不该被捆住手脚做梁上的燕雀。"胡不归不知想起了什么，眼底露出几分怅惘。

"所以，你就任凭他们去死，用他们的累累尸骸为我铺了路？你有没有想过，这些是不是我想要的？"程欢喜有些激动，眼含热泪大声斥问道。

"我知道这些不是你想要的，所以罪孽由我一个人来承担就好了。将军，我是你的谋士，还记得那个雪夜我们被困在山谷中动弹不得时，对着雪地里那棵茁壮生长的胡杨结拜吗？我曾说过，我愿为你赴汤蹈火，在所不辞。"

胡不归咳了几下，身子歪了歪又站直了。

分别后的数十年，他一直在听着关于他的传说。

威武大将军程欢喜戍守边境数十年，海晏河清，边境贸易日益发达，两国秋毫无犯。

这正是他所期待的，也让他心中稍稍有些熨帖。

胡不归暗地里告诉那些死去的冤魂，他们该心满意足的。若是放在大处讲，他们的牺牲是舍小家为大国，换来了边境安宁，换来了百姓安居乐业。

可他始终不敢说出口的是，若是往小了讲，他们的牺牲，只是为了成全一个人的梦想。

妖的岁月漫长无止境，难得碰到诚心以待的有缘人。

有缘人啊，岂曰无衣，与子同袍。

❀8❀

胡不归带着君泽去了一趟莲性寺，来往的小僧好像都认识胡不归，从旁经过时都略微点头致意。

君泽有些惊讶，蟾蜍精居然就这样堂而皇之地在寺庙里来去自如，佛祖不会怪罪的吗？

胡不归只是意味深长地看着他："心中有佛，佛祖又岂会怪罪？更何况，我潜心问道，佛祖该渡我才对。"

他带着君泽去了莲性寺西侧的一处后殿，殿中塑了佛祖金身，趺坐在莲花台上低眉垂目，无数盏长明灯摆放在层层叠叠的木架子上，灯焰明明暗暗。

两人从后殿的侧门进入了一个四方院子，院子四周是长廊，长廊上挂着无数盏高低的灯。院子中间挖空了，引了一汪水，水面上风荷高举，莲叶底下清清浅浅飘着无数盏灯。

放眼望去，铺天盖地都是灯，白色的灯托，暗黄色的火焰。

一旁小僧见胡不归过来了，含笑致意之后，将手中端着的灯油递给了他。

"这是……"君泽初初看到这铺天盖地的灯，心中有些惊异。

胡不归取了木勺，一勺一勺将往灯芯上浸润着桐油，走一步道一声："南无阿弥陀佛"。

"你没猜错，这是在替当年因那场大雾死在边境的将士们超度的。这些年我一直耿耿于怀，便替他们点了这长明灯一直好生供奉着，望冤魂能安心，来生到富贵人家投胎，千万别再碰上如我一般残忍的人枉送了性命。"

君泽看着胡不归低垂的眼眸和虔诚的神情，心中顿起波澜。

原来他也是后悔的，他也是愧疚的。

他为了完成程欢喜的夙愿，牺牲掉了数千无辜性命，到底了，胡不归也是内心惴惴不安、深以为憾的。

突然，胡不归看着他呆滞的眼，温和问道："账房先生啊，我问你，你可有什么未完成的心愿，或者是想遇见的人？看在你帮了我大忙的分上，我可以引你入蜃楼一见。"

君泽一想到蜃楼的存在是以胡不归的精气为引子，是以燃耗他的元神为代价，就有些不忍，头摇得像拨浪鼓一般，拒绝得诚恳坚定。

"账房先生，我没看错你，你真是个心肠善良的人。"胡不归有些感慨，摇了摇头，颤着手点上一盏灯，口中喃喃着什么，悄无声息飘散在风里。

"可惜了，我这身子，也撑不了多久了。大限将至，大限将至啊……"

❀9❀

君泽带着行囊回到如意馆的那天，窈娘受了胡不归的嘱托，正在做一道灌香藕。

荆楚之地的七星藕，五小孔，两大孔，用白炭刮去皮之后，似嫩娃娃的手臂，圆润可爱，枝枝节节清白得让人心生愉悦。

窈娘将藕一段一段切成拇指厚之后泡入井水中，就开始处理馅料了。

甜的是山里竹蜂的蜜糖裹了江米，放到屉笼里蒸熟，软软糯糯带着甜甜的香气。

咸的是鸭脯与虾丁剁成茸，捏成圆圆的小剂子，一小撮一小撮，细细密密地泛着油光。

酸的是去皮的白圆研成末，与红果、金橘、乌梅的果肉调将一起，光闻着流淌出来的汁水，就令人口齿生津。

辣的是山茱萸剁碎，拌上瓮里菰叶裹着的鱼鲊，撒上二两姜丝一两桂。

苦的是瓦口白菘的嫩菜心切碎，浸泡在莲心煮过的水中。

五种馅料用小银勺一勺一勺填进七星藕的五小孔中，两个大孔中一边塞了一颗糯莲子，莹然闪着星星点点的银光。

填好了馅料的藕片匀净地摆放在碧绿的莲叶上，底下托了长盘，放入锅中隔水蒸。

莲叶是胡不归从莲性寺采来的，九月城里的荷花谢了，莲叶枯残，唯有莲性寺中那一亩方塘中依旧枝蔓田田。

莲子是他寻来的，客人也只有一个——程铁匠。不，准确地说，这道灌香藕是为程铁匠家有些痴傻的小孙子准备的。

程铁匠抱着小孙子到如意馆时，有些惊讶，如意馆今日的阵仗有些郑重，店中除了他，没有其他的客人。

窈娘含着笑垂手站在门口，身后一排站着君泽、石清，之夭怀里抱着陶墨墨。

程铁匠看了一圈，突然开口问道："胡不归呢？是他约我到这儿来的，他怎么不在？"

窈娘眸中闪过一丝伤感，很快就消失不见，话里多了几分敬重。

"今日这顿饭是胡不归特地托我们准备的，他说，你来了就知道了。"

程铁匠默然不语，由窈娘引着入了座。桌上只有一副碗筷，一盏荷叶托着的灌香藕。

乍一走近，食物的清香汇聚成一股香气扑面而来，顺着鼻腔冲入天灵盖，人生五味顿时如同走马花灯般一一闪过，让人隐隐想要落泪。

程铁匠抽了抽鼻子，为自己这突如其来的感悟而惊诧，很快就又释然了。

"能和胡不归做朋友的，想必也不是普通人，窈娘这菜做得也真是好。"

"将军谬赞，这道灌香藕是胡不归托我所做，是为您怀中的小孙子准备的。他说，他知道您的心愿是什么，他也必将跟许多年前一样，愿意为了您赴汤蹈火。"

窈娘伸手取了竹箸，搛了一块沉甸甸的藕放到程欢喜面前的碗中，然后将筷子递了过去。

"也希望您不要辜负了他的心意。"

程欢喜看了一眼怀中流着口水到处挥手乱动的小孙子，三岁的孩子已经长齐了牙齿，闻着香味就将手伸了过去。

不用人教，天性使然，美好的食物总是能催动人腹饥时的欲望。

他一小口一小口啃着，吃得认真，孩童专注的眼中满是对食物的虔诚。

@ 10 ⑨

"我没有告诉他的是，其实我也是后悔的。"

窈娘没有说话，给他递了坛女儿红。程欢喜一言不发，捧起坛子咕咚咕咚喝了半坛，酒水从下巴滚落，大半都撒在了衣服上。

"那天在望阙台下赶他走的时候，我就后悔了。我知道他是为了我好，他顾着兄弟情义，是真的想为我做些什么，而我恨他，更恨我自己，恨我自己佝偻于天地，虽是人人敬仰的大将军又如何，为人臣子却有着太多的无能为力。"

"将军，节哀。"

"他曾问过我，为何要收养昔日仇人的后代？话到了嘴边，我却不知如何解释。那时的我们都还年轻，都觉着自己做的是对的，而所有的错误都应该被纠正，不应该继续存在下去。

"直至很多年以后我才知道，很多事，并不能简单地以对错来论说，哪儿有那么多所谓的仇人呢？立场不同，理念不同，最后殊途同归罢了。"

镇远大将军自从那一场败仗之后就落了势，在京中备受排挤，以至于多年后的一场党争中，被人翻出旧年坑杀敌军数万的旧账来，圣上起了猜忌之心，将镇远大将军全府满门抄斩。

程欢喜刚好回京述职，只来得及救下那不知世事的婴儿。

那日的刑场乌云蔽日，镇远大将军站在刑台上不肯下跪，蓬头垢面，老泪纵横。

"我魏希堂这辈子无愧于天地，犯我国土者，杀无赦！"

人头落地时，话音仍在西风中打着转儿，铮铮铁骨，血溅三尺。

也是从那刻起，程欢喜才真正动摇了一直以来的决心。他所坚持的正义，到底是不是真正的正义。他们都只是在位者手中的棋子，打着保家卫国的名义勇往直前，可最后能存活下来的，只是合着在位者心意的那个人。

他也说不准，万一哪天风向就变了，他所坚持的怀柔安守，也会变成颈上的一把刀。

此后他就心灰意冷，以年迈不堪旧伤折磨为理由，辞退了威武大将军的职位。

"这几年，我带着孩子兜兜转转去过许多地方，最后来到这扬州城落了脚。我只想安心做个普通人，巧的是，我又碰到了胡不归。上天待我不薄，让我年老了还能寻回自己的知己。

"我现在只有一个心愿，过往岁月如云烟，不想去管了，以后的世界是年轻人的，我只希望我这小孙子能平安长大，安安稳稳地过完后半辈子。"

程欢喜看着认真吃着灌香藕的小孙子，满眼怜爱。

君泽突然捂着嘴低头冲了出去，其他几个人一头雾水。

只有窈娘知道，君泽这是想起了东铺里的胡不归。

得偿所愿，命不久矣的胡不归。

ᐁ11ᐅ

胡不归寻来的莲子，不是一般的莲子，是莲性寺一株活了好些年的莲花结的子，沾染了佛门光辉。

他将蜃楼中收集来的百态情感灌入其中，用自己的元神包裹着，交由窈娘制成了灌香藕。

人生五味，尽在其中。

愿食得这藕的童子，能在这纷繁芜杂的乱世中，有一颗七巧玲珑心，有一颗柔软善良的心，能于这乱世中安然活下去。

凌烟阁一层一个鬼门关，长安道一步一个连云栈。鬼蜮人心，魍魉魑魅，世道艰难得让妖都处心积虑谋求生存，更何况是普普通通的人。

程欢喜所希冀的，也是他所期待的。

他不能改变这整个世界，他只能尽自己的能力，让一个新鲜的生命得以重生。

这是胡不归修行的劫，也是他的难。

程铁匠从如意馆回去后不久，就生了一场重病，多年来战场的厮杀让他的身子千疮百孔，熬到现在已经是油尽灯枯。

铁匠安然阖上双眼的那日，程家小孙子抱着他冰冷的尸身哭得撕心裂肺，任凭邻人怎么拉扯都拉不开。

"爷爷，爷爷，你不要丢下我啊……"

人人都称奇道，这铁匠一死，他家的小孙子怎的就心智正常了，并且比一般的顽童更为聪慧些。

一般人家的三岁孩子，哪知生死对于人的意义？

铁匠出殡的那日，莲性寺旁的东铺中，青皮蟾蜍捧着一面生了锈的护心镜咧嘴笑得知足。

数十年的光阴啊，仿佛只过了一瞬。

那年溪桥茶寮初遇，小妇人温上了两坛女儿红，两张年轻的面孔上满是无畏与憧憬，此后就是北境同生共死数年。

现在回想起来，比起雅苑里红袖翻飞美人在怀，茶寮酒坊里高歌欢唱，他更魂牵梦萦的地方，是北方那片荒芜的大漠。

他心中仍记挂着刀未磨锋，剑未出鞘，按捺不住心中的喧嚣。

只等将军一声令下，令之所向，万箭齐发。

君泽守在一旁，看着胡不归静静地闭上双眼，眼角有什么莹然闪动，枯瘦的爪子垂了下去，护心镜落在地上，碎了。

青天白日里，莲性寺的钟声突然响了起来，一声一声撞击着，似在哀悼。

寺中后殿长廊中，无数星星点点的光一闪一闪飘浮了上来，无数盏长明灯明明暗暗，无风自动。

忽地，一盏一盏就都灭了。

君泽有些欣慰，更多的是难过。

胡不归终于历完了他修行的劫，数年困扰他的心魔也一一散了。

冤魂啊，请你们安息。

士为知己者死，与子同袍，岂曰无衣。

人到底有几张面孔？人的心肠，又有几种颜色？

〖1〗

入了冬之后，张叔送了好些新收的姜过来，窈娘做了些姜霜，就想着将剩下的姜给腌了，制些红盐姜来当个零嘴儿。

锅中烧了满满的热水，撒了两斤盐进去搅了搅，煮匀了再淘去底下的泥渣，将捶碎的白梅放入盐水中浸泡三日。

然后将去蒂的牵牛花投入梅盐水中，看着水中颜色一日日转红。

这几日微微有些日头，风势也正好，个头大的嫩姜擦去红衣切片后，刚端出去晾着，窈娘突然发现没有芸香末了，就遣了君泽上外头药铺医馆里问问。

君泽半道上经过庆丰楼，想着许久不见丰己楷了，便顺路进去探望一下。丰己楷忙忙叨叨的，一个人关在屋里翻翻写写，也不知嘴里在碎碎念些什么。

听闻君泽要去药铺买芸香末，丰己楷突然一皱眉，郑重警告他：“最近城里无端死了好些外乡人，不夜城新收了一堆孤魂野鬼，我们大王让我来查查到底怎么回事儿。还有药铺医馆最近也不太平，你买到了芸香末就让相熟的大夫看上一眼，千万别大意。”

君泽有些摸不着头脑：“这跟我买芸香末有什么关系，难不成还有人在药里投毒？”

“反正死的人都是草药中毒而死，我怀疑是城里有人在预谋犯案。我没记错的话，上次大规模死人，还是冉家请了术士以活人献祭烧陶那回。”

君泽吓了一跳，一想到上次冉家以秘术炼陶生祭了三百人就不寒而栗。

〖2〗

刚入冬不久，往日里的红花绿柳都褪尽了好颜色，天也转了阴，更衬得行人脸色暗淡，布了一层山雨欲来的压迫感。

君泽好不容易揣着怦怦跳的小心肝出了门，见谁都像是歹人，走了满大街都说没有芸香末卖，说是附近的芸香末全被一个神秘大买主买走了。

他刚走到东关大街上，就见着一家姓褚的医馆门前围了好些人，哄闹作一团。

几个头簪白花的小妇人嘤嘤哭泣着，说是家中患病的丈夫、幼儿本来就是小病小灾，吃了褚家的药反而病情加重过世了，不依不饶地前来讨个说法。

城里向来不乏来医馆寻衅滋事的主儿，君泽平日里也见过不少热闹，一时忘了丰己楷的话，对医馆主人动了恻隐之心，就上前看个究竟。

医馆前摆着大小几副棺材，君泽越看越觉着不对劲，突然心中就咯噔了一下。

那些不顾逝者安息到医馆讹钱的多半是无赖，向来是将死者随便往草席上一裹，就丢到医馆门口假模假样哭闹着求钱财。

可今日聚上门来的几个妇人，看模样是真的悲切，也是将逝者好好用棺材抬了来的，仅这一份心意，看着就不像是那等耍混之人，而且听她们的口音，都不大像本地人。

一年纪稍长的妇人捏着手绢哭得快晕厥过去了，一旁的小妇人哭着解释道："我家相公分明就是患了风寒，到这褚氏医馆拣了几服药回去，没曾想几碗药下去，我家相公就……就一命呜呼了……"

旁边另一妇人也扑在一副小些的棺材上痛哭流涕着，说的话也差不多。

两户人家都是外来的客商女眷，都没了男丁，只剩了家中妇人抛头露面的，众人看着也是不忍。

正在哭闹间，就见医馆紧闭的大门开了，出来一个颧骨高耸有些消瘦的男子，拱手作揖道："诸位请听我一言，我褚延清在这城里开医馆也开了好些年了，我是怎样的人，想必大家也都看在眼里，断然不会做这伤天害理之事。"

家里卖绸缎的张大户也出来替他说话了，说他家父亲得了重病，就是褚大夫治好的，接着附近几户大户人家也都纷纷出声支援。

"就是，哪儿来的泼皮无赖，家中没个男丁就派女子出来骗钱，也不打听打听，褚大夫名声极好，害你们这些外乡人作甚！"

褚延清眉心有些黯然，仍是一副真诚的模样，可君泽在如意馆待久了，跟窈娘学了几分看人的本领，还是看见了他面上一闪而过的狠厉。

更奇怪的是，这褚延清明明是个大夫，身上有一股子药草味是正常的，偏生周遭还有些烟熏的气息，连带着眉毛和头发也好像被火燎了一般，末端有些弯曲。

也不知谁报了官，很快官府的人就来了，将围着看热闹的人驱散了开去。褚延清好像与领头的那衙差有些相熟，笑着迎了上去，袖子底下鼓鼓囊囊地塞了一包东西过去。

君泽大抵明白了他俩之间的交易，摇了摇头正准备走，突然见褚延清眼睛一亮，往人群外的一个角落看了一眼，但很快又收回了视线。眼见着一下子就愉悦起来了，皱着的眉头也舒展开了来。

他顺着褚延清的视线看过去，看到了一个黑衣黑纱的蒙面女子躲在人群后头静静地看着，眉心微蹙。

真是怪了，这青天白日的，也不知哪家的女子不爱俏，穿着一身黑衣不够，还蒙着块黑色的面纱。

❀3❀

君泽回到了如意馆，还没来得及跟窈娘说道说道，就被黑熊精扯到一边聊天去了。

黑熊精在家待了没几日，又跑到禾嘉巷宝仁堂里坐着了。因着在外的名气，日日都有几个病人上门寻他治病，得了些银钱就到如意馆坐着，跟君泽大吐苦水。

"这男人啊，就不能太早娶媳妇儿，再好的媳妇儿娶回家了，都是会变成母夜叉的。"黑熊精说起人生经验来头头是道，一脸的心有余悸。

窈娘嗤笑道："别闹了，就你家那母夜叉，早八百年前就是现在这凶悍模样了，你还不是照旧屁颠屁颠娶了她。"

黑熊精痛心疾首道："哎呀呀，我哪儿知道这女人是会越来越凶的，你是不知道，家里的熊崽子被她带的一个个飞天窜地的，我都快受不了了。就在前几日，她还领着寨子里的喽啰跟人打了一架，碰到个跟她一样凶悍的女人，差点把寨子给烧没了。"

说起家中那摊破事儿，黑熊精就头疼。

黑熊精的媳妇儿唤作夜夜，是个有主意的，平日里跟黑熊精的瞎眼老娘不对付，天天从早上吵到晚上。

她在家里受了气，就带着熊崽子出门撒气，碰到行旅之人，看着面目可憎的就跳出去把人家戏弄一番，末了还把钱财给抢了。

谁知道那日就碰到刺头青了，熊崽子们正挥着长刀像模像样地吓唬人，劫道的话还没说个囫囵，就被人挨个儿一脚踹翻在地。

"哪家的孩子，不好好上学堂念书，出来干这为非作歹的坏事！"

夜夜正忙着搜捡财物呢，转过身来就见自家孩子全躺地上了，抬头才发现旁边站了个蒙了半边脸的女子，横眉冷对的，拿着刀指着她。

而女子四周，不知何时围了好些系着青色头巾的人，看衣服着装明显就是一起的。

夜夜一晃神，想起来遇上事儿了。

城里往北的路上要经过一条羊肠小道，夹在两座山中间，山的东侧是黑风寨，西侧也有一个寨子，叫慕云寨，两个寨子向来井水不犯河水。

慕云寨有组织有纪律，收罗的都是些无家可归之人，一个个血性极高，专挑贪官污吏作奸犯科之人下手，抢了钱财也多是分给城里的穷苦百姓。太守睁一只眼闭一只眼，所以这么多年也相安无事，

而黑风寨对比之下，就有些懒散无常了。寨子里除了黑熊精一大家子，多是些小妖

小怪，胆小得要命，平日里也只是装神弄鬼地劫些零散的行客，抢些钱帛衣物就欢喜得一塌糊涂。

既是同道中人，夜夜也没想过惹事儿，两个寨子的人也都极其有默契地错开时间下山。谁曾想她今日气急之下也忘了打探情况，带着自己的熊崽子就下来劫道了，正好就咬中了人家口中的"肥肉"。

夜夜本身就是个脾气不好的，见着女子冷若冰霜的，立马就挥了长刀砍了过来。

两方人马乱哄哄地打了起来，最后趁人不注意，夜夜使了障眼法起了一股狂风，将那采花贼提溜起来，带着自家崽子和一众喽啰回了寨子。

过了没几天，也不知谁在山间点火烧了好些茅草，冬日百草渐枯，被风一吹，火星就溅上了山，险些把黑风寨给烧了半边。

夜夜天天在寨子里骂人，思来想去归结为慕云寨搞的鬼，恨不得提了刀带人打过去。

黑熊精自诩为斯文人，不耐来在中间看两个女人打架，一撂挑子又回宝仁堂做他的何大夫，日日唉声叹气的，只恨家中有悍妻不得安宁。

❀4❀

君泽自打胡不归死去之后，就给他作了幅画，青衫公子长身而立，端的是眉目生动。黑熊精一次路过如意馆时正好看见了，沉默半晌后，让君泽给他也画一幅画像。

万一哪天不慎被雷劈了，或是被捉妖师捉了，还能给家里的熊崽子们留个念想。

画像画好之后，黑熊精又开始想念家中的熊崽子了。年关将近，在外的客商都风尘仆仆回了家，妻儿笑作一团，看得人更加伤情。

赶巧寨子里派人送来了一封书信，说是最近寨子里好些人都生病了，熊崽子也都病恹恹地躺着，夜夜催他赶紧回去。

黑熊精只道这是夜夜寻了个说法诓他回去，因为前些日子独自落跑了，不敢一个人回去，就唆使着君泽随他回黑风寨玩上几天。

说是寨子里有一处风景极佳的地方，能眺望城外的无边落木，视野开阔，很适合作画。

窈娘望着君泽眼巴巴的眼神，像极了初生小狗湿漉漉的模样，蓦地暗自发笑。想着这红盐姜腌制到一半，再耽搁几天怕是全都给晒坏了，也就允了他上山看看，顺道采些芸香回来。

黑熊精领着窈娘和君泽出城时，日头刚刚落下去，山里一片寂静。刚翻过山头，就听到一片叮叮当当的热闹之声。

迎面一阵风似的卷过来一个身量娇小的女子，揪着黑熊精的耳朵就开骂了："好你个何黑熊，有胆子跑了怎么还有胆子回来，有本事别回家啊！"

黑熊精平日里看起来威武极了，此刻却疼得龇牙咧嘴的，身子也缩了三分，不住求饶道："说了别叫老子何黑熊，老子有名字的，叫何……"

话还没说完，就见着娇俏女子手上又加了几分力："叫你何黑熊怎么了？把老娘一个人丢下来任人欺负，亏你做得出来！"

女子忽而看见了一旁站着的窈娘和君泽，盯着他俩来回看了几圈，踮着脚重重地往黑熊精肩上一拍，顿时拍得他矮了几分，笑得一脸明媚："嗨，有客人来了你怎么不说！"

窈娘料想这女子必然就是黑熊精日日嘴边念叨的母夜叉夜夜了，见她行事作风一派豪迈，也是心生欢喜，由着她牵着到处转悠。

夜夜果真没有说谎，好些体弱的小妖精神都不大好，时不时迎风咳上几声，也不知是伙食不好，还是没睡好觉，一个个眼底都有些青黑色。

黑风寨被烧了半边，一众小妖正哐哐当当重建着。黑风寨难得来客人，大家都有些好奇，睁着懵懂的眼盯着看，胆大的便咧嘴回个笑容，胆小的躲到墙角偷摸露了张脸。

窈娘与君泽面面相觑，俱是一愣。

这黑风寨和他们想象中的完全不一样，黑熊精一家子占山为王，领着的一寨子小妖小怪，竟都是些胆小纯良之辈。

夜夜待他们和善得很，完全没有在黑熊精面前的飞扬跋扈，能看出来，他们都是真心喜欢她的。

"妹妹你别见怪，可能是前些日子寨子起火呛着烟雾了，这一个个没精打采的，过几日就好了。"

窈娘含着笑点头听她介绍，心里却是添了几分暖意。她一向欣赏不拘一格行事痛快之人，更何况还是个刀子嘴豆腐心的真性情之人。

"妹妹，我看你年纪也不大，就叫你一声妹妹了。不知怎的，我一见你就欢喜得很，就想跟你亲近，走，我带你看看我的战利品去！"

黑熊精小心翼翼地看了窈娘一眼，慌不迭地把夜夜拉到一旁想说些什么，却被夜夜一拳头给打到一边去了。

"娘们兮兮的，有什么话就当人面说，别妨碍我和窈娘妹妹聊天。"说完就拉着窈娘自顾自走了。

君泽跟在身后，看着黑熊精顶着一脸红印苦不堪言的模样，捂着肚子笑了个痛快。

❀5❀

黑风寨的西侧有一处竹楼，竹楼底下挖了个地洞，上下两层门口都派人把守着。

竹楼上守门的是个十三四岁模样的小男孩儿，见来了人，将胸膛一挺，结结巴巴道："报……报告大王，这……这婆娘，今……今天嘴……嘴里还是……是不干不净的。"

夜夜点了点头，转而笑得诡异："那玉面郎君呢？何氏姐妹是不是早就到了？"

得到肯定的答复后，夜夜满意地点了点头，挽着窈娘先入了地洞。

顺着台阶往下，两侧都有夜明珠照亮着，仍然有些昏暗，气味也不大好。最里头有个铁笼子，里头三个人正纠缠作一团。

黑熊精定睛一看，气得两窍生烟，里头滚作一堆的三个人里头，有两个正是他的远房表妹。

"哪儿来的浪荡子，欺负到我表妹头上了，快放开她们！"

里头扭作一团的人闻言，很快分了开来，一个模样俊俏的玉面郎君冲到笼子边上两眼呆滞地求救："求求你们，救救我，让我出去。我求求你们，我再也不敢了，求你们放我出去……"

玉面郎君跪在地上一边忏悔，一边哭得鼻涕眼泪一把下。

随即一阵风似的扑过来两个魁梧的身影将他抱住，粗声粗气道："小郎君，你还没跟我们说，你更喜欢我们姐妹俩中的哪一个呢！"

"我错了，我真的错了，求你们放过我吧……"

君泽愣住了，只见着眼前两个肥壮的女子将那玉面郎君搂住，一左一右往两侧拽着。女子身上还长着长长的黄毛，面容粗壮满是横肉，体格魁梧，足足比那小郎君高出半个身子。

"荒唐！大艳、二艳，你们两个女子怎么能公然调戏男子，快出来！"黑熊精冷着脸就要去开门，把她俩拽出来。

夜夜一把将他拉住，笑得眉眼弯弯："何黑熊你急什么急，我这是在教大艳、二艳如何识别坏男人，以后完全修成人形后，出去才不至于受骗。"

里头两个姑娘还在使力拽着，异口同声道："多谢嫂嫂，大哥你别管了，这小郎君我们俩要了！"那玉面郎君惨叫一声后，一口气没上来晕了过去。

"这采花贼就是那日我从慕云寨手里抢过来的，听闻他糟蹋了好些良家女子，正好我这两个妹妹没见过世面，对人间的俊俏儿郎很是喜欢，就留给她俩玩儿了。"夜夜凑到窈娘耳边说道，眨了眨眼，好不得意。

窈娘只觉着好笑，忍不住竖了大拇指："恶人自有恶人磨，高，实在是高。"

夜夜更加得意了，挽着窈娘往楼上走。

"走，带你去看我另一个战利品，慕云寨那个悍妇烧了我的寨子，我便将她老娘掳了过来，就等着她上门求饶了。"

窈娘心里一惊，不动声色地将手抽了出来，看了眼夜夜，见她面上仍是坦然，也不作声，跟着她上了竹楼。

竹楼上倒是出乎窈娘的意料，别有一番天地。装修雅致，有床有窗，还细心地用铜盆烧了炭火。

一岁·红盐姜

239

床上病歪歪地躺着一个头发花白缺了牙的老妇人，见他们来了，一下从床上坐起来摸索着坐到床边，往地上啐了一口："快放我出去，我老婆子无钱无财，只有烂命一条，抓我作甚！"

夜夜冷笑道："慕云寨那蒙脸的悍妇是你家女儿吧，她得罪了我，我只好拿你下手了。"

"别跟我提那小娼妇，我老婆子没有这样的女儿。若不是她，我儿子也不会死，我可怜的云朗，就毁在那小娼妇手里了！你若抓住她，别忘了告诉我，我给你磕头！"老妇人双手鼓着掌，一双浑浊的眼里满是恶毒，说出来的话更是尖酸刻薄，将众人都吓了一跳。

"坏了，这怎么跟我想的不一样。"

夜夜犯了难，不知如何是好，这才将事情的原委和盘托出。

自打寨子被烧了之后，她心里憋着一口恶气，苦于慕云寨高屋建瓴，易守难攻，就派人守在山下盯着他们的动态。

果然，派去的人回来禀报说，看见那蒙面女子隔个五天就悄悄下山，去了城里一处偏僻的宅院，每次都大包小包拿一堆东西过去，隐约听着她在门口喊了声"娘"。

夜夜好不容易抓住了那女子的弱点，这才派人下山将那老夫人迷晕了劫了上来。不过她也不是心狠手辣之人，念着她一把年纪了，就把她关在竹楼里，每日好吃好喝地供着。

谁曾想老妇人是个性子泼辣的，自打到了山上就一直骂骂咧咧的，到今日，她也是第一次见着老妇人，这才知道闹了个大乌龙。

❦6❧

老妇人既然不承认那蒙面女子是她女儿，还怪她毁了她儿子，蒙面女子又喊她"娘"。那就只有一个答案，老妇人大概是那蒙面女子的婆婆吧。

君泽如此这般一番推理之后，夜夜这才安了心。

果真，没过几日，就有小喽啰来报，说那蒙面女子单枪匹马提着把刀上山了，说是要拜访黑风寨的大王。

"慕云寨辛姑拜见黑风寨首领，不知首领如何称呼？"女子对着虎皮交椅上的夜夜行了个礼，沉住气道。

君泽一眼就认了出来，这女子，分明就是那日在褚家医馆门前见过的黑衣女子，虽然挽了个妇人发髻，声音却是年轻得很。

夜夜暗自赞了一声好胆色，仍是不动声色道："称我夜夜就好，那我今日就与你算一算这账。你看看我手下这身上的伤，再看看我这烧得黑漆漆的寨子，你该如何赔偿？"

辛姑有些疑惑："不知你们将我娘抓过来作甚，冤有头债有主，有什么冲着我来。"

忖度了片刻之后，她突然明白过来了，对方不是来敲竹杠的，是真的兴师问罪的，不禁有些哭笑不得。

"我想你们是抓错人了，我与你们黑风寨无冤无仇的，为何要烧你们的寨子？"

"别赖账，还不是因为那日我抢了那采花贼，你们记恨罢了。好歹你也是寨子的头头，做得出就要敢承认！"

辛姑凝着一双好看的柳叶眉，一把将腰间的刀拔了出来，指着天大声喝道："我辛姑对天发誓，我们慕云寨向来不做这等伤天害理之事，若是我们的人干的，我情愿即刻引了天雷焚身，永世不得超脱！"

这话一出，众人都吓下了一跳，夜夜心中也犯了疑。

凡人极信鬼神之事，敢发这样的毒誓，足以证明她的决心。更何况，她说话光风霁月的，是个行事坦荡之人。

眼见着成了无头公案，君泽连忙出来打圆场。

"嫂子，辛姑……辛姑娘，我们先坐下来谈谈，看看是不是哪儿出了误会。"

君泽眼见着他说完之后，辛姑身子微微抖了一下，眼里有些恍惚。

他自己也回过味来了，辛姑和辛姑娘，一字之差，辗转于舌尖念来，便是寂寥沉寂与青葱明秀的云泥之别。

辛姑犹豫了一下，还是说道："这件事虽然不是我干的，恐怕也因我而起，待我查明真相后，定当给你们一个交代。"

⑦

老妇人被人搀出来时，仍是一副怏怏的模样，谁知一听见辛姑的声音，立马就跳起脚来，指着她鼻子大骂起来。

"你个小贱人，小娼妇，害死我家云朗不够，还要来害我！"

说完一把坐到地上，拍着大腿哭天抢地起来："我们家到底造了什么孽啊，惹上了你这么个丧门星！苍天啊，你们若是有眼，就打雷劈死这个蛇蝎心肠的女人啊……"

辛姑脸色苍白，露在外头的眉紧紧地蹙到一起，眼里有了泪意，很快又别过脸去，用手拭了拭才回过头来，双眼通红仍是温声道："娘，我来接你回家。"

"我不跟你走，我死也不跟你走！"老妇人朝着辛姑话音的方向狠狠瞪了过去，转而摸索着扑到夜夜跟前，一把抱住她的大腿，指着辛姑说道，"大王，你千万不要放过这个女人，我跟你说，她不是什么好东西，还没过门就勾搭野汉子把我家云朗害死了。快快，你快抓住她，杀了她丢出去喂狼！"

老妇人眼见着对辛姑是恨得咬牙切齿的，嘴里骂骂咧咧的。辛姑虽然眼角有些红，仍耐着性子一一辩驳，倒也让围观的几个人听出了个究竟。

辛姑在进慕云寨之前，有个好听的名字，唤作辛夷。

只因寨子里的人被她的威势所震慑，渐渐都尊称她一声辛姑。

辛父是个大夫，上山采药时患了肺疾，身子不大好，家中靠辛母守着豆腐作坊为生。

待辛夷长大些，就日日跟着母亲在作坊里做工，挑了担子上集市去卖豆腐。后来年纪大些，模样也长开了些，自然就招来了好些不怀好意的浪荡子弟往上扑。

今日是张家的泼皮，明日是李家的无赖，任你站那儿一声不吭，也涎着脸上前说些混账话，讨个口头便宜。

到底冲着褚家医馆的名声，也没人敢真的动手动脚。

褚家医馆在东关大街上颇有些名声，辛父患病之前一直在褚家医馆当坐堂大夫，与褚家的老爷子是八拜之交，两方儿女刚出生的时候，就喝了酒指腹为婚的。

若是日子真能就这般按部就班下去，倒也能和和美美，可惜了，世事多艰难，哪能由着你遂尽心意。

辛褚两家的婚事到了辛夷长到十五六岁要订婚时，就出了幺蛾子。原因无他，只因辛夷对书院里的翩翩佳公子云朗动了心。

赶上山上桃花开了，辛夷背着母亲去栖灵寺为父亲求签，路上崴了脚回来得晚些，就遇上一伙子喝醉了酒的掮客上前调戏。辛夷自小脸皮薄，躲闪间羞怯的模样更加惹人怜爱，招得那伙子人色心大动，扯了衣服就动手动脚。

还好她碰到了敬亭书院的几个书生上巳节修禊，喝酒尽兴也回晚了些，见有人调戏良家女子，纷纷领了小厮上前救人。

后来辛夷才知道，领头冲上去的那个一身正气的书生，正是云朗，是敬亭书院赫赫有名的才子，也是书院夫子们点头称赞定当会金榜题名的。

此后辛夷去褚家医馆拿药时，总会在路上遇到云朗。书院就在医馆不远处，这一来二去，两人花前月下的，竟都背着父母私订了终身。

两人各自回家一说，都遭到了父母的反对。一边是订了婚的女子，辛父不容许退婚，一边是云家寡母嫌弃女方家世不高，指望云朗找个门当户对的。

那时候的辛夷也不知一向柔弱的自己怎的就发了狠，以绝食威胁，逼迫父亲跟褚家退了亲。此后，辛父自觉愧对故友，身子也日渐不好，拖着病体没多久就去世了。

而云朗学尾生抱柱，日日到桥下等着与辛夷相见，发了大水也不走，急得云母直跳脚，无可奈何之下只得含恨允了这对小儿女。

后来事情的演变，果真应验了一个道理，不被双亲祝福的爱情，大多是走不远的。

还没等辛夷过门，云朗就出了大事。

那一年年关将近，夜里辛夷去给云朗送自家做的酥酪时，在书院不远处碰到了一伙子不怀好意的外地客商，趁着酒劲上前调戏，云朗为了救她被人捅了一刀，死在了东关大街上。

最后，辛夷是被褚延清救回来的，云朗的尸体，也是褚延清帮着抬回去的。

此后，云母就恨上了辛夷，她坚定地认为，是辛夷水性杨花与褚延清勾搭成奸害死了云朗。

她哭瞎了双眼，日日坐在床头谩骂着，养尊处优的美妇人就这样在自怨自艾中日益衰老。

❀8❀

夜夜让辛夷带着云母回去了，同时对辛夷的遭遇有些同情，可她想不通的是，那样一个弱女子，如何就到了如今落草为寇的地步。

还没等她整明白这件事，黑风寨又出事了。

短短几日的时间，寨子里的小妖精就一个个相继得了病。之前还只是迎风咳上几声，现在所有人都是病恹恹的，先是食欲不振，然后是双脸潮红，到最后都有些神魂不知了，仿若三魂去了七魄。

夜夜也中了招，因着道行深些，还有些清醒，躺在床上干着急，只有他们几个后来的什么事情都没有，黑熊精急得不行，连忙找窈娘商量。

窈娘仔细查看了一下，看他们的症状不像中毒，也不像中蛊，小妖们有些像喝醉了酒，更像丢了魂。

赶好阮道士出城去了，窈娘束手无策下，第一个想到的人居然是丰己楷，赶紧让君泽下山去寻他。

待丰己楷匆匆赶过来时，山上已变了副模样。往日热热闹闹的偌大一座山，此刻阒然一片寂静，不知何时笼罩了一层白雾。

半山腰的空地上，黑熊精身子暴涨了几寸，正挡在窈娘跟前，神情谨慎地盯着对面看。

不远处，一披着黑袍看不清面目的人操纵着罗盘，正好整以暇地倚在一棵树旁。

"哟，又来了几个送死的，看来前几日那场火还是烧得有点早，那日的五行散下得也有点少。"

末了，顿了顿，又叹气道："只是可惜了，你们若是能早来几日，今天我也就省心了，正好一道将你们给收拾了。"

丰己楷先是看了一眼窈娘，见她无恙这才安心道："莫急，这引子是早些日子种下的，单靠今日这白雾，他奈何不了你。"

君泽三两步跑到窈娘跟前站着，努力挺了挺胸膛，小声殷勤嘱托道："窈娘别怕，丰己楷自然有办法对付他。"说完冲着那黑衣人大声说道，"我说的没错吧，褚延清！"

黑衣人一愣，往黑袍里缩了缩，强作镇静道："我不知道你在说什么！"

"褚延清，事到如今，你还不肯认罪吗？"丰己楷正色道。

那黑衣人冷笑了声："笑话……"

两个字还卡在嗓子眼，突然就噤了声，只见一旁的树林里走出来一个人，蒙着半边黑面纱，平静地盯着他。

辛夷有些歉意地看了黑熊精一眼，随即望向黑衣人，叹息道："延清哥哥，收手吧，这些年你犯下的过错已经够多了。"

黑衣人呆了一刻，很快转开身子，将脸撇了开去："我不知你在说什么。我今日是来收魂的，不想牵连无辜，你赶紧走，走啊！"

辛夷惨淡一笑，将手缓缓抬起，掀去面上蒙着的黑纱，一双清澈的眼粼粼有光，声音里透着满满的疲惫："延清哥哥，我这脸好不了了，就算好了，我也不会跟你在一起的，你放手吧……"

只见辛夷的右脸上，一道暗红色的疤痕从鼻梁贯穿到了耳后，像一条长长的蜈蚣，在白玉无瑕的脸上更显丑陋。

尤其说话的时候，蜈蚣一动一动的，更是瘆人。

"不，快好了，你等等，再收集三百九十个魂魄，我的归元丹就制好了，到时候，你就会恢复容貌，你还是那个跟在我后头替我提药篓子的夷儿，我们很快就能在一起了……"黑衣人见着辛夷的疤痕一下子就慌了，连忙用手去蒙，想拼命捂住那块疤痕。

就在他枯瘦的手指即将触摸到辛夷脸上那道疤痕时，辛夷突然将脸避了开去，眼泪扑簌而下，终究还是闭着眼，一字一句道："延清哥哥，我们回不去了……"

声音破散开去，一点点消弭在林子里。

那双枯瘦的手就这样僵在半空中，褚延清只觉着脑海里一片空白，什么也听不到，只有一句话在回荡。

"我们回不去了……"

"回不去了……"

⑨

辛夷自小是喜欢褚延清的，日日跟在他后头上山采药，看着他背医书，怯生生地躲在他的衣角后头，看她的小哥哥揍那些欺负她的孩子。

她只是习惯了天天跟在长她几岁的褚延清后头，习惯了他为她出头，习惯性地享受他对她的好。年少的她不懂，以为这就是父母所说的爱，是露水河畔蒹葭萋萋的唯美爱情。

她以为有了婚约这层紧密的联系，时间久了两个人就该在一起。

可等她长大之后她才知道，那是喜欢，是习惯，并不是爱。

她心中那颗蠢蠢欲动的情种，是遇到云朗之后才生根发芽蓬勃生长的。

辛夷也说不出为什么，自小青梅竹马一起长大的邻家哥哥，竟然抵不上素昧平生的云朗一次无意间的英雄救美。

大概，这就是所谓的在对的时间遇上了对的人。少女情窦初开的年纪，她爱上了他，仅此而已。

可辛夷不知道的是，她因为不爱可以轻易放手，可情根深种的褚延清却是心魔难除。

自小呵护长大的小媳妇儿要嫁给其他人了，日日跟在他后头的跟屁虫要跟别人走了，放在心尖尖上的姑娘要做别人的妻子了。

他也是难过的，是不忿的。日日躲在后头看着心爱的姑娘与其他人成双成对，他的心也是绞痛的。

上天终究是怜他的，后来云朗死了，没有人跟他抢辛夷了。

但他没想到的是，云朗的葬礼上，辛夷扶着灵柩横刀一抹，毅然而然在自己脸上划了一刀，此后更是以未亡人的身份赡养云母，束起发髻到镖局学了几个月的本事后，凭着一腔孤勇上了山，落草为寇。

她的前半生处处仰人鼻息，也处处受人欺负，后半生却是靠自己，凭着心意自成一派除暴安良。柔弱无依的女子在瀚海浮生里，活生生地闯出了一条血路。

没有了容貌的加持，她活得更加无拘无束，也更加心无旁骛。

临上山前，辛夷抚着脸上结了痂的疤痕斩钉截铁地对他说道："延清哥哥，是我配不上你，你忘了我吧。"

可褚延清到底是不甘心的，他不能容忍这些年梦中的美娇娘就这样离他越来越远，他仍希望他心目中的小姑娘软软糯糯地依偎在他身旁，倚在杏树底下，甜甜地唤他一声"延清哥哥"。

这些年，他反复告诉自己，他的夷儿只是因为破了相所以觉着配不上他，只要他能帮她恢复往日的面容，她就能跟他在一起了。

心底的执念如滚雪球般越滚越大，他无路可走，只能遂着心意与心中的恶魔做了交易。

褚家开医馆之前，是看穴摸骨的术士世家，因祖上遭了报应，后改邪归正开了医馆洗脱罪孽。家中仍藏着早些年留下来的术法书籍，褚延清偷摸着偷了出来，开始聚魂炼丹。

他从一卷残卷中找到一则记载，说只要搜集了足够多的魂魄之后，以新魂为载体，精血执念为媒介，就能炼制出举世无双的归元丹。

只要吃了这颗丹药，他的夷儿就能重塑原来的面貌，那阻隔在他俩之间的障碍就不复存在了。

他为她做了那么多，现在突然告诉他，他们，回不去了？

不，不，他不信。

一岁·红盐姜

"夷儿，你等着我，快了，等我把山上这些人的魂魄给收了，我的丹药就能炼好了。"

黑衣人将斗篷掀了下来，露出褚延清苍白的、有些病态的面孔。

对于辛夷的一番话，他置若罔闻。只见他举起手中的罗盘，口中念念有词。

明眼人都能看出来，眼前的这个人，已经不是平日褚家医馆里那个温文尔雅的褚延清了，现在的他状若癫狂，浑身散发着人鬼不分的颓丧与戾气。

"延清哥哥，收手吧，你看看你现在不人不鬼的样子，这还是你吗？"

褚延清闻言往黑袍里缩了缩，手中举起的罗盘又放了下来，不知是在说服自己，还是在说服别人。

"不，我不能功亏一篑，我手上沾了太多人的血，眼看着就要成功了，不，我不能放弃！"

只见他从袖中掏出一张黄符来，咬破指尖，滴了几滴鲜血在黄符上，口中念念有词。随即黄符飘到半空中，噌地一下就烧起来了。

随着火苗的燃起，他从腰间取出一个拇指大的青玉瓶子来，猛地将瓶口塞着的浸了朱砂的红布一拔。

"神火晖灵，使役百君，去！"

地上黄沙卷起，天上乌云蔽日黑云滚滚，以雷霆之势翻卷着压了过来。

蓦地平地起了阴风，耳畔突然响起了一阵呜呜咽咽的声音，瓶口一阵黑雾喷薄而出。黑雾中一张张狰狞的脸如厉鬼缠身，地狱百鬼出行，相继发出怪声向着众人扑过来。

眼见着众多冤魂厉鬼快围了过来，丰己楷盘腿坐下，不知从哪儿祭出一面金黑二色的旗子插在地上。平地一道白光闪过，瞬间结成一道结界将众人罩在里头。

厉鬼在结界外张牙舞爪，争先恐后地往结界处扑了过来，此起彼伏的惨叫声不绝于耳。

山间白雾隐隐漫了上来，如瘴气横生，将山裹了进去，雾里隐约着有股子奇怪的香气，闻过之后令人有些飘飘然。窈娘从风中闻出了芸香的味道，想起那日君泽说的话来，心中一惊。

城里买不到芸香，此刻山间却到处都是芸香的味道。

窈娘不知想到了什么，突然正色问道："城里最近死去的那些外地客商是不是你下的手？"

"我这辈子最恨的人就是外地客商，若不是他们调戏夷儿，云朗不死，夷儿也不会毁容，更不会落草为寇……哈哈，他们死得好，若不是他们贪心听闻我有秘制壮阳药，也不会落到我的手里，新魂正好为我所用。哈哈，那是他们命贱，活该！"

"上次冉家烧陶以三百活人祭祀，也是你干的吧？"丰己楷也追问道。

褚延清盯着丰己楷笑得猖狂："哈哈，是我又如何？让你们死个痛快好了，不光上次那三百活人，还有去年打骨旱桩也是我向太守进言的，就是可惜了，挖出来的都是些陈年尸体，没有多大用处。"

君泽听他若无其事地说出真相时，心神震裂。

这一桩桩一件件，牵扯了多少人，毁了多少个幸福美满的家庭。王婆子哭到晕厥的脸，周家娘子面如死灰的哀寂……一张张熟悉的面孔从眼前飘过，君泽纵然是个手无缚鸡之力的读书人，此刻也红着眼要往上扑，不想被窈娘一把拉住。

褚延清一身黑袍鼓满了风，只见他伸手从腰间摸出一把丈把长的银刀来，往腕间一割，瞬间血流如注，喷洒到罗盘上。

罗盘上的磁针迅速转动起来，罗列的星轨飘浮到半空中。忽而听得雷声阵阵，天已经完全黑了下来，就像有一根看不见的线牵引着天上星辰，闪烁明灭着，一道光轰隆隆由远而近，转瞬就要劈在结界上。

窈娘看了看自己的双手，指节纤长，虽在厨房的烟火中浸淫已久，仍不改青葱娇嫩的模样。

风起山岚，将她身后的发丝吹起，袅娜翻飞着。

她忽然将手一指，遥遥指向褚延清，仰面喝道："九重天司命，你当是你能轻易欺侮了去的！"

窈娘的声音不大，却被风传得很远，震得人耳朵发疼。

"轻易欺侮了去的……"

"欺侮了去的……"

空灵的声音在山谷中飘荡着，伴着凛冽的怒气直直冲上了云霄。

那奔袭而来的闪电劈到一半便弱了势，待真正劈到结界上时，已经暗淡到只余些许火花。

◎ 11 ◎

褚延清压着腕间的伤口有些惊愕，突然反应了过来，正准备继续往罗盘上指点时，就见一直在旁一言不发的辛夷不知何时走了过来，一双泪眼盈盈的眼里满是不敢置信，而她白皙的脖子上正横着一把刀。

"延清哥哥……"

"夷儿，快把刀放下来！"

"延清哥哥，是我错了，我知道这些年来，你一直在身后默默帮着我，上次黑风寨的那场火，我也猜到了是你下的手。我原以为，你只是不忍我受欺负罢了，没想到你居然……"

一岁·红盐姜

247

"不，夷儿，你听我说，这一山都是些妖怪，我早就发现了，他们胆敢欺负你，正好为我所用。那日的大火是我放的，为的是种下引子，今日最后一味药也齐全了，很快我就可以将他们的魂都给收了，你等等我，我的归元丹快炼好了，我们很快就能在一起了！"

"延清哥哥，我错了，我从一开始就错了。我大概就是个害人精、丧门星，先是害了云朗，现在又害了你，都是我的错……就算我脸上没有这道疤，我们也不可能在一起的……"

"不，不，我不信！"褚延清咬牙要继续往腕间割去，就见辛夷面露决绝地说道："我只求你放过他们吧……欠你的，下辈子再还了！"

说完横刀一抹，脖间即刻血溅三尺。

褚延清将罗盘一丢，扑了过来，连忙用手去捂她脖间的鲜血。可不管他怎么捂，血都止不住地汩汩往外流。

他眼见着有些慌乱："不不，夷儿，你不能死，你死了我怎么办……"

辛夷最后望了他一眼，随即目光落在了远方，不知她看到了什么，突然莞尔一笑："云朗，我来了……"

说完便静静地闭上了双眼，面上满是释然。

终于，她要去跟她心爱的人见面了，就是不知道，他会不会在奈何桥上等着她。

"不，不可能，他已经死了那么多年了，你应该忘记他的，你该和我在一起的……"褚延清独自一人念叨着，满是不敢置信，忽而抱着头声嘶力竭地叫着。

尖锐的声音穿破云层，与天上翻滚着的雷声呼应着，云中有什么蠢蠢欲动，一旁的厉鬼像是受到了某种激励，愈发张牙舞爪地扑了过来。

趁褚延清分了神，丰己楷咬破舌尖，以食指沾了精血后迅速平伸出左手，拢住第四指，小指从四指背入中指，虚空结了法印。

窈娘看得心惊，不禁急切地出声唤道："别用拘邪指，死去的都是些可怜人，好生超度了就是。"

拘邪指一出，妖邪之物将即刻被拘至地狱焚烧殆尽，灰飞烟灭永世不得超生。

顷刻间，已有数十魂魄惨叫一声后瞬间化作一股青烟消失于天地间。

丰己楷点了点头，手中轮番变化，却是换了天罡诀。

左手小指从第四指背穿过，用中指勾住，大指掐第四指第三节，中指掐掌心横纹，二、四指伸直，冲着半空猛喝一声："吐出！"

窈娘看得分明，丰己楷使的是《云笈七签》中的紫薇印。

传言紫薇大印一出，即刻能召唤出地府三十六鬼将降服恶鬼。

地面突然开始猛烈地颤动，从地底下突然钻出好些手持金刚杵的怒目鬼差，虽然只是个虚影，可这些虚影很快就扑了过来，将铺天盖地四处逃窜的厉鬼一一敲散。

伴随着阵阵哀号，厉鬼冤魂被打落到尘埃里消失不见。

半炷香过后，待所有恶鬼都被清除完毕，那些影影绰绰的鬼将执着手中的金刚杵向丰己楷行了个礼后，顷刻间消失不见了，周遭一片寂静，仿若刚才恶鬼缠身的场面从未出现过。

褚延清仍抱着辛夷的尸体哭得伤心，好似周围的一切都与他无关。

"你没事就好……"丰己楷有些脱力，转头看向窈娘，眼里满是欣慰，随即有些疲惫地闭上了双眼，靠在树上休息。

窈娘盯着丰己楷疲惫的面容有些出神，像是第一次认识丰己楷一般，盯着他看了许久。

先不说他这若隐若现的关心，窈娘好奇的是，丰己楷到底是谁，夜大王到底是谁，为何他会使用仙界的法术？

丰己楷所用的那面金黑色旗子，分明就是洮兀仙君手中的阴阳和合旗，可镇一方鬼物。

当年洮兀仙君与秦广王打赌时，从地府将这阴阳和合旗赢了过来，后来修唐生辰的时候，他送给了修唐。

而丰己楷所结的法印，取自《云笈七签》，分明就是仙家的不传秘术。

❁12❁

一场闹剧，哄乱之后惨淡收场。

褚延清被打晕后丢到了府衙门口，身旁附了张纸，写满了他犯下的罪过。

他犯下如此滔天大罪，罄竹难书，死不足惜。念在身处人间，窈娘也不想扰乱这人间秩序，还是决定交由官府处置，给那些无辜死去的冤魂一个交代。至于他死后的归宿，自有地府决断。

黑风寨的一众小妖身上的引子也都解了，黑熊精拍着胸口暗自庆幸，决定以后就安心待在黑风寨陪着自家熊崽子长大。

若说不心有余悸是不可能的，差一点，就差一点，黑风寨的男女老少就都被人给害了，他回来见到的，就会是漫山的尸体。

君泽回了如意馆之后的第一件事，就是将之前孙大夫送给他的那本风水书又翻了出来，说是现在才发现，还真得学学术法符箓，说不定什么时候真能保命。

窈娘破天荒地没有嘲笑他这股子痴劲儿。她没有说的是，有些东西，学好了与人为善，学不好，那就是害人不浅。关键，在于人心的忖度。

早些日子晾晒的红盐姜都快被风吹干了，她又买了些新鲜的嫩姜。

一斤的姜放入一钱甘松、一钱芸香末、五钱甘草，拌匀后抹上炒盐，放入准备好的盐梅水中，搁到烈日底下晒干，最后裹上一层白盐装到瓷瓶里。

日头底下的红姜一日日增着色，像极了那日辛夷横刀一抹时脖颈间的淋漓鲜血。

窈娘一闭眼，就能想到那日惨烈的场面。

人到底有几张面孔？人的心肠，又有几种颜色？

魁梧粗壮的黑熊精是宝仁堂怪脾气的大夫，在妻子面前却是唯唯诺诺、伏低做小的小丈夫。

夜夜是寨子里耀武扬威、打打杀杀的母熊精，在老妇人面前却能做到谦卑有礼、服侍周到。

辛夷明明是柔弱无依的弱女子，破相自梳替亡夫守孝，一朝成仁，以死证明了她自己。

而褚延清，求因得果，终是镜花水月一场空。

阡陌红尘路，不敌四两人心，二两真情。

这人间团云笼雾到处都是谜，让人身心俱疲。

人也好，妖也罢，仙也罢，七情六欲支配的谎言，揉入各种芜杂的情感，叠嶂着，裹挟着，直叫人分不清真假。

她突然有些思念清心寡欲的九重天了，以前只觉着仙人之间的情是淡的，现在才明白，无情自有无情的好。

毕竟，情之一字，最为磨人，也最为伤人。

第·四·秋

卷四

第壹章

云 林 鹅

腰缠万贯之人，不尽是为富不仁的人，

而满口仁义的人，也不一定就是心口合一的真善人。

❦1❦

囫囵过了个年，春寒料峭。

前些日子几场雪，将城外好些坟上种的树都给压塌了，连带着坟堆也乱了相。

体面些的人家都派人去重修坟茔，说是来年有个好兆头。君泽记着他那孤苦无依病逝的旧友，妻子改嫁他乡，自己孤零零地躺在荒郊野岭无人料理，也拣了白烛冥纸说要去拜祭。

窈娘瞅了瞅天上密布的层云，估摸着他回来都得夜间了，给他备了些上供用的果子饭菜，还有几口干粮。临走前还让他带上了一壶酒，装在葫芦里系在腰间，预备着让他冻着了就喝几口暖暖身子。

果真让窈娘料中了，天寒地冻的，雪还没化，路上清清浊浊污作一团，行走多有不便。

待君泽哆嗦着将故友坟茔上的松柏给扶了扶正，压垮的树枝给捡了丢到一旁，一番修整后，天色已经有些暗。

小心翼翼地避着泥泞的小路往回走时，正赶上飘了些小雪。风裹挟着雪粒，窸窸窣窣入眼睛里，冻得人直呵气，好不容易看见路旁有一土地庙，他连忙钻了进去先躲会儿。

泥做的土地公公笑呵呵地坐在案台上，跟前还摆了几个有些干瘪的梨和桃。君泽想起来身上还带着一壶酒，赶紧将葫芦掏出来喝了几口。

也不知窈娘给他备的是什么酒，说是酒，也没什么酒的味道，倒有果子的甜香。几口酒下去，全身暖洋洋的，整个人都舒展了开来。

君泽瞅着土地公公的腰间也系着一个葫芦，一时起了兴致，举着手中的青皮葫芦敬道："你有葫芦，我也有葫芦，有缘今日相见，来，我敬土地公公一口。"说完又抿了一小口，通体舒畅，整个人都愉悦起来。

话音刚落，就听着一声音从庙里传来："好香，好香，小伙子你喝的是什么酒啊？"

只见一须发皆白的老头儿不知从哪儿钻了出来，耸动着鼻子，拄着拐杖站在君泽跟前，盯着他手中的葫芦直咽口水。

君泽向来重礼，见有老者过来，赶紧起身将他扶到案台一旁，将垫了稻草和斗篷的坐垫让与老者坐下，温声解释道："这是我家老板娘自己酿的酒，我也不知道叫什么名字。"

老头儿摇了摇自己手中的黄皮葫芦，有些不满："这些小兔崽子最近都不给我打酒喝了，不然小老儿还能拿自己的酒跟你换呢。"

说完闭着眼睛嗅了嗅，有些贪婪道："小伙子，给小老儿我来一口怎么样？"

君泽连忙用袖口擦了擦葫芦口，双手捧着递了过去。

老头儿咕噜咕噜喝了几口之后，轻轻地"啊"了一声，赞叹道："好酒，真是好酒，小老儿我好久没有喝过这么香的酒了。"

他咂摸了几下嘴之后，闭着眼睛回味了片刻，再睁眼时，满脸慈祥地看着君泽："小伙子，你是个好人，小老儿我也不能白喝你的酒，就带你去赴一场宴席如何？"

不待君泽挥手拒绝，老头儿就一把将君泽的手拽住，拄着拐杖往土地庙后头走。

庙后头是条漆黑的小路，只听得树枝簌簌作响，阴恻恻的。君泽正疑惑老头儿一把年纪了怎的力气如此之大，拽得他生疼，不容他挣扎。

张口婉拒的话说了几次，都被挡了回去。他正跌跌撞撞走着呢，突然眼前一亮，耳边瞬间响起了一阵热闹的声乐。

看模样是个大户人家的庄子，偌大的一片空地上，披灯挂彩的，铺天盖地都是喜庆的红色，好些人忙忙碌碌穿行着，一看就是有人在操办喜事。

一下巴处蓄着胡须的缁衣老者恭恭敬敬地迎了过来，尖着嘴巴笑道："今日什么风把您给吹来了？"

"无碍无碍，你们忙你们的，我今天带了个年轻的后生来看热闹，你们给我照料好了就是。"老头儿摸着胡须笑得乐呵呵的，言辞中无形显露出上位者的威严。

君泽不知两人什么身份，正为自己如此突兀地闯入人家喜厅而暗自惶恐，就见那缁衣老者牵着他的袖子，不由分说地将他往前方领。

๑2๑

坐在一群衣着整洁的冠客之间，君泽看了看自己脏兮兮的袍子，有些汗颜。

带他过来的那位白眉老头儿不见了，缁衣老者将他恭恭敬敬地领到一方看台最前边落了座，嘱托几个穿着仆役衣裳的仆人好生照料他，就自顾自忙去了。

看台前方搭了个架子，几个穿着戏服的人正咿咿呀呀挥舞着水袖，唱的也不知是什么戏，底下坐了好些人，摇头晃脑地听着。

君泽觉得有些奇怪，哪儿有人家办喜事不上正经的饭菜，全是花生瓜子干果一类的物事，并且宾客大多都是男的，十有八九蓄着胡须。料想或许是习俗不同，他也没有多问。

他瞅着空子跟旁边一胖乎乎吃花生的人打听了一下，这是哪户人家在办喜事，毕竟

今日来得匆忙没随礼，到时候还得来还礼的。

那胖乎乎的中年人掩了满嘴的花生吃得不亦乐乎，闻言有些奇怪地盯着君泽看了几眼："你是哪家的亲戚？女方的，还是男方的？"

君泽面上有些讪讪，将白眉老头的穿着打扮一番描述后，就见那胖子连忙将嘴里的花生"呸呸"几口吐了，往衣上擦了擦手，握着君泽的手，一副谄媚的语气道："噢噢，原来是土……土老爷的客人，真是贵客，贵客。"

不待君泽说话，胖子又一副熟稔语气介绍了起来："这是春家要娶媳妇儿了，你知道的吧，春家在这一片势力可大了，家族庞大，子孙遍布全城。他家排行最小的小子年纪到了，家里就给他寻了门亲事，说是自小养在城里的，模样端庄得很。"

胖子话里酸溜溜的，满含着艳羡，君泽只得耐着性子附和道："那也算门当户对了。"

胖子讶然："先生不是我们这地方的人吧？在我们这片儿，春家再有钱，也只是泥里打滚觅食的，哪儿能比得上城里富贵人家、温柔乡里有吃有喝的啊！"

君泽怎么听这话怎么奇怪，这城里和乡下之间何时有了这么大的差距了？城里的有钱人不都时兴到乡下租了庄园消暑泡温泉池子的吗？莫非自己在如意馆待久了，不知这世道变化几许了？

正暗自惊讶着，就见戏台子上突然喧闹起来，从帘幕后方跑出来几个人，敲锣打鼓的，说是新房起火了，隐约着还能闻到烧焦的气味。

宾客哄地四散开来，整个院子里乱糟糟的，君泽被挤得鞋掉了一只，慌忙过去寻，正躲在桌子底下低头找着呢，突然身上一重。

火势不大，很快就被扑灭了，宾客陆陆续续又往回走，人影憧憧的，看不真切。君泽反手一摸，不禁哂笑，这大晚上的起火了，居然还有好心人给他披件衣服。

谁知刚起来转了个身，转眼就被几个人抓住推搡着往戏台子后头走，还听得有人嚷嚷道："找着了，新郎找着了！"锣鼓声又奏了起来，呜呜啦啦一声赛一声高。

几个人不由分说地就把他押着往新房领，还苦口婆心劝着："别逃了，你爹给你寻的这门亲事多好啊，你可就知足吧！"

君泽气结，这才发现身上披着的那件衣服是新郎官穿的红色褂子，连忙喊道："你们认错人了，我不是新郎！"

还没等他挣扎几下，就被人推进了一间贴满了大红喜字的屋子里，"哐当"一声门被锁了。他有些着急，使劲儿拍着窗，大声辩驳着，可没嚷嚷几句，就觉着后颈一疼，两眼一黑晕了过去。

❸

龙凤高烛成双成对，喜帐上铺满了各式各样的红枣、花生、桂圆。

君泽手心满是汗渍，紧张得连喜秤都拿不稳。

顺着红盖头一挑，盖头底下露出一张含羞带怯的脸，从光洁无瑕的下巴到秀挺的鼻子，再到粼然有光的眼。

君泽定睛一看，不禁喃喃自语道："窈娘……"

不对，窈娘的脸上向来都是淡定的模样，从来就没有这副羞怯的小女儿神态。

君泽猛地一个激灵，恍然觉着将自己从深泥里拔了出来，睁眼却发现自己躺在床上，身前环顾着如意馆众人。饥肠辘辘的，就是头还有些疼。

他直直对上窈娘关切的眼，一想到刚才梦中所闻所见，连忙把脸转了开去，胸口怦怦直跳。

"哎，醒了就好，我说他没事吧，你们还不信了，真的是，我害他作甚！"一张俊秀的脸凑近了过来，饶有兴致地打量了他几眼，洋洋得意道。

窈娘轻舒了口气，斜着眼睛瞟了一眼那年轻人，道："祸都是你惹出来的，还好没事。这儿就交给你伺候了，我去给他下碗面条。"

之夭笑得好不神秘，冲君泽问道："昨晚可尝够新郎官的瘾了？"

君泽只记得自己被人给打晕了过去，醒来就躺自己床上了，这之间发生了什么，他什么都不记得了。

那年轻人应承了窈娘之后，见之夭还在插科打诨，连忙把她推了出去。

"病人需要休息了，走走走，你们都忙你们的去，这里我来照顾。"

掩了门之后，那年轻人大大咧咧地坐到君泽床头，自顾自说了起来："忘了跟你介绍了，我叫春九，是春家的旁亲，昨晚是我救了你。去上个茅房的工夫，就见着你被一群人推搡着向新房走去，嘴里还嚷嚷着什么'我不是新郎官'。我估摸着他们认错人了，怕你惊动其他人，就一掌把你拍晕了背了出来。赶好找你的人来了，我就跟着他们把你救回来了。"

君泽一听，连忙起身道谢，顿时对春九感恩戴德。

若是再晚几步，说不定后果真的就不堪设想了，不光赔上了自己，还玷污了人家新娘的名声。

幸好，幸好及时得救了。

❀4❀

春九到了如意馆之后就赖着不肯走了，说是春家礼法甚严，因为救君泽他已经得罪了春家的人，作为旁亲势单力薄的，回去是会被处罚的。

念着春九的恩，君泽央了窈娘让他住在如意馆，日日对春九端茶送水，关怀备至。春九也坦然接受，没几天两人就好得跟兄弟似的，将榻也搬至一处。

君泽还送了他一块玉璧，叫他配在腰间左侧。

君子怀璧，美人香草，以显泱泱士德长存。

春九欢喜得很，将玉璧小心翼翼地戴上，走哪儿都怕磕到了。

这日君泽瞅着空子问春九，那户办喜事的人家是谁，到底去坐了一场，他得补个随礼。春九有些惊讶地看了他一眼，支支吾吾的，打了个哈哈转身就出了如意馆，说是行侠仗义去了。

他自诩为侠士，好打抱不平，最近忙得很，虽然日日住在如意馆，但是早出晚归的，也见不着人，不知神神秘秘地在捣鼓什么。

君泽只得自己抽空往城外土地庙后头走了一遭，找到了一个废旧的庄子，到处破破烂烂、空荡荡的，可看模样依稀就是那日宾客满堂的喜厅。

君泽一打听才得知，这庄子是城里大户人家作废的庄子，因为早些年死了人，举家搬迁，渐渐就荒废了。

他百思不得其解，只得转身去问窈娘。谁知窈娘一听他说还要去随礼，乐不可支，捧着肚子笑了好一会儿，点着他道："还真是个呆子，你听说过老鼠娶亲吗？"

君泽听完愣了一下，待反应过来后，如遭雷击。他小时候就常常听老一辈的讲老鼠嫁女的故事，没承想，这听了许多年的传说竟让他给遇上了。

敢情他那一晚上赴的宴席，是一窝老鼠借了人家废弃的庄子操办婚事？难怪席上都是些花生瓜子类的干果，难怪宾客个个留着胡子，一副尖嘴模样。

他突然反应过来："那、那春九……"

窈娘笑得眉眼弯弯，嘴里却是啧啧惋惜道："我以为你早就知道了，他都没有告诉你吗？"

君泽再一次呆住了，自己居然和一只老鼠精日日称兄道弟的，还同床共枕了数日……

想了想自己半夜身边可能躺着一只化了原形的老鼠，再想想平日里见着的老鼠都在臭水沟里到处翻，墙角房梁上暗戳戳四处爬。赶好春九穿了件簇新的衣裳得意扬扬地回来了，见着他那张白净清秀的脸，君泽"哇"的一声，吐了一地。

溅起来的荤腥之物沾了春九一身，把春九惊得不知如何是好，欲哭无泪地盯着窈娘："我，我长得有那么恶心吗……"

⑤

接下来的几日，君泽就有些病恹恹的。他素来有些洁癖，无法容忍自己跟一群老鼠吃了一桌酒席，更无法容忍自己居然跟一只老鼠精同床共枕了数日，尽管这只老鼠精是他的朋友。

不知是前几日冻坏了身子，还是这两天惊惧之下伤了神，他终日无精打采的，窈娘就允了他几天假，让他好好在床上休养数日。

春九搬到了君泽隔壁一间放杂物的屋子里，收拾了下放了张床进去。他倒是大人有大量，不跟君泽计较脏了他新衣服的事，反而喜滋滋地找君泽给他出谋划策。

原因无他，春九初来这扬州城，市井没混几分熟，倒先喜欢上了一个姑娘。

姑娘名唤京娘，在百岁坊那儿开了家小小的粥铺。

春九有一次路过百岁坊那儿无端跌了一跤，一头栽进一家粥铺门前的水沟里，赶好一辆马车过来，他急忙滚了一滚，滚进了粥铺里头，结果将人家门前弄得脏兮兮的。

京娘从铺子里言笑晏晏地走了出来，不仅没责怪，还寻了帕子给他擦洗干净，给他找了双干净的鞋。

此后，春九就对粥铺上了心，隔三岔五去一趟。

铺子里倒悬着几支斗笠，里边盛着各式的米，门口砌石成灶，铺了长长的一排，上头搁着各式的锅。

铁锅里滚着清冽的山泉水，砂锅里炖着软烂的芡实，瓮里咕噜噜沸腾着喷香的小米粥。底下架着桑柴火，火苗或高或低舔舐着，暗腾得小小的粥铺热气袅袅。

京娘性子极好，见谁都先露三分笑，一口小白牙亮晃晃的，很招人喜欢。她终日在灶台前忙得团团转，乐此不疲。

眉头紧蹙的学子撩了撩青衫坐下，她递上一碗焦锅巴熬成的桑芽粥，静气凝神清肝火。

抱了婴儿的妇人顶着蜡黄的脸过来，她默不作声往桌上放上一小碟温中和血的砂糖。

治口角生疮的柿霜粥，明目养肾的桑仁粥……

街市行人来来往往，偶有入座的客人，京娘总会适时地端上一碗最合适的粥，连路边的小乞儿京娘也一视同仁，总是会在没客人时，把他们唤过来舀上几碗热粥。

若说瓷碗里软糯的粥暖的是肠胃，那京娘和煦的笑容熨帖的便是人心。

不管外头是阴天也好，浅浅的日头也罢，京娘的粥铺里总暗腾着热气，仿佛里头藏着有冬日暖阳、拂面春风，令人厚重的心情都轻盈了几分。

春九去过粥铺几次，很快就被京娘的暖意一点点征服了。这般爱笑和善的女子，若是娶了回去，哪儿有她，哪儿就有家的温情。

春九这辈子就没有追过姑娘，头一次动心，也不知如何是好，日日从粥铺回来就跟君泽念叨京娘。

在他认识的人里头，君泽是唯一的读书人，而在他有限的妖生里，秉烛夜读的读书人莫过于仅次于天神一般的存在。

通晓世间一切奥义，辩尽天下哲理。

望着春九充满信任的眼神，君泽拒绝的话到了嘴边又咽了下去，不禁苦笑一声。

他一个连姑娘小手都没摸过的适婚青年，也不知怎的，总是碰上这等拉纤保媒的事儿。

第四秋·云林鹅

鉴于上次岑蔚然和曳十三娘的好事没有成功，这次君泽下了番苦功夫，决定先了解了解双方的情况。

"她知道你喜欢她吗？"

"应该是不知道的吧，我怕吓跑了她，每次喝完粥之后丢下钱就匆匆走了。"春九有些迟疑。

君泽扶额："人人都说日久生情，日久生情，你这才见过几面，人家京娘连你姓甚名谁都不一定知道呢！"

"她知晓我的，有次一个不知哪门子的张员外钻出来要纳她为小妾，还是我帮她赶跑的。"

"那你应该好好把握机会，多试着跟她接触，让她知道你的好。"君泽说完自己也有些心虚，绕着春九走了一圈，眉头皱得像叠了几道的衣褶。

"话说回来，都说成家立业，你也一把年纪了，还天天撒欢往外跑，整天没个正行，人家姑娘真嫁了你，你拿什么养家糊口？"

看着春九日日穿着簇新的衣服左一身右一身地往外跑，君泽说不羡慕是不可能的。

春九一看就是富贵人家出来的少爷，养尊处优惯了，只是被拘在家中久了，乍一出来就跟放飞了自我的翠鸟一样，对万事万物都充满了新鲜感。可他迟早是要回去的，失去了家族的支撑，君泽不知道他还能逍遥多久。

而君泽不同，家中没落了，不靠自己勤勉做工，连度日都是问题，所以，他尊重生活，尊重现实。面对这般庄重严肃的人生大事，他下意识拐到了对生活负责任的原则上。

"不瞒你说，其实我是逃婚出来的，家里要我娶妻生子继承家业，我不想就这样照着祖辈的样子过下去。其实，我长这么大，还没有出过扬州城……"春九有些不好意思，可马上又振奋起来了。

"我还年轻，我要去闯荡江湖，我的梦想是做一个踏马江湖仗剑平生的侠士！"

君泽一听春九是逃婚出来的，脑海里什么东西闪了一下，火苗"刺啦啦"还没燃起来，很快就被一股子无力感给淹没了。

"敢问这位大侠，你想当侠士，又做了几桩侠义之事？"

春九突然就兴奋起来，神秘兮兮道："我最近在做一件大事，过几日你就知道了。"

君泽一脸狐疑地看着春九，再问时，他又不肯多说，只说他做了件行侠仗义的好事，过几日就会流传开来。

谁知没过几日，春九的好事不见踪迹，却等来了官府里的衙差上门兴师问罪。

高捕头念着与窈娘相熟，带人上门时并没有大肆公开，趁夜喊了几个相熟的兄弟就来了。

望着高捕头一脸的严肃，再看看春九茫然无措的样子，窈娘耐着性子询问清楚事情的缘由后，只想掩面将这个祸害一扫帚给打出去。

事情得倒回数十天前说起。那时春九刚到如意馆不久，日日揣了银子上街行善，不是大方地施舍小乞儿，就是替小摊小贩教训欺凌人的街头恶霸。

初出茅庐的年轻人，好不容易如同一匹脱缰野马般落入广阔的草原，自诩爱憎分明的侠义之士，日日出去打抱不平，很快就被人盯上了。

这日，春九照旧兜着一荷包银子上街行善，刚走到街口，就被人把荷包给抢了。他憋着一口气追了过去，将人堵在了巷子尽头，这才见抢他荷包的人是个肤色黝黑的大汉。

大汉咧着嘴笑得极其诚恳："春公子，不知有没有兴趣加入我们快刀门？"

春九一脸疑惑，"什么门？"

"快刀门。"

"这是做什么的？"

"积德行善，快意江湖，路见不平，拔刀相助！"大汉不知从哪儿踅摸出一面红色头巾，迅速系到脑后打了个结，双手握拳，盯着远方满脸正气地大声喊道。

春九一听这宣言，很快眼睛就亮了。他早有听闻，散落在庙堂之下，有许多门派组织在江湖各自为营。

比如城外的慕云寨就是个劫富济贫的寨子，专挑作奸犯科之人下手，深得百姓欢心。

他本来想去投奔慕云寨的，可惜好不容易等他从家里逃了出来，就听闻那寨子的首领死去了，寨子里的人本就是一群乌合之众，谁也不服谁，很快就散了。

他正愁没有门路呢，谁知道人家竟然自己寻上门了。

那大汉带着春九七拐八绕的，走到一处大宅子。宅子坐落在西边一善堂后头，门口几株参天槐树，两头石狮子，气派得很。

门主是个有些胖胖的老头，穿着花团锦簇的织锦，贵气逼人，却没有丝毫架子，见春九过来，笑呵呵地起身相迎。

门主对春九一番赞赏，说观察他很久了，他到城里之后的所作所为他们都一清二楚，而他们快刀门缺的，就是有如此赤子心肠的侠义之士。

当下，门主就列举了快刀门平日里所做的善事，让那黑汉子带着春九去前边的善堂走了一圈。

善堂是个四方的院子，收留了一些孤苦无依的老人和孤儿。大片的柳树荫底下，行动不便的老者悠闲地躺着晒太阳，幼儿骑着木马追逐嬉戏着，现世安稳，自成乐趣。

若说之前春九还有些半信半疑，但见着这和谐的场面，当下便定了心，门主花哨的

衣袍也不觉着晃眼，立马就拜了几拜，信誓旦旦要入这快刀门。

"你可知，这善堂每年需要多少银子来供养？"门主将他扶起身之后，抚摸着善堂斑驳的大门，叹息道。

春九只摇头不知，看着门主举起胖乎乎的手指，比了个八的数字。

"我这些年走南闯北做生意，也攒了些钱，可对于这善堂来说，依旧是九牛一毛。所以，我一手创建了这快刀门，不做伤天害理之事，只是劫富济贫罢了，将那等子黑心商人的钱财拿了来，布施这些穷苦的百姓。"

春九仍有些不明白，问道："怎么拿？"

门主嘴角的笑凝滞了，转眼又拍了拍春九的肩膀，意味深长道："江湖人士闯荡江湖从来不问缘由，只看结果。"

⑧

春九并没有成功加入快刀门，门主说，像他这样的新手为了表决心，要先通过考验才能担当重任。春九一想到此后就有了隶属的门派，热血沸腾之下，拍着胸膛允诺定当完成任务。

春九的第一个任务，就是到百岁坊的张员外家寻一把琴。

百岁坊附近的人都知道，张员外最近得了一把空桑琴，琴有七弦，弹出来的声音却不似寻常琴声般靡靡绕梁，而是冷然，铮然，若金石相撞，若利剑出鞘。

更妙的是，这空桑琴能移情，有着操纵人心的魔力。

张员外得了这空桑琴之后，宝贝得很，平日里从不拿出来炫耀，唯有一次在家中举办了一场宴会饯别友人时，他亲自演奏了一曲《归风送远操》，曾让过路的胡僧落了泪，寒冬的飞鸟盘旋，绕墙鸣咽了许久。

座中宾客无不拭泪，北客思乡，顿起西风孤雁的萧瑟之感，将窗外堪堪冒尖的旖旎春色都给掩了去。

而据门主所说，张员外这空桑琴来得蹊跷。

这琴本来归于京都教坊的一位琴娘子，张员外见人貌美，霸王硬上弓将琴娘子抢入府，连带着将琴也吞为己有。

琴娘子在张家后院日日以泪洗面，托人送了消息给快刀门，以重金相托，希望他们能帮她把琴给偷出来。这等通灵性的宝物，不该落入这不通风雅的贼人之手。

春九早些天就见过那张员外，肥头大耳的一看就不是好人，总是笑眯眯地到京娘的粥铺里坐着，还有意纳京娘为他家第九房小妾。他有次撞见张员外正好在粥铺里纠缠，一顿挥拳将张员外给赶了出去。

听闻此桩恶行后，春九更是义愤填膺，恨不得往那胖脸上踏上几脚，好好出口恶气。

借着一个月黑风高的夜晚，春九化作原形进了张府。作为一只成了精的老鼠，这等借着身形的遮掩上梁钻墙寻物的事，向来是他们一族的优势。

偌大的一个张府，让他在张员外书房的暗阁里找着了空桑琴，就锁在层层箱子里。

春九趁人不备将琴给偷了出来，交给墙外守着的黑汉子之后，翻身又回了张府，往他那八房小妾房里都走了一遭，偷偷打听琴娘子的所在。

张府果真有位琴娘子，可她一听春九说要救她出去，不仅没有喜极而泣，反而把他当作歹人，慌乱地大喊大叫，惊动了一干仆役。春九慌忙逃窜下，遗失了腰间的玉璧。

而官府之所以能迅速锁定罪犯是如意馆的春九，原因无他，春九在临走前，秉着他一贯招摇的性子，往那空荡荡的暗阁里留了一张纸条。

"大爷行不改名，坐不改姓，快刀门春九留。"

他本以为张员外这琴来得不光明，自然不敢将事情闹大，也就学了话本子里的大侠，留条警告。

谁知过了几日，张员外发现琴丢了之后，不仅没有把事情遮掩下去，反而迅速报了官。

而负责此事的高捕头一见那玉璧，再见那纸条，只觉着眉心一阵抽动。

他时常到如意馆吃饭，早就知道如意馆来了个年轻的后生，那后生的名字，不偏不巧，刚好唤作春九。

⑨

春九被铁链锁起来的时候，见无人帮他，气得直跳脚。

"你们这些坏人，你们助纣为虐！你们不辨是非！我爹早跟我说了江湖险恶，人心不古，果真如此！"

窈娘冷着一张脸，催促着高捕头赶紧把他抓了去，为了防止他逃跑，还特地叮嘱高捕头派人将他好好看住。

春九不明白的是，连一向袒护他的君泽这次也摇了摇头，一脸的恨铁不成钢。

春九苦兮兮地在大牢里蹲了好几日，窈娘这才带了君泽拎着食盒施施然去看他。

"你知错了没？"窈娘只管冷着脸问他。

"我没错，我何错之有？难道坏人不应该受到惩罚吗？难道我行侠仗义错了吗？"春九含着泪大声说道，委屈极了，瞪着一双滴溜溜的圆眼，满是倔强。

窈娘叹了口气，忍了忍，还是没有把手中的食盒砸过去。

"你跟他说清楚，再跟他多说几句话，我怕是会喊石清过来将这倒霉孩子给捶死。"把食盒丢给君泽后，窈娘翻了个白眼，气哼哼地走了。

君泽哑然失笑，只觉着窈娘可爱得很。在这如意馆待久了，到今日他才发现，不光他不再是原来的他，窈娘也不似初见的模样。

她身上的清冷气息越来越少，越来越多的情绪外露，有时候竟顽皮得跟人间女子无二。

这大概就是岁月的力量。岁月可以抚平创痕，也可以打磨人的性子，将外露的锋芒调和得圆润光滑，日渐与周遭的环境融为一体。

他之幸，窈娘之幸。

正当他陷入自己的感慨中无法自拔时，春九有些不满了。

"喂喂喂，发什么呆呢，你是不是来看我的，还不赶紧把吃的给我递过来，饿死我了。"

君泽将食盒里的菜一一端出来递进去之后，看着狼吞虎咽的春九认真道："你知不知晓我送你那块玉璧是什么意思？"

"不是什么佩玉是君子作风吗？"

"我的名字是我太爷爷取的，'君子之泽，百世不斩'，就是希望我能做个堂堂正正的好人，不侮蔑了祖上家风，而我送你玉璧也是一样的。念你初到人间，行事莽撞，希望你不管做什么都能保持一颗向善的心，可你这回，真的是做错了。"

春九愣住了："我不太明白。"

"你对人的认识，多半来源于祖辈口中的故事，来源于市井里流传的话本子，那都是定了型的模子，是好坏分明的样板，所以打一开始，你就带了偏见看人。你会觉着讨了八房小妾的张员外就是个坏人，喊着行善口号的快刀门都是好人。"

春九觉着自己的观念彻底被颠覆了，从未有人如此一本正经地跟他讲过道理，他有些惶恐，往里缩了缩身子，盯着君泽看。

"你道张员外那把空桑琴为何如此精妙，天下那么大，有钱有势的人多了去了，怎么偏偏就落到了他的手中？"

"不是因为他抢了琴娘子吗？"春九弱弱道。

"你可知，那把空桑琴里头藏着一只小虫子，名唤鞠通，类似于千杯不倒的酒鬼腹中的酒虫。鞠通是琴虫，且常藏身于好琴之中。有的人琴艺高超，可弹出来的琴声只是好听，不能通情，而有的人，只凭着心意，弹出来的琴声就能感染得人如痴如醉，这些都归结于鞠通，它藏身于琴中，只有真情实感才能将它唤醒。"

春九摇了摇头，满是茫然。

"琴娘子带着琴心甘情愿嫁给了张员外，是因为她知道张员外是个懂琴之人，是她惺惺相惜的知己。他其他几房小妾也是如此，因为他诚心相待，都愿意将终身托给他。之前你见他日日在京娘的粥铺盘旋，怕是也是出于欣赏吧，你何曾真正见过他动手动脚？"

春九想了想，好像也是。他承认，他最开始不喜欢张员外，一部分原因是出于隐秘的嫉妒心，嫉妒他能如此自在地跟京娘说话，嫉妒他能如此坦然地表达自己的爱意。

"而你那所谓的快刀门，才是真正的祸害。快刀门借善堂做筏子，平日里专门招揽你们这些初出江湖的年轻人为他们办事，干的尽是些鸡鸣狗盗之事。他们知道这空桑琴名贵，却不知它贵在唤醒了里头的鞔通，本以为能偷出去换个好价钱，可离开了懂它的人，这琴也就是普通的琴罢了。"

最后，君泽意味深长地说了一席话。

"腰缠万贯之人，不尽是为富不仁的人，而满口仁义的人，也不一定就是心口合一的真善人。"

春九恍然大悟，这才明白自己上当了，误打误撞做了人家的帮凶。

垂头丧气之下，他主动提出要将功赎罪，领着一众衙差去了善堂后头的宅子，谁知里头早就人去楼空了。后来才得知，那伙子人也就是租借了一天权当为了哄骗春九罢了，至于那善堂，自然也跟快刀门无关。

春九无奈之下，只得灰溜溜现了身，将春家藏在城里修行的叔舅们一一找了出来，全城搜捕，很快帮着官府将那一伙子人给逮了回来。

那空桑琴因为失了懂它的人，沦为了一把普通无二的琴，卖不出去好价钱，最后也物归原主回到了张员外手中。

❀10❀

春九的大侠梦，夭折在草长莺飞的二雨天里。

不过，他一点儿也不气馁，哪个风情女子年轻的时候没遇到过薄情郎，哪个俊俏的小子年轻的时候没几个未曾实现的梦想。

再说了，谁年轻的时候没有犯过傻呢？

春九后来才得知，他这么容易被放出来，还得多谢京娘。

京娘与张员外交好，张员外平日里应酬多，肠胃不好，极其喜欢京娘熬的粥，本想讨她入门，却被京娘拒绝了，此后两人就成了朋友。

为了感谢京娘，也为了让如意馆的这帮朋友帮他掌掌眼，春九兴高采烈地请京娘到如意馆吃饭。

京娘跟在春九后头到如意馆时，窈娘半眯着眼睛觑着笑得矜持的京娘，再看了看满脸兴奋藏都藏不住的春九，突然就笑了。

她若有所思地看了京娘一眼，随即吩咐下去："今日还缺一道菜，石清，去把院子里最笨的那只呆头鹅给抓了。对，就是最蠢最笨最肥的那只呆头鹅，今天，我要给你们做一道云林鹅。"

君泽和之夭望了望笑得不知意味的窈娘、眼神微动的京娘，再看了看仍兴致勃勃的春九，觉着明白了什么，又觉着什么都不知道。

"白者食草，苍者食虫。"林子里放养长大的白鹅以吃草为生，身上少了些污浊之气，肉也紧实些。

第
四秋·云林鹅

263

窈娘将白鹅宰了之后，立即破腹去脏，洗干净后用细盐擦遍肚腹，内里塞长葱，外边涂上拌了青蜜的酒。

锅中平铺一大碗黄酒，一大碗水，将白鹅架在上头隔水炖。两束柴火燃尽之后，掀开锅盖将肥嫩嫩的白鹅给翻了过来，再烧上一束三芽柴。

从一开始，就得将锅盖用棉纸糊住。窈娘让石清守在一旁，时不时滴上几滴水，让棉纸时刻保持浸润的状态。

待灶中柴火燃烧殆尽，锅中肥鹅已经炖得软烂，身上的油脂也已经炖了出来，悉数化在汤汁中，掀开锅盖，鲜香扑鼻。

将汤汁倒出来，撒入盐、香葱，用小银勺舀入一小勺头年腊水熬制的米酱轻轻一拌，兜头浇在肥鹅上。

往桌上一端，旁边再摆上一碗白灿灿的米饭，直教人恨不得将这股香气全部吞入腹中，即刻化身为饕餮饱食一顿。

春九正大口大口拌着汤汁吃着，腮帮子鼓着，嘴里还不闲着，说起他和京娘初遇，满是激动："也真是巧了，那日走到百岁坊的时候突然被风沙迷了眼，脚底下不知什么绊了我一下，一跤就跌进了沟里，赶巧来了辆马车，吓得我三两下就滚进粥铺里去了。若不是跌那一跤，我还遇不上京娘了呢！"

窈娘看了一眼笑得温婉的京娘，搛了一块鹅肉到春九碗里，笑得好不惬意："来来，这呆头鹅的肉很是鲜美，多吃点，补补。"

春九受宠若惊，嘴角还沾了饭粒呢，慌忙道谢。

突然，窈娘似是不经意道："春九，你这逃婚出来，你爹怕是要担心你了吧。还有你走了，有没有想过被你丢下的新娘怎么办？"

话音刚落，京娘小口小口吃着呢，动作也停了下来，好似准备认真听春九的答案。

春九抹了抹嘴边的肥油，突然把碗放了下来，往衣服上揩拭了几下之后，双手拽住京娘的手无比认真道："逃婚是我不对，我不该枉顾父母的意愿悄悄就走了，我会回去跟他们道歉。还有定了亲的那家小姐，是我辜负了她，我也会上门去负荆请罪，但我保证，我春九这辈子，只认定京娘了！"

京娘只是低着头，含着笑，没有多说什么，掩去了眼中的慧黠。

"那我也好交代了，你那族长老爹送了好几百斤肥猪油托我照顾你，可总算把这烂摊子给解决了。"窈娘舒了一口气，像是一下子卸下了重担。

春九一下子就垮了："敢情，您让我住在如意馆，不是因为我英俊可爱啊！"

窈娘像是听到了什么莫大的笑话，笑得直不起腰，仍往他碗里夹了几块肉，说道："来来来，呆头鹅，多吃几块呆头鹅。"

君泽看着自己面前空荡荡的碗，有些失落，眼睛斜着看了好几眼窈娘，干巴巴地扒拉了几口白米饭。

窈娘很快发现了他的不对劲，突然想到了什么好笑的事，也笑得意味深长，往他碗里丢了几块肉："来来来，你也吃，多吃几块，呆头鹅。"

君泽正欢喜着，可就是听着窈娘这拖得极长的尾音，总觉着有什么不对劲。吃着吃着，突然灵光一闪，明白了什么，转身盯着春九："等等，你刚才说什么，你也是逃婚出来的？还有，你姓春，莫非你……"

春九咧嘴笑得无比纯真，期期艾艾道："君大哥，这些日子承蒙照顾，那晚是小弟不小心把脱下来的衣服甩到你身上了，对不住，对不住！本来就想偷偷溜走的，没承想连累你了。不过最后，我还是把你救出来了，对不对，啊哈哈哈，来来来，以茶代酒敬你，喝完还是好兄弟啊！"

君泽将筷子捏得咯咯作响，阴沉着一张脸，满是杀气："春！九！"

春九一个激灵，将碗筷一丢转身就跑，君泽抄着扫帚追了出去。

闹了半天，罪魁祸首就在身边，亏得待他这般好，结果差点因为他名声不保，险些丢了清白！

是可忍，孰不可忍！

窈娘看了一眼京娘，小声问道："他莫非还不知道你的身份？"

京娘掩了掩嘴，眸光微闪："他这秃噜性子，大概连定亲的是哪户人家都不知晓，满脑子装的就是如何逃婚罢了。"

之夭听着两个女人在那儿窃窃私语，突然两眼放光，兴奋地一拍掌："原来，原来你就是春九逃婚的……"说到后来声音越来越小，连忙捂了嘴。

这下好了，有热闹看了。

果真是呆头鹅，兜兜转转，还是落入了京娘的手中，不知道他知晓真相的那一天，会有怎样的表情，实在是光想想就令人激动。

"哎，那句话怎么说来着……"之夭学着戏台上的花旦，桃花眼微挑，捏了兰花指，咿咿呀呀唱了起来。

"不如怜取眼前人……"

陶墨墨一把丢掉手里的鸡爪子，扑闪着眼睛看了之夭一眼，往石清身上按了按脏兮兮的爪印，然后顺着桌腿往之夭身上爬了过去。

正在追着春九的君泽也好像听到了什么，回头看了窈娘一眼。

窈娘今日穿得花俏，微红衬映着浅碧的裙子，潋滟了一身花色。

窗外下着细雨，早春的红梅悠然碾落，飘了一地花絮，于严寒中添了些许明媚生动。

他突然愣住了，无端笑了起来。

不知是在看窗外的落梅，还是在看什么。

她一直踽踽独行活在黑暗里，活在内心的自卑中，没有朋友，没有温情。

◎ 1 ◎

城西墨香斋的主人简柯从一北地客商那儿得了好些美人画，三十六幅皆是珍品。志得意满之下，他决定在自家举办一场宴会，邀请城里的书画大家前来共赏。

简柯是个风流雅士，在流水桥畔建了座屠琴坞，里头玲珑缀着亭台阁榭，引了一池水，栽了好些名花异草。

平日里时常借着由头在屠琴坞里举办些诗会，供文人雅士欢谈畅饮，在城里颇得盛名。

君泽最喜墨香斋墙上挂着的那幅《辋川图》，平日里没少去他家逛。那日君泽正好去墨香斋买松香墨，正对着墙上的画看得痴醉，简柯见他也是爱画之人，一番攀谈之后，顺势邀请他去屠琴坞赴宴。

回来之后，君泽魂不守舍了好些天，恍若入了魔障，连吃饭时都是呆滞的。

窈娘见他日日神游太虚，担心他被不知名的小妖迷了心智，寻他旁敲侧击打探情况。

谁知君泽一提起那日屠琴坞的见闻，瞬间两眼放光，口中絮絮叨叨说了起来。

那日的画，的确是多年难得一见的珍品。

各式的美人如花隔云端，镶在不同画纸上，或丰腴，或窈窕，或巧笑倩兮，或低眉垂泪，个个风韵别致。

简柯别出心裁地将三十六幅画卷一一悬挂在长廊的什锦窗上。窗后叠嶂着各式的景，垂丝海棠、磬口蜡梅或浓或艳地倚着，假山或高或低地错落着，映衬着一旁挂着的美人画，被忽明忽暗的光影一勾勒，衣袂翻飞间，仿佛被风一吹，顷刻间就要从画卷上走下来。

观者无不如痴如醉，有人醉倒在单衫罗裙下，有人到处打探画师的来历，无一不被这精妙的笔法征服。

而这三十六幅美人画中，最让君泽心动的，莫过于挂在拐角处的一幅。

什锦窗上框着暗黄色的木楞，一角挂了画纸，纸后靠着娇俏的美人蕉，荼蘼肆意蜿蜒垂落，洒下一大片阴影。

画中画的是一位被山雾笼罩的女子，眉目隐没在雾气中，屈身坐在一块大石头上，发上编织着花环，旁边只用浓墨皴了几丛荒草，身后是大片的留白。

右下角只有两个字："山鬼"。

别的美人画虽有韵，但仅仅浮于纸上，而这幅《山鬼》，却是真实到让人心惊，令人分不清真假，恍若踏入了画中。

明明是热闹的景，无端只让人觉着幽深孤寂，让人忍不住靠近，想温暖这女子。

"窈娘，你是没亲眼见到，那画是真画得好，我从未见过如此精妙的笔法，也不知出自哪位大师之手。"

窈娘一听倒松了口气，只笑他犯了读书人的痴，一幅画也值得神魂颠倒好几日。

谁知君泽反而认真说道："不，我这不是犯了痴，就是觉着那女子可怜，这几日我心里一直很难过，有种说不出来的哀伤。"

"这世上奇技淫巧多了去了，谁知道用什么秘法画出来的，倒把你的魂给勾了。"

窈娘不当回事，撇下他自顾自忙去了。

季太守不日要在家中待客，请了窈娘去帮忙，她还有好些食材需要准备呢。

❀2❀

君泽倒是精神恢复正常了，没几日却是不声不响上了山，最后竟是被人抬着送了回来。

如意馆众人都吓了一跳，连忙请了孙大夫来诊断。孙大夫凝神把脉之后，松了一口气，只说他无碍，就是被人往胸口捶了几拳，他身子弱，养几天就好。

等君泽醒来之后，问起他好端端地怎么上了山，他这才将缘由说了出来。

原来前些日子的那幅画，让君泽入了迷，沉迷于故纸堆里翻阅典籍，四处寻找山鬼的存在。

就在那日，他听如意馆中的食客说起来，观音山中一直有山鬼的传说，说这山鬼是西王母的座下，貌美如花，若是有缘人寻到了她，便能实现未达的夙愿。

这么多年来，谁也没见过，至今为止也没有人真正地寻到，所以传说终究只是传说，只是偶尔在坊间谈论几句。

而屠琴坞那日的画展之后，观音山突然就如投石入林般热闹起来，不时有人上山说是要寻找那传言中的山鬼。

有人在山脚下烧香，有人拜佛，有狂士高谈阔论嬉笑怒骂，有风流女子琵琶半遮上山揽客。

形形色色的人乌拉乌拉就涌了山上去，整座观音山被践踏得乌烟瘴气的，一团糟乱。

君泽也去了观音山，不同那些带着隐秘期待的人，他是忧心忡忡去的。他总是梦见

那画中女子独自坐在阴冷的山石上哭泣，甚至连他自己都觉着自己是魔怔了，竟然会因为一幅画神魂不知。

为了给自己一个交代，君泽洋洋洒洒写了一篇文——《与山鬼书》，携了瓜果上山准备拜祭一番。谁知一上山就遇着几个大户人家的轿夫在高谈阔论，说起那不知名的山鬼，言辞间愈见猥琐，满是淫词浪语。

君泽脑海里瞬间想起了画卷上气质高洁的女子，一时不忿，与人争辩了几句，转眼就被那五大三粗的轿夫几拳给撂倒了。幸好几个书院的学子上山踏青，将路旁躺着的他给救了回来。

窈娘听罢缘由之后，既好笑又好气，因为一幅来历不明的画把自己弄得这么狼狈，也亏得君泽才做得出来。

读书人她见过不少，可这般执拗的读书人，她头一次见。为了让他好好得个教训，窈娘板着脸几日不与他说话，日日从如意馆进进出出只当看不见他，目不斜视从旁就走过了。

君泽到底也是后悔的，以前犯痴的事儿也不少，他无依无靠了无牵挂，是为了自己而活，开心就好。

可最近他也不知怎的，喜怒哀乐极易被人牵动，窈娘生气了，他也不开心，终日心头沉甸甸的，不知如何是好。

❀3❀

窈娘本来是想让君泽坐坐冷板凳，他虽然心气高，却是个认真的性子，受挫了自然会沉下心来反思。她原以为，这事过几天自然就翻篇儿了，谁知事情的发展有些出乎她的意料。

头两天还好，君泽垂头丧气的，时不时拿眼睛觑她，见她冷着一张脸也不敢多说话，坐在柜台后满是落寞。连陶墨墨也发现了不对劲，刻意捏了狐狸爪子去他跟前讨巧逗他，他都提不起劲儿来。

谁知过了几天，君泽就换了个模样，整个人突然就容光焕发起来，终日往外边跑，回来后总是坐在柜台后头趁人不注意偷偷看她，眉眼里藏着抑制不住的小雀跃。

之夭还暗地里问过窈娘，君泽这是怎么了，怎么一副春心荡漾的模样，问完就一副狐疑的眼神在窈娘和君泽之间来回打量。

窈娘百口莫辩，她最近都不爱搭理他，就算他春心荡漾了，又关她何事？不过话虽然这么说，她也觉着奇怪，不知道君泽这葫芦里卖的什么药。

这日之夭鬼鬼祟祟到后厨寻了窈娘，也不说话，只是盯着她看。窈娘正忙得团团转呢，嫌她碍手碍脚的，就要把她赶出去。

之夭没忍住，又探了个头回来，说道："窈娘你今天一直都在这如意馆？"

窈娘眉头抽了抽，不耐烦道："这不是废话吗？没看我正忙着呢！"

"那就奇了怪了，窈娘，你确定你在人间没有什么双生姐妹？"

这话一出，窈娘就知道不对劲了，拉着她问了起来。

之夭只得老老实实说道："我今天看见君泽穿了身新衣裳偷偷摸出了门，还在集市口那儿买了几束玉兰花捧着，一时好奇就跟着他走了，你猜我看见了什么？"

"你看见了一个同我一模一样的人？"窈娘眉头一皱，很快就反应过来了。

"对对对！不过我没有看清，我怕他发现，不敢跟太近，就远远地看见他到了观音山的一处林子里，有个穿着月白色衣服的女子迎面走了过来，接了他手中的花，两人就一齐进了林子。可那女子的发髻身形，分明就跟你一模一样啊！"

窈娘先是心中一惊，随即凝了纤细的眉，暗自恼火。这城里的小妖了不得了，胆大包天，居然敢用她的模样出去骗人，骗的还是她如意馆的人。

君泽傍晚才回来，见之夭堵在门口，先是露了个羞涩的笑容，看得之夭有些毛骨悚然。

谁知没走几步就被之夭拦了去路，看着之夭一副虎视眈眈的样子，君泽有些茫然，跟着她到了窈娘的跟前。

"你今日都做什么去了，放着一堆的账不做，躲哪儿逍遥去了？"窈娘好整以暇地坐在藤椅上，敛眉喝了一口茶。

"账本留着，我晚上会整理好的。"君泽理直气壮地说道，一看就是早已想好了托词，说完还趁人不注意冲窈娘眨了眨眼，脸上满是愉悦。

窈娘被他脸上灿烂的笑晃花了眼，没忍住磨了磨后槽牙，盯着他一字一句道："我今天一天都在如意馆，哪儿都没去。"

"我知道啊，你一直在这儿哪儿都没去啊……"君泽直点头，满口称是。

许是见着窈娘无比严肃的表情，他渐渐意识到了有什么不对劲的地方，像是想到了什么，仍抱着希望颤着声音问道："你说什么，你今天一天都没有出去？"

"不止今天，我最近都没怎么出门，更没有去过观音山。"窈娘咧嘴笑得高深莫测。

君泽瞪大了眼睛，盯着窈娘，一副不敢置信的受伤表情，指着窈娘："你，你，我，我……"

哐当一声，君泽抚着胸口晕了过去。

❀4❀

君泽醒来之后，两眼呆滞，被陶墨墨往腿上挠了几爪子，痛得直叫唤，这才战战兢兢将最近的遭遇一一道了出来。

原来就在那日他因仗义执言被人揍了一顿之后，窈娘故意冷着性子晾着他，君泽难过之余，唯有寄情于画卷伤神。

他不觉着自己有错，因为他连着好几个夜晚梦见那画中女子的背影。梦中那女子看不清面容，唯有一袭忧伤浓如墨色，厚重得推不开，直教人魇在梦中，心一抽一抽地疼。

简柯将那幅名为《山鬼》的美人画悬挂在了墨香斋，君泽日日去墨香斋时，简柯也在看着这幅画发呆，蹙着眉头，抚着胸口，眼里墨色苍苍，辨不清情绪。

这让君泽心中稍稍有了些许熨帖，他没有去打扰他。大概，他们俩都是真正懂画的人吧。

此中有真意，欲辩已忘言。

谁料，就在几天后，君泽的生活突然就柳暗花明了起来。

先是在回家的路上，他在拐角处遇见了窈娘。月白色的衣裳，头上青丝素簪，笑得明丽。

窈娘与他说，她对他发脾气，是为了做给如意馆其他人看的，她希望他能明白她的一片苦心，替她保守秘密。

君泽欢喜之余，又有些许甜丝丝的东西缠绕上心头。对的，这是秘密，这是窈娘和他之间的秘密。

窈娘与他约好了，每隔几日便在观音山半山腰的桃林里相见。半山姝色，蒹葭顺着水鸟蔓延了上去，窈娘总是早他一步在等着他。

她话不多，只是听他兴致勃勃地高谈阔论，眼里的柔情要将人给溺了去。也正因为她话不多，只是顺着他的话肆意去往辽阔的荒原，在瀚海书卷中沉浮，君泽惴惴不安之余，才没有起疑心。

窈娘极少有如此耐心的时刻，只是她托腮望着他的时候，嘴边虽然是含着笑，却是空的。君泽以为她只是厌倦了日日灶台烟火里为凡人鬼蜮烹调食物，见她难得有如此宁静的时候，他只当她的视线穿过他，想起了过往岁月。

这样的窈娘，就如同人间寻常女子一般，他们之间不隔着天堑，只有一尺的距离。

所以他小心翼翼地呵护着这片宁静，谁都没有说。没曾想，到头来，仍是他一个人的独角戏。

窈娘听完之后，只觉着气不打一处来，一指头朝着君泽的脑门戳了过去。

"你竟是个傻的吗？好歹在这如意馆待了一年多了，我是怎样的性子你都摸不清楚吗？"

"是了，我早该知道，你不是这样的人。"君泽苦笑，眼里有什么倏地就暗了，桃林里的欢声笑语层层褪尽色相，生动的眉眼偃了倦容，归于平寂。

❀ 5 ❀

这日是个阴天，清晨时分便开始下雨，细细密密的，徒增离愁。

君泽撑着伞到桃林的时候，满身萧索，雨帘打湿了他的睫毛，微微颤动着，眸子里一片墨色。穿着月白色衣裳的女子仍是眉眼盈盈迎了过来，含笑望着他。

此刻再看时，君泽已经明了。

是了，这不是窈娘，窈娘从来没有过这么轻盈欢快的时刻，真正的窈娘身上背负了太多的东西，整个人都裹挟在重重迷雾中，是厚重的，是沉稳的，是岁月积淀后的风华。

九重天的司命，就算隐匿人间赎罪，依旧是不可一世，睥睨众生。她的眼里，你从来看不到过多的情绪。

君泽叹了一口气，将伞往那女子头上移了过去，温声问道："你是谁？"

女子嘴角的笑突然就淡了，隐约着有几分惶恐，几分委屈。

"我是窈娘啊……"

"你若是窈娘，那我又是谁？"

窈娘从树后走了出来，轻轻叩着湿润的树干，和着濛濛细雨，折断了几株刚刚冒出头的罩子。

女子面露惶恐，敛起裙裾转身欲逃，却被人堵住了。

石清魁梧的身子往前一站，就是一座山，一尊石，巍峨得让人心惊。

如意馆中，几个人不自觉都坐成了一个半圈，将那与窈娘一模一样的女子围在中间看着。

两人面容虽丝毫不差，但若说最大的不同之处，就在于眼睛。

一者柔弱惹人怜，懵懂纯粹，湿漉漉的像极了林海初生的小鹿。

一者灵动狡黠，眼里藏着你辨不清的锋芒，教人不敢直视她的眼。

窈娘皱着眉打量了半天，都没看出这女子的来历。

那女子被那么多双眼睛盯得有些怕，往君泽身后躲了躲，怯生生只露了半张脸。

就在女子伸手拽住君泽衣袖的那一瞬，君泽只觉着一阵冷冷水汽笼罩了过来，整个人是舒畅的。

这种感觉不似春日细雨扑面的清爽，像是从骨髓里被灌入了天地灵气，突然就轻盈了起来。

身上每一寸皮肤都在叫嚣着，淋漓酣畅的痛快，有什么一点点从身子里汩汩淌出，恍若洗去了满身尘垢。

凡人修仙，大抵就是这种感觉罢。

君泽被这冷意一激，将她一推慌忙站到一边，怔怔地看着女子："你，你……"

这一眼，却是看到了她眼里的哀伤，黢黑的眼珠子里只余中间一丝光亮。与窈娘一般的面孔，无声地在质问他，问他为何要将她推开。

"你也要抛弃我吗……"

君泽想起近日两人相处时的欢声笑语，有些狼狈，慌忙侧过头去。

"说吧，你还要顶着我这张脸招摇多久？"窈娘终于开了口，着实是她自己也看不下去了，自己的面容露出这种令人垂怜的眼神，心里蓦地涌出一股子奇异的突兀感。

女子突然就低了头，用袖子掩住脸："对不住，我，我也不知道我长什么样子，我，我没有脸……"

待女子抬头时，众人只觉着吓了一跳。

这是怎样一张脸，光华涌动，模糊不清，看不清五官。

像是笼了一团山间云雾，悠悠荡荡间辨不清眉目。

可她的声音却是极好听的，宛如玉石相撞冷冷作响，氤氲着令人惬意的清冷。

6

女子名叫岱妩，是观音山上一块成了精的玉石。

自她有意识开始，就在观音山上的温泉池子里泡着，一双手拎了刀细细打磨着，絮絮叨叨同她说着话。

她的主人是蓬莱仙山上的祝酉仙君，早些年祝酉仙君恋上了一名凡间女子，与那女子在红尘中过了好些快活日子。

随着年华老去，女子依着人间定数经历了生老病死，祝酉仙君终日颓靡度日，在观音山南边寻了处僻静的地方将女子给葬了，守着孤坟茅屋，此后就住了下来。

仙君喜净，为了不让旁人打扰，挥袖将观音山劈了一道悬崖，与人世间隔了开来，他住在悬崖底下，特地从樊丘挪了一眼温泉，雾气腾腾。

有次仙君从池子里捡了块通体白润的玉石，一时想起了故去的妻子，就准备将玉石雕刻成妻子的模样，随身带着当是个寄托。

被仙君的仙气沾染久了，在仙池里泡久了，岱妩渐渐有了自己的意识。她知道自己叫作岱妩，也知道这是仙君故去妻子的名字。

可惜还没等仙君将这玉石雕刻出眉眼，蓬莱就出了事，仙君匆匆回去了，此后就再也没有回来过。

仙君临走前，给岱妩留了一样东西，等她在仙泉中修炼成人形后，自可带着信物前往蓬莱寻他。

许多年以后，岱妩渐渐修成人形，身段窈窕，面目模糊。

以她的修为，是可以自己变幻面孔的，在仙君日日叙说中，她知道自己应该变幻成什么样子，也就是仙君亡妻的模样。

可她不愿，也不想。

听仙君念叨得多了，岱妩也对这人世间的情爱起了兴趣。灯前红袖，雪落黄昏，若是能寻一人白头终老，纵然要面对离别时蚀骨的痛，也是经久噬心的甜。

她不想用仙君日日思念的一张脸去过属于自己的日子，在她看来，仙君对亡妻那般执着的爱恋里，她顶着一张同样的脸入世，那就是一种亵渎。

只是还没等她出山寻到一张独一无二的脸，就碰到了一个人，这让她此后的生活发生了翻天覆地的变化。

而在那以后，她终日惶惶不安，躲在黑暗中仰望人世间，周遭的热闹都与她无关。

直至那日岱姈看见了屠琴坞那幅名为《山鬼》的美人画，她顿时喜极而泣。

她觉着那幅画画的就是她自己，她情不自禁附身于画中，与那雾中辨不清眉目的女子融为一体。

一如数百年来的悬崖底下，她独自坐在巨石上，山风阵阵，呼啸声过后，只余她一个人。

她独自一人泡在温泉池子中泡了许多年，直至化成人形。她听过草木摇落，见过星辰东升西落，山里年年变化更迭着，唯有她守着一座孤坟。

她是孤独的，她的孤独无人能懂。

☙7❧

"那日驻足在我跟前的，只有两个人，除了这些画卷的主人简柯之外，就只有君泽了。"岱姈望着君泽目光灼灼。

"所以，你就变成了窈娘的模样来与我套近乎？"

"你身旁没有其他的女子，平日里对其他的女子也不假辞色，我也曾化作其他女子的面容来与你搭话，可你每次匆匆就走过去了。我只知道你是懂我的人，我附身在那画卷中时，就从注视的眼神中感受到了你的真诚。靠近你，让我觉着温暖。并且，你跟从前我认识的一个人很像……"这句话，岱姈说得极小声，藏在若有若无的叹息声中，被窈娘捡了起来。窈娘心中默然，看向她的眼神也柔和了许多。

若是之前君泽还觉着岱姈借了窈娘的模样来骗他着实可恶，听了岱姈有些哀伤的解释之后，君泽只觉着心里隐隐有些难过，他只当她是看见他想起了祝酉仙君，并未多想。

他瞬间将眼前面目模糊的女子与那日的画卷对应起来，夜夜梦中彻骨的寒冷与清寂晃得他心有些疼。

几百年，还是几千年，一个人守着一池水、一座坟，再甘于寂寞的仙也是耐不住的吧。更何况，还是不知世事对人间满怀向往的玉石。

"其实我也想过，去蓬莱找祝酉仙君，只是我遗失了一样东西，回不去了……"岱姈不知想起了什么，突然就失落起来。

再问时，她就不肯说了，隐约见着几分委屈的模样。

第

四秋·山海宴

窈娘叹了口气，看她这番小女儿情态的模样，大概，被哪个误入山中的少年郎勾了心吧。她将岱姒唤了过来，拉着她的手进了自己的房间。

与其放任这面目模糊的女子顶着她的面孔出去，不知惹出什么祸事来，不如先打开她的心结。

也不知窈娘与她说了些什么，再出来时，岱姒依旧是低着头一副怯生生的模样，窈娘却是蹙了眉，走至窗前顿住了，忽而回头望着君泽，将他上下打量一番之后，拊掌大笑。

"难怪，难怪她找上了你，这下有热闹看了。"

⊰8⊱

季太守因为触怒了上司，被贬到偏僻小县做个草头县令。

临走前，他设宴招待旧友同僚，请了窈娘来帮厨。

因着是寒食节，上的都是冷食，也就是寻常的墨饭草、蜜饵、环饼、冷切鸡之类的。

而窈娘端上来的菜，却着实令人出乎意料。

座客二十余人，每人面前摆放的菜式都不一样，与其说是菜，不如说是画。

敞口的印花菊凤纹盘，上头只缀了几颗鲜红的果子，酱瓜雕刻成树干的模样，参参差差倚了一片林子。

施了天蓝釉的三足砵中，雪域高原连绵不绝，对岸是滔天大浪，天光云影中，衣袂飘飘的仙人骑鲸掠海而过。

形如斗笠的黑釉兔毫盏中，怪石嶙峋，松杉密布，参天古木盘根错节如虬蟠，飞鸟走兽腾挪跳跃，于山林间躲闪。

冰裂纹层层绽放的葵瓣口盘中，宫殿层叠着，红砖黛瓦连连绵绵铺陈开来。宫墙外，白发老翁牵了黄牛驻足在熙熙攘攘的集市口。

……

客人眼睛一亮，赞叹之余，只当做菜的人讨了个巧，以食物为画，交口称赞了几句之后就要举箸往各自的盘中伸去，谁料却被一空灵的女声打断了。

"诸位大人请稍等，今日这菜，还算不得完整。"

窈娘施施然从帘幕后头走了出来，一天青色衣裳的侍女脸上罩了幕离，安静地跟在后头，目光从主宾座位上掠过时，微微躲闪了一下。

"昔日梵正大师以《辋川图》为摹本，用鲊、脍、脯、腌、酱、瓜、蔬等黄赤杂色，斗成景物，组汇成了儒冠羽衣戈戟云横的辋川全景。今日，小女子献丑了，效仿梵正大师做了冷盘，今日这景，唤作山海宴，请诸位再细看。"

窈娘说完后卖了个关子，意味深长地看了脸色苍白的季太守一眼，随即令人在厅前铺了暗红色的布，侍女随即轻迈莲步，将宾客身前的盘子一一端到空地上。

随着一道道盘子的拼凑，很快，空地上就鲜活起来，只见那寻常的图画，经侍女一番排列放到一起之后，顿时变了一副模样。

远远望去，诸色驳杂，山海相错。

房屋鳞次栉比，人头攒动，一片热闹非凡，不远处的海边，隐约见着有巨龟背负着岛屿，岛上宫室巍峨，云雾缭绕，仙气飘飘。

有天地四时之景，有川泽列国之景，仙人骑鲸，歌姬舞乐，组合到一起，竟然是幅无比奇妙和谐的山海图。

窈娘将最后一碟暗红色的果子放入右上角，随即袖子从桌上茶盏中迅速拂过，倏地一挥。

"以山海为宴，请诸君共赏。"窈娘轻舒广袖，掷地有声。

无数细小的水雾蓬蓬然洒了出去，兜头一罩。

面前的山海顿时活了过来，成了一幅流动的图画。人在走，雁在飞，水在淌，乾坤大地上，一片生机勃然。

众人只觉着眼前一花，一只镶嵌了金边的凤凰振翅欲飞，直直冲上了房梁，绕了几圈后，凤凰昂首盯着座中宾客，猛地抬头发出一声清脆高昂的清唳声。

座中人直觉耳中渥然一响，不知更有此声。

眨了眨眼再看时，凤凰扑入空地消失不见，骤然归于平静，面前依旧是一幅宁静的山海图，果子依旧是果子，菜依旧是菜。

鸦雀无声的大厅上，骤然响起了一阵掌声，渐渐地，掌声如潮，一阵一阵拍了过来，大有掀翻屋顶之势。

凤鸣九天，高山峥嵘，滔滔江水奔流至东，这是何等壮观的场面，令人胸中豪气顿生，恨不得立刻登高望远，横槊赋诗，凭栏直抒胸中臆气。

一阵议论声中，下座的一小知县突然发现了什么，疑惑地问道："奇怪了，这画中连鸟兽都是纤毛毕现，为何唯有人面目模糊，没有脸面？"

"对啊，我也想问，这画中人的脸，去哪儿了？"

窈娘笑得不知意味，目光遥遥转了一圈之后，却是落到了季太守身上。

哐当一声，季太守手边扶着的酒壶摔落在地，他苍白着脸，身子摇摇欲坠，只盯着那幅山川风景图出了神。

别人不知道，他是知道的，这幅图，他早先见过。

不仅见过，他还知道，这幅图，原先是在一幅五彩氍【qú】毹【shū】上。

季太守当了好些年的太守，人到中年，若是不去刻意回想，只怕连他自己都忘了，

自己这官位是如何得来的了。

是了，他这官位，多亏了一张五彩氍毹。

那年的季太守还不是太守，只是个野心勃勃的学子，唤作季旻。

他深深恨着这个艰难的世道，没有家世的依托，他只是个清贫的学子，念再多的书又有什么用，甚至连父亲病重时的医药费都筹措不出来，只能四处遭受药铺伙计的白眼。

孤注一掷间，季旻独自一人上了观音山。

他早就听闻山中有关于山鬼的传说，他也在书中见过，说那是名貌美的女子，“被薜荔兮带女萝”“既含睇兮又宜笑”，这般女子，该是心善的。

他寻了个山巅站着，底下是云雾遮着的悬崖峭壁，他想着，反正父亲快病死了，他进京赶考的路费也筹不出来，上天若是怜他，便叫山鬼救了他；若不然，就这样无声无息地死了也算一种解脱。

季旻顺着风纵身一跃，却是顺顺利利着了地，睁眼看时，才发现自己被人救了，被一名身材窈窕却没有脸面的女子给救了。

连死都不怕的人，还有什么好怕的？

季旻在这个不为人知的谷底过了好些日子，渐渐摸清了那女子的底细。

原来，她是蓬莱仙君以仙泉泡出来的玉石成了精，原来她也是向往人世间的，只是还没有找到属于自己的脸。

望着这懵懂无知的玉石，季旻心中颤了颤，终究还是骗了她。

他将她手中的那幅五彩氍毹骗走了，纵使他再没见识，也知道这仙家之物定当是世间奇缺的宝物。

这氍毹是野茧所织，再以群兽脖颈间的五色毛发纵横经纬，方寸之间，景致各不相同。

巴掌大的一张毯子上，夹杂着赤白黑绿红绛金缥碧黄十种颜色，远观有歌舞伎月、列国山川之象，近看草木云气、霞蔚蒸腾。

若是有风，还能隐约见着行人抬袖遮眼，初生的鸟兽顶着一头绒毛躲在荒草中探头，真实得让人不敢置信，触手摸过之后，才会相信，这真的只是一幅氍毹。

他告诉那名为岱妫的玉精，他是心悦她的，等他出了山安顿好了之后，他自然会帮她寻到一张世间独一无二的脸，他会娶她为妻，与她白头偕老。

后来，他借着这五彩氍毹拜入宰相门下，成为宰相的得意门生，官职一路往上，兜兜转转回到扬州做了太守。可他背弃了诺言，娶了大户人家的女子为妻，也没有去观音山寻找岱妫。

他一直安慰自己，她生来便受了仙君庇佑，若在人世间遇了挫，大可自行前往蓬莱。

若不然，他就在这扬州城，她若是想见他，自然会找到他的。

他不知的是，岱妫放弃了去往蓬莱成仙的机会，将引路的氍毹换了他的泼天富贵。

氍毹上绣着的一处宫室，正是蓬莱的入口，拿着这幅氍毹到了东海边上，自然能找到蓬莱所在。

他也不知，那被他骗了的女子，一直活在被他欺骗的阴影中，觉着自己是没有脸面的妖怪，躲躲藏藏，无颜见人。

多年来，一直困守在自己的心魔中，自卑自怯，自怨自艾。

就算知道他是故人又如何？她根本就没有脸面见人。

10

宾客四散之后，季旻跪倒在地上，涕泗纵横。

岱妫站在窈娘身后，拉着她的衣角默然不语。

她也不知道，自己究竟该用何种心态面对眼前骗了她许多年的人。

她曾以为，这就是祝酉仙君所说的爱。

爱一个人，不论生死富贵，相信他，支持他。

她一颗芳心暗暗许了出去，把仙君留给她的至宝也交了出去，她做到了全心全意付出信任，可未被红尘蒙上尘垢的真心却被碾到泥里，践踏得稀落零碎。

季旻走后，她最开始是不知道他骗了她的，她只以为他迷路了，找不到回来的路，所以她才决定鼓起勇气出去寻他。

可她出山以后才发现，世事艰难，世人也并不像季旻口口声声说的那样和善。她一路碰到了许多前来搭讪的男子，可待回头看清她的模样，那些笑容满面的男子竟都慌不择路地逃了，甚至引来道士要捉她。

他们口口声声咒骂着，唾沫横飞，面目狰狞。

他们说，她是妖怪，她是没有脸的妖怪，定当是想化作女子的样子吸人精血。

妖怪都是恶的，是害人的，应当被捉了去烧死，不应当存活于人间。

她惶惶然四处奔走，掩面不敢见人。

后来，她学会了模仿，学会了变幻人间女子的脸。

可不管用哪一张脸，她都是怯弱的，是没有底气的，是不敢见人的。她知道，自己只是一个没有脸面的妖怪，是众人嫌弃的妖怪。

那无数咒骂声和追赶声夜夜不绝于耳，天长地久，成为心间一块揩拭不去的印迹，日日如炭火般燎得她生疼生疼的。

她一直踽踽独行活在黑暗里，活在内心的自卑中，没有朋友，没有温情。

心中一个声音一直在叫嚣着，她是妖怪，活该被人骗，活该不能见人。

“对不起，真的对不起，我以为，你会来找我的……我告诉过自己，你是仙石，法力无边，就算没有了那幅五彩氍毹，你也能活得很好。可我不能，那是我唯一的希望……”

季旻盯着岱妗，像是在解释，又像是在为自己开脱，说到一半，竟是连自己都骗不了了，内心胶着满是挣扎，令他不知再说些什么。

"不管怎样，你骗了我。"

岱妗看着这个让她初次许了芳心的男人，心底却没有半点旖旎。她原以为再见时，她会慌乱，会不知所措，到如今真见到了他，却发现自己冷静得出奇。

初见时他还是个清秀的弱质书生，风度翩翩，身上氤氲着纸墨的气息，微微有些甘香，说起话来温和得很，与颓丧萎靡的仙君不同。他是亲切的，眼睛里有光在闪动。

虽然很久之后，她才知道，那道光的名字叫作野心。

可那时的她，头次见着鲜活的凡人，还是个好看的男人，只觉着他朝气蓬勃，是真正动了心的。

这也是她缠上君泽的原因之一，君泽那日倚在画前痴痴的模样，像极了之前的季旻。一样的青葱少年，芝兰秀发，乌衣年少。

不同的是，君泽是真正的赤忱之人，他是善良的，是至诚的，是心怀坦荡的君子。

此刻，她总算认清了。

"我来也不是为了找你寻仇，只是希望你能将从我手中骗走的那幅五彩氍毹还给我，此后过往恩怨一笔勾销。"

岱妗看了窈娘一眼，拽着她衣袖的手紧了紧，还是鼓起勇气说道。

季旻原以为岱妗是来报复他的，听了前半截话，正暗自庆幸着，待她说完后，突然就呆了，瞠目结舌，最后却是连冷汗都出来了，结结巴巴道："对不住，那幅五彩氍毹已经不见了……"

◎11◎

说起来，这涉及数年前皇室的一桩秘闻。

那幅五彩氍毹到了宰相手中之后，机缘巧合之下，宰相发现了藏在氍毹中的秘密，于是借着圣上生辰，宰相又将这五彩氍毹进献了出去。

那日宴席上，百官列座，宰相得意扬扬地令人将那幅五彩氍毹放在地上，取了干净的茶杯装了清水，向座客示意之后，轻轻一倒，水落在氍毹上，渐渐渗了进去，很快就消失不见。

当最后一滴水消失的时候，氍毹上平地起了一阵白雾，半空中隐约出现了亭台楼阁，宫殿巍峨，有提灯的女子衣袂飘飘，相携着从光洁的玉石路上杳杳离去。

云雾缭绕，恍如仙境。

宰相早在自家中独自斟饮时，已见过这场面许多次，所以不觉得惊讶，可在其他人看米，这场面着实令人震惊。

有溜须拍马的小官立马跪倒在地，说这是因为圣上文治武功，德行显赫，上天特以五彩氍毹出世，以缥缈仙境示人，彰显圣上之德。

圣上大喜，举杯邀了忠臣同贺这太平盛世。

众人正在热闹宴饮时，觥筹交错间，忽见得一金甲神人从云层中探了头出来，打了个呵欠，惺忪着铜铃大眼喝道："何人在蓬莱喧闹？"

圣上一听蓬莱二字，眼睛都直了，整了整微微凌乱的衣裳，施施然正准备开口，就见那金甲神人怒目圆睁，猛地一拍脑子，自言自语道："坏了，我这是睡了多久了。"

那金甲神人突然又有些懊悔，谨慎地回头往四处扫了一圈，见无人发现，这才打起精神威严喝道："大胆凡人，竟敢窥视仙界，不好好惩治尔等一番，还真当仙界无人！"

只听得遥远的东边传来阵阵雷声，由远及近，轰隆隆滚了过来，还来不及反应，带着腥臭味的海水就凭空倒了下来。

"你们这些凡人真讨厌，来，喝老子的洗脚水！"

畅快的哈哈大笑声渐渐远去，空中的仙境渐渐隐没，眼见着一双巨手往地上一拽，那幅五彩氍毹也倏地消失不见了。

跟前空空如也，只留下众人面面相觑，个个被淋得跟落汤鸡一般，身上还挂着些臭鱼烂虾，缠了一身腥臭的海草。

圣上大怒，顶着臭烘烘的一身回去之后，寻了个借口将宰相呵斥了一顿，说是献宝不当，罚了好几年的俸禄。

那日发生在宫中的惨事也被勒令封了口，违者杀无赦。

后来季旻莫名连遭贬谪，从京中被赶至这扬州做了太守，年过中年，官职仍止步不前，反而接连被贬，要去偏远地方做县令。

他也是费尽了波折，才从一位朝臣那儿打探到真相。

这才得知，自己是因为那幅五彩氍毹，惹来圣上的迁怒。

12

一饮一啄，竟是天定。

季旻因这五彩氍毹升了官，到头来，也因这五彩氍毹落了职，若不然，以他满腹锦绣经纶，脚踏实地一步一步走的话，也不至于如此。

岱妫想了想，终是放任他离开，好歹是多年前自己心悦过的人，落到如今这地步，也算他咎由自取。从高高的官位上跌了下来，得到了之后再失去，对他来说，想必这才是最大的折磨。

窈娘嗤道："就是做再大的官又有何用？这等溜须拍马的人，就算做了几件实事，又岂能掩盖骨子里的小人本质？"

君泽默然，垂眸不语。

自己早先也是存了这高居庙堂治世救人之心的，可惜俗事缠身，荒废了学业，最后兜兜转转到了这如意馆做了账房先生。说不遗憾，那是不可能的。

可是，若是要让他再选，他还是会留下来做个账房先生。

想到此处，他有些脸红，不禁抬头看了一眼与岱妩窃窃私语的窈娘，两人笑得畅快，正挤作一团说着悄悄话。

若说岱妩像一张白纸，那窈娘正在往这纸上涂着色。

自从见过岱妩用她的脸露过那般羞怯垂怜的神色后，窈娘就起了决心要好好调教岱妩。

女子存世，当自立自强，万万不可自怨自艾，这是窈娘的准则，现在，她教给了岱妩。

岱妩回不了蓬莱，经此一事后，还是决定回归初心，好好替自己寻一张脸，好好于人世间畅游一番。

窈娘说得对，不能因噎废食，遇上一个负心人，又岂知不能再遇到一个有缘人？

❀13❀

墨香斋，空窗初曙，黎光透纸。

简柯一夜没睡，熬着一双通红的眼，将《山鬼》取了下来，蘸了笔墨往那画中人的脸上细细描绘眉眼。

那日画中女子的悲戚着实令他难过了许久，夜夜入梦，令他彷徨了许久。

他也不知这无言的悲伤从何处来，思来想去，决定给那空落落的画中人描摹出眉目。

那是世上独一无二的眉眼，是他伤神许久之后，脑海里浮现出来的眉眼。

顾盼神飞，两齿微露。

毋庸置疑，那就是她该有的模样。

他抚着那画卷痴痴在想，若是世间真有这样的人，就算是山鬼那又如何？

他叹了口气，掩了门窗出了门去。

不经意间，画卷上的女子眨了眨眼，从山石上笑着转过身来。

红尘浩荡，有缘人在天边，在眼前。

第叁章

荷 莲 兜

做菜，即做人哪。

❀1❀

云岫楼的陆家老太爷去世了，城里好些酒楼食肆的掌柜都去了陆家吊唁。

窈娘也换了身素白的衣裳去了，只见厅中摆着一副普普通通的松木棺材，用漆浅浅刷了几道，隐约还能见到木质的纹理。

与陆家的煊赫、络绎不绝的宾客相比，这副棺材简陋得令人觉着不可思议。

据说，这副棺木是陆老太爷亲自为自己挑选的，而这陆家老太爷，说起来也是城里的传奇人物。

陆家祖上在朝中为官，先祖因为案事受牵连入狱，明帝机缘巧合之下，听说了陆家先祖母亲平日里"截肉未尝不方，断葱以寸为度"的行事风范。

在那个以孝道纲常论人品的年代，明帝坚定地认为，如此方正之母教育出来的孩子，必然是有气节的，遂下了命令翻案放人。

此后因着祖上荫蔽，陆家在仕途上走了好些年，直至陆老太爷这一代，看破了朝中波谲云诡的政事，辞去官职后带着一家老小隐退，到这扬州开了酒楼。

陆家的酒楼名唤云岫楼，取自五柳先生"云无心以出岫"的佳句，而这这些年里，陆家也一直秉承着陆老太爷的家训，方正做人，认真做菜。

云岫楼在天宁门大街上经营了好些年，取材用料无不精细，待客大方，从无欺瞒偷奸之事，名声极好。

窈娘的如意馆在城中声誉鹊起的时候，陆老太爷还亲自到如意馆来恭贺，与窈娘把酒言欢，闲时还经常带了些古法菜谱前来讨教。窈娘对陆老太爷是打心底里敬服，是把他真正当作忘年交的知己来看的。

回到如意馆之后，窈娘将一身素色换了下来，连着几天都有些闷闷不乐。

夜深人静时，人间又少了对饮畅谈的人了。

这日之夭抱着陶墨墨出去看了场热闹，回来兴致勃勃向窈娘念叨，说云岫楼最近新

招了个娘娘腔总管，一改往日的菜谱，推陈出新，出了好些新鲜的菜色。

窃娘不以为意，老一辈不在了，新一辈总得把大梁挑起来。

谁知之夭转眼皱着眉头道："老板娘，你是不知道，这云岫楼的新菜不是一般的菜色，怎么说呢，就是与之前判若云泥，路数不太对。"

"怎么说？"

"我今日去看了，今儿他家推出的新品是蚁子酱。陆老太爷的孙子陆守谦请了个闽南的厨子，令人从野外的山洞溪涧旁挖了好些蚁穴，将蚁卵掏回来后洗干净卤制成酱，一日仅供应五份。也是奇怪了，如此恶心的东西还真的就有人买，价钱都被炒到二十两银子一份了。"之夭忍住恶心说完之后，只觉着胃中一阵翻滚。

窃娘心里咯噔了一下，隐隐有种不好的预感。

陆老太爷这一死，陆家怕是要翻天了。

❀2❀

果真如窃娘所料，除了翻新菜谱之外，云岫楼最近动静不断。

先是天宁门大街上挨着云岫楼的几家铺子，一夜之间易了主，全部挂上了陆家的牌匾。

云岫楼新聘请的何总管出面，将城里有名的酒楼食肆的大厨都请了去，团团坐了一桌，酒过三巡之后，提出要开大价钱聘请他们到云岫楼。

有人见钱眼开，果断背弃了老东家，卷了铺盖直奔云岫楼。

也有守着自家老字号死活不愿意挪地儿的，没几天也都碰上了事儿，不是蒙面蟊贼持刀破门而入，就是卷入是非案件中不能脱身，没几日竟都家破人亡。

铺子关了，人也颓了。

窃娘也收到了陆家的帖子，不过她平日里素来不爱外出与人打交道，转眼那帖子就不知道丢哪儿去了。

虽然如此，窃娘还是嗅到了一丝诡异的味道。自陆老太爷死后，她与陆家毫无瓜葛，只盼着麻烦不要找到如意馆来，她只想好好守着这一座如意馆，安安生生过日子。

可老话说得好，你若不就山，山自来寻你。

连着几日，如意馆来了个奇怪的客人。

看模样像个养尊处优的斯文老爷，白白胖胖的，面上干干净净没有半点胡髭，举手投足间，尽是富贵气派。

身旁还跟着一极会看脸色的小厮，终日弓着身子在一旁服侍，端茶送水不在话下，连碗筷都得用开水烫了，再小心翼翼地将饭菜布在小碗里。

那富贵老爷到了如意馆之后也不多说话，只是每日换着花样将如意馆的饭菜满满当当点了一桌，每道菜也都不吃完，有的只是看看，有的稍微尝一口，付了银子之后，负着手自顾自离去。

因着这人财大气粗的模样，君泽没几日就注意到了，趁人走后跟旁人打听了一下，这才知道他就是云岫楼新来的何总管。

云岫楼最近的动静君泽也听说了一些，顿觉心中不妙，连忙寻了窈娘告知她此事。

窈娘倒是不慌不忙，看着他愁云密布的脸只觉着好笑。

"呆子，你来如意馆多久了？"

"一、一年多了。"君泽不知道她是什么意思，结结巴巴道。

"那你再想想，这如意馆可曾怕过谁？"

窈娘说完就回了后厨，陆老太爷临死之前赠了她一本食谱，她还有好些东西要研究呢，哪儿有心思与旁人周旋？

君泽只觉着窈娘这话说得霸气，再想时，恍然大悟。

这如意馆个个都不是寻常人，窈娘平日里结交的朋友更是遍布三界，道士、狐妖、不夜城……

一想想君泽不禁有些汗颜，窈娘身边人里头，就自己是一个手无缚鸡之力的凡人。庆幸之余，又不免失落，耷拉着脑袋老老实实回去记账了。

❀3❀

那富贵老爷再来如意馆时，窈娘亲自端了菜送了上去。

明明知道有人想挑事，还装作什么都不知道，这不是窈娘的风格。她一贯奉行的原则是，人不犯我，我不犯人，但若是有人寻衅滋事到了门前，那就别怪她主动出击。

茶是兰芽茶，茶味棱棱，色如竹箨方解，碧粉初匀。

酒是红梁醖，装在绿螺杯里，经由井水镇之后，一杯入腹，沁人心脾。

菜也是些精致的菜色，较往常要珍重些，整了些漂亮又不失大气的盘子装着端了上来。

一见这待客的规格和品相，再看笑脸吟吟坐在对桌的窈娘，那富贵老爷笑了："老板娘这是要下逐客令了？"

他面上一副阴柔相，说出来的话也是轻飘飘的，提不起力来。旁边的小厮一听这话，立马挽了袖子横眉冷对的，就要冲上前来，被他给阻了。

"何总管日日到我这如意馆来，着实是给够了我面子，只是我们如意馆店小人少的，经不起您打量。"

窈娘话只说了三分，面上仍是言笑晏晏的模样。

谁知那富贵老爷一听窈娘说的话，微微有些愣："老板娘认错人了吧，我确实姓何，只不过不是你所说的何总管，而你说的这何总管我也认识，只是……"

他欲言又止，摇头笑了笑，没有说下去，转而解释道："老夫平日里吃饭有些怪癖，不管多合口味的饭菜，从不敢吃多，尝过便作数了，没曾想倒给你们带来不便了。这些日子确实是叨扰了，有缘再会。"

姓何的富贵老爷极为有礼貌，说完之后就带着小厮走了，临走前还颇为和善地摸了摸陶墨墨的头。

这下子君泽有些摸不着头脑了，他那日问的是常到各大酒楼送菜的张叔啊，他信誓旦旦说这就是何总管，怎么会认错人呢？这下好了，平白无故闹笑话了。

窈娘怪他不打探清楚情况，将大主顾给赶走了，气得将他数落了一通，连着好几天没个好脸色。

君泽偷摸去了一趟天宁门大街，在一家绸缎坊里红着脸赖了好一会儿，总算守得那何总管出了门来。

这一看，君泽倒是惊了。

这何总管，乍一看之下，明明跟那日的富贵老爷长得挺像，可仔细看时，才发现两人确实有些不同之处。

何总管个子较为矮小，下巴处多了一处黑痣，不大爱笑，总是板着脸一副生人勿进的凶狠样。

君泽咂摸片刻之后，一拍大腿，猜想着，难不成，这是两兄弟？

ⷮ4ⷯ

没几日，云岫楼的帖子便浩浩荡荡送上了门。这次不得了，是一张打擂台的帖子。

早些日子那云岫楼左请右请，窈娘都没搭理，来了人只管让石清一掌推出门外，半夜有宵小之辈要撬锁进来，还没走进如意馆，就被人给打飞了出去，回头看时，半个人影也无。

渐渐地，也就有了些传言，有说如意馆老板娘有一本神秘的食谱，半夜无人时躲在屋子里观摩；也有说如意馆有妖怪，使了妖法蒙蔽了视听，这才招了好些客人上门吸取精气。

传言愈演愈烈，言之凿凿，街头巷尾说得有声有色，都跟亲眼见过似的。

受这传言影响，好些不明真相的客人都不敢到如意馆来了。赶好季太守前些日子调走了，新来的太守还没打过招呼，如意馆的生意最近一落千丈，是从未有过的萧条。

窈娘连那帖子都没接，只管白眼翻上天，"砰"的一声把门给关了。

等来等去，可算让她等到了。

费尽周折，原来在这儿埋了个坑给她。

云岫楼这送帖子的人阵势闹得极大，请了人敲锣打鼓专门送了过来，站在门口还将帖子上的内容念了一遍，大有一番令如意馆骑虎难下的架势。

帖子上说，云岫楼盛情邀请如意馆不日来一场友好的厨艺大赛，若是如意馆赢了，正好可以平息最近的事端，云岫楼愿意奉上黄金千两；若是输了，窈娘就得带着如意馆一并归属陆家。

围观的人纷纷咂舌，黄金千两，怕是十个如意馆都能买下来了。好些闲汉看热闹不嫌事大，纷纷拥了过来，挤在门口起哄。

窈娘心知，陆家这是为了造势罢了。

啃不下的骨头，挫骨扬灰毁了便是，以后自然也就没有人敢挑战陆家的权威了。

可被这云岫楼一激，她也犯了倔，冷着脸将一脸气愤撸了袖子往外冲的之夭拖了回去，把门一关，任那领头的在门外翻着花样劝说，只当没看见，没听见。

你让我比我就得比，还真当这九重天司命是吃素的？

若是每个垂涎如意馆的人都要来比上一场，那不得累死去。

窈娘这厢决定下得痛快，暗地里憋着一口气，还没想好怎么回敬呢，晚上如意馆就有不速之客造访。而见过这个客人之后，窈娘就改了主意。

⑤

白日里的热气还未散了去，君泽将井里吊着的果子取了上来，铺在盘子里端出来解解暑。

以之夭和君泽为代表，几个人坐在桌子前边吵得不可开交。一方主张接了帖子，好好给云岫楼一个教训，一方主张消消停停过日子，别惹是生非。

说到后来两人都急了眼，之夭说君泽娘们兮兮的，不像个男人，君泽气急败坏说之夭喊打喊杀的，粗鲁得很。窈娘坐在一旁听得脑仁疼，又被他俩拉着不让走，一声一声叹着息，叹得肩都沉了几分。

就在窈娘忍无可忍，想着是把手中的茶杯摔了好，还是把面前的盘子给掀了时，门口突然传来一阵敲门声，轻轻的，一叩一叩，坚定而执着。

门开了，随风刮进来一个身形消瘦的女子。

女子美则美矣，就是孱弱得有些过分，苍白着一张脸，面上嵌了一双黑亮的眼睛，颇有弱柳扶风西施捧心的美人相。

"深夜造访，不知有何贵干？"窈娘打量了一番女子，看出了些许门道，有些奇怪。

"这么晚了还来打扰，对不住了。"女子温婉如水，先敛眉躬身道了歉，继而缓缓解释道。

"今日上门，是想拜托窈娘一件事，希望窈娘能将白日里云岫楼递过来的帖子应承下来。"

"我凭什么接这帖子？于我有什么好处？"

窈娘饶有兴味地盯着女子看，她身上传来一股幽香，丰饶得溢了开来，沁得人鼻间都是醉人的芬芳。

"若是我说，窈娘你的决定，关系着整个扬州城的生死安危，不知你是否还有如今这份镇定。"

这话一出，除了窈娘之外，几个人都大惊失色，看向女子的眼神中也多了几分不善。

"诸位请放心，这并不是威胁，我也不是来制造灾难的，我同你们一样，是希望能阻止这场祸事的，而前提就是，参加这场比赛，击败陆家。"女子依旧浅笑着，好似丝毫不知道刚刚从她口里说出来的话，有多令人匪夷所思。

"你是陆家什么人？"窈娘从千丝万缕中抓住了关键点。

女子弯弯的唇角往下勾了勾："现在的陆家掌门人陆守谦，大概要唤我一声姑奶奶吧。"

忽而她自己也有些疑惑，歪着头自言自语道："也不对，他们都不知道我的存在，那我大概只是一株成了精的琼花吧。"

ᘓ6ᘐ

女子说的故事有些复杂，复杂到要追溯到陆老太爷年轻的时候。

那时候的陆老太爷还是朝中翰林院修书的小官吏，因着陆家先祖的荫蔽，安安稳稳在朝中为官。

陆老太爷有个妹妹唤作陆彤微，出生不久就得了怪病，体弱娇小，全身脆碎易折如琉璃，不堪碰撞。好不容易在深闺里养到了十四岁，仍是一副不谙世事的模样。

陆老太爷对这个妹妹宝贝至极，请了侍女乳母细心呵护，这些年一直没有放弃过治疗她的怪病，在藏书阁中翻阅典籍寻找药方，四处寻医。

等到陆彤微过了及笄礼之后，求亲的人开始络绎不绝上门来。

人人都知，这陆家煊赫一族，多年来根基深厚，若是做了陆家的女婿，仕途自是一片光明。

陆老太爷自然是不肯委屈了自家妹妹的，可他心知，他比她大十几岁，终究不能养着她一辈子，只得耐着性子招待登门拜访的求亲者，一一筛选，希望能给她找一个好的归宿。

陆彤微也到了春心萌动的年纪，偷摸让侍女推着她躲在垂花门后头观看，却无意中听到两个年轻的学子在聊天。

"瓷娃娃又如何，娶回家供着就是了。"

仅这一句就让她伤了心，恍惚之下从木质轮椅上摔了下来，全身多处骨折，没多久就去世了。

陆老太爷悲愤不已，这件事后，更是对这官场的龃龉龌龊深恶痛绝，没多久就以丁忧为由卸职，带着陆彤微的骨灰回了老家扬州。

他将陆彤微葬在了自家院子里一株琼花下。她生前最喜欢京中琼花的妖娆生动，死后，陆老太爷也圆了她的梦，让她躺在琼花底下，伴着廊腰竹荫与他日日在一起。

也不知是因为谁的执念太深，是陆老太爷日日睹物思人，还是陆彤微死后仍魂牵人世，那株琼花在日日相伴间渐渐生了灵识，长成了陆彤微的模样。

到最后，连她自己都分不清，她是琼花成了精，还是陆老太爷口中的幺妹，陆彤微。

☞7☜

女子的身份明了之后，窈娘还是奇怪："这又与你所说的灾祸有何关系？"

花妖叹了口气，心绪翻转间，身上的幽香又浓了几分。

"哥哥在这扬州一手创建了云岫楼，是希望陆家扎扎实实做菜，脚踏实地做人，远离庙堂上的纷争，平安顺遂过日子就好。可是你们也看到了，哥哥一死，陆家的这些子孙就开始闹心了，不好好守家，开始琢磨些旁门左道。"

"比如，那日推出的蚁子酱？"

花妖苦笑道："何止啊，陆守谦从京城请了个何总管过来，那人身上一股子狠劲儿，做菜的路数极为邪乎刁钻，偏偏就迎合了城里一些有钱人的猎奇心理。并且在他的反复唆使下，陆守谦整个人已经入了魔障，早就弃哥哥的家训不顾，开始膨胀起来，吞并收购酒楼，四处打压同行，妄想一家做大称霸扬州。"

"好大的口气，我倒要看他有没有这个能耐。"窈娘嗤道。大家族家大业大人也多，人心易散，四分五裂是迟早的事儿。

"我之前所说的祸事也正来源于此。哥哥一死，陆守谦骨子里的暴虐就遮掩不住了，他与那何总管一拍即合，专门在云岫楼后院建了个宰杀牛羊的池子，方便处理血水毛发一类物事。因为他们有些手段着实残忍至极，那些被宰杀的牲畜死后怨灵聚集在一起，渐渐汇聚成了一股强大的戾气，早就存了报复之心。"花妖面上露了几分愁苦，"窈娘，你若是认真看的话，就会发现夜里这云岫楼鬼影幢幢，遍布冤魂，怕是要不了多久，这些怨灵就该成了气候，肆虐开来，到时候荼毒的还不知有多少无辜的生灵百姓。"

"君无故不杀牛，大夫无故不杀羊，士无故不杀犬豕，君子远庖厨，血气之类贱也。"君泽摇了摇头叹了口气，开始摇头晃脑引经据典。

"不杀生，那你平日吃的鸡鸭鱼肉哪儿来的？怕是他们的手段确实过于残忍吧。"

前朝也不是没有这样的例子，显庆年间德州爆发了一场瘟疫，就是因为当时的刺史酷爱食用蜜唧，将初生赤蠕的小老鼠用蜜饲喂过之后钉在木板上，入口鲜嫩，生嚼时仍

能"嗫嗫而行"，还伴着唧唧的叫声。

这种新奇的吃法，当时一度成为贵族阶层宴会时必有的一道菜。

许是因为死去的幼鼠怨灵不散，冲天怨气引来了疫鬼，德州爆发了一场瘟疫，死去的人成千上万。

一想到这里，窃娘就正了神色，对花妖的话也多了几分审视。她虽不想管闲事，可这涉及城中数万百姓的性命，不可不三思而后行。

"你需要我怎么帮你？"

"这个简单，你只需要在众目睽睽下赢了云岫楼，挫了他的锐气就好，我想这个对于你来说，并不难，剩下的都交给我就好了。"花妖眼睛一亮，露出了两颗小虎牙。

莫名的，窃娘从她眼中看出了些许兴奋，不禁失笑。

花妖显然是把自己当成陆彤微了，觉着身上肩负着守护陆家的重担。

对于收拾陆守谦这个败家子，她好像格外有兴趣。

⑧

那一场比赛，盛况空前，在此后的数年里，也引得人念念不忘，因为那一场盛事，着实惊艳了整个扬州城。

场地设在了小东门街上一处废弃的染坊，染坊里偌大一块空地，四面的墙都给拆了，正好方便百姓围观。

一个是势头正盛的如意馆，一个是根基深厚的老字号云岫楼，光从赌注间，就能看到隐匿其中的生死杀伐之气，更引得人热血沸腾，个个一大早就搬了凳子到染坊候着了。

为了公平起见，评判的几位请的都是城中德高望重的食客，口舌颇为讲究。

那连着在如意馆点了几日菜的何老爷，也跟着新任太守一起过来，说是凑个热闹，言谈举止间，能看出来太守对他的恭敬。

而两方人马都到场之后，众人这才发现，这何老爷与云岫楼的何总管模样身量也都差不多，竟是一胎双生的两兄弟。可奇怪的是，这何老爷看似并无照拂之心，而何总管看向他的眼神中也满是嫉恨。

兄弟阋墙，更是为这桩盛事平添了些许热闹。

这场比赛没有主题，唯一的要求就是在规定的时间内，做出来的东西能让看台上的评判者满意。三位评判者手中各有一枚木筹，得到木筹多者为胜。

云岫楼主厨的是何总管，陆守谦志得意满地坐在一旁挥着折扇，一副胜券在握的模样。

何总管准备了三道菜，分别是火炙驴，抱芋羹，消灵炙。

初生未满月的小黄驴用绳子捆了系在磨石上，一尺之外四周架上晾晒去水分的枣木与松木，点上火，将驴包围在中间。

夏日酷暑，燃起的火苗舔舐着，热气烘烤下，小黄驴很快就开始躁动起来，不安地乱动。

这时一旁打下手的大厨往磨盘上放了一盆石灰水，驴被烤得热急了，不管不顾就往那盆中伸头饮了起来，不一会儿身上就开始溢出一滴滴浑浊的汗，腥臭无比，拉出的驴粪也愈来愈清。

这才是第一道步骤，清除驴体内的浊气，而何总管接下来的操作才真正令人大惊失色。

取葱姜蒜及各种香料混合到一起调好味道，浇上温熟的黄酒，迅速搅拌之后，灌入小黄驴的腹中，再将一旁的火苗往里挪了挪。

小黄驴如同醉酒般开始东倒西歪，可它还有意识，被火苗烤得嗷嗷惨叫，凄厉的叫声在空地上久久回荡。很快它就耷拉下脑袋，声音也愈渐小，渐趋于无声。

体内灌入的酒和调味汁的味道顺着五经八脉走至全身，很快表层就开始散发着一股浓郁的香味。

何总管看着火候差不多了，迅速将一旁的柴火踢开，取了纸薄的银刀削皮去骨，将驴肉片成薄薄的一片在盘中摆成了牡丹的模样，一旁还点缀了几簇松枝。

而剩下的两道菜，做法一样残忍至极。

小芋头投入锅内凉水中一道煮着，水中撒盐入酱调味，待水开时丢入野地里的绿皮蛤蟆，迅速把锅盖盖住。

蛤蟆遇热会迅速撑开身子将一旁的芋头团团抱住，起锅时，蛤蟆仍是一副瞠目结舌的模样。

而一道消灵炙，宰杀了十头羊，每头羊只取腿前四两，宰杀的方法还不是普通方法，用烧红的铁丝穿过喉部倒吊过来，鲜血一点点流尽。

旁人看得心惊胆战，好些看热闹的妇人连忙把自家孩子的眼耳捂了匆匆带走。

两相对比下，窈娘准备的菜就有些稀疏平常。那边风风火火烧水点火挂肉调味，这厢窈娘却是不急不忙地蒸饭和馅，胜似闲庭散步，于方寸空地间不急不缓挥洒自如。

取三十个新鲜的鸡蛋沿着碗沿磕破，打到碗里之后用筷子搅碎了，筛入细细的豆粉，和面擀成小碗碗口大的面皮儿。

荤馅是羊肉做的。

羊腿和羊尾、羊肺、羊肚各两副，小肠一副，处理之后剁成肉糜，将适量芡实米、蘑菇、杏泥、核桃仁放入石臼中杵碎，掐入一两胭脂、四钱栀子、二斤素油，顺着一个方向搅拌时，再丢入些许生姜、葱，还有陈年的老醋，均匀地搅成馅儿。

素馅是拌了香油焯过的鸭蛋黄。

慈姑以木炭水煮熟之后漂以清水，葛仙米入高汤中煨过之后捞出来，加入白韭黄一

同剁成细小的颗粒，挨个儿放入椒粉、姜丝、桔丝、葱花、黄面酱，用面粉勾芡过后拌匀。

窈娘用的碗是小碗，比杯盏大不了多少，将馅料填进皮子里，沿着碗口往内轻轻一捏，再拎着小尖尖往外提出来，个个雄赳赳地挺着小肚子，白胖得可爱。

与这荷莲兜一同端上去的，还有一小碟罗汉菜，一碗冰镇过后的桃膏。

◎9◎

能决定这场胜负的有三人，一位是淮扬书院的徐夫子，一位是百年老店富春楼的李大厨，还有一位是吃遍大江南北的盐商江涉。三人都是城里有名的美食大家，在民间颇有名声。

三人先品尝的是云岫楼的几道菜，纷纷赞不绝口，而如意馆的三道菜送上去时，几人神情中不免微微有些轻怠神色。

也难怪，撇去烹调的过程不论，云岫楼的几道菜确实精致。

火炙驴，外焦里嫩的驴肉上，酒味已经蒸发掉了，调味汁的味道悉数化进了每一寸纹理，与枣木和松枝的烟熏味奇妙地融合到一起，散发出奇异的香味，鲜嫩至极，勾得人食指大动。

抱芋羹，圆圆小小的蛤蟆团在小芋头上，青白相间，栩栩如生，玲珑可爱得似一道雕塑，在浓稠的汤羹里起仰沉浮。

消灵炙，涂上了刺蜜的羊肉以小木槌击打数百下，然后裹入桃椰叶中扎成团，丢入热油锅中小火慢煎。

出锅的羊肉片片金灿，色泽明亮，恍若清晨镀金的碎瓦，令人思绪牵至数百年前汉宫里的长乐未央。

云岫楼的三道菜，鲜活、新奇、品相上乘，连味道也较一般做法更为层次丰富，舌尖上如春夏秋冬一一滚了一遭，重叠着鲜香辣多种风味，顷刻间就能唤醒人的口腹之欲。

而窈娘的三道菜里头，只有一道荷莲兜稍微算得上是正式一些，好似就是受邀赴了一场普通的宴席，清清爽爽给客人做了几道家常小菜。

荷莲兜顶上微微张着口，隐约见着口子里头有什么在莹然颤动，红的是搁了胭脂的荤馅儿，碧绿的有些翠色的是素馅儿。

蒸熟之后，松黄浸水成汁，往那形似荷花吐莲蓬的荷莲兜上一浇，更衬得色泽鲜艳，饱满得让人想咬上一口。

而罗汉菜与一般的罗汉菜无二，桃膏也只是样貌新奇，若大红琥珀，不过也都没有太多出挑的地方。

两方一对比，高下立见，底下有些看客甚至开始为云岫楼欢呼起来，三位评判者一番低声交谈之后，徐夫子清了清嗓子，准备公布结果。

君泽听着一旁此起彼伏的喧闹声，却是一点都不着急，与一旁之夭抓耳挠腮的急切模样相反，他坐得尤为端正，目不转睛地盯着窈娘，暗暗攥紧了拳头。

他信窈娘，毫无理由地信任着。

❀10❀

罗汉菜和桃膏端上桌的时候，陆守谦与旁人撇着嘴嗤道："这如意馆也不过如此，还以为有什么能耐呢，果真是小门小户出来的，难登大雅之堂。"

声音有些大，也传到了窈娘的耳中。

窈娘置之不理，而是在徐夫子准备说话时，施施然开口了。

"我听闻徐夫子的母亲最近卧病在床，夫子仁孝，终日茹素为母亲祈福，荤腥之物吃的极少，所以今日特意准备了素馅的荷莲兜，为的就是成全夫子的一片孝心。

"李大厨常年浸淫厨艺，在厨房的烟火气中饱受烟熏火燎，一直有些食欲不振，所以今日没有准备大油大荤之物，罗汉菜是菜蔬瓜蔬一锅同焖出来的，添的也是香油，而不是肥脂，爽口解腻。

"江老爷吃遍南宴北菜，多年来身宽体胖，一到夏日就浑身冒汗，极其怕热。窈娘今日准备的桃膏特地滤尽了穰丝，搅了蔗糖细炼而成，端上来之前，还用刚打出来的井水冰镇过，解乏消暑。"

窈娘一席话说完之后，三位评判者都有些动容，再看如意馆的三道菜时，也不觉着稀疏平常了。江老爷点了点头，小汤匙往那桃膏中又舀了几口。

何总管脸色一下子就黑了下去，陆守谦却是不急不忙，依旧胜券在握的模样。

几人交头接耳争执了一番之后，徐夫子率先低了头，颓然不敢直视窈娘，李大厨倒是垂着眸子，视线却是落到了陆守谦身上，暗暗思量些什么。

窈娘心知，陆守谦在后头动了手脚，只是不知用了多大的筹码才将这三人给收买了，不过她也不着急，依旧微微笑着。

江老爷清了清嗓子，含笑看向窈娘："如意馆今日这三道菜确实不错，极其贴心，味道也好，只是……"

"可否让老夫尝尝这几道菜？"那太守旁边坐着一直一言不发的何老爷打断了他的话，起身踱着步子慢慢走了过来。

"饮食之侈是没有界限的，庖凤雕龙，画蚶镂蛤，一味追求精巧奢侈，反而失了匠心。"何老爷将六道菜一一尝过之后，看着何总管意味深长地说道。

他转而看向窈娘："窈娘子的菜遵循了本心，是最质朴的味道，也是最动人的味道。"说完顺手将徐夫子跟前的木筹举了起来，"这一场比赛，如意馆胜。"

此话一出，四下哗然。

陆守谦耐不住了，跳出来嚷嚷道："你是谁，你凭什么决定比赛的胜负？"

何老爷目露精光，顷刻间周身气势大变，忽地就威风凛凛起来。

"我是谁？我跟随圣上多年，吃过赤乌出产的麸麦，喝的是伯益井水酿的祭酒，用的是大宛的蒜、晋地郇瑕出产的盐，你说我有没有资格？嗯？"

太守擦了把汗，连忙打圆场道："不得无礼，这位是宫里膳房的大监何公公。"

周遭这才噤了声，望向何老爷的视线中也多了几分谨慎，毕竟宫里来的人，可是不常见的。

❀ 11 ❀

何总管眼睛有些红，一步一步走了过来，死死地盯着何公公，惨笑道："所以，我还是输了吗？"

偌大的空地上，倏地就寂了声，众目睽睽之下，只见两张一模一样的面孔面对面站着。

"我早跟你说了，你不适合在宫里待着。你的性子执拗，一味地追求新巧，为了钻研食物不择手段，迟早要惹出祸事来，将你赶出来，是为了你好。"

"笑话，你还不是为了成全你自己的荣华富贵，你生怕我抢了你的风头，才故意折损我，使了诡计将我赶出来。若不是你，仅凭那道火炙驴我就能讨得圣上欢心，膳房大监的位置也就是我的！"

"你还是不懂，这等惨绝人寰的手法，你以为当真能助你一路青云直上？若不是我早有提防，此刻，你已经被太后以蛊惑圣上的罪名给处死了。"

"不可能……"何总管神色有些癫狂，摇着头往后退。

"圣上以德治天下，凶年尚且减膳，你在膳房如此大动干戈，你以为前朝当真毫无消息？"何公公说完，叹了口气，将场中六道菜交由一旁的小厮，让他分发给场中的看客，"你且让百姓评评看，胜负自在人心。"

青衣小厮黑着脸："吵什么？再吵剁了你们。"言毕之后，场中本来因为听见这一场宫中秘闻激动不已的百姓们顿时都息了声，眼巴巴地看着他手中的菜。

一片云飘过，天突然阴了下来，起了一阵风。

没有人敢说话，场中一片鬼气森森，若有若无的声音呜咽着，似冤魂诉苦，流连徘徊。

何公公看着地上鲜血淋漓死不瞑目的驴、羊，还有锅中破了相被丢掉的青蛙，叹息道："枉造杀孽，生灵何罪？

"食物的本真意义是什么？是为了果腹，还是为了熨帖肠胃？在我看来，是为了让自己获得更美好的享受。

"食物是为了安抚人心，用最简单的话来说，吃饱了，吃好了，才有力气干活，才有心情面对未知的每一天，若是为了追求口腹之欲一味往奇巧上钻研，那是舍本逐末，失了初心。

"做菜，即做人哪。"

他往最前方的长台看去，看得评判的三人都低了头，这目光好似一道闪电，刺穿了他们内心深处隐秘的秘密。目光躲闪间，暗露惭愧。

场中忽地起了一阵雷鸣般的掌声："如意馆胜，如意馆胜！"

声音渐渐汇集成一条波澜壮阔的大江，朝着四面八方拍了过去。

君泽激动地站了起来，情不自禁跑过去一把抱住窈娘。

"窈娘，你看，我们赢了！"

手堪堪环住她的肩时，君泽被她身上的凉意一激，突然反应了过来，连忙红着脸退了几步，仍是拽着她的手，眼睛里粼然有光。

"你看，他们是喜欢你的，我们赢了。"

窈娘感觉到手上传来的暖意，心中有种莫名的悸动，可她分不清是为什么。

她从未受过那么多人的注视，还有拥戴。

他们不知道她是谁，可他们喜欢她。

他们都在喊着她的名字，都在告诉她，他们喜欢她做的菜，喜欢她。

浩浩荡荡的善意铺天盖地朝她涌了过来，这是她从未有过的感受，是新奇的，是喜悦的，还有一丝惶恐。

多年前倚在支机石上望着凡人如蝼蚁行走时，她是仙，是翻云覆雨间就能决定他们命运的仙。

可此刻她才真切感受到，她同他们是一样的，是轮回中一粒微尘芥子，渺小到随时可以被淹没。

仙人的情是淡的，而她此刻的情却是斑斓的，她不知道这种改变该如何应对，这让她有些不知所措，甚至都有些不清楚，自己是谁，在哪儿，是人，还是仙？

她就像瀚海中一叶扁舟，快被这浪打翻了，唯一能做的，就是拽紧了她身旁这双手。

这是她此刻，唯一的支撑。

❀12❀

何公公临走前，拍着太守的肩膀说了一句话。

"腰缠十万贯，骑鹤下扬州，这扬州当真是人杰地灵，好地方，好地方啊，太守有福了！"何总管垂头丧气地跟在后头与他一同离去，影子一高一低，最后依偎到一起。

一场盛事圆满落幕，如意馆大获全胜。

陆家派人送来了黄金千两，云岫楼宾客渐少，关了几天门，连着的几家铺子也都撤下了陆家的招牌，换了主人。

人人都记住了那日场中何公公的话，做菜即做人，如此残忍的人做出来的菜，必然是没有道义的，不吃也罢。

而就在云岫楼关门没几天之后，一场大火突然将陆家烧了个精光。

这火也起得奇怪，打更的更夫曾瞧见云岫楼后院突然涌出无数星星点点的火鸦，口内喷火，翅上生烟，悠悠然飞至陆家后"砰"的一声炸了开来，再看时，陆家的火势已经大了，从屋顶渐渐蔓延至窗棂。

也多亏了那声巨响，睡梦中的男女老少都跑了出来，无人伤亡，只是万贯家财付之一炬。

遍地焦土中，只留了陆老太爷屋后的一株琼花被几块木板挡住了，依旧开得如火如荼，洁白如玉的花瓣上点点红印如捻痕，亦如美人面上轻轻揩拭的红泪。

众说纷纭，有说陆家这是最近造了太多杀孽，怨灵报仇来了，也有说，这是之前被陆家迫害的商家蓄意放火来了。不过众人惋惜之余，也都觉着痛快，果真是酣畅淋漓好一场报应！

此后，陆家渐渐露了颓势。

花妖趁夜来跟如意馆中众人告别，一副精气满满斗志昂扬的模样，全然不似之前的羸弱。

窈娘问她："你这是要去哪儿？"

花妖笑得畅快："我做了他那么些年的妹妹，也该担下这陆家姑奶奶的责任了。一把火烧光了他们那些弯弯绕绕的杂念，平息了冤灵的怒气，也保住了这些不成器子孙的性命，现在只能从头踏踏实实再来了。人还活着，就有希望，不是吗？"

"难为你想得开。"

"他没能看着我长大，我没能无声无息陪着他到老，唯一能做的，就是照拂后人，将他那方正理念一代代传下去吧。"

没几天，就传来了消息，陆家从城里消失了，陆家的人三三两两背着背囊朝着不同的方向离去。没有人知道他们去了哪儿，只知道这偌大的扬州城里，少了一户煊赫的人家。

君泽感慨之余，终于将那日萦绕在心头的问题问了出来。

"窈娘，你怎知这场比赛一定会赢？我原以为你会把云岫楼那些冤魂施法引了出来，让大家受到惊吓后，纷纷支持我们如意馆，可看到最后，也没见你有什么动作啊。"

窈娘没有多做解释，只是笑得一脸坦然。

"我赢的，是人心。"

梅花肠

至亲至爱的人，要懂得珍惜，莫待失去了才后悔莫及。

ⓔ1ⓢ

三伏天里还有些热，君泽袖着手回来时，迎门撞见了窈娘往门前青石路上泼着水。

君泽双手往身后一藏，神色有些慌张，打了个招呼后匆匆就往屋里躲，窈娘眼尖地瞧见他手里捏着什么东西，微微露了黄色一角。

她正觉着奇怪，就见那黄色物事不小心落了下来，定睛一看，是一道叠得方方正正的四角黄符，上头用朱砂画了几个字，辨不清模样。

君泽红着脸将那符捡起来之后，慌忙快走几步进了自己的屋子。

窈娘只觉着疑惑，君泽最近越来越不对劲了，时常一个人坐着发呆，眼神飘忽不定，整个人像是无端发了癔症。她本来好心问过几回，谁知他不但不领情，每次都左顾而言他，一看就是在撒谎。

那日苏卿怜来了一趟如意馆，央她给天香楼做些模样精致的花瓜，说是七夕要放在楼前做装饰用的。临走前瞅见君泽那副模样，她捂着嘴咪咪笑了半天，说他这是春心萌动了。

窈娘试探性地问过几次之后，君泽只是红着脸落荒而逃，她也懒得管，这呆书生的心思，她着实捉摸不透，最近也无暇搭理。

上次与云岫楼那一场比赛之后，如意馆一战成名，城里好些人都知道如意馆有个俏娘子，手艺精妙，精通厨艺。眼见着七夕要到了，她接了好几户人家的生意，帮着做些点心瓜果。

几户人家里，尤其以缎子街的董家绸缎庄最为阔气，出了大价钱央着窈娘做牡丹模样的花瓜，还有种生。

牡丹象征着富贵，祈望着绸缎庄有个好生意。

而所谓"种生"，就是在浅口瓷器中放入绿豆、小豆和小麦，均匀地摆出模样，泡入清水后放在暖和的地方，待瓷器里的豆子发了数寸的芽，取了红蓝二色的彩线将嫩芽扎起来。

泱泱一片绿色，嫩生生地冒着尖儿，缚上粗细的绳线，甚是玲珑可爱。

既隐喻着生命的希望，又预示着夫妻和睦，多子多福。

前些日子里，董家娘子带着侍女连着来了如意馆好几趟，说是希望能拜窈娘为师，学些手艺好掌中馈。窈娘只摇着头不应，推说自己小门小户，只会些寻常手艺。

谁知董家娘子是个倔强的性子，竟日日亲自到如意馆坐着，寻遍了法子劝说，苦苦哀求着，见窈娘仍是软硬不吃的模样，这才灰了心。

窈娘见她眉宇间一片愁云惨淡，总归有些过意不去，便问她为何要如此执着。

董家娘子没有细说，只说是家中丈夫平日里忙于生意，她想学些手艺给丈夫整治些好酒好菜，让他安心。

这话窈娘是不信的，痴男怨女她见得多了，看她神情萧索和话语间不经意流露出来的怨恨，大概又是独守空闺的小妇人想使了招数挽救丈夫欢心罢了。

见她可怜，窈娘还是允了七夕夜里帮她整治些饭菜，顺带做些七夕应景的玩意儿。

❀2❀

天上银汉迢迢，人间车马盈街，灯市如昼。

满大街都喧腾起来了，年轻的少年郎呼朋唤友上街，不知看的是灯，还是那溪头柳下，团团围坐在一起乞巧的美娇娥。

隔着门窗都能听到外头轻快的脚步声和此起彼伏的欢笑声，坐在屋里就令人心神激荡，窈娘索性大手一挥，将如意馆给关了，带着一行人浩浩荡荡出门赏灯去。

富贵人家门前设了好些乞巧楼，错彩镂金，装饰得美轮美奂，时有小儿擎了未开的荷花跑来跑去，与爹娘乐作一团。

寻常人家的女子细细压了鬓角，富贵人家的姑娘更是装扮得格外艳丽，描眉点唇，尽展风华。

满大街的女子中，尤以小东门码头画舫中坐着的女子最为艳冶，脂粉气传至了十里之外。

画舫上挂一盏灯，揽客的女子闲闲抱了琵琶，美目顾盼间，便勾得恩客撒下大把的银子，郎情妾意抱作一团，竟教桥上岸边的看客看直了眼。

几人逛到了五亭桥下，柳堤寥渚间，波光如练。一艘装饰得尤为华丽的画舫停在桥下，胖胖的月牙儿倒映在水中，镶嵌进了圆圆的桥洞里，赶巧落在了画舫的船头，对影成双，引来了看客的一片叫好声。

画舫里一青年男子揽着怀中美人，掀起帘子挥手示意，白净的脸上尽是志得意满。

那男子怀中的美人只露了半张脸，不知是刻意还是无意，不管如何变换姿势，那半张脸总是朝着岸边的柳树，教人看得清清楚楚。

还是君泽结结巴巴指着那女子说道："苏，苏卿怜……"

窈娘顺着声音看去，果真，画舫中那露了半张脸的女子不是苏卿怜又是谁，这千年狐妖盛装之后，眉眼间的媚意真是看得人都酥了半边身子，纵窈娘是个女子，此刻也觉着那张脸惊艳至极。

君泽见窈娘饶有兴趣地盯着他看，连忙解释道："我没有看她，我是先看到阮道士了。"

果真，看热闹的人群里，阮道士铁青着脸倚在柳树底下，一双眼盯着画舫中的男女，柳树上清清楚楚露了几个手指印。忽的，那柳树拦腰而断，惊散了好些路人。

窈娘从苏卿怜时不时往一旁瞟的眼神中看出来了，她就是故意的，这俩冤家磋磨了好些日子，没半点进展，看来苏卿怜这是要行大招了。

一旁听得有人在兴致勃勃地说着话："这姓董的还真是艳福不浅，家里有个美娇娘守着，外头还能入了天香楼头牌苏卿怜的眼……"话里话外满含着艳羡之意。

"哟，老哥你这是嫉妒吧，哈哈！你若是像董掌柜这般长得俊俏，家中又有钱，我担保你往这儿一走，满大街的姑娘都得把香囊砸你身上去……"

窈娘突然福至心灵，扒拉着那人的肩膀问了一句："你们说的董掌柜，可是缎子街董家绸缎庄的董掌柜？"

那人回过头来，影影绰绰也看不清窈娘的面貌，只当同他一样是个看热闹的，顺口回道："不是他还有谁。听闻董家娘子今夜请了好些娘子到她家一同乞巧拜月，哪知她家相公却在这画舫与天香楼头牌郎情妾意呢！"

窈娘想起了董家娘子那眉里挥散不去的寂寥，果真是应了她的猜想。

谁说闺中少妇不知愁的，都只是藏起来无人可说罢了。

۶3۵

围过来看热闹的人越来越多，将几人给挤散了，君泽好不容易扒拉开众多肩膀，手里捏着什么东西，凑到窈娘身旁，期期艾艾道："窈娘……"

窈娘刚把脸转了半边过去，准备听他说些什么，就听得一声惊呼。循着声音望去，只见画舫上不知何时落了一只模样怪异的鸟，全身乌黑，只余一双眼通红。

那只黑鸟喙极短，正用力啄着董掌柜，带着重重怒气往他身上用力啄着，像是有什么不共戴天之仇。

苏卿怜就在一旁看着，时不时往柳树下看一眼，眼里满是戏谑，面上仍装着一副慌乱的模样，不紧不慢地惊呼几声。

那董掌柜被黑鸟啄得抱头鼠窜，从船舱里逃将出来，双手四处挥着，可每一处都打在了空处，最后竟然被那黑鸟逼得站到了船头，身子摇摇欲坠。

石桥落下了大片的阴影，将一人一鸟笼罩在黑暗中，窈娘眼见着那黑鸟低头往董掌柜身上一撞，却是从他身上穿了过去，"扑通"一声，这无形的力道将他撞落了水。

她遥遥望向阮道士，却见阮道士耸了耸肩，比了个嘴型："别看我，不是我干的。他活该！"说完一摊手，明摆着打算看热闹。

再回头时，黑鸟已经不见了，苏卿怜装着一副急切的模样扒拉在船舷上喊着，岸边已经有熟悉水性的人跳入了河里去。

一场闹剧就这样结了尾，令人啼笑皆非。

回去的路上，之夭抱着陶墨墨边走边解着一根红线，说是陶墨墨捣乱，将路边特意绕着的为男女结缘的姻缘红线拽了一根来，缠了自己一身，之夭身上也被卷了几段上去。

她抬手吓唬他要揍他，可陶墨墨早就摸透了她的性子，睁着圆眼睛，鼓着脸往她身上蹭，毛茸茸的尾巴还一扫一扫的，之夭顿时半点火气也没了，老老实实解着红线，时不时娇嗔几句。

陶墨墨趴在之夭胸口，有些得意地冲君泽一抬眼，还偷偷用小爪子捏了个拳头比画了几下，给他加油，看得君泽心中满是挫败。

陶墨墨日日在如意馆中窜来窜去，君泽的一举一动早就落在了他的眼里，君泽对窈娘的情意他也看在眼里，可惜他半点法力也无，爱莫能助，也只能在一旁给他鼓鼓气。

更何况，窈娘明摆着还一无所知，在情愫一事上仍是懵懵懂懂，他只能暗暗在心里感慨，年轻人，任重而道远啊。

向来寡言少语的石清看了君泽一眼，突然一把扯住了之夭："你头上的发簪掉在桥上了。"

之夭有些恼怒："你看见了为何不早说！"

"刚才人多，不好捡。"

之夭无奈之下，只得抱着陶墨墨跟着石清往五亭桥的方向走。灯市散了，三三两两的人群从一旁经过。

今日窈娘心情极好，步子轻快走在前头，还起了玩心，追着自己的影子踩，突然她想起来什么，回头笑着问君泽："你刚才要跟我说什么来着？"

君泽捏着掌心一道被汗濡湿了的四角黄符，嗫嚅着动了动嘴，终究还是叹了口气，苦笑道："没什么，问你冷不冷罢了。"

窈娘有些奇怪地看了他一眼，却对上了一双认真的眼，那里头目光灼灼，有什么满得都快溢了出来，这目光她好像在哪儿看过，可一时半会儿又想不起来。

这让她有些心悸，连忙把头转了回来，生怕再看一眼就要溺进去。

ᘓ4ᘔ

因着苏卿怜的名声，董掌柜那场落水经由好事者添油加醋一传，闹得极大，董家娘子出门时，总有人在一旁指指点点。

起初时，她还红着脸低头快走几步，想逃开这些人的视线，好似做错事情的人是她。

再后来时，却是不管不顾，眼里无波无澜，藏着心如死水的沉寂。

就好比一直藏起来的伤口一遭被人将虚虚掩着的表皮掀了开去，底下的脓烂毫无遮拦地敞开在众人眼前，所有人都看得清清楚楚，连她都骗不了自己。

痛过之后，她也释然了。

是了，她空有满头珠翠，空有夫人之名，却是个不受宠的弃妇，到底了，连楼子里的姑娘都不如。

寻了个日子，董家娘子抱了些上好的绸缎前来如意馆致谢，说是为了感谢窈娘七夕那夜专门为她整治了一桌酒菜。

"我原以为，那篮子'种生'能给我带来新的憧憬和期待，没曾想，竟然连我最后的希望也给磋磨没了。"

窈娘不解其意，再问时，她却不肯多说，只说希望窈娘再教她一道菜，梅花肠。

窈娘直觉觉着这道菜有什么名堂，不过她向来不是多事之人，见董家娘子坚定，便允诺了下来。

做菜之前，窈娘先问了她，梅花肠有两种做法，一种是以江米灌血，拟黄白梅的形色。另一种，则是以纯粹的猪肉为馅，做出来的梅花肠颜色较深些，类红梅之艳。

董家娘子毫不犹豫选了后一种，看着她平寂的神色，窈娘叹了口气。

这道菜不难做，得先从内里的馅儿开始。

八分精肉掺入二分嫩肥肉，剁成肉蓉，铺在盘子里风干四五日，取下来和入椒末、细盐，一道一道揉着，直至肉的颜色微微有些红色。

然后开始处理小肠，两副新鲜的猪小肠加入面粉反复揉搓清洗干净，清水中滴入少许菜油搅匀之后浸泡一个时辰，将内壁残留的污垢全部泡出来。

一副小肠均匀地分作三小截，用麻绳先将一头扎好，细小的竹管伸入小肠中吹气，肠子鼓起来之后迅速用麻绳扎紧，晾到屋檐下风干一日。这样晾晒之后，小肠的肉变得紧实，更加有韧性，也更加有嚼劲。

将微红的肉馅填入肠子中，探入银箸插实之后扎紧，放入锅中用浓厚的肉骨头汤小火慢煮，不加盐和酱，煮熟之后趁热卡入五根竹箸中，塑成梅花的形。

待肠子凉透之后，取出来切片，中央放上掏空灌了汤汁的黄豆芽，摆盘即成了一道梅花肠。

娇艳的梅花层层叠叠铺了开来，花蕊晶莹剔透，微微颤动，撒入细葱就是随风飘舞的落叶，丢入削薄的豆腐片就是参差的霜雪。放眼望去，果真映衬了梅花肠的名字。

红梅点点，一步一望一断肠。

董家娘子独自坐在窗前，望着梁上的双飞燕，吃上一口，掉落了几滴眼泪。

没几日就传来消息，董家娘子投河了，好在被人发现，给及时救了回来。

窈娘这才知道，上次她来如意馆时，已经存了决绝赴死之心。念她可怜，窈娘还是寻了个日子携了吃食去看她。

董家屋子里，董家娘子双眼放空靠在床头，往日圆润的脸消瘦得都凹了进去，床前只有一个娘家派来探望的婆子捏着帕子在劝她。

"小姐啊，你可别想不开啊，不为你自己想想，也得为老爷夫人想想啊，你好歹唤夫人一声母亲，若是你有什么差错，人家可是要怪她教女不当的，这让她在城里的夫人跟前如何立足。况且，若是乐姨娘泉下有知，知道你这样作践自己，也怕是要伤心的。"

"她又有什么资格说我，她教我的，我什么没有做到，可到如今，也落了个跟她一样的下场……"

董家娘子倏地闭上双眼，转过头去，眼泪簌簌直下。

那婆子许是说得累了，见她仍是油盐不进的样子，又见窈娘杵在一旁干看着，自觉无趣，扭了肥胖的腰肢转身就走了。

窈娘将食盒放下，取了一小碗鸡汤粥出来放在床头的案台上，叹息道："你这是何苦呢？"

"他娶我时，是允诺了我要一心一意的，我虽然知道他只是冲着我们杨家去的，可我仍存了一分侥幸，只要我好好待他，他定然能发现我的好，能与我一道过日子。可是，我还是错了，这男人的花花肠子，是管不住的……"

董家这桩婚事，窈娘是听说过的。

董家娘子是杨家小妾乐姨娘生的女儿，自小就养在杨家主母的名下。

杨家在扬州家大业大，绸缎布料生意经营得红红火火，那董掌柜本来也就是冲着杨家的钱财去的，指望娶了杨家的女儿得些帮衬。

杨家女儿多得是，嫁一个不得宠的女儿，换回来一个得力的姑爷，权衡之下，何乐而不为。

被人作为筹码押上去的董家娘子成了这桩婚事里唯一真心实意的人，可惜她的真心付了流水，待董掌柜将绸缎生意做大之后，很快就厌弃了她。

她费尽了心思都没能挽回丈夫的欢心，一气之下投了河。

窈娘劝了几句后便走了，哀莫大于心死，当局者愿意在毂中迷糊转圈，旁人说再多做再多也都无济于事。

只盼着这娇娇俏俏的小娘子能早日想开，莫辜负了这尚好年华。

也不知是窈娘的祝愿灵验了，还是董家娘子想开了，过了好些日子，董家娘子再来如意馆时，已经换了副模样，神采飞扬的，一改前些日子里的怯弱和唯诺，说起话来，也颇为伶俐大方。

模样也跟以往不同了，可若是仔细看，却发现这种不同是由内而外散发出来的，是气质上的改变。

恍如暗淡了的明珠擦干净了蒙着的细尘，生了锈的铜镜拭去了镀着的铜绿，整个人莫名增添了一层光彩。

比起以前董家娘子身上挥之不去的荫翳，现在的她更让人喜欢。

窈娘有些好奇，却也是庆幸的，能在极短的时间内就让人有如此大的改变，想必也是遇上了什么奇遇造化吧。

董掌柜依旧日日与苏卿怜厮混着，阮道士却提着一把桃木剑去了董府，口口声声说是要捉妖。

头一次去的时候，刚到门口就被得到风声赶过去的君泽给生拉硬拽地拖了回来。

众人只道他是被妒意冲昏了头脑，没有一个人信他说的话。

董掌柜自打那日落水之后生了病，病好了之后莫名得了苏卿怜的垂青，日日往天香楼里跑，整个人被迷得三魂去了七魄。

苏卿怜也破天荒地对这商人格外上心，今日浩浩荡荡泛舟赏荷，明日大张旗鼓去城外寺庙上香。

她走到哪儿，阮道士就黑着脸不远不近跟到哪儿。

许是看人家董掌柜跟苏卿怜走得近了些，阮道士自己却对苏卿怜束手无策，只好拿董掌柜下手。不光君泽这样想，窈娘也是这般看他的。

这被情爱蛊惑了的男女，有什么理智可言。

况且，董家娘子与她交往甚多，她从未发现她身上有什么不对劲的地方，那般无辜心善的女子，她是希望她有个好结局的，不希望她牵扯上这些鬼魅之事。

好一番苦口婆心的劝说，阮道士只管看不见听不见，只说董家有妖，他要去捉妖。窈娘气急了，无奈之下，只得央人请了董家娘子过来。

董家娘子听闻自家府中有妖，惊得用手帕掩住了嘴，看神情当真是一无所知。

阮道士围着她走了几圈，举着桃木剑比画了半晌，末了有些颓然："不对，她身上没有妖气，那我那日看见董府黑气冲天是怎么回事？你最近有没有碰到什么人，遇到什么事？"

董家娘子闻言有些怔忪，似是想到了什么，寻了个借口匆匆离去。

这下子，大家都看出名堂来了，阮道士擦拭着桃木剑，斜着眼睛笑得张狂："果真被我试探出来了，她这不是心虚是什么，早就说了董府有妖气，你们还不信。"

君泽还是半信半疑，着实是阮道士最近的行为有些反常，那股子妒意是个人都能看出来。为了防止他借了机会捉弄董掌柜，君泽决定跟着他去董府一探究竟。

第

四秋·梅花肠

301

7

董府后院里，云遮月，风满裳。

董家娘子设了香案瓜果静静等着，奴仆都被遣散了，偌大的一片院子里，除了她之外，空无一人。

那恍若神明的女子踏着云缓缓而来的时候，董家娘子并没有像往常一样起身相迎，而是盯着她看了许久，直看得那女子敛了笑。

"你是谁？"

"我是姑射真人啊，不是头一次见面的时候就跟你说了吗，今晚你怎么了？"

"可是，那白发道士说你是妖。"

"胡说八道，我怎么可能是妖，我做了什么伤天害理之事？我可害了你？"女子有些气愤，挥了挥衣袖转身欲走。

走了几步又回过头来，殷殷告诫道："看来我们的缘分到此为止了，我只想告诉你，死过一回的人了，既然已经决定重新做人，那就千万不要放弃。"

女子目光中饱含着关切，虽然是才见过几面的人，却像是老相识，这熟稔的语气让董家娘子晃了眼，莫名想起了一个她很久没有见过的人。

女子说完之后，叹了口气，舒展了衣袂，正待离去，就被一张缀了好些铃铛的网兜头给罩住了。

"我就说嘛，这董府果真有妖。"阮道士不知从哪儿钻了出来，围着那女子看了半晌，皱着眉道，"也是怪了，这是哪里来的小妖精，怎么身上半点妖气也无？"

就在阮道士目瞪口呆中，那女子一挥手将网给劈成两半，钗横鬓乱钻了出来，气急败坏道："你才是妖，你全家都是妖，该死的道士，好端端坏了我的妆容。"

"坏了坏了，这捉妖网今日怎的不管用了？"阮道士仍在疑惑着。

君泽好半天才从墙头爬下来，差点跌了个狗吃屎，崴着脚一瘸一拐赶了过来，拽着阮道士就往后走，边走边连连道歉。

"对不住，对不住，我就说你是吃醋了来捣乱的，还不信，这位仙子姐姐一看就仙气逼人，怎么可能是妖。"

那女子听得君泽的话，心花怒放，随即端了身子，睥睨着眼睛，看了君泽一眼："还是你这书生会说话，今日就不与你们计较。"

女子打了个哈哈，转身欲走，衣袖却被人给拽住了。

一直默默看着的董家娘子站在一旁，盯着那女子的眼睛问道："我只问你，你当真是姑射真人，只因我七夕拜月心诚，特来解救我？"

阮道士眼中满是讥诮，手中桃木剑比画来比画去的，好似随时要砍上来。

被三双眼睛盯着，那女子扶着歪了的发髻，终是败下阵来。

"是也不是，我来这儿，是受人所托。"

❦8❦

女子是南边城隍庙旁的一株美人松，枝叶窈窕，因挨着城隍庙，便被人当作了姻缘树，时常有人拿了红绸来许愿。

久而久之，这美人松就攒了一身灵力，开辟了一条助人姻缘积善德修仙的道路，渐渐修成了半仙之体。

一个夜晚，美人松正俏生生地站在庙旁闭目休憩，忽然听得一阵声音，睁眼看时，只看见一美妇人慌忙逃窜过来，边跑边回头。

这妇人她认识，是城里一户姓杨人家的小妾，年轻的时候时常拿了红绸到她跟前许愿，求的是讨得丈夫欢心，过些顺遂日子。

到后来，这妇人年纪大些，来许的愿就不一样了，每次都是跪在她跟前，诚心祷告，希望她的女儿嫁个好丈夫，希望她的女儿能与丈夫白头偕老，子孙繁盛。

见那妇人跑至跟前，美人松才发现，这妇人竟然只是个魂体，她这才恍然大悟，这妇人竟是早已经死去了。

妇人跑进城隍庙里跪倒，急得快哭出来，说她还有未完成的心愿，希望地藏菩萨、城隍老爷、大罗金仙以及诸天神佛保佑，让她再盘旋一段日子，等她完成心愿后自当前去地府领罪。说完之后，"砰砰"几下，往地上连连磕着头。

许是她心诚，不知是城隍老爷睁一只眼闭一只眼，还是门上的铜铃大将施了法，那妇人忽地变作一只黑色的伤魂鸟，钻入她的枝叶间躲了起来。

伤魂鸟，顾名思义，就是于魂体有所损伤，再投胎之后有伤命数，而换来的是能以鸟状魂体在世间短暂存活数日。

待身后无常鬼差甩着噼啪作响的拘魂链追过来时，绕了一圈都没有发现妇人的踪迹，这才悻悻离去。

后来，那妇人告知她，她的女儿最近过得很不好，丈夫花心，娘家也不帮衬，她要帮她重拾生活的信心。

妇人夜夜盘旋在董府，怕伤着女儿的阳气，只敢远远望着。

直至七夕过后，那女儿一时想不开投了河，妇人一时情切，扑棱着翅膀引来了守夜的奴婢，这才将她女儿给救了回来。

妇人因着七夕夜里将那花心女婿撞入水中，与人接触后伤了生人阳气，再引人救她女儿时，引来了无常鬼差的注意，很快就被抓了回地府受刑，等待她的不知是地狱诸多刑罚中的哪一种。

在她临走之前，她苦苦哀求美人松，希望她能救救她的女儿，让她早日脱离苦海。

美人松见她心诚，怜她一片慈母心，便假作姑射真人的名号踏月而来，说是与那女儿有缘，携着手与她谈心，开导她，教她重新燃起对生活的信心。

美人松原想着，待董家娘子解开了心结，她就可以功成身退了，没曾想，早些日子妇人化作伤魂鸟盘旋董府时，阴气森森反倒被阮道士给发现了。

她好端端做了件好事，却被人当作妖精给捆了，阴差阳错，倒教这桩本该藏起来的秘密大白于天下。

☙9❧

董家娘子早已哭得泪水涟涟，此时此刻，她才想起来，那夜无人黑暗中，微凉的湖水淹没口鼻时，她分明见着一只黑色的鸟在她头顶上飞来飞去。

她当时心如死灰，神思恍惚间，只当是催命的鸦雀。

没曾想，那是生她养她的姨娘，是她怨恨了多年的姨娘，是她骨血相融的娘亲在呼唤，在焦急地打转，在束手无策地慌乱着。

"你娘同我说，她知道她对不起你，她这辈子因着一张好面孔，做了人家的小妾，所依仗的也是以色侍人。

"美人迟暮，终有更年轻的面孔代替昔日的宠爱。所以这么些年不受宠的日子里，她一直教你如何忍气吞声，如何修缮自身的妇德妇功，如何持家，如何不要惹了丈夫的厌弃。

"她深知女人在这个世道的艰难，她希望你能嫁个好丈夫，夫妻恩爱，勤勉持家，过得一生顺遂，平安如意。

"可到后来，她才发现自己错了，她将你当作另一个她，她把她深谙的妇人之道教给了你，谁知却始终没能改变你的命运。

"她是后悔了的，可她已经无力再改变了，所以她才逃了出来，求我帮她实现这个夙愿。

"她说，若是能从头再来，她定当嫁个本本分分的老实人，穷一点苦一点没关系，至少能让你有个好出身，不至于在偌大的富贵院墙中遭人白眼与厌弃。

"她希望你不要再恨她，若是下辈子还有缘分做母女，她希望你能堂堂正正叫她一声，娘。"

"娘……"

董家娘子抱着膝盖蹲在地上哭得不能自已，想起了多年前她因偷懒不想学刺绣女红时，姨娘狠心折了柳枝抽她的手心。

那时的她总也想不清楚，以为姨娘是把她当作争宠的工具，是为了让她在杨家主母跟前露脸，是拿来与其他女儿对比的，好在父亲登门时好生炫耀一番。

那时的她也觉着委屈，也是如今日一般，躲在黑暗角落里，抱着膝盖缩成一团哭泣。

大户人家总是有诸多规矩，小妾生的孩子总归是要养在主母名下，也只能唤主母母亲，唤生母一声姨娘，不然是乱了纲常，连带着小妾是要被发卖的。

那时的她一直不明白，为什么别人家的孩子可以倚在母亲身下撒娇玩闹，而她却只能在那日日端着假笑的妇人面前尽着孝道，生她养她的亲生母亲，却只会日日敦促她学习。

那时节里，她最大的愿望，就是早日离开日日敦促她学习的姨娘身边，离开没有温情只有钩心斗角的杨府。

所以她初嫁人的时候是欢喜的，她满心以为找到了终生的归宿，谁知道到头来，她仍然是被厌弃的。

只不过从不讨人喜欢的女儿家，成了遭人嫌弃的妇人。

而最后，仍是她最怨恨的姨娘救了她。

如今想来，她口口声声喊着自家生母姨娘，却在那口蜜腹剑的主母跟前承欢膝下，姨娘内心也是泣着血的。

大家族的错综复杂，足以让人不声不响湮没在无尽的苦楚中，却只能咬碎了银牙和着血泪往肚里吞。

董家娘子哭得涕泗横流，突然想起了很多刻意遗忘的往事。

姨娘终究是爱她的，只是这么多年的怨恨让她选择性地遗忘了她的好。

发烧生病时，是姨娘抱了她小小的身子给她唱侬软的小调，夫人赏着绸缎，是姨娘眉眼绽着笑给她比画尺寸连夜裁了新衣裳。

就连她出嫁时，也是姨娘踮着小脚红着眼眶偷偷塞了她一匣子珠宝作体己钱。

……

"娘，娘，我错了……"

❀10❀

哭完之后，她终究是想开了。

她已经死过一回了，有些事也看得淡了，她知道接下来的路该怎么走。

她不能辜负娘亲的希望，她要好好活着，堂堂正正地活着！

阮道士面上露了些讪讪的笑容，将那劳什子捉妖网给收了起来，拉着君泽转身欲走，却被那美人松拦了下来。

只见她慢悠悠从袖中掏出一件红绸来，望着阮道士笑得神秘莫测："坏了我的好事，想这样就走？没那么便宜！"

话音刚落，那红绸就像顿时有了灵性一般，如灵蛇窜了过来，三两下将阮道士的眼睛给遮住了，自行缠到脑后打了个结。

"先前这呆子说了，你这是因为吃醋来报复的，我倒要看看，你心里藏着什么东西。"

君泽就见阮道士像中了迷药一般缓缓倒下，只余眉间红绸轻轻飘动。

而此时的阮道士，早已什么都听不见看不见，因为他恍惚间，发现自己回到了自己年少的时候。

那时候的阮道士，还不是个道士，是光禄寺卿家的公子，阮梦秋。

骑马倚斜桥，满楼红袖招，端的是仪表建武，声垂京兆。而他心悦的姑娘，是邻府青梅竹马一起长大的赵侍郎府的小姐。

后来，阮父因无辜牵扯进了一桩案子，没能熬过残酷的刑罚，死在了狱中，阮母一根绳子将自己吊死在梁上，随夫亡去。虽然后来阮家平反了，可一夜之间，好好的光禄寺卿府就这样破败了。

阮梦秋意志消沉地出了京，他临走前，与赵家小姐约好了，待他功成名就之日，定当前来娶她。

他一路往西投了军，在战场上奋力厮杀，从校场小兵开始，积下了赫赫战功。荒芜的岁月里，他还救下了一只小狐狸，因此跌入陷阱折了腿脚。

待他伤好之后，还没等他壮志酬筹回京，就在兵荒马乱的西北遇到了赵家小姐。

赵家小姐说，她是为他而来，父母逼她嫁人，她只能趁夜出逃。他欣喜异常，欢喜得忘记了很多不合理的事情，比如赵家小姐一个弱质女流是如何千里迢迢翻山越岭寻到了他。

他与赵家小姐在西北过了好些鸳鸯日子，隔江山寺闻钟，月下东邻吹箫，两人情投意合，羡煞旁人。

直至一日，京中归来的裨将军偷偷将他拉至一边，告知了他一个匪夷所思的消息。

他说，赵家小姐早几年就已经嫁了人，夫君待她不好，后来生了一场大病，早已死在了数年前的秋天。既然赵家小姐已死，那日日相伴的枕边人又是谁？

……

梦境戛然而止，阮道士终究是修行中人，沉湎片刻之后，破了美人松的幻境。

那美人松好不遗憾，差一点，就差一点，她就可以窥探到这年纪轻轻却满头白发道士的秘密。她直觉觉着，阮道士是有故事的。

他的故事，可能比她往日里在城隍庙前听到的那些故事更为传奇生动。

可惜，可惜了。

❀ 11 ❀

董家娘子与董掌柜和离了，虽然中间费劲了周折，也惹来了杨家的好些怨怼，可终究还是成功出府，带着嫁妆搬到了南柳巷。乐姨娘教了她好些女红，她可以靠着自己的双手养活自己了。

她在南柳巷租了间小小的屋子，平日里接些绣活，待她的绣房开张的时候，她提了一篮子"种生"前来看望窈娘。

望着那红蓝相间的嫩芽，董家娘子言谈中满是唏嘘："以前总寄托于男人身上，现在才发现，还不如靠自己，生活是自己的，希望也是自己的。"

窈娘点头称是，看着如今判若两人的她，也为她感到欢喜。

从今以后，世上再无风风光光的董家娘子，只有靠着双手吃饭的杨家庶女杨娇娇。

阮道士在天香楼门前站了许久，看着天光云影落了幕，终是抬腿迈了进去。

西厢房的阁楼里，窗上倒映着女子臻首蛾眉的剪影，有人在深夜独自等候着，一如之前的无数个夜晚。

一场梦境让他醒悟了过来，昔日的赵家小姐早已死去，他对她的记忆已经所剩无几，而陪伴着他度过那数千艰难日月的，是另一个人，给他缝衣裳的她，为他做饭的她，哭着的她，笑着的她，都是她。

人也罢，妖也罢，既然爱了，又何必执着于过往是非呢？至亲至爱的人，要懂得珍惜，莫待失去了才后悔莫及。

君泽将那道没有送出去的姻缘符压在了枕头底下，这是他千辛万苦求来的，准备七夕夜里送出去的。

可明明是梦里携手走过万水千山的人，明明白白四目相对时，他仍是怯的。

那懵懂的心意，尽数藏于手中沉甸甸的符中。

他不知那晚在五亭桥上，若是没有那只黑鸟冲出来，他是否会鼓起勇气将手中的姻缘符送出去。

他想，他是不敢的，他终究只是个自欺欺人的胆小鬼罢了。

院子的另一头，窈娘也还没有入睡，她突然想起来，那日夜间君泽看她的眼神为何如此熟悉了。

因为那样的眼神，她在很多人身上看到过，齐安公主，红蓁，岑蔚然，春九……

她突然明白了什么，可又抚着胸口不敢置信。

呆愣了片刻之后，她忽然有些懊恼地往自己头上拍了一掌，跌跌撞撞往床的方向走，一头栽了进去，拥没在柔软的被褥里。

不可能的，不至于的，定是最近这些日子事情太多伤了元气，以至于她看错了，也开始胡思乱想起来。

是了，定是她多想了。

窗外，月色如袅袅晚烟，轻轻巧巧笼了过来。

杨柳津头，梨花墙外，心事两不知。

第

四秋·梅花肠

307

第伍章

糟龙舌

大概我等了这么些年，就是为了来人间与你相遇。

❀1❀

祝三约了码头上几个船夫到如意馆喝酒，说起最近的近况，开始忍不住吐起了苦水。

自他家娘子投河死去之后，水娘子曳十三娘上门寻了他好多次，说是他家娘子心愿未了仍不肯离去，希望他能将赌瘾给戒了，否则不愿意入地府投胎。

他推脱了好多次，仍是管不住自己的手，赌输了钱就去喝酒，喝醉了回来只管蒙头大睡。还是邻家心善，时不时将他饿得嗷嗷大哭的幼儿抱回去喂上几口米汤。

也不知是谁给他那在外走镖的大舅哥通了消息，那日他大舅哥突然就在赌坊里出现了，将他逮着好生揍了一顿，把手给打折了，还扬言以后谁再敢跟祝三赌钱，非把他揍得满地找牙不可。

别说赌坊里的人了，平日里几个怂恿着他一道进赌坊的伙计见了他就跑，生怕被那满身横肉的汉子给揍了。

祝三这才老实了下来，将他老娘也接了过来，带着孩子安心过日子。

谁知道这才过了大半年安分日子，他又开始疑神疑鬼的，觉着自己中邪生了怪病，担心是他家娘子阴魂不散，心烦气闷之下，只好喊了人来喝酒。

问起他到底怎么了时，他只说最近早上醒来后，觉着浑身酸痛直不起腰来，疲惫不堪，有时候甚至觉着肩上被人用鞭子抽过，火辣辣地疼。可奇怪的是，掀开衣裳看却是毫无痕迹。

没曾想祝三这话一说出来，就发现座中好几个人都有同样的症状。

几个人一边说着，一边将身上的衣服掀起来看，几个粗壮的汉子就这样个个袒露着胸膛，亮出一身晒得黝黑的腱子肉，倒把店里的几个女客吓得丢下银子落荒而逃。

君泽看好些客人皱了眉头，好心上前提醒他们，赶紧将衣裳收拾好，免得冲撞了店里的女眷。

想了想这不是在码头上，生怕冲撞了贵人，祝三将衣服穿好之后，一把扯住君泽的袖子问他："君公子，你念书念得多，不知在书中可曾见过我们这些症状？"

君泽在如意馆待久了，神神道道的事儿也见怪不怪了，张口就想说不知，可话到了嘴边，见祝三苍白着脸惊惶不安，也是一副可怜相，沉吟片刻之后，还是心软了。

"书中我自然是没见过这等症状，不过若是行得正，坐得直，也不怕半夜鬼敲门。你家娘子都亡故大半年了，早就投胎有了个好归宿，何必再来相扰呢？我若是你，还是先反省一下，最近是不是做了什么不该做的事儿吧。"

祝三与座中几人面面相觑，低头嘀咕了一阵，终究是商量着哪日相约去庙里拜拜佛，看看是不是沾了什么晦气。

❀2❀

君泽自打那日听了祝三的哭诉之后，便上了心，这日午饭过后，溜达着就去了祝三做工的曲江码头上。

曲江边上栽了好些桂花，风轻柔地吹着，暗香浮动，两岸迎来送往的，热热闹闹将人给卷了进去。

君泽走到江边的时候，就见着一黑衣男子盘腿坐在地上，面前摆了一副棋局，正在沉思着。他对面铺着一个蒲团，上头还垫了张柔软的湖绸，素净的颜色，簇着如意团纹。

君泽站在一旁看了会儿就看出门道来了，男子像是在等人。只见他左白右黑，左右手对局，白子胜则左手斟酒，右手一口饮尽之后往前看上几眼，随即低下头，敛了棋子重新开局。

而他所用的棋盘看着也颇为讲究，黑玉为底，白玉做线，看起来浑然天成，好似一块天生地造的玉石，竟连棋子也是玉质的，光润无比。盘中纵横各十七道线，相比当朝的十九线，年头更为早些，也不知是哪年留下来的宝物。

周边围了好些人在三三两两地议论着，看模样已经见怪不怪了，也无人敢往那蒲团上坐，都只是站在一旁，时不时小声说上几句。

君泽平日里也喜欢下棋，他四书五经读得好，书画也略微有些研究，唯有下棋一事是怎么都寻不到法子入门，摸索到后来，他也放弃了。

善弈者，需得头脑精思，揣度布局、侵凌、用战和取舍，仅在那一瞬，就得在脑海中跨越数十步，数千里，黑白二色中尽是杀伐征战。他这慢吞吞的直愣性子，终究与这棋子无缘。

碰巧，祝三肩上搭着衣服准备回家，路过时揶揄道："哟，乌公子，你那沈公子怕是被家中娇娘子拦住了，软了腰腿，今日不得空来与你相会吧，哈哈哈……"说完还与旁人挤眉弄眼的，笑得好不猥琐。

黑衣男子面上仍是一片清冷，没有说话，只管盯着面前棋局看，只是手里的棋子捏

紧了些。

君泽摇了摇头，祝三还是这泼赖性子，这张嘴胡乱说话的毛病还是没改。正准备离去时，就见一戴着斗笠的老丈人背了鱼篓子从旁经过，停下来与那黑衣男子说了几句话。

"乌公子你别等了，今日沈公子大概是不会来了。他这两天身子不大好，他家娘子说他天气凉了吹不得风，今早我还见她匆匆出门带了几服药回去呢！"

黑衣男子闻言有些失落，叹了口气，正准备用布将那棋盘收起来，抬头就对上了君泽的眼。

君泽有些不好意思："我见先生是爱棋之人，忘我精神实在令人佩服，就在一旁观摩了一下。"

黑衣男子将他上下打量了一番之后，温声笑道："我姓乌，叫我乌鹭就好。观棋不语真君子，我看公子在一旁站了许久一句话也没有说，想来也是此中人，不如坐下来手谈一局？"

君泽一听吓了一跳，连连摆手拒绝："君泽学艺不精，于棋艺上确实是一窍不通，不敢污了乌先生这玲珑棋局。"

乌鹭见他态度诚恳不似作假，笑了笑之后，将一应物事收了起来，拎着背囊离去了。

落日楼头衬着，步子里微微透着些许颓靡懒散。

君泽望着他的背影有些出神，这等风清朗月之人，仅这一身气度，就是他怎么都比不上的。

他突然有些好奇，也不知他心心念念等着的沈公子，又是何许人也。

⟨3⟩

这日如意馆来了个娇俏的小娘子，梳了妇人发髻，身量不高，却是个呼呼喝喝的嗓门。

一进门就说要寻如意馆的老板娘，从袖子里掏出一沓银票，砰地往桌上一砸，说是定金。

小娘子说她有事要出远门，得过个十天半个月才能回来，她家相公一个人在家，不会做饭，接下来的日子都得到如意馆来吃饭，希望老板娘能多照顾些。

窈娘看见那摞钱，顿时眉里眼里都是笑，笑眯眯的，一副市侩样，拍着胸脯打了包票。

临走前，小娘子从腰间暗摸出一张小纸条递了过去，说是她家相公身子不大好，希望窈娘能多多担待，莫亏待了他。

窈娘一看那密密麻麻的蝇头小楷就头晕，转手就递给君泽，让他先看，看完了再告知她就行了。

字迹清秀，纤细婉约却不阴柔，颇有风骨，君泽看了一眼之后，不禁眼睛一亮，赞了一声："好字！"

小娘子闻言有些自豪，说起她家相公来，一双圆眼亮晶晶的："我家相公是个痴人，平日里嗜棋如命，若是好端端地发了癔症，你们也别管他，大概又是在想哪家的棋谱了。"

末了还不放心，点着纸条上的诸多禁忌一一解释。

少放盐，少放油，口味要清淡，不能吃大补大荤之物……

看她行事做派，分明就是富贵人家出来的。想着高门大户总有诸多讲究，看在钱的分上，窈娘耐着性子将她的话一一记了下来。

问及她相公姓甚名谁，以防认错了人时，小娘子笑道："我家相公姓沈，名郡亭，你若去曲江附近听打听，那片的人都知道他。这会子，大概在曲江边上跟人下棋吧。"

一提起曲江，君泽呵摸了片刻之后，突然想起了那日老丈人口中的沈公子来，也不知是也不是。

不过，还真是个好名字。

郡亭枕上看潮头，沈郡亭。

❀4❀

果真应了君泽的猜想。次日，同那沈郡亭一起过来的，还有那日在江边下棋的黑衣男子乌鹭。两人许是下完了棋才过来的，进门的时候仍在热烈地讨论着。

沈郡亭身量比君泽矮上几分，苍白着脸，没有半分血色，被风一吹时不时掩嘴咳上几声。

不过眉眼倒是俊俏得很，不是惊艳的精致，而是五官恰到好处，让人一看就觉着莫名舒心的长相。见人就笑，微微露出两颗小虎牙，平添了几分俏皮。

乌鹭见了君泽微微点头打了个招呼，随即将一旁的窗给关了，给沈郡亭倒了杯热茶让他捂在手心，然后把之夭唤了过来说要点菜。

沈郡亭倒是随意得很，由着他这般服侍，话语间也透着亲昵，一看两人平日里就是极为熟稔的。

"乌兄想吃什么随便点，秋阑怕我乱用银子去买书，干脆直接交到老板娘手里了，我估摸着到她回来我也用不完。"

乌鹭点了点头，点了些素净的菜，最后再要了两碗白米饭。

忽然角落里坐了的那桌人开始哄笑起来，乌鹭皱了皱眉，转头看了一眼，就见着祝三贼眉鼠眼的，指着他不知在说些什么，几人笑作一团，神情中透露出狎猥之色。

乌鹭面上随即有了几分冷意，回过头来却是冲着沈郡亭笑道："秋阑不在，无人管你，我就带你吃些好吃的。"

他把之夭唤过来，凑到耳边说了几句话之后，就见之夭有些惊讶地看了他一眼，应承之后就离去了。

他要的这道菜，唤作糟龙舌，只是他随口一报的，没曾想送上来的时候，连他自己都有些惊讶。

"这菜有什么讲究吗？"沈郡亭饿得极了，大口大口扒着饭，还不忘发问。

"这得问问老板娘了。"

窈娘将肩上束着的襻膊解了下来，出来解释道："鸭舌配上鸭皮先放入鸡汤中煮得半熟，然后捞出来丢进鱼汤里，同鲫鱼舌、鲢鱼舌一同炖煮。按理来说，该将鱼舌和鸭舌取出来，用白布包着入陈年的糟坛放上一日，香味便能浸得出来。可公子等着菜下饭，窈娘便取了巧，汤中放了两勺白酒酿，与笋衣、姜汁、椒同煨，撒上葱花便上了桌。"

"可我点的是糟龙舌，你却用的鱼舌。"乌鹭虽是质问，眼里却含着笑。

"这位公子点名要糟龙舌，小店哪有能耐能取到龙舌这般珍贵的材料？只得用鱼舌配了菜，鸭舌做衬，想着鱼跃龙门一朝成龙，盘中这鱼若是不被人捉了，有朝一日说不定就成了那威风凛凛的龙了。"

"老板娘这解释当真是妙，妙极了！"沈郡亭拊掌大笑道，连连招呼乌鹭动筷。

窈娘却是看着乌鹭，言笑晏晏："不过我好奇的是，公子点这糟龙舌意欲何为？"

"我这人小气，睚眦必报，若是得罪了我，龙舌我也是敢拿来下酒的，更别说这些说人是非的寻常人了。"

他声音有些大，偌大的如意馆中，只听得他一个人的声音传了开来，还藏着几分杀气。角落里的那桌忽地就噤了声，祝三几个低着头不敢说话了。

沈郡亭好像不明白他在说些什么，嘴角沾了饭粒吃得正开心，睁着圆眼睛懵懂地盯着他看，乌鹭笑得如和煦春风，伸出手去，将他嘴边的饭粒给擦了下来。

之夭使劲捅了捅君泽，眼里满是好奇与兴奋。

⑤

连着几日，沈郡亭都同乌鹭一起到如意馆吃饭，经常吃完了就让之夭收拾桌子，摆了棋局就开始下起来。

君泽站在一旁看了几回，渐渐地，也就知道了沈郡亭的来历。

他本是东阳人士，祖上是南齐棋手娄逞。

这娄逞说起来还是个传奇人物，君泽读过史书，也是知道的。

娄逞出生于东阳一仕宦人家，酷爱棋艺，受女儿家身份限制不得外出会友，便瞒着父母兄弟女扮男装去了京城。

她因着自身文采斐然，下棋也下得好，便以棋会友，与公卿权贵交好，后来在京城出了名之后，破格晋升，被委派到扬州做了议曹从事。

可惜她刚到扬州没多久，就被人发现了女子身份给告发了，一纸调令下来将她遣送回乡。此后，娄逞便失了斗志，任由家里给她择了户姓沈的人家嫁了，临死仍对过往烟云念念不忘。

而沈家因为有了娄逞的英名在，多年以来也一直传承着好棋的门风，到了沈郡亭这一代，族中尤以他为同龄人里头最为出类拔萃的。

沈郡亭自小便聪慧异常，五六岁便开始学棋，八岁即斩杀四方名震东阳，精通天文历数，钟律五道，好些孤品棋谱里的残局都被他给解了出来。

可惜冥冥之中，自有注定。

随着他渐渐年长，身子也越来越不好，汤药不断，时不时一场大病就得卧床休养半月。

族中本来也没指望他光耀门楣，只希望他能保重身体，安安生生过完这辈子。

可惜他自己不愿意，他最崇拜的人便是娄逞，也一直向往先祖遗风，向往更为浩瀚广阔的天地，能与一众仁人义士于棋艺上较高低。

他带着家中娘子偷偷溜了出来，准备奔赴京城考取翰林院的棋待诏。

可就在半道上，因水土不服得了一场大病，此后身子愈见羸弱，无奈之下，只得调转马头，来了扬州。

"扬州是先祖待过的地方，我希望能像她一般与天地争辉，能顶天立地存活于世上与好儿郎并肩，可惜，我这身子拖累了我，只能循着她的足迹，来到她曾经待过的地方。在这里，我可以想象出来，当年她是如何意气风发从都城挥袂踏马而来，又是如何失意潦倒离去。"

沈郡亭眼中满是失落，捂着胸口满是痛苦的神色。

君泽看得不忍，心中也开始隐隐作痛，为那百年前的女子，也为这当桌坐着的人。

有梦想是好的，可难就难在还没开始就夭折了。

也果真验证了一句话，慧极必伤。

上天赐予了他聪慧与天赋，却夺去了支撑这一切所需的健壮身子。

而此后数年，君泽一直忘不了那幅场面。

白衣盛雪的沈郡亭缩成一团，扶桌痛哭，悲伤得似三岁顽童；对座的黑衣男子情不自禁抚上了他的肩，眼里满是惋惜，是悲痛，是坚定，口中喃喃自语道："我会帮你完成心愿的。"

他的眼里藏着星辰万千，却也只有一个他。

⑥

祝三的病依旧没有好，身上依旧传来各种痛感却毫无表征，并且更加严重。因为患了怪病，他娘担心传染给幼儿，带着孩子回了老家，只剩了他无妻无儿，孑然一身，时常愁眉苦脸地来如意馆坐着，借酒消愁。

沈家娘子回来后，许是管得严，也不大见沈郡亭出来，倒是天气凉了，乌鹭也不去曲江旁边坐着了，就独自一人到如意馆待着。

同是失意人，气质却截然相反。一者猥琐粗鄙，一者高洁若松山之雪，清冷得不似常人。

这日沈郡亭带了本《忘忧清乐集》来如意馆寻乌鹭，说是前朝留下的孤本，两人在窗前的榻上铺了棋盘，解着棋局。

之夭一听孤本二字，突然眼睛一亮，躲在门后痴痴笑着，嘴里念着什么"在上""在下"的。

君泽不解其意，看她这神情也不像恋上了乌鹭啊，伸了手就去探她的额头，被她一巴掌拍下，反而兴致勃勃地凑了过来，眼里满是兴奋，都快把乌鹭给盯出窟窿来了。

"就是我前日里给你的那些书啊，你没看吗？"见着君泽还是疑惑的模样，之夭提示他。

君泽一听这话，突然反应了过来，噌地一下，脸烧至脖颈，一片霞色。

苏卿怜最近跟阮道士蜜里调油，两人好得跟一人似的。苏卿怜偷偷将自己床底下珍藏的好些孤本送到了之夭房里，托她先帮她保管一下，说是怕阮道士看到了误会，之夭闲着无聊就翻了翻，果真是大开眼界。

那些所谓的孤本，无一不是惊艳露骨的春宫图，各式各样的都有，甚至还有其他惊世骇俗的版画。

自从沈郡亭和乌鹭常到如意馆吃饭之后，之夭愈见愈起了兴趣。那日躲在柜子底下看的时候不小心被君泽把书撞翻在地，君泽慌忙捡起来的时候，只看了一眼就吓得落荒而逃。

谁知之夭见着他这木讷性子，担心他有什么隐疾，偷偷挑了几本趁夜放到了他的枕头底下。

之夭正兀自问着，窈娘从旁经过，见他二人鬼鬼祟祟躲在门后，便走近听了一耳朵，拍了拍之夭的肩膀，笑得神秘。

"怕是你要失望了，他俩可不是假凤虚鸾。"

"嗷嗷嗷，窈娘你也是此中人啊！"之夭兴奋得眼睛都亮了，转而又疑惑道，"不对啊，是个人都能看出来，他俩要是没什么问题我把脑袋割下来。"说完还假模假式地往脖间比画了一下。

"难道你没发现，这沈郡亭是个女的吗？"窈娘假装惊讶地捂了捂嘴，说完又上下打量了一番之夭，往她鼓鼓囊囊的胸前多看了几眼，摸着下巴啧啧道。

"也难怪，不是所有人都跟你一般吃得好睡得好，该长的地方都长了。"

之夭惊得跳了起来，沈……沈郡亭居然是个女的？

哐当一声，君泽把砚台给摔了，顾不得收拾，连忙用袖子擦了擦眼睛。

这，这如此轻佻的人，是窈娘？

⌬7⌭

沈郡亭再来如意馆时，君泽也看出门道来了。

她身量不高，只是较一般女子高上几寸，声音也比寻常女子略微粗哑，大概是被汤药荼毒多年留下的症状，只是举手投足间，少了几分女儿家的婉约细腻，更为豪迈粗放，这才让人不至于对她的身份起了疑心。

君泽也明白了，为何她会对娄逞如此念念不忘，为何会对不能入仕如此耿耿于怀。

今日的她，就如数百年前的娄逞一般，胸中丘壑万千，纵有再大的雄心抱负，也只能困于女子的身份中，摆脱不了相夫教子的命运。

命运何其相似，何其多舛，只是娄逞不知有没有遇到懂她的人，而沈郡亭遇到了乌鹭。

君泽突然有些好奇，这乌鹭，当真不知沈郡亭的女儿家身份，当真只是以棋会友当沈郡亭是知己？

知己也好，未曾明说的懵懂爱恋也罢，庆幸的是，至少，她遇到了他。

乌鹭消失了一段时间，再来如意馆时，却是有事相求。

他挑了个夜深人静的时候上了门，所求之事却让所有人都大吃一惊。

他希望窈娘能帮他一个忙，而所求之事，却是落到了不夜城头上。

这事说起来，颇为曲折。

扬州自古以来便有广陵潮，于曲江一段浩浩荡荡奔流而来。

"春秋朔望辄有大涛，声势骇壮，至江北，激赤岸，尤为迅猛。"

可惜沧海桑田，河中淤泥堆积，河道变迁，到前朝时，河沙一路堆积，入海口已经往东延伸了数千米，这千古广陵潮也就慢慢消失了，枉在文人墨客的诗赋中回响。

娄逞当年在扬州为官时，尤喜欢年年八月那一场广陵潮，潮水汹涌而来，倒灌入河湾，滔滔江水肆意奔流拍岸，撞击得人心神激荡，豪气顿生，心生天地辽阔万物有灵之感。

后来回了东阳之后，娄逞也一度引以为憾，恨自己为人妇不能出游，虽然隔着不远，也只能于无人处空畅想。

沈郡亭这辈子以娄逞为榜样，此生唯有两大心愿，一是宦游海内，考取翰林院的棋待诏；二是想痛痛快快看一场广陵潮，于娄逞留下的诗赋中缅怀瞻仰先祖风骨。

前一件事，乌鹭无能为力，可后一件事，他一直在准备，从认识沈郡亭的那日就在准备，准备了许久。

可惜前些日子沈家娘子回来后，带来了沈家族里的人，说是家中长辈过世，需早日回家祭拜，沈郡亭不日就得启程回东阳，他准备的时间也已经不够了。

"所以祝三身上那怪病，是出自你的手？"窈娘心念一转，很快就明白了过来。

"我生平最恨搬弄是非之人，我与郡亭是无关风月的知己，惺惺相惜，这等子浑人在背后嚼舌头，正好拘了魂魄半夜为我所用。"

窈娘听着"无关风月"几个字，暗叹了一声当局者迷，却也没多说。

大概，祝三他们都被乌鹭使唤着晚上清理河道，挖沙掘泥去了，所谓怪病，也就是魂魄离体，被奴役着做了些苦差事罢了，也算罪有应得。而求不夜城帮忙，大概，也是看中了不夜城拥有的鬼役罢了。

不过窈娘并没有答应他，而是一贯地开始讨价还价起来。

"我若是允了你，又有什么好处？"

乌鹭平静地看着窈娘："我与你做桩交易，你帮了我，我告诉你一个与你休戚相关的秘密如何？司命大人。"说完凑近了窈娘耳边，轻轻说了一句，"我知道谁拿了你的命格簿子。"

窈娘脸上的笑意敛了起来，心神一颤，却握紧了拳头兀自镇定着，她只是想知道，他说的话，是否能信。

"我从来不同无名之辈做交易。"

乌鹭苦笑一声："我确是唤作乌鹭，在这曲江中住了好些年。"

⑧

乌鹭的故事不长，却颇有一番曲折在里头。

他的原身，是一块天生地造的墨玉棋盘，久而久之，渐渐生了灵识，成了能化人形的棋灵。

早些年，九华山上修道的无涯真人恋上了嬴母山上的长乘上仙，兴师动众地上天入地追了好些年。

长乘上仙是九德之气所生，执掌天下君王命脉，一心修道，不通情爱，被无涯真人扰得烦不胜烦，最后躲到了东海水君借予她的一个大蚌里，潜在水底不肯出来。

无涯真人那时打探到长乘上仙喜欢下棋，就专门从祁连山挖了一块玉石棋盘想要送给她。他循着长乘上仙的足迹一路追到东海，误以为是东海水君故意将长乘上仙藏起来了，两人撸起袖子就在云头上打了一架。

因着东海水君一条腿被打折了，病恹恹养了好些年才缓回来，东海边上一直无人料理，大旱三年，百姓民不聊生，烹儿卖女的，枉造了好些杀孽。

纠察使一状告至天庭，天帝本欲惩戒一番无涯真人就算把此事给解决了，谁知赶巧祁连山发生地动，伤亡无数。

一查之下，才知道是无涯真人取走的那块墨玉棋盘惹了祸。

祁连山底下有两条地脉，一者如火，一者如冰，两条地脉盘旋在地底下，偶有碰撞之势，一旦交汇便冰火不容发生地动，产生的烈焰冰屑冲出地表数千米，房屋倒塌，百姓饱受流亡死伤之苦。

天帝不忍苍生遭难，便命了玄都三宫弟子施法布阵，将一块伴着天地初生的墨玉棋盘镇在了祁连山山底，堵住两条地脉交汇处。

棋盘并不是普通的棋盘，上头灵气经由经纬各十七道流走，蕴含着天地之理河图之数，有它压阵，可保祁连万年安宁。

谁知这好巧不巧，被陷入情爱里的无涯真人给挖走了，而更巧的是，发现祸端的起源时，棋盘跟着无涯真人踏遍了万水千山追寻长乘上仙，早已经生出了灵识。

天帝大怒，只当这小小棋灵因贪恋红尘，枉顾苍生性命，不言不语就随着真人离去，遂将他打落至凡间，受这深陷泥沙随水逐流之苦。

乌鹭被水带着游走于五湖四海山川湖泊，最后被潮水冲到这曲江江底沉淀了下来。因着岁月变迁，潮水不再，他也就安安稳稳地在这江底修炼了起来。

直至那一年，他在江边遇到了沈郡亭。

身形消瘦的男子本来站在江边静静远眺，不知想到了什么，敛起白袍就蹲到了地上，以大小石子为棋，开始布局对峙起来。

乌鹭一时好奇凑了热闹，这才发现他演练的是王积薪留下来《风池图》，数百年间无人能解。

既是同道中人，岂有不言语转身就走之理。乌鹭便主动现身上前攀谈，谁知越聊越妙，两人渐渐交好，引以为知己。

9

"我本是这江上客，沉浮数千年，飘然半世羁旅。碰到了郡亭，才解了我多年的心结。

"方如棋盘，圆如棋子，动如棋生，静如棋死，放到这世间何尝不是这个道理。

"我一直觉着我是被流放的，是受了无辜牵连来人间赎罪的，这么多年不管到了哪儿，一直心绪难平，修为也难有长进。是郡亭以自身经历开导我，活在这世间，每一天都是新生，与其沉湎于过去自怨自艾，不如敞开胸襟。

"三尺之局，亦能作战场，更何况这万千河山。年年月月，多的是初生的希望，多的是变幻莫测的憧憬。"

乌鹭喟然感慨完了之后，直直盯着窈娘，希望能从她的眼睛里看出些许认同感。

窈娘被他看得莫名有些心慌，视线从他身上转了开来，落到了如意馆众人的身上，之夭、陶墨墨、石清、最后落到了君泽的身上，微微颤了颤。

是了，她也是被流放的，她躲在这扬州城赎罪，开了这座如意馆，是因为愧疚？是

因为不平？还是因为什么？她自己也说不清楚。

投子于秤，便如深陷红尘，她在这红尘里滚了一遭，可还能拔得出来？

窈娘终是深吸了一口气，平静了下来。

"你说吧，你希望我如何帮你？"

乌鹭所求之事对他来说可能有些难，可对窈娘来说，却是轻而易举。毕竟，那人帮了她无数次，她甚至有种错觉，只要她张口，那人必定会倾力相助。

丰己楷自从黑风寨上与那术士一战之后，回去休养了好些日子没有露面，庆丰楼也没有他的身影。

一个不去问，一个也不回答，各自心中都暗自较量着。

窈娘刻意忽略他的身份不去想，不去揣测，她隐隐有种预感，丰己楷身上的秘密若是解开了，有什么东西将从她身旁永远离去，她现在安稳的生活也将消失不见。

可到如今，乌鹭口中那与她休戚相关的秘密，很有可能与多年前命格簿子丢失有关。为了解开这沉甸甸压在心头多年的谜，她也顾不了那么多了。

她写了封信送去了庆丰楼，托里头的伙计送到不夜城。信上说得很清楚，希望不夜城能出力，借三千鬼役一用。

回信当天晚上就收到了，信上只有一句话。

"我们大王说，他心善得很，愿意成全这些小儿女的痴念。"

◎ 10 ◎

八月十八月如盘，人团圆，且逍遥。

这夜天极其亮净，没有丝丝缕缕的云缠绕着，月光浩浩荡荡洒了下来。

沈郡亭最近身子好了许多，面色不似之前苍白，渐染了些红晕。到江边时，乌鹭已经备了好酒好菜等着了。

两岸的桂子都开了花，沁了人满怀的幽香，窈娘也带了君泽几个早早就在江边候着了。

千古广陵潮，那是何等的气势磅礴，有机会再看一次，当然不能错过。

只听得一阵轰隆隆的声音传来，以为有雷，天上却是半点动静也无，江面仍是一片风平浪静。

乌鹭看着沈郡亭，温声道："这就是我为你准备的饯别礼物。"

沈郡亭一听有礼物，眼睛一亮，睁着一双圆眼四处找寻着。

就听得声音越来越大，视线尽头，江面有什么东西翻滚着、呼啸着，以迅雷不及掩耳之势往前冲。

如战鼓擂动，又如天雷阵阵，震耳欲聋的声音铺天盖地罩了过来，青色的江面上浮起了一道白线。

素练横江，漫漫平沙起白虹。

白线冲到眼前数十米远时，陡然拔高数十米演变成一道水墙，浊浪排空，拍岸而来，水花四溅，兜头浇了人一脸。

越来越多的人往江边跑，有人在激动地大喊："广陵潮，是广陵潮！"

千古广陵潮已成绝响，谁能想到今日能在曲江见到那传世景象！

水墙被撞散了之后，远处的江面又起了一阵白雾，潮头陡立，无数浪花席卷着汹涌而来，声如狮吼，回响于天地之间，竟连脚下踩着的地面也被震得微微颤动。

海潮撞在岸边，又似撞在人的心坎上，撞得人心潮澎湃。

震耳的雷霆怒吼声中，无数的欢呼声中，沈郡亭面色潮红，忽地跪倒在地，引了手中银杯泪水涟涟颤声道："娄逞啊，娄逞，你想看的广陵潮，不孝儿孙沈郡亭帮你看了！你的多年之憾，我替你了了！"

酒水倾斜到半空中，就被江水卷了去，混作一团，连那银质小杯也被带入江中，很快就消失不见。

"娄逞啊，娄逞，你的冤屈我明了，你的苦闷我也知道，只因我同你一样啊，这个世道对女儿身太不公平了，不公平啊！苍天何辜，谁说的女子不如男子？谁说的女子不能上朝做官？谁说的女子不能上战场杀敌？可那又如何，炼石补天的是女娲娘娘，衔石填海的是炎帝女儿，我沈郡亭就是想向世人证明，谁说女子不如男！"

暗哑的嗓子声嘶力竭地泣道，铮铮誓言被掩盖在震耳欲聋的潮声中。

她以为无人听到才这般痛痛快快地喊了出来，谁知一旁站着的乌鹭早已尽数听入耳中，却丝毫也不惊讶，而是目露哀悯地看着她。

他不得不承认，自己这风吹雨淋饱受颠沛流离之苦的墨玉棋灵，终是动了心。

他早就知道她是女儿身，早就情根深种，只是一直自欺欺人罢了。

呵，无穷花柳，无情画舸，他是无根行客，孤身存活于天地间多年，终于遇见了她。

浩浩荡荡苍茫天地的潮水声中，他望着那暗哑着嗓子哭喊着的少女，口中喃喃自语："大概我等了这么些年，就是为了来人间与你相遇。"

谁都没有看到，不远处的礁石上，丰己楷着一身绛衣立在上头，看着这热闹的景，却是满身的寂寥。风灌入袖中，露出了手上遍布的鞭痕。

激流奔腾，溅了他一身水花，水珠从衣服上滚滚而落。

蓦地，他周遭气势大变，身姿忽地就挺拔巍峨起来，往前迈了一步，踏在浪中，衣袂飘飘若仙人。

那我等了那么些年，又是为了什么？

11

沈郡亭离去那日，乌鹭没有去送她。

她托人给他送了一封信，说是家中诸事皆了之后，自会来扬州寻他。信的末尾，拐了好几个弯才说道，沈家幺妹年方十八，未曾婚嫁，不知乌鹭可有兴趣？

乌鹭将那信翻来覆去看了好几遍，捂在胸口一副痴汉样，苍白的脸上笑得知足。窈娘看着他这副有情饮水饱的模样，暗暗叹了口气。

他用他自身的天地灵气温养着沈郡亭的身子，苦于她是多年以来的痼疾，饶他是修行多年的棋灵，也着实伤了好些心神，不知多久才能恢复回来。

窈娘问他值不值得，他却回头看了君泽一眼，笑了。

君泽懂的，有情人你情我愿的事，个中滋味旁人岂能体会得到。

喜的是，乌鹭这固执的守候，终于守得云开见月明。

愁的是，窈娘仍是懵懂无知的模样，道路坚且阻，往后的日子啊，长着呢。

而就在窈娘满心焦灼，等着乌鹭将那桩陈年公案说清楚时，突然有个小乞儿拿着一封信跑进了如意馆，径直递给乌鹭后就跑了。

乌鹭看完那封信之后脸色大变，只说有事需要料理，过后自然会前来如意馆履行诺言。

可等了好些天，乌鹭都没有露面，窈娘暗觉不妙，带着君泽几个找了一圈，都没有看见他的人影。

偌大一个人，好似就在这扬州城里消失了。

窈娘想不通的是，这乌鹭明明就不似这般不守信之人。

所以唯一的可能性就是，他被人带走了，有人不想让她知道真相。

这桩无头公案愈发扑朔迷离起来，好像有一双看不见的手在背后搅弄着。

一层秋雨一层凉，天阴了。

蓑衣萝

伊人已逝，满目山河空念远。到如今，只剩了他壮志不再，鬓已苍苍。

❦ 1 ❧

　　村塾里的成夫子最近到如意馆吃饭时，身后总跟着个七八岁的小童子，走到哪儿跟到哪儿，只管可怜巴巴地盯着他看，也不说话。

　　旁人便打趣道："哟，成夫子，你何时有个这么大的小孙子了？"

　　"若不然，是顽皮的学生犯了错，求你不要跟家里父母告状？"

　　成夫子摇了摇酒葫芦，笑得一脸无奈。

　　众人皆知，成夫子年近五十，无儿无女，妻子数年前就已经去世了，此后一直孑然一身，逍遥度日。

　　况且，他平日里教课虽然从来不打骂学生，但素来严厉，私塾里那帮小子个个都对他敬而远之，哪儿敢追在他屁股后头跑。

　　君泽正埋头记账，听到戏谑声便往那小童子身上看了几眼。

　　只见他里头穿了一身簇新的宝蓝色锦衣，外头却罩了件改小了的旧棉袄，袖子拖得有些长，将整个人包得圆滚滚的，更衬得一张脸粉雕玉琢。就是不知怎的一直鼓着包子脸，皱着眉头忧心忡忡的。

　　这派小大人模样看得君泽心肠软作一团，拣了些果子去逗他，怜爱地往他光洁的额上抚了抚。

　　"你这孩子不在家里好好念书，小小年纪，怎的如此苦大仇深。"

　　那小童子接过果子，好生道了谢之后，啃着果子愁眉苦脸道："我犯了错误，若是不及时补救回来，我家先生怕是要把我赶出去了。"

　　"你犯了什么错？你家先生是成夫子吧，可需要我帮你说说情？"君泽不忍见这孩子受委屈，有心想要帮他。

　　谁知那小童子有些怜悯地看了他一眼，重重地叹了口气："你帮不了我的……"

　　再问时，他就不肯多说，只管一边吃着果子，一边时不时盯着成夫子看上几眼，生怕他跑了。

❀2❀

趁君泽正与那小童子说着话，成夫子三两步去了后厨寻窈娘。

"窈娘子，我实在是没有办法了，你人脉广，可否帮我探知探知那小童子的来历，他再不回去，我怕是没有病都要给他念叨出病来了。"

成夫子的亡妻在世时，跟窈娘学了些寻常菜色的手艺，一来二去的，也有了些交情。况且成夫子向来是心胸豁达之人，窈娘极少见他有这么惆怅的时候，连忙问他怎么了。

成夫子皱着眉头，许是想起了什么不堪回首的往事，手一抖，拽断了几根胡须，疼得龇牙咧嘴的，这才一五一十说了出来。

成夫子与妻子相知相伴了数十年，前几年妻子乍一去了，只剩他孤苦无依，无人照料。

成夫子悲伤之余，着实心里有些空落落的，便习惯了每月的初一十五到她坟前坐会儿，絮絮叨叨，说自己的近况，如此这番连着数年。

就在这个月的初一，他拎了酒壶刚在坟前盘腿坐下，那小童子突然就从林子里蹿了出来，一头扎进他怀中，惨兮兮地哭道："我可算找到你了，成连……"

成夫子吓了一跳，将这浑身脏兮兮的小童子从身上扯了开来，才发现是一张从未见过的面孔。

那小童子许是见着他疑惑的表情，擦干眼泪想了想，这才恍然大悟。

"忘了忘了，你已经不识得我了。我是金圭，是来帮助你的。"

问他家住何方他不说，要送他回家他也不搭理，无奈之下，成夫子只能把他先带回了家，想着找到了他的父母再给他送回去。

谁知道，这一领回去，就再也没能脱身，那团子似的小人儿，简直就跟个恶魔一般，扰得他不胜其烦。

开始时，金圭还日日谦卑地喊他成连，恭恭敬敬之余，显而易见是一副熟稔的语气。可是成夫子想破了头也没想起来自己活了那么些年，何时认识这么个小童子，只当他躲在私塾外边听过他教课罢了。

谁知道这金圭却像着了魔一样，每天一睁眼，就噔噔噔跑到他床前念叨，翻来覆去只一句话，让他赶紧收拾行李，然后上京考科举。

成夫子见这小童子急得直跳脚，颇为可爱，有心逗他："我一把年纪了，考科举作甚，要考也是你们这些嫩娃娃去啊。"

后来被他说得恼了，金圭就有些着急了，一不小心就说出了口："成连啊成连，你要收拾行李去京城考试啊，你若不去考试，这天下可就大乱了！"

成夫子将这极其不客气的称呼先放置一旁，有些莫名其妙。这天下安危的重任，何时落到他一个乡野夫子头上了？

不过这下他反而明白了，这金圭从穿着就能看出来是大户人家家里出来的孩子，大概脑子有问题，所以才会从家里走丢的。

想到此处，他也有些心软，他膝下无儿女，这么多年说不遗憾是假的，眼下瞅着这小团子年纪又小脑子还不好，顿时动了恻隐之心，只想赶紧找到他的家人，赶紧送回去。

心疼之余，他也有些庆幸，好在是碰到了他，若是碰上了拐子，那还不知要遭多少罪。

❀3❀

成夫子在这城中交友甚少，思来想去，唯有与窈娘几个还稍微说得上几句话，只得来如意馆寻她帮忙了。

见窈娘应承了他之后，想着能逃离那魔音灌脑片刻也是好的，就兜了几个栗子去院子里找小狐狸陶墨墨玩儿。

剩了窈娘倚在案板旁边，听着金圭这个名字，总觉着有些耳熟，可怎么想都想不起来在哪儿听过。

她正绞尽脑汁想着，就见一扎着角髻的小童子迈着小短腿噌噌跑了进来，嘴里还焦急地喊着："成连，成连……"

赶巧厨房里炖着汤，雾气腾腾的，人也看不真切。

那小童子看见案板旁边站着一个人影，不管不顾就扑了上来，一把抱住大腿喊道："成连啊，我就知道你躲在这儿！"

许是触感有些不对，那小童子抬头一看，直直对上了窈娘的眼，两人俱是一惊。

"金圭？"

"司命大人！"

窈娘晃了晃神，听着这称呼心里顿时起了一阵莫名的奇异感，却又是久违的熟悉感。

她有多久没见过九重天上的故人了，百年，千年，抑或是更久。

金圭仍然有些迟疑："司命大人，是你吗？"

这软糯的嗓音一出来，窈娘顿时从翻腾的思绪中清醒了过来，蹲下身子抱住他，盯着这张嫩生生的脸来来回回看了许多遍，这才温声道："是我。"

顿了顿，没忍住，话已经说出了口："不过，你怎么胖成这样了？"

金圭正努力往回憋着眼泪，一听这话，突然就哇哇大哭起来，倒叫窈娘哄了半天。

成夫子从院子里溜达回来后，就见金圭兜里塞满了各式的糕点果子，嘴里还包着一口酥酪吃得开心。

他一问，才知道窈娘居然是认得金圭的，一听说金圭以后就住在如意馆了，喜不自胜，乐颠颠地打了壶酒装着就回了家。

第

四秋·蓑衣篓

323

只是临出门时，还是顿了足，回来将头上戴着的棉帽子往金圭头上一扣，叹了口气后背着手自顾自离去了。

成夫子走后，金圭吭哧半天，才把事情的来龙去脉说了出来。

这金圭本是九重天上的司文童子，在梓潼帝君座下听令。

而成连，是帝君案台上通了灵识的一支朱笔，经年累月的，沾染了仙气，化了个俊俏的小子。

赶巧成连化形那日，帝君从西南边的养龙坑那儿得了一匹龙驹。那龙驹暮色晦明时就出来腾云驾雾，于电闪雷鸣间肆意奔腾，端的是俊采非凡。

帝君一时高兴，就晋了成连的仙职，让他做了点魁的魁星笔，掌人间科举文运。

也是巧了，帝君那匹龙驹脾气暴躁得很，见人就踹，唯有殿中唯一的小童子金圭身上带着绵软香气，只有金圭靠近，它才能温顺下来。

无奈之下，金圭便揽了这照料龙驹的活儿，天不亮就得去天河边上给它寻清晨的露水，还得去百花园中给它摘新鲜的药草。小小的人儿累得头晕眼花的，无暇去湛华馆中供职。

成连见他辛苦，便主动提出帮他替了这桩差事。

九重天有湛华馆，里边存放着数以千册的案卷，记载了天上诸多仙人成仙的生平事迹，都刻在玉简上封存在里头。

金圭需隔个三五日就去上湛华馆一趟，补上新任仙人的玉简，顺带整理一番。

成连去了湛华馆，闲着无事就将那些玉简翻来覆去地看，这一看，倒是着了魔，不知不觉就生了俗世红尘之心。

天地初生的神祇毕竟是少数，而像他这般成仙的少而又少，大多数仙人都是历经磨难脱去凡胎才位列仙班的。

若是其他小神仙眷恋红尘倒好说，去地府那儿说个清楚，择个好出身打入人间历个劫，热热闹闹走一遭便是了，偏偏是这梓潼帝君委任的魁星笔。

魁星笔掌天下科考文运，他若是下了凡，中宫职位暂缺，天下科考一事必将大乱。国不可无士，点魁的魁星笔不在了，众多苦读多年的学子又该何去何从？

可成连左右就是不听劝，留了一张小纸条后，施施然就下了凡。待金圭发现成连不见了，再寻到他时，人间已经过了数十载，成连也成了鬓角苍苍的老者。

❀4❀

金圭说完前因后果，眼巴巴地看着窈娘，"司命大人……"

"这里不是九重天，依旧按照私下里一般唤我窈娘姐姐就好。"

金圭这才好似想起窈娘早已被褫夺了职位，在人间赎罪，慌忙改口："窈娘姐姐，我真的是没有办法了。帝君说都是因我偷懒才害得成连起了这思凡之心，该由我补救，若不然，他就要把我送到封渊那儿去看守寒潭里的黑蛟……"

窈娘想了想往日里梓潼帝君那性子，扑哧一声笑了出来："莫怕莫怕，你家帝君就是吓唬你罢了，他素来爱玩闹，若不然也不会给你这株毕澄草起了个如此俗气的名字。你跟了他好些年，难道还摸不清他的性子吗，就是见你年纪小拿话诓你罢了。"

窈娘心知，梓潼帝君平日里最喜欢金圭这乖巧伶俐的司文童子，一日也离不开身，怎的忍心让他到这凡间来遭罪，怕是还有其他缘由吧。

不过此刻她也无暇多想，金圭委屈巴巴的，眼睛都红了，正殷切地看着她，加上之夭、君泽几个也都盯着她看，好像她若是不赶紧帮他把问题给解决了，那都是铁石心肠的大恶人了。

窈娘被几双直勾勾的眼看得无奈，只得耐心问道："你可否查了这成连在凡世间的遭遇，几时生，几时死，命中可有劫难需过？"

金圭抬眼看了她一眼，紧紧抿着唇半天不说话。

窈娘脑子里什么东西突然"铮"的一声响了，惊得她恍了神。

是了，她怎的忘了，因她遗失了命格簿子，这天地间再到哪里去看众生的命格，此刻想来，她果真是害了许多人。

君泽见窈娘有些怔忪，秀气的眉毛蹙了起来，眼见着陷入了某些痛苦的回忆中无法自拔，连忙提高了声量，嚷嚷着打圆场。

"哎呀，小金圭你先说说，现在要如何帮你？"

"帝君说，成连因成仙太过容易，所以不懂得珍惜，这才起了思凡之心，那他此番在人间必定要比寻常人经受更多的苦难，方可重回九重天。因为我耽搁了些时间，寻到他时已经是这副模样了，不知他之前遭遇了什么，好在顺利活到了现在。而如今最后一道关卡就是让他去京城参加科考，连中三元，夺得魁首，方能归位，不枉了他这魁星笔的称号。"

这话一出，君泽先失了色："若是他未能夺得魁首，那又如何？"

"若他此生不能夺得魁首，魁星笔其实难副，德不配位，必有灾殃。"

君泽踌躇半晌，咬了咬牙还是说出了口："可是，成夫子多年前早就许下了宏愿，此生再不踏入官场！"

君泽当年在书院里求学时，也听说过成夫子的生平坎坷，多少也知晓一些。顶着众人的灼灼眼神，他苦笑着将成夫子的故事一一道了出来。

说起来，成夫子这小半辈子也颇为唏嘘。

他出生在扬州一户乡野人家，年少失怙，由寡母拉扯着养到七岁，寡母改嫁了。再嫁的那户人家嫌弃他是个拖油瓶，举家搬迁，此后就剩了他吃百家饭长大。

也是村塾里的夫子见他可怜，免了他的束脩让他念书，这才发现他天资聪颖，竟是不可多得的可造之才。

他十三岁的时候，就已经精通诗词歌赋，是远近闻名的小神童，村里的大户人家存了照拂他的心思，凑了些盘缠让他入京参加科举。谁知连着数年，都与这进士擦肩而过。

第一年他入京时，刚出城便碰到山大王打劫，山大王有个女儿瞧上了他，就连人带驴掳回去逼他成亲，最后好在被官差给救了，可惜错过了进考场的时间，只得怏怏归来。

第二年他学了些拳脚功夫再次入京，谁知更惨。他稍微年纪大些了，通了人事，半道上从恶霸手中救了个落难的风尘女子，两人情投意合，约好了待他夺魁归来就娶她为妻。

谁知那女子竟是个专门做筏子骗呆头书生的，早就遍地撒网，不知与多少过路的书生说过同样的话。他刚到京城没多久，就在街上遇着那女子，一脸娇羞地依偎在富贵公子哥儿的怀里，口口声声唤人家夫君。

他上前询问，还被人打了一场，躺了好些天才缓过来，终是与考场无缘。

第三次还好，顺顺利利入了京城，也坐进了考场，待试卷答完快要交卷时，突然有消息说主考官被收买了，有人泄题，此次科举成绩无效，推迟再考。

考试的日子一直都没有定下来，遥遥无期，赶好他盘缠用尽，街上卖画还被人偷了行当，无奈之下，只得灰溜溜又回了扬州。

此后成夫子也就死了心，想着天将降大任于斯人也，必先苦其心志，上天这般待他，必定是看他年纪太小，得多磨炼些时日才能担当重任。

他便安安稳稳地住了下来，在村里的私塾当了最年轻的夫子，准备过几年再考。

可没几年，他遇上个姑娘，两人很快就成亲了。到后来成夫子不知怎的突然就做了决定，在他二十岁那年发了重誓，此生再不踏进考场一步！

这话一出，惊得四里八乡都呆了，好不容易碰上了个无人照管的小神童，大家勒紧了裤腰带帮持着将他拉扯大，就指望着他出人头地，造福乡里，可他却说他此生都将待在这穷乡僻壤里做个穷书生？

上门讨理劝说的人来了一拨又一拨，也不知成夫子中了什么邪，死活就是不松口。他心知对不起那些帮助过他的乡亲们，索性将家搬到了私塾旁边，日日守着那些顽童念着四书五经，全身心地投入到夫子生涯中。

后来，乡亲们许是见他心诚，也就看淡了，大不了再等十几年，等他教导的学生长大了，也自然有新的希望，新的期待。

而至今为止，依然没有人知道，成夫子到底中了哪门子的邪，好端端的竟然就放弃了这条科举之路。

◎6◎

听他说完之后，座中几人无不瞠目结舌，继而慨然惋惜。在一个凡人的数十载生涯中，这成夫子也够惨了。

佛家有言，人生有八苦：生，老，病，死，爱别离，怨长久，求不得，放不下。兜兜转转小半辈子，他竟然差不多都经历过了。

更吓得金圭暗暗捏了捏小拳头，告诫自己千万不要起什么歪心思，果真是不好好珍惜做神仙的机会，平白无故来人世间遭这些罪。

天道有轮回，可都看着呢。

他既然是命定之人，以他的能耐，年过半百又如何，只要他愿意，魁首手到擒来。为今之计，就是如何让他破了他那誓言罢了。

可金圭愁就愁在他有苦难言，早在他下凡之前，梓潼帝君就千叮万嘱，他不得暴露自己的身份，不得将过往真相说与成连听。仙人历劫，本就忘却前尘往事，需得清清白白走这一遭，否则将遭到反噬，后果不堪设想。

之夭、君泽几个极其喜爱金圭，早就把他团团围住七嘴八舌商讨对策去了。剩了陶墨墨有话也说不出来，咿咿呀呀挥舞着小爪子，半天也没人搭理，堂堂如意馆的小宠物何时受过这般冷落，背过身子去，毛茸茸的尾巴一扫一扫的，坐在桌子底下赌气。

窈娘见着心里一暖，一把将陶墨墨抱了起来，抚了抚他的头。她的旧友，她现在身边的人，居然如此和谐地相处在同一画面中，既突兀，又和谐。

心底莫名的喜悦一点点漫了开来，窈娘抱着陶墨墨去后厨给他们准备些点心，这偌大一个难题摆在眼前，今晚还不知要几时才能睡。

几个人热火朝天地研究了半晌，叨叨咕咕，倒也折腾出了几个法子。

第一招，动之以情。

果然不出窈娘所料，没过几日，成夫子晃悠悠又来了如意馆，点了几个菜之后，装作不经意地问起金圭来："咦，金圭哪儿去了？可是找到了他的父母？"

君泽见他绷着脸，眼睛却到处乱看着，心里暗笑。人在跟前时，日日夜夜想着将人送走，人不见了，倒眼巴巴地寻了回来。可他素来不会撒谎，扯了扯之夭的衣服，让她前去应付。

之夭得了信号，先是唉声叹气地将茶壶往桌上一放，然后无奈道："金圭啊，怕是再也回不去了。"

成夫子一把抓住她的袖子，急切问道："他怎么了？可是衣服穿少了，生病了？怎么样，严重不严重？"说完自顾自埋怨起来，"也怪我，这孩子脑子不好就让他在家里坐着罢了，

我非得带着他出来乱跑，他年纪虽小却爱美得很，大冷天的总不喜欢穿棉衣，这下可好，冻着了吧……"

之夭连挥了好几次手，都没能打断这老头的絮絮叨叨，只得深吸了一口气大喝道："好了！他没生病！"

倒把成夫子吓得扯断了几根胡须，眼里满是欣慰："还好还好，没生病就好，这年纪小的娃娃最怕生病了……"

之夭生怕他又把话给绕了回去，赶紧按照计划一股脑儿抖了出来。

她只说金圭自小失了父亲，母亲改嫁后，他拜入山中梓潼真人门下修道，眼见着试炼在即，若是他无法完成师尊交给他的任务，将被驱逐出师门，孤身一人。

成夫子听到金圭自小失怙，母亲改嫁时，眼里已经有了几分动容，想必是想起了自己的身世。

这时候金圭出场了，委屈巴巴地走了出来，说道："成……夫子，你帮帮我吧，我不想被驱逐出师门，若是完成不了任务，我就要跟我的师兄弟们告别了，跟我院子里那些花花草草告别了，也再也见不到照顾我的姐姐们了……"说到后来，像是想起了之前梓潼帝君威胁他的话，开始情真意切地哭了起来。

成夫子有些慌乱，试探着问道："所以，你的任务，就是让找去考科举，中状元？"

"是了，你是命定之人，师尊交给我的任务就是找到你，然后护送你去京城。"金圭握了握小拳头，目光坚定地看着成夫子。

成夫子眼中的光瞬间归于沉寂，终是一副爱莫能助的语气遗憾道："抱歉，这等重任，你们还是去找别人吧，老夫半截身子都入了土，早已无心无力了。"

冷风灌了进来，成夫子揽了揽洗得发旧的棉袍，佝偻着身子迈出门去，临走前，还不忘将窈娘给他准备的一碟子蓑衣萝卜装了回去。

他家娘子在世时，最喜欢如意馆的各式小菜。

ⓒ7ⓓ

动之以情不行，那就只能晓之以理，这回出马的是君泽。

成夫子再来如意馆看金圭时，君泽特地将自己珍藏的字画搬了出来，温上一壶黄酒，与夫子共赏。

落日熔金，打在楼头明灿灿的一片，映衬着纸筒里一一展开的宣纸，深浅不一的墨仿佛要从纸上飞了起来。

字是《九成宫醴泉铭》，数卷内笔法不一，或俊朗风流，潦草写意，或端正似趺坐的佛，字字如莲，疏放妍妙而不失筋骨。

画是《簪花图》，一衣带水，细密臻丽，笔触温润而生机盎然。

字画都是君泽细心挑过之后拿出来的，都是京中名士陆子虔生前留下来的笔墨。而成夫子早先入京时，曾因一幅《六尊者像》入了陆子虔的眼，也受他引见，与翰林院好些志同道合的文臣一同把手言欢，冶游京中，端的是自在风流。

成夫子一一翻过，眼底浮光掠影层层漫将上来，想起了尘封了许久的欢乐时光，不禁喟然叹曰："陆老生前待我不薄，为了让我这名不见经传的读书人露脸，还刻意带着我赴了好些达官贵人的宴。可惜了，我终究是辜负了他，没能官拜朝中，还他知遇之恩。"

君泽趁热打铁，开始劝说起来："我听说，陆老生前尤为抱憾，还跟探望他的人说道，他这辈子提携过的这么多人里头，最欣赏的人就是你。他一直希望你能入朝为官，为天下士子谋福利，他也相信，你有这个能耐。"

"陆老的确是不可多得的恩师，虽然位居翰林学士，却没有架子，常怀赏识关照之心。当年我盘缠用尽，饿晕在街头时，多亏了他将我救回去。"

"那你……"

"君先生，不必说了，我知道你今日是受人之托来劝我的。虽然我不知道你们为什么都要劝我去考状元，但我若是告诉你，我有不得已的苦衷，你还会这番执着吗？"

君泽本就对这桩差事有些勉为其难，只因之夭说了，读书人与读书人说话，自然有读书人之间的道理，所以才将他派了出来，打着鉴赏字画的幌子来劝说成夫子。

踌躇再三，还是开了口："既然是有苦衷，可否说出来，人多力量大，我们看看能不能帮您想想办法？毕竟，以您的才智，偏安一隅躲在这山野乡村，确实是屈才了。"

成夫子神色中有几分落寞，将碗中黄酒猛地一饮而尽。酒水顺着稀拉的胡须淌了下来，打湿了衣裳。

末了，他抬眼定睛看着君泽，平静说道："没有人能帮我，我也不需要帮忙。我成连仰无愧于天，俯不愧于地，这辈子就这样了。"

话音落地，莫名地听出了几分铿锵之气。

☽⑧☾

成夫子软硬不吃，就连窈娘出面与他说话，也是没说上几句便被挡了回来。

金圭无奈之下，还是用上了之前的那一招，只管死缠烂打跟在他后头，也不说话，就是一副可怜相不远不近地跟着，没几天胖胖的包子脸也瘦了一大圈。

窈娘见着有些心疼，她虽然不知这固执的老头儿到底有何难言苦衷，非得在这山野孤独终老，但她现在半点法力也无，也着实没有法子撬开他的嘴探知他的心事。

不过她也丝毫不担心，梓潼帝君向来心思缜密，这么大件事，他既然单单只派了金圭这司文童子下来，那就定当有峰回路转的一天。

君泽见窈娘也终日为金圭担心着，便自告奋勇与金圭一道守着成夫子，只道是，精

诚所至，金石为开。

一大一小就这样在成夫子后头跟了许久，天气一日日转凉，风里雨里都夹杂着逼人的寒气。

这日落了几场雨，私塾门前的泥路烂作一团，村里的孩子除了几个年纪大的，都跌得满身泥泞进了屋来。

成夫子不忍，待雨停了之后，捡了些平整的石头准备将门前的路铺好。

金圭和君泽也不言不语在一旁搭手，金圭人小，帮忙搬石头，君泽细心，将石头按照大小模样递到成夫子手中，经由他思量之后排得整整齐齐。

路修至一半时，附近的石头都没了合适的，成夫子不声不响去了屋后的柳树后头。早些年因着屋漏，西边原本用作厨房的房角塌了半边下来，刚好有些碎砖石掉落在柳树后头。

君泽把锄头抢了过来，正往泥里掘着，没掘几下，"当"的一声，锄头砸到了什么东西上，听声响像个坛子。就在那一清脆的声响过后，一股浓浓的酒香飘了出来。

成夫子面上有些讶然，慌忙丢下手中的砖石，三两步迈至跟前，连袖子都没卷就开始往泥里挖起来。

君泽挖破的是个酒坛，也不知在地底下放了多久，上头用红布封着，如今只剩了半边坛子，晃荡着琥珀色的酒水，还有半坛酒水早已汩汩混入泥水中消失不见。

"女儿红……"成夫子半边身子趴在地上，深深嗅了几口，声音颤颤道。

突然他像是想起了什么，徒手往一旁掘着，君泽有意上前帮忙，却被他猛地一推，推倒在地。

他模样有些癫狂，不顾手指已经被碎瓦割伤流血，仍奋力挖着。果不其然，很快就在酒坛一侧挖出了一个用油纸包裹得严严实实的檀木匣子。

匣子里空荡荡的，唯有一支玉燕钗，还有一张卷起来的纸条。

成夫子先是小心翼翼地将玉燕钗拿起来，摩挲了片刻之后又放了回去，颤颤巍巍地取出那纸条，展开之后，上头只有十个娟秀纤细的字。

"连君，不舍心怀，幸毋相忘。"

夫子忽而就泪眼婆娑了，将那纸条捂置胸口，苍老的面上满是凄凉。

"绮芜，绮芜……"

ଓ 9 ଓ

"你们不是一直想要知道我为什么突然就断了考科举的决心吗？今日我就告诉你们。"

夫子将玉燕钗和纸条放回木匣子之后，忽而整肃了神情，抬头望向了仍是阴郁着的天。他看的是北方，断雁西风，寒凉萧飒的北方。

夫子的故事很长，长到要从三十多年前说起。

那时他已经连连遭遇挫折，几次从京中无为而返，准备潜心向学，多多磨砺几年再从头再来。

就在一个寒夜，他倚在小东门一家灯火通明的楼子旁，借着明亮的灯火看完了一卷书，正准备回家时，听得墙里头一阵打骂声，还有尖酸女子不停的咒骂声。

花街柳巷里，他已见得寻常，左右不过是刚被送过来的女子不服管教，冲撞了客人，正在被调教罢了。

他尚且是个穷书生，家中买烛火的钱都没有，纵然心中再多不忍，却也不欲去管这桩闲事。

就在他转身走了几步时，里头那咒骂的声音许是骂得急了，气喘吁吁地停下来歇口气，就在这空当，忽地传来了一阵郎朗吟诗的声音。

"忆梅下西洲，折梅寄江北。单衫杏子红，双鬓鸦雏色……"

女子诵的是南朝的《西洲曲》，音色如鹂莺啼羽，婉转清亮。

"贱蹄子！让你好好招待客人你不肯，却在这儿背哪门子的诗，我呸！"

层层骂将声，混合着鞭子抽打在肉上皮绽肉开的声音，只剩了女子清丽的嗓音，虽然越来越低，却始终坚定地朗诵着，一遍又一遍，声音渐渐无力，只听得到隐约还在呢喃着。

就在那一瞬间，成夫子下了个决定，他想看一看，看看这百折不屈的女子到底长什么模样。而这此后的数十年，他始终无比庆幸自己当时没有转身离去。

待里头脚步声渐去渐远后，成夫子翻墙进了院子，看见重重树荫下躺着一个浑身血污的女子，身上遍布伤痕，发丝凌乱遮住了脸，看不清眉目。

他凑到她的嘴边，只听到一句轻柔得快要被风湮没的声音。

"采莲南塘秋，莲花过人头。"

他蓦地心神一动，鬼使神差将那正是如莲年纪的女子扶上墙头，背回了家。

偌大的扬州城，少了个妓馆的女子本来不是什么大事，可那伙子人却是大费周章寻了一月有余，此后也就不了了之了。

待女子伤养好了之后，念她无家可归，成夫子终是鼓足勇气向女子求了亲，女子不知是为了报恩，还是为了什么，也答应嫁给他。

可她婚后却一直寡言少语，对自己的过去也闭口不提。

而成夫子也是成婚之后，用了许久的时光才将那冷若冰霜的女子焐化了，才得知这枕边人的秘密。

女子姓姜，唤作绮芜，是京中尚书省录事姜桓之女，父亲因在党派斗争中站错了队，

不屑与奸佞小人为伍，被人使了绊子胡乱安了个贪污的罪名。家产充公，姜桓下了诏狱，妻女除籍成为官妓，发配至扬州。

母亲不堪凌辱半道触柱而亡，剩了她想死不敢死，苟活至今，因缘巧合被成夫子给救了。

那夜她本是熬不住了，楼子里的妈妈逼她接客，可她始终不愿意将这脏了的身子再去谄媚侍人，被打到奄奄一息时，她想起了父亲从小就教她的《西洲曲》。

"采莲南塘秋，莲花过人头。"

那时节她一直心心念念要到江南水乡来望上一眼，那《诗三百》中的菡萏蒹葭，曼妙得似氤氲美好的梦。谁知等她真的到了这水乡，却早已跌落浑噩的深渊。

说到情切处，绮芜哭着求成夫子，若是真心喜欢她，求他千万别再入京，别再参加科考，切莫入朝为官。

她此生怕绝了那变幻莫测的庙堂政事，只愿一生一世一双人，就在这贫苦的山野终老。

成夫子得知前因后果之后，允了她，当即发了重誓，此生再不踏入京中。

而此后的数十年，他也做到了。

❧ 10 ❧

"这坛女儿红，是绮芜与我成婚那年埋的。

"婚后一年多，她的肚子始终没半点反应，受了旁人好些指点，虽然我百般宽解，可她终究意难平，便在一个雨后在这柳树下埋下了一坛女儿红。

"她说，当年她出生时，她的父亲便在京中的宅子里埋了一坛酒，预备着她出嫁的时候取出来宴客，可惜再也喝不到了。

"现在她埋下一坛女儿红，她要告诉她的女儿，这坛女儿红比她的年纪还大，是她初嫁为人妇的时候就预备好了的。她希望她的女儿，此后年年岁岁平安顺遂，一生如意。

"那时她还不知道自己这辈子都无法生育。她也一直不知晓，在她去扬州的半道上被灌下的那碗药，伤了她的身子，命里子嗣艰难。"

成夫子说完，将那混着泥水的半坛子酒倒了两杯出来，递给了君泽一杯。

酒水清冽，橙黄的酒水在地底下封存了几十年，早已被岁月酿得酒香四溢。抿了一口，君泽总觉着有一股子酸涩的味道，苦辣辣的，顺着喉咙穿肠破肚，直教人说不出来的难过。

"这只玉燕钗，是我攒了许久的银子才买到的。那时节家中清苦无比，我总觉着对不住她，她一个娇生惯养的官小姐，该插了满头珠翠，执了并刀纤手破新橙的，而不是跟着我在这烟火岁月里磋磨。

"那时她欢喜得很，日日压在枕头底下摩挲着，不舍得戴出去。突然有一日这玉燕钗就不见了，我以为被她不小心弄丢了，便假装不知道，没曾想却是被她埋到了这地底下。

"她说，连君，不舍心怀，幸毋相忘。该说这话的人，是我才对啊！遇到她，是我这辈子唯一的欢喜，我又何曾忘得了她……"

成夫子乱糟糟的头发散落在肩上，浑浊的眼中滚落了几滴泪，斑驳的花色愈发显得他垂垂老矣。

伊人已逝，满目山河空念远。到如今，只剩了他壮志不再，鬓已苍苍。

⑩11⑩

路修好之后，成夫子下了个决定，他终是愿意答应金圭的请求，再度赴京。

他原本一直在左右摇摆，绮芜嫁给他，到底是心甘情愿，还只是为了报恩。这些年她的忽冷忽热，总让他觉着时而离她近在咫尺，时而远在天涯。

直到那坛被遗忘的女儿红挖了出来，还有那支玉燕钗，那张纸条，让他一直犹疑的心忽地就尘埃落定了下来。

双飞燕，美人簪；相思意，纸中藏。

那里头，满满的都是沉甸甸的心意。

是她爱他而他犹然不知的心事，是覆盖了一冬的雪，乍融之后化进湿润的泥土里，能绵延温暖的一整个春。

而他也突然顿悟了，一直以来的逃避现实并不能将他对绮芜的思念长长久久地保存下去，总有一天，他会老，他会死。到时候绮芜该怎么办？

她的冤屈无人知晓，她躺在寒凉冰冷的地底下，尸骨被蛇鼠虫蚁爬过、咬过，总有一天会随着岁月的变迁腐烂消失。

所以，成夫子做了个决定，他要入京，要尽他的所能考中进士，尽他的所能入朝为官。只有这样，他才能接近真相，才能想尽一切可能替姜家翻案，让绮芜沉冤得雪。

这是他现在唯一能做的。

成夫子离开扬州城之前，央着窈娘给他准备了一坛子蓑衣萝。

因着绮芜的身世，成夫子这些年一直避免与达官贵人有过多的交涉，两人一直过着清贫的日子。

绮芜在世时，便想着法子将粗茶淡饭也炮制得有滋有味。寒冬腊月无钱买肉，绮芜便跟窈娘学了这蓑衣萝，八九月便开始着手准备，做好之后放在坛子里经冬不坏，可以吃上好几个月。

挑了嫩生生的白萝卜，五个指头大小，洗净之后晒五六分干收起，一斤萝卜抹上一两盐，细细揉搓过后搁到密封的坛子里让它出水，次日一早便放到太阳底下将水汽风干。

待日头落下之后，再将萝卜揉搓一遍，至潮湿软红，切螺蛳缠纹，刀口连环不断，

只余三五根头发粗细的萝卜皮连着。

加风菜心、椒末、红萝卜丝，撒上一层炒盐，拌匀之后放入坛子里，用稻草塞紧。

这样做出来的蓑衣萝卜，口感极脆，咸度刚好，混合着微微辣意。熬上一碗清亮的米粥，摆上一碟子蓑衣萝卜，便足以度过寒冷的冬日。

清贫且安乐，怡然自得。

赴京路上山高水长，归来遥遥无期，成夫子唯一想要带走的，便是这一坛子蓑衣萝。

这是绮芜留给他的惦念，是无数荒芜的岁月里闪烁着的一丝暖意。在许多个寒凉的冬夜，熨帖肠胃的同时，也温热了他的心怀。

◎ 12 ◎

金圭临走之前，窈娘嘱托他路上小心，带着成连回到九重天之后，别忘了替她向梓潼帝君问好。

金圭却突然想起了什么，犹犹豫豫了片刻，还是问出了口："窈娘姐姐，你可知这扬州城里还有什么九重天上的故人吗？"

"何出此言？"

见他神情严肃，窈娘想了想，还是摇了摇头："没有，也只有我一人罢了。"

金圭从怀中掏了一个锦囊出来，递给了窈娘："罢了，帝君之前给我留了个锦囊，说我这趟下来若是碰到了故人，就把锦囊交给那位故人，我差点给忘了。"

窈娘微微一怔，她早就知道金圭这趟下凡绝对没有那么简单，梓潼帝君那般护短的人，从来不会无缘无故就将最宠爱的司文童子遣下凡来。

果真被她料中了，魁星笔归位是其次，金圭是受梓潼帝君所托来给她送信的。

窈娘心思百转千回，面上仍波澜不惊，镇定自如地将那锦囊打了开来，里头只有一张白纸，上头空无一字。

她不禁哂笑，梓潼帝君还是喜欢玩这数年不用的小把戏，于是便往那镶着金边的纸上浇了一盏茶水，然后放到灯火上头微微炙烤了片刻。

昏黄的烛火明明暗暗摇曳着，薄薄的纸上渐渐显现出一句话。

"修唐没有死，他一直在你身边。"

窈娘嘴边的笑凝滞了，身子骤然一冷，很快又热了起来，热得让她喘不过气来，好似往火里冰里走了一遭，思绪也瞬间呆滞了。

她捧住纸条忽地就热泪盈眶，只喃喃着，他没有死，他真的没有死。大颗的泪珠一滴滴涌了出来，顺着脸颊簌簌而下。

看得君泽心惊肉跳的，总觉着有什么在窈娘看到纸条的那一瞬间就已经改变了。可他不敢动，他觉着他从未离她如此远过，伸了伸手，只抓住了虚无缥缈的一截风。

窈娘正沉浸在修唐没有死的喜讯里，还来不及追究纸条后半句的含义，而金圭的自言自语又让她愕然了。

"帝君只交代我若是遇到了故人，将锦囊给她便是，我猜帝君说的故人就是窈娘姐姐吧。不过也奇怪，为何我总觉着东南海域那片有股熟悉的气息，就好像也曾经在九重天上遇到过，并且这气息与窈娘姐姐身上的气息也有些相似呢……"

东南海域，与她身上的气息相似……

"他一直在你身边。"

蓦地，窈娘突然想起了多年前寿春仙人的话："修唐在刑台上受了三千雷霆……后来他突然消失不见了……"

不夜城，神鬼莫知的夜大王，与天庭有过节；丰己楷身上的鞭痕，有求必应时那含着笑的眼眸，与淮蒙下棋时与她同一路数的棋风……

许多她不曾注意到的细节纷纷从记忆深处剥离开来，突然无比清晰地浮现在她的脑海里，斑驳的、混乱的，此刻都一一串结到了一起。

窈娘心思辗转间已是一片透亮，不禁苦笑一声，他骗她骗得好苦。

修唐，夜大王，丰己楷，都只是一个人罢了。

她早先只是怀疑丰己楷与残剑剑灵一样，也是修唐特地留下来的一枚棋子，是来帮助她的，没曾想，他竟然就是他。

是她心心念念了许久的师父，是陪伴了她数千万岁月亦师亦友的知己，是打着不夜城的幌子帮了她无数次的同盟，也是她丢失命格簿子脱不了干系的罪魁祸首。

虽然她不知道他为何在这茫茫海域建了这不夜城，为何一直躲在暗处照拂她，为何换了一副面貌，为何隐姓埋名不与她相认。

可好在，他还活着，不是吗？只要活着，就有无数的希望，就终有揭开谜底的一天。

寒风从窗棂缝隙中挤了进来，呼呼作响，惨败的芭蕉叶在窗外噼啪摔打着。

昏昏雪意云垂野，又是一年春近。

最 · 终 · 章

卷五

瓢芽笋

第壹章

三人成虎，众口铄金。

◎1◎

辛酉年正月十九，春寒彻骨。

木芊芊携着一身寒气走进如意馆的时候，留在扬州过年的几个行商正围坐一桌喝酒。屋里架了炉子，一室熏暖。

听见有动静，朝门坐着的行商抬眼看了一下，见是她，连忙将眼别了开去，身子也往里边缩了几分。低头窃窃私语几句之后，几个人匆匆往桌上丢下几两银子·就走了。

擦肩而过的时候，木芊芊隐约听见"哼"的一声，不知是谁从鼻子里重重发出的，像是故意让她听见似的。

冷眼看着他们离去之后，木芊芊面上露了几分嘲色，搓了搓冻僵的手，敛眉坐到了窗口。

一家四口正笑闹着从窗外穿过，十三四岁的小姑娘扎了双丫髻，手里举着一只苍鹘风筝，正仰面甜甜笑着。

木芊芊看得痴了，人走远了之后，还半天回不过神来。女儿家的心事，飘散在若有若无的一声叹息里。

之夭一边擦着桌子，一边凑到君泽身边挤眉弄眼道："哎，前几日的事情听说了吗？"

前几日的事情，君泽也略有耳闻，点了点头，朝窗边看了一眼。向来张扬明媚的木芊芊抱着自己肩膀缩成一团，眉间凝了些郁色，正望着窗外发呆。

这般如莲盛放的女子，本该依偎在父母膝下闹作一团撒娇卖痴的，也不怪众人侧目，着实是前几日那桩公案着实令人匪夷所思。

年前，木芊芊的父亲木振怀揣了银子上街，想去江边碰碰运气，看看能不能买几条新鲜的鱼，夜里炖个鱼汤打打牙祭。

刚到江边，赶上渡口船只停泊，跟跄着走下来一个满头华发的老妪。其他旅人或有家中妻儿等着，或背着行囊三三两两汇入了市集，唯有那老妪孤身一人站在渡口，许是衣裳有些薄，佝偻着身子在寒风中瑟瑟发抖。

木振怀心善，便好心上前搭话，想看看能不能帮什么忙，谁知刚走到那老妪身边，就被那老妪一把抓住，嗫嚅着嘴唇说了几句话后，老妪突然捂着胸口一头栽倒在地。

待旁人围过来看时，就只见老妪气息全无地躺在地上。木振怀提着一条鱼，不知所措地站在一旁，那青鱼的嘴巴本来还一张一阖的，这会儿被众人围着，也不蹦跶了，鱼眼一翻，眼见是死去了。

也不知是谁大喊了一声："木家用巫术害人啦！"枯枝败叶在西风中打着转儿，呜呜咽咽的，叫人身上一紧。

这话一出，如投石入水，顿时群情激奋起来，几个闲汉带头将手里的馒头等物什往木振怀身上扔，一边扔一边骂着"害人精"。

一时之间，往日里村野间被巫蛊支配的恐惧笼罩了渡口，叫骂声此起彼伏，白菘叶子鸡蛋纷纷往人群中央砸了过去。待衙门的人赶过来时，木振怀已经浑身狼狈地躺在地上，昏迷不醒。

大夫上前查看之后，才发现木振怀惊惧之下，气急攻心，得了偏枯之症。

虽然后来衙门经仵作验尸后证明，那老妪是不堪船舟颠簸，犯了心疾，可这微弱的辩解声渐渐消亡于市井传言中，竟没人听得进去。

三人成虎，众口铄金。

大家都说，是木振怀施展了巫术害人，若不然那老妪一路风浪渡江而来，都无甚事，怎的只与他说了几句话，就倒地死去了呢？

❦2❧

窈娘端着最后一道菜出来的时候，角落处那桌酒尚温，菜仍冒着袅袅热气，只是坐着的客人已经不见了。环顾四周之后，她见着了窗边垂着头的木芊芊，转瞬便已经了然，含笑迎了上去。

"芊芊，你父亲的病可好些了？"

"多谢窈娘关心，还是老样子罢了。"

"那你此次前来，是……"

"父亲身子还没好，喝不得酒。"木芊芊吸了口气，将脚下的竹篓子提了上来，掀开罩着的碎花棉布，"希望窈娘姐姐能帮我做道菜。你知道的，我手艺不好，做出来的东西连我自己都看不下去……"

窈娘定睛望去，篮子里齐齐整整地排着几棵竹笋，刚从泥地里挖出来的，竹箨上仍带着新鲜的水汽。

"这时节的笋是个好东西，只是，笋是发物，木老先生卧病在床，不宜食用吧。"

"窃娘姐姐多虑了，这笋不是给父亲吃的。"木芊芊犹豫了一下，还是说道，"我要请神。"

话音刚落，就听见如意馆传来异口同声的声音："什么？"

这质疑与惊讶的声音反而倒是激励了她，像是为了证明自己，木芊芊豪气顿生，拍着胸脯大声说道："是的，我要请神，我要重振木家家风！"

不怪君泽几个惊讶，这木家前几日才出了这桩子事，若是旁人，恨不得将巫术这烫手山芋丢得越远越好，哪儿有好端端地往上撞的。

再有，木家瀚海沉浮几百年，陈旧颓圮得太久了，早已不复当年的富丽堂皇。

木家本是巫术世家，在数百年前是赫赫有名的巫祝一族，先祖世代为官，颇负盛誉。烈火油烹，鲜花着锦，云巅之上望得久了，一遭落势便是惨败到极致。

那年宫中出了一场"巫蛊之乱"，圣上缠绵病榻许久，尔后从东宫几位夫人床下发现了刻着圣上生辰八字的巫蛊娃娃。一番清剿之后，木家被人告发说是参与其中。

那代的木家掌门人木盼散尽了家财才保得性命，拖家带口到扬州落了户。此后朝中巫术被禁，只零星地散落到江南荆楚各地。

据说木家巫术传男不传女，到了木振怀这一代，人丁凋零，家中无子，木家这一脉已经日渐式微，平日里也只做些请神解难的边角生意。

木振怀是木家这一代的巫觋，早些年也在这扬州城颇负盛名，小儿夜啼，夜路遇到鬼打墙，家中风水不好，亡人心愿未了……请神占卜过后，必有结果，且颇为灵验。

也难怪那老妇人一死，众人纷纷落井下石，着实是素来大家对木振怀本就一直心怀敬畏，更多的，是惊惧。

与旁人相比，能与天人鬼神打交道的人，身上总有些说不清道不明的神秘。

只是不知怎的，木振怀在前几年，忽地改了家中铺子，老老实实开起了书铺。任有高门大户重金相求，木振怀也拒不出山，只说此生只想当个普通人，拉扯着一家几口平安度日。

❀3❀

"父亲平白无故遭受这不白之冤，如今昏睡在床，口不能言，我作为木家第五十三代传人，怎能眼睁睁地看着父亲蒙冤不辩？此番决定请神，是为了父亲，也是为了不辱没木家家风！想我木家秉承大荒灵巫血脉，何等荣光，岂容这等子小人污蔑！"

听着她这铮铮誓言，窃娘一愣，也不好再说些什么。

她本不欲掺和到这起家事中，可一望见木芊芊那双眼，她就心软了。稚气未脱的少女，雾蒙蒙的眼中满是祈求，任再铁石心肠的人，也该被这柔情折了腰。

窃娘深知，她也不能为她做些什么，做道菜罢了，只求个心安。

江南俗事神，其巫不一，所需要供奉的东西也不一样。有供香神者，祀星辰，观星为度，有信五通神者，牲牢酒醴，三更行礼。

而据木芊芊说，木家历代供奉的是司徒神。

木振怀期望她做个普普通通的女子，嫁个老实人，相夫教子，一直以来，也从不与她说太多关于司徒神的事，所以，她只知道父亲向来请神都会备些吃的，却不知道具体需要什么东西。

不过信巫者，心诚则灵。

她思来想去，家中能拿得出手的，唯有院子里新挖的竹笋。

木家虽然已经没落，但仍为人称道的是后院挨着墙的那一片翠竹，郁郁葱葱，蔚然成林。

春来地气涌动，万物萌生。

正月的天儿，芽笋就已经悄悄破土而出，冒了个尖尖，看着颇为玲珑可爱。且木家的竹林与别处的竹林不同，没有粗壮的个头，只是更为青葱别致，尤其是夜间趁着月色远远望去，绿意盎然，顶端似有云雾缭绕，像极了阖着的仙境。

这片竹林据说自木家到扬州之后就栽了下来，年年岁岁见证了木家的兴衰荣辱，是最能尽显心意的东西了。况且扬州三月才有这芽笋出现，正月里唯有木家独一份。

木芊芊指望着请出司徒神相助，找出真相，洗刷当日父亲的冤屈，必然就得献上这至诚之物。

因着是请神所用，窈娘不敢怠慢。洗净了手之后，翻阅了诸多食谱，思虑再三，决定做一道瓢芽笋。

平山镶挖出来的红泥入湖心水和得湿透，然后裹在芽笋外头，埋入灶灰中烘烤片刻。

待上头架着的柴火熄灭之后，芽笋敲掉泥剥去壳，一小节一小节按照竹节切成段，与数十枚铜钱一起放入铁锅中同煮，直至芽笋颜色通透如碧玺。

六分肥四分瘦的新鲜猪肉切成丁，火腿虾脯剁成蓉，灌入笋节中。

豆腐切成手掌大小，入温油中小火慢煎成四面金黄的蒲包干，放入滚水中煮一遭，将豆腐的味道煮淡些。挖空蒲包干，灌入鸡脯蓉与芥菜丁，将没有切断的薄片盖回去，蛋清糊上四周缝隙。

笋节与蒲包干一同放入小砂罐中与鸡汤同炖上一刻钟，待鸡汤悉数化进笋节与蒲包干中后，将二者取出来入油锅慢煎，浇入烧肉汁一盅，姜汁一勺，脂油一块，炖到汤汁收尽之后，撒上葱花。

因着脂油的缘故，芽笋节沾染上丝丝绕绕的血牙色，与碧绿色缠在一起，倒有几分窑里烧出来瓷器的雅致。

鲜香扑鼻，入口酥嫩，木芊芊尝了一小块，立刻眼睛一亮，兴奋地握紧了拳头，就差扑上去把窈娘给抱住了。

终章·瓢芽笋

望着木芊芊小心翼翼将盘子放入暖盒的模样，之夭撇着嘴冲君泽叹道："你说老板娘这么费心费力作甚，也不知她这什么司徒神，到底是真的还是假的？"

君泽正提笔往年前的账本上勾墨，闻言望了窃娘一眼，继而舒了长眉，嘴角微微露了一分笑意："窃娘既然认真去做了，那自然有她认真的道理。"

❀4❀

因着春寒下了几场雨，雨水淅淅沥沥的，将整座扬州城笼罩在绵绵寒意中。湿寒入体，生病的人愈发多了起来。

好端端的，木家那一片葱郁的翠竹一夜之间竟然全部凋了，叶子全部掉光，碧绿的竹身上也蒙了一层土色，在风中摇摇欲坠。

这等万年长青之物都能一夜凋敝，以致城中谣言愈演愈烈，木家几乎成为众矢之的，巫术害人的传言愈发肆虐。

也不知是哪家的妇人带头，竟然有人趁夜往木家门口倒了黑狗血，贴了黄符，还有秀才在木家大门上贴了些自己作的酸文，讽刺木家多行不义必自毙，行巫之人必遭报应。

往日里受过木家恩惠的人也都翻脸不认人了，满大街都是受害者，满大街的人都在义愤填膺地谴责木家，说他们将晦气带来了扬州，是不祥之人。

见着这副人心惶惶的模样，如意馆众人大概也明了了，木芊芊这请神之事，大概是败了。

窃娘沉吟了几日之后，决定去木家看看，好歹是她掺和了一手的事情，不彻底解决，她总觉着不甘心。

可还没等她出门，木芊芊带着一个陌生的男子趁夜来了如意馆。

细细密密的雨水由屋檐淌进砖缝中，悄悄渗进了门前。夜深了，君泽睡得浅，听见有敲门声便举着灯来应门，迎门便看见两个披着斗笠辨不清眉目的人站在门口。

一高一矮，看身形是一男一女，两人披着一身寒气，俱是一声不吭，于黢黑的深夜中站着，倒像阎罗殿的勾魂使者。

君泽吓得手一抖，手中的烛火眼见着就要一歪落在衣袖上，一只修长的手伸了过来，往前一扶。

那只手指节分明，很是修长，姿态也颇为优雅，岂料却依旧慢了一步。眼见着火苗即将落到君泽的衣袖上时，身后突然伸出一只厚厚的蒲掌迅速将烛台给扶正了，石清不知何时悄无声息走了出来，将君泽挡在身后，神情戒备地看着两人不说话。

那只姿势翩然的手有些尴尬，顿在半空中无处安放，手的主人默默将手收了回来，咳了几下，眼观鼻鼻观心，抬头望向房梁。

身旁一人扑哧一声笑了出来，掀开斗笠一看，却是木芊芊。

"罪魁祸首还好意思笑，若不是你，我何至于落到这般地步！"男子掀开斗笠，露出一张清俊的脸，就是此刻这张脸面目有些扭曲，好看的眉毛也蹙到了一起。

❀5❀

头陀敲着片铮从门外走过，铮铮几下清脆的响声过后，已是四更。

之夭抱着小狐狸倚在桌子旁，一看到那清癯俊俏的男子瞬间就来了精神，倚过去期期艾艾地问人家姓甚名谁，家住何方，年方几何，可有婚配。

小狐狸本来还睡眼惺忪的，突然"嗷呜"一声往男子身上扑了过去，露了尖齿。扑到一半就被窈娘给拦了下来，提溜住颈上的皮顺手丢进之夭怀里。

窈娘上下打量了一番那青衣男子，随即望向木芊芊："你这是要私奔？"

"啊呸，谁要跟他（她）私奔？"两人异口同声道。

"若不然，这大晚上的扰人清梦，成双成对地出现在如意馆是做何解释？"

木芊芊听出了窈娘话里的愠怒，低着头老老实实解释道："白天不敢出门，怕被人打。想必你们也知道了，我们家最近日子不太好过，出门的时候踩到黑狗血弄脏了衣服，耽搁了些时间……"低眉垂目的，声音里藏着几分委屈。

窈娘最见不得女子这般柔弱的姿态，想着她也是无辜的，只得耐着性子看向青衣男子："说吧，你又是谁？"

青衣男子自从进了如意馆的大门后就一直不曾言语，此刻却抬了头，笑得一脸灿烂："我们曾经见过的。"

窈娘被那明媚的笑恍了神，盯着他看了半天，仍疑惑道："你是？"

"也是，那时节，我还未长开，是个孩童模样，你不记得我也正常。数百年前的未央宫，柏梁台，司徒虚。"

窈娘搜索了一番记忆之后，脑海里渐渐想起了什么，满脸震惊："你，你是当年未央宫里成了精的那棵竹子？"

继而窈娘又反应过来了，掩着嘴有些惊愕道："司徒……你是木家供奉的司徒神？那前些日子里请神所用的瓢芽笋……"

司徒虚叹了口气，苦笑道："本是同根生，相煎何太急。多亏了窈娘精心炮制的那道笋，因着蚕食本体，遭了报应，我现在法力尽失，人尽可欺了。"

一旁木芊芊有些讪讪，垂头丧气地抠着手指心，脸上满是懊悔。

❀6❀

兜兜转转，命运的大门其实在数百年前的未央宫前早已开启。

传言大荒有灵山名为丰沮玉门，有十巫分地而制，善占卜，寄鬼神，而木家就是十巫后裔，属荆巫一脉，散落于云梦泽一带，后被征召至宫中做了巫祝，接神除邪，替圣上解难。

武帝年老之际，不耽湎于情色，极少踏入后宫。后宫女子于漫长的孤寂岁月里，为蒙盛宠，便起了心思从巫术上做手脚。

那一代的木家掌门人木盼是个心大的，不甘做个小小的巫祝，终日埋头于占卜祭祀，便应了后宫夫人的要求，妄图引鬼神之力，扭转乾坤颠倒圣上心意。

那时节木家仰仗的是骨子里巫的血脉，以云梦泽灵龟龟甲为灵介，燃荆枝于龟甲孔中，观察龟甲上的纹路卜筮，以占吉凶测未知。多年来一直循规蹈矩，不曾逾越本分。

可木盼狼子野心，从古籍中翻阅到傀儡术，以自身血脉为引，祭神坛召鬼魅邪灵，倾数灌入布偶中，试图演血傀儡操控武帝心性。

赶巧窃娘那时节还掌着命格簿子，因着武帝供奉武夷君之事惹来诸多仙家怨怼，窃娘受命下凡查看。趁着武帝缠绵病榻时入梦，窥得真相后，感慨万千，一时心血来潮想去柏梁台看看，看看那传闻已久的"仙人承露"。

武帝为求长生，求天露与玉屑和着同服，于未央宫修柏梁台，筑铜柱，上有铜人托着银盘，以承天露。

这事早已在九重天传得沸沸扬扬，众仙谈论起来都只是不屑，区区凡人，竟然妄图长生。唯有窃娘对他心生敬佩，也一直想见见那传说中的铜柱。

柏梁台早先被天雷天火燃烧殆尽，只剩了半截黝黑的柱子立着，看着无比惨淡。窃娘慨叹之余，对这人间帝王的旖旎心思起了兴致，便腾云到半空中伸手去探那铜柱，谁料却在半截铜柱中发现了一棵竹子。

那竹子生得妙，扎根于铜柱中，生得碧绿纤细，倚着铜柱直直蹿了出来，若不是窃娘站得高，只怕也发现不了。

许是被窃娘身上的灵气一逼，那翠竹摇摇曳曳间，光华涌动，竟然即刻就化了形，成了个七八岁的男童，一身碧衫，扎着角髻，盈盈然拜倒在地，可爱得很。

一问之下，窃娘才得知这翠竹的来历不简单。

柏梁台早先有一片竹林，工匠修筑铜柱时，将竹林悉数铲了，埋于地下的竹鞭竹笋也一并给除了。哪知，刚巧有一棵笋芽是漏网之鱼，浇筑地基时，不慎被工匠填入铜浆中。

若是一般的笋芽，被这黄铜高温浇灌，倒也死绝了，也是它运气好，得了这仙人承露的天时地利。

前朝时有条黑龙经由秦川之地，饮渭水，从南山出，经过的路线后来变成山脉。长六十多里，头临渭水，尾达樊川。

汉帝建造宫殿时，便请了钦天监选址，将未央宫落在山脉脊背处，以沾龙气，护佑江山。

而柏梁台恰好修建在龙目处，汇集了地脉灵气，护住了笋芽一线生机。笋芽于铜柱中，上有三更北斗所降沆瀣之水浇灌，下有沧池之水环绕，后经天雷洗礼，阴差阳错倒叫它生了灵识，无土而生，硬生生从铜柱中钻了出来。

若是按这灵竹的修行速度，过个百八十年也能化形，也是多亏了窈娘因着武夷君的事，心神恍惚下散了神，周遭的灵气未悉数敛了去，倒成全了这灵竹。

◎7◎

"当初我机缘巧合化形，是借了窈娘之力，起初也是欢喜得很，一心想着好好修仙，以后去九重天寻恩人报答。可我怎么也没想到，一时之间得了这许多人梦寐以求的福泽，与我而言，是福也是祸。"司徒虚望着一脸好奇盯着他看的窈娘，一番苦笑。

窈娘模糊记得当年见这小童生得可爱，又是有缘，顺手一挥，又渡了些灵气予他，勉励几句之后便离去了。

不过她百思不得其解的是："按理来说，得了这天大的机缘，是好事才对，怎的成祸事了？"

司徒虚这才将那桩不为人知的过往一一道来。

武帝本是伤神而病，木盼趁机从中作祟，企图趁他昏睡之时施血傀偭术操控心智，为后宫夫人穿针引线。

岂料阴差阳错冲出来个成了精的司徒虚，得了窈娘身上纯正的仙气，噌噌噌直接越过了积攒灵气化形修炼的坎，一遭化形便引来天雷。

司徒虚躲闪之下，一路慌忙逃窜，躲进了未央宫南边一处偏僻处所，正好是木盼施法之处，三段天雷悉数劈在了木盼身上。

木盼被雷劈得人事不知，血傀偭术也因此中途被打断。等他醒来后才发现自身五脏六腑移了位，遭了反噬，灵力尽失。

后来因着在后宫几位夫人床褥底下发现巫蛊娃娃，木家也被牵扯了出来，念在多年巫祝有功，武帝将木家驱逐出宫，永世不得回京。随着朝代几代更迭，木家在扬州落了户，此后日益式微。

"我愧疚于木盼替我受了那三道天雷，心魔难去，便与他立了契约，供木家驱第三百年。其实木家骨子里巫的血脉早就所剩无几，那些年木家先祖在宫中做巫祝，也是凭借着稀薄的血脉勉强维持。木盼遭了反噬后，灵力尽失，后代骨血里巫的血脉早已荡然无存，这些些年，一直都是我假托'司徒神'的名义，帮他们遮掩。"

"不，不可能，我不信！父亲说过，我木家一族无限风光，当年在宫中为官，替圣上驱邪占卜，也是立下了赫赫功绩的！"木芊芊苍白着脸争辩着，眼见着开始慌乱起来。

司徒虚转头侧了过来，落拓不羁的神色也收敛了起来，清俊的脸上忽而现了几分凝重，以一副怜悯的神色看着木芊芊。

"你以为，你爹为何多年前忽然就收了铺子，金盆洗手再也不沾这巫术？"

木芊芊隐隐约约想到了什么，忽而一惊，瞪大了双眼，一副不敢置信的模样。

"你应该也想到了，那是因为他发现不管他如何请神，他所希冀的、所请求的都没有发生，也就是说，三百年已过，我与你们木家的宿怨已经两清了。"

❀8❀

木芊芊失魂落魄地离开了如意馆，今日得知的真相着实让她难以接受。

往日里因为有所依仗的张扬跋扈，竟成了一场最大的笑话。

她一直崇羡的先祖竟是心术不正的恶人，她一直引以为傲的血脉，竟然也早已荡然无存，而她一直瞻仰供奉的神，不是真正的巫，竟然是一只成了精的竹子？

所谓的"司徒神"是毫无灵力的竹子精，那所谓的"请神"自然也就不存在了，而那老妇人远道而来，无人知晓她的来历。

如今之计，唯一能解开真相的办法，只能从木振怀身上下手。

窈娘本不欲管这些事，也不知司徒虚与她说了些什么，加上她也是罪魁祸首，着实脱不了干系，无奈之下，写了张帖子让君泽送到禾嘉巷宝仁堂，寻了黑熊精来给木振怀诊治。

黑熊精久不出山，看了窈娘的面子这才施施然到了木家。翻开眼睑看了看，把了把脉之后，连连摇头。

黑熊精说，木振怀这病是因为受了强烈刺激，一时间气急攻心，血脉不畅，这才瘫痪在床，口不能言。

他唯一能做的，就是以针灸之术，替他调理经脉，至于能不能完全康复，那得看运气了。运气好的，少则三五年能动，若是运气不好，此后一生都将如此度过。

木芊芊含泪将黑熊精的交代一一记了下来，将黑熊精留下来的方子细细藏于胸腹间，日日照着方子买药煎药。

母亲多年前已经去世了，父亲是家中的顶梁柱，是家中的天。

天塌了，她就用瘦弱的肩撑起来。

她只期望着，有一天，父亲能恢复正常，能解开真相，能坦坦荡荡地告知世人，他没有害人！

❀9❀

司徒虚不知是出于何种心理，是愧疚，是不忍，抑或是其他，从最开始的愤怒平静下来后，他也想开了，修仙一事，没有捷径。

当年欠下的债，天理昭彰，自有报应到身上的一天。上天许是见他修行进益过于迅速，这才让木芊芊破了他的道法。

这是他的劫，他认了。

跟着木芊芊回去之后，平日里，木芊芊出门的时候，司徒虚便将照顾木振怀的事揽下来了。那日黑熊精说的话他听了一耳朵，只记住了一句。

　　"昏迷之人，为免耳目昏昏，耽溺于身体的衰弱，可常与他说话，唤醒他沉睡的意识，此法子或许有效。"

　　这日窗外天光微亮，黄莺落到枝头啼了几声，司徒虚往窗外看了一眼，才发现眨眼之间已是春光无限，不知不觉又是一年春末。

　　看着床上依然双目紧闭的木振怀，司徒虚不禁感慨道："木老头，你得赶紧醒啊，你都躺了快三个月了。你若是还不醒过来，木芊芊就要撑不住了，你是没见到她现在瘦成什么样了……"

　　"那天发生的事情，只有你一个人清楚，你得赶紧醒过来，说出真相洗刷冤屈啊……"

　　他絮絮叨叨说着，一边说着，一边轻轻敲着床板，讲述着最近这段时间以来，木芊芊又受了旁人多少白眼与谩骂，众人又是如何为他的病奔走求医。说到后来，渐渐趋于无声。

　　他抬眼望向窗外，眼里墨色苍苍，辨不清情绪。

　　木芊芊抓药归来，刚刚进了院子。衣服上黑漆漆的一片，早上出门前梳好的发髻也乱糟糟地垂在脑后，低着头，抿着嘴，一副要哭不哭的模样。

　　"木芊芊，她真的很可怜……"伴着他这声幽幽的叹息，耳畔突然传来衣料摩挲的声音，有什么抓住了他的袖子。

　　他不敢置信地看过去，却发现木振怀不知何时微微睁开了双眼，眼角垂泪，一只手颤颤巍巍地指向床头，口里喃喃不知在说些什么。

　　司徒虚一惊，来不及告诉门外的木芊芊，连忙将耳朵凑到木振怀的嘴边，想要听清他说什么。

　　可惜木振怀身体过于虚弱，始终没能说出话来。司徒虚只得一边大声呼唤木芊芊，一边顺着木振怀的手指望去。

　　木振怀颤抖着双手指着床尾的桌子，始终指着那个方向，从他一张一阖的嘴中，司徒虚辨认出了两个字。

　　"是他……"

　　木芊芊倚在门前，捂着胸口喜极而泣，阳光透过窗棂打在她身上，镀上了一层金灿。

🕊10🕊

　　桌子上散落着笔墨，自从木振怀出事之后，木芊芊疲于照料，也无心整理。

　　两人翻来翻去，没发现什么有价值的线索，倒是从抽屉中发现了几张署了名的字画，还有些名刺。无奈之下，两人将这堆东西抱着去了如意馆。

　　君泽将字画和名刺细细翻阅了一番，皱着眉头思索了片刻之后，将匣子里的名刺拈

了几张出来，放在了桌上。

几人不知其意，都围了上来，盯着那名刺看了半晌。无一例外，都是同一个人送来的，连着数年，直至近两年才没有了。

君泽解释道："我刚才看了看，这些字画都是当世大师之作，想来是木老先生收藏的孤品，而作这些字画的人都已不在世了，定当与他们无关。那唯一的可能性出在这些名刺上，而这些名刺都是由一个人送来的，连着数年。"

名刺都是由梅花笺纸裁成，细细地制成了二寸宽，三寸长。

"游，谨谒子允同舍尊兄。正旦，金陵宋游手状。"

笺纸的末端，还用朱砂细笔勾勒了茱萸云纹，象征着好运与吉祥。

君泽皱着眉头不说话了，踟蹰半晌，还是犹犹豫豫地开了口。

"通常的名刺是为了过年的时候拜年方便所用，普通人家提笔填上贺词之后派人送到主人家便是，主人家收到之后也就随意处理了。木老先生将这些名刺如此妥帖地放在书桌里，还用接福袋装了起来，足以看出他与这名唤宋游之人的情谊。"

窈娘点了点头，微笑着示意他继续说。

君泽咳了咳，清了清嗓子，红着脸继续说道："况且，这名刺一看就不是外边买的纸随便写的，所用的笺纸与末端的茱萸云纹，都是用了心思的，想必木老先生与这宋游也是极为交好的。我只是不知，既然是交好之人，那木老先生说'是他'，又是何故？"

"有没有可能，是你猜错了？不然你再翻翻看，有没有什么遗漏的地方？"木芊芊试探性问道。

话音刚落，随即被窈娘翻了个白眼："用人不疑，疑人不用。既然找上门问了君泽，那就听他的便是，若是不信，出门左转，请便。"

木芊芊自觉没有底气，心虚地摸了摸鼻子，转头想跟君泽道个不是，就见君泽眼里亮晶晶地盯着窈娘，眉宇间一片舒朗。

❀11❀

这唤作宋游的人，木芊芊早先听父亲说过，她小时候也见过几回，只是近几年就再也不见他登门了，年年只有一张名刺投递到门口的接福袋里。

所以她怎么想，都不敢相信父亲的冤案与他有关。

束手无策下，她只得半信半疑地上门去寻了宋游，与他说了父亲的事。可那宋游虽一脸慌乱，但只说与他无关，他什么都不知道，随即将门掩了，闭门不出。

木芊芊无奈之下，垂头丧气回了如意馆。果不其然，被之夭和司徒虚联合起来嘲笑了一番。

世间是非曲直之事，若然都只听一人的片面之词，那这青天白日里早就冤魂索索，错案频生了。

次日，城里就有人传闻，昨夜城东的祠观闹鬼。敲着片铮的头陀说得有模有样，说看见穿着白色衣服的鬼魂在祠观飘来飘去，好不瘆人。

而更为奇怪的是，祠观里那个唤作宋游的管差一大早就慌不迭跑到了衙门门口，说是要自首。衙门大门一开，他就脸色苍白地跑了进去，仿佛身后有鬼在追。

原来那天夜晚，之禾穿了身白色的衣裳，用药渣熏了些汤药味道，使了法术化作木振怀的模样到了祠观，嚷嚷着自己被他所害，卧床多日已经去世，化作厉鬼前来索命。

这一番吓唬，倒把宋游吓了个正着，一五一十全说了出来。

这宋游与木振怀早先是旧时好友，后来宋游无意间得了陪夫人回乡省亲的四川太守的青眼，被推荐到四川制置使手下做了参议官。之后任上因为不得长官任用，日日放浪形骸沉湎游乐，以"宴饮颓放"的罪名被调回扬州做了祠观里的管差。

困囿于小小的祠观，宋游抑郁不得志，便求了木振怀以巫术相助，给他施一道"早科举"符，助他中举，尔后入朝为官。

所谓的"早科举"，是以桥上土七升，红枣五升，装入大瓷瓶，埋入孔子像前地中三尺，用土掩埋后，依据五色五方放上五块各重一百二十斤的大石头，再埋入此符。

此符需要借用的是前来孔子像前拜祭的文人的文运，一丝一毫，聚少成多。

他深知木振怀巫术颇为灵验，便百般相求，谁知木振怀以伤人气运为由，拒绝了他。

之后，宋游心结难解，便对木振怀生了怨怼，两人也断了来往。直至那日木振怀在渡口买鱼，遇上那老妇人前来投奔亲戚，谁料下错了渡口，又急又慌之下犯了心疾。

赶巧宋游去渡口买鱼做祭品，看见了事情经过，木振怀原以为宋游念在过往情谊下会帮他作证。

谁知道，宋游却退于人群中，鬼使神差下，喊出了那句"木家用巫术害人啦"！

而后发生的事，已经出乎他的意料之外了，他虽心生后悔，可始终没有勇气出来解释清楚。

一念之差，大错早已铸成，他只能屈服于内心的卑微与怯懦，日复一日地活在负罪的阴影里。

☙12❧

木家的一场冤案真相大白，木芊芊特地到如意馆致谢。

一谢窈娘的瓢芽笋，让她从过往木家的无限荣光中清醒了过来。

二谢君泽，帮她将幕后罪魁祸首揪了出来。

三谢之禾，假扮木振怀于祠观中套出了真相。

最后她盈盈一拜，却是对着司徒虚，多谢他出的主意，这才让宋游绳之以法。末了，

终章·瓢芽笋

她有些羞赧地道歉，毕竟，是她害得司徒虚灵力尽失。

司徒虚坦然受了她的道歉，大摇大摆地跟着木芊芊回了木家。木芊芊为了弥补她的过错，愿意收留他直至他寻回法子重新修炼。

可那又是多久呢？一年，两年，抑或是数十年，木芊芊总归是要嫁人的。两个人都默契地绕开了这个问题，谁都没有多问。

生活仍在继续，断垣残瓦里，能够怡然活下去，便是一种幸福，未知的生活里谁知道还会发生什么呢？且行且珍惜罢了。

君泽有些耿耿于怀，辗转几日，还是忍不住问了窈娘："他那日与你说了什么？"

"他说，他的根在那儿。"

君泽了然，想必他说的根，不仅仅指竹林的竹根吧。他突然想起了初见那夜司徒虚脸上的神色，大概连他自己都没有觉察到，他的责备，其实是虚虚浮于脸上。

一攥一笑见着长大的女子，漫长的岁月里，情不知所起，心之所系，心驰神往。

窈娘笑得意义不明，恍惚间，却又陷入了自己的沉思中。

自从发现丰己楷的身份后，窈娘让人给庆丰楼送了好几封书信，到最后竟然都如石沉大海，杳无音信。

渐渐地，窈娘也就灰了心。他若想见她，她自在扬州，他若不想露面，幽冥海域上万里，自有躲起来的地方。

毕竟是陪伴了数万年的人，她深知他的性子，那她便耐心等着就是了。

只是从窈娘时常托腮发呆的神情中，君泽隐隐有了几分危机感。他早知道丰己楷不是普通人，只是没曾想，丰己楷就是传说中窈娘那逝去的师傅，是数万年间对她最重要的人，也是当年害她丢了命格簿子被贬下凡的罪魁祸首。

说句不中听的话，这人若是逝去了倒还好，活人总比死人有些盼头。可偏偏他早已出现在他们身边，一直默默照拂着窈娘，还有强大的不夜城做后盾。

这世间向来没有无缘无故的爱，也没有无凭无据的恨。

两相对比，君泽愈发显得渺小卑微，也愈发没了信心。

凡人蝼蚁如草芥，他又该如何？

正在他两难间，他又遇到了更大的危机。

如意馆迎来了一位白发苍苍的老者，早先的账房先生——李叔回来了。

六 清 茶

世间唯有她懂他，也只有他知晓她。
他是她的，她也是他的。

@1@

午后，君泽正趴在柜台上昏昏欲睡，听见门口有响动，猛地一个激灵醒了过来，一抬头就看见一须发皆白的长眉老头儿立在门口盯着他看，目光中满是审视。

君泽慌忙卷了袖子擦了擦脸，堆了笑迎上前去："老爷子，您吃饭还是喝酒？"

老头儿一言不发，背着手进了屋来，环顾一周后，径直向后院走去。

君泽一惊，紧走几步将他拦了下来。谁知老头儿对于被拦下好像很不满，脚步一顿，随即一双眼似淬了霜的锋刃，盯得他头皮发麻。

"你是谁？"

君泽咽了咽口水，回道："我是如意馆的账房先生，后院是厨房，没什么好看的。您先找张桌子坐会儿，我给您沏壶茶去。"

老头儿闻言，挑了挑眉，似笑非笑看着君泽，上下打量一番后，身子仍没有半点退让。

正两相僵持间，之夭追着小狐狸从院子里跑了出来，咋咋呼呼喊着。小狐狸嘴里叼着一块鸡腿，慌忙逃窜下一头栽进老头儿宽大的袖子里。

老头儿的眉头忽而又皱了起来，一手拈着小狐狸后颈上的狐狸皮，自言自语道："陶墨墨？"

陶墨墨嘴里的鸡腿"吧嗒"一声落了地，他有些不敢置信地盯着老头儿看，转瞬间"嗷"的一声扑进了老头儿怀里，拽着袖子呜呜咽咽起来，很快又成了号啕大哭。

之夭心里一慌，叉着腰一脸厉色道："喂，你是谁？赶紧把陶墨墨放下来！"

"你又是谁？"

"你管姑奶奶我是谁，识相的，快把我家小狐狸放下，不然要你好看！"一边说着，手里悄悄凝了飞叶子准备随时甩出去。

听见大堂中吵闹作一堆，窈娘掀了帘子出来，这抬头一看，愣住了。

"李叔！"

窈娘这一声惊呼宛如是天雷滚滚，将君泽和之夭炸地耳目昏昏，两人俱是一惊。

前任账房先生，回来了！

什么，这就是之前陶墨墨口中所说的那个一堆规矩的老古板，李叔？

"我竟不知，我走了没几年，如意馆何时来了这么些小家伙？"李叔耷拉着眉头，将陶墨墨从袖子里拽出来，一把扔进窈娘怀里，背着手晃悠悠进了后院。

窈娘又惊又喜，跟着李叔进了后院，剩下之夭犹豫半晌，看着君泽小心翼翼地开了口："前任账房先生回来了，那你怎么办？"

君泽已经从震惊中恢复过来了，嘴角扯出一丝苦笑。

他本就是替补的账房先生，现在人家正主儿回来了，他又该何去何从？

内心深处，他早就觉着自己已经和如意馆融为一体了，如今一想到"离开"二字，宛如要将什么东西从自己的血脉中剥离开来，只觉着撕扯得生疼生疼的。

可令他感到奇怪的是，接下来的时间里，如意馆的生活并没有什么改变。李叔宛如度假归来，晃晃悠悠地进进出出，遛遛鸟，逛逛集市，无比悠闲。

这让他既忐忑，又有些许侥幸。

❀2❀

天门街外最近新开了家茶铺，门外明晃晃挂了招幌，上头写了二字——六清。

城里茶铺遍地都是，街头拐角随处可见，装饰与茶水都大同小异，用作行客歇脚聊天儿的处所。

而这六清茶铺最近甫一开张，便在这扬州城里崭露头角，勾得士子文人争先恐后地往那儿跑。着实是因为，与其他茶铺相比，六清茶铺的确是妙不可言。

开张第一日，日光熹微，薄雾还未散去。

白衣女子盘腿坐在地上，抱着紫檀琵琶，素手纤纤拨动。先是节奏明快的韵律，一首《隔雾闻钟》层层荡漾进清晨的薄雾中，唤醒了客栈里沉睡的旅人。

舟河畔渔人织着霞光撒下大网，早起的农妇荷锄而归，咿呀的幼童长幼牵着迈进学堂。

待薄雾散尽，渐渐有人循着琵琶声寻来时，女子转瞬又拨鲲弦，弹商调。音如连珠，婉转低鸣，如深闺女子倚窗诉怜。

嘈嘈切切的琵琶声中，仿佛能看到明眸皓齿的美人倚在楼头深蹙蛾眉，曲调中藏着道不尽的怨切凄婉。

白衣女子娉娉袅袅，身姿曼妙，可惜脸上蒙了层面纱，看不清模样。

此时茶铺门前已经聚了好些人，里外三层，都被这琵琶声勾了过来。天香楼里谱曲的老琴师跟跄着扑了过来，颤着声音问道："敢问，阁下弹奏的，可是失传已久的《郁轮袍》？"

女子环顾四周之后，微微点了点头："今日六清茶铺开张，小女子以琴声相邀，愿与诸君共赏清茗。"

茶铺跟前早就围了块空地出来，柴火上头架了铁锅，锅中水烧沸之后，咕噜咕噜翻滚着，一旁还摆了煮茶的一应物事。

碾茶，罗茶，候汤……

女子小心翼翼地打开一个青箬裹着的茶包，旁若无人地在茶铺门口开始当众煎起茶来，待茶水备好之后，倒入小如胡桃的杯子中，随即问路过的渔人买了两尾新鲜的鲤鱼。

一尾鲤鱼口中灌入茶水，一尾鲤鱼放到清水中。一刻钟后将两条鲤鱼捞起来，一同丢入锅中沸水。

眼见着灌了茶水的那尾鲤鱼在锅中活蹦乱跳，自在得宛如置身于清浅小溪，而另一尾鲤鱼却是入水即熟，鱼眼一点点陷入呆滞，很快就全身泛白，香味四溢。

"这是小女子的家传绝学——六清茶，可清尘垢，扬浊气，延年益寿。小女子将以三日为限，在此设下擂台，以茶会友，夺魁者便能拿走这天下独一份的六清茶。"

女子说完转身便进了茶铺，托盘里端了十来杯茶水放置门前的石墩上。

"这是今年新制的蜡茶，诸位可任意品尝，明日清晨小女子在此等候，希望诸位多多捧场。"

女子欠了欠身施礼之后，自顾自进了茶铺，将门给掩了。青天白日里，竟是打烊了。

老琴师沉浸在自己的世界里，此刻像是突然才清醒过来，捧着袖子老泪纵横，口中喃喃自语。

《郁轮袍》，居然是《郁轮袍》，此生能听到失传已久的《郁轮袍》，此生无憾矣！"话音刚落，挤到前头取了杯茶水一口饮尽，随即愣住了，两眼盯着空杯目露狂喜。

"妙，真的是妙！"

原本围观的人还以为白衣女子是故作噱头，使了障眼法来招徕顾客，此刻也顾不得多想，各个哄抢着往前挤，去取那茶水。

因着李叔回来了，如意馆歇业好几天。君泽早起散心，也被这琴声勾了来，挤在人群里听得众人交口议论，心中早已心痒难耐。

赶好他站在石墩一侧，趁众人哄抢时，只来得及端到最后一杯茶，饮尽之后，不由得连连称赞。

茶中撒了些许细盐，反而将茶的涩味给去了，茶味淋漓，舌尖余味绵长，入喉之后只觉着通体舒畅，确实是不可多得的好茶。这随意取出的茶水尚且如此，那六清茶，想必更是世间奇茶。

而那《郁轮袍》相传是辋川先生当年求仕时谱的琵琶曲，更以此曲招得贵主青眼，此后仕途顺利，一路青云直上。

只是先生后来生逢乱世，于叛军中被迫出任伪职，后悔当日因一曲《郁轮袍》入了仕，愤而将曲谱烧了，此后《郁轮袍》便已失传，令后人慨叹不已。

不知是因为这茶，还是这琵琶曲，君泽只觉着此刻胸中一片坦荡，连日里堆着的郁

气也淡了几分。一时起了兴致，只想着次日定当早起，前来看个究竟。

◎3◎

次日一大早，君泽便起身赶往六清茶铺。待他赶到的时候，门前早已人头攒动，其中不乏一些熟悉的面孔，不是当年的同窗好友，就是城里诗社书会的士子文人。

果真，如此风雅之事，到哪儿都少不了读书人凑热闹。

日头刚打了个尖儿，白衣女子施施然出来了，于门前木桌上放了一盏灯。

灯是鱿灯，由鱼脑骨制成，方寸大小。

寻常所见鱿灯多错彩镂金，以玳瑁金银装饰，外头罩上白色的素绢，华丽无比。点亮之后，鱼脑骨经由烛火炙烤，散发出一股子奇异的香味。

而这盏鱿灯的灯面却是料丝制成，纵横交织如帛片，通透如琉璃，日光照耀下，鱼脑骨投射于地面，影影绰绰间，竟汇成了一条游龙。灯在动，龙也在动，转瞬跃然沉底，看得众人连连称奇。

"一共三道试题，今日这道题的彩头便是这盏料丝制成的鱿灯。一日为限，如有人能将灯中游龙的模样画出来，神形兼备者得胜，择三人入围下一局，而拔得头筹者得这鱿灯。"

说完后，女子依旧是一言不发，转身进门，端了数十盏茶水出来后，将铺子关了。不多时，只见阁楼撑开了一扇窗，一双欺霜赛雪的皓腕伸了出来，将那盏灯悬于窗口。

众人哗然，只当这是六清茶铺为了造势才造出这许多名堂来，好些不善丹青者只得失意离去，剩下的人团团围作一团，有直奔茶水而去的，也有痴痴盯着头顶上那鱿灯看的。

这等奇异之物，于夜间点亮，定当华彩溢放，确实是不可多得的宝物。

待日头爬到正中的时候，苦于烈日炎炎，个个汗流浃背，人群已经散得差不多了。

君泽想得了这灯送给窈娘，忍着口干舌燥在一旁观摩着，汗水湿透了数重衣裳，仍不肯离去。

只因那游龙不是一直会出现的，仿佛有生命似的，时而钻出来游上片刻，更多的时候是消失不见，唯有耐心守着，才不至于错过它的一举一动。

且站得久了才发现，那游龙不仅仅只有一种姿态，时而矫健，时而翩跹，时而仰头长啸，时而屈身盘旋。

到最后，茶铺外只剩了两个人，君泽，还有一青衣男子。

两人惺惺相惜，一番攀谈之下，君泽才知道，这男子唤作顾孟平，是明年赴京赶考的士子。顾孟平平日里酷爱丹青，尤喜夜间作画，若能得了这鱿灯，无疑锦上添花。

◎4◎

次日，君泽顶着眼下乌青一团，携了画卷早早便去了六清茶铺。顾孟平早已等候在此，见君泽来了，努了努嘴，提醒他将画卷交上去。

六清茶铺门口摆了张桌子，桌上画卷堆成了一座小山，白衣女子将画卷抱进屋子里后，不多时便取了三幅画卷出来。

顾孟平和君泽赫然在列，还有一位，是书斋里一位浸淫画技多年的丹青圣手吕先生，仅凭那短短数眼的工夫，就将那游龙矫健的身姿画得惟妙惟肖。

不出所料，顾孟平拔得头筹。

女子将灯递给顾孟平之后，不小心触碰到了他的手指，身子一颤，连忙往后退了几步，殷切叮嘱道："这灯是世间稀有之物，还望公子千万要小心呵护，莫辜负了这灯的灵气。也愿这灯，能一直陪伴着公子，助公子更上层楼。"

顾孟平得了这鱿灯，欣喜异常，正准备向白衣女子致谢，谁知那白衣女子说完后也不待顾孟平开口，转身回了铺子，又取了一面铜镜出来。

镜中一尊白衣观音敷草坐于岩上，左手持莲花，右手结与愿印。这尊观音像不仅栩栩如生，眉眼温婉，脸上纤毫毕现，甚至连衣服的纹路也看得一清二楚，更奇妙的是，不同的人眼中的观音像，都不太一样。

扎着角髻的小姑娘甜甜地笑着走过来照镜子，观音像便嘴角含笑，眉眼也柔了，若是袒胸露乳凶神恶煞的大汉走了过来，观音像便敛了笑意，眉宇间露了几分凶相。

白衣女子放言，若是有人能在纸上将这观音画下来，且画得最好者，便将这"观音入镜"的秘法传授给他，余下再择一者入围。

一传十，十传百，六清茶铺门口的"观音入镜"很快就招来了好些人围观，大家都争抢着挤到铜镜前照一照，看看自己眼中的观音像是什么模样。

君泽好不容易挤进去了，往镜中一看，却是愣住了。

铜镜中观音眉头紧锁，额间一片惨淡，凝着化不开的哀愁。

所谓相由心生，相，由心生，这难道就是他此刻的真实心境？

❀5❀

君泽回如意馆时，之夭正乐呵呵地缠着李叔问些什么。

相处了几天，之夭才发现，李叔其实并没有看起来那么吓人。活了不知道几千年的老头儿早就被红尘锻造得百毒不侵，什么小妖小怪没见过，平日里也只是喜欢板着脸，私底下还是个爱管闲事的老头儿。

李叔刚从昆仑回来，正在跟他们讲一路上的见闻。

君泽讪讪地打了个招呼，连饭都没有吃，一头栽进房间。

他一直自诩为斯文豁达的读书人，哪知却被一面铜镜拆穿了所有的伪装。

若说最开始来如意馆应征，确实是因为被吴家辞退之后无处可去，想找一份糊口的

终章·六清茶

355

差事。虽然他不想承认，但内心深处，早已对那能做出酥鬼印引来黄泉鱼的神秘老板娘产生了莫名的兴趣。

可到后来，他兢兢业业做着账房先生，不知不觉中早已将自己完全融入了如意馆。他与妖并肩，与仙携手，以一己凡人之躯跻身于这充满温情的楼里。

可到如今，他才明了，他何曾豁达过？

说到底，他这么费尽心思想得了这灯，得了这秘法，得了这茶，不过是想向窈娘证明，他还是有价值的，可就算得了又能怎样？于他们来说，他不过是百无一用的书生。他无法想象，若是离开了如意馆，他该何去何从？

心境乱了，下笔便乱了，只留下废纸数张。

夜半无人时，君泽心浮气躁地出了门，想再去那铜镜前看一眼，却在门口遇到了窈娘。窈娘躺在门前的藤椅上，端着一杯茶，笑脸吟吟看着他。

"窈娘，这么晚了，你……"君泽愕然。

"你这几日神不守舍的，日日早出晚归，也不知在做什么，还是我今儿出门买菜的时候，遇见上官老先生，听他说了一嘴，才知道那六清茶铺的事儿。我猜这事儿你肯定得凑热闹，怎么地，有没有兴趣带我去看上一眼？"

"我原打算……"

君泽心中起了些波澜，讷讷说了几个字后便住了嘴。他喜的是还有人记挂着他，惊的是，自己还没达成所愿便被窈娘知晓了，总归是有几分惆怅。

一路上，君泽已经将这两日的见闻一一道了出来。

窈娘立于铜镜前，盯着那铜镜看了又看，忽而笑了："有趣，这观音像当真有趣。"

君泽小心翼翼地问道："你看到的观音像是何模样？"

"我什么也没有看到。"窈娘说完也不解释，而是神神秘秘问君泽，"怎么，你是想学这'观音入镜'的秘法，还是想要那六清茶？"

"我……"

聪慧如窈娘，自然知晓君泽的小心思，她也不说穿，抿嘴笑了笑后，高呼君泽："书呆子，走了，回去了，明天别忘了叫上我。"

窈娘这一笑如春风拂面，如朝云暮雨澹澹晚烟淌了过来。天涯红尘间他独自撑舟而过，山长水远，伊人在眼前。

君泽忽而心中一片澄澈，临走前，他往镜中又看了一眼。

观音垂了眼，嘴角带笑。

次日一大早，君泽临出门前，却没有看见窈娘。

他信心十足地交了画卷，满心期待地等着白衣女子宣布消息，谁知那女子却迟迟不出来，周边等着看热闹的人嘘声渐起，在三人身上打量来打量去，暗暗议论着。

君泽与顾孟平相视一笑，心中各自坦然。两人俱是君子，心怀坦荡，只是为了博个好彩头才来，六清茶不是最重要的，这一步一步挑战的过程对他们来说，是考验，也是磨砺。

那吕先生神态倒是有些倨傲，自诩为研习丹青多年的画师，根本没有将那两个毛头小子放在眼里。

等了许久之后，白衣女子才出来，只见她目光有些飘忽，先是盯着君泽看了几眼，又展开手中的画卷看了又看，犹豫半晌后问道："请问，这幅画是公子亲手所作？"

君泽往画卷上看了一眼，正待点头，突然却又大惊失色。他明明画的是一幅微微含着笑的观音像，可他刚刚见着那观音像是一副神情肃穆的模样，随即又是眉头高耸露了几分惊奇的神情，恰好跟他此刻的神情一模一样。

可那笔法纸张，包括右下角的落款，分明就是出自他手。

窈娘不知何时从人群中钻了出来，拍了拍他的肩膀，往下按了一下："没错，这就是他亲手所画，喏，落款还在呢！"

君泽回头一看，李叔站在身后朝他点头示意，之夭抱着小狐狸挤了过来，还一边抱怨道："你这书呆子也真是的，这等有趣的事居然一声不吭就来了，好歹告诉我们一声，来给你加油啊！"

君泽一愣，看着这几张熟悉的面孔，多日来心中的犹疑不安忽而就尘埃落定了。他悄悄背过身去，用袖子掖了掖眼角。

呼声渐起，君泽画的这幅观音像生动无比，会笑，会皱眉头，会动。

众目睽睽下，白衣女子有些踌躇，忽而她走到君泽跟前，靠近他轻轻说了句话："公子可否借一步说话。"

君泽只觉着女子的声音忽然间就充满了魅惑，忽远忽近的，像仙乐飘飘，说不出的动听。

他觉着整个人都飘了起来，只想跟着她走，随即又被什么一巴掌拍在肩上，耳边如狮吼雷鸣，银瓶乍迸。

"有什么话就在这儿说，让老头子我也听听。"

李叔不知何时走上前来，一手按住君泽的肩，隔着薄薄的布料，枯瘦的手掌传来一阵温热的触感。

君泽忽地灵台一片清明，女子应该是对他施了什么蛊惑心智之术，连忙往后退了几步，戒备地看着白衣女子。

"我早该想到，能破了我障眼法的人，想必也是有几分本事的。"白衣女子苦笑，只得朗声宣布道，"今日几位先生的画确实难分上下，不好抉择，明日再出结果，请诸位明日再来！"

7

夜里，白衣女子踏进如意馆时，里边其乐融融正闹作一团。

李叔在给君泽讲当年辋川先生的风姿，之夭与小狐狸追逐打闹，石清默默地坐在墙角编扫帚。

而窈娘盘腿坐在榻上，风炉、铫等物事一应俱全，杯杯盏盏摆了一排。

茶饼取出来放入盏中，冲入沸水，待涂在茶饼表面的膏油变软时，轻轻将外层油脂刮去，然后用茶夹钳住茶饼，在微火上炙干，细细碾碎后投入沸水中。

"七碗生风，一杯忘世，非饮用六清不可。来，尝尝我这六清茶如何？"

白衣女子一直沉默不语，静静地看着窈娘。

她端起杯盏，轻轻嗅了一下，又放了回去："你是谁？"

窈娘避而不谈，"我的六清茶真真是茶，你的六清茶，又是什么？"

白衣女子垂眸不语，纤细的眉毛凝成了一道弯月。

"你若不说，那你这'观音入镜'的秘技就送不出去，你那六清茶，也到不了顾孟平的手中。"

"你……你都猜出来了？"

李叔一旁打岔道："小姑娘，你那点把戏也就只能骗骗普通的凡人，喏，像君泽这样的。在我们这些活了这么些年的老骨头眼里，那可是真真不够看的哟！"

君泽羞愧不已，垂着头老老实实挨训。

"说谁老骨头呢？"窈娘却不乐意了，明明是埋怨的话，听起来却有一股子撒娇的意味。

"真羡慕你们，能和自己至亲至爱的人在一起。"女子的叹息轻若无声，眨眼就飘散在空中，氤氲得似一个幻灭的梦。

望着窈娘不解的眼神，白衣女子轻轻解下了自己的面纱。

果真是难得一见的美人，小巧玲珑的下巴微微扬起，如同白玉一般清透的脸上光洁无比。被她清澈的目光注视着，不知不觉中，令人陡然不敢直视，心生臣服之意。

唯一美中不足之处在于，她的左边脸颊上有一小块红色的印迹，像揩拭不去的捻痕，更添了一分灵异的美。

君泽恍惚间，想到了佛门壁画中刊着的拂尘圣女。

果不其然，女子淡淡开口了："我叫尔朱，是上方寺供着的白水素女。"

8

准确地说，尔朱来自二十年之后，她费尽心思回到二十年前的扬州城，是想改变一个人的命轮——顾孟平。

尔朱与顾孟平相识于京城上方寺，她的原身是一尊右旋白螺，作为佛教"八吉祥"

之一的圣物，供奉在寺中。

那时节，注辇国使节千里跋涉而来，献上佛舍利一尊、贝叶梵经四十夹，并法螺、法轮、宝伞、白盖、莲花、宝瓶、金鱼、盘长等"八吉祥"八样圣物。

使节中有一得道高僧唤作那先，在注辇国时便守护着这"八吉祥"，夜抄经书，日诵梵经，来朝途中仍不忘一路宣扬佛法。

那先半道上经过一个疫症肆虐的村子，不忍百姓受苦，便持了法螺承上天甘露，以自身血脉为药引，广诵佛法后施药于百姓。

村子中有一对男女，碍于门户偏见不得在一起，男子得了疫症之后，女子日夜于那先帐篷前磕头求药。奈何男子病情太重，没等那先施药便去世了，女子悲愤之下，一头撞死在门前护卫的长刀之下。

后来村子里的疫症根除之后，那先却因心力劳损，形容枯槁日益衰败，临死前忽然回光返照，命人将"八吉祥"捧了过去，依依不舍地将八件法物一一看了一遍。

最后看到法螺的时候，那先惊住了。洁如白玉的法螺身上不知何时多了一抹揩拭不去的血痕，如朱砂守宫，又如桃花微捻，想必是那日他于帐前制药时，女子身上的血溅上去的。

那先注视着法螺良久，最后才摩挲着法螺悲声叹息："这是你的劫，去吧。"

此后，尔朱便渐渐修得灵识，待到上方寺时，已经能脱离法螺，修成人形了。

她与顾孟平的相识，说来也是缘分。

因着上方寺夜里烛台翻倒起了一场大火，将西殿中的壁画给烧了，宫中将作监便派了几个小匠人到上方寺修缮。而顾孟平，正是将作监派去的一名画师。

顾孟平喜欢夜间作画，便时常擎了灯烛夜间外出。赶好西殿被烧掉的只是一角，其余两面的壁画尚存完整，顾孟平便时常在夜里独自前往西殿描摹。

秀骨治像的菩萨、棱眉鼓眼的金刚力士、逸笔草草的篙山神送柱……也不知是哪朝的画师留下来的画作，堪称精品，无一不令人肃然起敬。

顾孟平看得如痴如醉，看到兴起处，便点了灯将白纸一铺，趴在地上开始临摹。画到尽兴处还连连称赞，高声酣唱，寺里的小沙弥也见怪不怪了。

尔朱从供奉"八吉祥"的东殿出来晃悠的时候，时常能听到夜半有人击节而赞，久而久之，她也对那声音有了兴趣，便选了个月色正好的夜晚寻了过去。

初见时，她只当顾孟平是个狂士，披头散发一副癫狂模样，一时起了捉弄之心，便悄悄附身于壁画间，挽了白练梳了高髻。

哪知顾孟平并没有受到惊吓，只是在突然看到她时，惊喜异常，立即挽了长袖研磨画了起来。

尔朱这才知道，像顾孟平这等画痴，眼里世界是割裂开的。常人看到的是一幅完整的图案，于他而言，眼中只有明艳的色彩，各式的人物线条，翻飞的衣袂。

待顾孟平画好之后，尔朱看了一眼，随即被画中女子的模样惊住了。她从未好好照过镜子，也从不知自己是美是丑，当一个真实的自己站在一侧看画中的自己时，她突然就觉着身体里有什么东西苏醒了。

她不是虚无缥缈的一段灵识，不是法螺衍生出来的一个灵体，她是真实的，是能附着于纸上，以色彩泼墨勾勒演绎的，如同万物有灵一般，她也是有生命的。

这种感觉是新奇的，让她欣喜到隐隐想要落泪。于是她情不自禁从画壁中走了出来，盈盈拜倒在地，感谢顾孟平赐予了她新的生命。

顾孟平起先被吓了一跳，可听尔朱说完身世来历之后，很快又释然了。他本是豁达之人，万物皆有灵，更何况这等供奉于上方寺的佛门圣物。

后来，夜半无人时，尔朱便时常溜到西殿看顾孟平作画。时间一长，她也好奇，为什么以顾孟平的画技，却甘愿委身于小小的将作监做一名毫不起眼的匠人。

而顾孟平的故事说起来也很简单，无非就是性子耿直得罪了贵人，遭人陷害罢了。可他也不愿意回扬州，不愿意蜗居于江南水乡里沉睡了斗志。

天地是广阔的，是美好曼妙的，尤其是京都。各国云集，各色的宫殿寺庙，积累了数百数千年的文化缓缓铺开，无数前人大师的心血凝聚到薄薄的纸上，涂抹在青砖粉黛间。

他虽然只是小小的匠人，可因为差事需要，能接触到各式各样的画作，这对他而言，已经很满足了。

不知不觉中，尔朱对顾孟平产生了一股子无法言说的依恋，她深知他的渴望，深知他内蕴的才华。

世间唯有她懂他，也只有他知晓她。

他是她的，她也是他的。

๑9๑

上方寺的壁画，因着年代久远，材料稀缺，修了整整两年。

这两年间，顾孟平给尔朱画了无数张画像，有不谙世事的她，有端庄圣洁的她，也有娇媚的她……

顾孟平的笔下，有尔朱无数种模样，在画像中，她体验过无数种人生，尽管，她从未出过上方寺的大门。

为了保护佛舍利与"八吉祥"不受邪祟侵染，寺庙四周早已下了禁制，所以尔朱一直以来只能在寺中活动。

待寺中画壁修补完善之后，顾孟平再也没有借口随意进出上方寺，也就意味着两人将永远不复相见。

尔朱试过一次次强闯阵法，可虚无缥缈的器灵又怎能敌过高僧诵过的黄符？就在两人分开一个月的时候，尔朱再一次见到了顾孟平，头顶戒疤眉目舒朗的顾孟平。

原因无他，是他自愿剃度为僧，入了法门。他本就聪慧，得了寺中方丈的青眼，而唯一的代价就是，作为寺中供养的衣钵弟子，终生不得嫁娶，终生侍奉上方寺。

若是如此也罢，尔朱毕竟还能陪着顾孟平相伴到老，两人还能得偿所愿。

可惜两人的快活日子没过多久，因着顾孟平夜里时时外出，引起了他人注意，最终，尔朱被人发现了。

方丈大怒，佛门圣物修成人形本不易，若是潜心向佛还好，可这器灵却被人世间的情爱迷了眼，以至于白玉法螺蒙了尘垢，不再洁净，也就失去了作为佛门圣物的意义。

后来，尔朱被方丈以阵法拘了起来，顾孟平也因蛊惑之罪被驱逐出寺。

大千世界，弱水三千，他本可逍遥度日。

可惜，他喜欢上了一个唤作尔朱的灵。

❀ 10 ❀

"他本有机会飞黄腾达的，他有数万条路可以走。是我，是因为我，我害了他。"

尔朱说到此处已经潸然泪下，因为后来发生的事，注定是一场悲剧。

顾孟平不甘心，他效仿前朝高僧，自绝五朱贯，除掉髡子衣，径直云游去了。

苍茫岁月里，他日复一日地跣足破衣而行，冬日覆雪，夏日暴晒，餐风饮露，行走于山川各地。

他每到一处，便与人辩经，与人探讨佛法，向世人讲述尔朱的故事。

故事中，上方寺有一得道高僧供奉的法螺，因潜心向道生了灵识，一心向善的器灵对寺外的世界向往不已，却只能困守在晨钟暮鼓中。

佛说万物有灵，众生平等，可这真的是这样吗？佛门子弟慈悲为怀，可谁又有真正的慈悲？

一年过去了，十年过去了，二十年已过，顾孟平的执着也终于有了回报。不断有书信飞至京都上方寺，深入民间的小官吏层层民意上达天听。

他们说，上方寺修的是大道佛教，一心本净，众生平等众生亦可成佛，不该因为尔朱是器灵，便被束缚在小小的上方寺中。

她是自由的，是善的，与众生是平等的，众生皆可自由行走，为何尔朱不可？

后来方丈百般无奈，只得将尔朱放了出来。圣上一道旨意，将法螺单独供奉，尔朱也被封了白水素女的称号。

尔朱脱离禁制的那一天，她兴高采烈地去寻找顾孟平。可等她走出上方寺的时候，并没有见到顾孟平，而是见到一个捧着一堆画卷的小沙弥。

"师父临死之前，特地嘱托我，若是有一天，他没能撑到你出来便已死去，我便代

为奔走。若我还没完成师父心愿，便传给我的衣钵传人，代代相传，直至将你从寺中救出。这些都是这些年师父随身携带的画像。他说，他怕忘了你。"

"顾孟平，他，是何时去世的……"尔朱捧着那堆画卷，眼泪一滴一滴往下掉。

"师父十年前便已经去世了，多年的苦行生涯磋磨了他的身子，一场大病终于让他油尽灯枯。"

尔朱抱着画卷，望着画卷中笑容明媚的女子哭得不能自已。

是啊，他实现了他的诺言，他将她救出来了。

可他已经不在了，她出来又有什么意义？

≈11≈

"也是到了那个时候，我才明白，当日那先高僧说的话是什么意思。我的修行本就因为世间之苦，沾染了情爱之人的鲜血，是执念，也是心魔。法螺这等佛门圣物被情爱之血沾染了，诞生出来的器灵，也必将亲身历这情劫之苦。"

所以，后来尔朱做了一个决定，她要重回二十年前，回到顾孟平还未入京的时候，她要改变他的人生轨迹，让他回归正常的人生。

世间白螺多为左旋，右旋白螺少之又少，被选中做了"八吉祥"享受香火供奉的右旋白螺尤其少。

而尔朱作为"八吉祥"之一的法器，唯一的能力就是回溯到过去，代价便是沦为普通的白螺，从而失去被供奉的意义。

到时候，她的光泽不再，白玉般的外壳也将布满昏黄污浊，暗淡到被人丢弃，她的灵识也会逐渐消亡，最终消失于天地间。

"所以，你这出擂台完全是为了顾孟平准备的，鱿灯、观音入镜的秘法、六清茶都是为了交给他的吧！"君泽这才恍然大悟。

"六清茶只是个幌子，其他几样东西才是我真正想要送给他的。

"他这个人性子直，认死理，若是平白无故送到他跟前，他定然不信，也不会走捷径。我只能通过这种方式勾起他的好胜心，一步一步达成所愿。

"孟平十八岁那年，会入京去考翰林图画院的学士，最后一道试题，便是为宫中一盏料丝鱿灯作画。寻常人不谙其道，看到鱼脑骨成了像便落笔即画，自然会肤浅片面。

"我赠他鱿灯，便是告诉他灯中藏着的秘密。只要观察得够久，便会发现灯中除了有白冠凤凰、黑冠龙马，还有提灯宫娥。

"而他顺利入了翰林图画院之后，会受到院中画师刁难，在太后生辰之际，让他以铜镜作画。

"太后多年信佛，我教他'观音入镜'的秘法，画出来的画作自然能得她的欢心。

"最后一道题，是为了赠他姻缘。六清茶只是个幌子，我本打算明日弹奏一曲《郁轮袍》，让他作画，因为寡居多年的齐安公主会在她三十二岁生辰那年得到一份失传已久的《郁轮袍》曲谱，并派人在生辰当天演奏。

"宫中为她作生辰画的画师中，唯有孟平通晓曲意，而他所作的画像也将夺得公主欢心。齐安公主一向有爱才之心，为了笼络他，必将给他一个好的归宿。

"而他此后定当衣食无忧，再也不惧怕遭人妒忌被人陷害，他再也不用去将作监遭人白眼，也不用去苦行云游，也就更不会早夭而逝了。

"我能为他做的，只有这些了。"

她费尽心思，不惜以耗费生命为代价，为的是给顾孟平铺路，铺出一条没有荆棘，福泽深厚的青云之路。

君泽叹了一口气，半晌后目露怜悯。

"我懂了，我会帮助你完成心愿的。"

◎12◎

次日，第二轮比试的结果出来了，顾孟平夺魁，君泽入围。

而第三轮比试的试题，可谓最难。听完一曲琵琶曲后，顾孟平和君泽二人依着自己的理解，结合曲子中的心境当场作画，画与琵琶曲意境最契合者得胜。

琵琶声响起来的时候，顾孟平便觉着奇怪，这曲子分明是前几日听过的《郁轮袍》，可与那日相比，似乎又有些不同。今日这曲子更为哀伤，更令人难过。

而蒙着面纱的白衣女子虽然在弹琴，可却一直望着他，一双眼雾气腾腾，清澈得能清楚看见他的倒影。

眼中瀚海万千，却只有一个他。

"姑娘，你怎么哭了？"

君泽胡乱涂抹了几笔便交了画卷，剩下顾孟平一边作画，一边不知所措地看着尔朱。

但愿时光流逝得更慢些，让这一对注定要错过的有情人，能安心度过这一段最后的美好时光。

不在乎天长地久，愿能此刻拥有，这也是一种幸福，穷途末路，无可奈何的幸福。

君泽两手空空回去的时候，如意馆众人在街角站了一排，像迎接真正的英雄一般迎接他。

君泽有些兴奋地挥了挥手，他终于找回了些许认同感，连步子也轻快了许多。

远远看着这一幕，李叔突然正色望着窈娘："这世间，是不是只要罩了情爱的壳，什么事都可以被理解，被原谅？"

窈娘有些疑惑，不明白李叔的话是什么意思，李叔却叹了一口气，背着手自顾自走了。

有情不知无情苦，种种皆是孽缘。

终章·六清茶

松醪春

生亦何欢，死亦何惧，我得不到的，终究是得不到。

◎1◎

眼见着入了秋，傍晚的天儿有些凉爽，李叔躺在门前的藤椅上嗑着瓜子，觑了一眼正兀自发呆的青衫男子，冲君泽努了努嘴。

"喏，你瞧，又是一个被情爱迷了眼的痴情郎。"

君泽有些羞赧，总觉着李叔话里话外的"又"字还有些别的意思，没有接茬，笑了笑便赶紧低头往账本上凑。

李叔觉着无趣，眯着眼睛环顾了一圈，脚尖微动，一块碎石子不知从哪儿出现，嗖地一下飞了过去，击中了青衫男子的小腿。

男子痛呼一声，瞬间清醒了过来，瞅了瞅日色，惊道："怎的天就黑了！"

"任小哥，怎么的，还在想你那相好的？"

任禾清秀的脸上凝了几分愁色，垂眸望着纸上乌黑一团，叹了口气。乌丝栏纸上墨渍氤氲开来，凝成了团团黑云，沉重得似他此刻的心情。

他已经在如意馆坐了整整一个下午了，提笔想写些什么，却一个字也没有写出来。

他受命南下采集诗文，这已是他到扬州的第二个月，按理来说，每到一处，最多不停留半个月，上个月末他就该收拾行囊离去的。

偏生他一路往南到了这扬州，便被雁齿虹桥的靡靡之音迷了眼，恍恍不知归路，往日里的清明此刻都化作了糊涂，随着金乌一点点往西坠了下去。

"我说任小哥，那翠月楼的柳姑娘还是不肯跟你走？"

"她不肯走，任我费尽了口舌，她也不肯同我离去。"任禾眼里漫了几分萧索，似在自言自语，"她若不肯走，我又如何忍心独自离去……"

声音愈见轻微，仿佛要消散于这散着凉意的秋风中。

李叔扑哧一声乐了，见了君泽埋怨的眼神，连忙咳了咳，掩了嘴转过身去。

这世间被楼子里的姑娘迷得五迷三道的故事，他也见过不少，情情爱爱见得多了，也就总结出经验来了。

难得有情郎，少见忠贞女，左右离不开口蜜腹剑与忘恩负义，一场你拆我挡的博弈之后，大多是美人迟暮，秋扇见捐。

像任禾这般对楼子里的姑娘情真意切，并且费尽周折想帮人家脱了贱籍的，已属少见。

而更稀奇的是这柳姑娘，有正经的官人愿意替她脱籍并明媒正娶迎进门去，这等别人求都求不来的机会摆在眼前，她却弃之如敝屣。

果真是久不出山，早已不知世道几许了。

ᥫᩬ2ᥫᩬ

东南妩媚，雌了男儿。

也不知从哪年开始，战事停歇，偏安一隅的江南民风日益绵软，不光女子涂脂抹粉，好儿郎们竟也开始扭捏起来，不提枪，不习武，摇着纸扇纷纷一头扎到好山好水的温柔乡里。

圣上向来重文轻武，预备充实崇文院，便遣了风人到各地采集诗文，收集些文人们歌功颂德的好文章做标榜，编载成册，好粉饰这早已千疮百孔的太平。

任禾便是被委派至淮南道一路的风人，他原本是崇文院的执笔小吏，因文思敏捷，颇受上司赏识，便被指了这重任。

他踏着旖旎春色一路往南，待抵达这扬州时已是暑气蒸腾的六月天儿。原打算待上半个月便继续往南走，没曾想，一次受邀赴宴，遇上了翠月楼的花魁娘子，柳端绮。

自古才子皆多情，任禾也不例外，听这柳端绮唱了几回曲儿，便将山河锦绣通通忘之脑后，眼里只有她的一颦一笑。

说起来，这柳端绮也是翠月楼响当当一位奇女子，虽然入了娼籍，却早已不卖身，而是凭着一把好嗓子于宴席上给贵人们助兴，生生于这纷繁芜杂的风尘路上博了个好名声。

时人听了她的大名，无不伸出手指赞一声，柳姑娘。

《周宇太尉》《崔护觅水》、当垆卖酒的卓氏女、破镜重圆的乐昌公主……经她改编之后，唱出来总是让人身临其境，沉浸在故事中久久不能转圜。

身段可曲直如莲不蔓不妖，或柔媚似柳临水照花，嗓音清丽婉转，听得多愁善感的任禾几次当宴落泪，酒至酣处摔了白玉酒杯击节而赞。

"不图身富贵，不去苦攻书，但只教两眉舒。"

此后任禾便时常去往翠月楼，他这彬彬有礼的清秀俊公子也得了柳端绮的青眼，两人引以为知己，时常曲赋相和。

眼见着离去的日子在即，任禾割舍不下这红颜知己，更是提出要帮她除了娼籍，八抬大轿娶回家去。

他原以为柳端绮会满心欢喜地答应，谁知道一腔热血却被一次又一次的闭门羹给泼凉了。

听闻他要给她赎身之后，柳端绮一改往日的热情，派人给任禾送了一张梅花笺纸，此后便闭门不出。

"一歌尘缘误，一曲教郎怜。愿郎辞不顾，还君双明珠。"

任禾收到梅花笺纸后，在如意馆大醉了三日，眼见着人也消沉下来了。

他虽然不知道柳端绮为何不肯跟他离去，可他别的毛病没有，唯有一样，那就是死脑筋。他始终不肯放弃，一日一日盘旋在这扬州城里，每日都去翠月楼门前等上几个时辰，尔后便意志消沉地去饮酒。

柳端绮最喜欢如意馆的松醪【láo】春，由松膏入江米酿制而成，甜中泛酸，适合女子饮用。她隔几日便会遣了侍女来买上一小坛子，任禾便日日在如意馆等着。

一日复一日，日日如此。

⑥3⑨

这日君泽正在埋头记账，听得门前一阵喧哗。抬眼看去，发现任禾鼻青脸肿地被人抬了进来，已经是出气的多，进气的少了。

一问旁边哭泣的书童，才知道任禾这桩祸事又是因为柳端绮而起。

柳端绮最近不知怎的，闭门不出几日后，忽而一改常态，舍了多年的清白日子，开始四处抛头露脸与人寻欢作乐。

先是应了洪员外家小公子的约，与城里一众浪荡公子哥儿一道泛舟湖上，青天白日里，隔着长长的堤岸，都能听到女子柔媚的嗓音，与男子轻浮肆意的调笑声。

而后，她又择了清明月夜大张旗鼓地出行。

宽敞的马车四周木板都给卸了下来，上头单单置了一顶梅花纸帐。

纸帐四周竖着黑漆柱作为支撑，点了烛火，挂了红灯笼，珠帘纱幔，灿如织锦。

帐中悬了锡瓶，瓶中斜斜插着数枝风干的梅花，一角摆着兽首博山炉，熏了紫藤香。

更妙的是，帐前挂了香橙络儿，黄澄澄一颗颗圆圆果子随着马车行走而晃晃悠悠。

帐外灯火通明，帐中若明若暗，有美人擎着荷叶横陈卧在柔软的褥子上，鬓角玉钗轻摇，额间花钿细簇，时而伸出皓腕摘了熏帐的圆橙果，放置鼻尖轻嗅，时而拈了梅子探入樱唇，眼波流转间，尽是风情。

美得妖娆，美得冰肌玉骨，妖冶中又带着几分出尘的清新，几种矛盾而突兀的气质完美地融合到一起，愈发令人如痴如醉，迷恋不已。

围观的人都沸腾了，不知不觉都跟着马车竞相奔走。别说那些子好色之徒，好些妇人看了，也都情不自禁地想多看几眼。

美人，明月夜，梅花纸帐，风韵入骨，恰到好处地撩拨起了男人们藏于胸腹间对于美的追求，如春水般泛滥开去。

任禾原本在翠月楼苦苦痴等着，楼里好事的姑娘不无嫉妒地告诉他，柳端绮半个时辰就盛装出去了，此刻应该在街上。

待任禾赶到宽敞的北门大街上时，街头巷尾早已挤得水泄不通，人人都听闻花魁娘子出行，争相赶来一睹芳容。

待任禾奋力穿过人群，挤到马车旁时，他呆住了。那眉梢带情满脸春意的美人，是柳端绮，却又不是她，他所认识的柳端绮，向来是稳重端庄、冰清玉洁，哪儿有过这般媚态。

他急于知道真相，便扑了过去，大声呼喊着，谁知柳端绮却冷眼一扫，转瞬又将视线转了开去，像从未认识他似的。

得了美人这信号，周边好些被打扰了看美人正暗自不爽的看客急了，冲上来将任禾给拖了下去，拳打脚踢的，没几下就打成了重伤。

有躲在一旁看热闹的，趁乱将他身上的钱财给摸了去。

好不容易赶过去的书童无奈之下只得病急乱投医，将人送来了如意馆。

❀4❀

念着他可怜，窈娘大发慈悲决定收留他几日。

任禾醒来之后，眼见着是消沉到极致了。他终日抚着柳端绮之前赠给他的香囊，痴痴地念着："柳姑娘，你为何如此狠心……"

情到深处，还淌下几行眼泪。

小书童急得不行，见人就下跪，到处求人救他家公子。

任禾床前人来了一拨又一拨，好话歹话说了一轮又一轮，他只当听不见看不见，唯有来人一提到柳端绮，他这才稍微唤醒了几分生气，睁着一双通红的眼四处寻找她的身影。

李叔看不下去了，恨不得拎起拐杖往他身上捶几下。拐杖重重地提起来，待打到身上时，已经卸下了大半力度。

他着实是觉着惋惜，这等正直重情的青年才俊，不去为国献计策，不去踏马宦游自在江湖，有什么过不去的，偏得吊死在一个无情无义的女子身上。

可这任禾却是不死心的，辩解道："柳姑娘不是那等献媚的人，你们都不懂她……"

李叔嗤道："老头子我什么人没见过，女子大多是狡诈阴险的，也就是骗骗你们这些酸书生罢了。"

君泽从旁经过，听着起了疑心，难不成，李叔这是之前吃过女子的亏？胡乱揣测一番之后，君泽也顾不得多问。他受了任禾的央求，准备亲自去翠月楼送松醪春，想借这个机会帮任禾问个究竟。

待君泽鼓足了勇气踏进翠月楼大门之后，没有被满屋子的莺莺燕燕迷乱了眼，倒是

被大堂中央人头攒动的模样给吓到了。

大厅里坐满了人，虽然怀中都搂了美人，喂葡萄的喂葡萄，递酒的递酒，却都是心不在焉的模样。

领路的小厮以为君泽也是来凑热闹的，见他一副受了惊的模样，挤眉弄眼道："公子也是来寻柳姑娘的吧，那您可得小心了，喏，这些公子可是都等着见柳姑娘一面的，兴许您运气好，就入了柳姑娘的法眼呢！"

君泽咂舌，也不知这柳姑娘到底是何许模样。美人他见过不少，而风尘里的美人，苏卿怜就算得上是个中翘楚，他也早已见怪不怪了。

可等锣鼓一响，周遭的喧闹瞬间化于无声，君泽后知后觉循着众人的视线看过去。这一看，不禁也暗暗赞了一声。

楼上不知何时站了一位着红衣的女子，发髻松松垮垮挽在脑后，只斜斜插了支步摇，两靥微微透着红，眼神迷离，像是刚睡醒，犹如芙蓉出水，海棠初睡。

明明是妖冶的面容，却不带半点脂粉气，与四周浓妆艳抹的女子相比，更显得出尘脱俗。

很快，四下就沸腾起来，此起彼伏的欢呼声和喊叫声不绝于耳。

"柳姑娘！柳姑娘！"

"仪征张主簿愿奉上千金邀柳姑娘泛舟。"

"金陵王富商愿奉上金叶子一箱，邀柳姑娘一聚。"

……

座中客人似乎都癫狂了，纷纷加大筹码，为了与美人一亲芳泽，仿佛万贯钱财都只是一瓢清水，说泼就泼出去了。

君泽冷眼旁观着，只觉着可笑。北地战事频繁朝廷征粮时，他们敛了愁容只说无能为力；河西旱灾饿殍千里时，他们关紧了大门囤起了粮；到如今，为博美人一笑，他们不惜掷下千金，各个贪婪似虎狼。

见着这喧闹的场景，君泽忽然冒出一个很奇怪的念头。若说起来，这柳端绮也是个可怜人，裙下之臣三千，可又有几人真心？

他瞥向楼上安静的那一处，那柳端绮见着这狂热的场景，却是连半点欣喜也无，翘着嘴角似是而非地冷笑。她似乎很享受这万众瞩目的场面，可眼神里却满是不屑。

那一瞬，君泽突然脑后一凉。如意馆待得久了，看事看物早已不像之前那般莽撞，可他也说不出来哪里不对劲，总归是心里毛毛的。

他正在胡思乱想时，突然觉着四周声音开始小了，他正了神望去，却发现自己不知何时成了视线的中心。

所有人都在看着他，有愤愤不平，有嫉妒，有怨恨，他从未在他人看向自己的眼神中发现这么多情绪，慌乱地退了几步，一不小心撞到了人。他回头正准备道歉时，却发现身边站着的不是别人，正是任禾日思夜想的心上人，柳端绮。

"今日，端绮的座中客，便是这位公子。"

柳端绮好似知道他在疑惑什么，染了蔻丹的手指在半空中画了个圈，最后指向了他。

"不不不，我只是如意馆派来送东西的……"

君泽辩解的话被众多喧哗声掩盖了，隔着一尺的距离，柳端绮却听清了他说的话，敛了笑意，神色有些奇怪地看着他。

"柳姑娘，你今天可不厚道啊，我们兄弟几个巴巴从金陵赶过来，好不容易得了这选仙钱，却被这不知哪里来的穷书生抢了风头，你总得给我们个交代不是吗？"一五大三粗的男子将衣服一掀，露出胸口的猛虎刺青，口气不善道。

君泽有些局促，将手里捧着的食盒塞进一旁站着的小厮怀里，慌乱解释着："我就是来送东西的，不关我的事……"

说完也不管人家有没有听清，扒开人群落荒而逃。

৫5৯

任禾问起君泽，柳端绮的答复时，君泽支支吾吾搪塞过去了。

后来，从如意馆的食客那里，君泽才打听到，这柳端绮最近着实是一改往日娴静作风，大变了模样。

她摈了好指法，弃了妙歌喉，再也不抚琴，再也不唱曲儿，而是转身投入到各色男人的怀抱中，流连忘返。

继月夜出行之后，她命人打造了一套选仙钱和一张选仙图，均由青铜制成。选仙钱方正模样，正面文饰着蕴含典故的仙人，反面刻着五言诗一首，分为王母、曼倩、双成、酒仙等，选仙图则弯曲盘旋刻着层层宫殿。

每人手中一枚选仙钱，都有各自特殊的地方。宾客相继掷骰子，依着骰子的单双数与大小进行奖惩，输者罚酒数杯，或依律作"采樵思"一首，赢者进位。

谁能最先到达最顶上的蓬莱岛，便是夺魁者。

每隔几日，她便与座中客一同博戏。宾客们个个削尖了脑袋，想抢了这选仙钱，因为除了能与美人一亲芳泽外，更重要的是，得胜者能与柳端绮被翻红浪，共度春宵。

那日不知为何君泽没有选仙钱，却仍得了柳端绮的青眼，惹得众人怨怼。而君泽落荒而逃之后，游戏继续，最终是那日口出恶言的刺青大汉夺了魁，得意扬扬地抱着柳端绮上了楼。

得知君泽得了柳端绮的青眼，任禾不知斜着眼睛剜了他多少次，末了又抚着胸口暗自垂泪，那怨恨的眼神看得君泽毛骨悚然，日日绕着他走，暗地里不知被窈娘几个笑了多少次。

李叔看不下去了，再三劝道："任小哥，你还是速速收拾行李离去吧，这柳端绮大概是装了这么久的清倌人，装不下去了，这不，狐狸尾巴总算露出来了。"

任禾只说不信："我与柳姑娘两情相悦，我不信她是这样的人，她一定是有什么不得已的苦衷！"

待能下地行走之后，他依旧强撑着身子日日到翠月楼前守候，却因钱财稀少，连一枚选仙钱都抢不到，只得眼巴巴地在楼前等着。人来人往的，渐渐的，任禾成了楼前一道奇景。

人人都知，崇文院有个姓任的小文吏求而不得，日日倚在门前痴守。得了选仙钱的客人们得意扬扬地从旁经过，睥一眼形容枯槁的任禾，便唾上一口，只当是没钱又肖想美人的穷书生，暗暗骂一声癞蛤蟆想吃天鹅肉。

⑥

中元这日，君泽正在芭蕉树下挖着红泥，预备着给曳十三娘做风鲤白用。正忙得不亦乐乎，就见任禾顶着一张痴笑的脸晃了进来，进门前还绊了一跤，摔了一身的泥，手里仍紧紧握着什么东西。

一问才知道，果真是皇天不负有心人，就在任禾等了七日之后，总算守得云开见月明。柳端绮派人给他送了一张选仙钱，约他晚上翠月楼一聚，说是再给他一次机会。

君泽将那选仙钱拿过来一看，不禁赞了一声。

任禾得的是一张"酒仙"钱，仙风道骨的长须仙人坐在松树底下，一旁摆放着几个东倒西歪的酒坛，皓月当空，仙人一脸醉态。

而背面刻着四句话，"山中徒命侣，河朔漫飞觞。直把千锺酒，今宵醉一场。"顶上还龙飞凤舞刻着一排小字——伴双成饮。

任禾虽然不知道自己拿着的选仙钱有什么寓意，可依旧开心地见人就拿出来看。李叔看过之后，眼睛微微眯了一下，转瞬即若无其事地去寻了窈娘。

月圆十五，皓月当空，街头巷尾纷飞着黄色的纸钱，翠月楼仍不改笙歌乐舞。

任禾一脸欣喜地坐在翠月楼的大厅里，期待着见到柳端绮，而君泽在一旁如坐针毡。他被李叔委派了个艰巨的任务，说是任禾身子不大好，怕是撑不了多久，而那小书童年纪太小，照顾任禾这等艰巨的任务只得交给他了。

柳端绮施施然出场后，坐到了席中与那持了选仙钱的十余人开始博戏。环顾四周后，君泽不禁感慨这花魁娘子的魅力，之前看见的客人早已换了一批，尽目所望，全是陌生的面孔。

任禾持的是酒仙钱，说到底，便是个陪着饮酒的，双成受罚，酒仙饮酒，曼倩饮酒，他也得跟着饮。

偏生他一见着柳端绮便昏了头脑，让他饮便饮，没几杯便惨白着脸，步履跄跄。

任禾醉倒之后，嘴里仍碎碎念着："柳姑娘，我等你等得好苦……"

而那柳端绮，却没有往日里丝毫温情，只是冷眼旁观嗤嗤地笑，待后来听到任禾嘴里碎碎叨叨的，微微变了变脸色，盯着他看了好几眼。

君泽看不下去了，便主动提出帮任禾饮酒。也不知他出门前窈娘让他喝了一碗什么东西，这会儿他睁着一双眼，越饮越清亮，神志也越来越清醒，到了后来，竟然是十杯十杯地饮，面上毫无半点醉态。

"既然任公子这么想赢，那我便成全他好了。"

柳端绮嘴角的笑意越来越深，眨眼间，场上形势瞬息大变，原本垫底的酒仙钱一路遥遥领先，很快就占领蓬莱岛，夺得了魁首。

她微微颔首之后，一旁候着的小厮上前将醉地不省人事的任禾搀扶了起来，弓着身子的龟奴清了清嗓子正待宣布结果，却被不知哪儿飞过来的一枚桃子给塞住了嘴。

君泽循声望去，只见窈娘领着李叔，之夭怀里抱着陶墨墨，正好整以暇地站在门口。

"还好来得及，不然差点错过了一场好戏。"

❃7❃

李叔慢悠悠地围着柳端绮走了一圈，笑呵呵问道："姑娘从何处来？"

柳端绮不紧不慢地起身，却是饶有兴致地将视线落在了窈娘身上，上下一番打量："想必这就是如意馆的老板娘了吧。"

窈娘笑吟吟道："这么说来，姑娘认识我？"

君泽看得一头雾水，不知他们打的什么机锋。窈娘时常去翠月楼送东西，柳端绮都不知见了多少回了，怎的好像两人都不认识似的。

之夭见他一脸茫然，往他肩上捶了一拳，说道："呆子，没看出来这柳姑娘被什么妖祟附体了吗？"

只见柳端绮一挥袖，座中客人纷纷倒下，瞬间只余了如意馆众人站着。

"这小官吏也真是窝囊，这么久了，连柳端绮的小手都没有摸过，我此番成全他俩不好吗？"柳端绮笑得明媚，带了几分邪气，徐徐转身时，红纱半裹，衣衫轻褪露了肩，整个翠月楼瞬间弥漫着一股子蛊惑的迷醉。

"只是不知你这到底是成人之美，还是害人性命。"窈娘微微一笑，说出的话却让人心惊不已。

"仪征张主簿以一张'壶中仙'的选仙钱得了魁首，没多久就溺死在了酒缸里。

"金陵王富商以一张'王母'仙钱得了魁首，没几日便被桃子卡住了嗓子眼气绝而亡。

"那浑身刺青的大汉得了一枚'曼倩'仙钱，却是在集市上被人污蔑偷盗砍了双手

终章·松醪春

流血而死。

"今日这酒仙钱，不知又是打算让任禾死于何种死法？"

"妙，妙极！不愧为九重天司命，也不愧是他心心念念许久了的人，今日那我索性再做一件好事，解了你这千年之疑如何？"柳端绮被拆穿之后，不仅没有惊慌，反而眼中光芒大盛。

只听得一阵丁零当啷的响声，那十三枚选仙钱忽而从四处汇集到一起，围绕在选仙图一旁，齐齐飞到半空中，尔后中间突然出现了一个青色的旋涡。

光芒点点中，众人还来不及应对，就都被吸了进去。

❀8❀

东海岸边，圆月当空，海风阵阵。

不远处，礁石密布，巍峨耸立如黑面夜叉。

窈娘站在岸边，胸膛中怦怦直跳，身后是如意馆的老老少少。她觉察到了什么，希冀发生什么，可又害怕着。

那日李叔从任禾带回来的那枚选仙钱中发觉到了一丝熟悉的气息，那丝气息与她腰间挂着的玉管隐隐相呼应。

玉管跟着她在人间烟火中穿梭了许多年，虽然沾染了许多尘世间的气息，可唯有一样，是不论怎样都磨灭不掉的——属于仙家圣物的气息。

而那玉管，是多年前她生辰时，修唐特地采了封渊晶玉亲手打磨而成，日夜锤炼中，修唐的气息早已悉数沁了进去。

"你到底是谁？"

"一个求而不得的可怜人罢了。"

柳端绮早已换了张面孔，依旧是一张千娇百媚的美人脸，眉眼间却多了几分神采飞扬。

红衣猎猎，她仰首卧在一块平坦的礁石上，手里拎着任禾之前给她带的松醪春。酒水迎面倒来，三分入了口，剩下七分沿着光洁的下巴淌进红衣深处，举手投足间妩媚入骨，却又端的多了几分肆意洒脱的风采。

她猛地一挥袖，只听得一声清脆的破裂声，酒坛已经摔碎在礁石上，酒水四溢，汩汩淌了出来。

"当年我也是如同这柳端绮一般，欢场里得尽了万千宠爱，最后却错信了那书生，为了所谓的情爱卷了钱财与他私奔。可惜男人的话都信不得，他说好了要带我回家成亲的，却在半道上遇到匪徒时，将我推了出去，换了他自己一条生路。那夜的月亮也是这般圆哪，浪一波一波卷了上来，衣衫破碎时，我能望见的，也就只有这圆月，还有他离去的背影罢了。说好的一生一世一双人啊，为何到了最后他娇妻在怀，人生得意，而我却孤零零做了这水底一缕冤魂……"红衣女子的声音藏着无尽的叹息，眼里盈盈泛着泪光。

"生亦何欢，死亦何惧，我得不到的，终究是得不到。索性舍了这无尽岁月，一同沉沦好了！"

话音刚落，就见她将那选仙图往半空一抛，飘至半空便一寸一寸变大，最后竟变成庞然一块巨大的青铜将半片海给遮了。

李叔直觉不对劲，手中的拐杖飞了过去想探探虚实，却被一股无形的力量打了回去。

"没有用的，封印一开，所有人都逃不掉。"红衣女子将那选仙图抛出去之后，便像耗尽了全身力气般，瘫坐在地上喃喃自语道。

十三枚选仙钱像是受到了召唤，从地上飞至半空中，落在仙图上的十三处宫殿，待最顶上的蓬莱岛落入最后一枚选仙钱时，海面突然开始翻滚起来，海面百余里处五石相叠的海眼漩涡急涌，随即每处宫殿对应的海面也都出现一个漩涡。

十三处宫殿，十三处海眼，整个东海像一锅煮沸的水，巨浪翻滚，涛声震天，张牙舞爪扑了过来。

❂9❂

"这是……"

"这是封印不夜城的阵法，不好，不夜城横空出世，人间将有大难！"

李叔话音刚落，就见月亮刚好升至头顶，待巨大的选仙图底下被遮掩得暗无天日时，一阵呜呜咽咽的声音从海面传了出来。开始是一声，后来即是成百上千声，铺天盖地都是刺耳的呜咽声。

一声声呜咽声像是催促，宛如游虫从皮肤表面细细钻入肌肤中，令人心头一阵战栗，而转瞬，更令人头皮发麻的场景出现了。

三三两两漆黑的一团从海底钻了出来，漂浮在海面上，随浪沉浮。那团漆黑以肉眼可见的速度凝成人形，老的少的，男的女的，还有更多的黑气正源源不断从海水中爬上来，翻滚的海面对他们来说，如同平地一般。

站着的，躺着的，互相搀扶着的，茫然四顾的，无一例外，所有人脸上都是一片茫然，不知年月几何，不知身处何处。

"不好，整个不夜城的鬼魂都出来了！若是不赶紧封印回去，待他们神志苏醒之后，恐怕将为祸人间！"

李叔焦急地在一旁踱步，窈娘却是咬紧了唇一言不发，眼睛直直盯着海面，像是在找什么人。

巨大的青铜如薄薄的一张纸遮住了天月，底下死气沉沉，百万鬼魂聚集在海面上，阴森得宛若修罗地狱，蠢蠢欲动。不远处已经有些巡海夜叉虾兵蟹将偷偷探了头出来观望。

天上似乎察觉到了什么，突然雷声阵阵，鬼魂一阵战栗，紧接着发出更为刺耳的尖叫声，像是在与天上的力量相抗衡。天上地下，无数双眼睛都在暗处盯着。

"都到这个时候了，你还不出来吗？"红衣女子忽而朗声喝道。

话音刚落，就见五石相叠处，翻滚的海面突然从中缓缓分开，走出来一个人，头戴高冠，宽袖锦履，衣袂飘飘，宛若仙人。

"窈娘，好久不见。"男子低声道。

"你到底是丰己楷，还是修唐？"窈娘颤着声音问道。

"是我，窈娘……"最后两个字含在嘴里，从唇齿间逸了出来，低沉的嗓音里藏着无尽的感慨。

轰隆隆的雷卷了过来，闪电一道接着一道劈了过来，照亮了他的脸。那是怎样的一张脸，坑坑洼洼，遍布鞭痕，只是清俊的眉眼间依稀可以辨认出当年的模样。

"修唐，你果真没有死，你的脸……"

修唐见到了窈娘眼中的诡异，苦笑一声，转过身去，再转回来时已经是丰己楷的模样。

"晚点再跟你解释。"

随即他转身望向那红衣女子："楚月，你偷了我的封印出来，这又是何苦呢？"

"大王，不逼您一把，您又如何完成您的夙愿呢？"楚月痴痴地望着修唐。

"大王，承蒙您收留，将我从这海边带了回去，化了我的戾气，还让我做了您的随从。而他们，也同我一样，都是因怨念太深而不愿入轮回道的鬼魂，是您让我们这些孤苦无依的人受了您的庇护，在不夜城得了重生。我们都是一群可怜人，一群被苍天辜负的可怜人。"

"大王，您于万千岁月里开辟了不夜城这片净土，让我们死后不入地狱重新投胎，仍然可以自在地生活，这是您的恩德，也是我们的福祉。这些年您已经够苦了，躲在这暗无天日的鬼域蛰伏着，独自承受着伤痛，年年月月，您为她付出了一切，而她呢，她什么也不知道！"楚月倒竖了纤眉，指着窈娘大声斥责道。

电光火石间，窈娘明白了，楚月是故意的，她并非是为了一己私欲附身于柳端绮残害生命，而是想用这些鲜活的生命引起她的注意。

那些死去的客人、任禾、君泽，一步一步引她入彀，为的是将她带到不夜城外，逼得修唐现身。自始至终，她的目标都是窈娘。

"上天不公，枉为天道！作为您的子民，我们愿为您赴汤蹈火，愿为您披荆斩棘，愿做您坚定的拥护者，上天入地，在所不辞！地若不平，铲平便是！天若不公，与天同葬！"

楚月跪倒在地，只见她振臂一呼。身后百万鬼魂自修唐出来之后，早已停止了喧哗，静立在巨大的阴影底下，此刻听了她这话，纷纷想起了身前所遭遇的不公，群情激愤，开始喧闹起来。

铺天盖地的呐喊声传了过来，到最后只汇集成一句话。

"与天同葬！与天同葬！"

君泽捂住了耳朵，只觉着万千根银针正一针一针往天灵盖上扎着。

窈娘满脸的不敢置信："天若不公，天若不公……当年到底发生了什么？"

修唐站在礁石上，身后是滔天波浪和黑压压一片，垂眸叹了一口气。

"终究是该告诉你真相了。"

≪10≫

九重天，仙人府。

天帝闲来邀修唐下棋，状似无意跟他提及窈娘的命格簿子。修唐只觉着那日天帝寝殿里的香甚是好闻，出了天帝寝殿后，他仿佛入了魔一般，心心念念只有一句话。

"仙人的姻缘是上天注定的，无处可寻，唯有命格簿子可窥得一二。窈娘执掌命格簿子，也不知她的情缘又在何处。"

心中暗藏了许久的情愫被这一句话勾了起来，烧得他日夜难寐。

他深知窈娘的命格簿子是天机，向来是随身携带，从不离身的。正好窈娘因心情不好寻他饮酒，他便将从天帝那儿讨来的百忧解拿了出来，想着窈娘喝醉后，偷偷拿了她的命格簿子，看完再放回去。

谁曾想，那几坛子百忧解极烈，喝到后来，他也醉了，待他醒来，却发现命格簿子不见了。

此后，一切都像冥冥之中自有注定。

窈娘丢了命格簿子后，被他指点，听闻东海有灵龟，以灵龟龟板卜筮，可寻簿子下落。

她前往东海钓龟，却碰上淮蒙因为血珍珠与东海水君闹了龃龉，借了西王母"神仙煮"将东海闹得人仰马翻波浪滔天。阴差阳错之下，她将背负着海外五仙山的巨鳌给钓了上来。

天梯已断，员峤、岱舆二仙山失了依靠，流于北极，仙山修炼的散仙们也流离失所。而失了命格簿子庇护匡扶，人间气数大乱，妖孽横生。

窈娘被罚到人间赎罪，带着槃木枯枝下了凡。

……

而这一切的一切，都是缘于修唐的执念。

后来，修唐一直百思不得其解，仙人的情愫是淡的，怎的万千岁月都平安无事，偏生那几日便情欲烧身，无法自拔了？

一番追查之下，他这才发现，一切是阴谋。那日天帝寝殿的香炉中加了一味东西，情丝妁。

所谓情丝妁，是长于昆仑宛丘的仙草，无色无味，能将人心底的情愫欲望无限放大，因爱生嫉，因欲生事。

终章·松醪春

375

待他清醒过来时，为时已晚，大错已经酿成。他擅闯凌霄宝殿一路打将进去想问个究竟，却被天帝否认了，说他触犯天条，随即被押往刑台受了三千雷刑，仙骨尽碎，容貌尽毁。

此后，为了防止他再生事，天帝又派人将他押送到渊北极寒之地流放。他费尽了工夫才逃了出来，在人间躲躲藏藏数百年，最后在东海建了这不夜城，以鬼魂之力供养自身重塑根骨，为的就是有朝一日能重回九重天去问个究竟。

"现在的我，已经不是当年的我了，大概，算是真正的谪仙吧。"修唐苦笑，"也多亏了看管渊北极寒之地的那条老龙打了个盹儿，才让我逃了出去。它醒来之后怕担责，便向天帝禀告，谎称我已经死去，这才让我于人间苟活至今，得以重新修炼。我原本打算举不夜城之力，与你一起重回天庭要个说法。可化作丰己楷在你身旁时，我才发现你已经不是当年无拘无束的你。你已经习惯了人间生活，你已经有了牵绊，你已经将自己当作个凡人，完全融入你的如意馆中。所以我退缩了。乌鹭也是我带走的，你既然享受这尘世烟火，那我便陪着你多待些日子又如何？若不是楚月自作主张，恐怕今时今日，你也不会知道这一切，仍旧开心自在地待在你的如意馆里。"

窈娘心中如同翻起滔天巨浪，这就是她苦苦追寻的真相？这些年来，所有的愧疚惭愧原来都是假的，她不是该赎罪的人，她才是真正的受害者？

"李叔，你，是不是早就知道了？"

李叔别过脸去，说道："我回昆仑为西王母贺寿，那日碰巧遇到天帝与西王母于园中散步，我乏了便躲到百丈高的梧桐树上休憩，隐约听了一耳朵。你知道的，我们风狸一族，别的本事没有，就是耳朵尖。所以我急匆匆赶回来想告诉你真相，可看到你在如意馆过得这般自在，我，我也就不忍说出口了。"

淮蒙的神仙煮，情丝姤，昆仑，西王母，天帝……

呵，还有多少人知道真相？这背后到底隐藏着什么？天帝要这命格簿子又是做什么？

窈娘只觉着心累，从未有过的累。偌大的一片天地，此刻只剩了她自己。

视线望去，落在了礁石上。

海风阵阵，无数鬼魂静静地站立着，天上的月也被乌云给笼了进去。所有人都在看着她，同情地、悲悯地、痛苦地、充满希冀地看着她，所有人都在等着她的答案，等她给出一个回应。

可她却什么话也说不出来，心里空荡荡的，甚至连一滴眼泪也没有。

地上半坛子酒水晃晃荡荡，泛着冷光。

松醪酿酒，为人解愁。

她这无处可说的满腔愤忧，又有谁能解？

376

如 意 卷

她现在只是她，不是九重天的司命，只是个受了委屈的姑娘。

❧1❧

任禾一觉醒来之后，发现整个世界都变了。

他原本收拾了行李，预备履行他崇文院风人的职责，继续往南去采集诗文，可他心心念念的柳姑娘忽而又收敛了放浪形骸的模样，闭门谢客。

她说，早些日子拒绝他，是觉得自己在风尘里滚了一遭，早已配不上他。

她并不知道自己是被不夜城逃出来的亡魂楚月附身了，这才性情大变，做出了好些害人性命的荒唐事，只当是自己生了一场大病，终日浑浑噩噩的。

那日突然清醒了之后，只觉着心中一片澄澈，忘了些什么，却仍是不能割舍对他的眷恋，决定舍了一切追随他前行。

两人默契地对前尘往事闭口不提，只当是一场荒唐旧梦。

而如意馆的气氛也怪怪的，所有人都是心事重重的模样，连着闭门谢客好几天，说是掌柜的抱恙。

窈娘深居简出的没再露过脸，日日躲在屋里，连饭菜都是之禾做好了送进去的。其他人就更不用说了，耷拉着眉头，面上凝了愁色，终日无人说话，整个如意馆都笼罩在一片萧瑟沉闷里。

任禾带着柳端绮打点行囊离去那日，窈娘依旧没有露面，君泽和之禾强颜欢笑赠了他几句如意话，唯有李叔敲着拐杖，既欣慰又伤感。

"不知者无畏，傻人有傻福啊！任小哥，回去好好待柳姑娘，可别辜负了这些日子里付出的心血。"

任禾觉着李叔的话有什么深意，可他也无暇顾及，乐呵呵地告了别。心上人在眼前，纵是风餐露宿远赴天边又如何。

心愿已了，此生足矣。

没几日如意馆又恢复了生意，可窈娘却跟丢了魂似的，虽然面上仍是言笑晏晏的模样，手底下功夫却乱了，不是多掬了几勺盐，就是倒多了醋，做出来的菜酸甜苦辣无一不是往极致里走。

赶在客人们纷纷抱怨之前，之禾接了厨娘的担子，靠着几年来跟窈娘学了些本事，做起菜来倒也有模有样。

君泽看在眼里，急在心上。

他从未见过窈娘如此模样，整个人方寸大乱，人还是那个人，却空了一半，宛如行尸走肉一般，往日里灵动狡黠的眼神荡然无存，跟她说什么都是黑漆漆的眼珠子盯着你，问她什么只说"我很好"。

自打那日东海边上，修唐告知她前因后果之后，她就一直是这个模样。

十五月夜一过，阴气渐渐散了，暴动的孤魂野鬼们力量开始消散，修唐将不夜城给封印了回去，一切都恢复了往日的平静。

可是所有人都知道，这只是暂时的。

这么大的动静早已引得天上地下震动，无数双眼睛在暗处窥视着，若不是因为不夜城势力过于微妙，只怕早已打破了这勉强维持多年的平衡。

山雨欲来风满楼，虚情假意的面纱已经撕开，不知何日波澜再起。

⋐2⋑

还没等如意馆众人想出法子来安抚窈娘时，窈娘又出了状况。

她某天一觉醒来之后，突然像变了个人似的，整日乐呵呵的，蹙着的眉头完全舒展开来了，招呼起人来热情大方。

君泽见状不忍，心里一抽一抽地疼，还没想好怎么说呢，话已经出了口："窈娘，没事的，有什么我们一起承担。"

可窈娘反而惊奇地看着他，一边说着手一边往他额上探去："你是不是发烧了，胡说什么呢？"

这下不光君泽惊了，所有人都惊了，暗自观察了几日，却发现窈娘早已恢复了往日的神采，就像前些日子那桩事从未发生过似的。

问她最近有没有去过东海，她直摇头，问她是否记得任禾和柳端绮，她直翻白眼，说他们不就是前几日才离开的吗？

待问及修唐时，她又黯然神伤了，说金圭那次给她送信的时候，她便知道他没有死，可他不肯见她，她也无能为力。

孙大夫来看了一趟，黑熊精也来了一趟，最后总结出，窈娘这是心神剧荡之下，由于悲伤过度而出现强行自我保护反应。也就是说，窈娘这是受刺激过度，选择性封存了自己的记忆。

"有没有可能，是她自己装作若无其事的样子，其实是不想让我们担心？"君泽松了口气，末了还是小心翼翼地问道。

谁知话一说出口，就被李叔和之夭连着翻了几个白眼。

"窈娘是何等心胸宽广之人，她说不记得，那就是不记得，又何必弄虚作假？"

虽说如此，可君泽心里还是有些忐忑。

望着窈娘安然自在地在如意馆进进出出，君泽的心仿佛被谁浇了一勺热油，又在六月天里滚了一遭冰凉的雪，焦灼泥泞，说不出的难受。

她若是忘了倒也好，怕的是，她只是默默将所有苦痛咽了进去，自欺欺人地假装忘记，独自伤怀。

𝕮3𝕯

这日晌午，淮蒙一身狼狈入了门来。

唇红齿白的少年郎发丝凌乱，身上衣衫已经四分五裂，破破烂烂地挂在上头，背上隐约见着几道血肉模糊的伤痕，猩红的伤口翻卷了出来，充斥着一股被烧焦的味道。

君泽迎了上去，发现他嘴角带血，气息紊乱，脸上却神采飞扬，有几分痛快的神色。

"你这是怎么了？"

"痛快，痛快！"

他本无事一直在后院荷花池子里老老实实待着，窈娘一行人东海归来之后，也隐约知道了多年前那桩公案的真相。他恨自己被人设计做了筏子，不光害得自己倒退修行，还连累窈娘下凡赎罪。

他总觉得自己也是帮凶，气愤不已，无处可宣泄内心的愤懑，便化了人形满院子乱走。

今日他越想越气，便卷了他那血珍珠飞了出去，冲到东海一通打杀，搅浑了水，砍断了望岗的礁石，还杀了几只在水面折腾化了形的蛟，剥皮抽筋倒挂在悬崖上。

四海水君蛰伏水底没有动静，连往日里耀武扬威巡游海面的虾兵蟹将也都噤了声，静悄悄地躲在水底没有露面。

"该死的贼老天，来啊，你有本事劈死我啊！你们这些所谓的仙人，满口的仁义道德，内里却是肮脏不堪，我呸！都是下贱坏子！"

他正跳脚骂得痛快，天上雷声忽动，一道道凝聚了雷霆之怒的天雷毫无征兆劈了过来，追着他直直劈了十几道，最后竟把他那坚硬无比的壳都给劈裂了。

若不是他那血珍珠替他扛了几道，恐怕他今日也自身难保，早已殒命东海。

"我呸，这些龟孙子，一肚子坏水，还敢躲起来不露面，以为这样我就怕了吗？爷爷我在水里闹腾时，他们还不知道在哪儿裹尿布呢！窈娘咽得下这口气，我可咽不下，若不是我修行倒退了千年，早就打将上九重天了，还轮得到他们说话……"

君泽闻言苦笑，淮蒙这暴烈性子果真是改不了。

他寻了瓷瓶替他上药，淮蒙疼得龇牙咧嘴的，嘴里仍骂骂咧咧着。

"按我说，就该一锅给他端了，烧得一干二净才好，管它什么仙人不仙人，九重天不九重天的，连脸面都不要了，还有何道理纵横寰宇，列居高位……"

话音刚落，就听得珠帘背后窈娘幽幽的声音传来："你也是这样想的吗？"

淮蒙一愣，随即正了神色，脸上是从未有过的严肃："我只知道，若受了委屈还不让人讨回公道，是万万没有这样的道理。你若是想问个究竟，我便一重天一重天给你打上去，掀了南天门，烧了凌霄殿，也要讨个说法！"

❀ 4 ❀

窈娘从帘后走了出来，脸上不知不觉已经扑簌扑簌落了几行泪，到最后竟是蹲在地上抱着膝盖哭了起来。哭得酣畅淋漓，仿佛要将这些日子里来的委屈都哭得一干二净。

自有意识以来，她从未如此哭过。

所有人都告诉她，她是脱胎混沌的仙，是至高无上的存在，是执掌命格簿子睥睨天下苍生的司命。她爱打爱闹没有规矩，天帝便请了修唐做她师父，教她规矩，磨她性子。

在人间赎罪这些年，她也一直规规矩矩，虽然平日里依旧肆意张扬，可到底了是压着性子行事，怕乱了纲常，违了天道。毕竟天梯已断，众仙流离失所，人间气数乱了，这一遭一遭，都是她的错。

她也是不安的，是后悔的。

她早已忘了，曾几何时，她也是个受了委屈无论如何也要寻回场子的主，打落牙齿往肚子里吞，从来就不是她的处世之道。

她原本是想着，总归是天帝和西王母，两人都是至高无上的存在，既然联手作了局，自然有他们的道理，不可能无缘无故便盗了她的命格簿子，贬她下凡。

那日从东海归来之后，她心中一直有两个声音在叫嚣着，一个在辩解屈服，一个觉着委屈心塞。到最后，铺天盖地都是细细小小的声音往她身上钻，不论躺着还是站着，睡着还是清醒着，扰得她辗转反侧，夜不能寐，恍惚间竟觉着自己快要入了魔。

看到周遭所有人为了她行色匆匆，忧思过重，她更是不知如何是好。她一直在想，是不是她忘了一切，日子就能回到从前？

后来，她索性便强行将所有念头压下，假装什么都没有发生。

可此时此刻，她再也忍不住了，她只想将这些年的委屈都哭得一干二净，管它天崩地裂也好，海枯石烂也罢。她现在只是她，不是九重天的司命，只是个受了委屈的姑娘。

冰层破裂，底下的万丈深渊将她吞噬了进去，不求个出路，她又能如何？

如今想来，道理很简单，错了就是错了。

被冤枉了，便要推翻重来，让那真正错的人道歉！

◎5◎

修唐应邀而来，顶着丰己楷的面孔，可周遭的气势早已大变。

庆丰楼那抱着红狐狸的丰己楷，是清润的，全身的气息悉数敛了进去，温和无害。

而不夜城的城主修唐，是凌厉的，身后隐隐有风云雷动。

窈娘盯着修唐看了许久，再次问了他一个问题："你是丰己楷，还是修唐？"

座中人面面相觑，唯有修唐听懂了她的话。

窈娘是在最后一次问他的选择，她是在让他确定自己的心意。

若是丰己楷，便该忘掉一切，依旧做那乌啼鹊噪柳树下的翩翩俊公子。

若是修唐，便是选择与她一道踏上这未知的归路，重叩仙途。

"你是窈娘，还是司命？"修唐没有正面回答，反而盯着她，认真地问道。

窈娘明白了他的答案，垂了眸没有再说什么，

她明白他的意思，她若是司命，他便是修唐，陪她上天入地讨回公道；她若是窈娘，他便是丰己楷，于灯火阑珊处回首等候。

她不是不知道他的情意，她只是承受不起。从前的她与他，隔着山与海，被师徒情谊牵着，说没有眷恋是不可能的。

可到底了，那也只是眷恋，无关情爱。

更何况到如今，兜兜转转，早已物是人非，他还在她的冤屈里充当了一个不光彩的角色，间接地成了罪魁祸首，说完全释怀，那也是假的。

末了，窈娘还是咬着唇，一字一句道："我是曾经的九重天司命，更是如今的窈娘，如意馆的窈娘。"顿了顿，又轻轻地唤了一声，"师父……"

修唐眼里希冀的光突然就暗了，心中泛起一阵酸涩，他早该知道的，只是不问出口，他不甘心。

"你肯再唤我一声师父，我已经很知足了，我只希望，你不要恨我……"

就在短短的几句话之间，两人心思百转千回，各自明白了对方的心意。

鼓起勇气试探的，被一瓢冰水浇头默默退了回去。

心存犹疑摇摆徘徊的，终是听清心声划清了界限。

此后前路茫茫，他是被人当作傀儡的修唐，她是受了冤屈的窈娘，他在帮她，她亦在帮他，谁也不知道会发生什么。

两人一同被命运的锁链牵引着，所有的执着与挣扎都是无济于事，该发生的，你阻挡不了它的到来，唯一能做的，便是接受。

修唐到了如意馆后不久，陆陆续续便有客人登门，满满当当的，塞满了整个如意馆。

立志搞垮方家茶商的小白蛇，躲在泉底数着余下日子的武夷君，瞎眼小卦师挽扶着老卦师，你侬我侬的阮道士携着苏卿怜，黑熊精带着一窝熊崽子，春九挽着京娘的手……

窃娘讶然，转瞬却是明白了，整个人像被温水煮着，咕噜咕噜沸腾着，无数纤细的鸿毛撒落，无比熨帖地覆了上来，烫得她内心一阵柔软。

这是她的朋友，是她羁绊着的红尘江湖，有着烟火气息，有着七情六欲。她经营了如意馆数年，并不是什么也没有得到。

感动之余，她看向修唐。

修唐看向一片热闹的如意馆，微微颔首，早在楚月将封印不夜城的选仙钱偷走之后，他就准备好了这一天。

准确地说，从他隐约猜测到真相的那日起，他就开始准备了。

如意馆墙上一直挂着的那把残剑，是修唐得知真相后，使了法子送到窃娘跟前的。这是他多年前早已布下的局，为的就是有朝一日，这涤荡了万千恶魂的宝剑能助他们杀出一条血路。

那夜东海动静如此之大，他并未刻意设下结界，他说的那番话也早已随着风飘向远处。

山里的、海里的、蛰伏在泥里的，数不清的偷听到这一秘密的生灵知晓这惊天秘闻后，必将一传十十传百传开。

他要的就是这个效果，所谓造势是也。根烂了，伤口化了脓，拔出来就是，用刀剜掉就是，众目睽睽下，天真的能将黑的颠倒成白的吗？

天上地下，会有无数双眼睛盯着窃娘，盯着这场漫漫征途。所有人都在等待一个结果，都在注视着这场气壮山河的与天博弈。

待时机差不多之后，修唐这才将他的想法和盘托出。

❦ 6 ❦

天有九重，凡世间修行者，机缘一到便可飞升成仙，而下凡历劫者，自有仙使下凡接引。还有一类便是海外五仙山上的散仙，不受天庭管束，皆从槃木天梯出入九重天。

像窃娘这样被贬下凡的仙人，空有仙骨，失了灵力，仅靠自身之力是无法自由出入天庭的。何况还有修唐，他仙骨尽碎，引鬼魂之力重塑根骨，修的是鬼道，亦正亦邪，通天之路更是难上加难。

当年共工与颛顼为争帝位，共工一怒之下将不周山上的天柱撞倒，此后天柱折，地维绝，天倾西北，地斜东南。

为了再次避免此类事情发生，好不容易重建天柱后，天帝在此处设了一道隐秘的天门，派巨龙口衔火精绕柱三圈，看守天门。

此后，因着地府人员身上阴气过重，从南天门进出时与来往的仙人有了龃龉。为了安抚天庭秩序，天帝便下了密旨，西北天门专为地府而开，方便幽冥酆都人员往来。

修唐多年前与十殿阎罗之一的楚江王颇有交情，一次喝酒时，楚江说漏了嘴，便告知了他这处天门所在。

"西北为天门，东南为地户；天门无上，地户无下。

"若想入天门，便得先寻了地户，经由冥府取道，这也就是这条路的凶险之处。

"凡间人与妖生死有数，死后才能脱离肉体凡胎，以魂魄入冥府。不仅如此，就算掩了身上的生气入了冥府，从地户至天门，需穿过整个阴曹地府，有无常鬼差四处巡游，十殿阎罗尽职看守，沃焦石外、黄泉黑路上关卡罗列，要想从他们跟前堂而皇之经过而不被发现，简直难如登天。"

顿了顿，修唐又补充道："唯一的办法，便是过鬼门关。当年楚江王提及过，为了给枉死城中鬼道修行者留有一丝希望，酆都大帝曾挥剑劈开地府，斩出来一道鬼门关。他曾放言，若有能从此处通天者，功德圆满，终成鬼仙。鬼门关里边，谁也不知道会发生什么。据说那条路充斥着无数枉死者的执念，魑魅魍魉，鬼瘴横生，幻境重重，稍不注意便坠落深渊，永无出头之日。"

君泽低头默默思索了片刻之后，猛地抬头，脸上散发着从未有过的光芒。

"我虽然不明白你们说的是什么，我只知道，都到了这个地步了，只要有一丝可能性，就不能放弃！"

君泽这番话虽然轻飘飘的，却沉甸甸地砸在了心坎上，砸得人热血沸腾。区区一介凡人尚且如此，何况他们？

"若是只有我和窈娘，我们的力量完全不足以开启这几道门。所以，我们需要你们的帮助。"修唐环顾四周后，终于开口说道。

☙ 7 ❧

来往的食客最近都有些纳闷，如意馆不知怎的，终日紧闭着大门，也不知人都去哪儿了。

可若是有人细心地凑到门前看，便会发现，如意馆虽然看起来一片宁静，可里边却是充斥着紧张庄严的气息。

门前早已用李叔的须发结了法阵，之前君泽设的那半吊子法阵也被改造了一下，为的就是防止关键时刻有人闯入而坏了事。

所有人都在严阵以待，紧张地注视着跟前的场面。

后院留出了一块空地，荷花池子、制醋的大瓮、酿酒的瓦缸都被搬开了，长斜了的几棵歪脖子树也给砍了。偌大一块空地上，朱砂画了一个八卦阴阳阵，蜿蜒于沙土中，鲜红如血。

按照修唐的说法，所谓太极生两仪，两仪生四相，四相生八卦，八卦而变六十四爻，天地阴阳全数隐藏在八卦演变中。

八卦分别代表八种物质，天地雷风水火山泽，乾坤天地二卦为万物之母，水火为万物之源阴阳之基，风雷为之鼓动，顿生山泽。

而乾（戌亥位）位被称为"天门"，在西北角，乾兑离震一十六卦分别代表日月星辰。东南角的巽（辰巳位）位便是"地户"，巽坎艮坤分别代表地之水火土石。

天地不相交，阴阳衍生，中间是"人路"和"鬼方"。

"我同窈娘要想去往天门，中间需开启三道门，依次是'人路''地户'和'鬼方'。而'鬼方'也就是所谓的鬼门关，只有过了这道关卡，才意味着真正踏上了通往天门之路。每一道关卡都艰险重重，任何一个环节出了问题，都将前功尽弃。"

临行前，修唐将那套选仙钱和选仙图郑重地交予楚月，说道："选仙图上有我眉间血缔结的契约，我若出了什么变故，选仙图自有动静。不夜城是我费尽心血建立的，我希望你能善待不夜城的子民，我若是不能安然归来，你便接替了这不夜城城主的位置。"顿了顿，终是伸出手拍了拍她的肩，"切记珍重，以后一定不要再莽撞行事了。"

楚月流着泪，呆呆地问道："那，窈娘呢？"

修唐望着窈娘，大手一挥，胸中豪气冲天："她生，我生。她死，我陪她一起死。"

凡路多坎坷，几人能自在。

窈娘背着残剑，抱着美人觚里的檠木枯枝低头不语，花已经开了好些了，各种颜色都有。

这代表她在人间度过的无数日月，是新的希望，是生的气息。但愿这些凝聚着执念的檠木枯枝能助她平安抵达九重天，能让她得到一直想要知道的答案。

除了檠木枯枝外，窈娘腰间的乾坤袋里还塞了好些东西，苌楚尾巴制成的拂尘、阮道士画的符、一小瓶子苏卿怜和陶墨墨的额间血、石清胸膛中的灵石、淮蒙的血珍珠、镇墓兽头上的角……

最后，君泽鼓足勇气走上前去，摘下胸前挂了许久的玉石给了窈娘。小小的玉石带着体温，宛如一颗小小的心。

"我……我们等你回来！"君泽第一次没有躲闪，直直地盯着窈娘的眼睛，他想要说的话，都在那一颗玉石中。

在修唐的催促声中，窈娘站到了法阵中央，与他一道盘膝坐下。

而法阵之外，每个方向分别都盘腿坐着好些人，他们都闭着眼睛，双手结印，源源不断地向法阵输送着真气与灵气。

法阵中心开始冒出一丝绿意，那绿意逐渐破土而出，发芽散叶，竟随着真气与灵力的输入，慢慢长成了一株墨绿色的藤。无根而立，无枝可依，一寸一寸向上蔓延。

君泽与阮道士食指上破了一个口子，站在西南角的"人路"上，以血为誓，作为开启法阵的引子。

"人，路，尽，地，户，开！"舌尖真言一字一句蹦了出来，源源不断的鲜血从君泽和阮道士手上流淌出来，从法阵的西南角以一条曲折诡异的路线默默淌向东南方向。

时间一点点过去了，君泽有些体力不支，身子也摇摇晃晃，可他仍咬着唇坚持着。

一炷香过去了，地上的鲜血终于停止了流动，凝在了一处，转而光芒大盛，很快平地起了一阵风，整个如意馆飞沙走石。

那株墨绿色的藤也开始一点点消亡，颜色也渐渐变成暗红色。待那株藤枯萎得只余一丝黑色的叶子时，血线的尽头凭空出现了一个巨大的旋涡，将修唐和窈娘包裹了进去。

就在风沙眯眼，快要什么都看不清的那一霎，窈娘隐约见着君泽焦急的脸上嘴唇微动。他说了些什么，可她什么也听不到。

她心中有股莫名的失落，来不及多想，很快就被旋涡裹挟着进入一片黑暗。

❀8❀

窈娘走后，如意馆恢复了往日的平静。

许是失血过多，君泽大病了一场，卧床休养了好些日子才恢复过来。

之夭接替了窈娘的位置，做了如意馆的厨娘，日日在烟尘中打转，做出来的东西也渐渐被食客们所接受。

若说窈娘手底下做出来的食物，技艺娴熟，将食物的本真味道发挥到了极致。

之夭便是少了几分功力，多了几分新鲜，让人吃过之后，心中洋溢着温暖和热情，总会不自觉想到春天桃花如火如荼蜿蜒漫山的场景。

石清自打将胸膛中跳动的灵石给了窈娘之后，整个人又恢复了遇到小黄之前的模样，呆呆傻傻，每天只顾着乐呵呵直笑。

李叔也离开了，他说他一把年纪了，在山中躲了许多年，也该出去走走，看看这世界有什么不一样。

而陶墨墨，在失了额间血后恹恹了好几天，无精打采的。之夭无暇顾及他，他便跟着淮蒙到处撒欢，无事便到东海边上去钓钓鱼虾，与人打打架，找找碴儿。

那日淮蒙照旧去海里折腾了一番，上岸后却被晴日里的一场大雨浇了个透心凉。他气得直跳脚，扯着嗓子将天给骂了一顿，果不其然，引来天上一道道雷。

他早已不在意，化了原形，任凭一道道天雷劈在壳上，美其名曰接受天雷的洗礼，锤炼自己。

陶墨墨像往常一样，见着雷劈了过来，顺势丢了几个栗子过去，然后乖乖地坐在一旁等着，暗自估算着栗子烤熟的时间。

那日云上值岗的也不知是哪路神仙，许是脾气有些暴躁，又或是被他这藐视天雷的

行为气了个仰倒，眨眼间，那道道天雷就往旁边移了过来，悉数劈到了陶墨墨身上。

待淮蒙听着雷声停了，一觉睡醒时，火红的小狐狸已经成了一块焦土，躺在地上人事不知，隐约还闻得到一股子被烤熟的香味。

淮蒙暗叫不好，又不敢动他，生怕他已经被雷劈散了，只得将那一小块地给铲了起来，连土带泥带着那漆黑一团飞也似的回了如意馆。

陶墨墨在床上躺了整整半个月，没有任何动静，若不是还能探到轻微的呼吸声，只怕淮蒙早就以死谢罪了。他懊丧得都快把自己的头发抓秃了，窈娘临走前他答应了要好好看好如意馆的，若是不小心死掉一个，窈娘回来他可如何交代。

就在所有人都焦急了半个月之后，一日夜半，如意馆后院突然光芒万丈。待众人循着光寻过去时，光忽地又熄了。

之夭颤着身子推开了门，小声嘀咕着："陶墨墨，这是回光返照了吗？"

咔嚓一声，门开了，眼前的一切让人惊得下巴都要掉了。

床上是那块被淮蒙铲下来的土，土上焦黑一团的小狐狸不见了，转而是一个赤身裸体的男子蜷缩在上头。男子全身泛着瓷白，肌肤里盈光闪动，如同一块上好的羊脂白玉，旁边瓷瓶碎片撒了一地，看模样似是原来的解注瓶。

淮蒙三两步上前扒开男子散乱的头发，这不是陶墨墨又是谁？

眉眼褪去了往日的稚气，圆润的小脸露些棱角，较往日阴柔的面孔多了几分阳刚之气。

"啊啊啊……"之夭后知后觉才反应过来自己刚刚看到了什么，一路惊叫着冲了出去。

眼前是刚刚苏醒仍懵懵懂懂的陶墨墨，身后是惊叫震天夺门而出的之夭，感受着淮蒙不敢置信而咬在他掌心的疼痛感，君泽心中有些熨帖。

"这该死的陶墨墨，他将我的血珍珠炼化了！啊！还我的血珍珠啊！"

君泽闻言轻轻拍了拍他的头，不禁感慨不已。

多年前陶墨墨遭劫时，淮蒙偷偷拿回了血珍珠，害得陶墨墨变成了人尽可欺的小狐狸。

兜兜转转，到最后，也是淮蒙的血珍珠与解注瓶一道，助陶墨墨恢复了人形，这大概，就是所谓的因果轮回吧。

᠙9᠙

几多春秋，几载岁月悠悠而过。

这日，孔武送了几尾鲤鱼过来，一脸的喜色藏都藏不住。平日里见惯了他面无表情的模样，这乍一眉飞色舞起来，整个人便如脱胎换骨一般，多了几分生气。

问了好半天，他才吭吭哧哧说出来，是巧儿怀孕了。他岳母娘早就交代了他，这妇人刚怀了孩子，胎儿未成形时不能到处宣扬，免得冲撞了胎神，胎气不稳。

君泽这才恍然大悟，由衷地为他高兴。

他早先听窈娘说过，黑猫一族子嗣艰难，况且巧儿以凡人之躯与这孔武结合，更是难上加难，没承想果真就有了子嗣，也是命里有福气的，没辜负了巧儿一片好心肠。

恍惚间一想，也是，这一晃眼的工夫，他都已经过了而立之年了。

上门说亲的媒人来了一拨又一拨，她们都说，如意馆的账房先生是个极有韵味的男子。

较街上那些年轻稚嫩的少年郎，君泽身上多了些温润，多了几分内敛的风华，如同一坛岁月沉淀下来的老酒，浑身散发着一股子醇厚的味道。

不论是何人上门，他都婉言推辞了，他有他一直在等的人。

京中得来消息，齐安公主成婚了，新任驸马爷是早前在她身边待过的谋士，君泽打听了一下，那谋士姓封。

看来，兜兜转转，防风氏后人还是没能摆脱宿命的纠缠，回归了尘世间的流连与温暖。这是冥冥之中自有注定，还是琉璃瓦上蹲着的小黄的回报？没有人知道。

陶墨墨自打那日苏醒了过来之后，脸皮比以往更厚，日日纠缠之夭，以她夫婿自居。

两人日日追逐打闹着，一个动不动就口称之夭看了他的身子，要对他负责，一个又羞又急嘴里百般不承认，暗地里却跟君泽掰扯着手指头嘀咕，一棵成了精的碧桃和一个狐狸精，万一有了孩子，会是什么？

君泽忍俊不禁，总觉着尘世安稳，岁月现好。

上天待他不薄，让他在那个大雪纷飞的日子里走到了如意馆，揭了门上贴着的告示，让他接触到了一个光怪陆离却又充满温情的世界。

若要他折回那年的扬州城，他依然会毫不犹豫地走进如意馆。

年年月月，此生不换。

❧ 10 ❧

寒来暑往，又是一年冬末。

青苔早已顺着屋角细细密密爬上了窗檐，门前柳树也发了新芽。

陶墨墨吃多了糖，哎哟哟捧着牙在一旁叫唤，嘴里仍嚷嚷着要吃如意卷。之夭止不住地埋怨，转身却进了后厨将面团上的蔗糖一粒粒给拂了去，转而将黑熊精送的深山竹蜜寻了出来。

自打窈娘走后，每一年年末之夭都会做一道如意卷。面团揉成如意的形状，涂抹上厚厚的鸭蛋清，印上清晰的云纹。

希望岁岁如意，希望窈娘一切平安。

雪已经开始化了，君泽踏着深浅不一的雪走出门去，想将门前的残雪扫一扫，免得滑倒了路人。

可转身时，他愣住了，不敢置信地回头望去。

门前的青石路上，他看到了一个无比熟悉的身影，她依旧是一身白衣似雪，言笑晏晏，任早春的红梅洒落肩头。

"我回来了。"

巨大的喜悦将他整个人裹挟其中，他突然什么都说不出来，只得讷讷答道："回来了就好，回来了就好。"

不知不觉眼眶却红了，脑子里一片空白。忽而他想起了什么，撇下窈娘，跌跌撞撞地朝着屋里跑去，声音里藏了几分哽咽。

"窈娘回来了！"

整个如意馆都沸腾起来了，之夭抱着窈娘痛哭了一场，陶墨墨也包着一包眼泪，趴在她的膝盖上，唯有君泽，呆呆地坐在一旁，盯着窈娘看了许久，偷偷用袖子掖了掖眼角。

好不容易将这俩半大孩子哄得不哭了，窈娘这才说起这数十年发生的事来。

她与修唐好不容易混入地府，以修唐的气息覆盖住两人，伪装成鬼道的修行者进了鬼门关。

里边汇集了无数想从西北天门进入九重天的修行者，妄图一步登天，修成鬼仙。可他们却没有那么好运，很多人一出发，便迷失在幻境中停止了前进。

鬼门关里充斥着无数枉死者的执念，无数冤魂的戾气，成千上万年积累下来的贪嗔欲念发酵着，日复一日纠缠着，逐渐演变成无数迷人心智的幻境。

他们不得天道，便想方设法阻了路，心神稍有松懈者，便被红尘色相七情六欲迷了眼。

而活下来的人，也在互相残杀着，尸骸遍野，鬼瘴腾腾，惨叫声不绝于耳。

窈娘和修唐靠着残剑大杀四方，靠着槃木枯枝上的灵力抵挡住了无数幻境，靠着乾坤袋里各种汇集了灵力的东西，硬着心肠生生杀出了一条血路。

而最后抵达天门时，他们原本是被衔着火精的巨龙阻了路的，说是没有天庭的信物，直到窈娘拿出了君泽送的那枚玉石，巨龙认出这是天河里特有的玉石，这才让他们顺利通过。

☙ 11 ❧

"那后来呢，你们怎么找到天帝的？"之夭听得入神，迫不及待问道。

窈娘叹了口气，后来发生的事，已经出乎他们的意料了。

他们一路畅通无阻寻到了凌霄殿，而天帝正端坐在台阶上等着他们。见到他们的那一刻，天帝叹了口气，苍老的容颜仿佛瞬间凋败。

"你们终究还是回来了，东海不夜城一出，我就知道，离这一天不远了。只是人老了，心肠也软了，总还抱有侥幸心理，觉着这太平日子能过一天是一天。"

还没等窈娘责问，天帝就自顾自地将这埋藏了多年的真相一一道了出来。

原来，凡人修仙多不受管束，而九重天规矩众多，海外五仙山便成了散仙的聚集之地。

可日子一长，仙山实力日益壮大，隐隐有与九重天分庭抗礼之势，甚至有仙人不满受制于天庭管辖。渐渐有消息传来，说岱舆、员峤、方壶三山上已经有仙人四处奔走，商讨着要如同西天娑婆世界一般，与天庭划分势力，平起平坐，要在五仙山上再建一个世外九重天。

"我活了这数十万年，自从接下这通天冠，便立志要将三界治理得井井有条，让天道有所归，可我已经老了，我不想让三界的安宁毁在我手上。这四海寰宇，只能有一个天帝，也只能有一处至高无上的九重天，权力若是散了，便再也收不回来了。有了五仙山带头，便会有更多人效仿，到时候天界的安宁荡然无存，三界也将动荡不堪。"

天帝将头上的通天冠取了下来，捧在手上，一步一步迈下那玉石台阶。

"窈娘，修唐，我唯一对不起的，就是你们两个。这件事，只有我和西王母知道，我们思考了数千年，才终于下定决心动手，以修唐为引子，将你推了出去，分割这五仙山的势力，断了他们的念想。若是有什么错，我来承担，我只希望，你能替我保守这个秘密。"

"我只想知道，为什么是我？"窈娘心潮汹涌，抚着胸口呆呆地问道。

天帝看着窈娘，细长的眼眸中满是痛苦。随即，他闭上了眼睛，面露不忍。

"因为你无父无母，脱胎混沌，就算惩治了你，也没有人至死方休追查到底。而我也早已猜到，以修唐的能耐，他迟早有一天会查明真相，会回来替你讨回公道。只是我没想到，这一天会那么快。"

所以，一切都有了理由。

天帝在寝殿香炉中种了情丝娗，让修唐心生欲念。

而后，窈娘与修唐喝酒，修唐想趁机偷拿窈娘的司命簿子查看窈娘姻缘，谁知因为喝了那下药的百忧解，他也醉倒在侧。

待他们醒来之后，发现命格簿子已经不见了。窈娘受修唐指点，听闻东海有灵龟，以灵龟龟板卜筮，可寻簿子下落。

她前往东海钓龟，却碰上淮蒙因为血珍珠与东海水君闹了龃龉，借了西王母"神仙煮"将东海闹得人仰马翻波浪滔天，阴差阳错之下，她将背负着海外五仙山的巨鳌给钓了上来。

天梯已断，员峤、岱舆二仙山失了依靠，流于北极，仙山修炼的散仙们也都流离失所。

窈娘被罚人间赎罪，带着槃木枯枝下凡。

……

这一切的一切，原来都是为了牺牲小我，成全大我。

12

"那后来呢？后来你们怎么样了？"

窈娘笑得坦然，转了个身。

"后来我不就回来了吗？我原本就在猜测，能让天帝和西王母联手，必然不是一般的秘密，只是没曾想，这背后居然藏着这么深的渊源。可我知道了真相，又能怎样？难道真的要将秘密说出去，搅浑三界，荼毒生灵？我们都知道，这个秘密说出去的后果会有多不堪设想，这不是我的目的，也不是修唐的目的。

"我们只是想要讨回公道，不甘心就这么背负着洗刷不清的罪孽浑噩度日。可知道真相后，我们终究还是释然了，皇天后土，到处都有阴影和黑暗，青天白日的背后，总需要有人默默承受着伤痛。

"而天帝已经承诺了我们，待他功德圆满退位之时，便会将这桩秘密公之于众，还我们一个真相，毕竟，他是三界之主，是至高无上的天帝，只要他在位一天，他要承担的，就比任何人都多。

"更何况，在人间这么些年，我也重新换了种活法。这是我的赎罪之路，也是我的修行之路。"

"那，修唐呢？"君泽犹豫了半晌，还是问道。

"他啊，以后再也不用担心不夜城会遭到天庭的打压了。他拒绝了天帝帮他重塑仙骨的提议，现在，他才是真正的夜大王，是名正言顺的夜大王。"

"你，是回来跟我们告别的吗……"

"我拿回了我的司命簿子，也恢复了法力，可我还是觉着，我不想做什么司命，只想做如意馆的窈娘。"

窈娘笑得眉眼弯弯，一脸的灿烂。

"对了，呆子，那日我离去之前，你说了句什么，我没有听清。"

君泽先是一愣，尔后长舒了一口气，望向窗外。

墙外有顽童用陶罐盛了无患子泡的水，以柳条编织成圈，吹出了一串串晶莹的泡泡，在阳光下熠熠生辉。

锦帽貂裘的公子闲闲倚在栏杆上，和着节拍听那抱了琵琶的女子吟唱："人间春暖，莫负了好韶光。"

他突然记起，初次来如意馆时的那个雪天，也如今日一般银装素裹，美得不似人间。

"窈窕淑女，君子好逑。"

出 品 人	朱家君	执行总编	罗晓琴	
总 经 理	常蓦尘	设计总监	李　婕	
总 编 辑	熊　嵩	产品经理	许斐然	
		发行主任	罗　敏	
		插图绘制	流水酱	
执行策划	巴　旖	流程校对	巴　旖	於　婷
装帧设计	肖亦冰	宣传营销	蒋　惊	蒋　雷

总出品　漫娱文化

图书在版编目（CIP）数据

如意馆 / 离离子 著 .—武汉：长江出版社，2018.8
ISBN 978-7-5492-5963-2

Ⅰ.①如… Ⅱ.①离… Ⅲ.①短篇小说－小说集－中国－
当代 Ⅳ.①I247.5

中国版本图书馆 CIP 数据核字（2018）第 197705 号

本书经离离子授权同意，由北京海客瀛洲网络科技有限公司
委托天津漫娱文化传播有限公司正式授权长江出版社，在中
国大陆地区独家出版中文简体版本，并取得其他衍生授权。
未经书面同意，不得以任何形式转载和使用。

如意馆 / 离离子 著

出 版	长江出版社				
	（武汉市解放大道1863号 邮政编码：430010）				
市场发行	长江出版社发行部				
网 址	http://www.cjpress.com.cn				
责任编辑	李 恒	**开 本**	710mm×1120mm 1／16		
装帧设计	肖亦冰	**印 张**	24.5		
印 刷	深圳市精彩印联合印务有限公司	**字 数**	490千字		
版 次	2018年8月第1版	**书 号**	ISBN 978-7-5492-5963-2		
印 次	2018年11月第1次印刷	**定 价**	42.80元		